DAS LEBEN DES

Michael Rusch

Das Leben
des Andreas Schneider

Roman

Bibliografische Information der Deutschen Nationalbibliothek: Die Deutsche Nationalbibliothek verzeichnet diese Publikation in der Deutschen Nationalbibliografie; detaillierte bibliografische Daten sind im Internet über dnb.de abrufbar.

© 2020 Michael Rusch
Neuauflage 2020
Umschlaggestaltung: Michael Rusch
Coverbild: Michael Rusch
Printed in Germany

Herstellung und Verlag: BoD - Books on Demand, Norderstedt
ISBN : 9783751908443

Vorwort

Ich danke dem Leben für die vielen Abwechslungen, die es mir beschert hat. Langweilig war mein Leben nie. Dankbar bin ich für die vielen Menschen, die ich kennenlernen durfte. Dabei waren viele gute Menschen, die es ehrlich mit mir meinten. Aber ich lernte auch viele Menschen kennen, die nur auf ihren eigenen Vorteil bedacht waren. Sie waren alles, nur nicht ehrlich. Sie waren Lügner und manchmal sogar Kriminelle, in ihrem Handeln geschickt, sodass ich ihnen auf den Leim gegangen bin. Leider traf ich solche Menschen nicht nur außerhalb meiner Familie an. Es ist doch bezeichnend, dass ich nur noch zu einem Bruder und einer Schwester von meinen sieben Geschwistern Kontakt habe. Doch diese beiden waren immer ehrlich zu mir, halfen mir in Zeiten der Not und das werde ich ihnen nie vergessen.

Während eines Lebens lernt man viele Bekannte und Freunde kennen. Bekannte mehr als Freunde. Zweimal in meinem Leben hatte ich einen sogenannten „besten Freund". Der eine hat sich als Anhänger der AFD entpuppt, der andere mein Vertrauen auf das Schlimmste missbraucht. Im zweiten Fall bin ich sogar der Meinung, dass das gut für mich war. Nach dem Bruch unserer Freundschaft musste ich feststellen, dass er nicht alles von den Dingen kann, die er bereit war, für mich zu tun. Gut, dass ich literarisch nicht mehr mit ihm zusammenarbeite. Ich bin froh, dass ich alle meine bisher veröffentlichten Bücher vom Markt genommen und überarbeitet habe.

Aber wenn man stets an das Gute im Menschen glaubt, oft selbst naiv und blauäugig handelt, lernt man viele dieser falschen Freunde und Bekannte kennen. Trotzdem muss ich ihnen bescheinigen, dass sie mir auch Gutes brachten. Das werde ich ihnen nie vergessen, genauso, wie ich ihnen ihre Falschheit nicht vergessen werde. Nachtragend bin ich nicht, aber ich vergesse auch nichts. Jeder verdient eine zweite Chance, sagt man. Nach diesem Motto habe ich oft in meinem Leben gehandelt. Trotz vieler Enttäuschungen habe ich das nicht bereut. Aber es gab in meinem Leben auch Menschen, denen ich keine zweite Chance einräumen werde. Erst recht denen nicht, von denen ich glaubte, sie seien meine besten Freunde.

Ich bin dankbar für jeden einzelnen Menschen, den ich in meinem Leben kennenlernen durfte. Dabei ist es mir egal, ob diese Menschen ehrlich zu mir waren oder mich enttäuscht haben. Sie alle haben dazu beigetragen, dass ich mich weiter entwickelt habe. Aber alle meine Achtung und meinen ganzen Respekt verdienen und erhalten die Menschen, die stets ehrlich zu mir waren, selbst dann, wenn sie mir mit ihrer Ehrlichkeit und Offenheit wehgetan haben. Aber damit haben sie mich vor Fehler bewahrt. Und das alleine zählt für mich. Deshalb danke ich all diesen Menschen für ihre Offenheit, Ehrlichkeit, wohlgemeinte Kritik und all das, was sie für mich getan haben.

In dem vorliegenden Buch erzähle ich einige von meinen Erlebnissen. Erlebnisse, die mich geprägt haben, die mich zu dem Menschen werden ließen, der ich heute bin. Ich bin Andreas Schneider.

Lutterbek, im Juli 2020, Michael Rusch

Die Trennung

Andreas war mit sich und der Welt unzufrieden. Er hatte es zugelassen, dass Rosi und ihre Kinder und am Ende er selbst sein Leben zerstört hatten. Jetzt saß er in seinem kleinen Zimmer, welches für ihn Schlaf- und Arbeitsraum in einem war, an seinem Computer und hatte sich in das Internet eingeloggt. Mit einem PC zu arbeiten, war für ihn etwas vollkommen Neues, damit kannte er sich überhaupt nicht aus. Er suchte eine Plattform, von der er glaubte, dass es diese im Internet geben müsste.

So gab er in die Suchmaschine seines Computers immer wieder neue Wortverbindungen ein, mit denen er an sein Ziel zu kommen hoffte. Die Lösung dafür konnte doch nicht so schwierig sein.

Aber die meiste Zeit lenkten ihn seine Gedanken ab, die sich in seinem Kopf festgesetzt hatten. Ständig fragte er sich, warum sein Leben immer wieder negativ verlief, er stets aufs Neue vom Leben bestraft wurde, denn er glaubte, vor einem Scherbenhaufen zu stehen. Jeder Mensch macht in seinem Leben Fehler, auch er hatte sich seines manchmal mit seinen eigenen Fehlentscheidungen schwer gemacht, die ihn am Ende unglücklich sein ließen. Er war schon einundfünfzig Jahre alt und wollte endlich so leben, wie er es für sich als richtig empfand. Nicht noch einmal solch kapitale Fehler begehen, wie er sie in seiner Vergangenheit immer wieder gemacht hatte. Andreas wurde ruhiger und seine Aktivitäten am Computer weniger. Schließlich saß er nur noch gedankenschwer an seinem Schreibtisch. Voller Frust dachte er über die letzten Jahre seines Lebens nach. Es waren Jahre gewesen, die er eigentlich als glücklich empfunden hatte. Und doch war er heute so unglücklich wie niemals zuvor.

Was war geschehen?

*****

Er war zweiundvierzig Jahre alt, als ihm ehemalige Kollegen Rosi vorstellten. Sie war eine kleine, dralle Person, sehr nett und liebenswürdig, die zwei erwachsene Söhne, zwanzig und siebzehn Jahre alt, hatte.

Sie wurden bald gute Freunde und trafen sich regelmäßig alle vier Wochen in einer kleinen Gaststätte in der Nähe seiner Wohnung. Zu

Silvester lud Rosi Andreas zu einer Party ein. Sie sagte, an so einem Abend sollte er nicht alleine sein. Tatsächlich lebte Andreas in jener Zeit alleine und Rosi entwickelte für ihn zärtliche Gefühle, von denen er zu diesem Zeitpunkt nichts ahnte.

Während der Silvesterparty, die in der Aula einer Schule stattfand, in der Rosi arbeitete, tanzten beide viel miteinander. Während eines Tanzes näherte sie sich ihm auf eine Weise, in der er erkannte, dass sie mehr von ihm wollte, als er bereit war, ihr zu geben. Wie sollte er ihr sagen, dass er ihre Hoffnungen nicht erfüllen konnte, ohne ihr dabei wehzutun? Schließlich entschloss er sich, ihr einfach die Wahrheit zu sagen. Das tat er während eines Tanzes. Sie ließ sich ihre Enttäuschung nicht anmerken und feierte mit ihm die Party zu Ende.

Sie blieben auch danach Freunde. Am Tage seines Geburtstages im Mai klingelte es an seiner Wohnungstür. Als er sie öffnete, stand Rosi vor ihm, die einen großen Blumenstrauß in der Hand hielt.

„Herzlichen Glückwunsch zum Geburtstag und alles Gute, vor allem wünsche ich dir Gesundheit", sagte sie fröhlich.

„Danke. Das ist aber eine Überraschung", erwiderte Andreas und ließ sie in die Wohnung hinein. Den Blumenstrauß stellte er in eine Vase.

Rosi erzählte, sie hätte für den Abend einen Tisch in einer Gaststätte für sie reserviert und ihre Kinder würden auch dabei sein.

So lernte Andreas Rosis Kinder kennen. Es wurde ein lustiger Abend, an dem sie viel lachten. Später verabschiedeten sich Rosis Kinder, die ins Kino gehen wollten und Rosi begleitete Andreas nach Hause. Er war Rosi für die schönen Stunden, die sie ihm heute geschenkt hatte, dankbar und fand, dass der Tag noch nicht zu Ende gehen musste. Deshalb fragte er: „Kommst du auf einen Absacker mit hoch zu mir?"

Rosi stimmte zu. In dieser Nacht blieb sie bei ihm. Sie lagen in seinem Bett nebeneinander, doch als Rosi ihre Hand unter Andreas' Bettdecke schob, hielt er sie fest und schob sie mit der Bemerkung zurück: „Nein, Rosi, das geht nicht, ich kann das nicht."

Rosi war enttäuscht, ließ sich aber nichts anmerken. Später schliefen sie ein.

*****

8

Andreas und Rosi beschlossen, das folgende Wochenende zusammen zu verbringen. Die Sonne schien den ganzen Tag, den sie in einem Wald verbrachten. Abends tranken sie auf Andreas Balkon eine Flasche Wein. Wieder blieb Rosi bei ihm und als sie später zu Bett gingen, schlich sich Rosis Hand erneut unter Andreas` Bettdecke. Doch wie schon am Abend zuvor schob er sie zurück. „Bitte, Rosi, lass das!"

Aber Rosi ließ es nicht. Sie drehte sich zu Andreas um und sah ihm ins Gesicht. Dabei schob sie ihre Hand etwas höher unter seine Bettdecke. Sie streichelte ihm über die Brust. Ihre Berührungen waren ihm angenehm. Sie streichelte seinen Körper. Rosis Hand glitt zärtlich über seinen Bauch. Dabei fühlte er seine Erregung und stöhnte leise auf, was Rosi ermutigte, sich mit ihrer Hand weiter vorzuarbeiten. Andreas ließ es geschehen und sie streichelte ihm über die Innenschenkel. Dort ließ sie ihre Hand ein wenig ruhen und beugte sich über ihn. Ihr Kopf näherte sich dem seinen. Ihre Lippen fanden sich. Sie küsste ihn vorsichtig und sehr zärtlich. Dabei streichelte sie weiterhin seinen Innenschenkel, danach sein Geschlechtsteil. Als sie seine Hoden berührte, nahm Andreas sie in seine Arme und erwiderte ihre Küsse voller Verlangen. Sein Penis richtete sich auf und Rosis Hand umschloss ihn und drückte ihn sanft. Er bäumte sich auf. Gegenseitig entkleideten sie sich.

Sie drückten ihre Körper aneinander und Andreas drang in Rosi ein. Sie liebten sich zärtlich und doch wieder heftig, die Erregung steigerte sich und Rosi verspürte Explosionen in ihrem Körper, die sich wellenförmig ausbreiteten. Sie stöhnte auf und auch Andreas merkte, wie es in seinem Penis pulsierte. Er stieß ihn tief in Rosi hinein und war auf dem Höhepunkt. Dann ließ er sich erschöpft, aber glücklich auf Rosis Körper heruntergleiten. Er umarmte und küsste sie, erst noch ein bisschen heftig, aber dann immer zärtlicher. Sie spielten mit ihren Zungen und langsam lösten sie sich voneinander und streichelten sich gegenseitig. Schließlich lächelten sie sich an, als wenn sie sagen wollten: „Siehst du, es geht doch und es war schön."

Später schlief Rosi neben Andreas ein. Er aber wartete vergeblich darauf, endlich einzuschlafen. Seine Gefühle waren in Aufruhr. Was soeben passiert war, hatte er um jeden Preis vermeiden wollen, und nun war es doch geschehen. Er wollte doch mit einem Mann Sex haben! All die Jahre hatte er sich danach gesehnt. Manchmal hatte er die Gelegenheit dazu gehabt und sie auch genutzt. Mit Männern zu schlafen war für ihn die Erfüllung gewesen, nur hatte er bisher keinen Mann gefunden, der auch ihn liebte.

‚Was ist hier eben passiert?', fragte er sich. Rosi war doch für ihn nur eine Freundin. Aber mit Frauen konnte er nicht zusammenleben, dachte er. Andererseits hatte er nie solch eine Erfüllung verspürt wie eben gerade mit ihr.

Er wusste, was sie wollte. Aber wollte er das auch? Er war jetzt schon so viele Jahre alleine und sehnte sich nach einem Partner, nach einem Mann.

Mitten in der Nacht stand er auf, ging in die Küche, schenkte sich einen Whisky ein und ging mit dem gefüllten Glas auf den Balkon. Er nippte an seinem Whisky und seine Gedanken überschlugen sich. Andreas war total durcheinander. Er wusste nicht, wie er sich Rosi zukünftig gegenüber verhalten sollte. Er schüttete den Rest des Whiskys in sich hinein und ging zurück ins Schlafzimmer. Ganz vorsichtig legte er sich neben Rosi, deckte sich zu und fiel irgendwann doch noch in einen unruhigen und nicht erholsamen Schlaf. Als er am Morgen erwachte, fühlte er sich wie zerschlagen und Schuldgefühle plagten ihn.

Trotzdem trennten sie sich von diesem Tage an nicht mehr. Sie waren jede Nacht zusammen. Andreas ging den Weg des geringsten Widerstandes. Zunächst überließ er sich Rosis Führung, weil er ihr nicht wehtun wollte. Wie sollte er sich ihr gegenüber verhalten? Das fragte er sich immer wieder. Es gefiel ihm, wie sie Probleme löste und er fühlte sich bei ihr wohl. Dabei gewöhnte er sich allmählich an den Gedanken, sein restliches Leben mit ihr zu verbringen.

Später lernte Andreas Rosis Kinder besser kennen. Sie waren aufgeschlossene junge Männer, neugierig, wissensdurstig und standen dem Leben positiv gegenüber. Gemeinsame ausführliche Gespräche über viele verschiedene Themen brachten sie einander näher. Jens und Steven nahmen Andreas mit lieben und herzlichen Worten in ihre Familie auf. Jens, der Ältere sagte, als Andreas ihn fragte, was er davon halte, wenn Andreas zu ihnen zöge: „Meinen Segen habt ihr." Und der jüngere Steven meinte: „Es ist mir ganz lieb, wenn du Mama nimmst, bevor da einer kommt, der denkt, er kann eine reiche Frau heiraten."

Rosi war nicht reich, aber sparsam. Sie hatte einen relativ guten Verdienst und wohnte in einem von ihr kürzlich erbauten Haus am Stadtrand. Das Haus war mit einem Kredit finanziert worden.

Andreas war es egal, ob Rosi Geld hatte oder wo sie wohnte. Er wollte zwar gut leben, doch nie würde er sich an jemanden binden, weil er sich daraus einen finanziellen Vorteil versprach.

Irgendwann kam der Tag, an dem Andreas seine Wohnung aufgab und zu Rosi zog. Sie hatte es geschafft, dass er Männer und den Sex mit ihnen nicht mehr vermisste und er gab seine schwule Vergangenheit und damit auch seine eigene Sexualität auf. Er wollte fortan als heterosexueller Mann leben und dachte, er würde wissen, worauf er sich einließ. Er brach alle Kontakte zur Schwulenszene in seiner Stadt ab. Daraus folgte, dass er keine eigenen Freunde mehr hatte und Rosis Freunde auch seine wurden.

*****

Die folgenden Jahre lebten sie glücklich und zufrieden zusammen. Das heißt: Rosi war glücklich und Andreas zufrieden. Er liebte Rosi nicht, aber er achtete und verehrte sie sehr und ließ es sich gefallen, dass sie ihn liebte. So hätte er mit ihr bis an sein Lebensende leben können. Im Bett funktionierte es trotz seiner Homosexualität gut und sie verstanden sich.

Wie andere Familien auch fuhren sie zweimal im Jahr in den Urlaub, dazu zwei bis drei Mal zu einem verlängerten Wochenendurlaub. Ab und zu gingen sie in einer Gaststätte essen und trafen sich regelmäßig mit Freunden, mit Rosis Freunden. Am Wochenende gingen sie spazieren oder ins Kino. Sie wussten, warum sie arbeiteten, und genossen das Leben.

Doch wurde manchmal ihr Glück durch Rosis Kinder gestört. Sie provozierten oder verspotteten und veralberten ihn immer wieder. Das ließ Andreas sich nicht gefallen. Manchmal brachte der jüngere Sohn seine Freundin Anne mit nach Hause, die Andreas offen zeigte, dass sie keine oder nur mangelhafte Achtung vor ihm hatte. In der Folge kam es zwischen ihm und Rosis Kindern mehrmals zum Streit. Wenn Steven die Argumente ausgingen, oder er sich nicht mehr anders zu helfen wusste, sprach er in der darauf folgenden Zeit mit Andreas nicht mehr. Nach einer heftigen Auseinandersetzung herrschte wochenlang zwischen den beiden Funkstille.

In solchen Situationen verteidigte Rosi grundsätzlich ihre Kinder. Nie stand sie zu Andreas, wenn er einen Streit mit Steven oder Jens ausfechten musste. Rosis Argumente hörten sich plausibel an, obwohl sie falsch waren. Aber er war nicht in der Lage, ihre Einwände sofort zu widerlegen. Es gelang Rosi immer wieder, ihm ein schlechtes Gewissen einzureden, wenn ihre Kinder sich mit ihm stritten, obwohl er wusste, dass er im Recht war. Sie drehte jedes Mal das Unrecht ihrer Kinder so hin, dass es als Recht erschien. Irgendwann war Andreas nicht mehr bereit, das hinzunehmen.

Nur ein einziges Mal hatte Andreas erlebt, dass Rosi ihrem Jüngsten eine Moralpredigt hielt, weil auch sie sein Verhalten nicht akzeptierte.

Nach acht Jahren hatte Andreas an den Weihnachtsfeiertagen frei. Am zweiten Feiertag wollten Rosis Söhne mit ihren Freundinnen und Andreas' Sohn mit seiner Frau und ihren beiden Kindern zum Essen kommen. Um Rosi zu entlasten, wollte Andreas die Zubereitung des Festtagsessens übernehmen. Er entschloss sich für einen Rehbraten.

Als Steven und Anne von Rosi erfuhren, was Andreas kochen wollte, lehnten sie das sofort mit der Begründung ab, dass an Weihnachten Ente oder Gans gegessen werde, aber kein Rehbraten. Das wäre ein Essen für das Osterfest, nicht aber zu Weihnachten.

Andreas akzeptierte das, war aber überrascht, dass die beiden in ihrem Alter so konservativ waren. An Heiligabend sollte es Soljanka geben. Damit waren Steven und Anne einverstanden.

Als am 24. Dezember Rosis Kinder erschienen, ging Steven sofort in die Küche, um sich nach dem Mittagessen zu erkundigen. Er war ein introvertierter junger Mann und erzählte nicht viel. Das aber war anders, wenn er mit seinem Bruder zusammen war, dann alberten die beiden oft stundenlang herum.

Seit Steven mit Anne zusammen lebte, veränderte er sich sehr zu seinem Nachteil. Er wurde wie seine Freundin streitsüchtig und frech. Oft handelte er auch unüberlegt. Beide bewiesen immer wieder, wie unreif sie noch waren. Am heiligen Tag stellten sie das ein weiteres Mal unter Beweis, indem sie vor dem Mittagessen für einen Familienstreit sorgten. Anne schrie aus nichtigem Anlass Andreas an, der sich das nicht gefallen ließ. Rosi stellte sich wieder auf die Seite ihrer Kinder. Andreas fühlte sich einmal zu viel von ihr im Stich gelassen und hatte das Vertrauen in sie verloren. Wie es mit ihnen weitergehen sollte, wusste er nicht.

Seitdem regten sich in Andreas alte Erinnerungen, die er schon längst begraben hatte. Er dachte an Sven und André. Seit er mit Rosi zusammen war, hatte er nicht mehr an sie denken müssen. In diese beiden jungen Männer war er einmal verliebt gewesen. Und er dachte an Thomas, zu dem er als junger Mann nicht stehen konnte. Energisch wischte er diese Gedanken beiseite und versuchte mit aller Gewalt an etwas anderes zu denken. Etwa an schöne Urlaubstage, die er mit Rosi erlebt hatte. Doch die Erinnerungen an seine schwule Vergangenheit kehrten immer wieder zurück. Dagegen konnte er nichts tun.

Die Zeit verging, das Verhältnis zu Rosis Kindern, insbesondere zu Steven und Anne, blieb gespannt. Immer wieder kam es zu kleineren Streitigkeiten, Rosi ergriff dabei jedes Mal Partei für ihre Kinder.

So drängten sich Andreas immer öfter Gedanken auf, die er verhindern wollte. Irgendwann war er dann doch so weit, und schob die Gedanken an andere Männer nicht mehr von sich fort. Er zog endgültig aus dem gemeinsamen Schlafzimmer aus und machte es sich im Kinderzimmer bequem. Da stand der Computer.

Eines Abends fand Andreas, was er im Internet gesucht hatte. Er stieß auf Gayboerse, registrierte sich und machte sich mit der Plattform vertraut. Es wurde ihm bewusst, dass er nicht mehr in dieser Familie bleiben konnte. Völlig ausgeschlossen. Er wollte einen guten Zeitpunkt abwarten, um Rosi zu sagen, dass sie sich trennen mussten. Wie so oft im Leben half ihm der Zufall dabei.

Am letzten Oktoberwochenende hatten sie Rosis Enkeltochter zu Besuch, die gerade mal sechzehn Monate alt war. Wenn Andreas sie sah, wurde ihm warm ums Herz. Er nannte das kleine Mädchen immer seine „kleine, süße Maus". Das sagte er jedes Mal ein bisschen leiser und weicher als alles andere, was er aussprach. Er liebte dieses zarte, liebenswürdige kleine Geschöpf sehr.

Die Eltern der Kleinen kamen, um sie abzuholen. Als das Kind im Auto ihrer Eltern saß, wollte Andreas sich von seiner kleinen, süßen

Maus verabschieden. Das brach ihm das Herz. In diesem Moment dachte er, er werde dieses Kind, das er so sehr liebte, nie wieder sehen. Er verspürte in sich eine riesige Traurigkeit, konnte sich nicht beherrschen und begann zu weinen.

Endlich waren Rosis Kinder weggefahren und er war mit ihr alleine. Ein klärendes Gespräch ließ sich nicht mehr umgehen, ein Gespräch, welches Andreas sich wünschte und doch zugleich fürchtete. Rosi wollte wissen, was denn los sei, und Andreas versuchte, es ihr so schonend wie möglich beizubringen. Er erzählte ihr alles, auch, dass er einen Mann kennengelernt hatte, mit dem er sogar schon Sex gehabt hatte. Diesen Mann namens Patrick hatte er im Chat kennengelernt. Sie hatten sich eines Tages zum Frühstück verabredet und dann war es passiert.

Rosi hatte mit allem gerechnet, aber damit nicht. Sie war enttäuscht und sehr traurig, aber noch gefasst. Später einigten sie sich darauf, dass Andreas sich in Ruhe eine Wohnung suchen sollte. Bis er eine gefunden hatte, durfte er im Kinderzimmer wohnen.

Chatpartner

Am 17. November sollte Andreas den Mann im Chat finden, in den er sich haltlos verliebte. Mit ihm verbrachte er im Chat schöne und glückliche Momente. Dieser Mann bescherte ihm aber auch schwere Stunden und Tage. Das beeinflusste Andreas' reales Leben sehr deutlich. Es hatte Auswirkungen auf sein Denken und Handeln.

Andreas saß kurz nach Mitternacht am Computer und loggte sich auf Gayboerse in den Chat ein. Auf seiner Besucherliste fand er mehrere User, die sich sein Profil angesehen hatten. Darunter befand sich ein User, der sich Chatpartner nannte. Er hatte ein einfaches Profil ohne viel Text und es war sein Alter, das Andreas' Interesse weckte. Chatpartner war sechzehn Jahre jünger als Andreas, der jüngere Männer mochte und es sich nicht vorstellen konnte, mit einem gleichaltrigen oder gar älteren Mann eine Beziehung aufzubauen.

Andreas schrieb diesem User eine Message: „Hi, gar nicht nett von dir, mich zu besuchen und mir keine Nachricht zu hinterlassen. Vielleicht meldest du dich einmal, wenn du Interesse daran hast. Ich habe es. Liebe Grüße Andreas."

Am nächsten Tag ging Andreas schon am Vormittag in den Chat, da er Spätdienst hatte. Gegen Mittag antwortete Chatpartner ihm: „Hi, Andreas! Sorry, bin neu hier auf der Plattform und muss mich erst einmal zurechtfinden. Und so sicher bin ich mit dem Computer auch noch nicht. Bin gespannt, ob du meine Nachricht erhältst oder ob ich schon wieder einen Fehler gemacht habe."

Chatpartner schien ein netter Typ zu sein. Andreas schrieb gleich zurück: „Nun mal langsam, es wird schon. Nimm dir einfach die Zeit, die du brauchst."

Chatpartner schrieb zurück: „Hurra, du hast es lesen können! Schon mein erster Erfolg."

Jetzt dachte Andreas: ‚Der ist ja niedlich, freut sich, als wenn er etwas richtig Gutes vollbracht hätte. Aber gut, wenn er sich nicht mit Computern auskennt und auch neu im Chat ist, kann ich ihn schon verstehen. Wie habe ich mal angefangen, ich darf gar nicht daran denken!' Zurück schrieb er: „Es wird weitere Erfolge geben."

Im Folgenden verlief der Chat zwischen Andreas und Chatpartner so:

Chatpartner: „Bist du eigentlich oft im Chat? Habe in meinem Profil etwas geändert, ich suche keine Beziehung, sondern nur Partner zum Quatschen (erst einmal). So kann man vielleicht über vieles reden. Bist du in einer Beziehung?"

Andreas war enttäuscht. Nur weil Chatpartner laut seinem Profil eine Beziehung anstrebte, hatte er ihm geschrieben. Andreas wollte eine neue Beziehung aufbauen, und zwar mit einem jüngeren Mann. Er schrieb: „Ich bin zur Zeit solo, suche aber einen Mann, mit dem ich eine Beziehung eingehen kann.

Bin fast jeden Tag im Chat, also du kannst mich immer, wenn ich on bin, anschreiben, wenn ich helfen kann, tue ich es gerne. So, aber jetzt muss ich zur Arbeit. Liebe Grüße Andreas."

Nach seinem Spätdienst fuhr Andreas sofort nach Hause. Noch wohnte er bei Rosi. In seinem Zimmer loggte er sich auf Gayboerse ein und wurde nicht enttäuscht. Er hatte eine Message von Chatpartner erhalten: „Guten Abend, Andreas. Ich denke, es wird schon spät sein, wenn du von der Arbeit zurück bist. Wie war dein Tag? Habe mir deine Profilbilder angesehen. Du siehst sehr nachdenklich aus. Hat das einen tieferen Grund? Falls wir uns heute am Abend nicht mehr hören, bis zum nächsten Mal. Gute Nacht."

Andreas freute sich über diese Nachricht. Chatpartner schien ein intelligenter Mensch und ein aufmerksamer Beobachter zu sein. Andreas betrachtete die Fotos, die er den Besuchern seines Profils zeigte. Auf einem Bild sah er einen Mann, dessen Alter man zwischen Mitte vierzig und Anfang fünfzig schätzen konnte. Er trug einen Vollbart und eine Brille mit halben Rand. Der Bart begann schon, zu ergrauen. Die Haare waren kurz geschnitten. Der Mann saß auf einer Couch, sah nach rechts, sein Blick ging nach unten. Er lächelte nicht, sondern war sehr ernst.

‚Nur dieses Bild kann er gemeint haben', dachte Andreas. Er antwortete: „Du hast gut beobachtet, im letzten Bild bin ich wirklich nachdenklich, da habe ich über meine Zukunft nachdenken müssen, und wie ich am besten alles erreiche, was ich mir vorgenommen habe. Auch dir eine gute Nacht. Es grüßt dich ganz lieb Andreas."

Am nächsten Tag konnte sich Andreas erst am späten Nachmittag in den Chat einloggen. Er hatte von Chatpartner auf seine Message vom Vorabend eine Antwort erhalten. Er schrieb: „Guten Morgen, na, alles in Ordnung?

Was heißt über deine Zukunft nachdenken? Drehst du dich im Kreis? Hast du Veränderungen vor? Willst du dich aus Rostock verabschieden? Arbeitsprobleme?

Es ist scheiße, wenn man den Kopf nicht frei hat. Da hilft viel reden.

Was hast du dir vorgenommen? Bis Später......"

Andreas dachte: ,Der hat aber viele Fragen. Und ich kann sie ihm ja beantworten. Warum auch nicht, ist ja nichts Schlimmes dabei. Nur alles werde ich ihm nicht schreiben, es geht ihm letztendlich auch nichts an.' Er schrieb: „Es ist eine komplizierte Geschichte, die ich im Chat nicht beantworten möchte, da man das nur verstehen kann, wenn man etwas von meiner Lebensgeschichte kennt.

Aber nein, ich werde nie mehr aus Rostock weggehen, ich habe es einmal gemacht und war ein Dreivierteljahr später wieder zurück, weil ich mich außerhalb von Rostock nicht wohlfühle, außer bei Urlaubsreisen.

Und vorgenommen habe ich mir nur, mich nicht mehr von anderen Leuten beeinflussen zu lassen, insbesondere nicht von meinen Geschwistern. Ich will endlich so leben, wie es gut für mich ist. Um das zu können, musste ich einigen mir sehr wichtigen Menschen sehr wehtun. Das bedrückt mich schon. Aber was soll's, jeder lebt nur einmal und ich möchte nicht mehr mein Leben träumen, sondern meinen Traum leben.

Das ist alles. Vielleicht treffen wir uns im Chat. Bis dahin viele liebe Grüße! Andreas."

Als für andere Menschen in ganz Deutschland das Abendprogramm im Fernsehen begann, chatteten Andreas und Chatpartner erneut fast eine Stunde miteinander. Andreas hatte dessen Profil gespeichert und wurde somit vom System informiert, wenn Chatpartner sich einloggte.

Andreas bemerkte, dass der online war, und freute sich darüber. Außerdem hoffte er, dass sie noch oft miteinander chatten und sich vielleicht auch einmal persönlich treffen konnten. Andreas begrüßte ihn: „Hallo, mein Freund, ich wünsche dir einen guten Abend und hoffe, dass du einen schönen Tag hattest."

Nach drei Minuten war die Antwort da: „Kann nicht klagen, wenn man vom Wetter absieht. Das mit deinen Geschwistern hört sich nicht gut an. Aber du hast auch Menschen, die dir viel bedeuten, oder? Vielleicht doch eine Beziehung? Kannst ruhig ehrlich sein. Wo warst du außerhalb von Rostock?"

Andreas brauchte nur drei Minuten für seine Antwort. Alle Fragen Chatpartners wollte er nicht beantworten. Er kannte diesen Mann nicht und wollte nicht zu viel von sich erzählen. ‚Aber warum fragt er schon wieder', dachte Andreas, ‚ob ich eine Beziehung habe? Hat er etwa Interesse an mir? Ich denke, er sucht keine Beziehung.' Andreas antwortete: „Ich war in Gotha, aber auch das ist eine blöde Geschichte, die viel zu lang für den Chat ist. :=) grins".

Chatpartner erwiderte: „Du bist wohl bloß von blöden Geschichten oder negativen Einflüssen umgeben. Gibt es auch schöne Sachen in deinem Leben? Wie ist es nun mit einer Beziehung? Traust dich nicht, dich dazu zu äußern?"

Andreas dachte: ‚Oh, der Junge ist aber hartnäckig. Na, dann werde ich ihm mal was schreiben, damit er zufrieden ist'. „Ich habe mich gerade getrennt und bin auf Wohnungssuche. Ich suche auch wieder eine neue Beziehung, aber diesmal bleibt jeder dort wohnen, wo er wohnt. Gegenseitige Besuche und Übernachtungen sind aber erwünscht. Ja, ich habe in meinem bisherigen Leben wirklich viel Schlechtes erfahren müssen, aber ich habe den Optimismus nicht verloren, da ich auch viel Schönes erlebt habe. Und du suchst nun doch keine Beziehung? Deshalb hatte ich dich angeschrieben."

‚Mal sehen, was er jetzt schreibt', dachte Andreas, und in sechs Minuten hatte er die Antwort vor sich: „Bin noch zu keiner neuen Beziehung bereit. Kann auch noch nicht darüber reden. Vielleicht später mal, wenn ich Abstand gewonnen habe. Darum tun mir solche Gespräche im Chat mit dir ganz gut. Warten wir ab, was so wird. Bin momentan alleine, kann aber noch nicht so richtig loslassen. Muss erst meine innere Ruhe wieder finden. Da du dich gerade getrennt hast, kannst du mich vielleicht gut verstehen. Trotz Trennung kann ich damit aber noch nicht so richtig umgehen. Denke immer an die schönen Zeiten zurück. Es ist nicht einfach. Wie gehst du damit um?"

‚Oh, oh', dachte Andreas, ‚hier ist mir ja ein Sensibelchen vor die Tastatur gekommen. Hinter seiner ganzen Fragerei versteckt er einen

Haufen eigener Probleme, mit denen er wohl nicht alleine fertig werden kann. Ich glaube, ich sollte hier vorsichtig sein. Vielleicht kann ich ihm helfen.' Andreas überlegte eine Weile, was er Chatpartner antworten sollte. Wenn er nicht die richtigen Worte fand, könnte er schnell alles kaputtmachen, bevor es überhaupt richtig angefangen hatte.

Er brauchte neunzehn Minuten für seine Antwort: „Bei mir ist es ganz anders. Ich habe mich getrennt, damit ich so leben kann, wie ich es will. Ich hätte es schon vor dreißig Jahren tun sollen. Habe oft genug versucht, in der Schwulenszene Fuß zu fassen, aber immer wieder erfolglos. Ich habe mich durch andere zu viel beeinflussen lassen. Deswegen musste ich mir wichtigen Menschen sehr wehtun, und ich fühle mich nicht gut dabei. Aber jeder lebt nur einmal, und auch ich habe ein Recht darauf, so zu leben, wie meine Natur es mir vorgibt. Ich habe im Moment den Arsch voller Probleme, fühle mich aber trotzdem befreit. Ich weiß, wenn ich meine Wohnung habe, wird sich alles regeln. Dann komme ich wieder zur Ruhe.

Dass du nach einer Trennung von einem Partner, mit dem du lange glücklich warst, erst einmal Abstand gewinnen musst und nicht gleich darüber reden kannst, kann ich gut verstehen. Wenn ich dir helfen kann, sage mir Bescheid. Ich tue es gerne.

Ich habe mich immer in die falschen Männer verliebt. So viele waren es nicht, aber an zwei kann ich mich sehr gut erinnern. Das eine war einseitige Liebe, vierzehn lange Jahre. Als ich ihm endlich meine Liebe gestand, weil ich nicht mehr anders konnte, hat er mich beschimpft und beleidigt. Aber ich habe ihm das sagen müssen, sonst wäre ich womöglich noch heute in ihn unglücklich verliebt gewesen. Und der Zweite liegt noch in meiner Jugendzeit.

Und als ich mich jetzt das dritte Mal verliebt habe, hat er mich sitzen lassen, weil er mir gesagt hatte, dass ich mich nicht in ihn verlieben darf. Aber ich hatte den besten Sex meines Lebens mit ihm, wie hätte ich mich nicht verlieben können? Denn ich bin ein Mensch voller Emotionen."

Andreas war fast fertig mit seiner Nachricht, als er von Chatpartner eine weitere Message erhielt. Er wollte nur zu Ende schreiben und seine Antwort abschicken, um die Message zu lesen. Da bemerkte er, dass Chatpartner sich ausgeloggt hatte. Andreas war enttäuscht, schickte seine Nachricht aber trotzdem ab. Chatpartner konnte sie auch morgen lesen. Er öffnete seine Mail, vielleicht hatte Chatpartner geschrieben, warum er so schnell den Chat verlassen hatte, ohne Andreas' Antwort abzuwarten. Belustigt und enttäuscht stellte Andreas fest: ‚Erst stellt er viele Fragen und dann ist er einfach weg, komisch.' Dann las er Chatpartners Message: „Sorry, Andreas, muss mich jetzt verabschieden. Bekomme gleich Besuch auf ein Bierchen am Abend. Vielleicht melde ich mich später noch einmal. Falls es doch zu spät wird, hören wir uns morgen vielleicht. Mach's gut und schlafe schön, träume mal zur Abwechslung von schönen Dingen. Bis Später."

Andreas hatte Verständnis für Chatpartner. Wenn man Besuch bekommt, kann man nicht am Computer sitzen und chatten.

Als er später im Bett lag, konnte er nicht schlafen. Zunächst dachte er an seine jetzige Situation. Er wollte wieder offen schwul leben. Für Andreas war das der einzige und richtige Weg, um wenigstens wieder mit sich und der Umwelt ins Reine zu kommen. Wie hätte er sonst sein Leben gestalten können? Gerade jetzt, nach seinen Erfahrungen mit Rosi und ihren Kindern.

Doch seine Gedanken schweiften in seine Vergangenheit ab, bis in seine frühe Jugendzeit zurück.

Andreas interessierte sich für junge Männer des Sportvereines, in dem er ehrenamtlich tätig war. Mit ihnen über seine Gefühle reden, verbot sich für ihn von selbst. Als es das erste Mal so richtig in seinem Bauch kribbelte, weil er sich in einen Jungen verliebt hatte, wusste er noch nicht einmal, dass er verliebt war. Es war für ihn nicht normal. Er litt darunter, weil er nicht verstehen konnte, was mit ihm gerade geschah.

Andreas hatte keinen Menschen, dem er sich deshalb anvertrauen konnte. In den Nächten hatte er nicht, wie die anderen Jungen in seinem Alter, von einem nackten Mädchen geträumt. Nicht deshalb war er mit einem feuchten Fleck in der Schlafanzughose aufgewacht, wie es viele seiner Freunde erzählten. Auch er hatte feuchte Träume. Doch in seinen Träumen liefen nackte Jungen umher. Einer war schöner als der andere. Andreas war vierzehn Jahre alt und kannte niemanden, dem es ähnlich erging und fühlte sich damit nicht wohl. Wenn seine Gedanken zu Jungen abschweiften, die ihm gefielen und er sich vorzustellen begann, was er mit ihnen erleben könnte, versuchte er, diese Gedanken zu unterdrücken. Das funktionierte aber nur, bis er einen Jungen auf der Straße sah, den er für schön befand. Dann merkte er, wie es in seinem Bauch zu kribbeln begann.

Wenn ihm das passierte, verstand sich Andreas selbst nicht mehr. ,Das geht doch nicht, dass ich auf einen Jungen reagiere, wie ich eigentlich auf ein Mädchen reagieren sollte. Ich bin nicht normal. Irgendetwas stimmt mit mir nicht', so dachte er in solchen Augenblicken.

Auf den Gedanken, dass er schwul sein könnte, kam er nicht. Niemand hatte ihm erzählt, dass es schwule Männer gab. Über das Thema Homosexualität wurde in seiner Welt nicht gesprochen. Freilich erzählten einige Erwachsene manchmal von Arschfickern, denen sie es gezeigt hätten. Diese „perversen Schweine" wurden verprügelt, weil sie sich getraut hatten, sich auf offener Straße zu küssen oder an den Händen zu halten. Oder auch deshalb, weil sie sich anders gekleidet hatten, als normale Männer das taten.

Andreas konnte sich nicht vorstellen, dass es überhaupt möglich war, Geschlechtsverkehr mit einem Jungen zu haben. Analverkehr kannte er in seinem Alter noch nicht. In seinen kühnsten Fantasien war er mit einem schönen Jungen auf einer einsamen Insel. Sie hatten keine Hemden und Hosen, die sie hätten anziehen können. Sie waren auf dieser Insel beide nackt.

Wenn er abends im Bett lag, stellte er sich vor, dass der Junge zu ihm kam und sich ganz dicht neben ihn setzte. Andreas legte ihm seinen Arm um die Schulter. In seiner Fantasie fühlte er die nackte Haut des Jungen. Das erregte ihn. Irgendwann fielen sie in den weichen Sand und Andreas legte sich halb auf diesen Jungen und sah ihm ins Gesicht. Der Junge lächelte ihn an, was Andreas Mut machte, sich ihm weiter zu nähern, und schließlich stellte er sich vor, dass er den Jungen küsste. Zunächst waren diese Küsse sanft und zärtlich. Er streichelte dem Jungen in seiner Fantasie über das Haar, später über das Gesicht und danach über den Körper abwärts, bis er seine Genitalien berührte.

Weiter kam er mit seiner Fantasie nicht, weil sich seine Erregung spätestens an dieser Stelle entlud. Andreas hatte sich selbst gestreichelt, seinen Körper und später auch sein steifes Glied. Wenn ihm das passierte, war es ihm jedes Mal peinlich und er zog sich seine Schlafanzughose aus und versteckte sie, bis sie wieder trocken war. Seine Mutter sollte davon nichts bemerken, wenn sie am Morgen das Bett machte. Warum er es ihr unbedingt verheimlichen wollte, wusste er selbst nicht, zu sagen.

Als Andreas sechzehn Jahre alt war, hatte er ein Erlebnis, dass sein Leben nachhaltig beeinflusste. Dieses Erlebnis veranlasste ihn zu dem Entschluss, nie zu seiner Homosexualität zu stehen. Dadurch verzichtete er auf das Recht auf Liebe. Viele Jahre später erst sollte er feststellen, dass er sein ganzes Leben bis dahin falsch gelebt hatte.

Selbstverständlich erlebte er auch schöne und glückliche Stunden in seinem Leben und oft war er mit sich und der Welt zufrieden, aber wirklich glücklich war er nie. Im Gegenteil, er war oft sehr unglücklich. Bisher hatte er sich in seinem Leben vier Mal in einen Mann verliebt, aber seine Liebe wurde nie erwidert. Er sehnte sich danach, nur ein einziges Mal erleben zu dürfen, einen Mann zu lieben und von ihm wieder geliebt zu werden. Beinahe jeder Mensch wünscht sich so etwas, aber Andreas hatte es nie erlebt. Entweder liebte ihn eine Frau, die er nicht lieben konnte, oder er hatte sich in einen Mann verliebt, der ihn nicht lieben konnte. Nur einmal war das anders. Thomas hatte sich in ihn verliebt, auch Andreas liebte ihn, aber er konnte zu dieser Zeit nicht zu Thomas stehen. Wie hätte er damit glücklich und zufrieden sein sollen?

Es war das Jahr 1975 an einem schönen und warmen Sommerabend. Nach einem langen Tag in der Schule und auf dem Fußballplatz verbrachte Andreas den Nachmittag mit Freunden in der Sternwarte. Er verbrachte viel Zeit außerhalb seines Elternhauses, da sein Vater oft betrunken war und versuchte, so oft es ging, erst gegen Abend nach Hause zu kommen, um Streitereien aus dem Wege gehen zu können. So trat er in der siebten Klasse einer Gruppe junger Astronomen bei und ein Jahr später begann er seine Trainerlaufbahn. Auf dem Heimweg ging er mit einigen seiner Freunde am alten Friedhof vorbei. Thoralf und Paul waren dabei, Andreas' Freundin Petra und die Mitschülerin Christel. Es war fast zwanzig Uhr. Die Temperatur hatte den ganzen Tag die Dreißig-Grad-Marke nicht unterschritten und auch jetzt war kaum eine Abkühlung spürbar. Doch keiner der jungen Leute wollte nach Hause gehen.

„Und was machen wir jetzt?", fragte Thoralf.

Paul sagte: „Wir gehen noch zu den alten Gräbern und vertreiben uns da die Zeit. Vielleicht sind die anderen auch noch da." Der alte Friedhof wurde schon lange nicht mehr genutzt. Nur die alten Gräber wiesen noch auf seine ehemalige Verwendung hin. Heute war der Friedhof ein Treffpunkt für die Jugendlichen. Dort trafen sie sich und machten Pläne für den Abend oder den nächsten Tag. Keinen Menschen interessierte es, wenn die Jugendlichen dort ihre Freizeit verbrachten, sie stellten nichts an und wussten, welche Grenzen einzuhalten waren. Die meisten Gräber waren alt und monumental und wurden nicht mehr gepflegt. Andreas konnte sich gar nicht daran erinnern, dass außer ihnen überhaupt jemand nur in die Nähe des Grabes gekommen wäre. Alles war verwildert und überall wuchs das Unkraut wie auch sonst auf dem gesamten Friedhof.

Schon von Weitem sahen sie zwei ihrer Freunde neben einem großen Grabstein, der sicherlich einmal für eine bedeutende Familie aufgestellt worden war. Sie saßen auf einem von zwei kleineren Grabsteinen, die rechts und links neben dem großen Stein standen und rauchten eine Zigarette. Als Andreas mit seiner Gruppe zu ihnen stieß, begrüßten sie sich mit einem lauten Hallo. Fiete und Pit freuten sich, dass sie nicht mehr alleine abhängen mussten. Thoralf holte eine Schachtel Zigaretten aus seiner Hosentasche und bot sie den anderen an. Während sie rauchten, überlegten sie, was sie mit dem angebrochenen Abend anfangen sollten, als sie aus der Ferne laute Rufe und Gebrüll vernahmen. Noch nie gab es zu dieser Zeit an diesem Ort so einen Lärm. Selbst am Tage war es hier stets friedlich und still. Nicht einmal Andreas' Freundeskreis, der fast seine ganze Freizeit dort verbrachte, verursachte solch einen Radau. Irgendwie hatten sie doch Respekt vor der Totenruhe, auch wenn niemand es zugegeben hätte.

Der Lärm kam näher. Die Freunde hatten ein ungutes Gefühl. Noch konnten sie nichts sehen, denn die Bäume und Sträucher versperrten ihnen die Sicht in die Richtung, aus der das Geschrei und Gejohle kam. Außerdem dämmerte es schon. Jeder der Freunde konnte den fragenden Blick der anderen erkennen: Was sollten sie jetzt tun?

„Abhauen?", fragte Paul. Es wurde immer lauter. Thoralf meinte, dass es wohl das Vernünftigste sei, denn es hörte sich nicht gut an, was da an ihre Ohren drang. Pit kannte sich gut auf dem alten Friedhof aus und sagte: „Lasst uns sicherheitshalber zum verrosteten Zaun gehen, von da aus können wir schnell weglaufen, wenn es sein muss."

Petra und Christel hatten Angst bekommen und wollten sofort verschwinden. Auch alle anderen folgten Pit und ließen sich von ihm führen. Auf halbem Weg hetzten ihnen plötzlich drei junge Männer entgegen. Sie hatten hautenge Jeans an und eng anliegende T-Shirts, die viel von ihren Oberkörpern preisgaben. Aus ihren Gesäßtaschen hingen einfarbige Tücher heraus. Trotz des warmen Wetters trugen sie bunte Halstücher. Sie liefen vor etwas oder jemanden fort. In ihren Gesichtern konnten die Freunde Angst erkennen. Von ihnen ging keine Gefahr aus, sie brauchten eindeutig Hilfe.

Als sie sich sahen, rief einer der Männer ihnen entgegen: „Haut hier bloß schnell ab!" Und dann sahen sie auch den Grund dieses Ausrufs. Hinter ihnen rannte eine größere Gruppe mit Messern und Stöcken bewaffneter Jugendlicher. Was hier vorging, war offensichtlich. Die drei Männer wurden von der Gruppe verfolgt. Andreas sah, dass die Verfolger sich trennten. Drei Männer versuchten, den

Flüchtenden auf der rechten Seite den Weg abzuschneiden. Drei andere versuchten es links von ihnen. Ein weiterer Verfolger sprang einfach über die alten Gräber hinweg. Er war ein großer, muskulöser und angsteinflößender Kerl. Schnell kam er den Verfolgten näher. Die Freunde bekamen Angst, Angst um sich und um die drei anderen. Pit rief ihnen zu: „Kommt hierher! Schnell!"

Die drei überlegten nicht, sondern liefen Andreas und seinen Freunden entgegen. „Mir nach!", rief Pit. Sie verließen sich auf ihn. Pit kannte sich hier am besten aus. Er war der Jüngste und Kleinste in ihrer Gruppe, aber er war auch derjenige, der mehr Zeit als alle anderen hier verbrachte. Wenn er keine Lust hatte, zur Schule zu gehen, dann erwachte sein Abenteuersinn und er erkundete den alten Friedhof.

Plötzlich lief er nach links, wo kein Weg war. Andreas sah aus seinem Blickwinkel, dass der große Kerl, der über die Gräber sprang, sie fast eingeholt hatte. Meter um Meter holte er auf. Die Freunde stürzten Pit hinterher. Nach etwa zwanzig Metern lief der plötzlich nach rechts. Auch hier war kein erkennbarer Weg vorhanden. Sie folgten ihm etwa fünfzig Meter, bis sie plötzlich vor einem Grab standen, das nur einen Weg nach rechts freigab. Pit schlug diesen Weg ein und es ging noch einmal knapp siebzig Meter weiter. Keiner wusste mehr, wo sie sich befanden. Am Ende des Weges war nur noch undurchdringliches Gestrüpp. Andreas fürchtete schon, dass sie in einer Falle saßen. Doch Pit rief ihnen entgegen: „Schnell, da rein!"

Und schon kroch er auf den Boden durch ein Loch in das dichte Gebüsch hinein, die anderen folgten ihm. Dunkelheit umfing sie. Nach etwa zehn Metern wurde es wieder heller und sie kamen aus dem Dickicht heraus. Andreas drehte sich um und sah eine lange, grüne, aus Sträuchern bestehende Wand, an der sie jetzt der untergehenden Sonne entgegenliefen. Endlich erreichten sie eine Mauer, die Pit mühelos übersprang, obwohl sie ihn um einige Zentimeter überragte. Seine Freunde eilten ihm hinterher. Die Jungen halfen den Mädchen, die Mauer zu überwinden.

„Wo sind wir hier?", fragte Christel, als sie vor einem kleinen Betonbunker standen. Pit, der seine Ruhe wiedergefunden hatte, antwortete: „Kommt hier herein." Sie folgten ihm in den Betonklotz. „Kein Mensch vermutet uns hier", sagte Pit.

Allmählich fiel die Anspannung von ihnen ab. Einer der drei Fremden sah Pit ins Gesicht und sagte: „Danke, Kleiner. Ohne dich hätten wir das nicht geschafft." Erleichtert setzte er sich auf eine Holzkiste, von denen mehrere im Raum standen.

„Was war da los?", wollte Thoralf wissen.

„Die haben uns verfolgt", sagte einer der drei.

„Aber warum?", fragte Petra.

Nun sahen sie, dass einer der drei Fremden geschminkt war. Paul war es, der direkt fragte: „Seid ihr schwul und deshalb haben die euch gejagt?"

Der Geschminkte bejahte diese Frage.

Thoralf sagte nicht ganz freundlich: „Da müsst ihr euch aber auch nicht wundern, so, wie ihr rumrennt", und an den Geschminkten gewandt, meinte er: „Und du besonders."

Christel beruhigte die Gemüter, indem sie sagte: „Endlich mal Männer mit Geschmack. Sie sehen doch total süß aus."

In der Tat sahen die drei Jugendlichen gut aus, fand Andreas und musste sie sich immer wieder ansehen. Aber er achtete darauf, dass seine Freunde ihn dabei nicht beobachteten.

Fiete sah Christel mit einem breiten Grinsen an und erwiderte: „Nur, dass sie von dir nichts wissen wollen."

Der Geschminkte wurde plötzlich unruhig und fragte: „Wo ist eigentlich Daniel geblieben?" Er sah sich im Raum um. Auch die anderen beiden wurden nun unruhig. Einer sagte: „Scheiße", und ihm stiegen Tränen in die Augen.

Andreas verfolgte alles wie aus weiter Ferne. Geistig war er nicht mehr anwesend. Den anderen fiel das nicht auf, dass er mit sich kämpfte. Zu gerne hätte er mit den Dreien gesprochen, hätte ihnen seine Fragen, die ihn schon seit langer Zeit quälten, gestellt. Aus zwei Gründen ging es nicht. Seine Freunde waren dabei und er wollte nicht, dass sie wussten, was ihn bewegte. Und es verbot sich für ihn von selbst, die drei Unbekannten mit seinen Problemen zu belasten, gerade in diesem Moment, als sie sich große Sorgen um einen ihrer Freunde machten. Andreas wollte sie später, an einem anderen Tag, auf dem alten Friedhof suchen, sie würden bestimmt wieder einmal hier sein. Andreas war beinahe verzweifelt. Da führte ihm das Schicksal gleich drei dieser Männer, von denen er sich Antworten auf all seine Fragen erhoffte, über den Weg und er konnte nicht mit ihnen reden!

Wenige Zeit später verließen sie ihr Versteck und konnten den Heimweg antreten. Als Andreas endlich zu Hause war, ging er sofort in sein Zimmer. Er hatte keinen Hunger und keine Lust, sich zu waschen. Er zog sich aus und legte sich in sein Bett. Doch schlafen konnte er nicht. Er musste immer wieder an den vergangenen Abend denken und haderte mit seinem Schicksal. Es ärgerte ihn, dass er nicht mit den drei jungen schwulen Männern sprechen konnte.

Am nächsten Tag las Andreas in der Zeitung, dass es auf dem alten Friedhof zu einer Schlägerei gekommen sei. Ein junger Mann musste schwer verletzt ins Krankenhaus eingewiesen werden. Von den Tätern fehlte jede Spur, die Polizei ermittelte.

Dieses Erlebnis war für Andreas ausschlaggebend dafür, dass er keiner Menschenseele jemals erzählte, was er fühlte, wenn er mit anderen männlichen Jugendlichen zusammen war. Daran hielt er sich viele Jahre.

Silvio

Am nächsten Morgen sendete Andreas eine Message an Chatpartner und versuchte dessen Namen zu erfahren.

Andreas wusste nicht, wie Chatpartner arbeiten musste. Da er Zeit hatte, wartete er auf ihn. Und tatsächlich bekam er nach ein paar Minuten von ihm eine Antwort. Andreas freute sich darüber und fühlte, dass irgendetwas sie miteinander verband. Nur was das war, konnte er nicht sagen.

Andreas hatte es sich zum Prinzip gemacht, nicht mit Usern zu chatten, die in ihrem Profil kein Foto von sich hochgeladen hatten. Auch Chatpartner hatte das nicht getan, aber Andreas spürte, dass dieser ein ehrlicher User sein musste, den er für sehr verletzlich und sensibel hielt. Deshalb machte Andreas bei ihm eine Ausnahme und las die Nachricht: „Hallo Andreas. Der Abend war zwar schön, aber auch wieder sehr emotional. Auch wenn man über die vergangene Beziehung spricht, kommt alles noch einmal hoch. Und Liebe kann man nicht einfach abstellen. Auch wenn Freunde mich ablenken wollen, kommt man immer wieder auf dasselbe Thema und schon ist man wieder drin.

Wie gehst du mit deiner Trennung um?

Was heißt neue Wohnung? Wo wohnst du denn jetzt?

Der mit dem besten Sex deines Lebens war deine Beziehung?

Gruß Silvio."

Andreas dachte: ‚Schon wieder stellt er mir so viele Fragen, aus meiner Antwort an ihn ist wohl nicht hervorgegangen, dass ich mit einer Frau zusammengelebt habe'. So schrieb er wieder eine lange Antwort: „Hallo, Silvio, woran liegt es nur, dass wir beide zur gleichen Zeit Ähnliches durchmachen?

Ich bin zurzeit auch in totaler innerer Unruhe, deshalb kann ich auch nicht gut schlafen. Vielleicht vier Stunden in der Nacht, dann bin ich wieder wach. Hier im Chat lernt man zwar viele Arschlöcher kennen, aber auch gute Menschen. Ich habe hier jemanden gefunden, der mir viel Halt und Zuversicht gegeben hat. Wir kennen uns noch nicht einmal persönlich, nur hier im Chat. Aber er hat mir geholfen, meine ganze Situation realistischer zu sehen, und nun bin ich etwas entspannter und optimistischer.

Du musst über deine Trennung mit deinen Freunden reden, und wenn dir die Tränen kommen, schäme dich nicht dafür. Lass es raus. Nur so kannst du die Trennung von deinem Freund verarbeiten. Wenn du alles in dich hineinfrisst, wie man so schön sagt, wirst du nicht fähig sein, wieder eine neue Beziehung aufzubauen, und um alleine zu bleiben, bist du zu jung. Außerdem wird man verbittert und unzufrieden, vor allem mit sich selbst. Irgendwann wirst du dir Selbstvorwürfe machen und das ist nicht gut. Das wäre der sichere Weg in Depressionen zu verfallen und krank zu werden.

Also, Silvio, rede darüber mit Freunden und lasse deine Gefühle raus. Ich spüre, du bist ein guter und liebevoller Mensch. Lasse es nicht zu, dass es anders wird, und gehe, wenn du alles verarbeitet hast, eine neue Beziehung ein, damit auch du wieder Liebe empfangen kannst.

Meine Trennung ist die Trennung von einer Frau. Ich habe mich dummerweise vor acht Jahren mit ihr eingelassen. Sie wusste, dass ich schwul bin. Ich achte sie sehr, und ich habe ihr sehr weh getan. Noch wohne ich bei ihr, eine passende Wohnung zu finden ist nicht so einfach.

Der mit dem besten Sex ist der gewesen, in den ich mich wieder haltlos verliebt habe. Ich hätte es aber nicht tun dürfen. Deshalb ist auch das jetzt wieder beendet. Es tut weh, aber ich lasse mich nicht unterkriegen.

Das Leben geht weiter und ich will leben, lieben und geliebt werden. Das Gleiche wünsche ich dir auch. Du solltest es dir ebenso wünschen."

Andreas schickte die Message ab. Wie naiv er zu diesem Zeitpunkt im Internet unterwegs war, ahnte er nicht. Außerdem legte er in seine Antwort an Silvio seine eigenen Wünsche und Erwartungen hinein. Aber die konnte er nicht auf ihn übertragen.

Nach zwanzig Minuten las er Silvios Antwort: „Hi, Andreas, es ist schön, dass du jemanden gefunden hast, der dir im Chat hilft. Darauf habe ich auch gehofft. Ich habe meinen Partner wirklich geliebt und ich liebe ihn immer noch, glaube ich. Es tut weh, wenn ich an ihn denke. Er war mein Leben. Das Thema neue Beziehung schiebe ich nun erst einmal etwas weg. Ich muss versuchen, innerlich zur Ruhe zu kommen. Das ist nicht so einfach. Ich habe auch Angst davor, ihn plötzlich zu sehen. Wie verhalte ich mich dann? Ich weiß es noch nicht.

Du hast mit einer Frau zusammengelebt? Das ging? Das geht jetzt noch gut, wenn du sie jeden Tag siehst? Wie verkraftet sie es? Eigentlich ist sie in so einer Situation wie ich. Wir wurden verlassen. Wie hast du es geschafft, ihr das alles zu erklären? Liebt sie dich noch oder hasst sie dich? Du hast doch noch kein Messer in der Brust? Habt ihr Kinder zusammen? Wie gehen die damit um?

Ich wünsche mir sehr, dass dein letzter Satz in Erfüllung geht.

Liebe Grüße! Silvio."

Andreas war von dem Mann überrascht. Er zeigte eine gewisse Portion Humor. Und obwohl er genug eigene Probleme hatte, dachte er trotzdem noch an andere. In diesem Fall an Rosi und Andreas, was seine vielen erneuten Fragen bewiesen. Andreas schrieb zurück: „Lieber Silvio, ich werde versuchen, dir deine Fragen kurz zu beantworten. Aber dann sollten wir über dich sprechen. Ich glaube, du hast meine Hilfe nötiger als ich deine.

Gut, zuerst zu mir:

Anfangs bin ich mit ihr gut klargekommen, aber mit der Zeit ging es im Bett nicht mehr. Gemeinsame Kinder haben wir nicht, aber jeder für sich. Sie zwei und ich eines, alle heute erwachsene Männer.

Sie verkraftet die Trennung mehr schlecht als recht. Sie liebt mich immer noch und möchte, dass ich zu ihr zurückkomme. Ich habe ihr aber zu verstehen gegeben, dass es für mich kein zurückgibt. Wie ihre Kinder damit umgehen, weiß ich nicht. Sie wissen noch nicht, dass wir uns getrennt haben. Sie wollte es so. Nächstes Wochenende wird sie mit ihren Kindern darüber reden.

Mein Sohn weiß es. Er hat noch einige Fragen, die ich ihm beantworten muss. Er hat eine eigene Familie und wir sehen uns nicht jeden Tag.

Dass ich es ihr sagen konnte, ging auch nicht von heute auf morgen. Ich habe ihr einige Signale zukommen lassen, sodass sie merken musste, dass etwas nicht in Ordnung war. Wir mussten darüber reden. Ein Gespräch war nicht mehr zu umgehen." Andreas schrieb weiter: „Und nun zu dir. Wenn du deinen Ex immer noch liebst, ist es normal, dass es wehtut. Du kannst nicht einen Schalter umlegen, der es dir erlaubt, von einem zum anderen Moment völlig andere Gefühle zu haben. Erst recht nicht, wenn er dein Leben war.

Lieber Silvio, du musst ihn loslassen. Wie das gehen soll, kann ich dir nicht sagen. Ich kenne dich zu wenig und ihn gar nicht. Wir können darüber reden. Ich möchte dir helfen.

Dass du jetzt noch nicht zu einer neuen Beziehung fähig bist, ist okay und macht dich mir sympathisch. Wenn es anders wäre, wäre es nicht die große Liebe gewesen. Aber die Zeit heilt alle Wunden. Ich war auch einmal vierzehn Jahre in einen Mann verliebt, total hoffnungslos. Ich kam von ihm nicht los und musste letztendlich eine Entscheidung suchen und habe sie gefunden, zwar nicht so, wie ich es wollte, aber ich bin dann zur Ruhe gekommen.

Du wirst ihn nie vergessen. Aber du kannst dich für einen anderen öffnen. Du musst es nur wollen, aber lass dir damit ruhig etwas Zeit. Übereile nichts, sonst wird es nur schlimmer. Es könnte eine Enttäuschung geben, weil der andere spürt, dass irgendetwas nicht stimmt.

Wenn du willst, bin ich für dich da, wenn du jemanden zum Reden brauchst. Wenn du möchtest, können wir uns auch einmal treffen, im persönlichen Gespräch ist es einfacher, bestimmte Dinge zu klären."

Andreas las sich alles noch einmal durch. Danach schickte er die Mail ab. Er glaubte, dass Silvio Hilfe benötigen konnte. ‚Man muss kein Psychologe sein', dachte er, ‚um dem anderen helfen zu können. Manchmal reicht es aus, wenn man Lebenserfahrung hat.' Und die hatte er, davon war er überzeugt.

Andreas richtete sich auf eine lange Wartezeit ein. Nach sechsunddreißig Minuten antwortete Silvio:„Hallo Andreas, ich finde es gut, dass du schon so von dir erzählen kannst. Mir fällt es noch fürchterlich schwer. Ich suche Abwechslung im Chat. Dadurch, dass ich von anderen höre. So wie von dir. Wenn ich über mich berichten soll, bin ich noch nicht soweit. Es bricht mir das Herz und ich stehe dann neben mir. Gib mir noch Zeit und unterbrich bitte nicht unseren Chatkontakt. Du hilfst mir unheimlich mit deinen Ratschlägen und deiner Offenheit.

Trotzdem habe ich noch eine Frage: Wie sahen deine Signale ihr gegenüber aus? Vielleicht habe ich die Signale in meiner Beziehung übersehen und erkenne sie aber jetzt! Hat sie deine Signale erkannt oder war sie so blind wie ich? Hattest du schon eine Beziehung, als du noch mit ihr zusammen warst? Entschuldige, wenn ich deine ehemalige Partnerin nur mit ‚sie' anspreche, ich meine es nicht abwertend. Eigentlich war es auch mutig von ihr, sich mit dir einzulassen, wo sie doch wusste, wie du innerlich empfindest. Und wie empfindest du jetzt, wenn ihr euch im Bad trefft oder nackt gegenübersteht? Ich glaube, ich würde meinen Partner niederreißen und verwöhnen."

An was Silvio alles dachte! Was ging ihm nur durch den Kopf? Er war ein sehr mitfühlender und vorsichtiger Mensch, der nicht sehr viel von sich preisgab. Durch seine Fragen erreichte er, dass der andere von sich erzählte. Silvio konnte so aus den Erfahrungen des anderen seinen Nutzen ziehen. Er wusste genau, wie er es anstellen musste, um Abwechslung und Hilfe im Chat zu bekommen. Und Andreas war ein hilfsbereiter, manchmal naiver Mensch, der gerne anderen Menschen half. So schrieb er Silvio eine weitere Nachricht. „Du hast viele Fragen. Wenn du noch nicht von dir erzählen möchtest, ist es für mich in Ordnung. Ich werde natürlich mit dir weiterhin chatten, nur muss ich gleich zu einer Wohnungsbesichtigung und danach zur Arbeit. Also wenn ich off bin, nichts Falsches denken. Heute Abend bin ich wieder da.

Du bekommst von mir aus alle Zeit der Welt, ich halte zu dir. Lass dir ruhig die Zeit, die du brauchst, alles andere wäre nicht gut.

Doch wirst du deinen Partner nicht mehr niederreißen und ihn verwöhnen. Schlage dir das aus dem Kopf, sonst wirst du nie über diese Trennung hinwegkommen.

Meine Signale ihr gegenüber waren so: Im Auto habe ich kaum mit ihr gesprochen, in öffentlichen Verkehrsmitteln habe ich mich ihr gegenüber gesetzt und aus dem Fenster gesehen, wenn sie mich ansprach und sagte, früher hätte ich dies oder das gemacht oder gesagt. Dann sagte ich, das war früher. Vor allem habe ich total ungeniert anderen Männern hinterher gesehen, sodass sie eigentlich schon böse wurde.

Ich muss nun bald los. Bis dahin liebe Grüße! Andreas."

Silvios Antwort war schnell da. Sie war kurz und bündig: „Bis später und danke für alles. Liebe Grüße! Silvio."

Am nächsten Tag, dem 21. November 2010, konnte Andreas sich erst am Abend in den Chat einloggen. Er fand eine Message von Chatpartner vom frühen Nachmittag: „Hallo, Andreas, ich habe es nicht geschafft!

Wollte gestern mit dir chatten, als es plötzlich klingelte. Er war da und hat sich genommen, was er wollte. Ich habe ihn gewähren lassen, habe seinen Körper und seine Berührungen genossen. Ich war (!) glücklich. Nun ist er wieder fort. Ich krieche für heute in eine Ecke und werde meine Wunden lecken.

Wie schaffst du es, nicht so zu handeln, wie ich, wenn du deine ehemalige Partnerin nackt siehst oder ganz dicht an deinem Körper spürst? Was empfindest du? Ich glaube dir nicht, wenn du jetzt sagst: nichts. Sollte es aber doch so sein, dann kannst du mir wahrscheinlich nicht helfen. Ich suche nach neuen Wegen.

Ob ich mich heute noch einmal melde, weiß ich noch nicht. Ich brauche heute den Tag für mich.

Ebenfalls liebe Grüße Silvio."

Andreas konnte es spüren, wie Silvio sich fühlen musste. Bestimmt verletzt. Er hatte dem Drängen des ehemaligen Partners nachgegeben und war dabei glücklich gewesen. Bestimmt war er von seinen Gefühlen durcheinandergewirbelt, von glücklich sein bis hin zur Verzweiflung, weil er schwach war und seinen sexuellen Bedürfnissen nachgegeben hatte. Wie verzweifelt musste er jetzt in diesem Moment sein!

Einerseits tat ihm Silvio leid. Aber andererseits hatte er an dieser Situation selbst Schuld. Andreas wollte ihm gerne helfen, aber wie, wenn Silvio so schwach war?

Andreas antwortete ihm: „Hallo, Silvio, ich finde es nicht gut, dass du dich jetzt verkriechst. Ich glaube, du brauchst dringend Hilfe. Bei mir sieht es etwas anders aus als bei dir. Das kann man nicht miteinander vergleichen. Du hast deinen Partner geliebt, ich meine Partnerin nicht. Da wir beide schwul sind, liegt es doch auf der Hand, dass es bei mir in irgendeiner Form nur eine Zweckgemeinschaft war. Vielleicht sollten wir uns einmal treffen, damit wir über alles reden können. Ich biete dir meine Hilfe an. Annehmen musst du sie aber

33

ganz alleine. Wie alt war denn dein Partner und wie lange habt ihr zusammen gewohnt?

Ich sehe eben, dass du on bist, also melde dich bitte."

Silvio war gerade in den Chat gekommen, das traf sich gut. So konnten sie sich gleich über seine Probleme austauschen. Silvio schrieb zurück: „Hi, Andreas, war doch neugierig, ob du meine Mail gelesen hast. Wir waren sieben Jahre zusammen und er ist ein Jahr älter als ich.

Ja, es war ... nein, es ist noch Liebe. Vielleicht hoffe und klammere ich auch zu viel. Aber es ist, wie du sagst, ich brauche meine Zeit. Einen schönen Abend noch. Melde mich morgen noch einmal. Muss und will noch über vieles nachdenken. Liebe Grüße! Silvio. Schlafe schön und mache dir keine Sorgen. Ich melde mich morgen. Ciao."

Am 22. November tauschten sie drei Mails aus. Die erste kam am Vormittag von Silvio: „Hi, Andreas, habe die Nacht gut überstanden. Sogar besser als gedacht. Und du? Wie hast du das Wochenende verbracht? Ach, ja, neulich habe ich dir die Daumen für eine eigene Bude gedrückt. Hat es geklappt? In welche Gegend soll es dich denn verschlagen?

Aber so kurz vor Weihnachten und Silvester ausziehen ist bestimmt auch eine beschissene Situation für euch? Ich werde diese Tage in Familie verbringen, da bin ich dann rund um die Uhr abgelenkt.

Meine Mutter hält mich auf Trab. Ist in meiner jetzigen Situation auch ganz gut so. Obwohl ich sonst gerne mein Leben alleine gestalte. Also dann bis demnächst.

Liebe Grüße! Silvio."

Andreas antwortete nachmittags: „Hallo, Silvio, es ist schön, dass du die Weihnachtstage bei deinen Eltern verbringst. Dann brauche ich mir ja keine Sorgen, um dich zu machen. Ich bin froh, dass du nicht alleine bist.

Ich möchte in den Nordwesten ziehen und habe eine Wohnung in Aussicht. Die Wohnung ist zum 01.12. frei, das heißt, ich könnte Anfang Dezember dort einziehen. Es wäre toll, denn ich muss hier raus, sie bedrängt mich immer wieder, und ich muss immer wieder abblocken. Keine schöne Situation.

Hast du einmal Lust, dich mit mir zu treffen? Nur leider geht es diese Woche nicht, ich habe zu viele Termine. Du kannst es dir ja einmal überlegen.

Liebe Grüße! Andreas."

Am Abend schickte Andreas eine zweite Mail an Silvio, in der er fragte, ob sie Weihnachten zusammen etwas chatten könnten.

Silvio entwickelte sich für Andreas zu einem Chatfreund, und er wünschte sich ehrlich, ihn kennenzulernen. Heute war der 23. November, sie kannten sich per Chat erst den siebten Tag, aber trotzdem kam es Andreas vor, als wenn es schon viel länger sei. Er freute sich, wenn Silvio im Chat war und sie miteinander schreiben konnten. Silvio war so herzerfrischend einfühlsam.

Das sollte Andreas in der nächsten Message wieder erfahren. Obwohl Silvio genug eigene Probleme hatte, dachte er trotzdem an Rosi. Er schrieb: „Hi, Andreas, ich habe mir unsere Mails noch einmal angesehen und viel darüber nachgedacht. Ja, du hast recht, es ist schön, wenn man mit jemandem über alles reden kann. Und per Chat fällt es mir viel leichter als gegenübersitzend.

Andreas, seit einigen Tagen chatten wir zusammen und innerlich bezeichne ich dich schon als meinen Chatfreund. Du hilfst mir vielleicht mehr, als dir bewusst ist. Und Freunde sagen sich offen auch mal die Meinung oder?

Ich möchte noch einmal etwas zu deiner ehemaligen Partnerin sagen: Sicher, irgendwie war es für dich eine Zweckgemeinschaft. Aber ich kann deine Partnerin voll und ganz verstehen. Irgendwie ist sie in meiner Position. Hat dich geliebt bis zu deinem Geständnis, nichts ahnend! Plötzlich fällt alles zusammen, was ihr euch für die Zukunft vorgenommen habt. Was empfindest du als ‚bedrängen', will sie mit dir Sex? Das glaube ich nicht. Vielleicht deutest du jetzt die Signale falsch. Vielleicht will sie dir nur zu verstehen geben, dass sie dich noch liebt. Ich weiß, dass es nicht so einfach ist, loszulassen. Sie quält sich bestimmt auch, so wie ich. Und du weißt nicht, wie oft sie weint, wenn du nicht bei ihr bist. Und vielleicht verletzt du sie auch, wenn du immer wieder abblockst. Das große Erwachen kommt sowieso, wenn du nicht mehr für sie da bist. Wir beide chatten miteinander und quatschen uns aus. Chattet sie auch? Hat sie eine Vertrauensperson? Mit wem tauscht sie sich aus?

Ich denke nicht, dass sie Sex mit dir will, aber sie wird bestimmt alles tun, um dich glücklich zu sehen. Aber wo bleibt sie? Diese Frage stellte ich mir auch. Ich würde auch alles für meinen Partner tun, aber wo bleibe ich?

Denke mal darüber nach und sei mir nicht böse. Aber ich denke nun mal so.

Bis später Liebe Grüße! Silvio."

Silvio hatte recht, das wusste Andreas. Er hatte schon oft über Rosi und die ganzen Umstände hier in dem kleinen Haus nachgedacht. Was für ein einfühlsamer und intelligenter Mann Silvio doch war! Andreas schrieb ihm seine Antwort: „Hallo, Silvio, ich brauche nicht darüber nachdenken, was du mir zu Rosi schreibst. So, wie du es beschreibst, genau so ist es. Du hast hundertprozentig recht. Es ist ja beinahe so, als ob du uns persönlich kennst.

Natürlich kommt das große Erwachen für sie, wenn ich nicht mehr hier bin. Aber ich möchte, dass sie die Hoffnung, ich könnte zu ihr zurückkommen, aufgibt.

Es liegt mir fern, ihr wehzutun, das habe ich mit der Trennung schon genug getan. Sie liebt mich immer noch, so wie du deinen Partner.

Für euch beide trifft Folgendes zu, auch, wenn ihr es jetzt nicht so sehen könnt.

Weine nicht, weil es vorbei ist, sondern lache, weil es geschehen ist. Was will ich damit sagen?

Natürlich seid ihr traurig, weil eure Beziehung kaputt gegangen ist. Aber ihr seid sieben beziehungsweise acht Jahre glücklich gewesen. Nun ist diese Zeit vorbei. Aber ihr hattet sieben oder acht glückliche Jahre. Viele Menschen können das nicht von sich sagen. Es wird einmal jemand kommen, mit dem ihr wieder eine Beziehung eingehen werdet.

Das ist der Lauf der Dinge. Ich wünsche dir und Rosi, dass ihr wieder einen Partner findet. Vielleicht gibt es schon jemanden in eurer Nähe, der sich für euch interessiert. Aber solange ihr den Letzten nicht loslassen könnt, werdet ihr eure Chance nicht bemerken und sie so verspielen. Und das will ich nicht, deshalb blocke ich bei Rosi ab. Ich will auch, dass sie glücklich ist, aber ich bin nicht derjenige, der sie glücklich machen kann.

Verschließt nicht eure Augen und Herzen, auch wenn das andere immer noch wehtut. Ihr habt es beide verdient, glücklich zu sein.

Liebe Grüße! Andreas."

Andreas hoffte, dass Silvio seine Worte richtig verstand, aber ob er das konnte? „Verschließt nicht eure Augen und Herzen", sagte Andreas, aber Silvio hatte ihn noch nicht gesehen, wollte es auch nicht, sonst wäre er auf seine Angebote, sich mit ihm zu treffen, schon längst eingegangen. Und Silvios Herz schlug nun einmal immer noch für seinen Ex-Partner. Auch das hatte er gesagt. Andreas machte sich trotzdem Hoffnungen, Silvio einmal zu treffen. Mit jeder Mail, die sie austauschten, mit jedem Chat, den sie hatten, wuchs in Andreas die Zuneigung für Silvio. Und Silvios nächste Message ließ Andreas' Herz noch wärmer für ihn werden.

„Hallo, Andreas, bin noch im Chat. Mir kommen fast die Tränen, wenn ich deine Zeilen und Wünsche lese. Wenn das doch alles nur so in Erfüllung geht! Du gibst mir Hoffnung. Danke, dass du da bist, wenn ich mal aufmunternde Worte brauche. Deine Partnerin heißt also Rosi und mein Partner heißt Ralf. Ich kenne euch bestimmt nicht, aber ich bin auch nur ein Mensch, der Gefühle hat und dem das Gleiche passiert ist.

Das Chatten zu Weihnachten kriege ich bestimmt hin. Ich bin froh, dass du, so empfinde ich das, ehrlich bist. Danke!

Liebe Grüße! Silvio."

‚Oh, ja', dachte Andreas, ‚es wäre sehr schön, wenn wir Weihnachten miteinander chatten könnten, und wenn es nur ein paar Minuten pro Tag sind, das wäre schon ausreichend. Hauptsache, wir wissen voneinander, dass es uns gut geht.' Das teilte Andreas Silvio mit. Außerdem schrieb er: „Denk an deine Mutti, sie freut sich, wenn du da bist. Verdirb ihr bitte nicht diese Freude! Wenn wir uns abends auf eine Stunde treffen, ist es in Ordnung."

Andreas und Silvio schöpften aus ihren Chats Kraft und Zuversicht, das ihnen im Alltag guttat. Sie hatten viele Sorgen und Probleme und halfen dem anderen, jeder auf seine Weise, damit fertig zu werden.

Erneut trafen sie sich am 24. November im Chat. Den ganzen Vormittag schrieben sie miteinander. Am frühen Morgen fragte Silvio Andreas: „Guten Morgen, bist du heute früh zur Arbeit oder noch im Bett? Wie ist es mit deiner Wohnung ausgegangen? Zu deiner Zufriedenheit?

Ich wünsche dir einen schönen Tag."

Silvio machte es Spaß, mit Andreas Gedanken auszutauschen. Mit ihm konnte er seine Probleme besprechen. Außerdem genossen sie den Humor, den sie manchmal in ihren Nachrichten zeigten.

Andreas antwortete: „Hallo, Silvio, mit der Wohnung entscheidet es sich erst heute. Ich habe noch Hoffnung.

Wie geht es dir? Ist alles in Ordnung? Wenn du mich brauchst, ich bin für dich da.

Liebe Grüße! Andreas."

Postwendend kam Silvios Antwort: „Für die Wohnung drücke ich dir die Daumen.

Bei mir ist alles in Ordnung. Habe mich schon auf einen kleinen Chat mit dir gefreut. Danke, dass du für mich da bist. Ich werde mich auch nicht scheuen, wenn du damit einverstanden bist, dich um Rat zu fragen."

Auch Andreas freute sich, wenn er mit Silvio chatten konnte. Waren es doch für ihn immer wieder interessante Gespräche. Er schrieb: „Warum sollte ich etwas dagegen haben? Ich würde dir auch im realen Leben helfen, nicht nur im Chat, nur dazu müssten wir uns treffen."

Gerne würde Andreas Silvio persönlich gegenüberstehen. Er hatte es Silvio schon mehrmals geschrieben oder angedeutet. Aber Silvio lehnte das immer wieder ab. Aber Andreas war ein Mensch, der nicht so schnell aufgab. Immer wieder suchte er eine Möglichkeit, die er oft auch fand, um seinen Wünschen ein Stück näher zu kommen.

Auch dieses Mal war Silvios Antwort unmissverständlich: „Du versuchst jetzt aber nicht, mich mit einem Treffen zu bedrängen? Momentan blocke ich es noch ab. Wie hast du gesagt? Du gibst mir die Zeit, die ich brauche."

Dass Silvio erneut ein persönliches Treffen so konsequent ablehnte, tat Andreas schon etwas weh. Er mochte Silvio, sein Herz begann, sich für ihn zu öffnen, und so war es nur verständlich, dass der Wunsch, Silvio kennenzulernen, in ihm immer stärker wurde. Als Andreas Silvio das erste Mal vorgeschlagen hatte, sich mit ihm zu treffen, ging es ihm darum, in einem persönlichen Gespräch Silvio besser helfen zu wollen, man musste nicht so lange auf die Antworten des anderen warten. Dasselbe Ergebnis, das man in vier Stunden in einem Chat erreichen konnte, konnte im persönlichen Gespräch in einer Stunde erzielt werden. Andreas schrieb: „Also zunächst einmal möchte ich dich in keiner Weise bedrängen. Ich gebe zu, dass ich dich gerne einmal kennenlernen möchte, aber ich würde nie deine jetzige Situation ausnutzen. So, wie es im Moment ist, ist es okay. Du hast alle Zeit der Welt und die du brauchst."

Am Abend schickte Silvio eine weitere Message: „War eben in der Stadt. Mensch, ist das arschkalt draußen und ungemütlich.

Wollte auch schon mal nach Weihnachtsgeschenken Ausschau halten. Wie machst du es, schenkst du deiner Rosi auch etwas zu Weihnachten oder brichst du mit dem Auszug in deine neue Wohnung alles ab? Ich habe nämlich schon überlegt, wie ich es am besten mache. Geschenk ja oder nein. Aber andererseits komme ich mir etwas schäbig vor, nicht einmal eine Kleinigkeit zu schenken. Die Jahre kann man nicht einfach vergessen."

Andreas hatte heute mit der Wohnungsgesellschaft einen Termin. Das Ergebnis dieser Zusammenkunft teilte er Silvio mit: „Lieber Silvio, ich werde Rosi zu Weihnachten eine Kleinigkeit schenken, da wir Freunde bleiben. Wenn ihr ebenfalls Freunde bleiben wollt, würde ich an deiner Stelle ihm auch eine Kleinigkeit schenken, zum Beispiel einen Männerduft oder etwas Ähnliches. Es ist schwer, einen Rat zu geben, da ich nicht weiß, warum ihr euch getrennt habt.

Ich bekomme die Wohnung, von der ich dir schrieb. Ich werde am 3. Dezember umziehen. Mein Sohn hilft mir beim Umzug. Ich bin so froh, dass ich ihn habe, er ist das Einzige, was ich so richtig fertig gebracht habe, obwohl ich es eigentlich nicht kann. Enorm, wie das Leben oder die Zufälle manchmal laufen."

Andreas ging danach schlafen, es war bereits halb elf abends. Am nächsten Morgen sollte er sich mit seinem Chatpartner Silvio erneut schreiben. Andreas fühlte für Silvio Freundschaft und den Wunsch, ihn kennenzulernen, wurde stets größer. Doch hatte Silvio ihm schon einmal unmissverständlich klargemacht, dass es vorerst zu keinem Treffen kommen werde. Doch mit jedem Chat wuchs in Andreas die Zuneigung zu Silvio. Es sollte nur noch wenig Zeit vergehen und beide sprachen von Liebe.

Am 25. November schrieb Silvio am Morgen: „Hallo, Andreas, Glückwunsch erst einmal zur neuen Wohnung. Nun hast du ja den Kopf voll mit all deinen Vorbereitungen. Aber das lenkt dich in der Vorweihnachtszeit wenigstens ab. Entscheidend ist das Ergebnis. Ich denke, ihr beide findet dann eure innere Ruhe. Und wenn du alles fertig hast, kannst du den nächsten Schritt ansteuern, Aufbau einer Beziehung. Oder hast du in der Zwischenzeit schon ein Ergebnis?

Ich hoffe nur, dass du mich dann hier im Chat nicht ganz vergisst und wir auch ab und zu weiterhin voneinander hören.

Jetzt erst einmal Toi, Toi, Toi für deine nächsten Schritte."

Andreas dachte: ‚Eine Beziehung würde ich schon gerne mit dir eingehen wollen, aber du willst dich ja nicht einmal mit mir treffen. Aber warten wir es ab. Mit der Zeit könnte sich das ja ändern.' Und tatsächlich änderte es sich später. Schon im Dezember sprachen sie von einer gemeinsamen Zukunft. Doch bis dahin sollten noch viele Messages die Absender und Empfänger wechseln. Andreas schrieb: „Hallo, Silvio, danke für deine lieben Wünsche. Nächste Woche Sonnabend ist alles vergessen und ich werde dann bestimmt zur Ruhe kommen.

Da ich jetzt schon das dreizehnte Mal in meinem Leben umziehe, regt mich der Umzug gar nicht auf. Es ist Routine.

Du hast recht, ich möchte mir dann eine Beziehung aufbauen, aber immer langsam. Manch einer braucht vielleicht noch etwas Zeit dafür. Ich will nichts überstürzen.

Irgendwie muss man auch zusammenpassen.

Bis zum nächsten Mal liebe Grüße! Andreas."

‚Hat er den Hinweis verstanden, den ich ihm gegeben habe?‘, dachte Andreas. ‚Wie wird er wohl reagieren, da er nicht einmal bereit ist, sich mit mir in einem Café zu treffen, um über Probleme zu reden?‘

Silvio antwortete: „Hey, Andreas, ja, Freunde sind etwas wert. Mehr als die eigene Familie. Ich denke, wir können uns auch schon Chatfreunde nennen, oder? Wie siehst du das?

Ich frage jetzt ganz vorsichtig, meinst du mit deinen Zeilen mich? Oder hast du noch einen Freund beim Chatten gefunden? Ich noch nicht, weil vieles, was dort geäußert wird, nur auf eines hinausläuft, zum Beispiel: Lust auf sofort? Oder: Ich trau mich, komm her! Oder: Ich komme vorbei. Auf diese Kontakte reagiere ich gar nicht erst. Und du?"

‚Zumindest hat Silvio nicht sofort abgeblockt, aber es kann ja noch kommen‘, dachte Andreas und antwortete: „Ja, ich denke, dass wir Chatfreunde sind, deshalb habe ich mich auch mit dir verlinkt. Und wenn du schon so vorsichtig fragst, will ich auch vorsichtig antworten.

Es gefällt mir, wie du schreibst und was du schreibst. Obwohl du selber genug Probleme hast, nimmst du dich auch noch meiner an. Es ist ja nicht so, dass ich nur dir helfe, auch du spendest mir Trost und gibst mir Zuversicht. Dein Denken finde ich interessant, und ich glaube, dass wir nicht nur Chatfreunde bleiben müssen. Aber ich werde dich nicht bedrängen, du musst alleine wissen, was du willst. Wir haben uns noch nicht gesehen, ich weiß also noch nicht einmal, wie du aussiehst, und ich habe dich absichtlich nicht gebeten, mir ein Bild von dir zu schicken, weil ich nicht möchte, dass du es falsch verstehst. Außerdem weiß ich auch nicht, ob ich dein Typ bin.

Auf jeden Fall hast du alle Zeit, die du brauchst."

Auf eine mögliche Beziehung mit Andreas ging Silvio in seiner Antwort nicht ein. Wollte er damit von diesem Thema ablenken? „Ja, weißt du, was ich festgestellt habe? Wenn ich mich mit deinen Problemen beschäftige und darüber nachdenke, um dir auf meine Weise Ratschläge oder Denkanstöße zu geben, lenkt es mich unheimlich von meinen Problemen ab. Und wenn ich über mich nachdenke, dann geht es mir nicht gut. So freue ich mich mit dir, dass es mit deiner Wohnung geklappt hat, dass du einen Freund beim Chatten gefunden hast und so weiter. Das kann doch nicht verkehrt sein. Und im hintersten Stübchen ziehe ich Parallelen zu meinem Leben. Und das hilft mir auch. Nur dass ich mich nicht mit meinem Leben beschäftigen muss, weil ich ja über dich nachdenke. Verstehst du mich?

Ist das egoistisch? Denn das möchte ich nicht sein."

Wenn Andreas so etwas von Silvio las, ging ihm das Herz auf. Silvio war nicht nur ein sensibler, liebenswerter Mensch, er war auch intelligent und einfühlsam, alles positive Charaktereigenschaften. Andreas wusste, warum er von Silvio mehr wollte als nur eine Chatfreundschaft. Er antwortete: „Lieber Silvio, du bist überhaupt nicht egoistisch. In meinen Augen bist du ein lieber, netter Kerl, der gerne Hilfe annimmt und sie auch gibt. Das ist völlig in Ordnung."

Für heute verabschiedeten sie sich, und Silvio schrieb, dass er sich auf den nächsten Chat freue. ‚Ja, mein Süßer', dachte Andreas, ‚ich freue mich auch, wenn ich mit dir chatten kann.'

Während Andreas´ Nachtdienst schrieb ihm Silvio eine Message, die er am nächsten Morgen las. „Hi, Andreas, wie war dein Nachtdienst?

Ich grübele schon den ganzen Nachmittag über dich.

Erledige jetzt erst einmal deinen Umzug! Ich wünsche dir, dass alles so klappt, wie du dir das vorstellst, und dass auch alles heil bleibt. Vor allem wünsche ich dir, dass du im Guten ausziehst und ihr euch nicht noch um Kleinigkeiten streitet. Das passiert im Stress schnell einmal. Mache einen sauberen Strich und denke bei all deinen Handlungen, wie es dabei deiner Rosi geht. Auch wenn du es nicht hören magst, irgendwie tut sie mir leid. Aber nein, hier geht es um dich!!!

Also mach's gut, bis zum nächsten Mal. Mal sehen, wann du wach wirst. Einen schönen Freitag dir.

Liebe Grüße! Silvio."

Andreas hatte die Nachricht gelesen, aber vor Müdigkeit konnte er nicht mehr richtig denken. Er hatte zehn Stunden Nachtdienst hinter sich und wollte nur noch schlafen. Und er wollte Silvio kennenlernen, denn er merkte, dass der ihm überhaupt nicht mehr egal war. Andreas hoffte, ihn eines Tages doch noch kennenzulernen und mit ihm gemeinsam eine Beziehung aufbauen zu können, denn er fühlte, dass sie zusammen gehörten. Bevor Andreas schlafen ging, antwortete er trotz seiner Müdigkeit doch noch: „Lieber Silvio, Rosi tut mir auch leid. Was ich ihr antue, hat sie nicht verdient.

Rosi hat ihre Fehler, aber sie ist eine außergewöhnliche Frau, die man einfach gerne haben muss. Ich habe sie auch gern und wir werden Freunde bleiben und uns auch sehen und treffen. Ich weiß genau, wie es ihr geht und was in ihr vorgeht. Du kannst mir glauben, ich werde nicht um Kleinigkeiten streiten, da bin ich schon immer großzügig gewesen.

Du schreibst immer so lieb und so ehrlich, da werde ich dir jetzt auch einmal ganz ehrlich schreiben.

Wir beide sind irgendwie seelenverwandt, davon bin ich überzeugt. Ich gebe dir alle Zeit der Welt, aber trotzdem möchte ich dich irgendwann persönlich kennenlernen. Was daraus wird, muss sich ergeben, erzwingen kann man nichts.

So, nun muss ich ins Bett.

Es grüßt dich ganz lieb Andreas.“

Silvios Nachricht kam am Morgen. Andreas hatte kaum drei Stunden geschlafen. Vergeblich hatte er gehofft, noch einmal einzuschlafen, wenn er noch liegen bleiben würde, doch sein Gedankenkarussell fuhr ununterbrochen in seinem Kopf. So stand er schließlich auf, fuhr den Computer hoch und loggte sich in den Chat ein. Das Postfach zeigte Silvios Nachricht an. „Hi, Andreas, warst doch ein bisschen schneller als ich. Sicherlich träumst du schon von schönen Dingen.

Ich denke gerade an dich!!

Deine Ehrlichkeit finde ich gut. Nachdem du schon einige Male ein Treffen erwähnt hast, werde ich darüber nachdenken. Trotzdem möchte ich nicht vorschnell handeln. Ich möchte unsere Freundschaft nicht kaputtmachen. Ich denke, ich brauche noch etwas Zeit. Und vielleicht überlegt Ralf es sich noch einmal. Ich möchte mich nicht bedrängt fühlen und in Konfliktsituationen kommen. Dann kommt das Zurückziehen in mir wieder hoch. Ich brauche dann immer etwas länger, um aus meinem Mauseloch herauszukommen und um Vertrauen aufzubauen.

Chatte bitte trotzdem noch mit mir! Ich freue mich immer über deine Reaktion. Dabei fühle ich mich wohl und kann meinen Gedanken freien Lauf lassen.

Träum was Schönes, auch wenn du meine Wünsche jetzt nicht hören kannst.

Liebe Grüße! Silvio."

Das war wieder eine eindeutige Absage für ein persönliches Kennenlernen. Chatten ja, aber treffen nein. Das hatte Andreas verstanden, und er verstand auch, wenn Ralf zurück zu Silvio finden sollte, dann ging Silvio zu Ralf zurück.

Andreas war enttäuscht, plötzlich hatte er das Gefühl, dass es nie zu einer Beziehung mit Silvio kommen wird. Und gerade Silvio hatte es ihm angetan, irgendwie fühlte er, dass sie zusammengehörten. Andreas dachte über Silvios Worte nach und teilte ihm mit, dass er Verständnis für ihn habe und ihn keinesfalls unter Druck setzen wolle. Er nehme von Silvio nur das an, was der ihm freiwillig geben werde. Selbstverständlich würde er es akzeptieren, wenn Silvio und Ralf wieder zueinander finden sollten.

*****

Als Andreas am Abend mit dem Auto zur Arbeit fuhr, dachte er an Rosi. Sie war zu ihren Kindern nach Lübeck gefahren, Steven und Anne fuhren mit. ,Rosi wird es ihren Kindern schon erzählt haben, dass wir uns trennen', dachte er. ,Aber wird sie ihnen auch die Wahrheit sagen, dass Steven und Anne der Auslöser für die Trennung sind? Und dass wir uns auch deshalb getrennt haben, weil Rosi nie zu mir gestanden hat, wenn es mit ihren Kindern Ärger gab? Ich glaube das nicht. Sie wird nicht ehrlich sein und nur erzählen, dass ich mit einem Mann fremd gegangen bin. Hauptsache sie steht sauber vor ihren Kindern da. So hat sie sich das immer hingedreht. Und dieses Mal wird es nicht anders sein. Aber er dachte, wenn er jemals die Möglichkeit haben sollte, würde er ihnen die Wahrheit erzählen.

Eigentlich aber war er froh, nun nicht zur Hochzeit von Anne und Steven zu müssen. Für einen kurzen Moment wünschte er ihnen sogar, dass sie es schwer haben sollten und sich dann wieder trennen. Tief in seinem Inneren gab er ihnen die Schuld am Scheitern seiner Beziehung mit Rosi. Andreas war einfach zu verbittert. Er stellte das

Auto auf dem Parkplatz der Klinik ab und ging zum Umkleideraum, um sich auf die Nachtschicht vorzubereiten.

*****

Am 27. November teilte Silvio Andreas mit, dass er gegen neunzehn Uhr im Chat sein werde und sich auf Andreas freue.

‚Treffen will er sich nicht mit mir', dachte Andreas traurig, ‚aber er freut sich auf den nächsten Chat. Ob ich doch noch hoffen darf, ihn einmal kennenzulernen?'

Dann kam Silvios Mail: „Hi, Andreas, bin beim Kumpel und darf mal kurz an seinen Computer. Wie ich sehe, bist du jetzt schon wach. Na, alles okay?"

Andreas schrieb: „Hallo, Silvio, ist es schon neunzehn Uhr?

Habe wieder nur drei Stunden schlafen können. Ich hoffe, dass es anders wird, wenn ich endlich umgezogen bin."

Silvio schrieb: „Ich habe meine Uhr vorgestellt, weil ich nicht mehr bis um neunzehn Uhr warten wollte. Ich war nur neugierig und kann jetzt nicht bis neunzehn Uhr mit dir chatten. Ich habe meinem Kumpel versprochen, nur schnell einmal gucken. Und ich sehe, du bist schon wach. Ich dachte, du kommst jetzt innerlich zur Ruhe, da du doch weißt, dass du bald deine eigene Wohnung hast. Was bewegt dich jetzt so, dass du immer noch keine Ruhe findest?"

Andreas war gerührt. ‚Er machte sich also doch Gedanken um ihn. Geht bei seinem Kumpel in den Chat, nur um zu sehen, ob ich schon da bin. Ist ja lieb von ihm.' Er schrieb zurück: „Ich habe ja auch nicht gemeint, dass du jetzt mit mir chatten sollst. Pflege du mal deine Freundschaft mit deinem Kumpel, das ist vollkommen in Ordnung so.

Ich habe auch noch andere Hobbys am Rechner, zum Beispiel Fotoshows. Ich wünsche euch einen schönen Nachmittag und viel Spaß zusammen.

Liebe Grüße! Andreas."

Silvio schrieb noch einmal: „Was meinst du mit: ‚Ich habe ja auch nicht gemeint, dass du jetzt mit mir chatten sollst?' Ich habe gedacht, du freust dich, etwas von mir zu hören. Aber das scheint bei dir wohl etwas anders zu sein? Ist es, weil ich zurzeit noch nicht zu einer Beziehung bereit bin? Willst du mich jetzt loswerden?"

Natürlich freute sich Andreas, wenn er mit Silvio chatten konnte. Aber er wollte nicht, dass Silvio seine Freundschaften vernachlässigte. Andreas beruhigte ihn, damit er den Nachmittag mit seinem Kumpel genießen konnte. „Silvio, mein Freund, ich freue mich immer, wenn ich etwas von dir höre oder lese. Nein, ich möchte dich nicht loswerden und ich hoffe, dass wir uns irgendwann doch persönlich kennenlernen werden. Aber jetzt möchte ich nur nicht, dass sich dein Kumpel auf den Schlips getreten fühlt.

Ich warte auf dich."

Silvio schrieb erleichtert zurück: „Also dann bis heute gegen 19.00 Uhr, vielleicht kannst du doch noch etwas schlafen. Tschüss."

Andreas konnte Silvio nicht verstehen. Was wollte der eigentlich hier im Chat?, fragte er sich. Gayboerse ist eine Single-Börse für die Kommunikation zwischen schwulen Männern oder um Sexpartner zu suchen und zu finden.

Deshalb hatte er sich ja auch hier registriert, um Freunde zu suchen. Er wollte jemanden finden, mit dem er eine Beziehung eingehen konnte, bisher leider ohne Erfolg. Er schrieb sich mit Chatpartner, weil er hoffte, ihn eines Tages tatsächlich treffen zu können. Andreas interessierte sich für ihn. Doch bisher schlug Silvio immer wieder ein persönliches Treffen mit ihm aus. Er wollte mit jemanden Gedanken austauschen, zu mehr war er nicht bereit. Andreas hatte nichts dagegen. Doch von Silvio wollte er mehr. Er fühlte sich zu ihm hingezogen. Seine Art, mit Problemen umzugehen, wie er seine Sätze formulierte, gefiel Andreas. Silvio musste einfühlsam und intelligent sein und das Gefühl, in Silvio einen Seelenverwandten gefunden zu haben, verstärkte sich mit jeder Mail, die er mit ihm wechselte. Andreas hatte einfach das Gefühl, dass sie zusammen gehörten.

Aus dem Treffen im Chat an diesem Abend wurde es dann aber doch nichts mehr. Ein Notfall rief Andreas in die Klinik und so informierte er Silvio darüber und dass es ihm leidtäte und er nach seinem Dienst in den Chat kommen wollte.

*****

Tatsächlich fand Silvio Andreas' Message und antwortete ihm: „Hallo, Andreas, habe mich so beeilt, dass ich schon vor neunzehn

Uhr zu Hause bin. Jetzt bin ich doch ein bisschen traurig. Hatte mich schon auf einen Chat mit dir gefreut. Falls wir uns heute nicht mehr hören, ab wann etwa bist du morgen online?

Liebe Grüße! Silvio."

Es war schon fast zehn Uhr abends, als Andreas während seiner Arbeitszeit in der Klinik seinen Laptop hochfuhr. Silvio war online und hatte auf ihn gewartet. Ein warmes Gefühl durchströmte ihn bei diesem Gedanken. Silvio fragte, ob bei ihm alles in Ordnung sei und wie lange er arbeiten müsse.

Andreas antwortete: „Also, heute habe ich um fünf Uhr abends angefangen und werde erst um fünf Uhr morgens abgelöst."

Jetzt wollte Silvio wissen: „Du musst zwölf Stunden arbeiten? Was machst du denn? Bist du bei einem Wachschutz oder so?"

„Lieber Silvio", schrieb Andreas zurück, „ich bin Krankenpfleger und musste heute kurzfristig einspringen."

Silvio erwiderte: „Oh, Krankenpfleger. Das ist bestimmt kein leichter Beruf. Nicht jeder kann diese Tätigkeit machen. Hut ab!"

Es entwickelte sich ein Chat zum besseren Kennenlernen, ohne dass Probleme besprochen wurden. Sie gingen freundschaftlich miteinander um. Hier der weitere Verlauf dieses spätabendlichen Chats an einem Samstag zwischen Andreas, der Nachtwache im Krankenhaus hatte, und Silvio, der sich in seiner Wohnung befand:

Andreas: „Ja es ist ein Knochenjob, aber es muss ja Leute geben, die ihn machen. Früher war ich im Rettungsdienst, das war besser, weil auch mehr Geld. Mein Examen wird hier leider nicht anerkannt. Nun habe ich mich entschlossen, noch einmal für drei Jahre die Schulbank zu drücken und mein Examen in der Krankenpflege abzulegen."

Silvio: „Du willst noch einmal die Schulbank drücken? Da hast du dir aber was vorgenommen. Drei Jahre sind eine lange Zeit. Musst du diese Ausbildung selbst bezahlen oder geht das überbetrieblich? Wenn du im Rettungsdienst warst und jetzt Krankenpfleger bist, da kann ich nur sagen, beides sind verantwortungsvolle Berufe."

Andreas: „Die Zusatzausbildung bezahlt das Krankenhaus. Fachkräfte werden gesucht, auch bei uns. Und gute Leute bilden sie gerne aus, da kann man auch schon etwas älter sein. Ich habe schon immer gerne Verantwortung übernommen."

Es folgte noch etwas Smalltalk. Später verabschiedeten sie sich und wollten am nächsten Tag erneut miteinander chatten.

*****

Der erste Advent fiel in diesem Jahr auf den 28. November. Ein Tag, den Andreas sich ganz anders vorgestellt hatte, als er letztendlich verlief.

Zuerst kam Rosi für Andreas unerwartet früher von ihren Kindern zurück. Außerdem bekam er von seinem Sohn Christian Besuch, der plötzlich mit seiner Familie vor der Tür stand.

Nach dem Abendbrot loggte sich Andreas in den Chat ein. Dass er Silvio nicht mehr antreffen werde, war ihm bewusst. Doch zunächst las er Silvios Message, die dieser nachmittags geschrieben hatte:

„Schade, du bist gerade nicht im Chat. Ich denke, du musst heute noch zum Dienst. Oder schläfst du noch? Bist du später vielleicht noch einmal online? Vielleicht so wie gestern? Ich melde mich dann noch einmal. Bis dahin hoffe ich, dass es dir gut geht."

Schwang da Enttäuschung mit? Andreas erklärte, warum er nachmittags nicht mit Silvio chatten konnte. Des Weiteren schrieb er: „Ich kann es nicht versprechen, aber ich versuche heute Abend so gegen 22 Uhr von der Arbeit aus im Chat zu sein. Du musst dann nur ein bisschen Geduld mit mir haben, da ich manchmal nicht gleich antworten kann. Wenn jemand klingelt, muss ich natürlich zu dem entsprechenden Patienten gehen. Den Job kann ich nicht gefährden.

Also dann bis heute Abend, liebe Grüße! Dein Freund Andreas!"

*****

Andreas hatte Kollegen, die sich die Arbeit über die Nacht verteilten, um so sicherzustellen, dass sie während ihres Dienstes ständig etwas zu tun hatten. Davon hielt Andreas nichts. Er erledigte alle anfallenden Arbeiten und bereitete für die Kollegen den kommenden Arbeitstag vor. Erst danach erlaubte er sich seine erste Pause. Jetzt musste er nur noch auf das Klingeln der Patienten achten und seine Kontrollgänge durchführen.

Er hatte sich im Schwesternzimmer mit seinem Laptop im Chat eingeloggt. Silvio war auch online. Voller Freude darüber begrüßte er ihn.

Silvio schrieb: „Hallo, mein Freund, bei mir ist es jetzt etwas später geworden, aber ich habe mich beeilt. War schon richtig aufgeregt, ob ich dich noch erwische.

Ich werde auf Antwort von dir warten. Gefährde bloß nicht deinen Job! Kannst du von der Arbeit einfach so ins Internet oder hast du einen eigenen Laptop mit? Kann man dich auch nicht erwischen?

Du wirst sehen, mein Freund, wenn du die nächste Woche geschafft hast, dann wirst auch du zur Ruhe kommen. Wie sagt man immer? Dann hast du alle Zeit der Welt. Ich werde ja sehen, ob wir uns im Chat treffen.

Nun bist du nur noch eine Woche bei Rosi, wie geht ihr beide damit um? Bedrängt sie dich immer noch oder hast du über meine Worte nachgedacht?“

Andreas: „Ich habe schon über deine Worte betreffs Rosi nachgedacht. Ich weiß, wie sie sich fühlt. Aber solange ich noch bei ihr bin, wird es ihr nicht besser gehen. Ich gehe ruhig und vernünftig mit ihr wie mit einer Freundin um. Ich sagte ihr auch, dass ich sie nach wie vor achte und schätze, und möchte, dass wir Freunde bleiben und dass sie zu jeder Zeit zu mir kommen kann, wenn sie Hilfe braucht.

Sie versucht mit der ganzen Situation, so gut es geht, fertig zu werden, aber ab und zu muss ich sie doch in die Arme nehmen.

Was machst du eigentlich beruflich?“

Silvio: „Ich arbeite mit Kindern und Jugendlichen, die eine beschissene Kindheit hinter sich haben und vom Jugendamt von zu Hause weggeholt wurden. Ich arbeite in Schichten, aber nur früh und spät. Einige von uns haben auch Nachtschicht, damit die Kiddies nicht alleine sind und Dummheiten machen.“

Andreas: „Oh, das ist aber eine sehr verantwortungsvolle Aufgabe. Da kann man ganz schnell sehr viel kaputt machen und nur sehr schwer etwas aufbauen. Wie alt sind denn diese Jugendlichen?“

Silvio: „Ja, die Aufgabe ist sehr interessant und verantwortungsvoll. Aber es macht mir auch unheimlich viel Spaß. Trotzdem muss man immer auf der Hut sein, denn die Kinder sind nicht dumm und sehr erfinderisch, wenn sie ihre Ziele erreichen wollen. Wir haben bei uns Kinder im Schulalter, es geht hoch bis zu den Achtzehnjährigen, dann bekommen sie eine eigene Wohnung und werden von anderer Stelle betreut. Oft sind sie auch nur kurze Zeit bei uns und kommen dann in Pflegefamilien, andere sind bei uns, bis sie achtzehn Jahre alt sind."

Andreas: „Dann bist du also Heimerzieher und arbeitest in einem Kinderheim?"

Silvio: „Ja, so ist es.

Eigentlich wollte ich es dir nicht sagen, um dich nicht zu verletzen. Aber ich habe mich am Wochenende kurz mit Ralf getroffen. Er hat mich in die Arme genommen, aber mehr war nicht. Trotzdem war es schön. Die Zeit war zu kurz.

Wie gesagt, ich wollte es dir nicht sagen, aber es belastet mich schon, wenn ich es dir verschwiegen hätte. Du hast mir ja davon abgeraten, aber so einfach ist es nicht. Ich kann Rosi gut verstehen."

Andreas nahm Rosi selbst manchmal in die Arme, um ihr Trost zu spenden. Deshalb konnte er mit Silvios Aussage gut umgehen. Er schrieb: „Ich kann dich gut verstehen, aber du musst ihn loslassen. Irgendwann wird es dir auch gelingen. Dann wird er für dich eine schöne Erinnerung sein.

Ich habe kein Problem damit, wenn du dich von Ralf in die Arme nehmen lässt, warum auch? Du bist ein erwachsener Mensch und musst wissen, was du tust. Außerdem bist du mir keine Rechenschaft pflichtig. Warum habt ihr euch denn getrennt?"

Silvio erzählte: „Er ist mir untreu geworden. Und damit habe ich ein Problem. Entweder man gehört zusammen oder nicht. Ich kann eben nicht teilen. Und ich möchte es auch nicht. Ich möchte einen Partner, auf den ich mich verlassen kann. Wenn man von Seitensprüngen weiß, ist es schwer, wieder Vertrauen aufzubauen. Ich bin daran kaputt gegangen. Ich konnte nicht mehr. Und so hat Ralf sich dann von mir getrennt, oder ich mich von ihm?, weil ich immer wieder Bedenken äußerte und Misstrauen hatte. Ich fühlte mich als fünftes Rad am Wagen. Wenn er Lust hatte, kam er zu mir. Er hat bestimmt. Und er weiß auch genau, wie er mich rumkriegt.

Ich weiß, dass ich dir keine Rechenschaft geben muss. Aber ich merke, dass sich bei mir etwas dir gegenüber geändert hat. Ich freue mich und warte schon auf unseren nächsten Chat. Ich ertappe mich, wenn ich am Tage an dich denke oder über dich nachdenke. Ich beschäftige mich schon zu viel mit dir."

Andreas dachte über Silvios Worte nach. Silvio beschäftigte sich mit ihm, das freute ihn. Aber er war auch Realist genug, um zu wissen, dass Silvio noch nicht für eine neue Beziehung bereit war. Er wollte ihn nicht vor den Kopf stoßen, aber es mussten trotzdem klare Worte gefunden werden. Andreas schrieb: „Silvio, was soll ich jetzt dazu sagen? Dass du dich von Ralf getrennt hast, kann ich verstehen. Ich denke, es gibt verschiedene Formen des Zusammenlebens. Entweder man lebt in einer offenen Partnerschaft, dann darf man auch kleine Affären haben, trägt aber für die Gesundheit des Partners eine besondere Verantwortung.

Oder man lebt monogam und muss wissen, was man will, vor allem muss man wissen, wohin man gehört. Wahrscheinlich ist es Ralf zu viel geworden, er konnte nicht länger damit umgehen und hat versucht, sich seine Freiheiten zu nehmen. Wenn das auf beide Partner zutrifft, ist es in Ordnung. Aber wenn nicht, ist eine Beziehung zum Scheitern verurteilt, so wie es bei euch war.

Du hast darunter gelitten, hast jetzt jemand anderes im Chat kennengelernt und bist nun dabei, an ihn zu denken, ohne dass du ihn schon einmal gesehen hast. Du kennst seine Bilder aus dem Profil, aber das ist schon alles.

Es gefällt dir, wie ich mit dir chatte, du freust dich schon auf den nächsten Chat mit mir. Ich finde es schön für mich, da ich ähnlich denke und fühle wie du wahrscheinlich. Es ist ein sicheres Zeichen dafür, dass du Trost und Zuversicht durch unsere Unterhaltungen im Chat erfahren hast. Und es ist ein sicheres Zeichen dafür, dass du begonnen hast, Ralf loszulassen.

Ihn loslassen ist der erste Schritt hin zu deinem besseren Wohlbefinden und somit wirst du irgendwann wieder offen sein für eine andere Partnerschaft. Du musst dann nur dafür sorgen, dass dein neuer Partner weiß, woran er ist, dass die Spielregeln klar sind und für beide gelten.

Bis dahin ist es noch ein weiter Weg, aber du hast den ersten Schritt getan. Ich bin mir sicher, dass du ein Weihnachtsfest erleben wirst, das dir noch teilweise schwer aufstößt, das du aber trotzdem auch einigermaßen genießen kannst. Deine Mutti wird ihren Anteil dazu beisteuern.

Lieber Silvio, ich wünsche dir, dass du wieder glücklich wirst und einen Partner findest, der zu dir passt. Wer auch immer das sein wird, ich möchte dich und dann auch ihn kennenlernen.

Ich gehe jetzt nicht davon aus, nur weil du manchmal an mich denkst und dich auf den nächsten Chat mit mir freust, dass ich vielleicht einmal dein neuer Partner sein könnte. Chat und reales Leben sind zwei verschiedene Dinge. Daran solltest du denken. Ich hoffe nur, dass ich jetzt mit dem letzten Absatz keine Hoffnungen in dir zerstöre.

Ich möchte dich kennenlernen, das habe ich dir gesagt, und dazu stehe ich auch. Aber was daraus wird, muss sich entwickeln. Außerdem werde ich dich nicht bedrängen, von mir aus hast alle Zeit der Welt.

Wenn du magst, können wir uns morgen früh darüber weiter unterhalten, aber jetzt muss ich meinen Nachtdienst fortführen. Schlafe gut und liebe Grüße bis morgen gegen 7.45 Uhr, wenn du Zeit hast."

Andreas las sich alles noch einmal durch und er glaubte, dass er mit diesen Zeilen Silvio nicht verletzte. Aber er machte ihn auch darauf aufmerksam, dass eine neue Beziehung nicht über den Chat, sondern nur im realen Leben aufgebaut werden könne. Er sendete die Message ab und setzte seinen Dienst fort.

*****

Plötzlich fühlte sich Andreas schlecht, ihm wurde schwarz vor Augen, und die Beine waren kraftlos. Er musste sich setzen. Das Gefühl der Übelkeit verstärkte sich so sehr, dass er glaubte, sich jeden Moment übergeben zu müssen. ,Bloß das nicht, wer soll das dann nur wegwischen! Ich muss etwas trinken', dachte er. Vom Schwesternzimmer bis zur Küche waren es etwa einhundert Meter. Wie sollte er mit weichen Knien dorthin kommen? Schwindelgefühl stellte sich ein, auch sehen konnte er nichts mehr, jetzt war Andreas einer Ohnmacht sehr nahe. ,Mann, reiß dich zusammen und atme!', befahl er sich. Mehrmals holte er tief Luft und tatsächlich ließ die Übelkeit etwas nach, sodass er nicht mehr das Gefühl hatte, sich zwingend übergeben zu müssen. Auch sein Augenlicht kehrte zurück. Also stand er von seinem Stuhl auf, musste sich jedoch sofort am

Schreibtisch festhalten, sonst wäre er gestürzt. Die Schwärze um ihn herum nahm erneut zu, lichtete sich aber nach einigen tiefen Atemzügen wieder. Einen Moment später bemerkte er, dass er seine Beine wieder bewegen konnte.

Mühsam schwankte er zur Küche und sah in einem Spiegel, dass seine Gesichtsfarbe, wie bei einer Leiche, total verblasst war.

Aus einem Getränkekasten holte er eine Flasche stilles Wasser heraus, öffnete sie und trank einige Schlucke davon. Schon während des Trinkens verspürte Andreas Besserung. Er setzte sich und trank die Flasche Wasser langsam aus. Das Schwindelgefühl verschwand, seine Kraft kehrte zurück.

Nach einer kurzen Pause verließ Andreas die Küche. Eine zweite Flasche Wasser führte er mit sich. Als er nochmals an dem Spiegel vorbeikam, sah er, dass die Farbe in seinem Gesicht zurückgekehrt war. Er machte seinen Kontrollgang und ging danach in das Schwesternzimmer zurück. Er fühlte sich wieder fit, als das Telefon klingelte. Eine Schwester, die heute Frühdienst gehabt hätte, meldete sich vom Dienst ab, weil sie Durchfall und Erbrechen hatte.

‚Na, super', dachte Andreas, ‚da kann ich heute auch noch länger bleiben.'

Der weitere Dienst verlief ohne Zwischenfälle, von seinem Schwächeanfall erzählte Andreas seinen Kolleginnen nichts.

*****

Als er am 29. November endlich zu Hause war, war es bereits halb neun Uhr. Er wusste, dass Silvio gegen neun Uhr zur Arbeit ging und loggte sich in den Chat ein und stellte erfreut fest, dass Silvio online war. Sofort fragte er ihn, ob er jetzt zur Arbeit müsse.

Silvio antwortete: „Hey, Andreas, schön, dass du da bist. Warte einen Moment, habe gerade deine Mail beantwortet. Muss sie nur noch abschicken. Eine Stulle kann ich auch noch schnell zwischendurch essen, aber spätestens neun Uhr muss ich los."

Zwei Sekunden später konnte Andreas die Message lesen: „Hallo, mein Freund, ich bin jetzt gerade aufgestanden, habe mir noch nicht die Zähne geputzt. Habe noch nicht gefrühstückt, bin gleich zum Computer. Ist das schon krank?

Nun zu deiner Mail: offen und ehrlich! Du sagst, du kannst es verstehen, dass ich mich von Ralf getrennt habe, ja, das denke ich.

Du sprichst auch von der Gesundheit des Partners. Dass man dafür eine Verantwortung hat. Wo ist deine Verantwortung? Ralf und auch du, ihr habt doch gleich gehandelt. Und ich stelle mich auf eine Stufe mit Rosi. Auch wenn die Voraussetzungen, wie du schon einmal gesagt hast, ganz andere sind. Das Ergebnis ist aber doch dasselbe.

Für mich ist es gut, deine Meinung zu hören und zu betrachten. Vielleicht verstehe ich dadurch Ralf besser. Und ich denke, das Ganze hat schon Wirkung gezeigt.

Richtig, ich kenne nur deine Bilder aus dem Profil. Aber glaube mir, ich bin keine vierzehn Jahre alt. Ich achte schon mehr auf die inneren Werte. Und die Gespräche mit dir sagen mir, solch ein schlechter Mensch kannst du nicht sein. Obwohl du bei der Trennung von Rosi in meinen Augen ein bisschen egoistisch gehandelt hast. Du willst dein Glück finden und hinterlässt einen Scherbenhaufen. Du gehst und weißt aber genau, dass jemand auf der Strecke bleibt. Auch ich kann noch nicht laufen!!!!

Na, ja, und ehrlich gesagt, abstoßend siehst du auch nicht aus (grins).

Oh, ja, die bevorstehenden Weihnachtstage werden noch mal hart. Es sind alles sentimentale Tage. Da kommt man nicht umhin, über die Vergangenheit nachzudenken, und das auch noch, wo die Zukunft offen ist.

Nein, du hast keine Hoffnungen zerstört. Ich glaube auch nicht, dass meine Gefühle schon Hoffnungen sind. Aber ich merke, dass es anders ist als noch vor zwölf Tagen. Ich hoffe nur, dass es keine Sucht wird, mit dir zu chatten oder nur am Computer zu sitzen. Man kann im Leben dadurch viel verpassen.

Ich denke, dass wir uns bestimmt kennenlernen werden. Die Tage verfliegen wie im Fluge. Ich denke, dass wir uns im neuen Jahr treffen werden. Bis dahin lass uns noch viel chatten und Gedanken austauschen. Ich habe dir ja gesagt, das Schreiben fällt mir nicht so schwer, wie persönliche Gespräche zu führen.

Aber trotzdem kannst du mir nicht meine Gedanken und Gefühle nehmen. Ich schöpfe darin Hoffnung und auch einige Glücksgefühle. Ich fühle mich nicht so allein.

So, jetzt los. Bad und Frühstück essen.

Habe gerade gesehen, dass du da bist. Ich schmeiße meine Planung durcheinander und bleibe noch bis neun Uhr bei dir. Und dann musst du ab ins Bett (hahaha)!!!!!!!!!!!"

Als Andreas Silvios Message las, bemerkte er, dass Silvio etwas falsch verstanden hatte. Das wollte Andreas richtigstellen. Aber er empfand Silvios Message positiv, weil sie davon zeugte, dass dieser zurück ins Leben fand. Silvio sah die Welt heute mit anderen Augen als noch vor zwölf Tagen, als sie sich noch nicht im Chat getroffen hatten. Deshalb schrieb Andreas eine erste Antwort darauf: „Lieber Silvio, deine Message kann ich dir auf die Schnelle nicht beantworten, das mache ich nachher.

Ich freue mich aber, wenn du wieder von Glücksgefühlen sprichst und ich daran einen kleinen Anteil habe. Es ist schön, wenn du mir das alles so sagst. Es entwickeln sich dabei tatsächlich Gefühle.

Ich frage dich jetzt doch einmal, obwohl ich es nicht wollte und du musst es aufgrund der wenigen Zeit nicht jetzt tun. Aber kannst du mir nicht doch einmal ein Bild von dir in einer Message schicken? Das kann ja keiner sehen außer mir."

Silvio antwortete: „Für lange Zeilen ist wirklich keine Zeit. Sonst ist es ruckzuck neun Uhr. Bin untenrum auch schon bekleidet. Geht heute alles im Laufschritt.

Mit Bildern bin ich wirklich vorsichtig, da ich mit vielen Kiddies zu tun habe. Ich weiß nicht, wenn mich irgendwo einer im Netz erkennt, das wäre fatal."

Andreas konnte Silvio verstehen. Tatsächlich konnte an so etwas der Job hängen. Man hörte und sah immer wieder in den Medien, dass jemand entlassen wurde, nur weil ein Kollege Nacktbilder im Internet oder auch Bilder auf homosexuellen Plattformen gefunden hatte, die womöglich auch noch einige Jahre alt waren, und den Kollegen an die Betriebsleitung verraten hatte, meist aus Neid. Aber so etwas konnte jedem passieren.

Andreas schrieb: „Ich kann das verstehen, doch wie gesagt, in einer Message, die du mir schickst, kann keiner dein Bild sehen, nur ich.

Ich weiß nicht, warum ich es gemacht habe, aber im Allgemeinen schreibe ich niemand an, der kein Bild in seinem Profil hat. Oder ich fordere eins an, und wenn ich keines bekomme, breche ich den Kontakt ab. Gut, dass ich bei dir gegen meine Prinzipien verstoßen habe."

Darauf sagte Silvio: „Das finde ich auch gut, dass du gegen deine Prinzipien verstoßen hast. Aber du siehst, es gibt auch Gründe für verschiedene Handlungsweisen.

Musst du heute noch einmal zur Arbeit?"

Silvio war für Andreas nicht nur ein Chatpartner. Silvio war ihm zu einem Freund geworden. Er wollte für Silvio da sein dürfen und er wünschte sich, dass es umgekehrt auch so sei. Andreas wusste, dass sich Silvio auf einen Chat mit Andreas immer wieder aufs Neue freute. Jetzt erwiderte er: „Nein, zur Arbeit gehe ich heute nicht. Aber ich bin heute länger geblieben. Eine Schwester hat sich heute in der Nacht krank gemeldet."

Silvio antwortete: „So mein Freund, aber jetzt Abflug. Sonst komme ich in Teufels Küche.

Ich freue mich schon auf unseren nächsten Chat.

 Liebe Grüße dein Chat-Silvio."

Doch nun schrieb Andreas, bevor er ins Bett ging, noch eine Message, in der er auf Dinge reagierte, die Silvio falsch sah.

„Lieber Silvio, hier nun ist meine Antwort auf deine Message von heute Morgen. Ich muss schon sagen, manchmal bist du sehr direkt, aber das finde ich gut. Freunde sollten ehrlich zu einander sein. Ich glaube, dass wir das bisher beide waren, und hoffe, dass es so bleibt.

Aus deiner Sicht magst du ja Recht haben, wenn du mich mit Ralf vergleichst, aber so ist es nicht."

Jetzt erklärte Andreas, dass Rosi, wenn es zu einem Streit mit ihren Kindern kam, stets Partei für diese ergriff und somit nicht zu ihm gestanden hatte. Weiter schrieb er: „Deshalb kannst du dich nicht mit Rosi auf eine Stufe stellen und mich nicht mit Ralf. Ich habe mich aufgrund von Rosis Verhalten nicht mehr bei ihr wohl gefühlt und sie hat mir oft nicht zugehört, wenn ich versucht habe, ihr ihre Fehler und die Fehler ihrer Kinder klarzumachen. Im Gegenteil hat Rosi ein Talent, in Streitgesprächen die Situation so zu verdrehen, dass du selbst am Schluss ein schlechtes Gewissen hast, obwohl du weißt, dass du im Recht bist. Und das geht nicht.

Ich glaube nicht, dass du das mit Ralf auch so gemacht hast.

Ich habe mich hier nicht mehr wohl gefühlt. Erst da fing ich an, mich wieder in der Schwulenszene zu orientieren. Weil ich unglücklich war.

Die Ursachen bei Rosi und mir sind ganz andere als bei Ralf und dir. Er ist fremdgegangen, meine Beziehung war kaputt, als ich mich wieder meiner Natur zuwandte.

Den Satz, dass du Ralf besser verstehst, weil du meine Sichtweise verstehen möchtest, und diese schon Wirkung zeigt, verstehe ich ehrlich gesagt nicht. Willst du ihm denn verzeihen? Ich sage dir nur eines dazu: Er wird dich immer wieder betrügen, weil er gar nicht anders kann.

Ich hoffe, dass du das mit dem Scherbenhaufen jetzt etwas anders siehst. Wenn schon ein Scherbenhaufen da ist, kannst du ihn nur maximal vergrößern. Das habe ich getan. Aber warum, wirst du jetzt wohl besser verstehen.

Und nun noch etwas zu deinen letzten Worten von heute Morgen. Es ist schön, wenn du dich durch unsere Chats nicht so alleine fühlst und heute mehr Glücksgefühle und Hoffnungen hast als noch vor zwölf Tagen. Da hat sich ja mein Einsatz gelohnt. Aber auch dein Einsatz hat sich gelohnt, ich fühle mich nach den Chats mit dir wohler als vorher.

Ich hoffe auch, dass wir uns nächstes Jahr treffen werden, ich hoffe auch, dass es schon im Januar sein wird. Ich verbinde sehr viele Hoffnungen mit dir, hauptsächlich, was unsere Freundschaft angeht, denn Freunde werden wir sein, schon mal, weil man einen echten Freund nur ein-, zweimal im Leben bekommt. Alle anderen sind nur Kumpels, die auch mal schnell etwas vorhaben, obwohl du ihre Hilfe gebraucht hättest.

Und ich gebe es zu, Silvio, wenn die Chemie stimmt, werden wir Freunde. Wenn du mir auch äußerlich gefällst, würde ich mich freuen, wenn mehr daraus werden sollte. Deshalb möchte ich ein Bild von dir bekommen oder dich treffen. Freunde sollten wir in jedem Falle werden.

Und wenn ich dich richtig verstehe, brauchst du keine Angst zu haben vor irgendwelchen Süchten wegen des Chattens. Ich glaube, du hast die gleichen Hoffnungen wie ich, nur willst du sie noch nicht so zugeben, wie ich es tue.

Und nun, mein lieber Silvio, muss ich ins Bett. Ich freue mich auf heute Abend, auf dich.

Viele liebe Grüße von deinem Freund Andreas."

Andreas legte sehr viel Gefühl und Emotionen in diese Message, sie war schon beinahe ein Liebesbrief. Hier gab er das erste Mal seine Gefühle für Silvio preis.

Als Silvio am Abend nicht in den Chat kam, war Andreas enttäuscht und traurig. Er hatte sich beeilt, um Silvio noch im Chat antreffen zu können, denn Andreas hatte mit seinem Umzug alle Hände voll zu tun. Er packte schon alle die Sachen ein, die er in Rosis Haus nicht mehr brauchte.

Nun saß er vor dem Computer und war traurig, weil Silvio nicht da war. Er machte sich Sorgen um seinen Chatfreund. Am nächsten Morgen sollte er die Antwort bekommen. Doch jetzt schrieb er ihm: „Lieber Silvio, schade, dass wir uns heute nicht mehr im Chat treffen konnten. Hatte mich auf dich gefreut. Habe ich etwas geschrieben, das dich verärgert hat? Dann sage mir bitte, was es war. Wir können doch über alles reden."

Kindheitserinnerungen

Der 30. November war für Andreas ein Tag, der nicht nur Angenehmes für ihn bereithielt. Zunächst begann er gut. Um sieben Uhr stand er auf, loggte sich auf Gayboerse ein und fand Silvios Message. Andreas hatte sich umsonst Sorgen gemacht, auch bei Silvio konnte es auf der Arbeit Probleme geben, die ihn hinderten, pünktlich zu Hause zu sein. Silvio schrieb: „Eines der Kinder hat sich am Nachmittag im Sportunterricht am Sprunggelenk verletzt. Musste zum Arzt in die Klinik. Hat ewig gedauert. Ein Kollege musste sie begleiten, dadurch hatte ich länger Dienst. Von der Arbeit kann ich aber nicht chatten.

Habe heute bis ca. 4.30 Uhr Zeit, um mit dir Kontakt aufzunehmen. Sage mir nur, wann es dir passt. Habe heute nachmittag Dienst. Freue mich auf dich, bis Später! Silvio."

Andreas war beruhigt, es war nichts passiert, wenigstens nichts von Bedeutung, und so antwortete er: „Hallo, Silvio, es ist nun einmal so, Dienst ist Dienst.

Außerdem denke ich, egal, ob du Dienst hattest oder nicht, wenn Kinder sich verletzen und ins Krankenhaus müssen, gehen sie vor.

Wenn man sieht, wie einige Menschen mit Kindern umgehen, kann einem Himmelangst und Bange werden. Hier wird ein Kind misshandelt, dort auch. Du hast sogar beruflich damit zu tun. Kinder gehen nun einmal vor, und das ist auch gut so.

Ich bin jetzt im Chat und warte auf dich."

Tatsächlich werden noch heute in Deutschland etwa zweihunderttausend Kinder jährlich misshandelt, die Dunkelziffer dürfte weitaus höher sein.

Andreas musste an seine Kindheit denken, denn auch er hatte es nicht leicht gehabt. Seine ersten Kindheitserinnerungen reichten bis zu seinem vierten Lebensjahr zurück.

*****

Kein Mensch kann sich an seine Geburt erinnern. Als erwachsener Mensch erzählte Andreas scherzhaft: „Als ich geboren wurde, hat meine Mutter geschrien. Als sie mich gesehen hatte, kam sie in ein Krankenhaus."

Mit diesem Scherz hatte er sogar Recht. Er wurde 1959 in Rostock als achtes Kind seiner Eltern geboren. Sie arbeiteten bei der Deutschen Reichsbahn, der Vater als Zugführer, die Mutter verkaufte Fahrkarten an einem Schalter auf dem Hauptbahnhof.

Die Mutter brachte alle ihre Kinder zu Hause zur Welt und ging danach mit dem Neugeborenen in das nahe gelegene Krankenhaus. Das war in den Fünfzigerjahren des vergangenen Jahrhunderts keine Seltenheit.

Die Familie bestand aus den Eltern, acht Kindern und einer Oma, einer gutmütigen alten Dame von fast neunzig Jahren. Zwischen dem ersten und dem letzten Kind lag ein Altersunterschied von siebzehn Jahren. Es waren vier Jungen und vier Mädchen. Die Eltern beanspruchten für sich das Schlafzimmer, die Mädchen und die Oma schliefen in einem und die Jungen im anderen von zwei Kinderzimmern. Das vierte Zimmer, war das Wohnzimmer.

Die Wohnung wurde durch einen kleinen Flur, eine Küche mit angrenzender Speisekammer und ein Badezimmer mit einer Badewanne vervollständigt. In diesen Jahren grenzte das durchaus an Luxus. Im Winter wurden die Zimmer mit einem Kachelofen geheizt.

Andreas' Eltern verfügten über wenig Geld, und so wurde im Winter nur das Wohnzimmer gut beheizt, in dem sich das Leben der Familie abspielte. Die Küche und das Bad konnten nicht geheizt werden. In eisigen Wintern sorgte in der Küche der Backofen oder der Gasherd für aushaltbare Temperaturen, wenn die Mutter oder die Oma für längere Zeit darin verbleiben mussten, wie etwa zum Kochen.

Als Andreas vier Jahre alt war, wurde er im Winter von der Mutter oder einer seiner älteren Schwestern im Wohnzimmer gewaschen. Am Sonnabend wurde besonders darauf geachtet, dass die Kinder abends sauber in das Bett gingen. Im Sommer wurde am Samstagabend gebadet und im Winter wurden die beiden kleineren Jungen, also Andreas und sein achtzehn Monate älterer Bruder Georg, im Wohnzimmer in einer großen Schüssel, die als Waschzuber diente, gewaschen.

In der Mitte des Wohnzimmers stand ein großer Tisch, an dem alle Familienmitglieder zu den Mahlzeiten einen Platz hatten. Als Vierjähriger stand Andreas auf diesem Tisch, seine Schwester Inge stand vor ihm und war dabei, ihn zu waschen. Andreas sagte: „Inge, ich muss dringend groß".

Doch sie antwortete in strengem Ton: „Erst wirst du gewaschen, dann kannst du auf die Toilette gehen."

Andreas erwiderte: „Aber ich muss ganz doll groß!"

„Erst wasche ich dir die Beine und trockne sie dir ab, danach darfst du auf die Toilette gehen!", meinte Inge. Als sie ihm das rechte Bein wusch, konnte Andreas nicht mehr anhalten und der Stuhlgang bahnte sich seinen Weg direkt in Inges Hand. Angeekelt kreischte sie: „Andreas, du bist ein Schwein!"

Doch die Oma, die in ihrem alten und verschlissenen Sessel in der Nähe des Tisches saß, ergriff für Andreas Partei: „Inge, du hast doch selber schuld. Andy hat es dir mehrmals gesagt, dass er auf die Toilette muss. Du hast ihn nicht gelassen. Dann musst du auch die Folgen dafür tragen. Du solltest jetzt lieber den Tisch sauber machen und nicht schimpfen."

Inge machte ein böses Gesicht, tat aber, was die Oma verlangt hatte. Außerdem holte sie einen Nachttopf, setzte ihren kleinen Bruder darauf, der jetzt sein „großes Geschäft" beenden konnte.

Unwillkürlich lächelte Andreas in sich hinein und erinnerte sich dabei an eine andere Geschichte. Schon als Sechsjähriger war er alleine in seiner Stadt unterwegs. Mehrmals wurde er von der Mutter zu seiner ältesten Schwester Luise in die Südstadt geschickt, in der sie gemeinsam mit ihrem Mann wohnte.

Die Mutter gab ihm für Luise einen kleinen Brief mit, in dem sie ihre Tochter bat, ihr Geld zu borgen, weil sie es brauchte, um die jüngeren Geschwister mit allem Notwendigen bis zum nächsten Zahltag versorgen zu können.

Zunächst musste er bis zum Bus laufen. Die Bushaltestelle befand sich etwa zwei Kilometer, also vier Straßenzüge von der elterlichen Wohnung entfernt. Mehrere Stationen musste der kleine Kerl mit dem Bus fahren und danach einen halben Kilometer bis zu dem Haus, in dem seine Schwester wohnte, laufen. Dafür war Andreas etwa eine Dreiviertelstunde unterwegs.

Als er das erste Mal alleine zu Luise fahren musste, war es für ihn ein Abenteuer. Er war stolz darauf, ohne einen Erwachsenen, der ihn begleitete, durch die Stadt fahren zu dürfen. Dabei kam er sich selbst schon so ungeheuer erwachsen vor, weil die Mutter so viel Vertrauen zu ihm hatte und er allein den weiten Weg zu Fuß und mit dem Bus zurücklegen durfte.

Als er zu seiner Schwester kam, verwöhnte sie ihn. Er bekam Kakao zu trinken und Kekse zu essen, manchmal gab es auch Kuchen. Der Junge glaubte, dass seine Schwester eine reiche Frau sei. Sie hatte eine eigene Wohnung, die gut eingerichtet war. Im Wohnzimmer stand eine Anbauwand, der Fußboden war mit Teppichboden bedeckt, es gab eine große Couchgarnitur und schöne Gardinen vor dem Fenster. Blumen standen auf dem Wohnzimmertisch und auch auf den Fensterbrettern der Wohnung. Im Schlafzimmer standen komplett zusammengehörige Schlafzimmermöbel. Solch ein schönes Schlafzimmer hatte Andreas bei seinen Freunden noch nie gesehen und die Eltern hatten so etwas sowieso nicht. Und dann erst die moderne Einbauküche mit Hängeschränken! Luises Wohnung gefiel Andreas sehr. Sie hatte zwar nur zwei Zimmer. Aber sie war so hell und sauber, dass er sich bei ihr wohlfühlte.

Wenn er es durfte, blieb er bis zum Abendbrot. Im Sommer gab es frische Tomaten auf frisch gebackenes Brot. Manchmal war das Brot sogar noch etwas warm und sehr knusprig. Und er durfte sich bei seiner Schwester Zwiebeln auf die Tomaten legen. Das durfte er zu Hause nicht. Vielleicht schmeckten die Tomatenstullen ihm deshalb bei Luise immer viel besser als zu Hause. Er schaffte es, vier Stullen zu essen. Luise und Walter, sein Schwager, lächelten Andreas dabei freundlich an. Sie freuten sich, dass es dem Kleinen so gut schmeckte und er so einen großen Appetit hatte. Aber nach dem Abendbrot musste er nach Hause gehen. Luise gab ihm einen Briefumschlag für die Mutter mit. Sie ermahnte ihn, gut darauf aufzupassen und ihn sofort der Mutter zu geben, wenn er zu Hause war. So schnell er konnte, lief er zur Bushaltestelle und achtete immer darauf, dass der Briefumschlag in seiner rechten Hand blieb. Zu Hause angekommen, gab er der Mutter sofort Luises Brief. Völlig aufgedreht erzählte er ihr von seinen Erlebnissen, bis sie ihn ermahnte, dass es Zeit sei, ins Bett zu gehen.

*****

Als Andreas acht Jahre alt war, erledigte er im Kinderzimmer der Jungen seine Schulaufgaben. Die Mutter putzte das Wohnzimmer, das neben dem Kinderzimmer lag. Der Vater kam von der Arbeit nach Hause. Als er die Wohnzimmertür öffnete und hereinkam, fand die Mutter ihre schlimmen Befürchtungen bestätigt. Der Vater war schon wieder völlig betrunken. Laut sagte er: „Tach!". Schwankend ging er zur Couch und ließ sich auf sie fallen.

Enttäuscht sah ihn die Mutter an. „Du hast schon wieder getrunken."

Andreas hatte Angst. Er wusste, dass der Vater, wenn er betrunken war, keine Ruhe gab. Stets suchte und fand er einen Vorwand, um seine schlechte Laune an allem und jeden auszulassen. Entweder waren die Hausaufgaben nicht in Ordnung und sollten noch einmal wiederholt werden. Oder die Wohnung sah aus wie ein „Schweinestall". Oder es war kein Bier im Hause. Oder das Essen war der letzte Fraß. Manchmal war die Musik nicht nach seinem Geschmack. Es sollte doch dieses „Katzengejammer" abgestellt werden. Oder im Fernsehen lief ein Kriegsfilm. Dann stolperte der Vater, so schnell er konnte, zu ihm und schaltete ihn hastig und unkontrolliert aus. Manchmal zitterte er dabei und schrie wild gestikulierend: „Was soll dieser Scheiß! So einen Mist sollt ihr nicht sehen! Habt ihr denn nichts Besseres zu tun? Verschwindet und lernt lieber für die Schule, als euch so eine Scheiße anzusehen. Macht, dass ihr rauskommt."

So war das fast jedes Mal, wenn der Vater zu Hause war. Andreas konnte sich kaum daran erinnern, dass der mal nüchtern war. Das kam nur selten vor. Entweder musste er dann zum Dienst oder die Mutter war für mehrere Tage nicht Zuhause, aber das kam kaum einmal vor. Wenn der Vater nicht betrunken war, konnte er mit seinen Kindern liebevoll umgehen. Doch war das leider eine seltene Ausnahme.

Andreas musste auf die Toilette. Am liebsten wäre er auf seinem Stuhl im Kinderzimmer sitzen geblieben. Auf seine Hausaufgaben konnte er sich jetzt aber auch nicht mehr konzentrieren. Der Druck in seiner Blase war zu groß. Und er hatte Angst vor dem Vater. Geschlagen hatte der ihn zwar nur einmal, aber Andreas rechnete immer damit, dass es wieder passieren konnte. Von der Mutter bekam er manchmal auch einen Klaps, wenn sie mit etwas nicht zufrieden war. Was sollte die Mutter bei acht Kindern anderes tun? Sie war eine einfache Frau, aber sie liebte ihre Kinder. Hätte sie jedes Mal mit ihnen reden wollen, wenn etwas nicht in Ordnung war, so hätte sie oft den ganzen Tag reden müssen. Da war eine leicht lockere Hand in ihren Augen ein gutes Mittel, um die Kinder zu erziehen. Aber die Kinder erzogen sich gegenseitig alleine. Und wenn sie einmal von der Mutter einen Klaps bekamen, wussten sie genau, was sie falsch gemacht hatten.

Andreas seufzte, er konnte nicht sitzen bleiben. Der Druck in der Blase stieg ständig an. Wenn er nun nicht bald auf die Toilette ging, würde er in die Hose pullern müssen. Doch das wollte er unter keinen Umständen. Um zur Toilette zu kommen, musste er durch das Wohnzimmer gehen.

Schweren Herzens stand er auf, ging zur Tür und hörte seine Eltern miteinander streiten. Er nahm seinen Mut zusammen und öffnete die Tür, betrat das Wohnzimmer, grüßte laut seinen Vater und beeilte sich, auf die Toilette zu kommen. Der Vater sah ihn an und grüßte kurz zurück. Andreas war froh, als er das Wohnzimmer wieder verlassen konnte. Auf der Toilette hielt er sich nicht nur zum Pullern auf. Aber er glaubte auch, nicht zu lange dort bleiben zu können. Früher oder später würde der Vater selber die Toilette benutzen wollen. Wenn der betrunken war, ging er oft mehrmals hintereinander dorthin. Also wollte Andreas das Badezimmer schnell verlassen und in sein Zimmer zurückkehren.

Als er die Wohnzimmertür öffnen wollte, hörte er plötzlich seine Mutter schreien: „Du bist so ein Schwein, lass mich doch in Ruhe, du alter Suffkopp!"

Der Vater schrie zurück: „Und du gibst mir das Geld! Ich muss morgen abrechnen. Wie stehe ich denn da, wenn ich das Geld nicht abliefern kann!"

Andreas Vater hatte wieder einmal das Geld versoffen, das er für den Verkauf von Fahrkarten einnahm, die die Fahrgäste bei ihm kaufen konnten, wenn auf den Bahnhöfen der Fahrkartenschalter geschlossen war oder er gar nicht existierte. Monatlich musste er das Geld bei seinem Chef abrechnen.

Die ganze Familie litt unter seiner Trunksucht. Die Mutter opferte mehrmals die Urlaubskasse, um dem Vater den Job und vor allem die

Freiheit zu retten, denn die Veruntreuung von finanziellen Mitteln eines Betriebes konnte zu schweren Strafen führen.

Andreas stand voller Angst in der schon geöffneten Tür und sah, dass der Vater taumelnd vor der Mutter stand und drohend mit den Armen vor ihr herumfuchtelte. Er schrie: „Du Schlampe gibst mir jetzt sofort das Geld. Du wirst wohl schon zweiundachtzig Mark haben, ich muss sie morgen abgeben!" Dann schlug er der Mutter mit der flachen Hand ins Gesicht. Weder der Vater noch die Mutter hatten Andreas bemerkt. Der Junge stand im Türrahmen und sah alles mit an. Tränen liefen ihm über die Wangen, er zitterte am ganzen Körper und konnte sich nicht bewegen. Er wollte seinem Vater zurufen, dass dieser die Mutter in Ruhe lassen sollte. Aber er bekam keinen Ton heraus. Sein kleiner Körper krampfte sich zusammen. Er wollte schreien und weglaufen, doch er war zu keiner Bewegung fähig. Er sah, dass der Vater die Mutter mit der linken Hand an ihrer Kittelschürze packte, sie gegen die Wand stieß, die das Kinderzimmer von der Stube trennte, und mit der rechten Hand auf sie einschlug.

Andreas durchlitt Höllenqualen. Er wollte der Mutter helfen. Nur wie sollte er das tun? Plötzlich hasste er sich selbst. Er hasste sich dafür, dass er noch so klein und voller Angst war. Er hasste sich dafür, dass er nicht groß und stark genug war, um den Vater von der Mutter wegzuholen. Er hatte Angst um seine liebe Mutti. Und er hatte Angst um sich selbst. Die Mutter schrie, sie versuchte, sich zu wehren, aber gegen den Vater konnte sie nichts ausrichten. Andreas weinte und endlich schrie er doch: „Lass Mutti doch los! Papa, hör doch endlich auf!"

Er fasste all seinen Mut zusammen und wollte der Mutter zu Hilfe eilen. Als er seinen ersten Schritt getan hatte, wurde er von hinten zur Seite geschoben. Sein großer Bruder Willy kam nach Hause. Schon im Treppenhaus hörte der die Schreie seiner Mutter. Schnell lief er in die Wohnung, denn es war ihm bewusst, dass die Mutter dringend Hilfe benötigte. Willy stürzte an Andreas vorbei. Mit nur zwei Schritten war er bei den Eltern, zerrte den Vater von der Mutter weg und stieß ihn kräftig gegen die Tür zum Kinderzimmer, deren Griff sich dabei schmerzhaft in des Vaters Rücken rammte, sodass dieser gequält aufstöhnte.

Die Mutter war befreit und Andreas froh, dass der Vater jetzt vor Willy Angst hatte und mit schmerzverzerrtem Gesicht an der Tür stand. Willy hatte ihn fest im Griff und ließ ihn nicht los. Mit drohender Stimme sagte er ganz leise zum Vater: „Wenn du auch nur noch einmal unsere Mutter schlägst, dann schlage ich dich tot!" Damit ließ er von dem alten Herrn ab, der zunächst das Weite suchte. Die Mutter nahm den verweinten Andreas in ihre Arme. „Jetzt ist ja alles wieder gut", sagte sie und versuchte ihn, zu trösten. Andreas bemerkte, dass auch Willy ihm über das Haar streichelte, bevor er das Wohnzimmer verließ.

Ein schlechter Tag ohne Folgen

Andreas schüttelte seine traurigen Gedanken ab und konzentrierte sich auf den Chat mit Silvio.

Zunächst ging Silvio auf den Umgang mit Kindern ein: „Über den Umgang mit Kindern könnte ich ein Buch schreiben. Man glaubt gar nicht, was es für Elend und Gewalt gibt.

Und wenn es dann noch Kinder betrifft, mit denen ich zu tun habe, belastet mich ihr Schicksal besonders.

Also mit dem gestrigen Tag hat deine Rosi gemerkt, es wird ernst. Ist sie noch so gelassen oder geht jetzt das Streiten los?

Andreas, du machst das schon. Ich drücke dir jedenfalls die Daumen, dass nicht so viel kaputt geht.

Wie lange willst du heute im Chat bleiben? Ich muss noch einkaufen."

Andreas war froh, dass Silvio jetzt für ihn Zeit hatte. Es war nicht nur Abwechslung im Alltag, mit ihm zu chatten. Nein, es war für ihn mehr. Wenn er mit Silvio chatten konnte, wurde ihm warm ums Herz, spürte er zärtliche Gefühle für ihn in sich aufkommen. Er schrieb zurück: „Ich muss auch noch nach Lampen im Baumarkt sehen. Gestern fiel mir ein, ich habe noch keine einzige Lampe, aber ich brauche vier Stück. Es wird doch schon so schnell dunkel.

Also wenn du losgehst zum Einkaufen, werde ich zum Baumarkt fahren, danach bin ich wieder hier. Muss nur nebenbei immer etwas tun."

Silvio erwiderte: „Andreas, ich habe jetzt deine Message von gestern früh Punkt für Punkt abarbeiten können und dann gehen wir, so glaube ich, erst einmal einkaufen.

Ich bin schon immer ein direkter Typ. Wenn man nicht hinterfragt, dann bleibt immer viel Platz für Spekulationen. Aber ich glaube, das ist bei mir berufsbedingt. Denn die Kinder können mir viel erzählen und ich laufe dann mit halben oder falschen Informationen los. Aber ich habe nicht gedacht, dass das schon so auffällig bei mir ist.

Du hast doch auch einen Sohn (ich habe keine Kinder). Ist es nicht normal, dass die Eltern zu ihren Kindern halten? Zumal die Erwachsenen ja immer noch darüber reden können, wenn die Kinder nicht dabei sind. Meine Mutter hat mir auch schon einmal gesagt, wenn

Eltern sich streiten, geht es um die Kinder. Sind die sicher aus dem Haus, fangen die Streitigkeiten untereinander an. Damit du schon mal was zu lesen hast, hier meine Reaktion auf den ersten Teil deiner Message, der Rest folgt gleich."

Andreas glaubte schon, dass Silvio die Antwort auf seine Message vergessen hatte. Doch zeigte er nun, dass er wieder etwas falsch verstanden hatte. Deshalb antwortete Andreas: „Man muss aber unterscheiden, ob die Kinder im Recht sind oder nicht. Verständnis kann man haben, aber man muss ihnen auch sagen, was sie falsch gemacht haben. Und wenn man einen Partner hat, sollte man auch zu ihm stehen.

Außerdem sind Rosis Kinder erwachsen."

Silvio antwortete auf die gestrige Message weiter: „Ich weiß noch nicht, ob ich Ralf verzeihen kann, aber wollen will ich wahrscheinlich schon. Ich wollte auch eine Freundschaft mit ihm führen, doch dann habe ich Angst, dass er sich wieder nimmt, was er braucht, und ich es gewähren lasse.

Also mit diesen Gedanken bin ich noch nicht ganz im Klaren. Obwohl ich mich gerne von ihm berühren lasse. Es ist einfach ‚geil'. Er weiß, was mir gefällt und wie es mir gefällt.

Ich freue mich, zu hören, dass du dich nach unseren Begegnungen im Chat wohler fühlst. So kann auch ich dir helfen und das macht mich auch glücklich.

Ich würde gerne dein Freund werden, sein und????

Aber lass uns bitte bis zum neuen Jahr warten. Das erhöht die Spannung!!!!", weiter schrieb er: „Ich möchte dich jetzt nicht erzürnen, aber auch Erwachsene haben so ihre Macken und Fehler. Auch denke ich, und das ist in jeder Partnerschaft so, dass Rosi dir (gerade weil sie dich liebt, wie du sagst) sicherlich in vielen anderen Dingen gezeigt hat, dass sie zu dir steht und wie sie zu dir steht. Ich glaube dir jetzt nicht, dass ausgerechnet sie es nicht getan hat. Das tun alle Menschen so, die sich lieben. Du wirst ihr das auch gezeigt haben, auf deine Weise.

Aber wie gesagt, ich möchte dich nicht verärgern. Gehen wir jetzt einkaufen? Jeder für sich ..."

Andreas dachte: ‚Es ist schon interessant, wie du unsere Situation einschätzt, obwohl du uns nicht kennst. Und Rosi kennst du überhaupt nicht, du weißt ja gerade mal das, was ich dir von ihr erzählt habe.' Er schrieb aber etwas ganz anderes: „Zu Ralf habe ich dir genug gesagt, aber es wird so sein: Wenn du ihm verzeihst, wird er dich wieder betrügen. Du wirst mit ihm nicht mehr glücklich, hast immer im Hinterkopf, dass da mal was war.

Ich als Außenstehender würde dir abraten.

Ich als eventueller Nutznießer sage, lass die Finger davon und schlage dir das aus den Kopf. Ein anderer wird es auch erfahren, wie er dich berühren kann, damit du voll darauf abfahren kannst. Gib ihm nur die notwendige Zeit, das herauszufinden, und sage ihm, was dir gefällt. Dann wirst du eine glückliche Beziehung führen können.

Und ich sage dir auch, mein lieber Silvio, du hast alle Zeit der Welt, ich werde dich nicht bedrängen. Aber ein Bild von dir kannst du mir trotzdem schicken, das wäre nur fair. Wenn du mich sehen willst, brauchst du nur in mein Profil gehen. Umgekehrt kann ich das leider nicht.

Sicherlich hat Rosi mir gezeigt, dass sie mich liebt, hat auch in anderen Situationen zu mir gestanden, aber in meinen Augen hat sie es in den entscheidenden Momenten nicht getan. Verärgern kannst du mich deswegen nicht, wie du weißt, habe ich damit abgeschlossen.

Ich werde dann auch fix losmachen und in circa einer Stunde wieder hier sein.

Solange grüßt dich ganz lieb dein Freund Andreas."

Er ging in den Baumarkt und fand preiswerte Lampen. Aber noch wollte er keine kaufen und warten, bis er über das Geld aus dem Fonds verfügen konnte.

Rosi und Andreas hatten gemeinsam in einen Aktien-Fonds investiert, und nun sollte sein Anteil daran ausgezahlt werden. Das sollte bis heute auf seinem Konto eingegangen sein.

Er fuhr nach Hause und sichtete die neu eingegangene Post. Ein Brief von seiner Versicherung war dabei, die ihm seinen Anteil aus dem Fond auszahlen sollte. Nachdem er ihn gelesen hatte, war er wütend, denn er sollte nochmals ein Auszahlungsformular ausfüllen und der Versicherungsgesellschaft zuschicken. Das hatte er aber schon vor zwei Wochen mit dem Finanz-Makler erledigt.

Voller Sorge rief Andreas Rosi an und erzählte ihr von dem Brief. Er war auf das Geld angewiesen, und sah seinen Umzug gefährdet. Wenn er noch heute den Fragebogen der Versicherung ausgefüllt zurückschickte, konnte der ihm zustehende Betrag nicht in zwei Tagen auf seinem Konto eingegangen sein. Rosi meinte, er solle ihr das Formular faxen, sie wollte sich darum kümmern. Und sie versprach, ihm die Summe zu leihen, die er für seinen Umzug benötigte. Seine Anspannung ließ nach. Trotzdem war es ihm peinlich, sich von Rosi Geld zu borgen. Immerhin hatte er sie verlassen.

Danach loggte sich Andreas in den Chat ein. Silvio war auch schon da und hatte ihm geschrieben: „Hallo, mein Freund, bist du schon wieder zu Hause? Ich bin gerade rein. Hast du alles erledigt?"

Andreas schrieb zurück und erklärte ihm, was passiert war.

Silvio antwortete: „Wenn Rosi es dir versprochen hat, dann muss sie sich doch darum kümmern. Ist sie unzuverlässig in solchen Dingen?"

„Rosi hat keine Schuld daran, die Versicherung schickt hier doppelte Schreiben und verzögert so die Auszahlung. Rosi hat mir angeboten, mir das Geld, das ich brauche, bis nächste Woche zu leihen, aber das möchte ich nicht."

In den folgenden Messages unterhielten sie sich über Andreas' Umzugsvorbereitungen. Doch dann fragte Silvio: „Mit wie viel Freunden chattest du denn jetzt gleichzeitig, außer mit mir?

Aber ehrlich gesagt, du bist viel im Chat, oder? Das ist mir die letzten Tage aufgefallen. Nicht, dass du nicht nach anderen Freunden suchen kannst, aber je mehr du suchst ...."

‚Was ist denn das?', fragte sich Andreas, als er das las. ‚Das hört sich ja an, als wenn da einer eifersüchtig wird.' Er antwortete: „Kontakte knüpfen, vielleicht auch mal jemanden treffen. Es läuft auf platonische Freundschaften hinaus, wenn jemand daran Interesse hat. Sicherlich bekomme ich auch Sexangebote. Und solange ich alleine bin, darf ich doch, wenn es denn tatsächlich einmal zu einem Date kommt."

Silvio fragte: „Was ist eigentlich aus deinem Freund geworden, mit dem du den ‚besten Sex deines Lebens' hattest? Hat er sich wieder eingekriegt? Weil du doch mal geschrieben hast, wenn ich das richtig in Erinnerung habe, du solltest dich nicht in ihn verlieben, und er sich deshalb zurückgezogen hat. Habt ihr noch Kontakt?"

Andreas war von Patrick enttäuscht. Gerne hätte er sich mit ihm noch einmal getroffen. Der Sex mit ihm war toll, denn er verstand es, Andreas höchste Glücksgefühle zu bereiten, Glücksgefühle, die er bis dahin noch nicht kannte. Andreas war sich nicht sicher, ob er in Patrick verliebt war, oder ob es nur eine Schwärmerei für den Jüngeren war.

Rosi bekam zufällig heraus, wo Patrick arbeitete, und suchte ihn auf. Sie glaubte, dass sie ihren Andreas an Patrick verloren hatte, und wollte um ihn kämpfen. Sie liebte Andreas so sehr, dass es ihr zwar nicht egal war, dass er mit einem Mann fremd gegangen war, aber sie wusste, dass er schwul war. Als er zu ihr zog, war sie sich seiner lange Zeit nicht sicher, aber das legte sich mit den Wochen und Monaten, weil es für sie einfach nur schön war, jeden Tag mit Andreas neu zu erleben. Sie war mit ihm glücklich. Gemeinsam hatten sie so viele schöne Dinge gesehen und erlebt. Stets ging er mit ihr liebevoll um. Und das alles sollte jetzt zu Ende sein?

Rosi war es bewusst, dass sie gegen einen Mann nicht ankämpfen konnte. Trotzdem wollte sie den ungleichen Kampf gegen ihn aufnehmen. Sie liebte Andreas immer noch, kampflos wollte sie ihn nicht aufgeben.

Deshalb wollte sie Patrick klarzumachen, dass er dabei war, eine Familie zu zerstören.

Doch der erzählte ihr, dass er nie die Absicht hatte, mit Andreas eine Beziehung einzugehen. Freundschaft, ja, auch Sex sollte möglich sein, aber wenn Gefühle ins Spiel kämen, war für Patrick nur noch eine platonische Freundschaft mit Andreas möglich, denn er führte eine offene Beziehung und liebte seinen Mann sehr.

Einen Tag nachdem Rosi Patrick besucht hatte, hatten Andreas und Patrick ein langes Gespräch. Andreas wollte mit ihm keine platonische Freundschaft eingehen, er würde ihn immer wieder begehren und Sex mit ihm haben wollen. Deshalb schien es ihm besser, ihn eine Weile nicht mehr zu sehen.

Andreas antwortete: „Wir hatten uns nur noch im Chat sporadisch angeschrieben. Wenn ich bemerkte, dass er on war, schickte ich ihm eine Message, aber das tue ich jetzt schon lange nicht mehr. Soll er sich melden, ich laufe ihm nicht hinterher."

„Auwacker, das tut dir bestimmt weh und kostet Überwindung.

So, jetzt muss ich leider los!

Wir lesen uns demnächst, und mach mir keine Dummheiten bis dahin. Ich weiß, wenn du mit Rosi zusammen bist, kann nichts Gefährliches passieren. Irgendwie gehören wir doch zusammen. Also gehe ich beruhigt zum Dienst.

Mach's gut, mein Freund, dein Silvio."

‚Ja, wir gehören zusammen', dachte Andreas, ‚ich mag dich und du freust dich auch schon immer auf den nächsten Chat mit mir. Du denkst an mich, ich denke an dich. Das muss doch etwas bedeuten. Ich möchte dich kennenlernen.' Andreas entwickelte für Silvio zärtliche Gefühle.

*****

Kaum hatten sie sich verabschiedet, klingelte das Telefon. Eine Mitarbeiterin der Autovermietung, bei der Andreas einen Transporter für seinen Umzug reserviert hatte, teilte ihm mit: „Es tut mir leid, aber Sie haben ein Problem. Sie können am Freitag den Transporter, den Sie bei uns bestellt haben, nicht zum vereinbarten Termin bekommen. Das Fahrzeug ist am Freitag in Bayern unterwegs und deshalb nicht pünktlich zurück. Das Auto steht Ihnen ab vierzehn Uhr und nicht wie ursprünglich vereinbart ab zehn Uhr zur Verfügung."

Zorn stieg in Andreas hoch. Irgendjemand wollte nicht, dass er am Freitag seine neue Wohnung bezog. Erst der Brief der Versicherungsgesellschaft, die ihm das Geld bis zum Freitag nicht auszahlte und jetzt soll er den Transporter nicht bekommen. Er zwang sich zur Ruhe und antwortete: „Nicht ich habe ein Problem, sondern Sie oder Ihre Firma. Ich habe bei Ihnen einen Transporter bestellt, und ich habe mich darauf verlassen, dass ich ihn zum vereinbarten Termin bekomme. Und sollte ich von Ihnen den Transporter nicht um zehn Uhr bekommen, werden Sie richtigen Ärger haben. Ich habe Verständnis dafür, dass es einmal Probleme geben kann, doch dann haben Sie diese Probleme aus der Welt zu schaffen und nicht ihre Kunden. Ich habe Ihre Zusage, den Transporter am Freitag, um zehn Uhr abholen zu können. Wenn Sie mir den nicht geben können, dann sollten Sie sich um Ersatz kümmern und nicht mir sagen, dass ich den nicht bekommen kann. Vielleicht telefonieren Sie jetzt mit anderen Firmen und rufen mich danach an, und informieren mich darüber, von wo ich den Transporter abholen kann, und das zu den gleichen Bedingungen, die ich mit Ihnen ausgehandelt habe, oder Sie tragen die Mehrkosten."

Die Frau der Autovermietung lenkte ein und versprach, einen Transporter zu besorgen. Tatsächlich rief sie fünfzehn Minuten später erneut an und teilte Andreas mit, dass er am Freitag um zehn Uhr von einer anderen Firma ein Fahrzeug abholen könne.

Letztendlich war nichts passiert. Aber durch den Anruf der Dame von der Autovermietung entstanden Unsicherheit und Stress. Beides wäre vermeidbar gewesen.

Da Andreas in der neuen Wohnung sofort das Internet nutzen wollte, fuhr er am Nachmittag zu einem Shop einer bekannten Telefongesellschaft, die in ihrer Werbung genau das angeboten hatte. In seiner Freizeit wollte er in einem Internetradio ehrenamtlich als Moderator arbeiten, dafür benötigte er mindestens DSL 2000. In diesem Shop erfuhr er, dass er in der neuen Wohnung DSL 1000 bekommen könne, mehr zurzeit nicht möglich sei.

Andreas war enttäuscht. Er hatte sich schon vor Wochen nach den Möglichkeiten erkundigt, um sofort nach dem Umzug das Internet nutzen zu können. Diese Telefongesellschaft war die einzige, die ihm das angeboten hatte. Das sollte auch jetzt noch möglich sein. Aber in der Straße, in der er zukünftig wohnen sollte, konnte ihm nur DSL 1000 zur Verfügung gestellt werden. Somit musste Andreas seinen Traum, als Moderator eines Internetradios aufgeben.

Er war wütend, enttäuscht und auch traurig, weil er seine Interessen nicht umsetzen konnte, wie er sich das gewünscht hatte. Später musste er erkennen, dass er falsch gehandelt hatte. Es gab in jeder Region einen Kabelanbieter, mit dem er sich seine Internetwünsche hätte verwirklichen können. Aber daran hatte er nicht gedacht.

Das Problem mit dem DSL hatte Andreas viel Zeit gekostet, deshalb hatte er einen Termin bei einem Autoklub nicht mehr wahrnehmen können. Aber das war ihm beinahe egal, denn schnell war ein neuer Termin vereinbart.

Aufgrund der vier Misserfolge ab dem Mittag war Andreas' Stimmung auf dem Nullpunkt. Er wollte nur noch nach Hause und sich in seinem Zimmer verkriechen, einfach nur alleine sein.

Zu Hause angekommen, loggte er sich auf Gayboerse ein. Es dauerte nicht lange, bis er von Patrick angeschrieben wurde. Erst heute mittag hatte er sich mit Silvio über ihn ausgetauscht. Ausgerechnet jetzt musste der sich melden. Andreas war dermaßen in Aufruhr, dass er sich mit Patrick im Chat zu streiten begann. Am Ende wollte er Patrick nicht mehr schreiben und schon gar nicht mehr sehen. Auch das belastete Andreas jetzt noch zusätzlich, denn in seinem tiefsten Inneren wollte er Patrick nicht aufgeben.

Nur negative Ereignisse an diesem Tag! Andreas war frustriert. Zornig holte er sich eine Flasche Whisky und goss sich davon ein Glas ein. Er glaubte, beim Trinken eines Glases Whisky entspannen zu können. Nach dem dritten oder vierten Whisky wendete er sich wieder dem PC zu. Silvio hatte ihm bereits das dritte Mal geschrieben.

Die erste Message lautete: „Hey, Andreas, du bist ja noch da! Na, alles erledigt?"

Die zweite Message kam sechs Minuten später: „Was ist los mit dir?"

Weitere zwölf Minuten später schrieb Silvio: „Andreas, was ist los? Ich habe dich vor etwa 5 Minuten angechattet und du antwortest nicht. Was ist passiert????"

Als Andreas bemerkte, dass er von Silvio bereits die dritte Message erhalten hatte, öffnete er sie schnell, um sie zu lesen, und antwortete danach: „Lieber Silvio, ich habe auf dich gewartet und habe nicht einmal gesehen, dass du da bist. Heute hätte ich im Bett bleiben sollen." Er erzählte Silvio von all den Misserfolgen des Tages.

Silvio schrieb zurück: „Ja, solche Tage gibt es. Und heute Vormittag hatte ich noch das Gefühl, es geht dir gut, du packst das.

Das mit dem DSL ist ja dooooof. Was, du wolltest Radio machen? Aber hängt deine Zukunft vom Radio ab?

So, nun trockne mal deine Tränen und chatte mit mir. Vielleicht hilft das ein bisschen!!"

Andreas wollte antworten, doch der Computer stürzte ab. Das bemerkte er nicht, weil sich die Bildschirmansicht nicht verändert hatte.

Dreiundzwanzig Minuten später bekam Andreas Silvios nächste Nachricht: „Mensch, das dauert heute Abend aber lange, bis du mir antwortest. Ich denke, du bist wieder mit vielen anderen Freunden im Chat. Da hat es mir heute Vormittag mehr Spaß gemacht. Da habe ich gemerkt, du chattest mit mir. Jetzt muss ich warten, bis ich dran bin. Vielleicht sollten wir uns morgen früh noch einmal treffen. Dann gehe ich jetzt ins Bett. Mein Tag war arbeitsmäßig auch nicht ganz ohne. Da kann ich den Schlaf ganz gut gebrauchen und muss nicht warten."

Andreas war jetzt mit seinen Nerven am Ende. Der Tag hatte so schön angefangen, Silvio war im Chat und hatte Zeit für ihn gehabt. Es war ein schöner Vormittag, wenn man vom Brief der Versicherung absehen wollte. Andreas antwortete: „Lieber Silvio, irgendwie spinnt der Computer auch noch, aber das passt in das heutige Bild.

Wirklich ein Scheißtag. Ich habe mich so auf das Internetradio gefreut, weil es auch heißt, zu anderen Leuten Kontakt aufzunehmen und für mich persönlich auch zwei Mal die Woche eine vernünftige Aufgabe zu haben im Alleinsein.

Anderen Menschen eine Freude machen mit meiner Musik, weil ich Musik habe, die heute kein Mensch mehr spielt und jeder sie bei mir hören könnte."

Als er davon las, dass Silvio sich ausloggen wollte, schrieb er: „Verlass du mich jetzt nicht auch noch. Wenn du im Chat bist, haben alle anderen zu warten. Oder glaubst du etwa, ich habe dir etwas vorgesponnen?

Du solltest mal mein Profil genauer lesen." Andreas bezog sich darauf, dass er zuverlässig und kein Faker oder Spinner sei.

Silvio fragte: „Was heißt: Verlass mich jetzt nicht auch noch? Nun sag schon, was ist passiert? Du machst mich nervös. Ich habe so spät keine Lust mehr zum Raten. Ich bin auch von der Arbeit fertig. Hatte mich auf dich gefreut. Aber wo ist die Freude jetzt hin? Sprich mit mir!!!!!"

Silvio wartete zwanzig Minuten. Weil Andreas nicht antwortete, schrieb er erneut: „Ich habe jetzt zwanzig Minuten auf eine Nachricht von dir gewartet. Ich bin noch bis um 23 Uhr im Chat. Dann gehe ich ins Bett. Bin morgen früh etwa ab 7.30 Uhr vor meiner Arbeit noch mal hier."

Dieses Mal antwortete Andreas gleich: „Es tut mir leid, wenn ich dich auf den falschen Fuß erwischt habe. Ich möchte dich nicht verletzen, das musst du mir glauben.

Ich werde jetzt einmal ganz ehrlich zu dir sein, auch wenn du es vielleicht nicht gut finden wirst.

Ich habe dir schon ansatzweise erzählt, was passiert ist. Neben meinen ganzen Misserfolgen heute, die mich richtig sauer machen, aber morgen geklärt werden können, habe ich gesehen, dass Patrick viermal im Chat war und mir nicht die geringste Aufmerksamkeit geschenkt hat. Beim fünften Mal hat er mich bemerkt und mit mir gestritten.

Nun gut, ich habe ihm eine Antwort gegeben, die ihn nicht erfreuen konnte. Ich gebe zu, es tut noch weh, aber es ist vorbei.

Ich ziehe am Freitag um, egal, wie, und dann wird alles besser.

Ich werde jetzt nichts mehr ernst nehmen, und dann wird alles funktionieren.

Also was soll es, bei allen Problemen, dass Leben ist schön!!!!!!!!!!" Andreas hoffte, endlich zur Ruhe zu kommen, wenn er erst einmal in seine neue Wohnung eingezogen war. „Mein lieber (und das ist ernst gemeint) Silvio, haben wir unseren ersten Streit, obwohl wir uns noch nicht gesehen haben? Ich habe noch nicht einmal ein Bild von dir gesehen. Bitte versuche, mich einfach nur zu verstehen, so wie ich es auch bei dir getan habe."

Jetzt antwortete Silvio: „Du gibst mir mehrmals den Rat: loslassen. Was ist mit dir? Du siehst jetzt aber am eigenen Leibe, dass das nicht so schnell geht. Du kennst Patrick erst kurze Zeit, ich Ralf schon Jahre. Merkst du? Es geht nicht so einfach.

Aber wie du schon sagst, das Leben geht weiter, bei mir, bei dir, bei Ralf, bei Rosi, bei Patrick und bei vielen anderen Menschen auch. Jetzt gebe ich dir deine Ratschläge zurück. Nimm sie an!

Nur so können wir uns gegenseitig helfen.

Dein Profil habe ich schon richtig, und ich gestehe: mehrmals gelesen. Ich habe mich auch schon einige Male erwischt, dass ich dabei lächle.

Nein, das ist kein Streit. Vielleicht bin ich auch egoistisch. Es ist nicht böse von mir gemeint. Aber es zerrt an den Nerven, wenn man zwanzig Minuten auf eine Nachricht wartet, wo ich doch weiß, dass du im Chat bist. Anders ist es, wenn wir beide nebenbei zu tun haben. Aber dann sagen wir es uns."

Andreas dachte über Silvios Worte nach und schrieb zurück: „Und ich weiß, dass du recht hast. Ich lasse Patrick los. Er ist kein Freund für mich.

Jetzt weiß ich, wie du fühlst, und alle meine Ratschläge sind nichts mehr Wert. Das ist auch schlimm für mich." Andreas musste einsehen, dass es nicht leicht war, von jemandem loszukommen, den man geliebt hatte. Er hatte Silvio mehrmals geraten, Ralf loszulassen, und hatte Sven vergessen, den er vierzehn Jahre nicht loslassen konnte. Nun machte er wieder diese Erfahrung mit Patrick. Nur würde es dieses Mal keine vierzehn Jahre dauern. Dazu hatte er ihn nicht lange genug gekannt.

Außerdem schrieb er: „Mir ist der Computer abgestürzt. Und ich habe etwas Whisky getrunken. Es tut mir leid. Bitte sei mir nicht böse. Das Letzte, was ich will, ist dich verlieren, bevor ich dich gewonnen habe. Lass du mich nicht auch noch alleine!"

Andreas hegte schon mehr als nur freundschaftliche Gefühle für Silvio, nur konnte er es ihm noch nicht schreiben. Doch hatte er Befürchtungen, dass er heute ihre Internetfreundschaft auf eine harte Probe gestellt hatte. Aber auch seine Bitte „Lass du mich nicht auch noch alleine!" zeugte von tieferen Gefühlen, die er für Silvio hegte.

Indessen wandte sich auch Silvio immer mehr Andreas zu. Vor allem reagierte er in dem, was er Andreas schrieb, sehr viel gefühls-betonter. Zwanzig Minuten im Chat auf eine Antwort zu warten, war mitunter normal. Man konnte sich meist mit mehreren Usern gleich-zeitig unterhalten. Wenn sich Silvio darüber beschwerte beziehungs-weise Andreas vorwarf, er müsse warten, bis er wieder an der Reihe sei, konnte das nur von Silvios Eifersucht zeugen. Und wenn er eifer-süchtig war, konnte er nur in ihn verliebt sein. Das glaubte Andreas an diesem Abend. Wenigstens wollte er das glauben.

Am nächsten Morgen, den 1. Dezember, war Andreas schon um sieben Uhr im Chat und hatte ein schlechtes Gewissen. Wie würde sich Silvio nach dem gestrigen Abend verhalten? Er schrieb: „Guten

Morgen, mein Freund, ich hoffe, du hast trotzdem gut geschlafen und bist nicht mehr sauer auf mich." Er konnte nichts weiter tun, als zu warten. Silvio war noch nicht im Chat.

Drei Minuten vor der verabredeten Zeit bekam Andreas eine Message von Silvio: „Hallo, mein Freund (?), ist deine Uhr jetzt schon 7.30 Uhr? Ich habe meine Uhr auch schon vorgestellt.

Ja, das gestern war wirklich nicht schön. Ich hatte ein komisches Gefühl im Bauch. Habe trotzdem gut geschlafen, denn ich war gestern auch ganz schön k. o.

Jetzt sitze ich schon wieder hier, weil ich neugierig war, ob du dich noch einmal meldest. Ich hab wieder mal noch nicht gefrühstückt, weil ich es wissen wollte. Ich habe schon gedacht, du chattest lieber mit deinen anderen Chat-Freunden.

So, und nun geh in die Ecke, schäme dich für dein Verhalten gestern und leck deine Wunden, und dann chatte wieder mit mir!!!" Silvio war etwas enttäuscht, das war unverkennbar, aber er trug das heute Morgen mit Humor und verzieh Andreas.

,Da habe ich ja noch einmal Glück gehabt', dachte Andreas und antwortete: „Lieber Silvio, es tut mir leid, ich habe gestern noch mit Patrick gechattet. Es war das letzte Mal, er ist unzuverlässig und sieht nicht ein, dass man für eine Freundschaft auch etwas tun muss. Das Thema Patrick hat sich jetzt für mich für alle Zeiten erledigt.

Um 9 Uhr muss ich dann zur Arbeit. Ich hoffe, dass der Tag heute besser wird und nicht wieder so viele Hiobsbotschaften kommen."

Silvio antwortete: „Ich bin ja nur froh, dass du mir wieder chattest."

Andreas antwortete: „Heute sieht die Welt schon wieder anders aus. Es geht weiter, und zwar vorwärts. Ich lasse mich nicht aufhalten, durch keine Versicherung, kein Fuhrunternehmen und keine falschen Freunde und auch nicht durch die Telekom."

Silvio antwortete: „Das, mein Freund, ist die richtige Einstellung. Und wenn man dann noch jemanden hat, mit dem man reden kann, ist der Schmerz nicht mehr so stark. (Jedenfalls für diesen Moment.) Aber die Realität holt einen wirklich wieder ein. Auch das ist das Leben. Man muss nur versuchen, das Beste daraus zu machen. Geiler Spruch von mir, was? Ich weiß, auch ich kann das nur mit Worten, innerlich ist alles anders.

Aber warte es ab, es kommen andere Zeiten!!!!! Auch für uns, ob als Freunde oder ..."

Andreas hoffte, dass sie wenigstens Freunde werden konnten, an ihm sollte es nicht liegen. Im Gegenteil, wenn es nach Andreas ginge, dann konnte er sich etwas ganz anderes vorstellen, wenigstens nach jetzigem Stand der Ereignisse. Wenn Silvio ihm nur einmal ein Bild von sich schicken wollte! Er schrieb: „Ja, jetzt musste ich auch lächeln. Du bist schon ein lieber und kluger Kerl. Aber es ist schön, dass wir uns haben. Ich habe bei dir ein gutes Gefühl, auch wenn es am Ende vielleicht ‚nur' für eine Freundschaft reichen sollte. Ein guter Freund ist manchmal mehr wert als die ganze eigene Familie.

Ich bin mir sicher, dass ich das, was mir mit Patrick passiert ist, mit dir nicht erleben werde. Und darüber freue ich mich." Andreas ahnte zu diesem Zeitpunkt nicht, was er mit Silvio alles erleben sollte ... Letztendlich stellte das alles, was Patrick zu verantworten hatte, in den Schatten.

Silvio antwortete: „Das freut mich echt! Es macht richtig Spaß, am Morgen mit dir zu chatten. Ich denke, du konzentrierst dich jetzt nur auf mich. Ich bin nicht der Dritte oder Vierte. Und ich muss nicht lange warten.

Wolltest du nicht heute schon in deine neue Wohnung? Wann würden wir uns denn heute nochmals treffen? Das wird bei dir bestimmt zeitlich eng oder?

Lächle noch einmal, das tut gut!"

Andreas erwiderte: „Ja, mein Freund, das Lächeln tut wirklich gut.

Heute werde ich das Auto beladen und um siebzehn Uhr bekomme ich die Schlüssel. Da will ich schon Sachen mitnehmen.

Spätesten gegen zweiundzwanzig Uhr werde ich wieder on sein."

Silvio schrieb: „Jetzt soll es wirklich losgehen. Deine erste Fahrt mit deinen Sachen von Rosi weg wird dir bestimmt komisch vorkommen. Es wird sich bestimmt ein kleiner Stachel in dein Herz bohren, auch wenn du es nicht zulassen möchtest und an deine Zukunft denkst. Aber glaube mir, mein Freund: Auch du wirst es nicht einfach so wegstecken. So würde ich dich zum jetzigen Zeitpunkt einschätzen."

Andreas sagte: „Ich glaube, dass es erst nach dem Umzug so richtig in mein Hirn eindringt, was ich da gemacht habe."

Doch Silvio beendete den Chat und verabschiedete sich.

Andreas teilte ihm trotzdem noch einen Eindruck mit, den er von Silvio gewonnen hatte: „Es freut mich, wie sich jetzt deine Mails lesen, vor zwei Wochen warst du irgendwie deprimiert, jetzt strahlst du Optimismus und Zuversicht aus. Das freut mich riesig. Natürlich werde ich an dich denken. Wir lesen heute am Abend voneinander.

Liebe Grüße! Andreas."

Umzugsvorbereitungen

Nachdem Andreas von der Arbeit nach Hause kam, gönnte er sich keine Pause und verstaute in seinem Auto seine Bücher und Akten, die er zuvor in Kartons verpackt hatte. Einige Wäschesäcke passten außerdem noch hinein. Andreas staunte, was er in seinem V40 alles unterbringen konnte.

An der neuen Wohnung angekommen, bekam er von der Vormieterin einen Wohnungsschlüssel. Anschließend entlud er das Auto.

Er fuhr zurück zu Rosi, die schon das Abendbrot in der Küche vorbereitet hatte. Ihm wurde warm ums Herz, als er das sah. Er begrüßte sie und nahm sie in die Arme. Rosi war eine außergewöhnliche Frau, er mochte sie und wäre am liebsten bei ihr geblieben. Aber er wusste auch, dass das nicht möglich war, er hatte sich entschieden, es gab für ihn kein Zurück!

Nach dem Abendbrot zog sich Andreas in sein Zimmer zurück und loggte sich in den Chat ein. Sofort bekam er Silvios erste Message: „Hallo, Freund, bist du da? Schüttelst du schon dein Whisky-Glas oder bist du noch voll bei der Sache? Ich bin jetzt on. Wie war dein Tag? Erfolgreicher als gestern? Hast du alles geschafft, was du erledigen wolltest?"

Andreas schrieb: „Hallo, Silvio, jetzt bist du hier und es ist alles bestens. Whisky habe ich keinen mehr und ich werde mir auch keinen kaufen, erst, wenn ich weiß, dass ich Besuch bekomme, der gerne Whisky trinkt. Alleine muss ich das nicht haben.

Ja, ich habe alles erledigen können und bin mit dem heutigen Tag zufrieden. Schlüssel habe ich und die ersten Sachen sind in der Wohnung."

Silvio fragte: „Meinst du, du kriegst es hin, dass wir am Umzugsabend zusammen chatten können? Ich würde mich freuen. Muss doch hören, wie weit du gekommen bist", und dann machte er seine Witze: „Hat das langsame DSL auch Auswirkungen auf unser Chatten? Muss ich dann etwa dreißig Minuten warten, bis ich deine Antwort erhalte? Dann können wir uns auch Tauben zulegen (hihihi)."

Andreas scherzte zurück: „Ich habe mir schon sicherheitshalber ein paar Tauben zugelegt, nur können sie dich nicht finden, weil ich ihnen kein Bild von dir zeigen kann. Hahaha, hahaha!!!"

EIGENTOR!! Haha, haha!!!!!
Ich habe doch den Laptop und einen Stick von der Telefongesellschaft, den muss ich nur schnell installieren, und dann geht es los."

Silvio antwortete: „Dein Eigentor hat gesessen. Ich arbeite dran!!!!! Damit unsere Tauben nicht so lange herumirren müssen."

Danach tauschten sie Nachrichten über ihre Interessen aus. Dabei stellten sie fest, dass sie gerne spazieren gingen.

Silvio schrieb: „Das mit dem Spazierengehen behalten wir im Auge. Da kann man sich schön bei unterhalten. Und im Wald ist es nicht so überlaufen. Aber viele wollen lieber ins Café und sitzen dort nur rum. Da ziehe ich die frische Luft vor.

Mein Freund, sei mir nicht böse, aber ich muss dir gestehen, ich denke in freien Minuten auf Arbeit über dich nach. Ist das schlimm?

Sage einmal, mit wie vielen Chatpartnern chattest du jetzt?"

‚So, so', dachte Andreas, ‚du denkst also über mich nach? Es ist schön, wenn es so ist. Vielleicht löst du dich doch noch von Ralf. Irgendwann musst du doch von ihm wegkommen.' Er antwortete aber: „So, jetzt ist nur noch einer da. Aber du bist jetzt nicht etwa eifersüchtig auf meine anderen Chatfreunde? Sie bedeuten mir sehr viel, aber sie sind nur Freunde."

Silvios Antwort war:„???????? Ich weiß nicht. Aber es stimmt mich etwas traurig."

Andreas dachte: ‚Dann ist er also doch eifersüchtig. Und wenn er eifersüchtig ist, dann liebt er mich. Ich werde aus ihm manchmal nicht schlau. Na wollen wir mal sehen, wie sich die Sache weiter entwickelt. Aber wenn er mich lieben würde, dann müsste er mir doch auch ein Bild von sich schicken.' Doch er schrieb: „Lieber Silvio, ich mag dich doch auch und warte im Chat schon immer auf dich, auch ich denke an dich. Ich werde jetzt Schluss machen, damit wir morgen früh wieder chatten können. Ich werde ab 7 Uhr auf dich warten.

Schlaf schön, mein Freund. Gute Nacht, meine Nr. 1 im Chat! Und vielleicht auch im Leben?

Liebe Grüße! Andreas."

Silvio erwiderte: „Ja? Das hebt mich jetzt aber an!"

Andreas war mit diesem 1. Dezember zufrieden. Der Tag war gut verlaufen, er hatte alles geschafft, was er sich vorgenommen hatte, und Silvio war ihm ein Stückchen näher gekommen. Darüber freute

Andreas sich besonders, er hatte große Hoffnungen, Silvio einmal kennenzulernen.

Am 2. Dezember, früh morgens, schickte Silvio folgende Message an Andreas: „Na, ist bei dir alles in Ordnung?

Noch einmal schlafen, und dann ist dein großer Tag. Aus welchem Stadtteil ziehst du eigentlich weg?

Ich habe schon mal aus dem Fenster geguckt, schöne Sch..., ich meine viele Schneewehen. Hoffentlich hast du morgen Glück."

Andreas schrieb: „Guten Morgen, Silvio, ich ziehe von Kassebohm in den Nordwesten. Rosi hat hier ein schönes Reihenhaus, ein Eckgrundstück. Normalerweise müsste man mich erschlagen, so etwas aufzugeben. Aber so einfach ist es nicht.

Der Schnee ist hier auch gut gefallen, ich werde nachher erst einmal fegen müssen. Ich hoffe, dass nichts dazu kommt, damit ich morgen alles vernünftig über die Bühne bekomme.

Aber sonst ist bei mir alles in Ordnung."

Und nun entwickelte sich ein Chat, in dem Andreas und Silvio über das Zuhause und eine Partnerschaft philosophierten.

Silvio schrieb unter anderem: „Mensch, Andreas, ich hoffe, du hast das Richtige getan und wirst es nicht so bald bereuen. Ich weiß, du hast in erster Linie an dich gedacht, aber trotzdem. Vielleicht hätte man über den inneren Schweinehund springen sollen? Na, du wirst ja sehen. Warten wir es ab.

Ich wünsche dir jetzt jedenfalls viel Glück!!!!"

Andreas antwortete: „Weißt du, Silvio, wenn man sich nicht wohlfühlt, sollte man etwas verändern. Ich habe mich hier nicht mehr wohl gefühlt, und ich habe mich nach anderen Männern gesehnt. Im Moment fühle ich mich befreit."

Silvio schrieb: „Und weißt du (!), Andreas, für mich war (und ich hoffe, es wird wieder so) das Zuhause der Ruhepol. Nach gestresster Arbeit zu Hause sein und mit jemanden reden können. Über Probleme reden, aber auch Freuden und ein schönes Erlebnis teilen. Das war für mich wichtig.

Du ziehst jetzt erst einmal alleine ein und willst dir deinen Partner auch nicht mit in die Wohnung nehmen. Du sagtest, jeder wohnt für sich. Dann geht es dir so, wie es mir jetzt geht. Alleine, kein Gesprächspartner, Probleme muss man alleine abmachen und klären, und freuen kann man sich auch nicht mehr so richtig, weil man keinen hat, mit dem man die Freude teilen kann. Hinzu kommen die langen, einsamen Abende, die jetzt besonders an den Nerven reißen.

Du gibst viel auf! Und wie gesagt, es wird für dich nicht einfach.

Vielleicht ist alles erst neu und du hast in der Wohnung noch viel zu tun, aber dann ..."

Andreas entgegnete: „Ich möchte schon einen Partner, der vielleicht zu Hause ist, wenn ich nach Hause komme oder mit dem ich die Abende verbringen kann usw.

Er hat aber seine Wohnung und ich meine. Er kann bei mir bleiben und ich bleibe auch bei ihm. Nur ich ziehe jetzt das 13. Mal um, ein 14. Mal wird es nicht geben. Wenn mein Partner zu mir zieht und es irgendwann in die Brüche gehen sollte, bin nicht ich derjenige, der wieder umziehen muss.

Wobei ich nicht vom Scheitern einer Beziehung reden möchte. Wenn ich eine eingehe, möchte ich, dass sie hält."

Silvio erwiderte: „Siehst du, Andreas, auch den Urlaub planen und verbringen Leute wie wir alleine (einsam). Ich mag gar nicht dran denken. Aber warten wir es ab, was die Zeit so bringt (vielleicht auch für uns)."

Andreas schrieb: „Du hast in allen Punkten recht, ich weiß das aus eigener Erfahrung, denn immerhin bin ich auch viele Jahre alleine gewesen.

Ich wünsche mir, dass ich irgendwann einen Mann kennenlernen werde, dem der Sex nicht das Wichtigste ist, der die inneren Werte erkennt, und Sex gehört dann dazu. Das gleiche wünsche ich dir natürlich auch, einen Mann zum Reden, für die gemeinsame Freizeit, zum Spazierengehen, um den Urlaub gemeinsam zu verbringen. Und auch für Sex."

Silvio antwortete: „Ich denke, Menschen in unserem Alter denken so wie du. Auch ich bin nicht sexbesessen. Aber manchmal kann es schon sein. Für mich sind die inneren Werte sehr wichtig. Ich brauche keinen Spinner. Können wir uns heute Abend noch hören?"

Sie verabschiedeten sich und Silvio drückte Andreas symbolisch im Netz. Darauf scherzte Andreas: „Oh, jetzt hast du aber feste zugedrückt. Spürst du meine Umarmung auch?

Bis heute Abend, mein Süßer!"

Am Tage erledigte Andreas alles, was er noch nicht geschafft hatte, um einen reibungslosen Umzug durchführen zu können. Mit Rosi trank er noch einmal Kaffee und sie half ihm beim Abbauen des Schlafzimmerschrankes. Als sie dann abends am Tisch saßen, sagte sie: „Das ist jetzt unser letztes Abendbrot", und sie begann, zu weinen. Andreas stand auf, nahm sie in die Arme und versuchte, sie zu trösten. Aber was sollte er ihr sagen? Am nächsten Tag war er weg, dafür gab es für Rosi keinen Trost.

Schließlich sagte er: „Aber Rosi, nun ist es doch gut", er sprach ganz ruhig zu ihr, als wenn er mit einem Kind spräche. „Wir bleiben doch Freunde, werden uns immer wieder einmal sehen. Wenn du Hilfe brauchst, kannst du mich zu jeder Zeit anrufen, und dann komme ich zu dir und helfe dir. Und ich werde dich auch anrufen, wenn ich Hilfe brauche. Wir sind doch nicht aus der Welt."

Rosi beruhigte sich und sie konnten essen.

Als er wieder in seinem Zimmer alleine war, loggte er sich in den Chat ein. Sofort erhielt Andreas eine Message von Chatpartner. Also hatte Silvio schon auf ihn gewartet: „Guten Abend, ich bin schon da!!!"

Andreas sagte: „Guten Abend, ich bin jetzt auch da."

Silvio meldete sich sofort: „Schön, dass wir uns treffen. Deine letzte Nachricht heute früh war ‚süß'. Ich habe mich darüber gefreut.

Gibt es bei dir weitere Erfolge?"

Andreas schrieb, dass der Umzug gut vorbereitet sei.

Jetzt wollte Silvio wissen: „Und wie geht ihr miteinander um? Du bist nicht mal mehr 24 Stunden da. Es ist für euch beide bestimmt nicht einfach?

Aber ich denke, du kommst dann zur Ruhe. Und das ist gut so. Dann brauchen sich deine Freunde keine Gedanken mehr um dich zu machen. Das macht uns auch glücklich (mich und noch die?? anderen)."

Andreas erwiderte: „Rosi hält sich tapfer. Natürlich ist sie traurig. Das schlimme Ende kommt morgen, wenn ich losfahre. Ich hoffe, dass sie keine Dummheiten macht.

Wir chatten morgen Abend wieder, ich hoffe doch, dass ich das hinbekomme."

Silvio meldete sich: „Ich hoffe auch, dass du es schaffst. Ich würde mich unendlich freuen.

Morgen früh werde ich nicht auf dich warten, denn du hast beide Hände voll zu tun. Aber du sollst wissen, dass ich in Gedanken bei dir bin."

Andreas war von Silvios lieben Worten gerührt. Dass der in Gedanken bei ihm war, glaubte Andreas ihm gern. Es half ihm, dass er wusste, dass es Menschen gab, die in der morgigen schweren Stunde an ihn dachten. Denn auch für Andreas würde es nicht leicht werden, sich von Rosi quasi für immer zu verabschieden.

Andreas und Silvio wollten sich von einander verabschieden, scherzten aber noch miteinander. Aber dann schrieb Andreas: „Sollten wir uns doch noch dieses Jahr kennenlernen, du Frechdachs?

Es ist schön, mit dir so zu chatten. Das wäre vor zwei Wochen noch nicht möglich gewesen. Ich freue mich darüber, dass es dir wieder gut geht, wenigstens dann, wenn wir miteinander chatten. Wie es sonst in dir aussieht, weiß ich nicht, ich sehe es ja nicht.

Also dann einmal ehrlich, mein Freund, wie sieht es sonst bei dir aus, geht es dir auch gut, wenn wir nicht miteinander chatten."

Silvio antwortete: „Deine Fragen beantworte ich dir morgen. Denn es sind jetzt nur noch einige Minuten bis zweiundzwanzig Uhr und du gehörst jetzt ins Bett. Ich berühre dich in Gedanken mit meinen Händen auf der nackten Haut, vom Hals hinab ganz langsam bis zum Bauchnabel und vielleicht eine Fingerspitze weiter hinunter (aber nicht weiter, auch wenn du es möchtest, oder willst). Dann streicheln dich meine Finger wieder aufwärts bis zum Hals und bleiben dort für die Nacht liegen.

So, und nun musst du von mir träumen!!!!
Ganz liebe Grüße dein Silvio."

Andreas dachte: ‚Auch wenn es dir jetzt unangenehm wird, du kannst ruhig antworten. Wenn du jetzt ablenkst, hilft es dir auch nicht weiter, keine Antwort ist auch eine Antwort. Also versteckst du hinter deiner Fröhlichkeit hier im Chat doch ganz andere Gefühle. Also geht es dir doch nicht so gut, wie du mir hier weismachen willst.' Er antwortete aber: „Nun bleibe mal ganz gelassen.

Du streichelst mich und willst mich dann ins Bett schicken? Das ist doch unfair.

Aber mal im Ernst, mein Süßer: Wann ich ins Bett gehe, entscheide ich selber."

Silvio erwiderte: „Oder ich. Tschüss bis morgen. Kuss auf die Wange, dein Silvio."

‚Na, gut, wie du willst', dachte Andreas, ‚ich tue immer noch, was ich will. Wenn du denkst, du musst mir nicht antworten, dann ist das deine Sache. Ich weiß, was ich davon zu halten habe.'

Der Umzug

Am 3. Dezember stand Andreas um sieben Uhr auf und ging ins Bad. Er wollte duschen und sich für den Umzugstag fit machen. Als er aus dem Fenster sah, erschrak er. Die Straße war zugeschneit. Schneewehen versperrten sie. Jetzt musste er erst Schnee fegen, sonst konnte er den Transporter nicht zum Beladen vor das Haus abstellen!'

In der Küche bereitete Rosi das Frühstück vor. Sie begrüßten sich und Rosi sagte traurig: „Ich habe den Nachbarn erzählt, dass du heute ausziehst, und ihnen auch gesagt, dass sie dich nicht blöd anmachen sollen."

Andreas nahm sie in die Arme und sagte: „Das ist ganz lieb von dir."

Nachdem er die Schneewehen auf der Straße beseitigt hatte, begann es erneut, zu schneien. Große, dicke Flocken fielen vom Himmel. Andreas fürchtete, dass das Schneetreiben seinen Umzug gefährden könnte.'

Nach dem Frühstück musste er den Carport vom Schnee befreien, bevor er den Transporter abholen konnte. Das kostete ihn weitere zehn Minuten. Ehe Andreas sich versah, stand er mit seinem Auto mitten in einem dicken Stau. Es war schon neun Uhr! Mit seinem Handy rief er die Autovermietung an. Der dortige Mitarbeiter meinte, Andreas solle sich nicht unter Druck setzen, das Auto stehe ihm zur Verfügung.

Endlich konnte Andreas mit dem Transporter nach Kassebohm zurückfahren. Christian, Andreas' Sohn, wartete bereits auf ihn. Ab jetzt verlief der Umzug planmäßig.

Am Abend standen die Möbel aufgebaut in Andreas' Wohnung. Nur die Schränke waren noch einzuräumen. Das erledigte Andreas später alleine. Ohne Christian, der jetzt nach Hause fuhr, hätte er den Umzug nicht geschafft. Andreas war froh, ihn zum Sohn zu haben.

Jetzt war Andreas alleine. Plötzlich kamen ihm die Tränen. Er begann, zu weinen, und konnte sich nicht beruhigen. ‚Scheiße', dachte er, ‚was soll das jetzt? Das hast du selbst so gewollt. Nun reiß dich zusammen und tu hier etwas, damit du fertig wirst.'

Andreas beruhigte sich und trank ein Bier. Dabei ging er durch die Wohnung, schaute sich um und dachte: ‚Ein ganz schöner Wirrwarr ist das noch, aber das kann ich morgen alles einräumen. Habe keine Lust mehr. Ich werde mir jetzt den Laptop holen und den UMTS-Stick installieren und mit Silvio chatten.‘

Andreas fand eine Message von Silvio, die dieser schon am Morgen gesendet hatte: „Guten Morgen, mein Freund. Ich gucke aus dem Fenster und es schneit erbärmlich. Ich hoffe, du schaffst heute alles, was du dir vorgenommen hast. Und es geht alles gut. Ich wünsche dir Kraft, den Abschied zu überstehen.

Viel Spaß in deiner neuen, eigenen Wohnung.

Wir lesen uns vielleicht heute Abend. Ich denke an dich!!! Liebe Grüße dein Silvio."

Abends schickte Silvio die nächste Message: „Hallo, mein Freund, ich bin schon da und hoffe, du schaffst es heute mit dem Laptop noch, sodass wir uns kurz noch sehen. Du musst mich doch noch aus deiner Umarmung von gestern befreien."

Andreas antwortete: „Hallo, mein lieber Silvio, schön, dass du jetzt da bist, ich brauche dich.

Nein, mein Freund, jetzt lasse ich dich nicht mehr aus meiner Umarmung raus!"

Silvio antwortete: „Ich habe es geahnt, dass du mich brauchst. Jetzt realisierst du, dass du in deiner Wohnung alleine bist. Stimmt's?

Es ist jetzt anders, als du es dir gedacht hast. Du hast keinen zum Reden und musst nun mit allem alleine fertig werden. Ich weiß, wovon ich spreche.

Hast du alles gut geschafft, was du dir vorgenommen hast? Das Wetter war ja heute Vormittag fies zu dir. Ich habe an dich gedacht. Hat dein Sohn dir wie versprochen geholfen?"

Andreas schrieb: „Lieber Silvio, wie Recht du doch hast. Ich wollte es aber so, und ich will es immer noch so. Ein Zurück gibt es nicht.

Aber jetzt erst wird mir klar, was ich an Rosi hatte. Ich hoffe, dass sie schnell darüber hinweg kommt und einen Mann findet, den sie ebenso lieben kann, wie sie mich immer noch liebt. Ich verstehe es nicht, dass sie mich immer noch lieben kann, nach dem, was ich ihr angetan habe.

Gut, sie hat von Anfang an gewusst, dass ich schwul bin. Ich liebe sie nicht, aber sie ist und bleibt für mich die beste Freundin, die ich je hatte.

Der Umzug ist, soweit das Wetter es zuließ, gut gelaufen. Jetzt muss ich noch alles einräumen. Es sieht hier aus wie bei Hempels. Aber morgen ist auch noch ein Tag, ich will heute nur noch mit dir chatten.

Ein bisschen muss ich aber doch noch tun. Mein Bett ist noch nicht bezogen. Ich stinke bestimmt, also muss ich noch die Wäsche wegpacken, nachdem ich den Schrank ausgewischt habe. Und wenn ich die Bettwäsche gefunden habe, ist Feierabend. Dann nur noch duschen."

Beide hatten sie sehr viel Verständnis füreinander. An diesem Abend waren sie füreinander da. Heute brauchte Andreas Silvio, um von seiner Traurigkeit wegzukommen. Er war glücklich und zufrieden, mit seinem Freund chatten zu können. Es lenkte ihn ab und er kam auf andere Gedanken.

Längst war es mehr als nur Freundschaft, was beide miteinander verband. Jeder bemühte sich, für den anderen im Chat da zu sein. Silvio schaffte das mit seiner Unbeschwertheit und seiner Fröhlichkeit, Andreas mit seiner Ernsthaftigkeit und seinem Verständnis für Silvio.

Silvio schrieb: „Und du? Ich glaube, du schlägst drei Kreuze, wenn du dein Haupt betten kannst. Denn Möbel können ganz schön schwer sein, und je länger man sie trägt, desto schwerer werden sie.

Vielleicht sollten wir beide jetzt ,Gute Nacht' sagen, damit du deine Wäsche findest."

Andreas erwiderte: „Bitte gehe noch nicht! Ich muss dir jetzt mal was sagen. Du wirst es nicht unbedingt gut finden, aber es ist so. Unsere Gespräche im Chat sind so toll und ich brauche sie genauso wie du. Ich muss auch oft an dich denken. Ich glaube, ich habe mich in dich verliebt. Geht das, dass man sich in jemanden verlieben kann, den man gar nicht kennt? Oder bin ich ein Fall für den Psychiater?", Andreas weinte, weil er jetzt erst realisierte, dass er alleine war und nur noch seinen Sohn und dessen Familie hatte. Er musste sich einen neuen Freundeskreis aufbauen. Aber er war dankbar dafür, dass Silvio jetzt zu ihm hielt. Mit Silvio chatten war alles, was er sich in diesem Moment wünschte. Und deshalb war Andreas in diesen

Augenblicken glücklich und traurig zur gleichen Zeit. Er konnte lachen und weinen, seine Gefühle waren durcheinander und doch hatte er sich unter Kontrolle.

Silvio versuchte Andreas' Aussage ins Lächerliche zu ziehen: „Noch bin ich ja da und gebe uns noch eine halbe Stunde für heute. Dann werde auch ich gleich ins Bett gehen.

Aber Freund, wo sind deine Prinzipien?

Stell dir vor, ich habe einen Buckel, ein Bein ist länger als das andere, ich habe auch nur eine Nase im Gesicht, sehe vielleicht aus wie Karl Dall, und was kann ich sonst noch Negatives schreiben?

Bist du sicher, dass du dich in deinen Chat-Freund ‚verliebt' hast, oder brauchst du ihn (mich) nur für deine Gespräche und dass du nicht so alleine bist?

Vielleicht sollten wir doch den Psychiater vorziehen (hi, hi, hi)?"

„Lach du nur, ich weiß es selbst, dass ich einen Psychiater brauche. Ich habe eben Wäsche einsortiert und habe dabei gedacht, das kommt dorthin, hat bei Rosi auch dort gelegen, und schon wieder laufen die Tränen. Mann, bin ich eine Heulsuse. Ich wollte es doch selbst so haben, mit Rosi wäre es nicht mehr gegangen. Was ist nur los mit mir?

Außerdem ist es mir egal, ob du einen Buckel hast oder sonst was, du bist ein guter Mensch und deshalb sehr liebenswert", antwortete Andreas.

Silvio erwiderte: „Ja, vielleicht sollten wir es im neuen Jahr wirklich herausfinden. So lange lasse ich dich zappeln. Auch das gehört dazu.

Ich habe auch nur einen Chat-Partner gesucht und was wird daraus oder ist daraus geworden?"

Andreas versuchte, jetzt vernünftig zu sein: „Ich hätte auch nicht gedacht, was aus unserem Chatten werden würde, aber es ist nun mal so. Lass mich nur warten, ich glaube auch, dass es richtig ist. Wir müssen uns nicht zu Weihnachten und Silvester unseren Schmerz erzählen und mit dem anderen noch mitleiden. Ich meine, es wäre in Ordnung, aber nicht gut für den anderen. So können wir uns nächstes Jahr unbeschwert kennenlernen und das kann nur vernünftig sein." Andreas ahnte in diesem Augenblick nicht, was alles noch geschehen sollte.

Silvio antwortete: „Das sehe ich auch so, zumal ich Weihnachten bei meiner Familie bin, und du wolltest doch Weihnachtsmann sein.

So, ich glaube, wenn ich nicht ‚Schluss' sage, kommst du heute nicht mehr ins Bett.

Glaube mir, Andreas, für dich wird es auch Zeit. Treffen wir uns morgen am Abend wieder?" Und dann brachte er Erotik ins Spiel: „So, mein Freund, hier noch eine kleine Streicheleinheit zum Abschluss zur Nacht: Du liegst in deinem Bett auf dem Rücken und ich liege rechts von dir etwas seitlich auf dem Bauch. Unsere beiden nackten Körper berühren sich. Meine rechte Hand spielt auf deiner Brust. Mein rechter innerer Oberschenkel berührt deinen rechten inneren Oberschenkel. Ganz leicht und langsam ziehe ich mein rechtes Knie hoch, wirklich nur ganz leicht und ohne Druck. Du spürst mich, sanft, zwischen deinen Beinen. Mein Bein wandert streichelnd wieder nach unten. Du spürst ein leichtes Kribbeln im Bereich unter deinem Bauchnabel. Deine Füße spannen sich.

Du willst mehr!!! Du spürst meinen Atem an deinem Hals.

Und jetzt gute Nacht. Schlaf schön! Und wie sagt man? Was man in der ersten Nacht träumt, geht in Erfüllung. Also wähle deinen Traum gut aus.

Wie immer warte ich auf einen letzten Gruß von dir und dann ab unter die Dusche und ins Bett. Du hast morgen wieder viel vor.

Liebe Grüße von deinem Egoisten und Chat-Freund Silvio.

Na, habe ich eben ein kleines Lächeln gespürt?"

Jetzt fühlte sich Andreas gut, er war sogar glücklich. Silvio hatte ihn wieder aufgebaut. Er schrieb:

„Lieber Silvio, ich werde mein Bett gleich beziehen, ich habe die Bettwäsche gefunden. Dann werde ich auf dem Rücken liegen, und du liegst neben mir. Ich weiß nicht, ob ich einschlafe oder meine Fantasien vollende.

Ach, Silvio, ich möchte von dir träumen, von einem gemeinsamen Leben mit dir und davon, dass wir uns gegenseitig glücklich machen. In diesem Sinne wünsche ich dir eine gute Nacht. Träum was Schönes und danke für den Chat heute mit dir. Es geht mir jetzt schon viel besser.

Gute Nacht. Ich umarme und küsse dich ganz zärtlich, dein Andreas."

Silvio antwortete: „Auch du sollst dich nicht bedanken. Wenn wir uns beide guttun, ist es doch okay.

Ich liebkose dich, dein (!) Silvio."

Als Andreas endlich im Bett lag, schlief er schnell ein.

Chatsex

Am 4. Dezember Besuchte Rosi Andreas und half ihm, die Schränke einzuräumen, übrig blieben nur noch seine Bücher und Reinigungsmittel sowie Kosmetikartikel. Abends standen sie sich im Wohnzimmer gegenüber und Rosi sagte, dass sie jetzt nach Hause müsse. Sie nahmen sich gegenseitig in die Arme. Andreas kamen erneut die Tränen und er gab zu: „Du fehlst mir schon jetzt".

Rosi begann, ebenso zu weinen, und fragte: „Warum hast du das nur getan? Wir hatten doch so viele Pläne. Warum ist das jetzt alles nicht mehr wahr? Ich liebe dich, ich habe mich auf dich verlassen!"

Andreas schluchzte: „Ich weiß es, aber ich kann nicht anders."

Sie hielten sich gegenseitig fest und weinten. Rosi war es, die dann sagte: „So, komm, ich muss los."

Andreas brachte sie zu ihrem Auto, küsste sie und gab sie danach frei. Sie stieg ein und parkte aus, er stand dabei und rührte sich nicht vom Fleck. Als Rosi wegfuhr, ging er einige Schritte hinterher und winkte ihr nach. Auch sie winkte zurück und weinte immer noch. Nach endlosen Augenblicken, fast wie in Zeitlupe, verschwand ihr Auto um die Ecke. Andreas ging zurück zu dem Haus, in dem er jetzt wohnte, immer noch weinend und von Selbstzweifel zerfressen.

Das heutige Erlebnis mit Rosi ließ Andreas keine Ruhe. Das musste er im Chat Silvio erzählen. Als er sich einloggte, war es schon Abend. Zuerst las er eine Message, die Silvio am frühen Morgen geschrieben hatte: „Guten Morgen, mein Freund.

Ich wollte dir nur einen schönen Tag wünschen. Schlafe dich richtig aus und dann ran an deine Tagesaufgabe. Vergiss aber nicht, auch ein bisschen an die frische Luft zu gehen.

Hab heute einen schönen Tag.

Liebe Grüße dein Silvio."

Andreas hatte Zeit und so konnte er in Ruhe eine Antwort schreiben: „Lieber Silvio, danke für deine lieben Zeilen.

Rosi war heute am Nachmittag hier und hat mir geholfen. Mann, war das schön und schrecklich. Wir konnten uns dann fast nicht trennen.

Ist das alles beschissen. Man will das eine und das andere fehlt dann doch. Warum ist das so? Ich dachte, ich komme jetzt zur Ruhe, bin aber aufgewühlter denn je. Ich muss immer wieder weinen.

Jetzt warte ich auf dich. Bis bald, mein Süßer, ich freue mich schon auf dich. Liebe Grüße! Andreas."

Später kam Silvios Antwort: „Eh, ich bin doch jetzt da. Du hast heute Rosi wieder gesehen. War sie zufällig da oder hast du sie gerufen? Was heißt; ‚es war schön und schrecklich'?

Und was heißt; ‚ihr konntet euch fast nicht trennen'?"

Andreas schrieb zunächst von seinen Erlebnissen mit Rosi. Danach erzählte er: „Wir haben uns für den Montag verabredet, da hole ich den Rest meiner Sachen ab und wir wollen zusammen Abendbrot essen. Wir wissen, dass es mit uns nicht mehr geht. Ich will einen Mann. Und doch stehlen wir uns ein bisschen Zeit füreinander. Sozusagen ein Abschied auf Raten, der uns beiden nicht guttut. Und doch geht es nicht anders. Ich möchte ihr nicht noch mehr wehtun, tue es aber trotzdem. Ein Teufelskreis."

Silvio zeigte Verständnis: „Lieber Andreas, mir ist klar, dass du weißt, was du willst. Du fühlst dich zu Männern hingezogen. Aber hättest du es, so wie du es jetzt beschreibst, nicht doch weiter mit Rosi versuchen sollen? Es klappt, so entnehme ich es deinen Worten, doch jetzt. Ihr wisst, was ihr beide verloren habt, und wollt es doch eigentlich zurück. So geht es mir auch. Ich weiß nicht mehr, was ich wirklich will. Ja, das ist ein Teufelskreis. Und man lebt nur einmal. Warum macht man sich das Leben so schwer, wenn es doch so schön sein kann!? Man merkt erst, wenn man es nicht mehr hat, wie schön es eigentlich doch war. Und wenn du mit Rosi zusammen bist, genieße einfach die Zeit mit ihr. Es tut euch beiden gut. Und bleibt auf alle Fälle Freunde. So, wie ihr euch kennt, kann einer dem anderen helfen. Und Hilfe braucht ihr beide immer mal."

Das waren kluge Worte, Silvio hatte recht, das wusste Andreas. Er antwortete: „Ja, mein Freund, aber das Leben mit Rosi wäre nicht mehr gut gegangen, irgendwann hätten wir nur noch gestritten und uns dann doch getrennt. Ich hätte ihr nicht mehr treu sein können, dazu ist zu viel vorgefallen."

Silvio erwiderte: „Wegen deines ‚besten Sex in deinem Leben' oder wegen der Unstimmigkeiten? Diese hätte man doch bestimmt auch bereinigen können. Und ich weiß nicht, Andreas, ohne dir zu nahe zu treten, es gibt viele Männer, die mit Frauen und Männern schlafen. Oder war Rosi so schlecht im Bett? So etwas gibt es ja. Oder war sie nur der passive Teil?"

Andreas antwortete: „Nein, Rosi geht im Bett ab wie eine V1. Das hat damit nichts zu tun. Ich bin derjenige, der das nicht mehr will. Wäre es nach Rosi gegangen, hätte sie es akzeptiert, dass ich einen Mann nebenher habe, mit dem ich mich einmal in der Woche vergnüge.

Aber ich möchte den Mann, mit dem ich mich vergnüge, nicht ausnutzen. Er soll auch zu mir kommen können."

Es stimmte, Andreas wollte mehr, als nur ab und zu mit einem Mann Sex haben. Er wollte mit ihm zusammenleben und alle Höhen und Tiefen des Lebens durchschreiten. Er wollte, wenn sein Mann Probleme hatte und Hilfe benötigte, für ihn da sein. Er wollte, dass dieser Mann auf ihn wartete, wenn er von der Arbeit nach Hause zurückkehrte, und Andreas wollte das auch für ihn tun. Er wollte mit seinem zukünftigen Partner leben können und nicht nur eine Affäre haben.

Silvio schrieb: „Mensch, Andreas, ich hoffe nur, es kommt alles so, wie du es dir vorgestellt hast. Ich hoffe, dass du dein Ziel erreichst. Bis dahin ist es noch ein steiniger Weg und ein steiler Berg. Glaube es mir."

Andreas antwortete: „Ich bin davon überzeugt, dass ich den richtigen Weg gehe. Wer mich kennt, muss mich so akzeptieren, wie ich bin. Und wenn ich einen Mann gefunden habe, werde ich zu ihm stehen. In guten und schlechten Zeiten, denn er wird für mich auch da sein, wenn ich ihn brauche.

Ich kann auch dich verstehen. Bei dir hängt ein wichtiger Job dran, den du nicht verlieren darfst. Gut, das darf ich auch nicht. Aber es ist ja so, solange ich meine Arbeit vernünftig erledige, kann mir keiner etwas.

Bei dir sieht es anders aus, wenn die Kids dich ablehnen, hast du schlechte Karten. Das solltest du wirklich nicht riskieren."

Silvio schrieb: „Ja, du hast recht. Und der Job macht mir Spaß. Auch wenn es mich manchmal psychisch ganz schön belastet. Man lässt nicht alle Gedanken bei der Arbeit. Und da war es gut, dass ich mit Ralf drüber reden konnte. Er hatte auch einige hilfreiche Ideen.

Ach, Andreas, auch du tust mir gut. Ich bin schon immer ganz heiß, von dir zu hören. Ich mag es nur nicht, wenn du so traurig klingst. So wie z. B. heute wegen Rosi. Ich möchte, dass es dir gut geht, und darum chatte ich jetzt mit dir. Übrigens auch schon wieder eine Stunde und fast dreißig Minuten.

Wer lässt sich übrigens heute zur Guten Nacht eine Kuscheleinheit einfallen? Eigentlich bist du mal dran, mich zu verwöhnen." Silvio war heiß darauf, mit Andreas intime Gedanken auszutauschen. Mit seinen Worten ermunterte Andreas dazu: „Bei dem Gedanken alleine kribbelt es im Bauch und tiefer. Du kannst ja schon mal ganz sachte anfangen und mich anfüttern. Wo ist dein Beginn? Los, trau dich und lass deine Vorstellungen raus. Ich möchte jetzt was vor dir hören. Spann mich nicht auf die Folter!"

Andreas ließ sich nicht lange bitten und begann: „Ich nehme dich in meine Arme und streichele dir über den Rücken, herunter bis zum Po, ohne ihn zu berühren. Ich halte dich ganz fest und streichele dir jetzt über die Wange und dann durch dein Haar. Meine Lippen berühren zärtlich deine Stirn, dann die Nase und ..."

Silvio: „Ist es nicht viel besser, wenn du hinter mir stehst und meine Brust streichelst und ganz langsam mit deinen Händen dich nach unten bewegst? Langsam und zärtlich.

Deine Zunge streichelt meinen Hals und du kommst ganz langsam zu mir nach vorne. Wir stehen uns beide gegenüber und ..., nun du weiter! Lass mich jetzt nicht so nackend stehen (lächle!!)."

Andreas: „Meine Lippen berühren die deinen. Meine Hände ziehen dein Hemd aus deiner Hose und ich berühre deine Haut am Rücken. Ich streichele dir darüber, vom Rücken hin zur Brust und weiter runter zum Bauch. Meine Hand berührt den Gürtel, der immer noch Widerstand leistet und öffne ihn.

Und jetzt träume diesen Traum alleine weiter. Ich wünsche dir eine gute Nacht, träume etwas Süßes, mein Süßer, von mir, träume, wie ich dich verführe.

Ich umarme dich und küsse dich, dein Andreas."

Silvio: „Wer bekommt denn da kalte Füße?"

Andreas: „Warum?"

Silvio. „Weil du mich jetzt so abrupt ins Bett schickst. Ich will mehr!!!!! Trau dich oder magst du nicht darüber schreiben oder deinen Vorstellungen freien Lauf lassen? Wir chatten doch nur!"

Andreas: „Willst du jetzt Chatsex, wenn ja, dann kannst du es haben."

Silvio: „Dann los, wie weit waren wir?"

Andreas: „Ich öffne dir deinen Gürtel und mache den obersten Knopf deiner Hose auf. Dann streichele ich dir wieder über den Rücken, während ich dir kurze Küsse auf den Mund gebe. Später versuche ich, mit meiner Zunge deine zu berühren. Meine Hände streicheln dir am Rücken hinab und erkunden deinen Po. Er fühlt sich gut an, und dann gehen meine Hände nach vorne und streicheln dir über den Bauch und ziehen den Reißverschluss deiner Hose auf."

Silvio: „Du gehst in die Knie, ziehst mir die Hose runter und die Shorts. Mit deiner Zunge beginnst du, meinen Bauch oberhalb des Bauchnabels, bis hin zum Hals zu berühren. Mit deiner linken Hand drückst du mich an dich und mit deiner rechten berührst du mich zwischen den Beinen. Ich stöhne leicht auf und merke die Unruhe und Gier in mir. Ich drücke dich in Richtung Bett und lege dich darauf. Mit Herzklopfen und voller Erwartung öffne ich deine Hose. Ich muss mich konzentrieren, dass es für dich nicht zu schnell geht, denn ich merke, wie auch dein Verlangen zu spüren ist. Ich möchte dich noch ein bisschen zappeln lassen. Darum lege ich mich auf dich, meine Hand gleitet in deine Shorts. Wir beide holen schwer Luft ..."

Andreas: „Deine rechte Hand berührt mich zwischen den Beinen. Sie streichelt mir über den Penis und die Hoden. Ich stöhne dabei auf und will dich küssen, doch du gleitest nach unten, um mir die Hose ganz auszuziehen. Ich lasse es geschehen und ziehe dich wieder hoch zu mir. Jetzt kann ich dich küssen. Doch bald gleite ich an deinem Körper nach unten, wobei ich dich liebkose und meine Zunge und mein Mund immer wieder deinen Körper berühren. Zuerst dein Kinn, dann deinen Hals, die Brust, den Bauchnabel und noch weiter herunter bedecke ich dich mit meinen Küssen."

Silvio: „Wir merken beide, wie wir uns hingeben. Die Penisse werden groß und die Hoden stramm. Es ist ein wohliges Gefühl, von dir berührt zu werden. Das Küssen dort unten reicht mir nicht mehr. Ich will mehr. Ich führe deinen Kopf, um meinen Wunsch zu erfüllen.

Ich spüre deinen Mund, deine Zunge und ziehe dich wieder hoch, will dich zu küssen. Nicht mehr zaghaft. Ich spüre, ich will mehr von dir. Ich will dich nicht mehr loslassen. Aber auch ich möchte dich mit meinem Mund berühren. Meine Hände spielen an deinen Brustwarzen, während ich mich nach unten schiebe. Endlich habe ich deinen Penis. Er ist groß und ich merke ein leichtes Zucken in ihm ..."

Andreas: „Ich spüre deine Zunge an meinem Penis, wie sie über ihn hinweg streicht. Vor Vergnügen und Verlangen nach dir muss ich leise aufstöhnen. In diesem Stöhnen spürst du meine ganze Lust und Begierde. Ich kann nicht mehr anders, ich löse mich von dir, liebkose deinen Körper, während ich mich umdrehe, sodass ich dich verwöhnen kann und du mich. Ich streichle dir mit der linken Hand den Po, meine rechte Hand ergreift deinen Penis, und mein Mund nimmt ihn in sich auf. Ich fange an, an deinen Penis zu saugen und zu lutschen in abwechselnden Intervallen.

Ich spüre deine Begierde und ich spüre ebenfalls deinen Mund an meinem Penis."

Silvio: „Mein Verlangen ist groß, dich so glücklich zu machen, wie ich es empfinde. Unsere Körper verschmelzen miteinander. Wir können nicht genug kriegen. Wir beide spüren, wie ausgehungert wir nach Liebe, Zärtlichkeit und Sex sind. Wir möchten nicht aufhören und wünschen uns, dass die Zeit für uns stehen bleibt. Wir leben unseren Traum aus. Keiner ist da, der uns beobachtet, wir müssen uns nicht verstellen, wir können genießen, geben und uns lieben. Gegenseitig werden unsere Bewegungen heftiger und wir merken, dass wir uns auf den Höhepunkt zubewegen. Aber keiner von uns beiden will es so schnell. Wir lösen uns, drücken unsere Körper fast schmerzhaft fest aneinander. Wir küssen uns, als ob wir nicht genug voneinander bekommen könnten. Beide wollen wir unser wohliges Gefühl nicht verlieren und beginnen von Neuem, uns zu reiben und mit den Händen am Penis zu berühren. Es ist schön, schön, schön. Ich merke, ich kann mich nicht mehr zurückhalten, aber ich will noch nicht. Es ist dann zu schnell vorbei. Ich möchte in dich hineinkriechen. Gleich bin ich so weit, aber wo bleibst du?"

Andreas: „Auch ich bin kurz vor dem Höhepunkt und spüre, was du vorhast. Gerne möchte ich dieses Gefühl, von dir verwöhnt zu werden, länger genießen, auch ich höre auf, um dann, umso heftiger dein Verlangen zu stillen. Ich drehe mich um und biete dir meinen Hintern an. Ich möchte, dass du in mir eindringst, ich möchte spüren, wie dein Penis meine Prostata stimuliert."

Silvio: „Stopp, Stopp, Stopp!!!!

Jetzt muss ich kalt duschen gehen. Und ein Gleitmittel liegt auch nicht parat.

Wie weit gehen wir im Chat? Andreas, lass uns keine Dummheiten machen. Ich komme so nicht in den Schlaf. Es hat sich heute einfach so ergeben. Ich bin froh, dass ich keine Web-Kamera habe. Die Hose ist mir zu eng geworden.

Sei mir nicht böse, aber ich muss jetzt wirklich aufhören. Ich kann mich nicht zurückhalten.

Außerdem ist es heute schon spät oder früh am Morgen.

Sei jetzt bitte nicht enttäuscht!"

Andreas verstand Silvio in diesem Augenblick nicht. Aber er glaubte, dass Silvio bestimmt früher einmal ein negatives Erlebnis gehabt haben musste, an das Andreas ihn jetzt ungewollt erinnert hatte. Er schrieb: „Bin ich nicht, mein Freund.

Ich wünsche dir eine gute Nacht, umarme und küsse dich, träume was Schönes.

Dein Freund Andreas."

Auch Silvio wollte sich von Andreas verabschieden: „Ich danke dir für den heutigen Chat. Es war geil!!

Auch ich wünsche dir eine gute Nacht."

Der Sonntag verlief ruhig. Andreas wachte gegen sechs Uhr auf, ging duschen und nach dem Frühstück sortierte er noch einige Dinge weg. Am Mittag war die Wohnung aufgeräumt. Jetzt konnte er behaupten, sein Umzug sei erledigt.

Allmählich kam er zur Ruhe. Stolz ging er durch jeden Raum seiner Wohnung und war zufrieden. Er fühlte sich wohl. Nichts lag mehr herum, alle Möbel waren aufgebaut, die Wohnung gefiel ihm sehr. Klein, aber fein. Um sich zu belohnen, holte er sich ein Bier aus der Küche und rekelte sich auf die Couch. Er trank einen großen Schluck aus der Flasche und ließ seinen Gedanken freien Lauf.

Plötzlich musste er an Vera denken. Sie war einmal vor vielen Jahren ein Teil seines Lebens. Oder sie hätte es werden können. Andreas war damals achtzehn Jahre alt. Nicht immer wusste er, was er wollte. Manchmal waren seine Gefühle total durcheinander, weil er sich nicht eingestehen wollte, wie seine sexuellen Bedürfnisse aussahen und er den Erwartungen seiner Eltern oder Geschwister gerecht werden wollte.

Er wollte sich nicht eingestehen, dass er schwul war. In den Siebzigerjahren offen schwul zu leben war in der DDR nicht nur sehr schwer, sondern beinahe unmöglich. In dieser Zeit fehlte den Menschen in der DDR wie auch in den anderen europäischen Staaten oft das Verständnis für Homosexuelle. Entsprechend gab es für sie in der Öffentlichkeit keine oder nur sehr wenig Akzeptanz. Andreas fühlte sich zu jungen Männern hingezogen. Trotzdem wollte er mit einer Frau zusammenleben.

Er wollte von zu Hause ausbrechen, weil er es mit seinem Vater nicht mehr aushielt. Andreas hasste dessen ständige Sauferei und Streitigkeiten und litt darunter sehr. So schnell wie es nur irgendwie ging, wollte er das Elternhaus verlassen. Es war Andreas bewusst, dass er alleine keine eigene Wohnung bekommen konnte. Ein Auszug aus der elterlichen Wohnung war nur über eine Frau möglich. Wenn er eine Frau kennenlernen sollte, die ihm gefiel und mit der er sich gut verstand, wollte er mit ihr zusammenziehen, aber ausnutzen wollte er sie nicht.

Seine erste Schwärmerei galt Vera. Sie war die Tante seines Torwartes Jürgen, der in Andreas' Mannschaft Fußball spielte und dem er Nachhilfeunterricht gab. Andreas lernte sie in der Wohnung von Jürgens Mutter kennen, als er mit ihm eines Nachmittages Mathematik übte. Jürgens Mutter stellte sie einander vor.

Später besuchte Vera die Heimspiele von Andreas' Mannschaft. Das hatte sie bis dahin noch nie getan. Jetzt kam sie regelmäßig, denn sie wohnte nicht weit vom Sportplatz entfernt, mitten im Wald in einer kleinen Siedlung.

Die ersten Male, als Vera zu einem Heimspiel erschien, unterhielt sie sich mit Andreas am Spielfeldrand, während seine Mannschaft gegen einen Gegner ein Spiel austrug. Irgendwann hatte Vera ihn zu sich nach Hause eingeladen. An einem Sonnabendnachmittag ging Andreas das erste Mal mit gemischten Gefühlen zu ihr. Einerseits verband er mit seinem Besuch bestimmte Erwartungen und Hoffnungen, andererseits hätte er die Frage, welcher Art diese waren, nicht beantworten können.

Er ging durch den Wald und erreichte den Rand der Siedlung, in der Vera wohnte. Es war ein schöner Tag im Mai mit hochsommerlichen Temperaturen. Die Sonne schien strahlend vom Himmel herab. Nicht eine kleine Wolke war zu sehen. Andreas war mit einem kurzärmligen Hemd und eine dünne, wenn auch lange Sommerhose, bekleidet. In der rechten Hand hielt er einen Strauß, der aus verschiedenen Sommerblumen gebunden und in Papier eingewickelt war. So hatten die Blumen Schutz vor der Sonne, der sich Andreas aussetzen musste. Er litt unter den heißen Temperaturen. Aber noch weniger anzuziehen, verbot sich für ihn von selbst.

Am Rande der Siedlung blieb er stehen, um sich zu orientieren. Vera hatte ihm den Weg zu ihrem kleinen Häuschen beschrieben. Er sah einen langen, unbefestigten Weg vor sich. Die Sonne, die in den letzten Tagen unbarmherzig auf die Erde nieder schien, hatte ihn völlig ausgetrocknet. Der Wind, der ab und zu leicht wehte und den Menschen etwas Abkühlung brachte, trocknete ihn zusätzlich aus. Blies er kräftiger, stand sofort eine Staubwolke, die sich mal hierhin und mal dahin bewegte, über dem Weg und nahm den Menschen die Sicht und den Atem. Entsprechend staubig vom aufgewirbelten Sand waren die Sträucher und Bäume, die am Wegesrand standen.

Andreas sah die Hütten und Katen der Siedlung vor sich stehen. Sie waren teilweise verfallen. Der Putz hing von den Wänden herunter oder war ganz abgebröckelt. Einige Wände dieser Katen waren schief, viele Fenster ebenfalls. Einige Häuschen waren frisch gekalkt oder hatten einen neuen weißen Farbanstrich erhalten. Aber die meisten Hütten sahen doch sehr ärmlich aus. So eine Siedlung hatte Andreas noch nicht gesehen. Sie vermittelte den Eindruck von Armut und Verfall. Und doch gab sie andererseits ein idyllisches und friedliches Bild ab. Die Vorgärten der meisten Hütten machten einen gepflegten Eindruck. Dort, wo Pflanzen gegossen worden waren, war die Erde etwas dunkler als andernorts. Andreas hatte bisher in seinem Leben keinen Vorgarten kennengelernt, der nicht eingezäunt gewesen wäre. Hier konnte er um keinen Garten einen Zaun finden. Freilich waren die Gärten aufgrund der lang anhaltenden Trockenheit ebenfalls staubig.

Es war etwa fünfzehn Uhr. Die Siedlung schien menschenleer. Weit und breit war kein Mensch zu sehen oder zu hören. Sie schien wie ausgestorben. Unbarmherzig brannte die Sonne immer noch vom Firmament. Der Staub tanzte in der Luft. Andreas wischte sich mit einem Taschentuch den Schweiß vom Gesicht. Sofort war das Taschentuch verschmutzt. Auch der Mensch wurde durch die Natur verstaubt.

Aufgrund Veras Beschreibung fiel es ihm nicht schwer, ihre Hütte zu finden. Der kleine Vorgarten vor ihrer Hütte vermittelte den Eindruck von Sauberkeit und Ordnung. Aber die Hütte selbst hatte Risse in den Wänden. Sie befand sich in einem erbärmlichen Zustand.

Andreas klingelte und wartete. Einen Augenblick später erschien Vera in der Tür und bat ihn, schnell hereinzukommen, damit die Hitze draußen bleiben konnte. Er folgte ihr und übergab ihr die Blumen, die er vorher ausgewickelt hatte. Die Küche war einfach, aber funktional eingerichtet. Moderne elektrische Geräte standen neben alten und teilweise verbrauchten Küchenmöbeln. Ein Spülbecken gab es nicht, Vera hatte einen alten Küchentisch. Wenn der ausgezogen wurde, kam ein Tisch zum Vorschein, in dem zwei Wasserschüsseln eingelassen waren.

Vera betrachtete den Blumenstrauß von allen Seiten und war gerührt. „Sind die schön, Andreas", sagte sie und stellte sie in eine Vase ins Wasser, „das war aber nicht nötig!" Danach gingen sie ins Wohnzimmer.

An einer langen Wand stand eine Anbaureihe mit Holzmaserung, die rotbraun und auf Hochglanz poliert war. In ihrer Glasvitrine standen Sammeltassen, dekorative Gläser und Blumenvasen, in den dazugehörigen Regalen Bücher. Gegenüber der Anbauwand befand sich eine Couch, die mit Decken belegt war. Einige Kissen lagen auf dem Sofa und verschönerten es. Davor stand ein länglicher Tisch mit einer farblich passenden Tischdecke. Daneben erblickte Andreas zwei Sessel und drei Stühle. Auf dem Fußboden lag Teppichboden, der einige Flecken aufwies, die davon zeugten, dass es im Haus Kinder gab. Vor dem Fenster hingen Stores und Übergardinen.

An den Wänden waren ein paar Bilder angebracht, die verschiedene Landschaften zeigten. Neben einem der kleinen Fenster stand ein Schwarz-weiß-Fernsehgerät. Die kleinen Fenster verhinderten, dass die Hitze, die draußen herrschte, nicht in die Hütte eindrang. Denn mehr als eine Hütte war dieser baufällige Katen tatsächlich nicht. Aber es war in ihrem Inneren angenehm kühl.

Vera sagte: „Sieh dich bloß nicht so genau um! Es ist nicht unbedingt schön hier. Aber was soll ich machen, es ist alles nicht so einfach mit den Kindern. Und hier lässt es sich leben. Die Miete ist nicht sehr hoch und die Kinder können unbehelligt auf der Straße spielen und überall ungestört umhertoben. Hier fahren keine Autos."

Die Tür vom Wohnzimmer wurde geöffnet und ein Mädchen kam herein und wünschte Andreas einen guten Tag. Vera stellte sie als ihre Tochter Isabell vor. Sie war zwölf Jahre alt. Es dauerte nicht lange, da wurde die Tür erneut geöffnet. Ein zehnjähriger Junge steckte den Kopf durch die Tür und sagte: „Ach, hier bist du, Isabell."

Vera sprach ihn an und sagte: „Ja, mein Sohn, auch du darfst hereinkommen und Guten Tag sagen."

Das ließ er sich nicht zweimal sagen. Er strahlte über das ganze Gesicht, ging schnell zu Andreas, streckte ihm die rechte Hand entgegen und begrüßte ihn ebenso wie vorher schon seine Schwester. Andreas nahm die Hand des Kindes und grüßte höflich zurück. Vera erklärte, dieser sei ihr Sohn Markus.

Andreas wollte etwas erwidern, als zwei weitere Kinder hinter der Tür standen und durch einen Spalt ins Zimmer spähten. Sie standen einfach da und blickten die Mutter fragend an. „Na, los", sagte sie lachend zu den beiden, „nun kommt schon herein." Und zu Andreas gewandt sagte sie: „Natürlich sind sie neugierig und wollen wissen, wer da gekommen ist. Das sind Samuel und Tobias. Sie sind sechs und vier. Jetzt kennst du die ganze Familie."

Andreas wusste, dass Vera Kinder hatte. Aber gleich vier! Seine Überraschung stand ihm ins Gesicht geschrieben, denn Vera sagte: „Keine Angst, mehr kommen nicht."

Er war verwirrt und stammelte: „Nein, nein, ich dachte, na, ja, ich wusste nicht, na, ja, ..., wie soll ich es sagen? Nun, dass du ..."

Vera half ihm und vollendete, was er sich nicht auszusprechen traute: „Du meinst, dass ich schon vier Kinder habe, und schon so alt bin?"

„Nein, Vera, alt bist du nicht", erwiderte Andreas. „Du siehst jung aus. Man sieht dir nicht an, dass du vier Kinder hast."

Sie fasste das als Kompliment auf und bedankte sich und schlug vor, Kaffee zu trinken. Nach dem Kaffee gingen die Kinder nach draußen.

Vera und Andreas blieben im Haus. Sie erzählte, dass sie verheiratet gewesen und ihr Exmann ihre große Liebe gewesen sei. Sie hätten sich kennengelernt, als sie fünfzehn Jahre alt war. Mit sechzehn kam Isabell und Veras Mutter wollte, dass sie das Kind behielt. Heute war Vera ihrer Mutter dafür dankbar, denn Isabell war ein sehr liebes Mädchen und half ihr, wo sie nur konnte. Markus kam zwei Jahre später und schließlich die anderen beiden hinterher. Mit vier Kindern konnte ihr Mann nicht umgehen und sprach dem Alkohol zu. Ständig machte er Vera Vorwürfe, sie sei schuld daran, dass so viele Kinder da waren. Irgendwann begann er, die Kinder zu schlagen. Auch Vera musste von ihrem Mann Prügel einstecken. Da habe sie kurzerhand die Scheidung eingereicht und ihn hinausgeworfen. Seit zwei Jahren lebte sie mit den Kindern alleine und war heute achtundzwanzig Jahre alt.

Später kamen die Kinder ins Haus zurück. Andreas konnte erkennen, dass Vera, was Isabell betraf, die Wahrheit erzählt hatte. Das Mädchen bereitete das Abendbrot vor. Sie ermahnte die Jungen, sich zu waschen, bevor sie sich an den Tisch setzten. Um den kleinen Tobias kümmerte Vera sich selber.

Andreas blieb solange, bis der Abendfilm im Fernsehen beendet war, danach verabschiedete er sich. Die Kinder lagen schon längst im Bett. Auf dem Heimweg überlegte er sich, dass Vera eine tolle Frau war. Wie liebevoll sie mit ihren Kindern umging und dabei gleichzeitig ihre Forderungen konsequent durchsetzte, gefiel ihm besonders. Andreas mochte liebevolle, mütterliche Frauen. Dass sie zehn Jahre älter war als er selbst, interessierte ihn nicht. Auch die Kinder gefielen ihm. Die beiden mittleren Jungen waren zwar etwas frech, aber sie hielten die Grenzen ein. Die Kinder erzogen sich gegenseitig. Er hatte sich bei Vera wohlgefühlt und wollte sie unbedingt wieder treffen.

In der darauffolgenden Zeit besuchte er Vera, so oft er nur konnte. Zu ihren Nachbarn hatte sie ein freundschaftliches Verhältnis. Andreas wurde von denen akzeptiert, am Abend saßen sie oft zusammen und tranken gut gekühlte Getränke in diesem heißen Mai.

An Andreas Geburtstag hatte er sich mit Vera verabredet. Er stand vor ihrer kleinen Hütte und klopfte an die Tür, worauf er ihre Stimme hörte: „Komm rein. Es ist offen."

Vera stand in der Küche am Herd, sie hatte etwas in den Backofen gestellt. Mit einem strahlenden Lächeln ging sie zu ihm und begrüßte ihn mit einer herzlichen Umarmung und einem Kuss auf den Mund. Zärtlich spielten ihre Zungen miteinander. Vera löste sich von Andreas und strahlte ihn an und sagte: „Herzlichen Glückwunsch zu deinem Geburtstag, mein Schatz. Ich wünsche dir nicht nur Gesundheit, sondern auch, dass alle deine Wünsche in Erfüllung gehen und du alle deine Ziele erreichst."

Andreas bedankte sich und Vera küsste ihn erneut. Er ließ es sich gern gefallen. Danach ging sie zum Küchenschrank, entnahm ihm ein kleines Päckchen, das sie ihm mit den Worten übergab: „Das ist für dich. Es ist nicht viel, kommt aber von Herzen."

Andreas bedankte sich erneut für die Aufmerksamkeit und erklärte: „Es ist doch nicht notwendig, dass du mir etwas schenkst."

„Aber ich will das!", erwiderte Vera.

Andreas war ihr dankbar. Er mochte sie sehr, aber wenn ihn jemand gefragt hätte, ob er diese Frau liebte, hätte er es nicht mit Bestimmtheit sagen können. Er war sich nicht nur nicht sicher, er wusste es einfach nicht. Natürlich gefiel ihm ihre liebevolle Art. Jeder,

der sie kannte, hatte sie gern. Sie hatte eine natürliche und mütterliche Art, war immer bereit, anderen zu helfen. Auch Andreas half jedem, den er helfen konnte. Beide waren auf ihre Art damit zufrieden und glücklich.

Nachdem er das erste Mal bei ihr gewesen war, fing er an, ihr im Haushalt zu helfen. Das gefiel nicht nur Vera, vor allem Isabell fand das gut. Somit hatte sie etwas mehr Zeit für sich, wenn Andreas im Hause war. Er kümmerte sich auch um die Jungen. Er machte mit ihnen Hausaufgaben, spielte mit ihnen hinter dem Katen Fußball, tollte mit dem kleinen Tobias herum oder las ihm Geschichten vor. Andreas war in dieser Familie schon so gut wie die anerkannte männliche Bezugsperson. Kurz, Andreas war geachtet und respektiert. Er gehörte hierher. Nur wohnte er noch nicht bei Vera.

Erst am letzten Wochenende verletzte sich der kleine sechsjährige Sohn der Nachbarin. Die Kinder spielten auf dem nahegelegenen Bolzplatz Fußball.

Andreas befand sich mit Vera in der Küche, als Markus und Samuel mit Mathias, dem Sohn der Nachbarn, zu ihnen zurückkehrten. Mathias war ein hübscher Junge mit einem ovalen Gesicht und halblangen, dunklen Haaren, braune Augen und einer von der Sonne tief gebräunten Haut. Aus seinem rechten Daumen quoll das Blut hervor und lief an seiner Hand und seinem Arm entlang. Seine Hose und sein T-Shirt waren von dem vielen Blut vollgesaugt. Sichtlich war der Junge aufgeregt, aber er war ebenso tapfer, denn er weinte nicht.

Als die Jungen die Küche betraten, und Vera bemerkte, was geschehen war, erschrak sie und wurde plötzlich blass. Sie sagte: „Oh, Gott, ich kann doch kein Blut sehen."

Andreas erwiderte: „Dann hole ein Handtuch und Verbandszeug und überlasse mir das."

An Mathias gewandt sagte er: „Komm zu mir, mein Kleiner. Lass mich mal sehen, was passiert ist." Danach setzte Andreas ihn auf einen Stuhl. Markus befahl er, eine Schale mit Wasser zu holen und alte Zeitungen. Der tat, was ihm befohlen wurde. Andreas strahlte Ruhe aus, die sich auf Vera und die Kinder übertrug. Zu Mathias sagte er: „Ganz ruhig, mein Kleiner, das ist nicht so schlimm, wie es aussieht. Ich mach das jetzt sauber und sehe es mir an." Er streichelte

Mathias über das Haar und legte die Zeitungen, die Markus ihm zwischenzeitlich gebracht hatte, auf den Tisch, zog Mathias das T-Shirt aus und platzierte den Arm des Jungen auf die Zeitungen.

Isabell betrat die Küche und fragte, ob sie helfen könne. Andreas schickte sie zu Mathias' Eltern, sie sollten zu ihnen kommen. Da meldete sich Mathias und sagte: „Mutti ist auf der Arbeit und Papa war eben nicht zu Hause."

Andreas entgegnete: „Trotzdem, Isabell, geh bitte hin, vielleicht ist Mathias' Vater ja wieder da. Er kann nicht weit weg sein, wenn Sybille nicht da ist." Sybille war Mathias' Mutter.

Isabell verschwand. Vera brachte Handtücher, Waschlappen und Verbandsmaterial. Andreas wusch das Blut von Mathias' Arm und auch von der Hand. Er sah, dass der Daumen immer noch stark blutete. Vom Nagel bis zum ersten Gelenk war er aufgeschnitten. Auf einer Länge von zwei Zentimetern stand das Fleisch bis auf den Knochen auseinander. Das Kind saß ruhig auf seinem Stuhl und streckte Andreas tapfer seine Hand entgegen.

Isabell kam mit seinem aufgeregten Vater zurück. In der Hand hielt er für seinen Sohn saubere Kleidung bereit. Er fragte, was um Himmels Willen nur geschehen sei.

„Wir haben auf dem Bolzplatz Fußball gespielt. Mathias ist gefallen, und als er aufstand, hat er auch schon geblutet. Wir haben gesehen, dass eine große Glasscherbe da gelegen hatte. Wir haben sie in den Papierkorb geworfen, damit sich nicht noch jemand daran schneiden kann."

„Das habt ihr gut gemacht", sagte Andreas. Nachdem er Mathias die Hand und den Arm gewaschen hatte, sagte er zu ihm: „Die Hand schön stillhalten, ich verbinde dir jetzt den Daumen."

Klaus, Mathias' Vater, fragte: „Kann ich etwas helfen? Sage, wenn ich was tun soll!"

„Du kannst die Ruhe bewahren, es ist nichts Schlimmes passiert. Mathias hat sich nur den Daumen aufgeschnitten. Das muss genäht oder geklammert werden. Du musst mit ihm ins Krankenhaus gehen. Am besten in die Chirurgie", erwiderte Andreas und ergänzte danach: „Halte ihm mal bitte den Arm fest, damit ich die Wunde besser verbinden kann."

Schnell wickelte Andreas eine Mullbinde ab, legte sie zu einer dicken Mullplatte zusammen, und legte diese über Mathias' Wunde. Anschließend zog er die Platte um den Daumen herum, bis der nahezu vollständig bedeckt war, und wickelte den Rest der Binde darum. Danach wartete er etwas und sah, dass das Blut durch den Verband sickerte.

„Und was machen wir nun?", fragte Klaus besorgt, „so blutet er doch alles wieder voll."

„Nur keine Sorge", sagte Andreas, „wir wickeln einfach noch einen Verband darüber, solange, bis kein Blut mehr hindurch kommt." Gesagt, getan, die Blutung war zum Stillstand gekommen. Aber dafür hatte Mathias einen überdimensionalen großen Daumen.

Andreas meinte: „Das sieht nicht unbedingt schön aus, aber bis zum Krankenhaus wird das schon halten und seinen Zweck erfüllen. Nur darauf kommt es an."

„Ausgerechnet jetzt ist Sybille bei der Arbeit und ich bin beim Ausmisten der Tiere. Mathias muss warten, bis ich fertig bin. Und so in meinen Arbeitsklamotten kann ich nicht mit ihm ins Krankenhaus gehen", klagte Klaus.

Andreas erwiderte: „Meiner Meinung nach muss der Junge sofort ins Krankenhaus gebracht werden. Wenn du willst, gehe ich mit Mathias dorthin."

„Das würdest du machen?", fragte Klaus.

„Natürlich", erwiderte Andreas.

Klaus sagte: „Das ist aber nett von dir."

„Komm, lass uns hier nicht lange erzählen, hole den SVK-Ausweis und dann gehe ich mit Mathias los." SVK-Ausweis hieß in der DDR der Sozialversicherungsausweis, den jeder Mensch bei einem Arztbesuch vorlegen musste.

Vier Stunden später kamen Andreas und Mathias zurück, genau zur Abendbrotzeit. Klaus und Sybille saßen mit Vera in der Küche zusammen und tranken Kaffee. Mathias ging zu seiner Mutter und zeigte ihr ganz stolz seinen großen Daumen, der jetzt, nachdem er von einem Arzt behandelt worden war, nicht kleiner war als mit dem von Andreas angelegten Notfallverband.

Sybille und Klaus bedankten sich bei Andreas und fragten: „Wie können wir das bloß wieder gutmachen?"

Andreas sagte: „Das ist doch kein Problem, ich habe das gern getan. Außerdem ist Mathias ein toller und lieber Junge."

Das war vor einer Woche gewesen. Andreas wickelte sein Geschenk aus: Rasierwasser und -creme, Duschgel und Duftwasser von Florena. „Das kann ich gut gebrauchen! Danke dafür, meine Liebe. Aber du sollst doch nicht so viel Geld für mich ausgeben. Steck das lieber in die Kinder!", sagte er liebevoll und nahm sie in die Arme.

Die Kinder betraten die Küche, begrüßten Andreas und gratulierten ihm zum Geburtstag. Sie überreichten ihm selbst gebastelte Geschenke. Auch ihnen dankte er und war gerührt. Anschließend tranken sie alle zusammen Kaffee.

Am frühen Abend klopfte es an der Tür und Klaus und Sybille standen mit Mathias in der Tür. Sie gratulierten Andreas ebenfalls zum Geburtstag. Mathias übergab ein kleines Geschenk. Andreas war ehrlich überrascht und fragte, woher sie denn wussten, dass er heute Geburtstag hatte. Sie lächelten und sahen Vera an. Sybille sagte: „Was glaubst denn du? Der Buschfunk funktioniert bei uns. Wir haben noch eine Überraschung für dich. Die wartet draußen. Los, kommt schon, das Wetter ist so schön und ihr sitzt hier drinnen." Damit drehten sie sich um und gingen wieder hinaus. Vera und Andreas folgten ihnen.

Maria und Tom, ebenfalls gute Nachbarn von Vera, standen auf dem Hof und Tom hatte einen Grill aufgestellt und angefeuert. Auch von denen bekam Andreas Glückwünsche.

„Was ist hier bloß los", fragte Andreas.

Klaus sagte: „Wir wollen jetzt Geburtstag feiern. Du hast dich letzte Woche so toll um unseren Mathias gekümmert und hast nichts dafür haben wollen. Deshalb haben wir uns gedacht, dass wir mit dir heute deinen Geburtstag feiern wollen."

„Das ist aber lieb von euch. Um Mathias habe ich mich doch gerne gekümmert. Ich liebe Kinder und er ist ein sehr liebenswerter Junge", sagte Andreas.

Nun begann eine schöne und gemütliche Feier, an die sich Andreas noch Jahre später gerne erinnerte. Es wurde viel erzählt und gelacht, Musik gehört und auch Bier, Schnaps und Wein getrunken. Gegen zweiundzwanzig Uhr brachen die Nachbarn auf. Vera ging mit Andreas ins Wohnzimmer. Die Kinder lagen schon längst im Bett und so waren sie alleine. Vera lächelte und fragte leise: „Und was machen wir nun?"

Entweder war Andreas dumm, oder es war seiner fehlenden Erfahrung mit Frauen zuzuschreiben, dass er nicht verstand, was Vera wollte. Er fragte: „Halma spielen?" Andreas spielte gerne Gesellschaftsspiele, wenn er dazu die Zeit und Möglichkeit hatte. Doch Vera wollte in diesem Moment alles andere als Halma spielen.

Sie sagte enttäuscht: „Gut, spielen wir Halma."

Andreas enttäuschte sie noch einmal, denn er teilte ihr mit, dass er spätestens um Mitternacht nach Hause müsse. Er hatte sich bei seiner Mutter nicht abgemeldet und wollte ihr keine unnötigen Sorgen bereiten. Gegen Mitternacht verließ er Vera. Er fühlte sich wohl und hatte einen superschönen Tag erlebt.

Am nächsten Tag erzählte er seiner Mutter von Vera und verschwieg nicht, dass sie zehn Jahre älter war als er und vier Kinder hatte.

Die Mutter wurde zornesrot im Gesicht und begann zu schimpfen: „Was soll das. Suche dir gefälligst eine Frau, die in deinem Alter ist und noch keine Kinder hat. Ein Kind ist ja noch in Ordnung, aber gleich vier, das geht gar nicht. Willst du dir dein Leben versauen? Ist sie so gut im Bett, dass sie dich anlernt?"

Das war für Andreas zu viel des Guten. Jetzt schimpfte er mit seiner Mutter. Rasch kam es zu einem handfesten Streit, und beide wollten nicht nachgeben oder einlenken. Andreas drohte damit, sofort auszuziehen, wenn die Mutter nicht ihre Meinung ändere. Doch sie gab nicht nach.

Später unterhielt sich Andreas mit seinem Bruder Berthold und seiner Schwägerin Ariane darüber. Sie standen auf Andreas' Seite, sie sagten, er solle sich entscheiden. Er müsse wissen, was er wolle. Aber sie machten ihn darauf aufmerksam, dass die Mutter nicht unbedingt unrecht hatte. Mit einer mittellosen Frau und vier fremden Kindern hätte er es nicht leicht. Und sie gaben zu bedenken, dass er sicherlich irgendwann einmal ein eigenes Kind haben wollte. Wie würde er dann mit den anderen Kindern umgehen? Er dürfe das eigene nicht den anderen vorziehen, sondern müsse alle Kinder gleich behandeln. Soweit wollte und konnte Andreas nicht denken. Für ihn war die

Gegenwart entscheidend und nicht die Zukunft. Er erkannte, dass er mit Vera reden musste.

Als er sie erneut besuchte, war sie ihm gegenüber sehr reserviert. Sie nahm ihn nicht in ihre Arme und küsste ihn nicht. Das verwirrte ihn. Doch er sagte: „Vera, ich möchte dir etwas erzählen."

Darauf sagte sie: „Ich muss dir auch etwas erzählen. Andreas, ich habe noch einmal über alles nachgedacht. Ich denke, dass es für dich besser ist, wenn wir uns trennen. Bitte verstehe mich nicht falsch. Ich mag dich sehr und die Kinder lieben dich und es wäre alles toll, wenn wir zusammen sein könnten. Und doch geht es nicht. Ich habe vier Kinder. Du wirst das jetzt sicherlich nicht verstehen, aber ich glaube, dass du dir nicht bewusst bist, was du für eine Verantwortung übernimmst, wenn du bei mir bleibst. Ich möchte dir nicht dein Leben versauen, du bist noch so jung, und wirst noch so viele Frauen kennenlernen. Du musst mir glauben, dass es besser so ist. Irgendwann lernst du ein Mädchen in deinem Alter kennen und dann wirst du mit ihr glücklich sein."

Je länger sie sprach, desto blasser wurde er. Hatten sich jetzt alle gegen ihn verschworen? Verwirrt antwortete er: „Ich verstehe dich nicht. Ich liebe dich, Vera!"

„Glaube mir, Andreas, es ist besser so für dich. Ich glaube auch, dass es besser ist, wenn du jetzt nach Hause gehst."

Die Tränen kamen ihm, doch wollte er sich vor ihr keine Blöße geben und riss sich zusammen. So fuhr er nach Hause und erzählte der Mutter, was geschehen war. Sie sagte nur. „Dann hat die Frau mehr Charakter, als ich ihr zugetraut habe."

Andreas verstand die Welt nicht mehr und fühlte sich verletzt. Einige Jahre später war er Vera dankbar, dass sie so gehandelt hatte.

Gefühle

Andreas kehrte in die Gegenwart zurück, als es an seiner Wohnungstür klingelte. Christian besuchte ihn mit seinen Kindern und seiner Frau. Sie brachten einen großen Karton mit. Das war sein Weihnachtsgeschenk und gleichzeitig ein Geschenk zum Einzug in die neue Wohnung. Andreas war gerührt, als er ein Radiogerät auspackte, das von Christian sofort angeschlossen wurde. An diesem Nachmittag scherzten und lachten sie viel, aßen gemeinsam zu Abend und danach war Andreas wieder alleine und richtete sich den neuen Computer ein.

Anschließend ging er in den Chat, wo er zwei Messages von Silvio fand. Andreas las die Erste: „Guten Morgen, mein Freund. Ich muss auch schon am frühen Morgen an dich denken und an unseren Chat aus der Nacht. Wenn ich daran denke, steigt eine wohlige Wärme in mir auf. Was haben wir nur gemacht???

Ich gestehe: Ich lag im Bett und habe mich gestreichelt. Ich habe mir dabei vorgestellt, dass es deine Hände sind, die mich berühren. Ich habe bei diesem Gedanken gelächelt und konnte nicht aufhören. Ich habe an dich gedacht und mich nach dir und deinen Berührungen gesehnt.

Ich konnte und wollte nicht aufhören, habe mich aufgebäumt, mich berührt bis ... und dann bin ich mit einem Lächeln auf den Lippen eingeschlafen.

Ich hoffe, du bist jetzt nicht enttäuscht von mir. Und eines muss ich dir noch gestehen: Der Gedanke, mit dir Analverkehr zu haben, ist ein Punkt, den ich so schnell nicht zulasse. Ich habe es mal zu Beginn meiner Schwulenzeit über mich ergehen lassen müssen und habe schmerzhafte Erinnerungen daran. Das war ohne Gleitmittel.

Ralf hat es bei mir verstanden, aber vielleicht auch deshalb bessere Erfahrungen bei anderen gemacht als bei mir.

Diesen Punkt muss ich noch einmal überdenken. Sicher, bei anderen Partnern ist das normal.

Auch du hattest es dir gewünscht!! Und ich war nicht bereit, es dir zu erfüllen. Weil mir bei dieser Aktion die Vorstellung der Gefühle fehlt. Wie gesagt, für mich war es damals nur schmerzhaft.

So, mein Freund. Jetzt habe ich mir einiges von der Seele geredet.

Ich wünsche dir einen schönen Tag. Also dann eine ganz kurze Umarmung, die ich mir von dir stehle, dein Silvio."

Bevor Andreas Silvios zweite Nachricht lesen wollte, beantwortete er zunächst die erste: „Lieber Silvio, ich habe jetzt deine erste Message gelesen und möchte sie dir gleich beantworten.

Ich bin überhaupt nicht schockiert, wenn du mir erzählst, was du nach dem Chat mit mir getan hast. Da kann ich nur sagen: Hauptsache ist doch, dass du dabei deinen Spaß hattest, und wenn du danach befriedigt eingeschlafen bist, ist es doch total in Ordnung.

Wenn ich dabei der Auslöser war, muss ich nicht schockiert sein, ich bin eher darüber erfreut, dass ich solch eine Wirkung auf dich habe. Es ist auch für mich schön, wenn ich weiß, wie du zu mir stehst. Es ist für mich ein Zeichen, dass auch du mich magst.

Und nun zum Analverkehr. Wenn du dabei schlechte Erfahrungen machen musstest, tut es mir leid für dich. Es liegt aber nicht an dir, sondern an den Sauhund, der dich gezwungen hat, es ohne Gleitgel zu tun, und dir dabei Schmerzen bereitet hat.

Ich selber habe schon einige Male Analverkehr gehabt, aktiv und auch passiv. Ich finde beides schön, würde es aber nie gegen den Willen meines Partners haben wollen.

Es stimmt nicht, dass du mir einen Wunsch nicht erfüllt hast, im Chat hatten wir keinen Sex, und somit konntest du mir auch keinen sexuellen Wunsch erfüllen.

Wenn ich ganz ehrlich sein soll, möchte ich mit dir zusammensein. Was wir uns gegenseitig gestern so farbenreich geschildert haben, möchte ich mit dir real erleben. Aber dabei muss ich keinen Analverkehr haben, wenn du es nicht möchtest. Es darf alles im Bett gemacht werden, was beide wollen und beiden Spaß macht, alles andere wäre keine Partnerschaft, sondern eine Unterwerfung des anderen. Daran habe ich kein Interesse, ich möchte eine ehrliche Partnerschaft in Liebe mit gegenseitiger Achtung, in der die Gefühle des Partners respektiert werden.

Ich hoffe, mein Süßer, dass ich deine Fragen nun für dich befriedigend beantwortet habe.

Ich möchte nur von dir das haben, was du freiwillig gibst, und das mit Freuden auf beiden Seiten.

Ich warte auf dich, bis gleich. Liebe Grüße! Dein Andreas."

*****

Nachmittags schickte Silvio die nächste Message, es war ein Hilferuf, den niemand hören konnte.

„Hilfe, Hilfe, was mach ich nur? Warum bist du nicht Sam wie in dem Film ‚Ghost' und flüsterst mir ins Ohr, was ich nur machen soll? War mit Freunden unterwegs und habe in der Stadt Ralf getroffen. Er wollte bei mir nur einen Kaffee trinken. Jetzt steht er in der Dusche. Ich weiß, was er will, und ich weiß auch, dass ich seinen Willen erfüllen werde, aber eigentlich will ich es nicht. Ich bin schwach und in diesem Moment so unglücklich. Was mache ich nur??? Warum habe ich zugestimmt, mit ihm einen Kaffee zu trinken? Habe ich im Geheimen gehofft, es passiert heute wieder? Noch läuft das Wasser, aber er ist bestimmt gleich fertig. Wenn ich heute um einundzwanzig Uhr nicht im Chat bin, wartest du trotzdem auf mich? Schlafen wird er hier nicht.

Ich brauche dich zum Reden!!!!!!!

Warum kannst du mir jetzt nicht helfen? Was soll ich tun? Was nur, was? Das Wasser ist aus. Ich denke bei allem, was jetzt passieren mag, an dich. Vielleicht schaffe ich es, mir einzubilden, es sind deine Hände, dein Körper, deine Küsse, dein Mund, dein P............

Es kann mir leider keiner helfen."

Andreas war enttäuscht, sogar auf Silvio etwas wütend, weil der sich in Andreas' Augen wie ein kleiner Schuljunge verhielt. Andreas empfand Silvios Verhalten als Fremdgehen. Er wollte mit Silvio eine Partnerschaft eingehen und wünschte sich, dass der sich von Ralf löste. Aber so schien das nicht zu sein. Im Gegenteil hatte Andreas das Gefühl, dass in Silvios Körper zwei Seelen wohnten, die eine intelligent, zärtlich und einfühlsam, die andere ängstlich, schwach und hilflos. Andreas schrieb: „Mein lieber Silvio, nur du kannst dir selber helfen. Lass Ralf los! Schmeiß ihn raus! Lasse dich nicht mehr mit ihm ein! Dann kannst du vielleicht wieder glücklich werden. Oder mache nur so weiter und dann wirst du unglücklich sterben.

Ich sage dir das nicht, weil ich mir vielleicht etwas erhoffe, sondern weil es so ist. Auch wenn wir keine Beziehung eingehen werden, wirst du mit Ralf nicht mehr glücklich. Es geht einfach nicht, weil du dir bei seinen Berührungen vorstellen willst, dass ein anderer dich berührt. Du solltest Ralf nicht mehr treffen.

Wenn du mich brauchst, bin ich bis um 24 Uhr da.

Es grüßt dich ganz lieb dein Freund Andreas."

Etwas später schrieb Silvio: „Ich bin jetzt da!!! Habe erst einmal deine Mails gelesen.

Es tut mir alles so leid. So himmelhoch jauchzend, wie ich heute Morgen war, so tief betrübt bin ich jetzt. Ich habe schon dreißig Minuten in meiner Wohnung alleine ohne Musik und Fernseher gesessen und den Computer angestarrt. Ich konnte ihn nicht früher anmachen.

Ich bin traurig.

Ich weiß, es ist meine Schuld. Aber trotzdem hätte ich dich gerne heute am Nachmittag als ‚Sam' gehabt. Ich wusste nicht, was ich machen sollte. Und es ist gekommen, wie ich es geahnt hatte. Jetzt bin ich wieder allein. Ich habe das Bedürfnis, mich jetzt duschen zu müssen, aber ich mag nicht. Kennst du diese Leere? Null Bock. Keinen sehen und hören wollen?"

Andreas antwortete, dass er das Gefühl kenne, und fragte: „Möchtest du mit mir darüber reden?"

Silvio erwiderte: „Ich weiß nicht, aber ich denke schon. Als Ralf so selbstverständlich ins Bad ging und sich duschte, wusste ich, was passieren würde. Ich war so naiv und habe wirklich gedacht: ‚Kaffee!' In diesem Moment habe ich an dich gedacht und gleichzeitig habe ich mir den Körperkontakt zu Ralf gewünscht.

Andreas, sei nicht böse, aber es war auch schön. Und dafür schäme ich mich dir gegenüber. Jetzt, im Nachhinein möchte ich alles rückgängig machen, aber es geht nicht. Trotzdem war Ralf heute anders zu mir. Er war brutaler und kam gleich zur Sache. Sonst haben wir geschmust! Ob er etwas gemerkt hat, dass ich mich verändert habe oder nicht wirklich bei ihm war? Schuld bist du daran!!!!

Und das macht mich wiederum so traurig, weil ich mich fühle, als sei ich fremdgegangen.

Und nun bin ich wieder alleine, und ich möchte keinen sehen."

Andreas antwortete: „Nun, gut, es ist also passiert und nicht rückgängig zu machen. Da wir uns nicht kennen und auch keinen

Sex miteinander hatten, auch gestern nicht, kannst du nicht fremdge-gangen sein. Ich bin dir bestimmt nicht böse.

Nur, wenn Ralf heute brutal zu dir war, solltest du die Ursache dafür ergründen. Es mag schon sein, dass er bemerkt hat, dass du dich von ihm abwendest. Wenn er sich dafür rächen wollte, sollte es dir nicht schwerfallen, daraus die richtigen Schlussfolgerungen zu ziehen.

Du wirst mit ihm nicht glücklich, das merkst du doch selbst. Sam hilft dir nicht, ich kann nur mit dir hier im Chat reden, aber helfen musst du dir selbst."

Silvio bemerkte, dass Andreas verärgert war, denn er schrieb: „Was ist los mit dir? Bist du doch sauer und gibst es nicht zu? Warum sagst du immer, du kannst mir nicht helfen? Keiner kann mir helfen? Das stimmt doch so nicht!!! Du hast mir schon einmal geholfen durch unsere Chats. Ich habe Vertrauen zu dir aufgebaut und auf dich gezählt. Ich dachte, wir sind offen und ehrlich? Mir hilfst du schon, wenn ich mit dir darüber reden kann. Aber ich möchte nicht aus einem Loch rauskriechen und dich dafür reinschubsen. Das liegt mir fern. Ich dachte, wir beide tun uns gut und genießen die kurze Zeit im Chat. Es werden auch andere Zeiten kommen."

Da hatte Silvio nur zu sehr recht, es kamen ganz andere Zeiten auf sie zu. Doch davon wird später zu berichten sein.

Andreas wollte ihn zunächst besänftigen und antwortete: „Ach, mein lieber Silvio, jetzt hast du mich aber total falsch verstanden. Natürlich können wir darüber reden. Also los, was bedrückt dich denn jetzt am meisten?

Mir gegenüber musst du wirklich kein schlechtes Gewissen ha-ben. Ich bin auch nicht sauer, warum auch! Vielleicht bin ich etwas enttäuscht, aber steht mir das denn zu?"

Natürlich wusste Andreas, dass er keinerlei Rechte auf Silvio hatte. Letztendlich musste Silvio alleine wissen, was er wollte und was er verantworten konnte. Silvio war ein erwachsener Mensch. Wenn er sich seinem ehemaligen Partner hingab, war es in Ordnung. Silvio liebte Ralf immer noch. Es konnte schon geschehen, dass man nach einer Trennung noch einmal Sex mit seinem ehemaligen Partner hatte.

Silvio schrieb: „Also doch, du empfindest für mich mehr, als du es dir und mir eingestehen willst. ICH BIN GLÜCKLICH!!!!

Aber was wird passieren, wenn die Chemie zwischen uns nicht stimmt? Ich habe Angst davor. Davor, dass wir uns verlieren, dass wir nicht mehr chatten, und, ach, ich weiß auch nicht.

Ich lächle über deine Aussage, dass du ‚etwas enttäuscht' bist. Es ist zwar traurig, zeigt mir aber, wie du zu mir stehst. Ich hatte Angst vor deiner Reaktion, darum habe ich dreißig Minuten apathisch vor dem Computer gesessen. Und wenn ich was gedacht habe, dann an dich.

Ich schäme mich dir gegenüber."

Andreas dachte: ‚Ich habe dir schon gestern oder vorgestern gesagt, dass ich mich in dich verliebt habe. Also was soll das jetzt? Willst du mich am Ende nur testen? Aber dann wäre es ein schlechter Scherz.' Seine Antwort war folgende: „Du musst dich nicht schämen. Ich wiederhole es noch einmal: Wir kennen uns nicht, nur im Chat.

Außerdem denke ich, dass ich dir immer wieder signalisiert habe, dass du mir nicht egal bist. Rate mal, warum ich von dir ein Bild haben möchte. Vielleicht auch, um dem vorzubeugen, dass die Chemie vielleicht doch nicht stimmen sollte. Aber wir sind schon so weit gegangen, dass wir, egal, was passiert, wenigstens Freunde werden können, nur müssen wir es beide wollen.

Vielleicht solltest du mir gerade jetzt ein Bild schicken, die Gelegenheit ist günstig, für beide. Was ich für dich empfinde, habe ich dir vorhin geschrieben, daran hat sich für mich nichts geändert."

Silvio erwiderte: „Ja, du hast recht. Wir sind Chat-Freunde. Das sollte ich mir immer wieder in Erinnerung rufen. Das mit dem Bild behalte ich im Auge. Ich werde mal eins raussuchen.

Bis dahin bleiben uns ja immer noch die Tauben."

Silvio hatte Andreas nicht richtig verstanden. Oder er war vom Nachmittag immer noch zu aufgeregt und durcheinander mit seinen Gefühlen. Oder wollte er Andreas vielleicht auch nicht verstehen? Dieser hatte ihm geschrieben, dass sich seine Gefühle für Silvio nicht verändert hätten. Andreas wollte keine Chatfreundschaft, er wollte mehr. Doch Silvio hatte das nicht realisiert. Jetzt fragte er, wie Andreas den Tag verbracht hatte.

Andreas beantwortete Silvios Frage, danach betrieben sie Smalltalk. Unter anderem schrieb Silvio, dass er sich als fünftes Rad am Wagen fühlte, wenn Andreas mit anderen Freunden und ihm gleichzeitig chattete.

In Andreas festigte sich der Verdacht, dass Silvio ihn davon abhalten wollte, sich mit seinen Chat-Freunden zu schreiben, und diese auch nicht mochte. Das sollte ihm aber nicht gelingen. Später verabschiedeten sie sich voneinander.

Am nächsten Abend meldete sich Andreas: „Lieber Silvio, ich bin jetzt da, habe wieder einen ereignisreichen Tag gehabt. Kann dir das alles gar nicht schreiben. Nun, im Verlaufe unseres Chats vielleicht."

Silvio schrieb: „Erst einmal bin ich froh und glücklich, dass du jetzt endlich da bist. Habe schon gedacht, du kaust noch an unserem Chat von gestern. Aber jetzt bin ich beruhigt.

Ich hoffe, dein Tag war ereignisreich im positiven Sinn."

Andreas berichtete, dass er viel für seine Wohnung eingekauft hatte. Weil Nikolaustag war, hatte er auch seine Enkelkinder besucht. „Und ob du es glaubst oder nicht, du bist auch heute der Einzige, mit dem ich chatte, ich habe, wie gesagt, noch zu tun. Da reicht mir meine Nr. 1 aus.

Wie geht es dir heute? Hast du alles von gestern verarbeiten können? Und hast du deine Schlussfolgerungen gezogen? Und möchtest du sie mir erzählen? Schließlich bist du mir nicht egal."

Silvio fragte: „Bin ich wirklich deine Nr. 1? Ich kann es gar nicht glauben. Du machst mich glücklich.

Heute geht es mir schon besser. War durch die Arbeit abgelenkt, habe aber auch an ‚uns' gedacht. Über deine für mich nicht so glücklichen Worte von gestern. Muss ganz ehrlich sagen, hatte ein bisschen damit zu tun.

Mein Andreas, über Schlussfolgerungen habe ich mir schon Gedanken gemacht. Aber wie sagt man immer so schön? Der Verstand ist stark, aber der Körper ist schwach. Ob ich diese Schlussfolgerungen auch so durchsetzen kann, weiß ich heute noch nicht einzuschätzen. Jedenfalls habe ich mich nach Ralfs Abgang total elend gefühlt. Und das kann es jedenfalls auch nicht sein.

Auch du bist mir nicht egal. Im Gegenteil. Ich habe Angst, dass es schon zu real wird. Ich habe nur jemanden zum Chatten gesucht. Und was ist aus mir geworden? Ich kann es selbst kaum glauben ..."

Andreas dachte: ‚Kann schon sein, dass der Körper schwach ist, aber wenn der Geist stark ist und man etwas erreichen will, kann man auch stark sein. Ich würde da gar nicht darüber nachdenken, ich würde es einfach durchziehen. Nun ja, ich wäre aber auch nicht in so eine Situation wie Silvio gekommen.' Silvio aber bekam folgende Antwort: „Ist es aber nicht schön, wenn sich aus dem Chat heraus etwas ergibt? Du solltest dich nicht dagegen wehren.

Was für Worte von mir, die für dich nicht so glücklich waren, meinst du denn?"

Silvio schrieb: „Dass ich alleine fertig werden muss, dass mir keiner helfen kann, auch du nicht. Nur ich alleine muss es schaffen. Aber das geht nicht so einfach. Dazu braucht man einen Freund, der einem hilft. Der mir immer wieder gut zuredet und mich aufbaut oder es wenigstens versucht. Auch das ist Hilfe.

Ich versuche ja, mich nicht zu wehren. Und vielleicht bin ich schon ein Schritt weiter. Ich warte abends auf dich, freue mich auf dich und denke am Tag oft an dich. Das macht mir Angst.

Ich wünsche mir schon so viel, aber andererseits kann ich es noch nicht.

Als du heute mit den Worten ‚habe wieder einen ereignisreichen Tag hinter mir' begonnen hast, überschlug ich mich beim Lesen. Ich habe schon wieder gedacht, der mit dem ‚besten Sex' ist dir über den Weg gelaufen. Ich bin aber auch ein Egoist!!!"

Andreas hatte Silvios Worte gelesen. Einerseits war Silvio eifersüchtig auf Patrick, er kam immer wieder auf ihn zurück, andererseits dachte er viel an Andreas und freute sich darauf, mit ihm chatten zu können, und meinte, dass es eben doch nicht so einfach sei, von Ralf loszukommen. Aus eigener Erfahrung wusste Andreas, dass es wirklich nicht einfach war, von einer großen und starken Liebe abzulassen, aber er hatte immer wieder das Gefühl, dass Silvio einfach nicht konsequent genug war. Ralf hatte ihm wehgetan und trotzdem hielt Silvio an ihm fest und wehrte sich gegen das Neue. Oder wollte er verhindern, dass Andreas im Chat einen Mann kennenlernte, mit dem er erleben konnte, was er sich von Silvio ersehnte?

Andreas wollte Silvio antworten, hatte die Antwort schon fertig geschrieben und wollte sie absenden. Er betätigte den dafür vorgesehenen Button und nichts geschah. Er versuchte es erneut und wieder blieb seine Antwort auf dem Bildschirm.

Was ist denn nun bloß los?, fragte sich Andreas. Er suchte und fand den Fehler. Er hatte keinen Internetzugriff mehr, die Verbindung war unterbrochen.

Silvio wartete in der Zeit auf Andreas' Antwort. Nach gut einer Viertelstunde schrieb er: „Andreas, was ist los? Ich warte schon siebzehn Minuten!!!

Bist du jetzt enttäuscht oder entsetzt über mich???

Was ist los??????"

Die Plattform zeigte an, wer von den Usern, die sich miteinander verlinkt hatten, online war. Silvio und Andreas hatten das getan und konnten somit sehen, ob der jeweils andere sich eingeloggt hatte. Warum kontrollierte Silvio das nicht? Dann hätte er wissen müssen, dass Andreas nicht mit ihm chatten konnte. Außerdem kündigte Andreas stets an, dass er sich ausloggen werde, bevor er sich von Silvio verabschiedete. Mit etwas Nachdenken hätte Silvio darauf kommen können, dass Andreas Internetprobleme hatte, denn er wusste, dass Andreas derzeit mit einem UMTS-Stick surfte.

Anstatt zu erforschen, ob Andreas überhaupt eingeloggt war, schrieb Silvio etwas später: „Jetzt sind es 27 Minuten, ich glaube, ich gehe besser raus. Ich ertrage es so nicht. Ich bin aufgewühlt und kann so eigentlich auch nicht ins Bett gehen.

Melde dich wenigstens zum Tschüss-Sagen noch einmal!!!!!"

Andreas schaffte es dann doch noch einmal, online zu gehen. Er sah, dass auch Silvio noch im Chat war, und schickte schnell folgende Nachricht: „Mein Stick spinnt. Ruf mich an, chatten können wir heute nicht mehr", er teilte Silvio seine Handy-Nummer mit.

Andreas konnte die Internetverbindung nicht halten und flog wieder raus. Er sah aus dem Fenster und konnte erkennen, warum das so war: Ein kräftiges Schneetreiben verursachte Funkstörungen. Als das Wetter besser wurde, konnte Andreas sich wieder einloggen, aber Silvio war nicht mehr da, angerufen hatte er auch nicht. Andreas kontrollierte ob Silvio seine letzte Nachricht, in der er ihm seine

Handy-Nummer mitgeteilt, gelesen hatte. Enttäuscht bekam er dafür eine Bestätigung.

Andreas verstand nicht, warum Silvio nicht anrief, eine schnelle, kurze Verständigung wäre ausreichend gewesen, vielleicht nur eine Minute, aber beide Seiten wären beruhigt gewesen.

Auch Silvio, der doch angeblich jetzt so „aufgewühlt" war und so „eigentlich auch nicht ins Bett gehen" konnte, wäre beruhigt und nicht mehr aufgewühlt gewesen. Das glaubte Andreas. Was stimmte mit Silvio nicht, dass er diese Chance, sich einmal persönlich zu hören, ungenutzt verstreichen ließ?

Erinnerungen an die Militärzeit

Andreas' Telekommunikationstechnik versagte. Früher war es andere Technik, die nicht funktionierte. Als Andreas seinen Wehrdienst ableisten musste, machte eher der Mensch die Fehler. Es gab traurige Ereignisse, es gab auch lustige Begebenheiten während Andreas' Armeezeit. So zum Beispiel diese.

Dreimal in jeder Woche hatte er Ausgang, wenn eine Übung oder der Einsatz im Diensthabenden System das nicht verhinderte. Er wollte sich aber nicht amüsieren wie alle anderen Soldaten, er trainierte die Juniorenmannschaft (heute A-Jugend) vom Fußballverein Hydraulik Parchim.

Es war üblich, dass die jungen Männer, die Ausgang hatten, ihren Kameraden Schnaps in die Kaserne mitbrachten, obwohl das verboten war. Wer dabei erwischt wurde, konnte mit mindestens drei Tagen Arrest bestraft werden. Die Tage, die sie im Arrest verbrachten, mussten sie außerdem nach dienen. Das war schon sehr hart für die Betreffenden, denn wer sah schon gerne zu, wenn die eigenen Kameraden entlassen wurden. Es war eine doppelte Bestrafung für nur ein Vergehen. Es gab Soldaten, die auf diese Weise ihren Wehrdienst bis zu einen Monat unfreiwillig verlängert hatten.

Auch Andreas schmuggelte Schnaps in die Kaserne. Bisher war er noch nie kontrolliert worden. Er kam vom Training zurück. In seiner Tasche hatte er am Boden in den Fußballschuhen je eine Flasche Wodka versteckt. Am Nachmittag, als Andreas das Training durchführte, hatte es geregnet.

Nun stand er am Schreibtisch vom Unteroffizier vom Dienst, wo aber ein junger Leutnant Platz genommen hatte. Es war der Diensthabende Offizier, DO genannt. Den Vorschriften entsprechend meldete sich Andreas bei ihm aus dem Ausgang zurück.

Der DO fragte: „Und da kommen Sie jetzt schon zurück?"

Andreas erklärte ihm, dass er dreimal in der Woche zum Training gehen dürfe und danach zur Kaserne zurückkehren müsse.

„Und hast du Schnaps in deiner Tasche?", fragte der DO, der nun zum Du überging.

„Genosse Leutnant, ich bin doch nicht blöde und riskiere für eine Flasche Schnaps meine Mannschaft", sagte Andreas und lächelte den

Leutnant an. Dass der ihn einfach duzte, war ihm egal. Nur den DO jetzt nicht verärgern und locker bleiben, ermahnte er sich.

Der junge Offizier fragte: „Dann kannst du deine Tasche also mit ruhigen Gewissen auspacken?"

„Natürlich, soll ich?", Andreas stellte seine Trainingstasche auf den Tisch und öffnete deren Reißverschluss.

„Na, wenn du schon damit anfängst, dann lege mal alles auf den Tisch", antwortete der DO.

‚Scheiße, habe ich doch einen Fehler gemacht', dachte Andreas. Er überlegte fieberhaft, wie er die Schnapsflaschen vor dem DO verbergen konnte. Zuerst holte er seine kurze Sporthose aus der Tasche und legte sie vor dem DO auf den Tisch. Danach legte er sein nassgeschwitztes Trikot daneben. Es folgten die durchgeregnete Trainingsjacke und die Stutzen, die wegen des Regenwetters total mit Erde und Gras verschmutzt waren. Andreas nahm sie einzeln heraus und ließ sie auf den Tisch fallen. Sand und Grasreste fielen davon ab und verbreiteten sich auf dem Schreibtisch. Danach nahm Andreas die nasse und ebenso schmutzige Trainingshose und legte sie so auf den Tisch, dass auch von ihr der blanke Dreck abbröckelte. Der DO verzog angewidert das Gesicht und beschwerte sich: „Was ist das bloß für ein Dreck, wo waren Sie, Genosse Soldat?" Jetzt siezte er Andreas wieder.

„Auf dem Fußballplatz und es hat geregnet", erwiderte Andreas und legte sein feuchtes Handtuch auf den Tisch.

Andreas ging jetzt aufs Ganze, entweder es funktionierte oder eben nicht. Er hielt die Tasche auf. Der DO musste aufstehen, wenn er in die Tasche hineinsehen wollte. Andreas sagte: „Jetzt sind nur noch die Fußballschuhe drin, aber die möchte ich nicht auf den Tisch legen, die sind noch viel dreckiger als das andere Zeug. Wenn sie bitte in die Tasche sehen wollen?"

„Nein, nein, lass mal, ich vertraue dir. Pack dein Zeug ein und mach den Tisch sauber", erwiderte der DO. Andreas gehorchte und ging erleichtert, aber feixend in sein Zimmer, in dem schon die anderen auf ihn warteten.

Es gab eine weitere Geschichte: An einem warmen Sommerabend saß Andreas vor dem Kompaniegebäude und putzte seine Stiefel. Der siebenundzwanzigjährige Politoffizier, Oberleutnant Poske, kam zu ihm und setzte sich neben ihn und fragte: „Sagen Sie doch einmal, Genosse Schneider, wie sieht es eigentlich in den Betrieben aus?"

Andreas fragte: „Genosse Oberleutnant, wie meinen Sie das?"

„Ich möchte wissen, wie die Stimmung in den Betrieben ist und wie es in der Produktion aussieht. Und überhaupt: Was die Arbeiter alles in den Betrieben machen", erklärte Poske.

Andreas fragte sich: ‚Tut der nur so oder ist der so blöd? Ist der Kerl denn erst sechzehn?' Aber er sagte: „Sehen Sie, Genosse Oberleutnant, da kann ich Ihnen gar nicht viel zu sagen. Ich arbeite in keinem Betrieb, in dem etwas produziert wird. Ich bin im Datenverarbeitungszentrum beschäftigt und Geheimnisträger. Ich werde mich hüten, Ihnen irgendetwas zu erzählen. Und wie es nun in reinen Produktionsbetrieben aussieht, kann ich Ihnen nicht sagen. Ich kenne so einen Betrieb nicht von innen."

Nun versuchte Poske, mit Andreas Smalltalk zu betreiben. Doch der war von dem Offizier genervt und wollte in sein Zimmer gehen. Doch dafür musste er Poskes Erlaubnis erbitten. Einen Offizier der NVA ließ man nicht ungestraft stehen. Plötzlich fragte Poske: „Können sie sich vorstellen, bei der Armee eine Offizierslaufbahn einzuschlagen?"

Darauf erzählte Andreas: „Nein, Genosse Oberleutnant, ich habe bei der Kriminalpolizei eine Verpflichtungserklärung abgegeben und werde nach meinem Wehrdienst bei der Kriminalpolizei eine Offizierslaufbahn einschlagen."

Der Politoffizier versuchte, Andreas von den Vorzügen einer Offizierskarriere bei der Armee zu überzeugen. Mehrmal verwies Andreas ihn auf seine Verpflichtungserklärung für die Polizei. Doch Poske gab nicht auf und führte Argument um Argument auf, um Andreas doch noch von einer Offizierslaufbahn bei der NVA zu überzeugen. Andreas vermutete, dass Poske einen Auftrag hatte, Nachwuchs für das Offizierkorps der NVA zu werben. Aber er fühlte sich von dem dummen Politoffizier provoziert. Die Ansichten dieses Kerls, für den Andreas keine Sympathie hegte, interessierten ihn nicht. Außerdem nervte ihn die Besserwisserei eines Menschen, der von nichts eine Ahnung hatte. Der sollte erst einmal in einem Betrieb arbeiten gehen, damit er etwas Lebenserfahrung sammeln konnte. Dann brauchte er keine Fragen wie ein pubertierender Junge zu stellen.

Andreas sagte: „Wissen Sie, ich gehe zur Polizei, ob Ihnen das gefällt oder nicht. Alle, die länger als drei Jahre zur Armee gehen, sind für mich Idioten."

Zunächst sagte Poske nichts. Er wurde nur dick am Hals. Und rot im Gesicht. Sein Gesicht wurde nicht nur rot, sondern dunkelrot. Andreas konnte noch denken: Was ist denn nun, bekommt der keine Luft oder warum bekommt er einen so dicken Hals?

„Das hat Folgen!", kam es nun wutentbrannt aus Poske heraus. Der Politnik fühlte sich beleidigt. Das er aber auch Andreas mit seinen nicht enden wollenden Ausführungen beleidigt hatte, obwohl der ihn mehrmals darauf hingewiesen hatte, dass er zur Polizei gehen werde, daran dachte er nicht. Andreas nahm seine Sachen und ging einfach zurück in sein Zimmer. Poske wollte ihn aufhalten, doch Andreas kam ihm zuvor. Er sagte: „Genosse Oberleutnant, warum können Sie nicht akzeptieren, dass es Menschen gibt, die zur Polizei gehen wollen."

Andreas erzählte das eben Erlebte einen befreundeten Unteroffizier. Der riet ihm, sich bei Poske zu entschuldigen. „Der kriegt es fertig und versaut dir deine Karriere bei der Polizei. Das Beste ist, du gehst zu Altmeister und erzählst ihm alles und fragst ihn, ob er dir helfen kann."

Altmeister war der Kompaniechef. Andreas dachte nach. Auch er gelangte zu der Überzeugung, dass es das Beste sei, den Kompaniechef um Hilfe zu bitten.

Der hatte bereits dienstfrei und war zu Hause, so fuhr Andreas mit dem Fahrrad zu ihm und erzählte ihm die ganze Geschichte. Altmeister meinte, dass nur eine Entschuldigung vor der Kompanie während des Morgenappells helfen könnte. Er werde es so einrichten, dass Andreas seine Entschuldigung anbringen könne. Der stimmte zu.

Am nächsten Morgen stand die Kompanie zum Morgenappell bereit. Bevor der Kompaniechef den Appell beendete, sagte er: „Der Soldat Schneider hatte gestern mit Oberleutnant Poske ein Gespräch, Genosse Schneider bat mich, etwas richtigstellen zu dürfen. Genosse Schneider, treten sie vor!"

Andreas trat militärisch vor die Kompanie. Er räusperte sich kurz und sagte dann: „Gestern am Abend hatte ich mit Oberleutnant

Poske ein Gespräch." Der stand neben Altmeister und hörte zu. Andreas erzähl-te davon. Danach sagte er direkt an Poske gewandt: „Genosse Oberleutnant, ich stehe jetzt hier vor Ihnen und der Kompanie. Und dafür möchte ich mich bei ihnen entschuldigen."

Poske nickte Andreas zu. Altmeister ließ Andreas zurück ins Glied treten. Andreas hatte es geschafft, sich bei Poske zu entschuldigen, ohne sich zu entschuldigen! Poske hatte das nicht bemerkt. Andreas' Kameraden waren etwas klüger als der Politoffizier. Nach dem Appell gingen Andreas und seine Kameraden zu ihrer Station und ein Soldat, den sie Hotte nannten, sagte: „Mensch, Andy, du bist ein altes Schlitzohr." Er lachte.

Andreas fragte: „Warum?"

Hotte lachte immer noch: „Du hast allen gesagt, dass du denkst, dass Poske ein Idiot ist. Und hast dich dann bei ihm dafür entschuldigt, weil du vor ihm stehst."

„Da kannst du einmal sehen, dass ich recht habe", Andreas fiel in Hottes Lachen ein. Auch ihre Kameraden mussten lachen.

In der Kompanie ging es wie ein Lauffeuer rum, dass Andreas Poske ausgetrickst hatte. Die Offiziere hatten es nicht bemerkt oder wollten es nicht bemerken. Andreas kam ungeschoren davon.

Er hatte während seiner Armeezeit auch ein Erlebnis, das positiv von seinen Vorgesetzten bewertet wurde. Er leistete bei den funktechnischen Truppen der Luftabwehr seinen Wehrdienst ab und wurde im Diensthabenden System eingesetzt, manchmal im Gefechtsstand. Dort war er die rechte Hand des Diensthabenden Offiziers, des DO.

Der DO war verantwortlich für den Gefechtsstand, hatte also die Befehlsgewalt über die Kompanie. Wenn der einmal verhindert war, übernahm seine rechte Hand den Gefechtsstand und somit die Befehlsgewalt.

Eines Tages war Andreas für den Gefechtsstand eingeteilt, in dem er gerne arbeitete, weil er so vom gesamten Tagesdienst ausgeschlossen war. Außerdem hatte er nachts den Gefechtsstand zu betreuen und dafür den nächsten Vormittag frei. Im Allgemeinen passierte nichts in den Nächten. Gab es Alarm, so übernahm der DO den Gefechtsstand.

Andreas hatte mit Oberleutnant Leiser Dienst. Der war ein Mann um die vierzig, humorvoll und hatte ein Herz für die Soldaten und war deshalb in der Kompanie beliebt.

Der Tagesdienst war gut gelaufen, es war Feierabend. Die Offiziere, die nicht zum DHS eingeteilt waren, konnten nach Hause gehen. Die Soldaten und Unteroffiziere, die nicht im DHS arbeiteten, hatten innerhalb des Kompaniegeländes Freizeit. Der DO wollte einen Kaffee trinken gehen und danach zurückkommen. Als er den Gefechtsstand verließ, sagte er zu Andreas: „Du kennst dich ja schon aus. Wenn was Wichtiges sein sollte, löse den Alarm aus und ich bin schnell wieder hier. Sonst kommst du doch alleine zurecht."

„Zu Befehl, Genosse Oberleutnant", sagte Andreas. Er übernahm den Gefechtsstand. Nach etwa einer halben Stunde bekam Andreas vom Bataillonsgefechtsstand ein Ziel zugewiesen. Eine U2 von den amerikanischen Streitkräften, die in der BRD stationiert waren, verletzte den Luftraum der DDR. Andreas bestätigte und löste für seine Kompanie Alarm aus. Die U2 war ein in etwa zehntausend Meter Höhe fliegendes Flugzeug, das zu Spionagezwecken eingesetzt worden war. Dieses Flugzeug sollte nun durch die Funkmessstationen seiner Kompanie beobachtet werden. Da alle Stationen ausgeschaltet waren, mussten eine Rundblickstation und ein Höhenmesser eingeschaltet werden, damit der Befehl des Bataillonsgefechtsstandes ausgeführt werden konnte. Die Rundblickstation war eine Radaranlage, die die Flugstrecke der U2 verfolgte, und ein Höhenmesser war, wie der Name schon sagte, eine Radaranlage zur Bestimmung der Höhe von sich in der Luft befindlichen Flugobjekten.

Nachdem Andreas den Alarm ausgelöst hatte, sollte der DO in zwei Minuten in den Gefechtsstand zurückgekehrt sein. Das tat er aber nicht. Andreas saß wie auf Kohlen und fragte sich, was er tun sollte. ‚Du warst schon oft genug im Gefechtsstand, du musst jetzt alles einleiten, was sonst der DO tut', dachte er. Auf dem Gebiet der Kompanie waren zwei Höhenmesser und drei Rundblickstationen stationiert. Je eine Station musste den Befehl zum Einschalten bekommen und das Ziel, also die U2, begleiten.

Die Stationen meldeten ihre Gefechtsbereitschaft. Die Null Fünf, eine moderne Rundblickstation, auf der Oberleutnant Frauenhauer Dienst hatte, meldete sich als zweite. Frauenhauer war ein großer, fetter Mann, sehr unsportlich und mit einem Schweinsgesicht. Er sah nicht nur hässlich aus, er war auch hässlich im Charakter. Er drangsalierte die Soldaten, wann und wo er das konnte. Kurz, er war der totale Anscheißer und deshalb sehr unbeliebt bei den Soldaten. Er hatte den längsten Weg von allen im DHS eingesetzten Personen bis zu seiner Station zurückzulegen. Der Weg hatte eine lange, aber leichte Steigerung, was dazu führte, dass dieser fette Kerl bei seiner Meldung außer Atem war.

Da Andreas die Gefechtsbereitschaft der Stationen entgegen genommen hatte und der DO noch nicht im Gefechtsstand anwesend war, musste Andreas die Kompanie führen. Er erteilte über Funk seine Befehle: „Null Drei einschalten und Null Fünf einschalten!"

Die Null Drei, ein Höhenmesser, bestätigte den Befehl. Oberleutnant Frauenhauer fragte: „Wo ist der DO?"

Andreas antwortete: „Weiß ich nicht, er ist nicht im Gefechtsstand. Bitte schalten Sie die Station ein."

„Das werde ich ohne den Befehl des DOs nicht tun", antwortete Frauenhauer.

Andreas erwiderte: „Die Kompanie wird von der Person geführt, die sich im Gefechtsstand befindet. Und jetzt bin ich das. Schalten Sie die Station ein."

Frauenhauer weigerte sich erneut: „Nein, ich schalte die Station nicht ein!"

Energisch erwiderte Andreas: „Oberleutnant Frauenhauer! Sie schalten sofort die Null Fünf ein! Das ist ein Befehl! Und diesen Befehl führen Sie aus! Später können Sie sich immer noch über mich beschweren, aber jetzt führen Sie meine Befehle aus. Ich werde Sie melden."

Es blieb dem Oberleutnant nichts anderes übrig, als zu tun, was ihm der Soldat Andreas Schneider befohlen hatte. Dessen Handeln entsprach den Dienstvorschriften. Endlich erhielt er die Rückmeldung: „Station Null Fünf eingeschaltet!"

Andreas wies den Stationen das Ziel zu, die Stationen erfüllten seinen Befehl und nahmen ihre Arbeit auf. Andreas notierte im Tagebuch des Gefechtsstandes die Besonderheiten: Den Zeitpunkt des Alarms, dass der DO den Gefechtsstand nicht übernahm und der Oberleutnant Frauenhauer die Gefechtsbefehle verweigerte, bis er ausdrücklich auf seine Befehlsverweigerung hingewiesen worden war.

Selbst wenn Andreas das nicht hätte notieren wollen, musste er es tun. Alle Soldaten, Unteroffiziere und Offiziere, die am Funk saßen, hatten seinen Wortwechsel mit Frauenhauer verfolgt. Der Einsatz wurde nach etwa fünf Minuten vom Bataillonsgefechtsstand beendet. Andreas hob den Alarmzustand der Kompanie auf und befahl, die Stationen auszuschalten.

Als er alles dokumentiert hatte, kam der Kompaniechef in den Gefechtsstand. Andreas stand auf und machte Meldung, auch über die Besonderheiten.

Der Kompaniechef nahm Andreas' Meldung entgegen und sagte, dass er richtig gehandelt habe. Er selber wollte in Erfahrung bringen, warum der DO nach Auslösung des Alarms den Gefechtsstand nicht übernommen hatte.

Andreas erfuhr von der Kuriosität der Ereignisse. Beim Pinkeln bekam der DO einen Herzinfarkt und brach zusammen. Er wurde erst gefunden, nachdem der Alarmzustand für die Kompanie aufgehoben worden war. Oberleutnant Frauenschläger musste sich vom Kompaniechef eine kräftige und laute Moralpredigt gefallen lassen. Soldaten, die das in einem Nebenzimmer ungewollt mitverfolgten, erzählten ihren Kameraden am Abend davon. Andreas wurde am nächsten Tag vor der Kompanie für sein umsichtiges Verhalten bei dem U2-Alarm gelobt.

Erklärungsversuche

Am nächsten Tag schrieb Andreas Silvio eine Message: „Hallo, Silvio, ich hoffe, du hast dich beruhigt. Ich fand dein Verhalten gestern nicht in Ordnung. Ich will dir deine Fragen beantworten, und als ich endlich fertig bin, habe ich Probleme mit dem Internetstick.

Da kommen von dir zwei Messages, die ich nicht verstehen kann, und plötzlich bist du raus.

Außerdem habe ich im Moment nur Funknetz und gestern gab es vermehrt Störungen.

Ich hatte dir meine Handynummer mitgeteilt und dich gebeten, mich anzurufen. Die Message hast du gelesen. Warum rufst du mich nicht an?

Ich kann nur sagen, von deinem gestrigen Verhalten mir gegenüber bin ich doch enttäuscht. Meinst Du es mit mir etwa doch nicht ehrlich? Bist Du nur ein Faker?

Du kannst es heute Abend wieder gutmachen, wenn du es überhaupt noch willst.

Liebe Grüße! Andreas."

Silvios Antwort kam etwa zwei Stunden später: „Hey, Andreas, kann jetzt nur ganz kurz ins Netz. Um achtzehn Uhr muss ich los, da ich einige Kids aus unserer Gruppe zum Weihnachtsmarkt begleite. Sie haben mich gefragt und ich gehe mit, so als Wauwau.

Darum werde ich es heute nicht um einundzwanzig Uhr schaffen. Es wird später. Aber ich werde mich auf alle Fälle noch melden.

Das gestern ist total gegen den Baum gelaufen. Woher soll ich wissen, dass dein Stick spinnt? Ich habe gedacht, du hast die Nase voll.

Und angerufen habe ich nicht, weil ich viel zu aufgewühlt war. Ich denke, durch das Telefonieren wird es noch enger mit uns, als es jetzt vielleicht schon ist.

Dass du enttäuscht bist, ist dein Recht. Vielleicht habe ich mich, im Nachhinein betrachtet, wie ein Idiot benommen. Aber das ist eine negative Eigenschaft, die du im neuen Jahr vielleicht mehr an mir erkennen wirst. Ich bin schnell hoch und auch eifersüchtig.

Wenn, dann alles mit Haut und Haaren. Obwohl ich bei dir ja gar kein Recht habe, so zu handeln. Wir sind Chat-Freunde und bleiben es auch noch in diesem Jahr. Warum ich mich so idiotisch benommen habe, kann ich dir gar nicht so richtig beantworten. Ich habe mich mit einem Mal so reingesteigert, dass ich nicht mehr wusste, was ich tun sollte. Ich glaube, ich habe dich gern, mehr als nur einen Chat-Freund. Ich habe mich selbst schon darüber geärgert. Heute auf der Arbeit war ich Gott sei Dank abgelenkt und konnte nicht so viel grübeln.

Sind wir noch Freunde? Ich hoffe, du wartest heute auf mich, ich werde mich beeilen.

Bis Später dein Silvio."

Andreas las diese Mail und war versöhnt. Dass viele Widersprüche darin steckten, hatte er nicht bemerkt.

Wie kam Silvio nur darauf, dass Andreas die „Nase voll" haben könnte, mit ihm zu chatten? In den Messages, bevor Andreas gestern aus dem Internet herausflog, gab es keine Anzeichen dafür. Silvio hatte nicht angerufen, weil er keine engere Bindung zu Andreas wollte. So hatte er geschrieben. Er hatte kein Interesse daran, Andreas' Stimme zu hören, weil er ihn persönlich gar nicht kennenlernen wollte. Er blockte bewusst ab, aber Andreas übersah das. Mit vielen wohlklingenden Worten gelang es Silvio, Andreas zu versöhnen.

Von diesem Tag an entwickelte Silvio ein Verhaltenschema für Situationen im Chat, von denen Andreas nur eines erkannte. Wenn es Silvio unangenehm wurde, loggte er sich aus. Was Andreas später noch ansatzweise bemerkte, war, dass Silvio ihm Nachrichten sendete, die ihn psychisch stark belasteten, um sich kurz darauf aus dem Chat zu verabschieden, und ihn so mit der Bewältigung des Problems alleine ließ. Oft geschah das nach Situationen, in denen er zuvor Andreas Hoffnungen genährt und diese danach sofort wieder zerstört hatte. Das dritte Verhaltensmuster war dem Zweiten ähnlich. Hier versetzte er Andreas in Situationen, die dieser nicht beeinflussen konnte und die ihn an den Rand seiner psychischen Belastbarkeit brachten. Silvio wollte Andreas psychisch schädigen. Daran arbeitete er ganz geschickt, denn stets wusste er, was er Andreas schreiben musste, um ihn im Chat zu halten.

Andreas war ein Mensch, der an das Gute in anderen Menschen glaubte, manchmal war er dabei auch etwas naiv. Dass Silvio ihn psychisch schädigen wollte, hätte er nie für möglich gehalten. Außerdem hatte er sich bereits bis zu diesem Zeitpunkt innerlich zu sehr an Silvio gebunden.

Doch jetzt schrieb Andreas: „Ja, mein Freund, ich warte auf dich. Deine Message hat mich wieder mit dir versöhnt."

Erst am späten Abend meldete sich Silvio: „Bin noch in Hut und Mantel und habe mich wirklich beeilt.

War ganz schön anstrengend. Muss erst mal zu mir kommen.

Wenn wir jetzt chatten, kann es wieder passieren, dass dein Stick spinnt? Schön, dass du da bist."

Andreas antwortete: „So, nun bin ich wieder da, ab und zu spinnt der Stick. Gib mir einfach Zeit, den Computer dann neu zu starten, und es wird alles wieder laufen.

Nur bist du heute nicht der Einzige, mit dem ich chatte. Aber ich werde mich bemühen, deine Messages so schnell wie möglich zu beantworten."

Silvio reagierte sofort eifersüchtig: „Jetzt hast du mir aber wieder einen Stich versetzt. Mit wie vielen bist du denn am Chatten? Ich habe mich so beeilt, habe unseren Chat herbeigesehnt und nun muss ich warten. Na gut, das schaffe ich schon.

Aber das soll jetzt keine erzieherische Methode von dir sein?"

Andreas schickte Silvio die einzige richtige Antwort, die ihm möglich war: „Silvio, was ist los mit dir?

Warum bist du eifersüchtig? Ich chatte nur mit jemanden, bin nicht mit ihm ins Bett gegangen. Also lass das bitte, ich mache dir auch keine Vorwürfe oder Ähnliches.

An Erziehungsmaßnahmen habe ich kein Interesse, aber wenn du so weitermachst, werde ich wohl welche anwenden müssen.

Und nun solltest du nicht sauer sein, sondern einfach nur etwas nachdenken, dann kommst du schon darauf, was du tun solltest."

Silvio machte einen Rückzieher: „Ich mag dich halt. Und ich habe Angst davor, dass, wenn du jemanden im Chat triffst, mit dem du glücklich wirst, wir uns beide nicht mehr kontaktieren. Ich habe dir doch keine Vorwürfe gemacht, ich stelle nur für mich fest. Wenn das jetzt bei dir so rübergekommen ist, das wollte ich nicht."

Andreas hatte Silvios Verhalten vom Vortag nicht vergessen. Er schrieb: „Mein lieber Silvio, ich kann dir nicht widersprechen.

Was soll ich jetzt dazu sagen? Du weigerst dich permanent, mir ein Bild von dir zu schicken. Es ist immer noch in Arbeit.

Wenn sich jemand für mich interessiert, bekommt er die Möglichkeit, mich kennenzulernen. Jeder muss seine Chance nutzen. Auch du hast diese Möglichkeit, doch hast du sie bisher nicht wirklich genutzt. Denke mal bitte an meine Prinzipien. Ich hätte den Kontakt zu dir schon längst abbrechen sollen!"

Silvio gab für heute auf. Dieser Chat war ihm unangenehm, obwohl er selbst diese Stimmung zwischen sich und Andreas heraufbeschworen hatte. Er antwortete: „Du hast deine Prinzipien schon einmal über den Berg geworfen.

Na, ja, dann möchte ich heute Abend deinem Glück nicht weiter im Wege stehen. Ich muss morgen wieder früh zur Arbeit raus und der Tag war heute für mich nicht ganz ohne.

Ich werde mich so langsam zurückziehen und ins Bett gehen. Dann hast du noch Zeit für andere Kontakte.

Ich wünsche dir jedenfalls noch einen schönen Abend und viel Erfolg. Schlaf schön!

Gute Nacht dein Silvio." Wäre er eine Frau gewesen, hätte man gesagt, er sei eingeschnappt. Das war er auch.

Andreas erwiderte: „Nun sind wir wohl beide voneinander enttäuscht. Aber wenn du meinst, du musst dich zurückziehen, dann tue es. Ich an deiner Stelle hätte gekämpft.

Wir sehen uns morgen im Chat, kann sein, dass es etwas später wird.

Liebe Grüße! Andreas."

Silvio entgegnete: „Gute Nacht!! Vielleicht hätte ich heute nicht mehr ins Netz gehen sollen."

Silvio hatte sein Ziel erreicht, denn Andreas versuchte nun, Silvio etwas zu besänftigen: „Nein, so kannst du das nicht sehen. Du solltest dir aber vorher überlegen, ob du mit deinen Äußerungen deinem Chatpartner wehtun könntest.

Schlaf schön, mein Freund, und überlege, ob du deine Chance nutzen willst."

Jetzt stichelte Silvio: „Du hättest gekämpft? Warum tust du es nicht?

So, jetzt wirklich gute Nacht. Bis morgen!!! Schlaf schön! Tschüss!"

Andreas dachte: ‚Wie eine Frau, die das letzte Wort haben muss! So kann er mir gestohlen bleiben.'

Am nächsten Abend, dem 8. Dezember, schrieb Silvio zuerst und bemühte sich, freundlich zu sein. Letztendlich tauschten sie Höflichkeiten aus und betrieben Smalltalk.

Silvio: „Hallo, mein Freund, du bist ja schon da. Sprichst du noch mit mir?"

Andreas: „Mein lieber Silvio, ich grüße dich. Natürlich spreche ich noch mit dir. Meine Einstellung zu dir hat sich nicht geändert.

Nur kann es passieren, dass es wieder etwas länger dauert, da ich laufend aus dem Internet geworfen werde."

Silvio: „Ich freue mich, von dir zu hören.

Also jetzt verstehe ich dich, dass du kein Internetradio machen kannst. Es ist ja furchtbar mit deinem Stick."

Andreas: „Es wird besser mit dem DSL, da ich nur eine vorübergehende Leitung habe.

Und wie war dein Tag? Wie geht es dir?"

Silvio: „Nein, ich jammere nicht. Nein, ich bin nicht eifersüchtig und egoistisch.

Es geht mir gut (trauriges Grinsen)."

Andreas: „Ach, Silvio, es gibt keinen Anlass, eifersüchtig zu sein. Aber ich kann es wirklich nicht verstehen, warum du mir kein Bild von dir schickst."

Silvio: „Du bekommst demnächst ein Bild von mir.

Ach, mein Freund Andreas, an dem Thema Eifersucht arbeite ich. Ich möchte dich nicht wieder verärgern. Ich möchte meine Gefühle heute nicht offenbaren, damit du nicht wieder so sauer (das Gefühl hatte ich bei dir) reagierst. Lass uns den Abend schön ausklingen lassen. Ich bin sonst immer so aufgewühlt, wenn ich ins Bett gehe."

Andreas: „Ich werde nicht sauer, nur weil du mir deine Gefühle offenbarst. Du vergisst, dass auch ich dir gegenüber bestimmte Gefühle hege. Auch wenn du manchmal eifersüchtig bist. So ist es doch auch schön für mich. Ich weiß dann, dass du es ehrlich meinst. Und es schon jetzt, nur während des Chattens, bei dir zu wirklich ernsten Gefühlen für mich gekommen ist. Deshalb möchte ich dir auch nicht wehtun, aber wir wissen beide nicht, wo das hinführt.

Schon, weil Ralf noch mittendrin mitmischt. Und da hätte ich einen Grund zur Eifersucht."

Wie dumm und naiv war Andreas hier? Wie konnte er nach den letzten Erlebnissen mit Silvio davon überzeugt sein, dass der es tatsächlich ehrlich mit ihm meinte? Andreas wollte daran glauben, weil er sich Silvio nahe fühlte und sich mit ihm verstand, wenigstens in den meisten Fällen. Oft sprach, beziehungsweise schrieb ihm Silvio aus der Seele. Sie hatten zu bestimmten Dingen die gleiche oder eine ähnliche Einstellung. So empfand Andreas das, denn dass Silvio andere Ziele verfolgte, konnte er nicht wissen.

Silvio: „Ja, das ist es. So wie in deinem ersten Absatz, das trifft den Kern. Und ich habe Angst davor, Angst, dass vielleicht die Chemie zwischen uns nicht stimmt. Diesen Verdacht hast du schon des Öfteren geäußert. Und das Ganze verunsichert mich ein bisschen. Ich falle vielleicht in ein noch tieferes Loch als nach Ralf. Sollte es im neuen Jahr wirklich mit uns klappen, dann hat Ralf keinen Spielraum mehr zwischen uns. Du weißt ja, wie ich darüber denke: ganz oder gar nicht, mit Haut und Haaren."

Andreas: „Lieber Silvio, das Einzige, was zwischen uns stehen könnte, wäre das Aussehen. Du weißt, wie ich aussehe, du hast wohl damit keine Probleme. Und du bist doch ein realistischer Mensch und kannst dich einschätzen, wie du aussiehst. Wie schätzt du dich denn ein?

Und denke nicht, dass ich es nur vom Aussehen abhängig mache. Wenn du nicht wirklich hässlich bist, was ich nicht glaube, dann wird es schon funktionieren."

Silvio: „Also, 1,79 m groß, nicht dick, kurze Haare (so ähnlich wie du), mal rasiert und mal einen 3-Tage-Bart. Ich denke, nicht hässlich (so denken auch unsere Kinder). Ansonsten gepflegtes Aussehen (schon wegen der Vorbildwirkung bei den Kids).

Lass dich überraschen!!!

Auch wenn ich es noch nicht möchte, muss ich mich so langsam für heute von dir verabschieden."

Andreas. „Also dann wünsche ich dir eine gute Nacht und träume was Schönes. Ich nehme dich in die Arme, zause dir durch das Haar, und gebe dir einen zärtlichen Kuss auf den Mund."

Silvio: „Ich stehe vor dir und genieße das Gefühl, von dir berührt zu werden. Bei deinem Kuss merke ich, dass ich dir nicht gleichgültig bin, und dieses Gefühl macht mich glücklich. Ich erwidere deinen Kuss und ich möchte, dass du mich noch nicht loslässt, dass du mich einfach nur in den Arm nimmst und flüsterst: Vertraue mir, mein Süßer, alles wird gut!"

Andreas: „Ja, vertraue mir, mein Süßer, es wird wirklich alles gut." Das glaubte Andreas ganz fest. Sein Vertrauen in Silvio hatte sich wieder gefestigt.

Der Streit um einen Zwanzigjährigen

Am Abend des nächsten Tages chatteten Andreas und Silvio erneut miteinander und das, was Silvio am Ende des Chats Andreas schrieb, öffnete diesem das Herz für Silvio endgültig.

Silvio: „Ich grüße dich. Hält dein Stick heute so lange durch?"

Andreas: „Hallo, mein lieber Freund, es geht. Leider habe ich immer erst die Probleme mit dem Internet, wenn ich mit dir chatten möchte. Ich hoffe, dass es heute mal zur Abwechslung gut geht."

Silvio: „Soweit ich es erkennen kann, ist das Wetter draußen ok. Es schneit und regnet nicht."

Andreas: „Schön, dass du wieder da bist."

Silvio: „Ich freue mich auch, dass du da bist. Wie war dein Tag heute? Jetzt kommst du sicherlich zur Ruhe, da du nicht mehr so viel aufräumen musst, und kannst dich besinnen, dass du noch einige Tage Urlaub hast. Wann musst du denn wieder anfangen zu arbeiten?"

Andreas: „Jetzt normalisiert sich das Leben. Ich habe nur Befürchtungen, dass jetzt auch die große Langeweile einsetzt. In Kassebohm habe ich am Haus und im Garten immer etwas zu tun gehabt, jetzt die beiden kleinen Zimmer sauber halten ist doch kein Akt.

Meine Hoffnungen sind bei dir, wenn ich ehrlich sein soll, dass wir uns nächstes Jahr kennenlernen und uns im realen Leben genau so mögen wie jetzt im Chat. Dass wir uns einfach ab und zu treffen können."

Silvio: „Das wäre sehr schön. Aber ich habe im Wechsel Dienst. Mal muss ich früh los und dafür auch mal bis nach dem Abendbrot bleiben. Je nachdem. Und ich denke, du wirst auch in Schichten arbeiten. Aber dann freuen wir uns auf die gemeinsame Zeit. Und, vielleicht findest du auch noch andere Leute im Chat, mit denen du dich treffen möchtest. Du wirst sehen, dann vergeht die Zeit und es kann kaum Langeweile aufkommen.

Siehst du, da geht es schon los!!! Kaum freie Zeit".

Andreas: „Ja, ich arbeite auch in Schichten, Früh, Spät und Nacht. Aber wenn wir uns kennen und mögen, warum soll ich dann noch nach weiteren Bekanntschaften suchen? Dann möchte ich die wenige Zeit, die wir gemeinsam haben, mit dir genießen."

Silvio: „Warten wir es ab, würdest du jetzt sagen, wenn ich dir deine Worte geschrieben hätte.

Was hast du denn heute so getrieben?"

Andreas: „Am Sonntag kommt Rosi zum Mittagessen zu mir. Sie näht mir einen Vorhang, den ich noch brauche. Überhaupt möchte ich den Kontakt zu ihr erhalten, als Freunde könnten wir beide noch voneinander profitieren, das wäre schön. Ich hoffe nur, dass uns ihr Kleiner die Freundschaft nicht kaputt macht, die Beziehung hat er ja schon auf dem Gewissen."

Silvio: „Wie könntet ihr (Rosi und du) jetzt noch voneinander profitieren, da ihr euch doch getrennt habt? Meinst du, ihr schafft es, nur Freunde zu bleiben? Wenn ihr es beide wollt, sollte es vielleicht klappen. Aber was ist, wenn Rosi auch einen neuen Partner findet?"

Andreas: „Davon gehe ich aus, dass wir beide einen neuen Partner finden. Aber deswegen können wir trotzdem Freunde bleiben."

Silvio: „Du hast jetzt aber einige Fragen übersprungen. Wie wollt ihr voneinander profitieren? Ihr habt euch getrennt und jeder sollte seine eigenen Wege gehen. Da kann eine Freundschaft vielleicht auch kompliziert werden. Wenn sich eine Seite mehr erhofft, als die andere Seite geben will, zum Beispiel. Oder es werden bei jedem Treffen immer wieder Wunden aufgerissen, die eigentlich heilen sollten. Stelle dir das nicht so einfach vor. Glaub mir, du hast in diesem Punkt jetzt einen Profi als Chat-Partner."

Andreas: „Ja, du magst recht haben, aber Rosi möchte diese Freundschaft auch. Ich weiß es nicht, wie sich alles entwickeln wird. Man muss sehen, was die Zeit bringt. Ich möchte nur nicht, dass sie darunter leidet.

Ich hoffe, dass die räumliche Trennung eine Freundschaft zulässt, sie muss nur erst zur Ruhe kommen. Aber sie bietet sich ja auch zu Freundschaftsdiensten an, genauso, wie ich es bei ihr tue."

Silvio: „Ich denke, wenn Rosi einen neuen Partner hat, kann es auch passieren, dass er nicht möchte, dass eure Freundschaft weiterhin Bestand hat. Immerhin gab es zwischen euch eine Liebeszeit. Da kann der neue Partner schnell denken, aus einer Glut wird wieder Feuer.

Aber nun sag mir mal, wie wollt ihr aus eurer Freundschaft PROFITIEREN? Das habe ich immer noch nicht verstanden. Jeder lebt doch jetzt sein eigenes Leben oder sollte es zumindest.

So habt ihr es doch gewollt, na, ja, du mehr als Rosi."

Warum immer wieder diese hartnäckige Frage, warum Andreas und Rosi von einer Freundschaft miteinander profitieren könnten? Lag das nicht auf der Hand? Aber Andreas glaubte, Silvio zu kennen, denn er fragte oft konsequent mehrmals nach einer Sache, bis er entweder eine Antwort bekam oder er darauf hingewiesen wurde, dass Andreas nicht darüber schreiben wollte.

Doch Andreas antwortete: „Wir werden gewisse Dinge für einander tun, die der andere nicht kann. Ich werde zum Beispiel für Holz sorgen, damit Rosi den Kamin nutzen kann.

Sie näht mir jetzt einen Vorhang, den ich für die Tür zum Schlafzimmer aufhängen werde, um Platz zu sparen, habe ich da die Tür entfernt.

Ich hoffe, dass du meine Wohnung einmal kennenlernen wirst.

In welchem Stadtteil wohnst du eigentlich?"

Silvio: „Ich werde mir deine Wohnung bestimmt einmal ansehen, wenn du mich mal einladen wirst.

Ich wohne in der Nähe vom Bahnhof. Ist eigentlich ganz günstig. Straßenbahn / S-Bahn / Bus. Alles nicht weit weg. Man ist auch schnell mal in der Stadt. Ich finde es ganz super so. Da kann man auch mal ein Bierchen trinken gehen und ist zu Fuß schnell zu Hause. Man muss nicht nach Parkplätzen suchen und schont die Nerven."

Andreas: „Mann, da wohnst du aber in einer super Gegend. Ich arbeite dort ganz in der Nähe."

Silvio: „Ja, die Gegend ist super. Ich kann mir auch nicht vorstellen, in Dierkow oder Toitenwinkel zu wohnen. Schon die ganzen Plattenbauten und die Menschenmassen. Hinzu kommt, dass dort die Wohnungsmieten günstig sind und demzufolge dort bestimmt auch sehr viele Leute wohnen, die keine Arbeit haben. Und da geht es dann schon los: Keine Arbeit, kein Geld, aber für Zigaretten und kleine Pullen reicht das Geld dann doch. Und dort wachsen dann diese Kids auf, die wir betreuen.

Das ist schon alles ein Teufelskreis.

So, mein Süßer', nun ist es schon wieder spät geworden. Wir chatten jetzt schon wieder zwei Stunden. Wie doch die Zeit vergeht! Lass dich noch einmal ganz lieb umarmen und drücken.

Unsere Lippen nähern und berühren sich. Erst ganz zaghaft und dann immer mehr verlangend. Wir wollen mehr, aber es wird Zeit, sich zu verabschieden ...

Ich wünsche dir eine gute Nacht und schlaf schön.

Ich warte noch auf einen letzten Gruß von dir."

Andreas: „Du willst dich von mir lösen, aber ich halte dich ganz fest in meinen Armen. Du gibst deinen Widerstand auf, und deine Lippen nähern sich den meinen zum erneuten Kuss. Wir spüren die gegenseitige Leidenschaft, die in diesem Kuss liegt. Doch dann geben wir uns beide frei, in dem Wissen, dass wir zueinander gehören und nichts uns trennen kann.

Schlaf auch du gut, ich wünsche dir einen schönen Tag morgen. Ich warte auf dich im Chat.

Ganz liebe Grüße und Küsse von deinem Freund Andreas."

Silvio: „Du zauberst ein Lächeln auf mein Gesicht.

Gute Nacht! In Liebe (ich trau mich) Dein Silvio."

Andreas: „Auch du kannst zaubern.

Ich habe mich nicht getraut, weil ich dich nicht verschrecken wollte.

Aber jetzt trau ich mich auch.

Ich wünsche dir eine gute Nacht, in Liebe dein Andreas."

Andreas freute sich und war in diesem Moment glücklich. Das Lächeln auf seinem Gesicht wollte gar nicht verblassen. Silvio hatte ihm soeben seine Liebe gestanden. In Andreas Bauch kribbelte es. Dieses Gefühl wollte nicht vergehen. Es wurde stärker, je länger er an Silvio dachte.

Dabei wünschte er sich, die Streicheleinheiten, die sie miteinander im Chat austauschten, mit Silvio im realen Leben genießen zu dürfen. Er freute sich auf den nächsten Chat mit ihm und beschloss, ins Bett zu gehen.

Am Freitag, dem 10. Dezember, tauschten sie drei Nachrichten aus, in denen sie sich ihrer Liebe versicherten. Als Andreas abends ins Internet gehen wollte, versagte sein UMTS-Stick erneut.

Es schneite unaufhörlich. Stündlich versuchte er, eine Internetverbindung herzustellen, jedoch ohne Erfolg. Später war das Wetter wieder klar. Doch auch jetzt konnte er sich nicht ins Internet einloggen.

Er wollte mit Silvio Verbindung aufnehmen, aber wie sollte er es anstellen? Das Internet funktionierte nicht, eine Telefonnummer oder Adresse von Silvio hatte er ebenso wenig. Er hatte nichts von Silvio, um, ihn erreichen zu können. Aber er hoffte auf dessen Anruf.

Je später es wurde, desto unruhiger wurde Andreas. Er wollte mit seinem Geliebten in kontakt kommen. ‚Er wird mich anrufen, wenn er merkt, dass ich nicht online bin', sagte sich Andreas. Später dachte er: ‚Wenn ich seine Telefonnummer hätte, ich hätte ihn schon längst angerufen. Er weiß es doch, dass mein Stick mich im Stich lassen kann und wird sich denken können, dass ich auf einen Anruf von ihm warte. Oder hat er meine Nummer nicht mehr? Hat er sie vielleicht verlegt oder sogar weggeworfen?

Andreas wünschte sich so sehr, dass Silvio anrufen möge, aber sein Handy klingelte nicht. Voller Unruhe lief er in der Wohnung umher, dabei hatte er das Handy in der Hand, damit er schon beim ersten Klingelzeichen rangehen konnte. Immer wieder sah er nach, ob das Handy auch an war und der Akkumulator genügend Strom gespeichert hatte. Enttäuscht und auch ein bisschen wütend ging er gegen Mitternacht ins Bett. Schlafen konnte er nicht, weil er sich immer wieder fragte, warum Silvio nicht angerufen hatte.

Eine Internetverbindung kam erst am Sonnabend gegen Mittag zustande. Er konnte sich das nicht erklären, da schönes Wetter war, strahlend blauer Himmel, trotzdem hatte sein Internetstick die ganze Zeit gestreikt.

Nun war er froh, dass alles wieder funktionierte, und er fand drei Messages von Silvio vor.

Die erste Nachricht war vom Vorabend. Andreas öffnete sie und las: „Ich freue mich auf heute Abend. Kann die Zeit kaum abwarten. Was machst du nur mit mir? Bin ganz durch den Wind.

Bis nachher. Ich umarme dich, dein Silvio."

Die zweite Message wurde zweieinhalb Stunden später gesendet: „Bin jetzt da! Habe aber noch zu tun. Ich lasse den Computer an und dann höre ich, wenn du da bist. Ich warte auf dich!"

Die dritte Message schickte Silvio weitere zwei Stunden später am letzten Abend ab: „Schade, dass wir uns nicht gehört haben, aber vielleicht gehst du noch on, während ich diese Zeilen schreibe. Woran mag es wohl liegen, dass wir heute nicht zueinander finden? Wenigstens hast du meine Nachricht von heute Morgen schon gelesen.

Dein letzter Satz geht mir runter wie Öl. Er erwärmt mein Herz.

Ich werde jetzt ins Bett gehen und noch etwas an dich denken. Ich stelle mir vor, wir sind schon im Jahr 2011 und liegen nebeneinander und schlafen gemeinsam ein. Am anderen Morgen, wenn ich aufwache, bist du immer noch da. Wir frühstücken gemeinsam und können unser Glück noch nicht fassen. Wir streicheln unsere Hände, um uns zu berühren, nur um zu fühlen, ob das Ganze auch Realität ist und nicht nur ein Traum.

Noch träume ich davon, aber ich wünsche mir, dass dieser Traum in Erfüllung geht. Dass wir uns lieben und nicht mehr alleine sind. Dass das Leben für uns wieder einen Sinn hat. Einfach nur, dass wir füreinander da sind.

Schade, du bist heute doch nicht mehr im Netz. Ich hoffe aber, dir geht es gut.

In Liebe Dein Silvio, ich umarme dich!!"

Andreas erklärte ihm in einer Message, warum er am Vortag nicht ins Internet gehen konnte.

Etwas später antwortete Silvio: „Hallo, du Verschollener!

Nun bist du ja da. Habe zwar nicht viel Zeit, aber ich habe im Verlaufe des Vormittags immer mal geguckt, ob du meine Mails schon gelesen hast. Ich wollte jetzt noch einmal kurz gucken. Und siehe da, da bist du. Nun nehme ich mir die Zeit für dich bis um fünfzehn Uhr und lasse alles andere liegen.

Mensch, das mit deinem Internet ist ja richtiger Mist. Wie du dir denkst, habe ich mir gestern Abend wieder Gedanken gemacht. Aber ich habe gedacht, du bist mal mit Freunden unterwegs, und da wollte ich dich nicht stören. Hatte auch so genug zu tun."

Andreas antwortete: „Nun funktioniert es ja wieder. Habe mich gestern Abend richtig geärgert und so sehr gehofft, dass du anrufst.

Aber jetzt haben wir uns ja wieder, auch wenn du nicht viel Zeit hast, aber jetzt sind wir wieder zusammen."

Silvio überging Andreas Bemerkung, dass er gehofft hatte, dass der ihn anrufen werde. Das ärgerte Andreas. Vielleicht bemerkte er deshalb Silvios Widersprüche erneut nicht, in die der sich verstrickte. Silvio gestand Andreas seine Liebe, rief ihn aber nicht an, obwohl er damit rechnen musste, dass Andreas aufgrund seines UMTS-Sticks sich nicht in das Internet einloggen konnte. Dabei sollte Silvio wissen, dass Andreas auf einen Anruf von ihm wartete, wenn sie sich im Chat verabredet hatten und sich nicht trafen. Das hatte Andreas ihm bereits geschrieben. Es war nicht das erste Mal, dass Andreas sich nicht ins Internet einloggen konnte. Außerdem wollten Verliebte doch ihre Geliebten sehen, treffen, sprechen oder schreiben, auf jeden Fall wollten sie mit einander in Kontakt treten. Aber Andreas wollte Silvio nicht verärgern, deshalb schrieb er eine entspannte Antwort.

Silvio entgegnete: „Heute muss ich auf Bitte meiner Mutter zum Geburtstag meiner Tante. Meine Mutter ist auch da. Da kannst du dir bestimmt vorstellen, wie das wird. Ich muss aufpassen, dass ich nicht so viel an dich und heute Abend denke, damit ich den Gesprächen auch folge.

Hören wir uns heute Abend noch einmal?"

Andreas erwiderte: „Wenn mein Internet mitspielt, auf jeden Fall. Ich bleibe jetzt drin, solange es geht.

Ich wünsche dir eine schöne Feier.

Hast du eigentlich eine Webcam? Ich habe mir gestern eine gekauft und installiert."

Silvio antwortete: „Ich habe keine Webcam. Habe auch keine Ahnung davon. Ich bin froh, wenn ich den Computer für meine bescheidenen Zwecke gebrauchen kann. Mal Berichte schreiben und abends mit dir chatten. Mehr habe ich für den Computer noch nicht übrig. Zumal auch zu viel Zeit vergeht, wenn man erst am Computer sitzt. Man kommt zu nichts anderem mehr."

Andreas antwortete: „Das stimmt, am Computer kann man sehr viel Zeit verbringen. Und dabei tut man nicht immer wirklich sinnvolle Dinge.

Sag mal, mein Süßer, können wir uns nicht doch noch in diesem Jahr kennenlernen? Irgendwo auf neutralem Gebiet. Wir könnten doch einmal einen Kaffee trinken gehen."

Andreas musste einige Minuten auf Silvios Antwort warten: „Laut meinen Terminkalender sieht es mit einem Treff ganz schlecht aus. Ich glaube, mir würde es besser gefallen, wir treffen uns erst nach den Feierlichkeiten und freuen uns dann auf die Zukunft. Ich genieße die Chats mit dir am Abend. Diese tun mir unheimlich gut. Lass uns bitte noch warten!!!!

Wie hast du mal gesagt, du gibst mir all die Zeit, die ich brauche. Ich kenne mich, glaube mir, es ist besser so für mich."

Andreas war jetzt doch wieder enttäuscht. ‚Wenn man liebt, will man auch den anderen sehen', ging es ihm durch den Kopf. Er schrieb aber: „Na, denn muss ich das wohl so akzeptieren, auch wenn es mir schwerfällt.

Aber wenn du die Zeit brauchst, sollst du sie haben."

Darauf schrieb Silvio: „Ich danke dir, mein Süßer.

Ich habe die letzten Zeilen schweren Herzens geschrieben, aber ich bin der Meinung, das ist wirklich besser so.

So, und nun ist schon wieder eine Stunde um. Eigentlich habe ich gar keine Lust. Würde die Zeit viel lieber mit dir verbringen.

Aber das Leben beinhaltet auch familiäre Verpflichtungen."

Andreas antwortete: „Ich werde jetzt erst einmal Mittag für morgen kochen, Rosi kommt zum Essen.

Also dann bis heute Abend. Tschüss, mein Süßer."

Die Enttäuschung über die erneute Absage eines persönlichen Treffens mit Silvio ärgerte ihn noch. Wenn es nach Silvio ging, dann durfte er nicht mit anderen Partnern chatten, sich womöglich nicht mit anderen Männern treffen, aber Silvio war nicht bereit, etwas zu geben, es sei denn im Chat. Aber auch im Chat war Silvio nur der Nehmende und gab nicht viel. Er versprach Liebe, aber wollte nichts dafür tun, und das hatte nichts mit Geben zu tun. So handelte nur jemand, der verhindern wollte, dass der andere sein Glück fand. Doch daran dachte Andreas nicht, wie er überhaupt Silvios widersprüchliches Verhalten nicht bemerkte oder wahrhaben wollte. Andreas glaubte, wenn er Silvio unter Druck setzen würde, werde er erst recht nichts bei ihm erreichen. Mit Fingerspitzengefühl wollte er zum Ziel kommen.

Am Abend trafen sie sich erneut im Chat. Silvio schrieb Andreas an: „Das ist aber lieb, dass du noch on bist. Habe schon gedacht, dir wird die Zeit doch zu lange. Warst du wirklich den ganzen Nachmittag im Chat? Du musst dann ja schon eckige Augen haben."

Andreas antwortete: „Hallo, mein Süßer, ich freue mich, dass du wieder da bist.

Wie war deine Feier?

Du glaubst doch nicht etwa, dass ich nur vor dem Computer gesessen habe?"

Silvio: „Was heißt meine Feier? Ich war nur Gast bei älteren Menschen. Ätzend!! Aber es ist nun mal Familie.

Doch, ich habe geglaubt, du warst den ganzen Nachmittag am Computer. Wie hast du gesagt (sinngemäß): Wer nicht sucht, der wird nicht finden. So hast du mich ja auch gefunden."

Andreas dachte: ‚Ja, so habe ich dich gefunden, aber jetzt will ich dich und keinen anderen.' Er schrieb: „Aber warum soll ich jetzt suchen, ich habe doch dich!!!!!!!!!!!!!!!!!!!!!!!!!

Ich habe gerade deinetwegen jemandem ganz Süßem abgesagt. Er hat schon mehrmals versucht, mit mir ein Date zu vereinbaren. Er hat mir ein Bild von sich geschickt, und er sieht so was von geil aus, ich verstehe eigentlich nicht, warum ich das tue.

Ich liebe dich. Wenigstens als Chatfreund. Und ich hoffe, dass es sich lohnt, auf dich zu warten. Wie du siehst, ich bin dir schon jetzt treu."

Tatsächlich hatte Andreas von einem Zwanzigjährigen, der sehr schön und attraktiv aussah, ein Sexangebot bekommen. Andreas hatte das Angebot abgelehnt, weil er das Gefühl gehabt hätte, fremdzugehen. Und das wollte er nicht, weil er Silvio liebte.

Silvio schrieb: „Ich liebe dich auch!! Du bist süß!! Du machst mich glücklich.

Was heißt, er sieht geil aus? Im Gesicht oder ist er unbekleidet? Ja, warum tust du es? Vielleicht solltest du es dir noch einmal überlegen mit diesem geilen Jungen? Wie hast DU (!) gesagt? Die Chemie muss stimmen. Wer weiß, was und wie es im Januar läuft.

Ich möchte jetzt nur positiv denken!"

Andreas: „Ich denke auch positiv.

Er ist zwanzig Jahre alt, ist einfach nur wunderschön und steht auf ältere Männer. Aber ich möchte lieber auf dich warten. Du bist nicht so jung wie er, sicherlich auch nicht so schön, aber ist das nicht egal?

Passen wir nicht von der Seele her zusammen? Fühlen wir nicht beide das gleiche?

Sag mir, du willst mich nicht kennenlernen, und das nächste Angebot ist meines. Aber ich glaube, wenn man ernste Absichten hegt, sollte man keine Abenteuer eingehen. Er ist letztendlich nur ein Abenteuer, oder glaubst du, dass sich einunddreißig Jahre so einfach überbrücken lassen?"

Silvios Antwort lautete: „Soll ich dir ehrlich meine Meinung sagen? Ich tue es einfach:

Ein Zwanzigjähriger, der auf ältere Männer steht, hat in meinen Augen nichts im Kopf. Er hat noch keine Lebenserfahrung und weiß eigentlich noch nicht, was er will. Wenn er, wie er sagt, auf ältere Männer steht, woher will er es mit zwanzig schon wissen? Ist er verbraucht? Oder er denkt, ältere Männer haben Geld und können ihm was bieten? Solches Denken ist nicht gut für eine Beziehung.

Will er überhaupt eine Beziehung oder nur Sex?

Durch unsere Chats kann ich für mich einschätzen, dass wir ganz vernünftige Gedanken haben. Wir sind realistisch. Ich denke auch, dass wir vieles gemeinsam fühlen.

Halte dich ja bei weiteren Angeboten zurück!!!!!!!!!!!!!!

Ich werde es nicht sagen! (Oder doch – hi, hi, hi)

Nein, ich möchte dich kennenlernen. Aber so, wie wir schon darüber gesprochen haben.

Und was heißt hier, ich bin sicherlich nicht so schön wie er? Nochmals meine Frage: im Gesicht oder nackt?"

Andreas sagte: „Schönheit geht vom Betrachter aus. Ich finde junge Menschen, egal, ob Mädchen oder Junge, einfach nur schön.

Selten gibt es unter jungen Menschen hässliche Leute.

Das liegt daran, dass die Jugend die Schönheit für sich gebucht hat. Ältere Menschen können sehr attraktiv sein, doch meist sind sie nicht mehr unbedingt schön, sondern interessant.

Ein junger Mensch kann nur schön sein und nicht interessant, weil ihm seine Geschichte fehlt.

Doch Schönheit verblasst.

Ich hoffe doch sehr, dass du nicht unbedingt schön bist, ein bisschen wäre sehr schön, doch du sollst für mich interessant sein.

Super wäre es natürlich, wenn du für mich beides wärst, aber interessant wäre schon schön."

Silvio antwortete: „Wie denkst du über zwanzigjährige und kleine Bubis, die ältere Menschen suchen? Wollen diese nur Sex? Ich kann mir nicht vorstellen, dass sie eine Beziehung suchen.

Ich bin ja noch ‚etwas' jünger als du, aber wenn ich einen Zwanzigjährigen als Freund hätte, hätte ich immer Angst, ihn nicht halten zu können. Ich glaube nicht, dass diese ‚noch Kinder' schon innere Werte zu schätzen wissen."

Andreas erwiderte: „Dem vorhin ging es nur um Sex, aber warum soll ein jüngerer Mann nicht mit einem älteren eine Beziehung eingehen? Es gibt auch unter den jungen Leuten viele, die innere Werte zu schätzen wissen und verantwortungsbewusst handeln.

Aber es gibt viele Männer in meinem Alter, die sich geschmeichelt und bestätigt fühlen, wenn sie einen jungen schönen Hengst in ihr Bett ziehen können. Sie haben dann eine Trophäe gewonnen, so fühlen sie sich zumindest. Ich kann das verstehen, wenn man nicht mehr viel vom Leben erwartet."

Zweieinhalb Jahre später sollte Andreas tatsächlich einen jungen Mann kennenlernen, der sehr wohl innere Werte zu schätzen wusste und dem es nicht nur um Sex, Geld oder Spaß ging.

Silvio antwortete: „Mein Liebster, nun machst du mich aber nachdenklich. Hast du Probleme mit deinem Alter? Hast du Angst, ‚alt' zu werden? Bei Frauen sagt man, sie kommen in die Wechseljahre. Bei Männern stellt sich eine Krise ein. Sie wollen sich noch einmal beweisen und suchen Veränderungen, um sich bestätigt zu fühlen. Geht es dir auch ein bisschen so?

Was willst du mit einem Hengst im Bett, wenn du genau weißt, in X Stunden bist du wieder alleine und der Bursche geht mit einem Lächeln auf den Lippen durch deine Tür, er hat bekommen, was er wollte. Aber was willst du?"

Andreas erklärte: „Ich glaube, jetzt hast du mich total falsch verstanden. Ich habe nur meinen Gedanken freien Lauf gelassen.

Ich habe überhaupt kein Problem mit meinem Alter. Aber ich liebe die Jugend. Ich würde sofort mit dir tauschen, denn mit alten und kranken Menschen ist es nicht immer schön.

Mit jungen Menschen kann es auch nicht immer schön sein, aber ihnen kann man helfen, die Zukunft zu bestehen.

Alten Menschen kannst du nur noch helfen, das Alter zu ertragen und dem Tod würdevoll zu begegnen. Kranken Menschen kannst du schon noch helfen, wieder gesund zu werden, dafür sind wir ja da, aber im Krankenhaus ist es nicht immer schön. Da sterben manchmal Leute, von denen du gedacht hast, dass sie auf dem Weg der Besserung sind und bald entlassen werden können. Das belastet mich dann doch immer wieder.

Ich sehne mich nach Leben und deshalb stehe ich der Jugend offen gegenüber und werde jungen Menschen helfen, wenn sie es denn möchten, wo immer ich kann.

Vielleicht liebe ich dich deswegen als meinen Chatpartner.

Aber ich möchte dich auch im wahren Leben lieben dürfen."

Silvio fragte: „Meinst du, du liebst mich als Chatpartner, weil ich jung bin? Jünger als du?"

Andreas erwiderte: „Hallo, Silvio, bitte schalte Dein Gehirn ein!!!

Ich liebe dich, weil wir ähnlich denken und fühlen. Sonst wärst du für mich auch nur ein Abenteuer, aber dass bist du für mich nicht. Du bist zwar jünger als ich, ich gebe zu, dass das ein Bonus ist, mehr aber nicht.

Ich liebe dich, weil du so bist, wie du bist. Du gibst mir das Gefühl von Geborgenheit, weil du ein bisschen eifersüchtig bist, das meine ich jetzt wirklich positiv. Das geht schon über das normale Interesse hinaus. Und Eifersucht setzt ein gewisses Etwas an Liebe voraus."

Silvio gestand jetzt Andreas noch einmal seine Liebe und seine Zweifel: „Ja, Andreas. So ist es. Ich habe es dir auch schon einmal geschrieben. Ich habe, auch wenn ich es mir noch nicht richtig eingestehen will, in dich verliebt. Das ist komisch, ist aber so. Darum hatte ich auch so ein schlechtes Gewissen neulich, als Ralf hier war. Und diese Erkenntnis machte mir Angst. Zumal du immer wieder betont hast, die Chemie muss stimmen. Nun habe ich schon wieder so ein ängstliches Gefühl, was ist, wenn nicht?

Ich möchte unsere Liebe noch nicht zulassen, weil ich dann wieder Angst vor eventuellen Enttäuschungen habe. Ich steigere mich vielleicht auch ein bisschen rein. Aber das ist alleine meine Sache.

So, jetzt ist es raus, egal, ob es dir passt oder nicht, ich habe mich in dich verliebt. Ich merke es, wie ich gierig danach bin, mit dir zu chatten, wie sauer ich bin, wenn du nicht nur mit mir chattest, wie ich innerlich aufgewühlt bin, wenn du von ‚geilen Typen' schreibst. Und ich merke es daran, wenn du mich immer wieder daran erinnert hast, dass wir trotz allem Freunde (‚nur!' Freunde) bleiben können. Ich weiß nicht, ob ich das dann kann, wenn ich dich liebe und meine Liebe nicht erwidert wird. Und da bewundere ich deine Rosi, wenn sie das kann."

Andreas freute sich über dieses Geständnis und am liebsten hätte er jetzt Silvio in seine Arme genommen und ihn zärtlich geküsst. Aber sie waren nur im Chat und nicht persönlich zusammen. Silvio sprach einige Zweifel an, die Andreas jetzt ausräumen wollte. Er schrieb: „Also erst einmal zu uns;

Auch ich wäre enttäuscht, wenn die Chemie nicht stimmte. Aber wir sind keine kleinen Kinder, die auf Äußerlichkeiten übertriebenen Wert legen. In erster Linie zählen für mich die inneren Werte.

Auch ich habe mich in dich verliebt, ich habe es dir schon geschrieben. Deshalb möchte ich doch unbedingt ein Bild von dir.

Nicht um zu prüfen, ob die Chemie stimmt, sondern damit meine Träume endlich ein Gesicht bekommen. Und ich an dich denken kann als die Person, die du bist.

Dass die Chemie zwischen uns stimmt, sollten wir doch beide schon begriffen haben. Denkst du denn anders darüber, mein Süßer?

Ich sehne mich danach, dich kennenzulernen, dich in meine Arme zu nehmen, dich streicheln und küssen zu können, dir zärtlich über deinen Po zu streicheln, überhaupt mit dir Dinge tun zu dürfen, die auch du dir ersehnst.

Denkst du denn, ich habe es nicht begriffen, dass auch du mich liebst und Angst hast vor einer weiteren Enttäuschung?

Ich möchte dich nicht enttäuschen, ich möchte dich endlich kennenlernen, aber ich gebe dir auch die Zeit, die du brauchst, damit wir wirklich eine dauerhafte Beziehung aufbauen können.

Denke bitte daran, auch ich liebe dich!"

Jetzt gab Silvio zurück: „Es ist ein schönes Gefühl, mir vorzustellen, in deinen Armen zu liegen und mich streicheln zu lassen. Und was meinst du, wie viele Dinge ich dann von dir tun lasse, die ich mir ersehne! Ich kann unersättlich sein. Du wirst sehen, du kommst kaum zum Schlafen. Und vielleicht tun wir dann auch Dinge, die wir ausprobieren möchten, und finden eventuell doch Gefallen daran.

Ich mag gar nicht an deine Streicheleinheiten denken, dann fängt es an gewissen Stellen schon wieder an, zu kribbeln.

Oder wollen wir uns heute noch einmal ein paar Streicheleinheiten zukommen lassen, bevor wir ins Bett gehen? Ich hätte Lust, und du?"

Andreas beantwortete die Message. Es war eine etwas längere Antwort, die er schreiben musste, er brauchte etwas Zeit dafür. Er schickte sie ab und bekam etwas später eine Message von Silvio, die er nicht verstand. „Habe ich dich erschreckt oder verschreckt?"

Er überlegte und kam drauf: Seine Mail war wohl nicht angekommen. So schickte er gleich noch eine Message hinterher, noch einmal mit seiner Antwort in Kurzform: „Hast du meine Message nicht bekommen? Also dann noch einmal. Ich finde es manchmal unerträglich, mit dir darüber zu schreiben, ohne dich kennenlernen zu dürfen. Es werden Sehnsüchte geweckt, die nicht erfüllt werden, das macht mich dann traurig. Aber ich weiß, dass du noch etwas Zeit brauchst, und die sollst du bekommen."

Andreas hatte gerade seine Message abgesendet, als die nächste von Silvio kam: „Die letzte Message von dir habe ich um 0 Uhr erhalten, habe dir eine um 0:07 geschickt und dann noch mal um 0:20 Uhr. Jetzt um 0:22 fragst du, ob ich deine Message nicht erhalten habe.

Mit wem chattest du noch, dass du sie versehentlich jemand anderen geschickt hast? Wen streichelst du noch?"

‚Das ist eine Beleidigung, und das muss ich mir nicht bieten lassen!', Andreas war böse. „Du tust mir weh!!!!

Hast du kein Vertrauen zu mir? Glaubst du, alles, was ich dir schreibe, ist gelogen?"

Silvio lenkte ein: „Also gehen wir heute so ins Bett. Ich möchte dich natürlich nicht traurig machen. Und ich denke, dass wir uns heute früh verabschieden sollten. Bei mir stellt sich die Müdigkeit wieder ein und du wirst bestimmt auch deinen Schlaf brauchen. Wir chatten schon wieder über zwei Stunden."

‚Ja', dachte Andreas, ‚es wird wieder unangenehm, da muss man natürlich den Chat verlassen.'

Auf Andreas' Frage, ob Silvio glaube, dass Andreas lüge, schrieb Silvio: „Nein, mein Liebster, das tue ich nicht. Aber es ist doch komisch, dass alle Messages ankommen und plötzlich mal eine nicht. Da hast du doch bestimmt eine falsche Taste gedrückt.

Und wenn ich nicht noch einmal nachgefragt hätte, hätten wir jetzt noch gegenseitig auf eine Nachricht gewartet.

Andreas, ich habe Vertrauen zu dir. Das sollst du wissen!!!!"

Andreas war enttäuscht und etwas traurig. Er schrieb: „Gut, dann habe ich eine falsche Taste gedrückt. Damit du zufrieden bist!

Aber du verdächtigst mich gleich, an andere eine Message zu schreiben, die für dich bestimmt ist. Das ist nicht nur Eifersucht. Ich habe heute Abend wirklich nur mit dir gechattet. Vielleicht sollte ich das ändern!"

Silvio schrieb: „Und ich werde jetzt ins Bett gehen und versuchen, in den Schlaf zu kommen. Trotzdem kannst du mir nicht meine Gedanken und Vorstellungen nehmen.

Ich stelle mir vor, wie du aus dem Bad kommst, ich bin im Bad schon fertig und warte auf dem Bett auf dich, wie du dich vor mir hinkniest und mich verwöhnst mit deinen Berührungen.

So, das werde ich jetzt denken (Stich in deine Wunde), das musste jetzt sein!!!!!!

Mein Süßer, ich wünsche dir eine gute Nacht."

Andreas erwiderte: „Du enttäuschst mich auf ganzer Linie!"

Und Silvio fragte: „Warum bist du enttäuscht? Du hast mir doch um 22.06 geschrieben, dass du gerade jemand ‚ganz Süßem' abgesagt hast und dann hast du 0:38 gesagt, dass du den ganzen Abend nur mit mir gechattet hast.

Das hat doch nichts mit Eifersucht zu tun. Und du brauchst jetzt nicht enttäuscht zu sein.

Lass uns so bitte nicht ins Bett gehen!!!!!!! Melde dich bitte noch einmal, bitte!"

Andreas antwortete: „Ich habe ihm abgesagt, weil ich dir nicht wehtun wollte, weil du für mich mehr bist, als du dir vorstellen kannst. Mit deiner Eifersucht kann ich leben, aber nicht mit falschen Verdächtigungen.

Ich erzähle dir, dass ich dich liebe, wie du mir vorher auch, und dann provozierst du mich. So habe ich es jedenfalls empfunden. Soll ich dir denn nicht mehr schreiben können, was ich empfinde und wie ich denke? Dann ist unsere Liebe auf einem Grab gebaut."

Silvio schrieb: „Andreas wir reden jetzt wahrscheinlich aneinander vorbei.

Du hast gesagt, dass du keinem anderen die Mail geschickt hast, da nur wir beide heute Abend zusammen chatten. Vorher hast du mir aber gesagt, dass du dem Zwanzigjährigen abgesagt hast, also hast du mit ihm gechattet. Schon war ich nicht der Einzige.

Ich habe keine falschen Verdächtigungen aufgestellt und möchte das auch nicht tun. Glaub es mir!!! Dann ist es verkehrt bei dir angekommen. Ich mache dir auch keine Vorwürfe. Für mich war das eben nur eine Unstimmigkeit.

Du kannst doch mit anderen chatten. Und deine Empfindungen kannst du mir auch mitteilen. Wenn das nicht mehr so ist, was haben wir uns dann noch zu sagen!? Wir sprechen doch auch über unsere Gefühle, Empfindungen und Vorstellungen. So soll es auch sein.

Ich habe dich ganz dollllllllll lieb.

Sei mir jetzt nicht böse!! Ich möchte dich jetzt nicht enttäuscht zurücklassen!! Sage mir, dass alles wieder gut ist, bitte Andreas!"

Etwas später schrieb Silvio erneut: „Magst du mir nicht mehr antworten? Dann würde ich jetzt ins Bett gehen wollen. Es ist schon 1.21 Uhr. Du hast aber meine Message von 1.05 Uhr noch nicht beantwortet!

Es tut mir leid, wenn du jetzt böse bist."

Andreas gab zu: „Ich habe in der Tat vor dir mit einem Zwanzigjährigen gechattet, sonst hätte ich es dir nicht erzählt.

Außerdem habe ich vorhin lange überlegt, wie ich es dir schreiben soll, ohne dir dein Verhalten vom letzten Wochenende vorzuhalten, weil ich dir nichts vorzuhalten habe. Aber ich an deiner Stelle hätte Ralf nicht mit in meine Wohnung genommen.

Zwischen Ralf und Rosi gibt es große Unterschiede. Rosi würde sofort mit mir ins Bett gehen, aber ich nicht mit ihr. Das weiß sie, und sie würde nie eine Situation ausnutzen.

Ohne dass du das jetzt falsch verstehst, aber ich habe einem Zwanzigjährigen eine Absage erteilt, obwohl ich mich gerne mit ihm getroffen hätte, und ich werde Rosi morgen treffen, aber ich werde nicht mit ihr ins Bett gehen, so wie du es mit Ralf gemacht hast.

Ich werfe dir nichts vor. Aber du kannst mir auch nichts vorwerfen, weil ich sauber bleibe.

So, nun bin ich bereit, dir eine gute Nacht zu wünschen, aber das musste ich jetzt dann doch noch loswerden. Ich hoffe, dass du das verstehst.

Ich liebe dich, es tut weh, wenn du mit Dingen konfrontiert wirst, die du eigentlich verhindern möchtest und es auch tust.

Ich bin dir nicht böse, aber ich brauche auch Zeit, dir zu antworten. Du willst mich nicht treffen, also akzeptiere bitte, dass man länger schreibt als spricht!

Schlafe schön, dein Freund Andreas."

Silvio war getroffen: „Aua, das hat gesessen!!!

Ich wünsche auch dir eine gute Nacht."

Während des Frühstücks am Morgen des dritten Advents schweiften Andreas Gedanken zum Chat des gestrigen Abends zurück. Er wollte nicht, dass Silvio sich zurückzog. Aber er fühlte sich im Recht. Silvio hatte ihn provoziert. Andreas hätte sich gerne mit dem Zwanzigjährigen getroffen, aber er konnte es nicht. Silvio sollte es manchmal nicht zu weit treiben, schließlich war er derjenige, der bei Ralf schwach geworden war. Das war am Vorabend ein richtiger Streit. Andreas musste Silvios Ansicht zu einem persönlichen Treffen akzeptieren, aber er würde sich nicht von ihm provozieren lassen. Gegenseitige Achtung sollte wenigstens vorhanden sein, wenn man eine Freundschaft aufbauen wollte, egal, ob im Chat oder im realen Leben. Deshalb musste Andreas Silvio gestern Abend so unverblümt seine Meinung sagen.

Sie kannten sich nicht persönlich, nur im Chat. Silvio war derjenige, der ein persönliches Kennenlernen verhinderte, also hatte er auch keinerlei Ansprüche auf Andreas. Das würde Andreas ihm noch einmal erklären müssen, wenn es noch einmal zu so einem Streit kommen sollte. Aber er wollte auch, dass sie Freunde blieben. Jedoch nicht nur im Chat.

Richtig war es, dass Andreas nach der Absage an den Zwanzigjährigen nur noch mit Silvio gechattet hatte. Es kam schon einmal vor, dass Nachrichten im Nirwana verschwanden. Doch Silvio nutzte diese Gelegenheit sofort, um Andreas psychisch zu terrorisieren. Zuerst sorgte er dafür, dass Andreas Stimmung sich während ihres Chats hob, dann provozierte er einen Streit, von dem er annehmen konnte, dass dieser Andreas über ihre Unterhaltung hinaus beschäftigte. Somit stieß er Andreas in eine Situation, die er nicht beeinflussen konnte, zumindest nicht, solange sie sich nicht weiter austauschen konnten. Das dahinter Absicht steckte, konnte Andreas nicht ahnen.

Es wurde Zeit für Andreas, das Mittagessen vorzubereiten. Er hatte Rosi eingeladen, das Hauptgericht hatte er schon gestern gekocht, Kassler mit Grünkohl. Jetzt kochte er einen Pudding und anschließend eine Pilzsuppe.

Rosi war pünktlich, und als sie sich setzte und die Tischdecke sah, kamen ihr das erste Mal die Tränen. Andreas versuchte sie zu beruhigen, was ihm auch gelang. Er freute sich, dass sie bei ihm war. Er trug das Essen auf und füllte die Teller. Dann begannen sie, zu essen. Andreas hatte Rosis Geschmack getroffen, und während sie aßen, unterhielten sie sich über Dinge, die sie bewegten.

Nach dem Essen deckten sie gemeinsam den Tisch ab und erledigten den Abwasch. Danach setzten sie sich ins Wohnzimmer, betrieben Smalltalk und genossen die Gegenwart des anderen. Die Zeit verging schnell, und als Rosi nach Hause fahren wollte, überredete Andreas sie, zum Abendessen zu bleiben. Doch als sie danach aufbrechen wollte, konnten sie sich wieder nicht voneinander verabschieden, beide weinten und hielten sich gegenseitig in den Armen. Wieder lief Andreas Rosis Auto ein Stück hinterher und ging danach weinend in die Wohnung zurück.

Später ging Andreas in den Chat. Er stellte fest, dass Silvio schon da war, und schrieb: „Hallo, mein Freund, bin jetzt da."

Silvio antwortete: „Hallo, mein Freund, habe heute viel über uns nachgedacht. War heute schon um acht Uhr wach."

Jetzt erforschten sie, wie es zu dem gestrigen Streit gekommen war und versicherten sich gegenseitig, dass beide das so nicht wollten und ihnen leidtat, was geschehen war. Danach einigten sie sich darauf, dass es nicht schlimm sei, sich einmal zu streiten, man sollte sich nur wieder zusammenraufen. An einem Streit müsse eine Beziehung oder Partnerschaft wachsen und nicht davon zerstört werden.

Außerdem einigten sie sich darauf, dass sie in Zukunft über alles reden wollten, um Missverständnisse nicht aufkommen beziehungsweise rechtzeitig ausräumen zu können. Wieder konnte Andreas nicht wissen, dass Silvio nicht ehrlich zu ihm war.

Der ging sogleich zu einem neuen Thema über. Er wusste, dass Rosi heute zum Mittagessen bei Andreas war. Deshalb fragte er: „Wie ist denn heute dein Essen angekommen und wie war dein Tag überhaupt so?"

Andreas ließ den Tag mit Rosi Revue passieren und berichtete davon. Anschließend betrieben sie Smalltalk über Freundschaft, die Eltern und Musik.

Andreas war mit Silvio endgültig versöhnt. Der Chatabend mit ihm, war schön, die Zeit verging schnell, sie waren beide lieb zueinander und verstanden sich. Nun schrieb er: „Ach, mein Süßer, wir machen uns das Leben selbst schwer. Ich liebe dich und ich sehne mich danach, dich endlich kennenzulernen.

Warum will dieses Jahr, dass mir nicht viel Gutes gebracht hat, einfach nicht vergehen? Aber ich habe dir versprochen, dir die Zeit zu geben, die du brauchst. Ich werde mich daran halten. Es fällt mir nur mit jedem Chat mit dir immer schwerer."

Silvio erwiderte: „Ich liebe dich doch auch, aber lass mir bitte noch etwas Zeit. Ich muss auch oft an dich denken.

Sei mir bitte nicht böse, aber ich muss mich jetzt von dir verabschieden. Wir hören uns morgen noch."

Jetzt tauschten sie Grüße zur Nacht aus und Silvio verließ den Chat.

Sven

Am Nachmittag des 13. Dezember schrieb Andreas eine Message an Silvio: „Hallo, mein Süßer, ich habe heute alles geschafft, was ich schaffen wollte. Nun kann ich morgen ganz beruhigt wieder meine Arbeit aufnehmen. Die Wohnung ist sauber und in Ordnung. Wenn du sie jetzt sehen könntest! Ich glaube, du würdest dich hier wohlfühlen. Das musst du dann ja auch ab Januar, wenn du mich besuchen möchtest.

Ach, mein Süßer, ich zähle schon die Tage. Ich komme mir vor wie damals bei der Armee, nur habe ich heute kein Maßband, das ich abschneiden kann. Und ich bin heute viel ungeduldiger als damals.

Ich möchte dir endlich gegenüberstehen und dir sagen: Ich liebe dich. Hauptsache ist nur, dass wir dann auch eine gemeinsame Zukunft haben.

Was machen wir hier überhaupt? Wie kann man sich in jemanden verlieben, den man nicht einmal gesehen hat? Aber es sind bei mir deine inneren Werte, deine Liebe und Güte, dein Wissen, deine Intelligenz, du hast den Beruf, den ich einmal haben wollte. Ich beneide dich ein bisschen darum.

Ich wollte immer Heimerzieher werden, ich wollte immer mit Kindern arbeiten, weil ich Kinder so sehr liebe. Weil es nicht ging, bin ich Fußballtrainer geworden und habe mich so über 30 Jahre um Kinder gekümmert.

Mann, war das schön, aber heute kann ich es nicht mehr.

Und ich liebe an dir auch ein bisschen deine Eifersucht. Wer eifersüchtig ist, liebt.

Ich weiß, dass du mich liebst. Ich liebe dich auch, mein Süßer, und ich möchte immer für dich da sein und dich glücklich machen.

Ich höre gerade Antenne MV und es läuft nun eine traurige Musik. Mir kommen die Tränen und ich bin traurig, weil ich noch nicht bei dir sein kann.

Wie soll das Jahr nur enden! Ich werde am Heiligen Abend Weihnachtsmann für meine Enkelkinder spielen und dabei an dich denken. Ich weiß noch nicht, was ich Silvester machen soll, ich kann nach dem Dienstplan nicht einmal arbeiten gehen. Aber ich werde an uns denken."

Einen Gruß vergaß Andreas. Er schickte die Message einfach ab.

Andreas' letzter Urlaubstag war vergangen. Er hatte Abendbrot gegessen, nun saß er vor dem Computer und wartete darauf, dass sich Silvio im Chat einfand. Die Zeit vertrieb er sich mit Computerspielen. Andreas konnte noch nicht wissen, wie sich der Chat mit Silvio entwickeln sollte. Am Ende empfand er es als ein Abend voller Liebe und Harmonie, gewürzt mit etwas Humor.

Endlich war es so weit, Silvio meldete sich: „Bin da, bin da!!!

Bin noch angezogen und habe deine Mail noch nicht gelesen, gib mir etwas Zeit!"

Andreas war voller Freude und Erwartung, jetzt, da Silvio sich gemeldet hatte. Er grüßte ihn und wartete darauf, dass der erneut schrieb, was er auch nach wenigen Minuten tat:

„Oh, Mann, sind das liebe Zeilen von dir. Danke!!!!!!

Ich sehe, du hast schon gewartet. Es ist ein schönes Gefühl, wenn man weiß, es wartet jemand. Aber ich sehe, du wartest wohl schon seit dem Nachmittag auf mich?

Ich freue mich, dass du mit deiner Wohnung so rundum zufrieden bist. Ich bin auch schon gespannt.

Sage mal, Andreas, ich habe da eine Frage. Mich interessiert, wie deine Geschwister mit Rosi klargekommen sind."

In diesem Moment rief Rosi Andreas an. Er wollte zwar mit Silvio chatten, aber er wollte Rosi auch nicht abwimmeln. Ihre Freundschaft war ihm wichtig. Rosi würde es sowieso merken, dass Andreas am Computer saß, und dann das Telefongespräch von sich aus beenden. Sie sprachen auch über Silvio. Nach einigen Minuten verabschiedeten sie sich.

Zuerst antwortete Andreas auf Silvios Message: „Rosi ist mit meinen Geschwistern gut ausgekommen, besser als ich.

Und dass ich jetzt erst antworten kann, liegt auch an Rosi, ich habe gerade mit ihr telefoniert. Ich soll dich von ihr unbekannterweise grüßen.

Und wie war dein Tag heute, mein Süßer? Was hast du nur mit mir gemacht? ==)) grins.

Ich liebe dich."

Silvio scherzte: „Da hast du ja einen Sündenbock gefunden, warum deine Antwort so lange gedauert hat. Wenn sie das wüsste!

Danke für die Grüße von ihr. Wenn sie mich hat wirklich grüßen lassen, dann ist das aber nett von ihr. Alle Achtung!

Was habe ich mit dir gemacht?", fragte Silvio, „ Was hast du mit mir gemacht? Ich hetze durch die Gegend, nur um schnell im Chat und bei dir zu sein."

Andreas dachte den Gedanken weiter: „Ja, was haben wir nur aus uns gemacht? Es ist schön.

Heute hetzt du noch zum Chat, nächstes Jahr hetzt du zu mir und ich hetze zu dir. Hauptsache ist nur, dass wir es auch wissen, wer zu wem hetzt. Nicht dass wir beide durch die Gegend hetzen und keiner ist zu Hause.

Rosi ist so. Ich brauche keine Ausreden, ich habe wirklich mit ihr telefoniert und ich soll dich wirklich von ihr grüßen.

Ich glaube, wenn wir uns nächstes Jahr kennenlernen und dann vielleicht schon eine Weile zusammen sind, wird Rosi dich kennenlernen wollen. Hättest du damit ein Problem?"

Darauf erwiderte Silvio: „Ich werde bestimmt kein Problem haben, Rosi mal kennenzulernen. Im Gegenteil, wie du sie beschreibst, ist sie so interessant, dass ich sie mal kennenlernen möchte.

Ja, ich finde es auch schön mit dir. Ich brauche es jetzt nicht mehr verheimlichen, dass ich dich liebe. Ich habe es schon etwas länger an mir gemerkt und habe es nur verdrängt, weil ich immer dachte, das kann doch nicht sein."

Darauf schrieb Andreas: „Und ich kann es auch nicht verstehen, dass man sich in einen Menschen verlieben kann, den man nicht von Angesicht zu Angesicht kennt. Aber es ist schön, ich genieße es.

Ich habe die Hoffnung, dass wir zusammenbleiben. Willst du es auch? Ich weiß, es ist eine dumme Frage."

Silvio wurde jetzt erst einmal ernst: „Auf diese Frage habe ich schon lange gewartet. Denn ich hoffe, dass wir zusammenbleiben. Aber immer, wenn ich zaghaft eine Antwort auf eine Frage von dir haben wollte, hast du von ,Chemie, die stimmen muss' gesprochen. Und schon habe ich alle Hoffnungen nach hinten verdrängt und mir geschworen, diese Frage nicht mehr anzusprechen."

Andreas freute sich über Silvios Antwort: „Na, das hört sich doch gut an." Dann scherzte er, obwohl es aber die Wahrheit war, was er jetzt schrieb: „Aber ich schnarche."

Silvio scherzte zurück: „Oh, nein!! Wie viele Zimmer hast du? Ich schnarche ‚noch nicht'. Aber vielleicht kommt das noch.

Zumal mich das Schnarchen nicht stören wird, denn du wirst kaum zum Schlafen kommen, wenn ich da bin. Ich werde dich dann schon beschäftigen. Vielleicht bekomme ich nicht genug von dir? Vielleicht bringe ich dich eher außer Atem oder jage dich von einem Höhepunkt zum anderen. Wart's ab!"

Andreas musste jetzt leiden: „Oh, worauf habe ich mich nur eingelassen? Hahaha haha!

Ich muss um 5.00 Uhr aufstehen, also ich denke, so gegen 22.30 Uhr sollten wir uns verabschieden.

Aber bis dahin genießen wir noch die Zeit, die wir miteinander haben."

„Ach, ja, du musst ja morgen wieder arbeiten. Da ist dein Urlaub schon vorbei. Aber wenn du mal so überlegst, hast du in deinem Urlaub eine Menge geschafft. Dadurch war dein Urlaub manchmal bestimmt stressig, aber das Ergebnis zählt.

Gestatte mir noch eine Frage, ich überlege schon den ganzen Abend, wie ich sie formuliere, ohne dich zu verärgern oder traurig zu stimmen. Aber das interessiert mich doch: Du warst mal Fußballtrainer und hast viel mit Kindern und Jugendlichen gearbeitet. Hast du dir damals auch mal gewünscht, deiner Neigung entsprechend, mit dem einen oder anderen ins Bett zu gehen?

Ich bin ganz ehrlich, ich hatte diesen Wunsch auch schon einmal vor einiger Zeit. Da habe ich mich aber vor mir selber erschrocken. War das bei dir auch mal so?"

So etwas hatte Andreas in der Tat erlebt. Er musste an Sven denken.

*****

Als Sechsundzwanzigjähriger verliebte sich Andreas in den achtzehnjährigen Sven. Ihn hatte er im Fußballverein in der Junioren-Mannschaft (heute A-Jugend) trainiert. Bis zu fünf Mal in der Woche traf er diesen Jungen. Wenn Sven einmal nicht zum Training kommen konnte, war Andreas enttäuscht. Das Training machte ihm ohne Sven keinen Spaß.

Jedes Mal, wenn Andreas an dem Haus, in dem Sven wohnte, mit der S-Bahn vorbeifuhr, sah er zu dessen Zimmerfenster hoch. Und jedes Mal verspürte Andreas ein Kribbeln im Bauch.

Nie hatte er Sven seine Liebe gestanden. Anfangs wusste er nicht einmal, dass es Liebe war. Und wenn er es gewusst hätte, hätte er es ihm nicht gesagt, obwohl Andreas sich zu Sven hingezogen fühlte.

Als Trainer wusste Andreas, wann Sven Geburtstag hatte. Guido, der auf zwei Positionen, nämlich als Torwart und Angreifer in der Fußballmannschaft spielen konnte und Svens bester Freund war, erzählte ihm, dass Sven am Samstagabend seine Geburtstagsparty zu Hause feierte. Er wurde achtzehn Jahre alt und alle seine Freunde seien eingeladen. Andreas wünschte sich, auch zu Svens Geburtstagsfeier gehen zu dürfen. Aber ohne Einladung konnte er das nicht tun. So fragte er Guido, was der davon hielte, wenn er kurz, nur für eine Stunde, Sven zum Geburtstag überraschte. Guido freute sich und sagte: „Natürlich können Sie kommen. Sven würde sich freuen."

Andreas antwortete: „Aber ich kann doch nicht einfach so kommen. Das gehört sich nicht."

„Aber Herr Schneider, das sind doch Ansichten von gestern. Sven freut sich über jeden, der da kommt. Er wird achtzehn. Warum sollen Sie als sein Trainer nicht an seinem achtzehnten Geburtstag ihn besuchen kommen? Er freut sich bestimmt!", erwiderte Guido.

„Aber ich würde erst gegen halb sieben abends kommen, ich habe bis achtzehn Uhr Dienst", sagte Andreas.

„Zu dieser Zeit kommen doch alle erst", teilte Guido seinem Trainer mit.

Andreas war sich nicht sicher, was er tun sollte. Seine Frau wartete zu Hause nach dem langen Dienst ebenso auf ihn. Was sollte er ihr sagen? Außerdem brauchte er ein Geburtstagsgeschenk für Sven. Konnte er es einfach kaufen, ohne Hanna darüber zu informieren?

Schließlich entschied sich Andreas nach langem Überlegen, am Samstag nach seinem Dienst bei Sven einen kleinen Zwischenstopp einzulegen. Guido sagte doch, dass Sven sich freuen werde. Andreas kaufte von seinem Taschengeld für Sven ein hübsches einfarbiges Hemd und einige Kosmetikartikel. Hanna erzählte er nichts davon. Aber er erzählte ihr, dass er nach dem Dienst als Trainer zum achtzehnten Geburtstag eines seiner Spieler gehen wolle. Er werde aber nur eine Stunde bleiben und anschließend nach Hause kommen.

Mit klopfendem Herzen und einem Kribbeln im Bauch stand er am Samstagabend vor Svens Wohnungstür. Als sie geöffnet wurde, strahlte Guido Andreas an. „Kommen Sie nur herein, Herr Schneider, Sven ist in seinem Zimmer. Er ahnt nicht, dass Sie kommen, er wird sich freuen", sagte er. Andreas trat ein, aus dem Wohnzimmer kam ihm Svens Mutter entgegen. Sie kannten sich bereits und freudig begrüßte sie ihn und brachte Andreas in das Zimmer ihres Sohnes und sagte zu diesem: „Sieh mal, wer gekommen ist!"

Sven war ehrlich überrascht. Die Augen weiteten sich und sein Mund klappte auf. Staunend sagte er mehr fragend als feststellend: „Coach, Sie?"

Andreas lächelte ihn an, ging zu ihm und gratulierte, alle seine Wünsche sollten in Erfüllung gehen, er sollte immer wenig Arbeit und viel Geld haben, vor allem immer gesund bleiben.

Sven bedankte sich und freute sich ehrlichen Herzens über das Erscheinen seines Trainers, packte das Geschenk aus und sah Andreas dankend an: „Aber Coach, das wäre nicht nötig gewesen. Das ist doch viel zu viel für mich."

Andreas antwortete: „Das ist schon in Ordnung so. Du darfst das gern annehmen."

Sven bedankte sich mit einem freudigen Handschlag und bot Andreas etwas zu trinken an.

Anschließend zeigte der junge Mann seinem Trainer mit viel Freude die Geschenke, die er bekommen hatte. Andreas stellte fest, dass seine Entscheidung, Sven zu besuchen, richtig gewesen war und freute sich, ihn gesehen zu haben. Aber übertreiben wollte er es nicht und so verabschiedete er sich nach etwa einer Stunde mit schwerem Herzen von ihm. Zu Hause wurde er von seinen Kindern und seiner Frau erwartet.

Andreas genoss die Zeit, in der er mit Sven zusammensein oder ihn beobachten konnte. Mit der halben Mannschaft feierte er bei sich zu Hause Silvester, lud die Jungs zu seiner berauschenden Geburtstagsparty ein, damit er in Svens Nähe sein konnte. Es war für ihn der Himmel auf Erden, wenn er mit ihm einmal tanzen konnte. Weil nicht genug Mädchen oder junge Frauen dabei waren, tanzten ständig zwei junge Männer zusammen, auch Sven und Guido tanzten manchmal zusammen. Andreas ging mit seiner Frau in die Disco, weil er wusste, dass Sven und seine Freunde ebenfalls dort waren. Doch auf dem Fußballplatz war Andreas eine Respektsperson. Den Jugendlichen machte sein Training Spaß, noch Jahre später erzählten sie davon.

1985 wechselte Andreas den Sportverein und gab somit die Mannschaft, in der Sven spielte, auf. Sven hätte er sowieso nicht mehr trainieren können, da dieser altersbedingt in die erste Männermannschaft aufsteigen musste, genauso wie Guido auch. Die Jungs beendeten ihre Ausbildung und stiegen in das Berufsleben ein. Sie hörten mit dem Fußballspielen auf, auch aus dem Grund, weil Andreas nicht mehr ihr Trainer war. Das hatten sie ihm erzählt.

Später verloren sie sich aus den Augen, aber Andreas musste immer wieder an Sven denken. Er zog nach Schwaan und Sven war immer noch in seinen Gedanken präsent. Je länger er ihn nicht sehen konnte, desto größer wurde seine Sehnsucht zu diesem gut aussehenden Jugendlichen. Andreas hatte ihn als schlanken jungen Mann in Erinnerung. Sven hatte leicht wellige, mittellange, fast schwarze Haare. Sein Gesicht war leicht oval, die Nase gerade gewachsen. Die Augenbrauen waren an der Nasenwurzel getrennt und wie seine Haare schwarz. Er hatte lange, dunkle Wimpern. Für Andreas war Sven wunderschön, höflich und ein gut erzogener junger Mann mit einer gehörigen Portion Humor.

Vierzehn lange Jahre liebte er ihn, ohne ihn treffen oder sehen zu können. Was Andreas auch tat, er kam nicht von ihm los. All die Jahre ging ihm Sven nicht aus dem Kopf. Oft und viel hatte er an ihn, Guido und die anderen Mannschaftsmitglieder denken müssen, aber vor allem an Sven.

Andreas war es bewusst, dass dieses starke Gefühl für Sven Liebe war. Seine Gefühle damals, das Kribbeln im Bauch, als er mit der S-Bahn an Svens Haus vorüberfuhr, entsprang aus seiner Liebe. Die Vorfreude, ihn bald wieder zu sehen, als er zum Fußballplatz ging, kam aus seiner Liebe zu Sven. Seine Enttäuschung, die er verspürte, wenn Sven unentschuldigt dem Training fernblieb, ebenso. Und zu guter Letzt war es seine Liebe, die ihn in Unruhe versetzte, wenn er an den jungen Mann denken musste.

Er hatte sich schon damals, 1984, in Sven verliebt. Und 1999 liebte er ihn immer noch. War Andreas dumm? Nein, das war er bestimmt nicht. Er war ein ganz normaler Mensch mit normalen Zielen und Wünschen. Er war durchschnittlich intelligent. Aber er war auch ein sehr emotionaler Mensch. Zu einem großen Teil bestimmten seine Gefühle sein Leben. Manchmal wurde die Sehnsucht nach Sven in ihm so stark, dass es ihm körperliche Qualen bereitete. An manch einem Abend, wenn er alleine war und sich einsam fühlte, kamen ihm die Tränen, weil Sven für ihn unerreichbar war. Insbesondere, wenn er Musik von U2 hörte, Svens Lieblingsband, ging es ihm schlecht. Liebe ist ein starkes Gefühl und lässt sich nicht befehlen!

Oft fragte Andreas sich, ob Sven vielleicht schwul sein könnte. Es gab Dinge, die man als berechtigte Annahme dafür gelten lassen konnte, so zum Beispiel diese uneingeschränkte große Liebe zu seiner Mutter, seine große Sensibilität, sein Hang zum Künstlerischen, der plötzliche große Alkoholkonsum damals, obwohl er vorher grundsätzlich alkoholische Getränke abgelehnt hatte. Eines Morgens im Trainingslager fand Andreas Sven und Guido in einem Schlafsack in einer Position, über die man nachdenken konnte. Freilich hatten sie geschlafen. Was vorher war, konnte Andreas nicht wissen. Er dachte auch nicht darüber nach.

Gegen eine mögliche Homosexualität Svens sprach, dass auf einem Fußballplatz kaum schwule Männer angetroffen wurden.

Wenn er endlich Klarheit haben wollte, musste er ihn suchen und finden. So begann er, seine unerfüllte Liebe zu suchen, und musste feststellen, dass weder Sven noch seine Freunden dort wohnten, wo sie in den Achtzigerjahren gelebt hatten. Selbst die Eltern der damals jungen Männer waren verzogen. Mehrmals versuchte er, Sven über die Telekom zu finden. Als Andreas 1990 Guido noch einmal traf, erzählte der ihm, dass Sven in Hamburg wohnte und arbeitete. Er fand ihn aber auch in Hamburg nicht. Selbst Guido konnte Andreas danach nicht mehr finden.

Andreas überlegte, ob er Sven über das Einwohnermeldeamt suchen sollte. Doch wie es so oft im Leben war, kam ihm der Zufall zu Hilfe. Im Januar 1999 fand er Guidos Nummer im Telefonbuch.

Andreas verlor keine Zeit und rief sofort an. Am anderen Ende der Leitung meldete sich eine freundliche, sympathische Frauenstimme, die er begrüßte. Nachdem er sich vorgestellt hatte, bat er darum, Guido sprechen zu dürfen.

Die nette Frauenstimme sagte: „Einen Moment, bitte, ich hole ihn."

Andreas wartete einen Augenblick, in dem er sich fragte, ob es wirklich sein Guido war, den er da anrief. Und schon hörte er dessen bekannte Stimme: „Hallo, Coach, was gibt's denn?", gerade so, als wenn sie sich erst einen Tag vorher gesehen hätten. Andreas wurde warm ums Herz, Glücksgefühle stiegen in ihm auf. Jetzt wusste er, dass er Sven finden würde. Er war ganz aufgeregt und sagte völlig unsinnig: „Das gibt es doch nicht, du bist es tatsächlich!"

Es entwickelte sich ein munteres Gespräch zwischen den beiden. Guido erzählte: „Ich bin seit einigen Jahren verheiratet und habe einen vierjährigen Sohn."

Andreas meinte: „Das ist ja toll, dann wird er bestimmt auch Fußballer wie du! Nur bleibt abzuwarten, ob er Torwart oder Stürmer wird, oder gar beides zusammen. Schön, Guido, dass es dir gut geht, ich freue mich für dich."

„Danke, Coach."

„Mir geht es auch relativ gut, bin von Hanna geschieden und wohne jetzt in Schwaan. Und arbeite dort auch, habe einen Fußweg zur Arbeit von nur fünf Minuten."

„Das ist doch gut, sparst du eine Menge Benzinkosten", erwiderte Guido und erzählte „Sven und Steffen sind in Kuba im Urlaub. Sie kommen in einer Woche wieder zurück. Luis ist auch verheiratet, er hat eine Tochter. Überhaupt geht es uns allen gut, das ist ja das Wichtigste."

„Das ihr alle immer noch Kontakt zueinander habt, finde ich super. Sooft kommt das ja nicht vor, dass die Freundschaften aus der Kindheit bis ins Erwachsenenalter halten. Sage mal, Guido, kann man euch mal treffen?", fragte Andreas.

Guido antwortete: „Ich werde mit den anderen sprechen, wenn sie aus dem Urlaub zurück sind, und mich anschließend bei dir melden. Dann können wir uns absprechen, wo und wann wir alle uns treffen können".

Nachdem sie sich von einander verabschiedet hatten, konnte Andreas kaum einen klaren Gedanken fassen. Er wähnte sich kurz vor seinem Ziel. Seine Sehnsucht sollte gestillt werden. Er war nun glücklich und voller Erwartungen. Er hatte Guido und damit die Jungs und vor allem Sven, um den es ihm hauptsächlich ging, gefunden. Jetzt würde er endlich Klarheit erlangen.

In den nächsten Tagen überlegte er, dass es wohl das Beste sei, zuerst mit Guido alleine zu sprechen. Er stellte sich das Gespräch mit ihm im Geiste vor. Für Andreas war es eigentlich klar, was er ihm alles erzählen wollte. Jeder Satz stand schon fest.

Zwei Wochen nach dem ersten Gespräch rief Andreas Guido an. Er konnte es nicht erwarten, sich mit ihm zu treffen. Sie einigten sich auf den 12. Februar, wollten aber vorher noch einmal telefonieren. Am 11. Februar rief Guido an und musste den Termin aufgrund einer Grippe absagen. Jedoch gab er ihm Svens Telefonnummer.

Sofort rief Andreas ihn an. Er konnte es nicht erwarten, Svens Stimme zu hören. Sven erzählte: „Guido hat mich angerufen und mir erzählt, dass ihr telefoniert habt."

So war Andreas' Anruf für ihn keine Überraschung mehr. Jeder erzählte ein bisschen über sich. Aber Andreas wollte keinesfalls mit Sven über seine Liebe zu ihm sprechen. Andreas erfuhr, dass Svens Bruder seine Jugendliebe geheiratet hatte. Sven lebte alleine in Hamburg in einer Zweizimmerwohnung und arbeitete bei einer Werbefirma als Schlosser.

Eine Woche später verabredeten Andreas und Guido telefonisch, sich mit allen an den Osterfeiertagen zu treffen. Danach wollte Andreas mit Sven telefonieren. Es war besetzt. Erst beim vierten Versuch hatte Andreas Erfolg und Sven war am Apparat. Sie begrüßten sich und Andreas erzählte, dass er schon mehrmals versucht hatte, ihn zu erreichen. Sven erklärte, dass er mit einem ehemaligen Kollegen telefoniert habe, der auch alleine lebe.

Andreas wurde eifersüchtig. War Sven am Ende tatsächlich schwul und würde er, Andreas, kurz bevor er am Ziel war, scheitern, weil Sven einen Freund hatte? Er hatte diese Möglichkeit schon länger in Betracht gezogen und wollte in dem Fall damit zufrieden sein. Vielleicht konnten sie sich ab und an einmal treffen. Natürlich gab es noch eine weitere Möglichkeit, nämlich die, dass Sven hetero war. Auch in diesem Falle wollte Andreas mit Sven eine dauerhafte Freundschaft anstreben, alles andere wäre eine Illusion. Doch wollte er es jetzt wissen und fragte: „Sven, warum bist du immer noch alleine? Allein sein ist doch Scheiße. Du kommst nach Hause und nie wartet jemand auf dich, mit niemand kann man reden. Das kotzt mich oft an", und nun fragte er Sven direkt: „Sage mal, hast du ein Problem mit Frauen?"

„Nein", kam Svens Antwort. „Aber es kommt mir so vor, als wenn du Probleme mit Frauen hast."

Andreas wusste nicht, was er antworten sollte. Verleugnen wollte er sich nicht, aber seine Liebe Sven gestehen, wollte er zum jetzigen Zeitpunkt auch noch nicht. Er wollte erst mit Guido sprechen. Nach einigem Zögern sagte er: „Ja, wenn du so direkt fragst, ja, ich habe Probleme mit Frauen. Ich bin schwul", und gegen seinen Willen entschlüpfte ihm, obwohl er das nicht wollte sein Bekenntnis: „Und ich liebe dich, Sven."

„Ja, aber ich bin nicht so", entgegnete Sven. Nach einer kurzen Pause fragte er: „Wie stellst du dir das denn jetzt vor?"

Und dann sprudelte Andreas alles heraus. „Ich habe dich schon damals geliebt, nur war es mir noch nicht richtig bewusst. Wenn du nicht zum Training kommen konntest, war ich nicht in der Lage, ein vernünftiges Training zu gestalten, weil ich zu enttäuscht über dein Fehlen war. Ich liebe dich immer noch und ich möchte dich glücklich machen. Bitte akzeptiere meine Liebe, ich muss es auch akzeptieren, dass du sie nicht erwidern kannst. Ich möchte nur, dass du glücklich wirst. Wenn ich ehrlich sein soll, ich habe schon einmal überlegt, ob ich mich nicht umbringen soll, weil ich dich nicht erreichen konnte."

„Wenn das doch nur eine Frau zu mir sagen würde", hörte Andreas Sven leise sagen.

Andreas wusste nicht, ob Sven von seinem Geständnis gerührt oder schockiert war. Wahrscheinlich mehr schockiert als gerührt, vielleicht auch beides. Andreas fragte, ob sie sich einmal treffen könnten.

Svens Antwort war: „In Rostock vielleicht, aber nicht in Hamburg."

Andreas hatte das Gefühl, Sven wolle es offenlassen, ob sie sich einmal treffen könnten. Nicht offenließ er aber, dass Andreas sich keine Hoffnungen zu machen brauchte.

Nun hatte Andreas Klarheit. Ein schöner Traum, dem er vierzehn lange Jahre hinterhergelaufen war, war zerplatzt wie eine Seifenblase.

Andreas bat Sven: „Bitte sprich nicht mit Guido darüber. Er soll das von mir erfahren!"

Sven versprach sofort, diese Bitte zu erfüllen.

Am 3. März hatte Andreas Guido in einem griechischen Restaurant zum Essen eingeladen. Während dessen erzählte Andreas von seinen Gefühlen für Sven. Guido reagierte mit Verständnis und rechnete Andreas hoch an, dass dieser ihm persönlich und nicht am Telefon von seiner Liebe zu Sven erzählte.

Plötzlich musste Guido lächeln, sah Andreas schalkhaft ins Gesicht und erzählte: „Meine Mutter und mein Bruder glaubten damals, dass du inoffizieller Mitarbeiter bei der Stasi gewesen bist, weil du dich um uns mehr gekümmert hattest, als es für einen Trainer üblich war. Aber ich glaube das nicht. Sie haben sich von mir nicht beirren lassen."

Daraufhin erzählte Andreas: „In einem Punkt muss ich den beiden recht geben. Tatsächlich war ich bei der Stasi, aber nicht als i. M., sondern im Knast. Ich war damals als BGL-er ..." Nun erzählte er die Geschichte mit dem damaligen Oberbürgermeister von Rostock und dem Wohnungsvergabeplan für 1988 und den Folgen für ihn selbst.

Weiterhin redeten sie über Sven, Steffen und Luis und später über ihr gemeinsames Treffen. Ostern sollte es soweit sein. Guido meinte: „Wenn du Zeit hast, kannst du gerne dazu kommen, wir würden uns alle freuen."

„Super, ich freue mich auch, euch endlich wiederzusehen. Ich bin dabei", versprach Andreas.

Nach dem Essen tranken sie ein zweites Bier. Plötzlich musste Guido lächeln und sagte: „Da war Sven also der Knaller."

„Wenn du das so ausdrücken willst", bestätigte Andreas.

Guido vermutete: „Hätte ich Sven damals nicht mitgebracht, wärst du vielleicht heute noch verheiratet."

„Das glaube ich nicht", erwiderte Andreas.

Guido glaubte: „Ja, dann wäre wohl ein anderer gekommen."

Guido hatte sich als wahrer Freund erwiesen und das nicht zum ersten Mal. Er half Andreas gern, ihm seinen Wunsch zu erfüllen, Sven zu treffen. Sicherlich hätte er ein Treffen zwischen den

Freunden auch dann organisiert, wenn Andreas nicht gewesen wäre. Trotzdem war Andreas ihm dafür dankbar. Vielleicht wollte Guido ihm etwas zurückgeben?

Als Guido noch ein Kind war, setzte sich Andreas mehrmals für den damals dreizehnjährigen Jungen bei seinen Eltern ein, damit dieser zum Fußballtraining gehen konnte. Andreas gab ihm sogar Nachhilfeunterricht, damit Guido Fußballspielen durfte. Der wusste damals, dass er zu jeder Zeit mit seinen Problemen zu seinem Trainer gehen konnte, wenn er Hilfe brauchte. Andreas hatte ihn nie enttäuscht. Das hatte der heutige Mann nicht vergessen.

Am Abend telefonierte Andreas mit Sven. Sie unterhielten sich nur kurze Zeit. Andreas hatte das Gefühl, dass Sven nicht mit ihm sprechen wollte.

Karfreitag war der große Tag, an dem Andreas einige seiner ehemaligen Spieler wiedersehen sollte. Er hatte sich schon lange darauf gefreut. Doch den ganzen Tag hatte er sich gefragt, ob es richtig sei, mit ihnen in eine Bierkneipe zu gehen. Immer wieder überlegte er, Guido anzurufen und abzusagen.

Aber der innerliche Zwang, Sven endlich wieder zu sehen, war am Ende doch größer. Als er am vereinbarten Ort eintraf, war die Kneipe noch geschlossen. Es war kurz vor achtzehn Uhr. Andreas ging um das Haus herum, und als er wieder zurückkam, sah er Guido in Begleitung eines etwa 1,80 Meter großen jungen Manns mit glatten, dunklen Haaren die Straße entlang schlendern. Guido stellte ihn als Goldi vor. Gemeinsam warteten sie auf die anderen. Zuerst traf Luis ein, danach Steffen. Andreas hätte ihn nicht wiedererkannt, früher hatte Steffen kurzes, blondes Haar, jetzt hing es ihm bis über die Schultern. Er war zweiunddreißig Jahre alt und hatte im Gesicht sehr viele Falten, insbesondere auf der Stirn. Die Koteletten trug er bis zur Mitte der Ohrmuschel. Trotz seiner vielen Falten im Gesicht sah er jung, gesund und kräftig aus. Als Dachdecker war er viel der Witterung ausgesetzt, die sein Gesicht gezeichnet hatte. Vom Wesen her hatte er sich im Vergleich zu früher nicht verändert, er war immer noch ein ruhiger und höflicher junger Mann.

Luis, Steffens Bruder, hatte sich gleichfalls kaum verändert. Er war älter und reifer geworden wie Guido auch. Nur trug er heute sein lockiges blondes Haar kurz. Er war verheiratet und hatte eine Tochter. Seine Frau war schwanger und sollte im September entbinden. Er wünschte sich einen Jungen und war glücklich. Als er Andreas einige Bilder zeigte, wusste Andreas, warum das so war und freute sich für Luis.

Ein niedliches kleines Mädchen lächelte ihn vom Bild an und eine wunderschöne junge Frau blickte Andreas ebenso lächelnd ins Gesicht. Luis arbeitete als Heizer auf einem Schiff und hatte ein gutes und gesichertes Einkommen, was zu jeder Zeit wichtig war. Dass er sehr glücklich zu sein schien, drückte sich in seinem Wesen aus. Er war immer noch der fröhliche, lebenslustige Junge von damals, der viel lachen konnte und immer einen Scherz auf den Lippen hatte.

Endlich kam Sven. Er stand an der Ampel einer Kreuzung, etwa einhundert Meter von ihnen entfernt. Andreas war jetzt sehr aufgeregt. Guido sah ihn zuerst und machte alle anderen auf Sven aufmerksam. Ob er das vielleicht für Andreas tat? Der musste sich zwingen, ihn nicht anzustarren. Er schaute weg und sah wieder zu Sven hin. Er spürte sein Herz vor lauter Nervosität klopfen. Tatsächlich, Sven hatte sich zum Positiven entwickelt. Er war nicht mehr so dünn wie damals, sondern etwas kräftiger geworden, aber keinesfalls dick, sondern sportlich schlank. Ein schwarzer Schnurrbart zierte seine Oberlippe. Die Haare trug er immer noch wie vor vierzehn Jahren, die Ohren frei und im Nacken bis oberhalb der Schulter. Sven sah gesund und schön aus. ‚Du bist nicht nur hübsch, sondern wunderschön, so, als wärest du von Michelangelo aus Marmor geschaffen worden‘, dachte Andreas. Sie begrüßten sich und Andreas sah eine lange Narbe, die von Svens linkem Auge bis hin zu seiner linken Schläfe verlief. Seiner Schönheit tat das keinen Abbruch, im Gegenteil wurde er dadurch noch interessanter.

Sie gingen in die nächste Gaststätte, in der sie etwas essen konnten. Dort unterhielt sich Andreas mit Guido, Goldi, Steffen und Luis, es war ein lockeres und fröhliches Gespräch mit vielen Späßen und Witzen gespickt. Luis und Steffen erkundigten sich nach Andreas, sie wollten wissen, als was er arbeitete und was er in seiner Freizeit trieb.

Sven hielt sich zurück. Er fragte und sagte nichts. Er hielt sich aus den Gesprächen heraus. Doch das fiel Andreas erst in der Bierkneipe auf.

Guido fragte Andreas, ob er schon Svens Narbe gesehen habe, und erklärte ihm, dass der bei einem Autounfall in der Tschechei verletzt und dort operiert worden sei. Danach erzählte Andreas von seinem Verkehrsunfall und dass sein Gesicht mehrfach verletzt war und ebenfalls operiert werden musste. Er habe elf Narben im Gesicht, die aber nicht zu sehen seien. Wäre Sven in Rostock operiert worden, hätte er keine sichtbare Narbe zurückbehalten.

Andreas schien der Zeitpunkt günstig zu sein und fragte Sven, ob sie sich an der Bar unter vier Augen unterhalten wollten. Bis dahin war es ein schöner und lustiger Abend mit viel Spaß und Witzen.

Sven sagte zu und sie zogen sich von den anderen zurück. An der Bar verlief das Gespräch mit Sven ähnlich wie am Telefon, nur war dessen Verhalten Andreas gegenüber hart und aggressiv. Hatte Sven Angst vor Andreas oder verachtete er ihn sogar? Andreas wusste es nicht. Auf jeden Fall machte Sven ihm unmissverständlich klar, dass er sich mit Andreas nicht alleine treffen werde. Ein freundschaftliches Gespräch war mit ihm nicht möglich, vernünftige Argumente erreichten ihn nicht. Im Gegenteil unterbrach er Andreas immer wieder und ließ ihn nicht aussprechen. Das Gespräch endete in einer Sackgasse.

Danach versuchte Andreas, mit den anderen den Abend weiterhin zu genießen. Er gab eine Runde Bier aus und es herrschte eine lockere und fröhliche Stimmung unter den Freunden. Nur er selbst fühlte sich nicht mehr locker und fröhlich. Als er sich später von Guido und den anderen verabschiedete, verschwand Sven und ließ sich nicht mehr sehen. Er verabschiedete sich nicht von Andreas, der jetzt von ihm nicht nur enttäuscht war, sich zudem noch verletzt fühlte. Sven hatte sich wie ein Arschloch verhalten. Das sagte er auch Guido.

Andreas ging zu Fuß zum Bahnhof, er wollte mit dem Zug zurück nach Schwaan fahren. Natürlich musste er damit rechnen, dass Sven nicht so reagieren würde, wie er sich das erhofft hatte, aber enttäuscht war er trotzdem, weil er nicht mit dessen Aggressivität gerechnet hatte.

Immer wieder musste er in den nächsten Tagen über Sven nachdenken. Er war ratlos. Er dachte auch an Guido, Luis und Steffen. Neben seiner Ratlosigkeit war Andreas außerdem vollkommen verunsichert. Zu Sven würde er keinen Zugang finden, das wusste Andreas. Sollte er zu den Freunden den Kontakt abbrechen oder nur zu Sven?

Verachtete Sven ihn? Das wusste Andreas nicht. Aber er vermutete, dass Sven von seinem Liebesgeständnis schockiert war und nicht wusste, wie er zukünftig mit Andreas umgehen sollte. Wahrscheinlich hatte er sogar Angst, dass Andreas ihm einmal zu nahe treten könnte. Dabei hätte Andreas das nie getan, er wollte Sven nicht verletzen. Andreas war es bewusst, dass er Sven aufgeben musste. Aber wie sollte er sich den anderen gegenüber verhalten? Stellte er sich zwischen Sven und Guido und die anderen, wenn er bis auf Sven die anderen weiterhin traf? Er wollte nicht zwischen den Freunden stehen. Entweder Sven oder Andreas würden sich bei weiteren gemeinsamen Treffen nicht wohlfühlen. Vielleicht sogar beide. Er wollte nicht die Verantwortung für einen Bruch zwischen den Freunden übernehmen müssen. Er wollte nicht, dass Sven seinetwegen auf seine Freunde verzichten musste. Wäre es nicht besser, wenn sich Andreas von ihnen zurückzog? Schließlich war es nicht unbedingt sein, Andreas, Freundeskreis. Obwohl ihm wehtat, wenn er sich so schnell wieder von Guido, Steffen und Luis trennen musste. Das wollte er nicht. Andererseits war Andreas einmal deren Trainer und hatte sich damals in einen der Jungen verliebt. Hatte er mit diesem Treffen nicht ein Ergebnis erzielt, mit dem er leben konnte?

Zwei Tage hatte Andreas darüber nachgedacht, wie er Sven künftig begegnen sollte. Nach und nach kam er zu dem Entschluss, dass es besser sei, wenn er ihn nicht mehr sehen würde. Er schrieb Guido einen Brief:

„Hallo, Guido!

Sicherlich wirst du überrascht sein, von mir einen Brief zu bekommen, weil ich dich anrufen könnte. Doch ich habe mich deshalb entschlossen, dir zu schreiben, weil, das glaube ich wenigstens, ich mich schriftlich besser ausdrücken kann als am Telefon und ich keine Missverständnisse aufkommen lassen möchte.

Zunächst hoffe ich, dass ich durch meinen Abgang am Freitag keinen von euch, vor allem nicht dir, den Abend verdorben habe. Aber sicherlich wirst du verstehen, obwohl ich mit allem rechnen musste, dass ich maßlos von Sven enttäuscht bin, weil er sich mir gegenüber aggressiv und ablehnend verhalten hatte. Obwohl ich ihm am Telefon schon sagte, dass ich ihm nie zu nahe treten würde, machte er mir unmissverständlich klar, dass er nur bereit ist, mich zu treffen, wenn noch andere von euch dabei wären, und er das auch nur in Rostock zulassen würde. Das könnte ich vielleicht noch verstehen, obwohl er sich darüber im Klaren sein müsste, dass sowieso immer von euch jemand dabei wäre, in Rostock, in Schwaan oder auch in Hamburg. Ich dachte, er habe begriffen, dass es für mich nur um eine Freundschaft mit euch allen gehen kann. Wie naiv von mir zu glauben, dass so etwas möglich sei!

Ich denke, dass Sven von meinem Liebesgeständnis nicht nur schockiert ist, sondern dass er Angst vor mir hat, weil er völlig unwissend ist, was das Thema Homosexualität betrifft.

Er hat bestimmt schon einmal eine Frau kennengelernt, die für ihn interessant war, die ihm aber zu verstehen gab, dass er sich keine Hoffnungen zu machen brauchte. Bestimmt hatte er das akzeptiert. Die Situation zwischen Sven und mir ist genauso, nur dass er mir unterstellt, das glaube ich zumindest, dass ich meine Gefühle nicht unter Kontrolle habe. Warum sonst möchte er sich nicht mit mir treffen, nur dann, wenn zum Beispiel Du dabei bist. So ein Treffen wäre für mich tatsächlich beinahe das größte Glück.

Hat er etwa geglaubt, ich werde ihm bei der erstbesten Gelegenheit an die Wäsche gehen? Das enttäuscht mich schon, denn als Mensch bin ich heute nicht anders als damals. Auch das sollte er wissen.

Nun gut, wenn er nicht damit umgehen kann und es ihm zur Last wird, will ich ihm keine Probleme bereiten. Ich habe mich entschlossen, ihn nicht mehr zu treffen. Vielleicht ist es so besser, wenn wir uns nicht mehr sehen, es sei denn, er denkt vielleicht doch anders darüber, dann muss er aber den nächsten Schritt tun. Ich habe ein Ergebnis betreffend Sven erzielt. Es ist nicht das, was ich wollte, aber ich kann damit leben.

Aus dieser Problematik erwächst für mich das nächste Problem. Ich möchte nicht, dass durch meine Schuld eure Freundschaft belastet, gar gefährdet wird. Ich möchte nicht zwischen Sven und euch stehen. Schließlich habe ich mich bei euch so lange nicht sehen lassen und ihr seid schon immer gute Freunde gewesen. So soll es auch bleiben. Keiner weiß so gut wie ich, wie wertvoll gute Freunde sind. Deshalb, so schwer es mir auch fällt, verzichte ich auf eure Freundschaft, wenn die Gefahr besteht, dass ihr euch meinetwegen entzweien solltet.

Bitte grüße unbekannterweise deine Frau von mir und natürlich Steffen,
Luis und die anderen. Es tat mir gut, euch zu sehen.
Es grüßt dich herzlich und in Freundschaft der Coach
Andreas Schneider"

Nun konnte Andreas nur noch warten, ob sich Guido noch einmal meldete. Andreas war froh, dass er noch im Schwaaner Fußballverein die B-Jugend trainierte, sonst wäre er wieder so alleine und einsam gewesen wie schon 1993/94.

Nach fünf Tagen rief Guido Andreas an. Er sagte: „Einiges von dem, was du mir geschrieben hats, ist richtig, aber Einiges auch nicht. Sven hat nichts gegen dich und er lehnt dich genauso wenig ab. Das hat er mir noch am selben Abend gesagt, nachdem du nach Hause gegangen warst. Er war auf der Toilette gewesen und anschließend mit jemand an der Bar ein Bier trinken, als du dich von uns verabschiedet hast.

Ich rate dir, mit Sven zu telefonieren."

„Nein, das ist Blödsinn. Sven hat gewusst, wie ich mich am Karfreitag nach unserem Gespräch gefühlt habe. Ein vernünftiges Gespräch mit ihm war nicht möglich. Kein ordentliches Argument hatte er gelten lassen. Im Gegenteil fiel er mir immer wieder ins Wort. Wenn er nicht so homophob eingestellt ist, wie er es mir vermittelt hat, warum lässt er mich dann in diesem Glauben, anstatt mich anzurufen und alles richtigzustellen. Meine Telefonnummer hat er doch."

Nach diesem Telefonat dachte Andreas, dass sie über die räumliche Distanz und nach einem gewissen Zeitabstand vielleicht doch noch als Freunde zueinander finden könnten. Er wollte sich nicht weigern, Sven zu sehen, aber er wollte ihm nicht hinterherlaufen. Auch Andreas hatte seinen Stolz.

Zwei Wochen später telefonierte Andreas noch einmal mit Guido. Er teilte ihm mit: „Ich habe Sven nicht angerufen, weil er der Verursacher unseres Missverständnisses ist. Wobei ich mir gar nicht so sicher bin, dass es überhaupt ein Missverständnis gibt. Wenn Sven Interesse daran hätte, etwas aufzuklären, hätte er sich bei mir gemeldet. Das aber hat er nicht getan. Damit ist die Sache für mich erledigt."

Guido erklärte: „Was soll ich dir darauf antworten. Ich glaube, dass du die Sache richtig angehst. Damit erntest du meine ganze Sympathie und auch die der anderen."

Das war das letzte Lebenszeichen, das Andreas von Guido erhielt.

*****

In Kurzform erzählte Andreas seinem Chatpartner die Geschichte von Sven. „Sonst habe ich schon einmal den einen oder anderen Hübschen trainiert, aber ich war in keinen von denen verliebt.

Aber bei dir ist das jetzt auch vorbei. Jetzt liebst du mich. Mal sehen, wann du zum Schlafen kommst. Ich bestimmt, dafür sorgt schon eine Tablette, die ich brauche. Ich leide unter dem Restless-Legs-Syndrom."

Silvio berichtigte Andreas: „Mein Liebster, ich meine nicht verliebt in einen Jungen, nur die Gedanken spielen dann verrückt. Ich habe ihn halt toll gefunden, konnte ihm natürlich nicht sagen, was ich von ihm halte und welche Gedanken ich habe. Aber ich habe schon seine Nähe gesucht, habe ihn bevorzugt behandelt, habe für ihn mehr gemacht als für andere. Wollte auch etwas Freizeit mit ihm alleine verbringen, aber das ging ja nicht.

Was um Gottes Willen ist Restless-Legs-Syndrom? Ist das bedenklich oder ansteckend? Hast du noch mehr Krankheiten auf Lager? Ich war gerade am Sonnabend zum Geburtstag meiner Tante. Ich kann bei Krankheiten auch schon mitreden. Und Ärztenamen sind auch gefallen. Kann ich dir helfen???

Ich weiß schon, wie, komm erst mal in meine Arme ..."

Andreas spürte die Umarmung: „Ich fühle mich wohl in deinen Armen. Ich hätte es dir lieber persönlich gesagt. Aber nun ist es raus, und ich will dich jetzt nicht dumm sterben lassen.

Also, das ist das Syndrom der unruhigen Beine. Wenn ich die Tablette nicht rechtzeitig nehme, ist es so, als ob mir jemand Gleichstrom durch die Beine jagt, da kannst du wahnsinnig werden. Du kommst dann nicht mehr zur Ruhe. Es ist sofort weg, wenn du dich hinstellst. Aber ich kann im Stehen nicht schlafen. Hahaha haha.

Deshalb brauche ich die Tablette. Aber nach zwei Stunden werde ich meist so müde, dass ich einschlafe. Wir dürfen in diesem Fall eben nicht fernsehen.

Vom zu hohen Cholesterinspiegel und dass ich dafür Tabletten nehmen muss, habe ich dir schon geschrieben."

In diesem Zusammenhang gehörte der Unfall dazu. Andreas dachte daran, warum das damals alles geschehen war. Es war eine Verknüpfung von vielen dummen Zufällen.

Der Unfall

Am 1. November 1997 wollte Andreas früh morgens auf dem Fußballplatz in Rostock sein. Es war Samstag und seine Mannschaft hatte in Boizenburg ein Bezirkspokalspiel. Mit einem Bus wollten sie um Punkt acht Uhr vom Sportplatz aus dorthin fahren.

Andreas hatte vierundzwanzig Stunden Dienst hinter sich und sollte um sechs Uhr zum Feierabend abgelöst werden. Er war geschafft. So einen Dienst wie diesen hatte er in seinem Leben im Rettungsdienst noch nicht erlebt. Da er in Schwaan in einer Nebenwache arbeitete und sie in jedem Einsatz über Land fahren mussten, vergingen während eines Einsatzes von der Alarmierung bis zur Rückkehr zur Rettungswache etwa zwei Stunden.

Meist hatten sie zwei bis drei Einsätze am Tag. Aber heute war es besonders schlimm. Um fünf Uhr war noch eine Stunde Zeit bis zum Feierabend. Sie stiegen aus dem Rettungswagen aus und wollten ihn auffüllen. Das wurde dringend notwendig, denn sie hatten soeben ihren achten Einsatz beendet, und waren seit über sechzehn Stunden ununterbrochen unterwegs. Das Maß war voll, auch Andreas Kollege war am Ende seiner Kräfte angekommen. Andreas meldete den Wagen ab, sie waren nicht mehr einsatzbereit. In den acht Einsätzen hatten sie soviel Material, Injektions- und Infusionslösungen verbraucht, dass sie ohne ein schlechtes Gewissen zu keinem erneuten Einsatz herausfahren konnten. Ohne Material war es nicht möglich, jemanden gut zu versorgen. Außerdem musste das Auto von innen desinfiziert werden, es sah darin aus wie auf einem Schlachtfeld. Andreas Kollege begann, den Rettungswagen zu putzen.

Andreas ging mit den Verbandskoffern in die Rettungswache, um das fehlende Material aufzufüllen. Als er zurück zum Auto kam, hatte es sein Kollege gesäubert und desinfiziert. Andreas verstaute die nun wieder vollständig aufgefüllten Koffer an den ihnen zugedachten Plätzen.

„Gut", sagte er, „dann rauch du mal noch eine, unsere Ablösung wird wohl bald kommen. Ich werde schon einmal den Wagen wieder einsatzbereit melden."

Kaum hatte er das ausgesprochen, wurden sie von der Leitstelle angefunkt. Andreas meldete sich, entsprechend der Funkordnung.

„Jungs, es tut mir ja leid", hörte Andreas die Stimme des Leitstellenmitarbeiters, „aber ich brauche euch noch einmal. Wie weit seid ihr?"

„Wir sind einsatzbereit", antwortete Andreas.

Sie bekamen ihren neunten Einsatzbefehl. Es bestand der Verdacht auf einen akuten Asthmaanfall. Der Notarzt war informiert, aber noch in einem anderen Einsatz tätig, es könne also etwas länger dauern, bis der da sei. Andreas bestätigte und sie fuhren mit Sondersignal zum Einsatzort.

„Mann, was ist denn heute nur los?", stöhnte der Kollege, „langsam reicht es aber."

Andreas sagte: „Mir reicht es schon lange, um acht Uhr wollte ich auf dem Sportplatz sein. Wir müssen nach Boizenburg zum Pokalspiel. Das wird jetzt aber richtig eng. Wir bereiten alles vor, und wenn der Notarzt dann noch nicht da ist, spritze ich dem Patienten Theophyllin."

„Das willst du wirklich machen?", fragte der andere.

„Ja", sagte Andreas, „wenn es tatsächlich ein Asthmaanfall ist, kannst du nichts falsch machen."

„Ich würde das nicht tun", sagte der Kollege.

„Brauchst du auch nicht. Ich habe die Verantwortung. Und wenn ich mir sicher bin, dann tue ich es. Das wäre nicht das erste Mal. Und die Indikation ist immer gegeben, wenn kein Notarzt da ist", entgegnete Andreas.

Nach elf Minuten waren sie am Einsatzort. Andreas sprang aus dem Auto, riss die Tür zum Patientenraum auf und griff sich den Medikamenten- sowie den Beatmungskoffer. Der Kollege lief zum Fahrzeugende und holte aus dem Patientenraum das EKG- und das Beatmungsgerät. Die Tür zum Haus wurde geöffnet und sie konnten ungehindert zum Patienten gelangen. Sie grüßten freundlich.

Wer hier von den drei sich im Zimmer befindlichen Personen Hilfe benötigte, konnten sie unschwer an der erschwerten Atmung des Patienten erkennen, ein Mann von etwa siebzig Jahren. Er konnte kaum noch atmen, als er die Luft ausstieß, pfiff es leise im Raum. Andreas und sein Kollege arbeiteten schnell und konzentriert. Der Kollege gab dem Patienten mithilfe einer Maske und dem Beatmungsgerät Sauerstoff, in dem er dem Patienten die Maske über die Nase und den Mund hielt und beruhigte ihn. Danach schloss er das EKG-Gerät an den Körper des Mannes an.

In der Zwischenzeit hatte Andreas die Injektionen vorbereitet. Da der Notarzt noch nicht erschienen war, legte er im linken Arm des Patienten einen venösen Zugang, nahm dem schwer nach Luft ringenden Mann etwas Blut ab und begann danach, ihm das Theophyllin zu injizieren. Als Andreas damit fertig war, konnten sie sehen, dass die Atmung des Patienten sich verbesserte. Der Mann sah Andreas erleichtert an und sagte: „Danke, Herr Doktor".

„Ich bin kein Doktor und ich bin auch kein Arzt. Ich bin Rettungsassistent", sagte Andreas.

Der Mann erwiderte: „Das ist egal, sie haben mir geholfen, und darauf kommt es an."

Als der Patient mit der Atmung keine Probleme mehr hatte, begannen Andreas und sein Kollege, ihre Sachen wegzuräumen. Nachdem sie damit fertig waren, hörten sie ein Sondersignal. Das konnte nur der Notarzt sein.

Wenige Sekunden später betrat der das Zimmer. Andreas übergab den Patienten und erzählte dem Doktor, was sie getan hatten.

Der Notarzt sah Andreas an und sagte: „Und was soll ich jetzt noch machen?" sein Mund verzog sich zu einem Lächeln.

Andreas lächelte zurück und sagte: „Dexametason spritzen, Herr Doktor."

„Gut, Herr Schneider, sehr gut. Dann geben sie mir mal das Dexa", und er spritzte das Medikament. Nebenbei fragte er den Patienten, ob er in die Klinik wollte. Der Mann lehnte das ab und der Notarzt entließ Andreas und seinen Kollegen.

Um sieben Uhr dreißig war Andreas zurück in der Rettungswache. Sie hatten achtzehn Stunden ohne Pause durchgearbeitet.

Um acht Uhr zehn saß Andreas' Fußballmannschaft im Bus, auch er selbst war dabei. Er war müde und hungrig. Aber das war ihm egal. Hauptsache, er war jetzt an Ort und Stelle und konnte seine Mannschaft betreuen.

Als sie nach zwei Stunden am Sportplatz in Boizenburg eintrafen, hatten sie bis zum Spielbeginn etwa fünfundvierzig Minuten Zeit. Andreas schickte die Mannschaft in die Kabine.

Er selbst ging in die Kantine und aß eine Bockwurst und trank ein Bier. Anschließend kehrte er zur Mannschaft zurück und stellte seine Männer auf das Spiel ein. Da der Gegner drei Klassen höher spielte als Andreas Mannschaft, hatten sie nichts zu verlieren. Aber sie sollten kämpfen und ihre „Haut so teuer wie möglich verkaufen".

Lange Zeit konnten sie das Spiel offen gestalten. Die Zuschauer erkannten keinen Klassenunterschied. Durch einen dummen individuellen Fehler eines Verteidigers, der bis dahin sehr gut gespielt und seine Aufgabe zu einhundert Prozent erfüllt hatte, erzielte der Gegner das 1:0. Das war sehr ärgerlich. Alleine deswegen, weil der Spieler bis dahin sehr viele Chancen des Gegners vereiteln konnte. Nun verloren sie das Spiel.

Niemand machte dem Unglücksraben wegen seines Fehlers einen Vorwurf. Die Kameraden gingen zu ihm und trösteten ihn. Er saß in der Kabine auf seinen Platz und weinte. Andreas ging zu ihm, zauste ihm durch seine Haare und sagte: „Komm, Kopf hoch, Junge, das war eine total gute Leistung von dir. Du hast super gespielt."

„Bis zu diesem Scheißfehler", rief der Spieler wütend.

„Ach, was", sagte Andreas, „Es ist ein Wunder, dass wir nicht noch höher verloren haben. Ihr wart super. Geht jetzt duschen und blast keine Trübsal mehr. Ihr könnt heute sehr stolz auf eure Leistung sein."

Als sie die Heimfahrt antraten, war die Stimmung im Bus immer noch auf einem Tiefpunkt. Das tat Andreas leid. Nun weinten schon drei der jungen Männer. Andreas verstand sie. Sie hatten den Gegner kontrolliert, hatten zweimal die Möglichkeit gehabt, selber in Führung zu gehen. Bis dieser dumme Fehler geschah, hatten sie sogar die Hoffnung, das Spiel zu gewinnen.

Andreas wollte die Jungs mit so einer schlechten Stimmung nicht in den Sonntag entlassen. Er bat den Busfahrer, an die nächste Tankstelle zu fahren. Dort kaufte er zwei Stiegen Bier und gab sie den Männern aus. Als sie von der Tankstelle wegfuhren, wurde in Erwartung des Bieres die Stimmung im Bus besser. Andreas trank mit seiner Mannschaft ein Bier, danach noch ein zweites. Der Mannschaftsleiter wollte mit ihm ein drittes Bier trinken und gab zu verstehen: „Du kannst doch dein Auto stehen lassen. Meine Frau kommt und holt mich ab. Wir nehmen dich bis zum Bahnhof mit setzen dich dort ab und du fährst mit dem Zug. Kannst doch morgen dein Auto abholen. Du kommst ja sowieso auf den Platz."

Das lehnte Andreas ab. Er wolle mit seinem Auto nach Hause fahren. Er fühlte sich etwas müde, aber in guter körperlicher Verfassung.

Er hatte vierundzwanzig Stunden Dienst hinter sich, in denen er achtzehn Stunden mit Rettungsdiensteinsetzen unterwegs war. Die ganze Nacht hatten sie durchgearbeitet, hatten teilweise nicht einmal die Zeit gehabt, das Auto zu säubern und aufzufüllen.

Danach das Spiel in Boizenburg. Andreas hatte kaum etwas gegessen, als einzige Mahlzeit eine Bockwurst, und nun hatte er schon das dritte Bier an diesem Tag getrunken.

Trotzdem fühlte er sich fit. So setzte er sich, auf dem Sportplatz angekommen, in sein Auto und fuhr heimwärts.

Er folgte einer langen, geraden Allee. Vor ihm zottelte langsam ein Auto dahin. Andreas fuhr hinterher. Er dachte an seinen Kollegen Alfons. Der war ein lustiger Kerl, aber manchmal etwas naiv und dumm. Als sie eine Diabetikerin zur Operation in ein Krankenhaus brachten, der eine Zehe abgenommen werden musste, erzählte Alfons von einer Bekannten, die ein ähnliches Schicksal erlitten hatte. Er sagte: „Und dann wollte das nicht heilen und ihr wurde der ganze Fuß abgenommen."

Die Frau erschrak und Andreas versuchte die Situation zu retten: „Na, Alfons, jetzt erzählst du aber Dummheiten."

„Doch, das stimmt, die haben ihr am Ende das Bein abgenommen", beharrte Alfons. Die arme Frau lag auf der Trage und verkroch sich unter der Bettdecke. Mit einem Machtwort stoppte Andreas seinen Kollegen und versuchte, die Frau zu beruhigen.

Nachdem er mit Alfons alleine war, sprach er mit ihm. Er sagte, dass er den Patienten zwar keine sinnlosen Hoffnungen machen durfte, aber Angst schon gar nicht. Er sollte eher versuchen, die Patienten zu beruhigen und aufzubauen. Die seien ängstlich und aufgeregt genug.

Andreas fragte sich, warum der andere vor ihm so langsam fuhr. Nicht einmal fünfzig km/h.

Es war schon fast zwanzig Uhr. Andreas wollte endlich nach Hause. Er setzte zum Überholen an und blickte in den rechten Rückspiegel, um zu sehen, wie weit er an dem anderen Auto vorbeigefahren war, um wieder auf die rechte Fahrbahn zu wechseln. Plötzlich gab es einen mächtigen Schlag gegen sein Auto. Andreas bemerkte, dass sich sein Fahrzeug auf die Seite drehte. Dann schlug etwas gegen seinen Kopf und er verlor das Bewusstsein.

Als er wieder zu sich kam, hörte er eine Frau zu jemandem sagen: „Du, der lebt noch."

Andreas versuchte, sich zu orientieren. Er konnte nichts sehen. Alles um ihn herum war feucht und klebrig vom vielen Blut, das er verloren hatte. Er hatte eine offene Nasenbeinfraktur. Im Gesicht und in beiden Augen waren Glassplitter von der zersprungenen Frontscheibe seines Autos eingedrungen. Nur konnte Andreas das zu dem Zeitpunkt nicht wissen. Er versuchte, aus dem Auto herauszukommen, schaffte es aber nicht. Er hörte sich sagen: „Bitte helfen Sie mir. Ich kann nicht herauskommen."

Ein paar Augenblicke später spürte er, dass ihn zwei Hände packten und ihn aus seinem Auto herauszogen. Er versuchte, zu helfen, indem er sich auf allen Vieren abstützte, um aus dem Auto zu krabbeln. Es funktionierte. Als er aus dem Auto heraus war, wollte er sich auf seine Beine stellen. Daran wurde er gehindert. Er merkte, dass er zitterte. ‚Komisch', dachte er, ‚ich friere nicht, aber ich zittere.'

Eine freundliche Frauenstimme sagte: „Bleiben Sie liegen, ich bin Dr. Lessing, die Kinderärztin."

Oft hatte Andreas mit ihr in Notfällen zusammengearbeitet. Er war froh, dass sie da war und sagte: „Oh, das ist schön, dass Sie hier sind. Wenigstens jemand, den ich kenne."

Sie beruhigte ihn und mahnte, er solle nicht sprechen. Bestimmt werde bald der Rettungswagen da sein. Dann könnte ihm nichts mehr passieren. Die würden sich um alles kümmern.

Andreas sagte: „Oh, Scheiße, dann retten mich ja meine eigenen Kollegen!"

Er hörte in diesem Moment den Rettungswagen mit eingeschaltetem Martinshorn kommen. Etwas später lag er schon auf der Trage im Auto. Jemand sah ihm in die Augen und sagte: „Oh, oh, das sieht gar nicht gut aus."

Andreas konnte nicht anders: „Alfons, ich habe dir schon einmal gesagt, du sollst den Patienten keine Angst machen, sondern sie aufbauen."

„Andy, du?", war die ganze und erstaunte Antwort.

Die Notärztin traf am Unfallort ein. Sie stellte sich Andreas vor. Sie war die leitende Notärztin des Kreises. Nicht nur Andreas war von ihrem fehlenden Können überzeugt. Bevor sie leitende Notärztin wurde, war sie Chirurgin in einer Gemeinschaftspraxis und hatte, sich einen nicht wieder gut zu machenden Ruf aufgebaut, sodass ihr Kollege sie schlicht und einfach rausgeworfen hatte und die Praxis alleine weiter betrieb. Andreas war bedient, diese Frau war nicht nur eine schlechte Ärztin, außerdem auch dumm und hysterisch. Sie wollte er nicht an sich heranlassen.

Sie fragte: „Welche Beschwerden haben Sie?

Er sagte: „Ich habe keine Beschwerden!"

„Ihr Gesicht und ihre Augen sagen mir da etwas anderes."

„Es geht mir gut, ich brauche keinen Notarzt!"

„Ich kann Sie nicht alleine lassen, Sie haben viel Blut verloren und Schmerzen müssen Sie auch haben", meinte sie und forderte Alfons auf, ein Schmerzmittel aufzuziehen.

Andreas sagte: „Ich brauche kein Schmerzmittel."

Sie erwiderte: „Aber Sie müssen doch Schmerzen haben!"

„Nein, ich habe keine Schmerzen. Ich will kein Schmerzmittel", antwortete Andreas. Die Notärztin dachte nicht daran, dass Andreas im Zustand des Wundschocks war. In dem Zustand ist das Schmerzempfinden eines Patienten herabgesetzt.

Andreas hörte Alfons fragen: „Soll ich nun etwas aufziehen oder besser nicht?"

„Selbstverständlich ziehen Sie eine Ampulle Fentanyl auf, die spritze ich dem Patienten jetzt! Tun Sie einfach, was ich Ihnen sage!", schrie die Frau Alfons an.

Jetzt reichte es Andreas. Er mischte sich genausolaut in diese Unterhaltung ein, wie sie von der Notärztin geführt worden war. „Es ist genug! Ich habe Ihnen gesagt, dass es mir gut geht und ich kein Schmerzmittel will. Begreifen Sie endlich, dass ich noch unter Wundschock stehe und keine Schmerzen habe. Was haben Sie bloß während ihres Studiums gelernt! Sie lasse ich nicht an mich heran, solange ich das verhindern kann!"

Er wurde ins Krankenhaus gefahren. Zuerst wurde er im Gesicht und an der Nase operiert. Später konnte Andreas sehen, dass der

Operateur sehr gute Arbeit geleistet hatte. Er hatte elf Narben im Gesicht, die aber auf den ersten Blick nicht zu sehen waren. Andreas selber entdeckte sie in den nächsten Jahren nach und nach nur zufällig. Die Operation dauerte fast fünf Stunden. Andreas war während dieser Stunden bei vollem Bewusstsein.

Danach wurde er in die Augenklinik verlegt. Die erste notwendige Operation führte eine Oberärztin durch. Sie war die Tante eines von Andreas' Fußballspielern. Aber das erfuhr er erst später. Insgesamt wurde Andreas in den nächsten drei Monaten fünfmal an den Augen operiert. Während dieser Zeit war er blind. Die Augenärzte konnten ihm jedoch mit der letzten Operation das Augenlicht retten.

Er hatte Glück gehabt. Ebenso gut hätte er bei dem Unfall sterben können.

*****

Also schrieb Andreas in seiner Nachricht an Silvio außerdem von seinem Unfall. Danach verabschiedeten sie sich und versicherten sich gegenseitig ihrer Liebe.

Erinnerungen an Hanna

Am Abend des 15. Dezember teilte Silvio Andreas mit, dass er krank sei. Er schrieb: „Momentan fühle ich mich scheiße. Eigentlich möchte ich ins Bett gehen und bis morgen früh durchschlafen. Ich habe null Bock."

Andreas machte sich Sorgen um ihn: „Wenn es dir nicht gut geht, gehe lieber ins Bett. Schlafen hilft. Es bringt uns nichts, mein Süßer, wenn du dich quälst. Ich wünsche dir gute Besserung und morgen einen besseren Tag als heute.

Ich liebe dich. Dein Andreas."

Silvio antwortete: „Nun falle ich hier fast vom Stuhl, und fange auch schon zu frieren an, obwohl es gar nicht kalt bei mir ist. Ich werde jetzt wirklich ins Bett gehen.

Drückst du mich noch einmal??? Bitte, bitte! (Jetzt fühle ich mich wie ein kleines Kind.)"

Als Silvio den nächsten Satz las, konnte er Andreas' Liebe und Gutmütigkeit förmlich spüren: „Komm in meine Arme, mein Süßer, ich lass dich nicht mehr los und wärme dich. Ich drücke dich ganz fest an meinen Körper.

Schlaf schön, mein Süßer."

Dankbar erwiderte Silvio: „Ich wünsche dir auch eine gute Nacht. Also dann bis morgen. Küsschen."

*****

Am nächsten Tag, dem 16. Dezember, trafen sie sich nicht im Chat. Es begann eine Krise, die fast ihre Liebe zerbrochen hätte. Silvio war durch seine Handlungsweise der Auslöser für diese Geschehnisse. In Andreas kamen erste Zweifel an Silvios Liebe zu ihm auf. Nur ein einziger Anruf hätte ihren Streit verhindern können, aber Silvio rief Andreas nicht an. Doch auch Andreas trug zur Entwicklung dieser Krise bei. Es waren nicht nur seine Zweifel, sondern vor allem auch seine große Enttäuschung, die ihn unbesonnen und spontan handeln ließen. Mit gegenteiligem Handeln hätte er diese Probleme vielleicht verhindern können. Doch Andreas handelte in Wut und Raserei. Ehrlichkeit hätte auch eine Wende zum Guten bringen können, doch war es Silvios Lüge, die letztendlich die Ereignisse ins Rollen brachte. Später schrieb Silvio, dass er darunter sehr gelitten habe. Doch das konnte auf keinen Fall so gewesen sein, denn Silvio hatte kein Interesse daran, Andreas kennenzulernen, erst recht wollte er mit ihm keine Beziehung aufbauen. Sein Ziel war es, Andreas psychisch zu schaden! Aber das konnte Andreas nicht wissen. Deshalb handelte er in gutem Glauben und meinte es mit Silvio immer wieder ehrlich. Trotzdem fragte sich Andreas, wer Silvio wirklich war.

Andreas hatte Feierabend. Er fuhr nach Hause. Minus vier Grad zeigte das Außenthermometer seines Autos an. Dicke Schneeflocken tanzten durch die Luft. Die Sichtweite betrug etwa einhundert Meter. Auf den schneeglatten Straßen gab es Staus. Jeder Autofahrer war gut beraten, vorsichtig zu fahren. Noch besser war es, das Auto stehen zu lassen. Doch die Menschen waren morgens in ihren Fahrzeugen zur Arbeit gefahren und wollten sie jetzt nach Hause bringen, wo sie in Sicherheit parken konnten.

Andreas musste sich gedulden. Dass er bei solch einem Wetter vermutlich keine Verbindung zum Internet bekam und somit nichts von Silvio erfahren sollte, ahnte er bereits. Er machte sich ernsthafte Sorgen um ihn. Seine Liebe zu ihm war schon so stark entwickelt, dass er alles für Silvio getan hätte.

Endlich zu Hause angekommen, bestätigten sich seine Befürchtungen. Immer wieder zeigte sein Computer an: Kein Internetzugriff!

Was sollte Andreas tun, damit er sich mit Silvio in Verbindung setzen konnte? Er war schon wieder wütend, weil er sich nicht auf seine Telekommunikationstechnik verlassen konnte.

Er rief mit dem Handy die Hotline seiner Telefongesellschaft an und schilderte der Mitarbeiterin am anderen Ende der Leitung sein Problem. Von ihr erfuhr er, dass seine SIM-Karte defekt sei. Sie wollte ihm eine neue zuschicken.

Andreas überlegte, dass er nun drei Tage nicht surfen konnte. Es war Donnerstag am späten Nachmittag. Bis die SIM-Karte unterwegs war, konnte es Freitag werden. Also sollte er bis Montag nicht mit Silvio chatten können. Andreas war verzweifelt. Es musste ihm etwas einfallen, um dem begegnen zu können. Und ihm fiel auch etwas ein.

Er wollte Silvio mit Christians PC eine Nachricht senden. Er rief seinen Sohn an und erhielt dafür dessen Zustimmung.

So machte sich Andreas auf den Weg. Es war bitterkalt, windig und immer noch tanzten dicke Schneeflocken vom Himmel. Die Sicht war stark eingeschränkt. Die Straßen waren fast leer, kaum ein Auto fuhr auf den Straßen. Andreas stapfte durch Schneewehen. Es war glatt. Dreimal wäre er beinahe ausgerutscht und gefallen.

Anfangs biss ihn der Wind im Gesicht. Andreas hatte Handschuhe, Mütze und Schal angezogen, sodass er relativ gut vor dieser grimmigen Kälte geschützt war. Doch der kalte Wind konnte ihm nicht lange etwas anhaben. Je länger er unterwegs war, desto wärmer wurde ihm. Schließlich begann er, zu schwitzen. Aber das war ihm egal, er schritt mit kräftigen und sicheren Schritten aus.

Beim Gehen kamen ihm Gedanken an Christians Mutter. Er musste daran denken, wie er sie kennengelernt hatte. Schließlich war sie der Ursprung dafür, dass er jetzt einen Sohn hatte und zu ihm gehen konnte.

*****

Andreas war damals neunzehn Jahre alt. Sein Sportfreund Peer erzählte ihm, dass seine Chefin sie gemeinsam zum Geburtstag eingeladen habe. Andreas ließ sich von Peer überreden, ihn zu dieser Feier zu begleiten, die im Schrebergarten der Frau stattfinden sollte. Also kaufte er einen großen Blumenstrauß und ging mit.

Als sie im Garten eintrafen, war die Feier schon in vollem Gange. Eine etwas kleinere schlanke junge Frau kam ihnen entgegen, sie lächelte sie an und rief ihnen freudig entgegen: „Hallo, da seid ihr ja, Tante Karla wartet schon auf euch." Sie begrüßte beide mit Handschlag und sagte zu Andreas: „Ich bin Hanna."

Hanna war eine junge Frau, nicht schön, eher unscheinbar, ein graues Mäuschen. Doch sie strahlte ein gesundes Selbstbewusstsein und großen Tatendrang aus. Die Frau hatte Energie und wollte sie loswerden. Überall wollte sie helfen, außerdem sorgte sie für eine ausgelassene Stimmung auf dieser Party.

Andreas begrüßte das Geburtstagskind und übergab ihr die vom Papier ausgewickelten Blumen. Tante Karla bestaunte den Strauß und sagte: „Das hätte aber nicht notgetan, junger Mann. Ich freue mich, dass Sie hier sind. Aber die Blumen sind wirklich sehr schön.

Nehmen Sie irgendwo Platz, es wird ja wohl noch einer frei sein, und dann essen sie erst einmal etwas."

Hanna kümmerte sich um die Neuankömmlinge. Sie besorgte Getränke und Fleisch vom Grill. Nachdem sie gegessen hatten, verschwand Hanna in der Gartenlaube und kam etwas später mit einem Baby auf ihrem Arm zur Geburtstagstafel zurück. Es war ein kleiner Junge, der von seiner Mutter aus munter in alle Gesichter der Anwesenden schaute. Er war überhaupt nicht schüchtern, im Gegenteil wollte er seinen Kopf durchsetzen und mal hierhin oder dahin auf den Arm einiger Geburtstagsgäste sitzen. Er hatte genauso viel Energie wie seine Mutter. Nachdem er seine Abendmahlzeit bekommen hatte, begann er, mit Andreas zu schäkern. Andreas erfuhr, dass der kleine Junge zehn Monate alt war, und nahm ihn auf seinen Schoß. „Wie heißt du denn, kleiner Mann?", fragte Andreas und bekam von Hanna zur Antwort, dass er Enrico heiße. Das Kind zog sich an Andreas Armen hoch. Es erfreute sich seines Lebens und strahlte Andreas an. Keine Sekunde konnte es still stehen. Andreas behielt den kleinen Kerl eine Dreiviertelstunde auf seinen Schoß, auf dem der Kleine unermüdlich umhersprang und somit Andreas' Konzentration in Anspruch nahm. Der Junge gefiel ihm, er war frech, aber ein freundliches Kind. Als er den Kleinen seiner Mutter zurückgab, weil Enrico wieder schlafen sollte, wurde er fast schon ein bisschen traurig.

Hanna gefiel es, wie Andreas sich um den Jungen bemühte. Sie blieb an seiner Seite und verwickelte ihn in ein Gespräch. Peer hatte dem Alkohol schon reichlich zugesprochen, und als er sah, dass Hanna und Andreas sich unterhielten, nahm sein Gesicht einen starren Ausdruck an, aber noch hielt er sich zurück.

Hanna und Andreas saßen schon etwas länger an der Geburtstagstafel beisammen und unterhielten sich angeregt miteinander. Peer gesellte sich zu ihnen. Schwankend blieb er vor den beiden stehen. Als sie nicht sofort auf ihn reagierten, stieß er Andreas an und sagte böse: „He, das ist meine Freundin. Lass sie gefälligst in Ruhe!"

„Peer, was soll das denn jetzt?", fragte Hanna.

„Du gehörst mir", brachte er böse und nuschelnd aus sich heraus und dabei hatte er Probleme, sein Gleichgewicht zu halten. Deutlich trippelte er vor ihr hin und her.

Hanna erwiderte: „Ich gehöre niemanden, auch dir nicht. Und wenn du dich nicht um mich kümmerst, suche ich mir eben jemand anderen, mit dem ich mich unterhalten kann."

Das war die falsche Antwort. Peer ging zum anderen Ende des Tisches, öffnete sich ein Bier und trank davon. Danach nahm er sich eine Flasche Klaren und goss sich von dem Schnaps etwas in ein Glas. Der Alkohol machte ihn aggressiv. Er krakeelte im Garten seiner Chefin umher, beschimpfte Andreas und forderte die Wohnzimmerlampe von Hanna zurück, die er ihr vor wenigen Tagen geschenkt hatte.

Kurz, Peer war restlos betrunken und da war er bei Andreas an der richtigen Adresse. Der mochte keine betrunkenen Menschen. Der Abend war verdorben, und er machte den Vorschlag, nach Hause zu gehen.

Sie verabschiedeten sich von Hannas Tante und den übrigen noch anwesenden Gästen und verließen mit Peer im Schlepptau den Garten. Hanna schob den Kinderwagen, in dem Enrico lag.

Peer schimpfte und heulte, bis sie die Stadt erreichten. Einmal wurde er sogar gegen Andreas handgreiflich. Der ergriff ihn so, dass Peer sich nicht mehr wehren konnte. Andreas sagte ganz ruhig zu ihm: „Jetzt hast du dir aber einen Bärendienst erwiesen. Sieh zu, wie du nach Hause kommst. Ich nehme dich nicht weiter mit." Danach gab er Peer frei und sagte zu Hanna: „Komm, wir gehen weiter. Soll er hinterherkommen, wenn er will. Ich bin mit dem fertig."

Andreas brachte Hanna nach Hause. Sie nahm ihn auf eine Tasse Kaffee mit in ihre Wohnung. Derweil hockte sich Peer am Hauseingang auf die Treppe und schimpfte und jaulte vor sich hin, ab und an auch etwas lautstark: „Hanna, du bist eine Schlampe, du bist eine Nutte! Fickt er dich jetzt da oben?! Ich will meine Lampe zurückhaben!"

In Hannas Wohnung sagte Andreas: „Ich bau ihm jetzt die Lampe ab und bringe sie ihm. Der verschwindet sonst nicht und schreit uns hier noch alle Nachbarn zusammen." Hanna brachte ihm einen Schraubenzieher und er baute die Lampe ab und brachte sie zu Peer auf die Straße. Andreas drückte sie ihm in die Hand und sagte: „Und jetzt verschwindest du besser. Höre ich noch irgendetwas von dir, dann haue ich dir in deine Fresse, sodass du keinen Ton mehr herausbekommst."

Peer hatte Respekt vor Andreas und zog es tatsächlich vor, zu gehen. Die Lampe hielt er in der rechten Hand und torkelte nach Hause. Er schlug mit ihr gegen eine Straßenlaterne. Glas klirrte und der Lampenschirm fiel auseinander. Peer blieb kurz stehen und schüttelte seinen Kopf. Dann begann er wie irre zu lachen und ließ den Rest der Lampe fallen. Schließlich torkelte er weiter.

Andreas ging zu Hanna zurück, um sich von ihr zu verabschieden. Peer würde keinen Ärger mehr machen.

Andreas wusste, dass Hanna für eine neue Wohnzimmerlampe kein Geld hatte. Doch brauchte sie abends Licht, wenn sie ihrem Enrico die Spätmahlzeit gab und ihm danach saubere Windeln anlegte. Hanna tat ihm leid und so ging er am nächsten Tag zu ihr. Er wollte mit ihr in die Stadt gehen, um für sie eine neue Lampe zukaufen.

. Er klingelte an Hannas Wohnungstür. Es dauerte nicht lange, bis sie ihn einließ. Sie begrüßten sich und Hanna freute sich über sein Erscheinen. Sie sagte, dass ihre Mutter sie besuchte. Sie gingen in das Wohnzimmer. Es war sehr klein, in der Nacht hatte Andreas es sich im Schein der Straßenlaternen nicht so genau ansehen können. Auf der einen Seite befand sich eine alte Couchgarnitur, bestehend aus einem kleinen Dreisitzer und zwei kleinen Sesseln. Vor der Couch stand ein Tisch und auf der anderen Seite ein kleiner Wohnzimmerschrank. Gardinen vor dem Fenster sowie ein kleiner Teppich rundeten die Einrichtung ab. Alles war alt und nicht sehr schön. Aber es erfüllte seinen Zweck. Zur Wohnung gehörte ein Alkoven, in dem das Kinderbett stand. Darin schlief der kleine Junge. Eine Liege für Hanna und ein dreitüriger Kleiderschrank aus massivem Holz befanden sich ebenso in diesem finsteren Raum. Dem Schrank konnte man ansehen, dass er schon sehr alt war, aber auch er erfüllte immer noch seinen Zweck.

Im Wohnzimmer saß Hannas Mutter in einem der zwei Sessel. Sie blieb sitzen, als Andreas ihr einen guten Tag wünschte. Sie war sehr füllig, aber eine sehr angenehme und liebe Frau. Andreas mochte sie auf Anhieb.

Redselig erzählte sie, dass Hanna ihr schon alles von der letzten Nacht berichtet habe und dass sie von Peer total enttäuscht sei. Sie schüttelte den Kopf und war ehrlich fassungslos über das nächtliche Verhalten des Freundes und Kollegen ihrer Tochter.

„Das mit dem Freund ist nun doch wohl endgültig gegessen", meinte Hanna. Sie tranken Kaffee und aßen Kuchen und unterhielten sich noch etwas über den gestrigen Abend.

Etwas später sagte Andreas: „Hanna, ich bin gekommen, weil ich mit dir in die Stadt gehen wollte, um dir eine neue Wohnzimmerlampe zu kaufen."

„Aber das kannst du nicht machen, wir kennen uns kaum. Ich werde so über die Runden kommen müssen", meinte sie.

„Nein", sprach Andreas. „Du brauchst hier abends Licht, wenn du den Kleinen versorgen willst. Aber wir können morgen auch noch gehen. Jetzt ist es sowieso zu spät dafür."

„Du willst mir wirklich eine Lampe kaufen?", fragte Hanna ungläubig.

Andreas antwortete: „Ja, warum denn nicht!"

„Das ist aber lieb von dir. Wie soll ich das nur wieder gut machen?", fragte sie.

„Gar nicht", sagte Andreas. „Schließlich bin ich der Auslöser dafür gewesen, dass du keine Lampe mehr hast."

Später brachten sie Hannas Mutter nach Hause. Am nächsten Tag kauften sie eine neue Lampe, die Andreas sofort anbaute.

So lernte er Hanna kennen. Drei Monate später zog er aus seinem Elternhaus aus. Hanna und Andreas lebten zwei Jahre zusammen, bevor sie heirateten.

Der Beginn einer Krise

Als er vor Christians Haus stand, war er froh, unbeschadet durch dieses Schneetreiben gekommen zu sein. Andere Leute verließen bei so einem Wetter das Haus nicht, normalerweise tat das auch Andreas nicht. Aber die Liebe ist eine starke Kraft, die Berge versetzen kann. Zumindest ließ Andreas' Liebe zu Silvio ihm das schlechte Winterwetter ertragen. Er wollte wissen, wie es seinem Geliebten ging. Bestimmt hätte er diesen Fußmarsch nicht auf sich genommen, wenn er geahnt hätte, dass Silvio kein ehrlicher Mensch war und ihm schaden wollte.

In der Wohnung angekommen, begrüßte Andreas seine Enkelkinder, anschließend Christian und Natalie. Zunächst unterhielten sie sich, bis Christian seinem Vater ansah, dass er nervös wurde. So startete er seinen Laptop und forderte Andreas auf, seine Angelegenheiten zu regeln. Christian und Natalie ließen ihn alleine, sodass er in Ruhe Silvio eine Message senden konnte.

Zwei Nachrichten hatte Silvio ihm hinterlassen. Er öffnete die erste: „Guten Morgen, mein Andreas, eigentlich geht es mir heute nicht besser. Aber ich quäle mich zur Arbeit.

Vielleicht kann ich ein bisschen ruhiger treten. Das ist aber auch ein Scheiß, wenn man sich nicht wohlfühlt. Ich mag mich nicht bewegen und möchte am liebsten in Ruhe gelassen werden.

Bis heute Nachmittag, liebe Grüße! Silvio.“

In der zweiten Nachricht schrieb Silvio: „Hallo, mein Andreas, ich dachte, du wartest schon auf mich und bist enttäuscht, dass ich nicht vor 16.45 Uhr mit dir chatten konnte. Aber es hat sich alles anders ergeben. Aufgrund des Wetters fällt die Weihnachtsfeier heute aus und ich bin doch zu Hause. Werde mich jetzt aber noch ein bisschen hinlegen und heute Abend, gegen 20.00 Uhr noch mal aufstehen (ich stelle mir den Wecker).

Wenn du möchtest und du vorher diese Zeilen liest, würde ich mich freuen, wenn wir uns im Chat treffen würden. Aber wolltest du nicht ab 15.00 Uhr on sein? Dir ist doch hoffentlich nichts passiert (Unfall bei diesem Wetter oder so)?

Bis nachher, weil ich innerlich hoffe, dass wir uns nachher hören. Ciao!“

Andreas schrieb seine Antwort und er hoffte, dass Silvio sie bekommen werde. Zunächst teilte er ihm sein Missgeschick mit der SIM-Karte mit. Danach fuhr er fort: „Ich bin jetzt bei meinem Sohn, um dir diese Nachricht zu schreiben.

Mein Liebling, es tut mir so leid, dass es dir so schlecht geht. Aber vielleicht kannst du mich nachher anrufen, da wir bestimmt nicht bis Montag chatten können.

Also ich schreibe dir jetzt noch einmal meine Handy-Nr. auf. Nur, dass wir uns abstimmen können.

Ich wünsche dir auf jeden Fall gute Besserung.

So, mein Süßer, ich mache jetzt Schluss. In einer Stunde kannst du versuchen, mich anzurufen. Ich warte auf dich. Ich bin so sauer, dass meine Technik schon wieder versagt hat, und so enttäuscht, dass ich nicht mit dir chatten kann. Dieses blöde Internet ist ja leider die einzige Verbindung, die ich zu dir habe.

Bitte rufe mich an, und wenn es nur eine Minute ist. Du fehlst mir. Ich liebe dich.

Meine Nr. ist …", und er schrieb Silvio seine Handy-Nummer auf.

„Ganz liebe Grüße und gute Besserung. Dein liebster Andreas."

Was konnte er noch tun? Nach Hause gehen, um nicht Silvios Anruf zu verpassen. Der Akku seines Handys war leer telefoniert und musste zu Hause aufgeladen werden. Deshalb hatte er es nicht dabei. Er dankte seinen Kindern für Ihre Hilfe und begab sich auf den Heimweg. Das Wetter hatte sich etwas gebessert. Das Schneetreiben war nicht mehr so schlimm wie am späten Nachmittag.

Als Andreas endlich zu Hause war, war es bereits 20.45 Uhr. Wenn Silvio um zwanzig Uhr aufgestanden war, sollte er Andreas' Message schon gelesen haben. Also rechnete er in jedem Moment mit dessen Anruf.

Aber Silvio rief nicht an.

Andreas machte sich Sorgen. ‚Es wird ihm hoffentlich nichts passiert sein? Oder ist er etwa so krank, dass er ins Krankenhaus musste? Bloß das nicht', dachte Andreas. Er überlegte hin und her, machte sich Gedanken, warum Silvio nicht anrief. Fast genauso war es gewesen, als er schon zweimal auf einen Anruf von Silvio gewartet hatte, der dann aber nicht kam. Auch dieses Mal klingelte sein Handy nicht, rief Silvio nicht an. Andreas wartete bis gegen zweiundzwanzig

Uhr, er blickte aus dem Fenster und sah, dass es nicht mehr schneite. Jetzt versuchte er doch noch einmal, ins Internet zu kommen. Und er hatte Erfolg, er konnte sich in Gayboerse einloggen. Und er konnte sehen, dass Silvio seine Nachricht gelesen hatte. Also war er zu Hause. Warum hatte er nicht angerufen? Andreas bemerkte, dass er wütend wurde, denn er hätte an Silvios Stelle sofort angerufen, damit sie sich wenigstens für kurze Zeit hätten verständigen können.

Andreas glaubte, dass Silvios Liebe zu ihm doch nicht so groß sein konnte, wie er das in den letzten Tagen behauptet hatte. ‚Sonst würde er mich doch anrufen. Wer liebt, tut alles für seine Liebe. Silvio ruft mich nicht einmal an, wenn mein Internet abkackt, obwohl ich ihn darum gebeten habe. Schon das dritte Mal, dass er mich sitzen lässt, obwohl er weiß, wie wichtig mir das ist.' Andreas war zutiefst enttäuscht.

Er schrieb Silvio eine Mail, in der er ihm seine Enttäuschung und Zweifel mitteilte, aber auch alle seine Gedanken, die ihm durch den Kopf gingen, die keiner positiven Natur entsprachen:

„Hallo, Silvio, ich weiß nicht, warum ich jetzt in das Internet komme. Ich weiß aber, dass du meine Nachricht gelesen und mich nicht angerufen hast. Ich bin zutiefst enttäuscht.

Spielst du am Ende doch nur mit mir und meinen Gefühlen? Es hat jetzt für mich den Anschein.

Ich weiß nicht, wie du das wieder gut machen willst, denn ich hätte dich auf jeden Fall angerufen. Du hast die dritte Möglichkeit für einen Anruf nicht genutzt, wie du dich auch permanent weigerst, mir ein Bild von dir zu schicken. Ich zähle jetzt nur eins und eins zusammen.

Ich weiß nicht, was ich davon halten soll. Ich bin über eine Stunde durch dieses Schneetreiben gegangen, weil ich Kontakt mit dir aufnehmen wollte. Meine Technik hat wieder einmal versagt.

Ich bin zu meinem Sohn gegangen, weil es besser war, das Auto nicht zu nutzen, um dir eine Nachricht zu geben. Ich wäre sofort zu dir gekommen, ohne Hintergedanken, um dich zu pflegen, wenn du es gewollt hättest. Ich habe mich heute für dich oder besser für uns über eine Stunde durch dieses Schneetreiben gekämpft, um am Ende festzustellen, dass ich alle anderen Kontaktversuche umsonst abgesagt habe.

Ich bin so ein Idiot.

Du musst jetzt schon eine richtig tolle Erklärung haben, die ich glauben kann, aber ich werde dir wohl kaum noch einmal etwas glauben können.

Beweise mir, dass du es mit mir ehrlich gemeint hast, und ich werde alles vergessen. Aber es gibt nur einen Beweis, den du erbringen kannst. Wenn du überlegst, über was alles wir gechattet haben, kommst du darauf. Wenn nicht, wäre es sehr schade, aber nicht zu ändern.

Vielleicht bleibe ich dann für immer alleine.

Es grüßt dich dein zutiefst enttäuschter, aber liebender Chatpartner Andreas."

Bisher hatte Andreas gehofft, Silvio bald kennenlernen zu können. Sie hatten vereinbart, sich im Januar zu treffen. So lange wollte Andreas nichts tun, was diese Hoffnungen gefährden oder gar zerstören konnte. In diesem Augenblick glaubte er, dass er Silvio nur noch vertrauen konnte, wenn dieser ihm einen ehrlichen Beweis für seine Ehrlichkeit und Liebe zeigte? In dem Moment, als er Silvio schrieb, wollte er ihn zu einem Treffen zwingen. Mit nichts Geringerem wollte er zufrieden sein.

Später überlegte Andreas, ob er Silvio die richtige Ruf-Nummer aufgeschrieben hatte. Ein Zahlendreher war doch denkbar. Nachdem er sich von der Richtigkeit der Nummer überzeugt hatte, schrieb er eine zweite Nachricht an Silvio: „Ich gehe jetzt ins Bett, ich bin maßlos von dir enttäuscht. Und morgen suche ich mir einen, der nur Sex will.

Wenn du es willst, verhindere es, wenn nicht, wird mich irgendjemand morgen ficken. Und es wird mir egal sein, ob er ein Kondom benutzt oder nicht, ob er zärtlich ist oder nicht, ob er Aids hat oder nicht."

Andreas war wütend und traurig. Ihm kamen immer wieder die Tränen der Schmach in die Augen. Er fühlte in sich eine starke Unruhe. Er konnte nicht mehr klar denken. Dass er sich von jemand ficken lassen wollte, schrieb er nur, weil er Silvio verletzen wollte. Diese Ankündigung wollte er nicht in die Tat umsetzen. Aber dass Silvio ihn lieben könnte, daran zweifelte Andreas augenblicklich sehr. So taten sie sich gegenseitig weh und stellten ihre Liebe zueinander auf eine harte Probe. Das heißt, Andreas tat das, denn Silvio hatte ihn belogen. Der wollte nicht, dass sie zueinander fanden. Im Gegenteil wollte er, dass Andreas dem Druck nicht standhielt, den er auch noch in Zukunft beabsichtigte, auf ihn auszuüben.

Für heute hatte Silvio sein Ziel beinahe erreicht, denn Andreas war so traurig und wütend auf ihn, dass er nicht zur Ruhe kam. ‚Das kann ja eine tolle Nacht werden', dachte er. Und er versuchte, seine negativen Gedanken und seine Wut zu verdrängen, damit er einschlafen konnte. Es gelang ihm mit Erinnerungen an Christian.

Christians Geburt

Andreas hatte also seine Hanna geheiratet. Ein Jahr später wurde ihr gemeinsames Kind geboren. Doch bevor es soweit war, musste das junge Paar eine Odyssee der Gefühle und Gesundheit durchleben. Hanna hatte drei Fehlgeburten gehabt und selbst diese Schwangerschaft war nicht schön für die beiden jungen Leute. Sie bekam Blutungen und musste ins Krankenhaus eingewiesen werden. Als sie entlassen wurde, durfte sie nicht mehr arbeiten. Auch im Haushalt konnte sie nicht viel helfen, der war jetzt Andreas' Angelegenheit. Ständig begleitete das Paar die Angst, auch dieses Mal das Kind zu verlieren.

Andreas kam gegen 22.45 Uhr vom Spätdienst nach Hause. Hanna war im neunten Monat schwanger. Sie ging ins Bad und wenig später hörte Andreas an der Wand ein Klopfen. Er ging ins Bad. Hanna saß auf der Toilette und sagte: „Gehst du bitte telefonieren? Die Fruchtblase ist geplatzt."

Andreas konnte nichts sagen, er drehte sich um und stürzte aus der Wohnung. Sie wohnten in einem Neubauhochhaus im Nordwesten der Stadt und hatten im Hausflur ein Telefon. Damit konnte er einen Krankenwagen bestellen. Es dauerte nicht lange und der Wagen fuhr vor. Hanna hatte sich in der Zwischenzeit angezogen, die Tasche war schon vorher gepackt gewesen. Sie gingen zum Auto und verabschiedeten sich. Andreas versprach in zwei Stunden in der Klinik anzurufen. Das tat er, und bekam die Auskunft, dass das Kind noch lange nicht zur Welt komme, es würden mindestens noch zwölf Stunden vergehen. Er ließ seiner Frau Grüße ausrichten und legte auf. Also brauchte er vor dem Mittag des nächsten Tages nicht im Krankenhaus anzurufen. Er war zwar freudig erregt, aber trotzdem ging er schlafen.

Zum Beginn der Achtzigerjahre war es in der DDR noch nicht üblich, dass der Mann zur Geburt des Kindes mit in den Kreißsaal durfte. So blieb es Andreas verwehrt, die Geburt seines Kindes mitzuerleben.

Schon am Vormittag rief er an, um sich nach der Geburt seines Kindes zu erkundigen. Es sei noch nicht da, er könne in drei Stunden noch einmal anrufen. Da sei er auf der Arbeit, sagte er, aber er wolle es versuchen.

Nach der Schichtübergabe ging Andreas in den Arbeitsvorbereitungsraum zum Telefonieren. Als die Schwester das Gespräch annahm, stellte Andreas sich vor und fragte, wie es seiner Frau ging. Diese sagte. „Ich soll Ihnen von Ihrer Frau sagen, dass sie entbunden hat."

Andreas war glücklich. Jetzt war er Vater. Er fragte: „Und geht es meiner Frau gut? Hat sie alles gut überstanden?"

Die Schwester bejahte diese Frage und Andreas wollte wissen, ob es dem Kind auch gut gehe, ob alles mit ihm in Ordnung sei. Erneut bekam er eine positive Antwort. Nun fragte er, was es für ein Kind sei. Die Schwester sagte: „Da muss ich erst Ihre Frau fragen, ob ich es Ihnen sagen darf. Einen Moment bitte."

Andreas wollte so gerne einen Jungen haben. Selbstverständlich wäre ihm auch ein Mädchen recht gewesen. Das Wichtigste für ihn war ein gesundes Kind, und das war zum Glück der Fall. Die Schwester kam nicht wieder zurück zum Telefon. Die Zeit erschien ihm, endlos zu sein. Plötzlich dachte er: ‚Und aus Gnatz sagt sie mir gleich, dass es ein Mädchen ist.' Wie kam er nur auf so eine Idee? Wollte er nicht ein gesundes Kind, egal ob Mädchen oder Junge? Er liebte das Kind schon jetzt, da war es doch egal, welches Geschlecht sein Kind hatte! Endlich kam die Schwester zurück ans Telefon. „Hallo?", fragte sie.

„Und dürfen Sie es mir sagen?", fragte er.

„Ich soll Ihnen sagen, dass es ein Junge ist", sagte die Schwester.

Andreas jubelte innerlich. Er erwiderte: „Bitte sagen Sie meiner Frau einen schönen Gruß von mir und dass ich sie liebe. Dummerweise habe ich Spätdienst und kann heute leider nicht mehr kommen. Aber morgen früh bin ich sofort bei ihr. Bitte sagen Sie ihr das."

Die Schwester versprach, das zu tun, und legte auf. Auch Andreas legte den Hörer auf die Gabel, drehte sich um und wollte den Raum verlassen, als sein Kollege Kalle hereinkam. Kalle war ein kleiner Mann. Andreas nahm ihn in die Arme und hob ihn hoch und drehte sich mit ihm im Kreis, als wenn er ein kleines Kind im Arm gehabt hätte. Der arme Mann wusste nicht, wie ihm geschah, und rief empört: „He, was soll das? Lass mich sofort runter! Bist du noch ganz bei Verstand?"

„Nein, ich glaube nicht, Kalle, ich bin Vater geworden. Ich bin Vater, Vater! Verstehst du, Kalle, ich bin Vater!", er drehte den Mann noch einmal im Kreis, danach ließ er ihn auf den Boden zurück.

Kalle fragte: „Und ist alles in Ordnung?"

„Ja, Kalle, Mutter und Kind sind wohlauf. Es ist ein Junge, ein Junge ist es, Kalle", und er nahm den Mann strahlend in den Arm. Der dachte, Andreas wollte ihn schon wieder der Bodenhaftung unter seinen Füßen berauben, und wollte schnell einen Schritt zurückgehen. Doch Andreas war schneller, umarmte ihn und gab ihn sogleich wieder frei. In diesem Moment war Andreas sehr glücklich, aber er musste auch arbeiten und ging zum Rechner an seinen Arbeitsplatz.

Zu gerne wäre er in die Klinik gefahren, seine Frau und seinen kleinen Sohn besuchen. Aber das ging auf keinen Fall, es mussten drei Leute am Rechner bleiben. Ausgerechnet heute standen für seinen Rechner nicht mehr Kollegen zur Verfügung. Schweren Herzens setzte er sich an die Konsole der Anlage und steuerte die Arbeitsabläufe.

Später kam der Schichtleiter zu ihm und fragte, ob alles in Ordnung sei. Andreas bejahte diese Frage.

„Dann übergib mir die Anlage und fahre mal gucken, was du da produziert hast. In drei Stunden musst du aber wieder zurück sein", sagte der Schichtleiter. Andreas war überrascht, aber zweimal ließ er sich das nicht sagen. Schnell bedankte er sich mit einem strahlenden Gesicht. Fünf Minuten später verließ er seinen Betrieb und zwanzig Minuten danach meldete er sich mit einem schönen Blumenstrauß, der für Hanna bestimmt war bei der Schwester und fragte, in welchem Zimmer er seine Frau finden könnte.

„Sie sind ja doch gekommen", sagte die Schwester erfreut. „Da wird sich Ihre Frau aber freuen."

Andreas klopfte an die Tür und ging ins Zimmer. Er grüßte laut. Drei Frauen lagen in dem Zimmer in ihren Betten. Zwei Frauen grüßten zurück, nur seine Frau reagierte nicht. Sie sah aus dem Fenster. Er ging zu ihr und sagte leise: „Na, du, du willst wohl nichts von mir wissen?" Er lächelte Hanna an. Sie sah zu ihm auf und meinte: „Du wolltest doch nicht kommen, weil du arbeiten musst. Ich hatte nicht mit dir gerechnet." Und plötzlich begann sie, zu weinen.

„He, mein Schatz", sagte Andreas. Er beugte sich zu ihr herunter und nahm sie in die Arme und küsste sie. „Ist doch gut. Es ist doch alles in Ordnung? Oder warum weinst du?", wollte er wissen.

„Es ist alles gut", sagte sie: „Ich freue mich doch nur, dass du doch gekommen bist", und mit diesen Worten wischte sie sich die Tränen weg und lächelte ihn an. Sie unterhielten sich über die Geburt und darüber, wie Andreas' Kollegen reagiert hatten, dass der Schichtleiter für Andreas die Anlage übernommen hatte. Dann wollte Andreas seinen Sohn sehen. Sie gingen in einen Nebenraum, in dem sieben neugeborene Babys in ihren kleinen Wiegen lagen. Hanna sah in Andreas' fragendes Gesicht und sie sagte: „Na, siehst du ihn nicht? Hier, das ist er, dein Sohn."

Am Handgelenk war dem Neugeborenen eine kleine Karte gebunden, auf dem sein Name stand. „Und heißt er Christian?", fragte Andreas. Hanna sah ihn an und erwiderte: „Ja, er heißt Christian, so, wie du es wolltest."

„Er ist so winzig und noch so schrumpelig", sagte Andreas und beugte sich zu dem kleinen Kerl herunter. Vorsichtig streichelte er ihm über seine kleine Wange und sagte zu dem Kleinen: „He, mein Süßer, dein Papa ist da und will dich besuchen", Andreas war glücklich und sein Herz war so groß und voller Liebe für dieses winzige Geschöpf. Er nahm das Neugeborene vorsichtig aus seinem Kinderbettchen und legte es sich in den Arm. Der Kleine schlief weiter. Es kümmerte ihn nicht, dass sein Vater ihn aus der Wiege nahm. Der kleine Kerl riss den Mund zu einem Gähnen auf, seine kleinen Ärmchen streckten sich von seinem Körper ab und die Fingerchen spreizten sich vom Handballen weg. Andreas scherzte: „He, kleiner Mann, du bist jetzt bei deinem Vater und du hast nichts weiter zu tun, als gelangweilt zu sein. Na, dir werde ich helfen." Erst küsste er das Kind, anschließend seine Frau und sagte zu ihr: „Danke, mein Schatz, danke für den kleinen süßen Sohn. Ich liebe dich! Du machst mich glücklich." Er nahm sie in den rechten Arm, im linken hielt er seinen kleinen Christian. Die Zeit verging viel zu schnell. Zu gerne wollte er bei seiner Frau und seinem Kind bleiben, aber er musste an die Arbeit zurückkehren. Er war seinem Schichtleiter dankbar, dass er ihn ins Krankenhaus zu seiner Frau hatte gehen lassen.

Jetzt hatten Hanna und Andreas zwei Kinder. Enrico war schon vier Jahre alt, er war bei seiner Oma, da Andreas arbeiten musste.

Andreas war zweiundzwanzig Jahre alt, als Christian geboren wurde. Er schwor sich, immer für seine Kinder da zu sein. Denn Enrico war genauso sein Sohn wie Christian auch, nie wollte er Unterschiede zwischen den beiden Kindern machen, was ihm auch gelang. Immer da sein konnte er aber für die Kinder nicht. Das war aber nicht seine Schuld alleine.

Auseinandersetzungen

Am nächsten Tag, dem 17. Dezember, hatte Andreas Frühdienst und fuhr anschließend zu Rosi. Sie hatten sich verabredet und wollten gemeinsam zum Weihnachtsmarkt gehen. Andreas freute sich, Rosi wieder zu sehen. Doch bevor er zu ihr fuhr, loggte er sich in Gayboerses Chat ein. Sofort sah er, dass Silvio ihm eine Message geschrieben hatte. Er reagierte auf Andreas' Nachrichten vom Vortag: „Hallo, Andreas, habe 20 Uhr verschlafen.

Um 22.30 Uhr hat mich Ralf geweckt. Er hat ja noch einen Schlüssel und noch einige Sachen bei mir. Ich hatte sein Klingeln nicht gehört. Er hat mich getröstet und gepflegt. Heute gehe ich zum Arzt. Ralf bringt mich zu meiner Mutter, wenn ich krankgeschrieben bin.

Andreas, sei kein Idiot!!! Pass auf dich auf!!

Ich umarme dich!!"

Silvio wollte Andreas mit dieser Nachricht im Spiel halten, denn mehr als ein Spiel war es für ihn nicht. Er wollte Andreas keine Enttäuschung zeigen, noch nicht. Er hielt sich zunächst alle Optionen offen, als wenn er fest daran glaubte, Andreas auf diese Weise manipulieren zu können, und alles unter Kontrolle hatte. Doch rechnete er nicht damit, dass Andreas ihn bei einer Lüge ertappte. Andreas, der Silvios Absichten nicht kannte, fragte sich, ob es eine Notlüge war oder ob Silvio bewusst eine Falschaussage machte?

Aber darüber wollte Andreas jetzt nicht weiter nachdenken, denn er wollte zu Rosi fahren, schließlich waren sie miteinander verabredet. Bei ihr angekommen, strahlte sie ihn an und sie begrüßten sich mit einer Umarmung. Als sie sich voneinander gelöst hatten, sah sie ihm ins Gesicht und sagte: „Was ist los mit dir? Irgendetwas ist doch nicht in Ordnung."

„Was soll denn nicht in Ordnung sein?", fragte Andreas zurück.

„Das weiß ich nicht. Aber du siehst so traurig aus!"

„Ach, was", sagte Andreas. „Es ist alles in Ordnung."

„Nein, nein, mir kannst du nichts vormachen, schließlich kenne ich dich gut genug", meinte Rosi.

Jetzt erzählte er von Silvio und was gestern passiert war. Aber nichts davon, was er in seiner Wut Silvio geschrieben hatte, denn er wollte Rosi nicht beunruhigen. Rosi überlegte kurz und sagte dann: „Aber wenn er nun wirklich krank ist und sein Ex ihn pflegt, ist das doch in Ordnung. Du würdest mir doch auch helfen, wenn es mir schlecht ginge. Legst du da nicht etwas zu viel rein? Ihr kennt euch doch noch gar nicht. Da kannst du ihm doch nichts unterstellen."

„Ich unterstelle ihm nichts", antwortete Andreas, „aber warum belügt er mich? Er könnte mir doch wenigsten die Wahrheit sagen!"

„Vielleicht, weil er dir nicht wehtun wollte, denke mal darüber nach."

„Das ist wieder typisch für dich, du hast immer Verständnis für die anderen, aber nicht für mich!", platzte es aus Andreas heraus.

„Das stimmt doch gar nicht", sagte Rosi etwas entrüstet, „aber wenn sie doch beide so lange Jahre zusammen waren, ist es doch normal, dass der andere ihm hilft."

„Mag ja sein", meinte Andreas und wechselte das Thema: „Fahren wir mit deinem oder meinem Auto? Eigentlich ist es egal, ich muss so oder so fahren, wir können auch mit meinem Auto fahren und ich bringe dich dann wieder nach Hause."

So machten sie es. Das Auto stellte Andreas, nachdem sie in die Stadt gefahren waren, in einem Parkhaus ab und sie legten die letzten Schritte zum Weihnachtsmarkt zu Fuß zurück. Sie sahen sich beinahe alle Stände an, tranken Glühwein, aßen Rauchwurst und Spanferkel und andere Leckereien.

Doch war Andreas nicht so ganz mit seinen Gedanken auf dem Weihnachtsmarkt und bei Rosi. Immer wieder musste er an Silvio denken. Er dachte auch an Rosis Worte. Dass er selbst den Bogen mit seiner Ankündigung, Sex mit Folgen haben zu wollen, überspannt hatte, wusste Andreas. Er fragte sich, wie er das wieder korrigieren konnte. Es blieb ihm nichts Anderes übrig, als sich bei Silvio für seine hässlichen Worte zu entschuldigen. Er musste einfach nur ehrlich sein. Silvio würde es hoffentlich verstehen.

Rosi hatte Andreas etwas gefragt. „Was ist, ich habe das jetzt nicht verstanden", fragte er zurück.

„Kannst du auch nicht, du warst eben mit deinen Gedanken nicht hier, sondern ganz woanders.", antwortete Rosi.

„Ja, ich war bei Silvio, tut mir leid", sagte Andreas, „also sag noch einmal, was du wolltest."

„Ob wir noch einen Glühwein trinken wollen, bevor wir nach Hause fahren?", fragte Rosi.

„Können wir machen, einen kann ich noch ab, aber lass uns mal noch in diesen Buchladen gehen", antwortete Andreas.

Sie gingen in die Buchhandlung hinein, an der sie gerade im Begriff waren, vorbeizugehen. Andreas sah von Rosis Lieblings-schriftstellerin ein Buch. Er zeigte es ihr. Sie wollte dieses Buch nicht kaufen, und er fragte, ob sie es denn schon habe. Sie verneinte seine Frage. „Dann bringe ich das Buch zurück, wenn du es nicht willst", sagte er und verschwand damit. Er sah sich weitere Bücher an, ging zur Kasse und bezahlte das Buch, das er vorgab, zurückgebracht zu haben. Wenn Rosi es nicht kaufen wollte, dann tat er es eben. Sie würde es schon lesen wollen, da war sich Andreas sicher.

Als sie den Buchladen verließen, gingen sie direkt zum Glühwein-stand. Anschließend machten sie sich auf den Heimweg nach Kasse-bohm.

Dort angekommen gab Andreas Rosi das Buch mit der Bemer-kung, sie solle viel Spaß beim Lesen haben. Darüber freute sie sich so sehr, dass sie beinahe zu weinen begann. Sie verabschiedeten sich mit einer Umarmung voneinander und Andreas fuhr nach Hause.

Als er in seiner Wohnung angekommen war, loggte er sich sofort in den Chat ein.

Er öffnete noch einmal Silvios Message vom Morgen, las sie sich ein weiteres Mal durch und antwortete danach: „Hallo, Silvio, ich versuche jetzt, dir einige nüchterne Fakten vernünftig zu vermitteln, denn du hast mir in deiner Message heute Morgen nicht die Wahrheit gesagt.

Zunächst möchte ich dir aber sagen, dass es mir leidtut, dass es dir gesundheitlich so schlecht geht.

Und ich möchte dir noch etwas vorab sagen. Ich war heute mit Rosi auf dem Weihnachtsmarkt. Ich hatte mich auf sie gefreut, aber ich musste immer wieder an dich denken und jetzt habe ich Zweifel, was uns betrifft. Ich sage dir auch, warum.

Ich habe dir um 19.50 Uhr eine Message geschrieben, in der ich dich gebeten habe, mich anzurufen. Diese Bitte habe ich schon das dritte Mal an dich gerichtet, die du mir nicht erfüllt hast. Um 22.08 Uhr habe ich dir erneut geschrieben.

Heute Morgen schreibst du mir, dass Ralf immer noch einen Schlüssel zu deiner Wohnung hat. Ja, jetzt bin ich eifersüchtig, denn er darf für dich da sein und ich nicht. Was soll ich davon halten?

Ich habe um 22.08 Uhr gesehen, dass du meine Nachricht gelesen hast, und du schreibst mir, dass du erst um 22.30 Uhr von Ralf geweckt wurdest.

Ist Ralf dir immer noch so wichtig? Habe ich wirklich einen Platz in deinem Herzen? Kannst du dir denn nicht denken, dass ich auf deinen Anruf gewartet habe? Dass mein Internet ausgerechnet dann wieder funktioniert, um dich dabei zu ertappen, dass du mich belügst, ist schon bitter für mich.

Gestern Abend war ich nur enttäuscht und wütend. Deshalb habe ich dir Dinge geschrieben, mit denen ich dir, ich gebe es zu, auch wehtun wollte. Leider setzte mein Gehirn aus. Das ist eine Eigenschaft, die ich an mir hasse, weil ich am nächsten Tag feststellen muss, dass es falsch war, was ich getan habe, und es mir leidtut.

Es tut mir leid, was ich dir gestern geschrieben habe, und ich entschuldige mich dafür.

Trotzdem hast Du mich belogen und somit schwer enttäuscht.

Ich sage es dir heute nur einmal und nie wieder. Ich werde nicht neben Ralf das fünfte Rad am Wagen sein. Entweder du löst dich von ihm und lässt dir den Schlüssel zu deiner Wohnung von ihm zurückgeben oder es ist aus zwischen uns, bevor es richtig angefangen hat.

Ich kann es nicht akzeptieren, dass du nach unseren ganzen Chats immer noch zu ihm hältst.

Du musst dir schon überlegen, wer für dich da sein soll. Ich würde dich auf Händen tragen, aber du alleine kannst es wissen, wer von uns, Ralf oder ich, für dich der Wichtigere ist.

Bitte teile mir deine Entscheidung mit. Lieber falle ich jetzt in ein tiefes Loch als später. Ich gehe davon aus, dass ich mich irgendwann daraus befreien kann. Aber wenn ich feststellen müsste, dass Ralf neben mir immer noch eine wichtige Rolle in deinem Leben spielt, dann könnte ich das nicht verkraften. Ihr könnt platonische Freunde bleiben, dagegen habe ich nichts einzuwenden, aber mehr geht nicht.

Es war heute ein Scheißtag, weil ich dich liebe und nicht weiß, woran ich mit dir bin und was ich tun soll. Ich habe mich noch nie in meinem Leben so hilflos gefühlt wie jetzt.

Warum telefonierst du nicht mit mir und warum verweigerst du mir ein Bild von dir? Und warum verstoße ich so lange gegen meine Prinzipien, wenn es um dich geht? In Zukunft werde ich mich an meine Prinzipien halten.

Ich liebe dich immer noch und es tut sehr weh, was du mit mir machst. Dein Andreas."

Im Telegrammstiel antwortete Silvio erst zwei Tage später, also am 19. Dezember. Wollte er auf diese Weise Andreas seine Enttäuschung und Bitterkeit zeigen?

„Hallo Andreas,

- bin bei meiner Familie
- kann nicht jeden Tag und zu jeder Zeit chatten
- muss am 23.12. wieder zum Arzt
- melde mich bis dahin wieder und beantworte all deine Mails
- habe alle gelesen, die vom 16.12./22.26 Uhr bestimmt schon zehn Mal (ich hoffe, es war schön, und ich wünsche mir, dass er grinsend deine Wohnung verlassen hat, vielleicht brauchst du solche Erfahrungen)
- ich brauche jetzt Zeit und Abstand
- mit so einer Mail hätte ich nicht im Entferntesten gerechnet
- hatte dich auch nicht so eingeschätzt, aber man lernt nicht aus.

Trotzdem einen schönen vierten Advent.

Du hörst von mir.

Was schreibe ich jetzt zum Schluss?

Dein Silvio?

Silvio?

Oder lass ich es grußfrei wie du?"

Andreas war froh, dass Silvio geschrieben hatte, freilich konnte er mit dem Inhalt nicht einverstanden sein. Aber er glaubte, dass Silvio seine Nachrichten nicht genau genug gelesen oder den Sinn seiner Worte nicht richtig erfasst hatte. Deshalb antwortete er: „Ach, mein lieber Silvio, du hast meine Mails nicht richtig gelesen, denn sonst hättest du gewusst, dass mich niemand gefickt hat und ich es nur in meiner Enttäuschung geschrieben habe, dass ich es vorhätte. Ich habe mich dafür bei dir entschuldigt.

Glaubst du denn im Ernst, ich denke an dich und lass mich von einem anderen ficken?

Ich liebe dich und ich habe nicht einmal so richtig Spaß mit Rosi auf dem Weihnachtsmarkt gehabt, weil ich ständig an dich denken musste.

Wir wollen eine Beziehung aufbauen und machen es uns gegenseitig so schwer, wobei diesmal wohl ich der bin, der es versaut. Aber ich fühlte mich von dir enttäuscht, und das bin ich auch jetzt noch. Warum hast du mich nicht angerufen? Dann wäre alles nicht passiert.

Lieber Silvio, ich hoffe, dass es dir bald wieder besser geht, und ich hoffe, dass wir doch noch eine Zukunft miteinander haben.

Doch neben Ralf werde ich nicht stehen. Ich möchte dein Herz für mich, ich möchte dich nicht teilen. Ich möchte für dich da sein und dich glücklich machen.

Dass du Ralf nicht so einfach wegschieben kannst, ist auch mir klar, ihr hattet immerhin über mehrere Jahre eine glückliche Beziehung und du hast ihn geliebt. Vielleicht liebst du ihn auch jetzt noch, ich habe dafür Verständnis, dass du ihn nicht so einfach loslassen kannst, aber wenn du mit mir zusammen sein möchtest, wenn du es denn jetzt überhaupt noch möchtest, dann könnt ihr nur noch platonische Freunde sein.

Mein Liebster, bitte glaube mir, nur wer liebt, kann enttäuscht werden. Ich entschuldige mich noch einmal bei dir für die Worte, mit denen ich dir in meiner dummen Raserei wehtun wollte. Jetzt glaube ich, dass ich es geschafft habe, das tut mir sehr leid.

Ich bin total von der Rolle, weil ich mich nicht mit dir austauschen kann. Ich hoffe, dass du bald wieder gesund bist, damit wir uns endlich wieder im Chat treffen und alle Probleme ausräumen können.

Mehr kann ich dir jetzt nicht dazu sagen. Außer: Ich liebe dich, ich achte dich, ich brauche dich, ich muss ständig an dich denken.

Es grüßt dich ganz lieb in der Hoffnung, dass es dir schnell wieder gut geht, dein dich liebender Andreas."

Am 20. Dezember schrieb Andreas Silvio eine weitere Message: „Hallo Silvio, jetzt lässt du mich aber schmoren. Nun ja, Strafe muss wohl sein."

Strafe wofür? Silvio hatte es geschafft, Andreas an sich zu binden. Andreas würde ihm immer wieder schreiben. Silvio hatte Andreas am Hacken, denn er schrieb weiter: „Ich hoffe, dass es dir heute schon besser geht, ich wünsche es dir auf jeden Fall von ganzem Herzen. In Gedanken bin ich immer bei dir, mein Süßer. Ich sehne mich nach dir, aber du bist leider für mich unerreichbar, wir können nicht einmal mehr chatten, weil du krank bist.

Ich bin traurig. Ich liebe dich. Dein Andreas."

Andreas war ein Mensch voller Emotionen. Er war in der Lage, sich über Kleinigkeiten zu freuen. Er konnte sich genauso sehr ärgern, wenn er etwas falsch gemacht hatte. Deshalb konnte er, wenn er enttäuscht war, das nicht verbergen. Und wenn er mit einer Situation nicht einverstanden war oder sie nicht ändern konnte, konnte er unheimlich leiden. Er war zu starken Gefühlen fähig. Andreas konnte seiner Gefühlswelt nachgeben und sie voll ausleben. Damit machte er sich sein Leben manchmal schwerer, als es notwendig gewesen wäre. Er wünschte sich, dass Silvio ihm seine hässlichen Worte verzieh. Er liebte ihn und wollte ihn zurückhaben. Andreas übersah dabei, dass er Silvio noch nie besessen, ihn noch nicht einmal kennengelernt hatte. Nachdem er ihm seine Mail geschrieben hatte, musste er über vier Stunden warten, bis Silvio sich meldete.

Der fragte: „Bist du da?"

Andreas antwortete: „Ja, ich warte schon seit acht Uhr auf dich."

Silvio schrieb: „Bin kurz beim Nachbarn. Bin mit dem Sohn zusammen zur Schule gegangen und darf mal kurz ins Internet. Es ist immer so blöd, wenn man betteln muss.

Ich habe nur mal gucken wollen, ob du dich noch mal gemeldet hast oder alles abhakst, was bisher war.

Bei meiner Mutter habe ich mir schon Stichpunkte gemacht, was ich dir alles sagen wollte, habe sie nun natürlich nicht dabei.

Muss auch erst einmal deine neuen Mails lesen."

Andreas war froh, dass sie sich endlich austauschen konnten. Er hoffte, dass sie ihren Streit jetzt beendeten. Solche Streitigkeiten mochte er nicht, und er litt unter dieser Situation, die er auch selber mit heraufbeschworen hatte, wie er wusste. Er war bereit, Silvio zu verzeihen, auch dann, wenn der nichts zur Aufklärung des Problems beitragen wollte. Er erwiderte: „Ich habe nichts abgehakt, wie könnte ich das denn?"

Silvio schrieb zurück: „Das habe ich jetzt anhand deiner Mails auch gesehen, aber vorher wusste ich nicht so recht.

Du konntest doch gar nicht wissen, dass ich heute beim Nachbarn fragen gehe, denn Mutters Computer spinnt. Sonst hätte ich heute Abend versucht, dich zu erreichen.

Hinzu kommt, dass meine Mutter nicht gerne sieht, wenn ich die Zeit bei ihr am Computer verbringe. Na, ja, kann ich auch verstehen.

Mir geht es wieder besser. Muss am 23.12. wieder zum Arzt. Werde mich gesundschreiben lassen, da ich dann sowieso Urlaub habe."

Andreas freute sich wie ein kleines Kind darüber, dass Silvio da war und mit ihm chattete: „Ich bin so froh, dass du noch mit mir sprichst, und vor allem, dass es dir wieder besser geht. Nein, ich wusste es nicht, dass du jetzt on bist, ich habe einfach gewartet und gehofft. Aber nachher muss ich zum Spätdienst."

Darauf erwiderte Silvio: „Ich kann jetzt auch nicht stundenlang hier sitzen. Der Vater meines Schulkumpels will auch mit mir quatschen. Ich habe ihn vertröstet. So habe ich jetzt noch bis dreizehn Uhr Zeit für dich. Ist das ok für dich oder musst du schon früher los?

Wie fühlst du dich jetzt, jetzt in diesem Moment?"

Andreas erwiderte: „Ich bin glücklich, dass du für mich eine Viertelstunde Zeit hast. Bin aber immer noch unsicher, weil du dich noch nicht äußern konntest."

Silvio antwortete: „Stimmt. Auch ich bin unsicher und weiß nicht, wie ich mich verhalten soll, Andreas, ich weiß es wirklich nicht. Jetzt kommt Weihnachten und wir wollen unseren Familien nicht die Freude nehmen. Aber ohne einen Kontakt zu dir wollte ich doch nicht in die Festtage gehen.

Trotzdem nutze ich die freie Zeit, gehe spazieren und grübele über alles nach, über uns, über die gewesene Situation, lese unsere Zeilen, die ich übrigens mitgenommen habe, ach, ich weiß auch nicht."

Andreas sagte. „Wir haben wohl beide etwas falsch gemacht."

Silvio gab zu: „Ich war innerlich so aufgewühlt und weiß auch jetzt noch nicht, wie ich mich verhalten soll. Ich wollte eigentlich nur gucken, ob du noch einmal reagiert hast.

Und siehe da, du hast auch viel nachgedacht."

Andreas beteuerte: „Silvio, ich liebe dich wirklich, und es ist mir inzwischen auch egal, wie du aussiehst, ich möchte einfach nur mit dir zusammen sein dürfen und für dich da sein können.

Kannst du mich denn wenigstens ein bisschen verstehen?"

Silvio erwiderte: „Jein, sagt man so, wenn man Nein und Ja meint? Was ist, wenn du öfters solche Aussetzer bekommst? Das bringt doch nur Stress in eine Beziehung, und das nicht zu knapp. Darauf habe ich eigentlich keinen Bock.

Vielleicht sollte ich mich mal mit deiner Rosi unterhalten, wie sie das all die Jahre weggesteckt hat (ha, ha, ha). Ich weiß, das geht natürlich nicht, aber man muss als Partner damit umgehen können."

Silvio sprach von Aussetzern in Andreas Verhalten. Das warf er ihm vor. Aber dass er Andreas belogen hatte, daran erinnerte er sich nicht. Andreas hatte sich für sein Fehlverhalten entschuldigt, aber Silvio dachte gar nicht daran, sich für seine Lüge zu entschuldigen. Außerdem hatte er Andreas Entschuldigung bisher nicht angenommen. Und warum er Andreas an dem Abend zum wiederholten Male nicht angerufen hatte, klärte er auch nicht auf. Warum nur fragte Andreas nicht, warum Silvio ihn belogen hatte?

Andreas antwortete: „Ich arbeite an mir. Ich glaube nicht, dass wir, wenn wir uns füreinander entscheiden, solche Probleme noch einmal haben werden. Dann weiß ich ja, dass ich für dich da sein kann und auch du für mich da bist. Nur darfst du mit Ralf nur noch platonisch befreundet sein.

Sieh es ein, wenn du mich angerufen hättest, wäre es nicht passiert.

Wobei ich jetzt nicht dir die Schuld geben will. Mit Rosi habe ich mich nur wegen der Kinder gestritten, nie wegen Ihr. Das musst du mir glauben."

Und dann fragte Andreas direkt: „Stellst du jetzt alles infrage?"

Silvio schrieb: „Nein, das tue ich nicht. Aber ich denke über vieles nach.

Mir ist auch klar geworden, dass zwischen uns etwas existiert, was andere Menschen nie in ihrem Leben kennenlernen werden. Ich war immer gierig darauf, mit dir zu chatten, es hat mir großen Spaß gemacht und es haben sich einfach so beim Chatten Gefühle entwickelt, die ich mir früher nie hätte träumen lassen.

Nein, Andreas, ich stelle nicht alles infrage."

Aber auf Andreas' Hinweis, er solle einsehen, dass alles nicht passiert wäre, wenn er ihn angerufen hätte, ging Silvio nicht ein. Er lieferte Argumente und diskutierte mit Andreas und wusste genau, mit welchen Worten er Andreas manipulieren konnte.

Dieser war ihm verfallen, denn Andreas bat: „Bitte gib uns noch eine Chance."

Darauf erwiderte Silvio: „Also befinden wir uns jetzt in einer Testphase???

Andreas, sei mir nicht böse, eben ging schon wieder die Tür auf. Alte Leute haben wahrscheinlich eine Uhr, die schneller geht als unsere.

Wie hast du am 22.12. Dienst? Abends?"

Andreas antwortete: „Ich habe früh, bin also abends da.

Übrigens habe auch ich nicht damit gerechnet, dass man solch starke Gefühle im Internet entwickeln kann. Ich bin mir sicher, dass, wenn wir das jetzt überstehen, eine schöne Zeit vor uns haben, weil ich ein harmoniebedürftiger Mensch bin. Ich mag keinen Streit."

Silvio stellte fest: „Ich mag auch keinen Streit!!!!!!

Sei mir wirklich nicht böse. Ich muss jetzt.

Ciao, bis zum 22.12.! Wenn ich den alten Herrn noch einmal bezirze, vielleicht lässt er mich morgen noch einmal kurz ‚meine wichtigen Mails lesen', habe ich zu ihm gesagt. Er war stolz wie ein Ritter, dass er mir helfen kann, und er hat sogar einen Computer.

Ich könnte vielleicht wieder um die Mittagszeit, kann dir aber nicht genau sagen, wann. Wie sieht es bei dir mit der Zeit aus?"

Andreas versicherte: „Ich bin morgen zu Hause, kann also auf dich warten.

Und nun kümmere dich mal um den alten Herrn, dass du morgen noch einmal mit mir chatten kannst.

Aber bitte denke daran, es ist alles nur so passiert, weil ich dich liebe und enttäuscht war. Ich werde dich immer lieben, weil wir zusammen gehören. Ich denke an dich, mein Liebster. Liebe Grüße! Dein Andreas."

Silvio sagte: „So, während du jetzt zur Arbeit tigerst, werde ich erst einmal ein schönes Bierchen trinken. Die Flaschen sind schon auf. Und ich denke, das Morgen kriege ich auf ‚Bierbasis' organisiert. Also dann bis demnächst. Vielleicht klappt es morgen mit uns!!!! Dein Silvio."

Andreas schrieb Silvio noch eine Message, in der er ihm versicherte, dass er alles für ihn tun wollte und wie sehr er ihn liebte. Weiterhin teilte er Silvio mit, wie sehr er unter dem Streit mit ihm litt und dass er traurig sei, weil er immer noch nicht wusste, ob Silvio ihnen eine Chance geben werde. Und endlich fragte er: „Weißt du, was mir noch wehtut? Du hast mir nicht einmal gesagt, was du für mich empfindest, auf jeden Fall nicht direkt. Und du hast noch nicht aufgeklärt, warum du mich belogen hast. Du hast nur davon gesprochen, dass du beim Chatten starke Gefühle entwickelt hast. Aber das lässt mich hoffen, mein Süßer. Ich umarme und küsse dich.

Dein Freund? Oder Liebster? Oder ...? Auf jeden Fall dein Andreas."

*****

Am Abend saß Andreas am Computer und chattete mit Freunden. Gegen zweiundzwanzig Uhr bekam er eine Message von Patrick, von dem er, seit dem Abend seines erhöhten Whiskykonsums, nichts mehr gehört hatte. Andreas hätte Patrick nicht geschrieben. Auf dessen Freundschaft legte er vorerst keinen Wert mehr. Patrick schrieb: „Hej hej …

na, wie weit bist du mit dem Einrichten der Wohnung? :-)

Hab nu mein neues Tüf Tüf ... Citroen C4 :-) Liebe Grüße! Patrick."

‚Guck an', dachte Andreas, ‚da erinnert sich einer an mich. Freut sich über sein neues Auto und muss sich jetzt mitteilen. Warum auch nicht, wenn ich mich über etwas freue, will ich es auch loswerden. Ich hätte dich ja nicht angeschrieben, aber wenn du es tust, ist es in Ordnung, ich werde nicht länger den Beleidigten spielen und dir mal antworten.' „Mit meiner Wohnung bin ich fertig, nur noch ein paar Kleinigkeiten.

Herzlichen Glückwunsch zu deinem neuen Auto.

Bist du jetzt on und doch nicht da, oder bist du on?

Auch von mir liebe Grüße, Andreas."

Andreas fragte das nicht umsonst, denn während eines Streites hatte Patrick ihm einmal gesagt, dass er zwar online, aber eben doch nicht da sei.

Patrick antwortete: „Mal ausnahmsweise wirklich on :-) stell gerade das alte Auto rein, muss es ja noch verkaufen. :-))"

Andreas wollte sich von Silvio ablenken, er beschäftigte sich sehr viel mit ihm, weil ihn immer noch der Streit belastete. Und er bemerkte für sich: ‚Komisch ist es schon, immer, wenn ich jemanden brauchen könnte, meldet sich Patrick bei mir. Auch wenn er sich jetzt mitteilen musste, so lenkt er mich doch von Silvio ab. Und das ist heute Abend gut.' Er fragte: „Hast du jetzt Zeit?"

Patrick fragte zurück: „Warum, wofür? Ja, hab ich ... jetzt war ich gerade am Telefonieren ... aber schnell abgewürgt. :-)"

Jetzt wollte Andreas Patrick gerne wieder sehen, und so fragte er: „Hast du Lust zum persönlichen Quatschen?"

Patrick fragte zurück: „Wo denn??"

Und Andreas lud ihn ein: „Bei mir."

Da von Patrick jetzt keine Antwort kam, schrieb Andreas noch einmal: „Keine Angst, ich will keinen Sex mit dir."

Patrick antwortete: „Lach ... schlimm wär's nicht ... aber gut ist es auch nicht. :-) Hab ja was anderes gesagt und man widerspricht sich ja ungern ...

Bin aber neugierig auf die Wohnung. :-)

Und das ist wo ... soll ich was mitbringen? Hab noch Havanna und Cola ...

Oder einen Weißwein."

Andreas nannte ihm die Adresse und beschrieb ihm, welches Haus das war, in dem er jetzt wohnte. Außerdem teilte er ihm mit, dass er genug Getränke zu Hause habe. Patrick versprach in einigen Minuten bei Andreas zu sein. Zwanzig Minuten später saß er auf Andreas Eckcouch. Sie unterhielten sich und tranken etwas Whisky.

Zuerst sprachen sie über Patricks neues Auto, danach über ihren Streit, der ihre Freundschaft gefährdet hatte. Sie wollten jetzt Freunde bleiben, das war klar, sonst hätten sie sich nicht zu treffen brauchen.

Heute, nachdem sie einen größeren zeitlichen Abstand voneinander hatten, konnten sie ohne Emotionen ihre Standpunkte darlegen. Bei den Punkten, bei denen Patrick damals noch uneinsichtig war, zeigte er nun Verständnis und sie konnten ihre Freundschaft neu besiegeln. Andreas freute sich darüber sehr, denn er mochte Patrick immer noch sehr gerne, aber er liebte ihn nicht mehr.

Danach erzählte Andreas von Silvio. Er war froh, dass er alles, was Silvio betraf, einmal loswerden konnte. Später lud Andreas Patrick ein, bei ihm zu schlafen. Erst wollte der nach Hause gehen, aber Andreas' Argument, dass die Temperatur draußen minus fünfzehn Grad und die Straßen glatt seien, überzeugte ihn dann doch.

Am nächsten Morgen verabschiedeten sie sich nach dem Frühstück voneinander.

Andreas dachte, er solle Silvio schreiben, dass Patrick bei ihm war. Silvio sollte wissen, dass Andreas es mit ihm ehrlich meinte und vor ihm keine Geheimnisse hatte. Er schrieb: „Mein liebster Silvio, bevor du mir deine Antwort heute geben willst, möchte ich dir etwas erzählen. Ich habe gestern Patrick getroffen. Er hat mich angeschrieben und ist dann zu mir gekommen. Wir haben uns ausgesprochen, und ich habe ihm von uns erzählt. Wir sind uns einig, dass wir doch beide Freunde bleiben oder wieder werden wollen. Platonische Freunde.

Ich denke, dass du das wissen solltest, weil auch du ihn kennenlernen wirst, wenn du uns eine Zukunft gibst.

Ich warte auf dich, mein Süßer. Dein dich liebender und gestern treu gebliebener Andreas."

Etwas später kam Silvio in den Chat und las Andreas' Nachricht, dann schrieb er: „Ist jetzt Mittagszeit? Bei mir schon.

Lass mich erst einmal Luft holen, muss erst einmal das Thema ‚Patrick' verdauen."

Andreas verstand Silvio nicht. Er wollte doch einfach nur ehrlich sein und damit zeigen, dass Silvio sich auf ihn verlassen konnte. Deshalb fragte er: „Was gibt es denn da zu verdauen? Es ist doch nichts passiert.

Ich freue mich, dass du da bist."

Seine Freude über Silvios Erscheinen im Chat war ehrlich und er hoffte, dass sie heute alle Probleme aus der Welt schaffen konnten.

Silvio war entweder ein sehr genauer oder ein sehr ernster und nachdenklicher Mensch, denn er schrieb: „Ich wollte dich gerade fragen, wie dein Tag gestern noch war. Denn ich bin spazieren gegangen und es war für mich nicht so kribbelnd. Ich habe viel überlegt und war noch nicht einmal mit mir im Reinen. Ich weiß nicht, was ich machen soll. Bin etwas unglücklich über meine momentane Situation, vielleicht auch überfordert. Ich fühle mich jedenfalls elend, wenn ich an die vergangenen Tage denke.

Wie lange war denn Patrick bei dir?"

Dass es heute nicht leicht sein werde, merkte Andreas schon an Silvios letzte Message. Trotzdem antwortete er offen und ehrlich und ohne Umschweife: „Er kam erst gegen dreiundzwanzig Uhr und wir haben etwas getrunken. Er hat bei mir geschlafen, aber wirklich nur geschlafen und ist heute Morgen gegen neun Uhr wieder los, nachdem wir noch einen Kaffee getrunken haben.

Ich weiß, dass ich damit deine Situation nicht verbessere, aber verschweigen hätte ich es nur müssen, wenn wir im Bett gewesen wären. Aber ich will offen und ehrlich zu dir sein, alles andere bringt uns jetzt nicht weiter.

Es tut mir leid, dass ich dich in diese Situation, in der es dir elend geht, gebracht habe. Ich möchte dir helfen, wenn ich es kann. Also sage mir alles, was du möchtest, frage mich alles, was du willst, ich werde dir offen und ehrlich antworten.

Nur bitte rede mit mir.

Ich kann nicht glauben, dass wir uns nun doch nicht mehr kennenlernen sollten, nur wegen eines Fehlers, den wir beide irgendwo verursacht haben. Sicherlich habe ich mit meinen Äußerungen mehr zu dieser Situation beigetragen als du, zumal ich zu dem Zeitpunkt nicht wusste, wie schlecht es dir ging. Aber beschwindelt hast du mich trotzdem am nächsten Tag. Oder willst du es abstreiten? Diese Frage ist nicht böse gemeint. Ich habe es so empfunden, nicht mehr und nicht weniger.

Ich weiß auch nicht, wie ich es schreiben soll, ohne dich zu verletzen; wenn wir miteinander reden könnten, würdest du an meinem Tonfall hören, wie ich es meine. Aber wenn du meine Fragen liest, interpretierst du den Tonfall selber hinein. Ich möchte nicht schon wieder alles aufs Spiel setzen.

Wie viel Zeit hast du heute überhaupt für mich?"

Andreas musste jetzt einmal selber angreifen, denn so wie bisher konnten sie die Probleme nicht aus der Welt schaffen. Silvio kam mit immer neuen Argumenten, die Andreas aufzeigen sollten, dass er der Schuldige an diesem Dilemma sei, so erschien es ihm. Dabei vergaß Silvio, dass auch er Fehler gemacht hatte.

Wieder reagierte Silvio nicht so, wie Andreas es sich erhofft hatte: „Ich denke, ich habe jetzt bis ca. 13.30 Uhr Zeit. Wenn du mir gestattest, zwischendurch auch mal ‚Prost' zum ‚alten Herrn' zu sagen. Wie gesagt, der Vater meines Schulkumpels.

Was heißt, ‚wenn wir im Bett gewesen wären'? Habt Ihr die Nacht im Stehen verbracht? Das willst du mir doch jetzt wohl nicht damit sagen? Patrick? War das der Junge mit dem bisher ‚besten Sex in deinem Leben'? Irgendwie denke ich mir jetzt, vielleicht hätte ich den Nachbarn doch nicht fragen sollen?

Wenn ich so darüber nachdenke, ich liege wach im Bett und wälze mich von einer Seite zur anderen und grüble über alles, mache es mir wirklich nicht einfach, und du genießt den Abend in vollen Zügen.

Ich weiß nicht, Andreas, ich fühle mich jetzt noch elender! Warum ist es so?

Bin ich dir böse? Hasse ich dich? Ich weiß nicht, warum es mich so berührt. Andreas, ich weiß nicht, was ich tun und denken soll. Plötzlich ist alles leer bei mir. Was ist das?"

Andreas dachte: ‚Er geht aber nicht auf seine Fehler ein, obwohl ich ihn darauf angesprochen habe. Im Gegenteil macht er mir nur noch mehr Vorwürfe. Er will gar nicht, dass wir uns wieder einigen und uns kennenlernen.' Andreas bemerkte, dass er langsam wieder wütend wurde. Aber jetzt er passte auf, dass er seine Worte mit Verstand wählte und nicht mit Wut. Was sonst dabei herauskäme, wusste er nur zu gut.

„Hätte ich Patrick im angetrunkenen Zustand bei minus fünfzehn Grad und Glätte nach Hause schicken sollen? Er hat nur bei mir geschlafen, mehr nicht. Dass ich das Leben in vollen Zügen genieße, davon kann keine Rede sein. Wenn ich an dich denke, ist mir auch nicht besser als dir.

Ich habe Patrick von uns erzählt, weil ich froh war, mit jemandem darüber erzählen zu können. Dass ich vorher irgendwann einmal mit ihm den besten Sex meines Lebens hatte, hat damit überhaupt nichts zu tun.

Außerdem brauche auch ich einen Freund, denn ich bin alleine.

Einen Freund darf ich doch wohl haben. Außerdem weiß ich noch nicht, wann wir uns überhaupt wieder sehen, ich weiß aber, dass es dieses Jahr nicht mehr sein wird. Und ich werde nicht jedes Mal mit ihm alleine sein.

Warum habe ich es dir überhaupt erzählt? Doch nicht, weil ich dich verletzen will, sondern nur, weil ich will, dass du weißt, dass ich es mit dir ehrlich meine. Was soll ich denn noch tun? Ich kann mich nur dafür entschuldigen, was ich falsch gemacht habe, und ehrlich zu dir sein. Ist das jetzt auch falsch? Ich werde dich nicht belügen.

Bevor du dich in weitere Zweifel stürzt, sollten wir einfach einmal die aufgetretenen Fragen und Probleme beseitigen. Wie wäre es damit, wenn du mir einmal schreibst, was du dir als Stichpunkte auf deinen Zettel geschrieben hast? Oder ist der wieder bei deiner Mutti?

Willst du jetzt nur enttäuscht sein oder wollen wir alles vernünftig klären?

Wie oft soll ich denn noch sagen, dass ich dich liebe und dass ich nur dich liebe und ich dich brauche? Du bist verletzt, weil auch du mich liebst, davon gehe ich einmal aus.

Oder ist es dir jetzt doch zu viel geworden und du weißt nicht, wie du das beenden sollst? Ich hoffe, dass es so nicht ist. Bitte rede mit mir, mein Liebling."

Silvio ging wieder nicht auf Andreas' Argumente ein. Es kam ihm schon so vor, dass Silvio sich selbst leidtat, denn er schrieb: „Ich möchte mich jetzt am liebsten verkriechen. Ich bin nun schon 35 Jahre alt, was hast du mit mir gemacht? Plötzlich fühle ich mich einsam, traurig, verletzlich, elend, ich möchte am liebsten weinen. Und warum nur? Ich habe doch gar kein Recht, etwas von dir zu verlangen. Wir sind erwachsene Menschen und leben unser Leben. Ich habe irgendwie Herzbeklemmungen."

Was Silvio schrieb, war für Andreas ein Zeichen, ihm einen vernünftigen Vorschlag zu machen. Wenn Silvio Interesse an der Klärung ihrer Meinungsverschiedenheiten hatte, müsste er auf diesen Vorschlag eingehen. Er schrieb: „Wenn es so ist, sollten wir einmal darüber nachdenken, ob es nicht besser ist, persönlich miteinander zu reden. Ich weiß nicht, ob wir es im Chat schaffen, alles auszuräumen, was uns, insbesondere dich belastet.

Besondere Situationen erfordern besondere Maßnahmen. Vielleicht solltest du über deinen Schatten springen." Dann fielen ihm noch weitere Möglichkeiten ein und er ergänzte: „Oder rufe mich an oder teile mir deine Rufnummer mit, dann rufe ich dich an.

Ich weiß aber auf jeden Fall, dass wir etwas tun müssen, damit es uns wieder gut geht."

Silvio antwortete: „Sei nicht so ironisch! ‚Oder ist der Zettel wieder bei deiner Mutti?'

Nein, ist er nicht, aber in Anbetracht der Lage, dass wir schon einige Punkte angesprochen haben, ist auch dieser Zettel eigentlich sinnlos. Ich wollte dir schon meine Meinung sagen, aber dazu fehlt mir jetzt der Mut.

In meiner Äußerung: ‚Sei kein Idiot!', habe ich damals so viel Hoffnung reingelegt, die du, wenn das so stimmt, ja erfüllt hast. Was ich damals noch nicht wusste. Ich habe gedacht, wenn du dir etwas wegholst, was wird dann aus uns? Das waren meine ersten Gedanken, nachdem ich es gelesen hatte.

Ich habe auch schon gedacht, dass wir uns persönlich aussprechen – aber nein, ich bleibe bei meinen Prinzipien. Es sind nur noch elf Tage bis zum neuen Jahr. Und diese elf Tage brauche ich und ich nehme sie mir einfach. (Ich weiß ohne dein Einverständnis).

Wie sagtest du doch so schön: ‚Jetzt muss ich aber schmoren, aber Strafe muss sein!!!' Ja, ja, ja!!!!"

Wieder musste Andreas erkennen, dass es Silvio ganz geschickt verstand, alle seine Vorschläge abzulehnen.

Zunächst ging er auf den Vorschlag ein, doch dann kam eine Absage. Jetzt dachte Andreas: ‚Er will gar nicht, dass wir uns vertragen. Wenn er es wollte, gäbe er mir zumindest seine Telefonnummer, aber darauf lässt er sich überhaupt nicht ein. Was denkt sich Silvio eigentlich? Das möchte ich doch zu gerne wissen.' Andreas war enttäuscht und seine Wut auf Silvio würde größer. Doch noch reagierte er mit Vernunft.

„Strafe muss sein, das ist richtig, aber du tust alles, um unser Problem nicht aus der Welt zu schaffen. Ich habe dir vorhin gesagt, dass du den Ton in meine Messages hineinliest. Ich bin nicht ironisch.

Ich sehe nur, dass du alles, was ich schreibe, abblockst. Mir geht es auch nicht gut."

Andreas schickte seine Message ab und just in dem Moment versagte sein Internetstick erneut.

Jetzt bekam er Panik. Er glaubte, Silvio werde annehmen, er habe absichtlich den Chat abgebrochen und dass er böse mit ihm sei, weil Silvio seine Vorschläge zur Klärung der Meinungsverschiedenheiten abgeblockt hatte. Er versuchte sofort, zurück in den Chat zu kommen, aber leider war ihm das nicht möglich.

Nun rief er mit seinem Handy die Hotline seiner Telefongesellschaft an. Nach zwanzig Minuten in der Warteschleife mit nervtötender Musik erfuhr er, dass die Hotline ihm nicht helfen konnte. Andreas sollte einen zweiten Kundenservice anrufen. Dieses Mal war er fünfundzwanzig Minuten in der Warteschleife. Immer wieder musste er denselben Musiktitel hören. Kaum war er beendet, begann er von Neuem. Andreas Nerven lagen blank. Nachdem die Mitarbeiterin sein Problem aufgenommen hatte, legte sie ihn erneut in die Warteschleife. Nach zehn Minuten nervtötendes Gedudel musste er zur Kenntnis nehmen, dass er eine dritte Hotline anrufen sollte.

Er wählte die entsprechende Telefonnummer und ließ sich vom Computer ein drittes Mal mehrere Minuten Fragen stellen, bis er noch einmal für eine halbe Stunde in die Warteschleife verlegt wurde, bevor er mit dem ihm zuständigen Mitarbeiter verbunden wurde. Wenn er nicht die Hilfe dieser Hotline gebraucht hätte, hätte er das Handy einfach weggeworfen, so sehr war er aufgebracht. Das ging aber nicht, da er mit Silvio ins Reine kommen wollte.

Endlich meldete sich eine männliche Stimme und vermittelte Andreas einen kompetenten Eindruck. Der Mitarbeiter führte mehrere Messungen durch. Anschließend teilte er Andreas mit, dass seine Box defekt sei. Diese könnte er in jedem Shop der Gesellschaft umtauschen.

Andreas bekam zwei Nummern, damit er sich telefonisch erkundigen konnte, ob in diesen Shops eine Austauschbox vorhanden war. Der Mitarbeiter dieses Services versprach, einen Eintrag im Computer zumachen, alle Shops hätten darauf Zugriff. Andreas bedankte sich für die Hilfe und beendete das Gespräch.

Fast zwei Stunden waren bisher seit seines PC-Absturzes vergangen, ohne dass die Ursache dafür beseitigt werden konnte. Das einzige Ergebnis, das Andreas erzielt hatte, war, dass er aufgrund der unsagbaren Inkompetenz der Service-Mitarbeiter und der grausigen Musik in den Warteschleifen nervlich am Ende war.

Jetzt versuchte er, den ersten Shop anzurufen und erfuhr, dass die Nummer, die er von dem Kollegen der dritten Hotline bekommen hatte, nicht vergeben sei. Er glaubte, die Nummer falsch eingegeben zu haben, und versuchte es noch einmal, mit dem selben Ergebnis. Danach wählte er die zweite Nummer, diese war besetzt. Andreas war kurz vor einem Infarkt, zuerst musste er Silvios Unvernunft ertragen, danach das erneute Versagen seiner Technik. Anschließend ging viel Zeit durch die Inkompetenz der Hotlin-Mitarbeiter verloren.

Er baute die Anlage ab, und fuhr mit ihr zum Telekommunikationsladen im benachbarten Stadtteil. Dort wartete er fünf Minuten, bis er dran war. Die Mitarbeiterin, die ihn bediente, ließ ihn nicht ausreden, sie unterbrach ihn schon nach den ersten Worten. Er zwang sich zur Ruhe und versuchte es erneut. Er wurde wieder unterbrochen. Der dritte Versuch lief genauso wie die beiden vorherigen. Jetzt wurde Andreas etwas lauter und sagte. „Kann ich endlich einmal ausreden und Ihnen sagen, was ich für ein Problem habe, ohne dass Sie mich dauernd unterbrechen? Ihr Verhalten mir gegenüber ist absolut unhöflich."

Sie lenkte ein und Andreas konnte endlich sein Problem schildern. Als er endete, sagte sie, dass er keine Austauschbox bekommen könne, er müsse zu dem Shop fahren, von dem er seine Box bezogen habe. Er wies nochmals auf die Aussage des Mitarbeiters der Hotline, und dessen Eintrag im Computer hin. Die Angestellte des Shops erwiderte: „Wenn Sie sich ein Auto kaufen, müssen Sie doch auch dahin gehen, wo Sie es gekauft haben, wenn es kaputt ist. Das ist bei uns nicht anders."

Jetzt platzte aus Andreas heraus, der die Geduld verloren hatte: „Mir platzt hier gleich der Arsch! Weiß denn hier keiner etwas vom anderen? Geben die Leute der Hotline einfach Auskünfte, die nicht der Wahrheit entsprechen?!"

„Nun benehmen Sie sich aber daneben", gab die Frau beleidigt zurück: „Ich kann Ihnen leider nicht weiterhelfen, fahren Sie dahin, wo Sie das Gerät gekauft haben."

Andreas verließ total gefrustet den Shop und fuhr in die Innenstadt, zu dem Geschäft, in dem er die Anlage gekauft hatte.

Jetzt kam er in den Berufsverkehr und stand im Stau. Normalerweise benötigte er für die Strecke fünfzehn Minuten, jetzt brauchte er eine ganze Stunde. Auch in diesem Geschäft fand die nette Verkäuferin keinen PC-Eintrag. Sie telefonierte mit einer weiteren Hotline. Nachdem sie das Gespräch beendet hatte, sagte sie: „Die Box kann ich nicht umtauschen. Die muss erst durchgemessen werden. Das jedoch geht nur, wenn sie in Ihrer Wohnung angeschlossen ist."

Andreas erklärte: „Der Mitarbeiter der Hotline hat die Box doch schon durchgemessen, das hatte er mir gesagt."

Die freundliche Frau meinte: „Nein, glauben Sie mir bitte, das konnte er gar nicht tun. Fahren Sie bitte nach Hause, und installieren Sie die Box wieder. Wenn Sie danach nicht ins Internet kommen sollten, was ich nicht glaube, rufen Sie bitte diese Hotline an." Sie gab Andreas einen Zettel, auf dem eine Telefonnummer stand. Dabei sagte sie: „Die Kollegen dort kümmern sich dann um alles Weitere." Sie bemühte sich, Andreas die Zusammenhänge seiner Technik zu erläutern und warum die Box nicht die Ursache seiner Probleme sein konnte. Wenn sie recht hatte, hatte Andreas sechs Stunden seiner Freizeit sinnlos vergeudet, weil die Mitarbeiter der öffentlich erreichbaren Service-Hotlines wenigstens an diesem Tag inkompetent waren.

Andreas bedankte sich, und machte sich auf den Weg nach Hause. Inzwischen war es dunkel geworden und wieder hatte er den Stau in seine Fahrtrichtung, doch dieses Mal löste er sich recht schnell auf. Nach einer halben Stunde öffnete er seine Wohnungstür. Er fühlte sich schlecht, war depressiv und wütend. Mittlerweile waren sieben Stunden vergangen, sieben Stunden für nichts.

In seiner Wohnung war Andreas wieder alleine und am Ende seiner Nerven. Langsam fiel die Anspannung von ihm ab und eine tiefe Traurigkeit befiel ihn. Unter Weinkrämpfen installierte er die Anlage erneut und fuhr den Computer hoch. Und siehe da, er bekam Zugriff zum Internet. Jetzt war er erleichtert und genervt zur gleichen Zeit.

Er loggte sich in den Chat ein und fand von Silvio drei Messages. Andreas öffnete die erste und las: „Ja, mein Andreas, das mag sein. Unser Problem sitzt ganz tief und wir können es wirklich nur persönlich klären. Dazu reicht der kurze Chat nicht aus. Darum lass uns bitte bei einem späteren Treffen darüber reden. Ich denke schon, dass es dir auch nicht gut geht. Es wäre schlimm, wenn es dir am ‚A...‘ vorbeiginge. Das zeigt uns beiden doch, dass es ernst ist.

Aber andererseits tut es mir im Moment nicht gut, über diese Probleme zu sprechen. Ich bin elektrisiert, angespannt wie ein Flitzbogen, aufgewühlt und meine Gefühle hauen einfach durcheinander. Ich weiß mit mir, nicht umzugehen. Ich muss mich unter Kontrolle bringen.

Das ist eine Aufgabe, die ich mit mir selber ausmachen muss, damit unser erstes Treffen nicht in die Hose geht. Andererseits habe ich Angst, dass es vielleicht nur ein Streitgespräch wird und wir letztendlich wirklich alles mit uns versauen.

Ich würde liebend gerne noch mit dir chatten, so wie früher. Ohne Probleme anzusprechen.

Ach, Andreas, wie soll es mit uns weitergehen??“

Andreas dachte: ‚Du blockst alles ab, du willst dich nicht mit mir treffen und dir ist unsere Beziehung scheißegal. Du bist ein Egoist und denkst nur an dich und deine Gefühle. Was mit meinen Gefühlen ist, interessiert dich doch gar nicht. Was habe ich Blödmann nur an dir gefressen?‘ Danach öffnete er Silvios zweite Mail: „Ich sehe, du bist jetzt gerade wieder nicht on. Ich werde noch bis um 13.30 Uhr warten, vielleicht bekommst du deinen Stick wieder in Schwung.

Sollten wir uns heute nicht mehr bis 13.30 Uhr treffen, bin ich morgen Abend gegen 21 Uhr wieder on und habe dann wieder mehr Zeit für dich. Vielleicht schaffst du es auch. Kannst mir ja zwischendurch eine Nachricht zukommen lassen, damit ich Bescheid weiß.

Werde jetzt mit dem Nachbarn hier vor dem Computer das Bierchen trinken und immer mal gucken, ob du es noch geschafft hast. Bis später Dein Silvio.“

Jetzt brach Andreas zusammen. Er weinte und eine unbändige Wut auf Silvio bemächtigte sich seiner. Oder hasste er ihn schon? ‚Nein‘, sagte sich Andreas, ‚ich bin stinkend sauer. Er lässt den lieben Gott einen guten Mann sein und trinkt Bier mit dem Nachbarn und ich habe Angst, dass er etwas Falsches glaubt, weil bei mir das Internet schon wieder abgekackt ist. Ich schiebe hier Panik, weil ich Angst habe, ihn zu verlieren, und er genießt das Leben und schreibt mir, dass er genau weiß, warum ich nicht on bin. Anstatt mich einmal nur anzurufen! Mein Tag hätte dann nicht so nervenaufreibend sein müssen. Jetzt habe ich aber die Schnauze voll. Jetzt ist Schluss, jetzt wird nach meinen Regeln gespielt.'

Trotzdem las Andreas noch Silvios dritte Nachricht: „Schade, hast es leider nicht geschafft. Eventuell bis morgen, wenn du möchtest. Ciao dein Silvio."

Andreas schrieb jetzt eine lange Message, in der er kein Blatt vor den Mund nahm. Silvio sollte wissen, wie es in ihm aussah, und dass er heute zu weit gegangen war.

„Ich kann nicht mehr, ich will nicht mehr!!!!!!!!

Du machst es dir jetzt wirklich zu einfach. Du hast deine Prinzipien und die stehst du durch. Und was ist mit meinen Prinzipien? Wenn ich sie durchsetzen würde, würde ich dir nicht mehr antworten.

Schon wieder ist meine Technik abgekackt, ich fahre von einem Telekommunikationsshop zum anderen, habe vorher drei Hotlines angerufen, alle haben sie mich verarscht, und du rufst wieder nicht an, obwohl du den Grund für meinen ungewollten Chatabbruch kennst. Ich habe nur diese unsichere Verbindung zu dir, und es frustet mich sehr, und es macht mich krank, dass du so wenig Verständnis dafür hast.

Wie lange willst du mich denn noch bestrafen für diese eine doofe Message?

Ich sitze jetzt hier und bin bemüht, nicht wieder etwas zu schreiben, womit ich dich verletzen könnte, und du tust mir mit deinem Verhalten am laufenden Band weh. Ich sitze hier und kann nur noch heulen, weil ich nicht weiß, was du vorhast.

Du rufst mich nicht an, obwohl du es könntest, glaubst du denn, das geht mir am Arsch vorbei?

Ich hatte wirklich geglaubt, als du mir vorhin geschrieben hattest, dass du heute etwas mehr Zeit hast, dass wir endlich unser Problem aus der Welt schaffen können. Stattdessen sehe ich mein Leben nur noch mehr kaputt gehen. Was soll ich nur tun? Nichts, weil du deine Möglichkeiten nicht nutzen willst. Wärst du in meiner Situation, glaube mir, ich hätte dich angerufen.

Aber ich bekomme noch einen Vorwurf von dir, weil ich Patrick bei mir schlafen ließ und ihn bei minus 15 Grad nicht an die frische Luft gesetzt habe. Er hat mir geholfen, indem ich mit ihm über uns sprechen konnte. Gerne hätte ich mit ihm Sex gehabt, aber du bist mir wichtiger. Ich habe es ihm genau so gesagt.

Weißt du, wie ich mich jetzt fühle? Krank, einfach nur krank. Ich möchte morgen zu meiner Ärztin gehen und mich krankschreiben lassen. Aber das geht nicht, wer soll denn morgen so kurzfristig für mich einspringen? Es müsste jemand aus seinem Urlaub oder seiner Freizeit geholt werden. Und das will ich nicht. Aber ich weiß nicht, wie ich morgen arbeiten soll.

Zu allem Überfluss war heute meine Lieblingsschwester bei mir und hat mir erzählt, dass sie sich von ihrem Mann trennt. Sie erlebt zurzeit die Hölle auf Erden. Ich mache mir Sorgen um sie.

Und du? Du lässt dir von mir nicht helfen und stößt mich weiter in mein tiefes Loch hinein.

Ich habe so ein Scheißjahr hinter mir, du warst mein Sonnenschein, meine Hoffnung. Das kann doch nicht vorbei sein. Sollte es in diesem Jahr nichts Positives mehr für mich geben?

Ich bitte dich nicht, mich anzurufen, wenn du diese Message liest, weil ich weiß, dass du deine Prinzipien hast, und mich sowieso nicht anrufst. Du wartest lieber, bis alles kaputt ist. Scheiß-Technik, Scheiß-Liebe, Scheiß-Leben.

Keine Angst, ich tue mir nichts an. Aber es hat schon genug Menschen gegeben, die sich umgebracht haben, obwohl sie noch nicht einmal halb so viel Mist erlebt haben wie ich. Ich dachte wirklich, mit dir geht die Sonne für mich wieder auf, und jetzt muss ich feststellen, dass es tiefste Nacht ist. Ich habe Angst, dass es wieder nichts wird, und ich weiß, dass wir doch zusammengehören. Deshalb bin ich krank.

Ich liebe dich immer noch. Dein Andreas. Leider immer noch!"

Klärungsversuche

Am nächsten Tag fuhr Andreas nach der Arbeit sofort nach Hause. Die Arbeitszeit hatte er leidlich überstanden. Doch war er traurig und immer noch wütend auf Silvio. Wenn er alleine war, konnte er manchmal seine Tränen nicht zurückhalten. Wenn ihm das passierte, ging er auf die Toilette, um nicht mit einem für alle Leute sichtbar verheulten Gesicht herumlaufen zu müssen. Andreas war mit seinen Nerven total am Ende. Er hätte dringend eine Auszeit gebrauchen können. Doch wollte er sich nicht krankschreiben lassen. Beim Arbeiten war er wenigstens abgelenkt. Zu Hause wäre er die ganze Zeit alleine gewesen. Er war davon überzeugt, dass ihm das Alleinesein nicht half. Einige Male kam ihm der Gedanke, mit Silvio abzuschliessen. Aber dann musste er an die schönen Stunden denken, die er mit ihm im Chat erlebt hatte, auch an die Streicheleinheiten, die sie dort ausgetauscht hatten. Deshalb verwarf er den Gedanken wieder. Zu gern wollte er glauben, dass das, was Silvio ihm bisher geschrieben hatte, nicht gelogen sein konnte. Es musste doch einen Weg geben, damit ihre Freundschaft und Liebe weiterhin Bestand haben konnten.

Als er sich zu Hause in den Chat eingeloggt hatte, schrieb er Silvio eine Message, in der er ihm, wie man so schön sagt, die Pistole auf die Brust setzte: „Hallo, Silvio, ich werde heute Abend um einundzwanzig Uhr im Chat sein. Ich werde aber keine Zeit haben, weil ich morgen wieder zum Frühdienst muss und die letzte Nacht nicht schlafen konnte. Ich habe über alles noch einmal nachgedacht, und bin zu folgendem Ergebnis gekommen. Ich erwarte von dir, dass du mir eine Antwort gibst, gleich am Anfang unseres nächsten Chats.

Ich habe das Gefühl, dass dir deine Prinzipien wichtiger sind als unsere Liebe.

Ich habe versucht, alle meine Möglichkeiten zu nutzen, um unser Problem zu lösen. Du nicht! Als bei mir das Internet weggebrochen war, bin ich zu meinem Sohn zu Fuß gelaufen, um dich zu erreichen, und das bei Schneetreiben und schlechten Straßenverhältnissen. Ein simpler Anruf von dir hätte den darauf folgenden Streit zwischen uns gar nicht erst aufkommen lassen.

Ich habe mich für die blöde Message bei dir entschuldigt und habe versucht, dir im Internet beim Chatten zu sagen, dass ich dich liebe.

Du hast meine Entschuldigung nicht angenommen, wie du auch nicht auf meine Liebesbezeigungen für dich eingegangen bist.

Ich erzählte dir freiwillig von Patrick, um dein Vertrauen zurückzugewinnen. Du machst mir Vorwürfe, obwohl du dazu kein Recht hast, denn du bist derjenige, der seine Möglichkeiten nicht nutzt, um mich kennenzulernen.

Ich habe dir, als du krank wurdest, meine Hilfe angeboten, du hast lieber Ralfs Hilfe in Anspruch genommen und hast mich zudem auch noch belogen. Aber Deine Lüge ignorierst du einfach. Die ist für dich also in Ordnung.

Ich habe immer wieder versucht, dich umzustimmen, du hast immer neue Probleme heraufbeschworen.

Und gestern war das von dir die Krönung. Du bestehst auf deine Prinzipien und trittst meine mit Füßen. Wenn ich meine so konsequent eingehalten hätte wie du deine, hätten sich nie beim Chatten große Gefühle entwickeln können, weder bei dir noch bei mir, es hätte mit uns gar keinen Chat gegeben!!!!!!!!!!!!!!!!!!!!!!!

Ich verfalle gestern in Panik, weil ich dir gesagt habe, dass du meine Vorschläge für eine Einigung zwischen uns abblockst und sofort darauf mein Internet zusammenbricht. Ich glaubte, dass du jetzt mit mir böse warst, weil du gedacht haben könntest, dass ich absichtlich den Chat beendet hätte. Später muss ich sehen, dass du genau wusstest, was mir schon wieder passiert war. Ich habe dich so oft gebeten, in diesen Situationen anzurufen. Ich kann dich leider nicht anrufen, weil ich deine Nummer nicht habe. Du hast sie mir nie gegeben. Meine hast du von mir zweimal bekommen.

Ich schiebe Panik und du, um mit deinen Worten zu sprechen, genießt das Leben in vollen Zügen, trinkst mit deinem Nachbarn lieber ein Bier, als mit mir nur eine Minute am Handy zu reden.

So, wie du dich mir gegenüber verhältst, verhält sich niemand, der eine Freundschaft oder Beziehung retten will! So verhält sich nur einer, der sie zerstören will.

Zugegeben, ich habe lange gebraucht, um das zu begreifen. Du bist ein FAKER!!!

Du erhältst von mir eine letzte Chance. No Pic, no Date, no Chat. Ich werde mich nicht mehr von dir malträtieren lassen, weil ich dir eine blöde Message geschrieben habe, und du glaubst, dass du alleine hier die Regeln festlegen kannst. Du hast deine Möglichkeiten nicht genutzt, wenn du es ehrlich meinst, nutze diese letzte Möglichkeit, die ich dir jetzt gebe.

Du schickst mir ein Bild von dir und wir treffen uns, um die Probleme, an denen nicht nur ich schuld bin, zu lösen, und das so schnell wie möglich. Ich warte nicht bis zum nächsten Jahr damit und denke nicht daran, bis dahin in Ungewissheit zu leben, weil du dir wieder deine Rechte nimmst und meinst, ich habe keine. Bis Weihnachten ist unser Problem gelöst!!!!!!!!!!!!!!!!!

Heute Abend erwarte ich von dir, dass du endlich auf meine Fragen eingehst und sie beantwortest. Es grüßt dich Andreas."

Am späten Abend kam Silvio in den Chat und Andreas schrieb: „Guten Abend, Silvio." Wie würde Silvio reagieren.

Silvio begrüßte Andreas mit einem: „Guten Abend, mein Andreas. Kein Gruß? Muss erst deine Mails lesen. Du bist mit Patrick zusammen?"

Da Andreas darauf nicht reagierte, begann Silvio, Andreas' Mails zu beantworten: „Du hast mit Patrick über mich gesprochen, er tut mir nicht gut. Das lese ich aus deinen Worten.

In deiner letzten Message ist nicht eine Frage. Bin ich zu blöd?

Wer hat jetzt mit wem abgeschlossen?

Irre ich mich? Wer legt hier welche Regeln fest?

Ich genieße mein Leben nicht in vollen Zügen, während du leidest, wie du sagst. Ich fühle mich nicht anders. Mir ist zum Kotzen."

Andreas versuchte, auf Silvios Antworten kühl und nüchtern und ohne Emotionen einzugehen: „Wenn dir zum Kotzen ist, warum rufst du mich nicht an?

1. Ich bin nicht mit Patrick zusammen, wir sind nur platonische Freunde.

2. Du bildest dir viel ein, sonst hätten wir nicht diese Probleme.

3. Ich habe dir in den letzten Tagen genügend Fragen gestellt, die alle unbeantwortet geblieben sind.

4. Ich habe in meiner letzten Message nur die Fakten aufgeschrieben, so, wie ich sie sehe. Du solltest endlich einmal tun, was ich möchte, ich habe es dir deutlich genug geschrieben.

5. Ich habe noch nicht abgeschlossen. Aber ich habe das Gefühl, dass du abgeschlossen hast. Sonst würdest du ja ein bisschen auf mich zukommen."

Andreas glaubte, nachdem er Silvios Antwort gelesen hatte, dass dieser sich wie eine Schlange wand. Dabei wollte Silvio nur sein Spiel mit Andreas weitertreiben. Silvio wusste jetzt, dass Andreas' Psyche angeschlagen war. Aber noch hatte er sein Ziel nicht erreicht. Deshalb wollte er Andreas im Chat halten und ging scheinbar auf ihn zu. Aber dabei wollte er auch noch nicht zu viele Zugeständnisse machen. Andreas sollte nur das Gefühl bekommen, dass noch nicht alles verloren schien. Deshalb schrieb er: „Ich habe dir immer ehrlich meine Meinung geschrieben! Ich habe dich nicht verarscht! Alles ist so, wie ich es gesagt habe! Und das habe ich auch immer so gemeint! Was denkst du nur? Was haben dir andere versucht, zu vermitteln, um eventuell wieder bei dir zu landen?"

Andreas wollte heute Abend eine Entscheidung erzwingen. Entweder Silvio lenkte ein oder er ließ es, dann war alles für ihn verloren. Andreas glaubte, dass er in den letzten Tagen nicht mit Güte und Einsicht weiter kam, deshalb beschloss er, den harten Weg, den er mit seiner letzten Mail vom Vortag begonnen hatte, weiterzugehen. „Ich sage ja, du bildest dir viel ein."

Jetzt ging Silvio auf Andreas vorletzte Mail ein. „Platonische Freundschaft zwischen Patrick und dir geht nicht. Es geht bei euch genauso wenig, wie es bei mir mit Ralf gehen würde. Dafür hat einer zu viel geliebt. Und du hast ihn geliebt, liebst ihn vielleicht auch noch, willst es dir nur nicht eingestehen."

Auf Andreas' Vorwurf, Silvio bilde sich zu viel ein, sonst hätten sie die bestehenden Probleme nicht, schrieb er: „Es kann sein, dass ich mehr zwischen den Zeilen gelesen oder reininterpretiert habe. Aber das tat ich aus Angst. Das habe ich dir auch schon einmal geschrieben. Angst vor der Zukunft, jetzt auch Angst vor dir?"

Zu Andreas' nicht beantwortete Fragen sagte Silvio: „Wie du schon sagtest, wir hatten in letzter Zeit nicht viel Zeit füreinander."

Zu den Fakten, die Andreas alle aufgezählt hatte, hatte Silvio folgende Antwort: „Von Anfang an haben wir gesagt, wir sehen uns im neuen Jahr. Du hast auch immer wieder gesagt, du gibst mir die Zeit und ich habe sie mir genommen."

Und zum letzten Punkt, wer abgeschlossen habe, meinte Silvio: „Ich hatte noch nicht abgeschlossen. Eher Punkt 2. Ja, ich bin schon sechsunddreißig Jahre alt und habe Angst wie ein kleines Kind. Du hast mir geholfen und dafür danke ich dir, aber jetzt machst du mir Angst. Du bedrängst mich!"

Teilweise waren es in Andreas' Augen wieder nur unbefriedigende Antworten, Ausflüchte und Anmaßungen. Damit war Andreas nicht einverstanden. Aber er glaubte, Silvio schon besser zu kennen. Außerdem glaubte er zu wissen, dass Silvio ein kluger Mensch sei und clever im Ablenken von ihm unangenehmen Fragen war. Deshalb war Andreas davon überzeugt, dass er heute nur dran bleiben musste und nicht auf Silvios Ablenkungsmanöver eingehen durfte. Jetzt wollte er den Spieß einmal umdrehen und Silvio etwas provozieren: „Du benimmst dich im Moment wie eine Frau. Wenn ich eine Frau hätte haben wollen, hätte ich bei Rosi bleiben können.

Weißt du, was dein Problem ist? Du liest nicht richtig meine Messages und haust mir dann irgendetwas vor, das mir wehtut. Tu bitte einfach einmal, was ich dir sage, dann ist alles kein Problem mehr.

Ich habe nur einen Fehler gemacht, ich habe dich beleidigt. Ich habe mich dafür entschuldigt, mehr kann ich nicht tun. Du verfällst von einem ins andere Extrem und schiebst mir den Schwarzen Peter zu. So geht das aber nicht. Lies meine Mails richtig, dann musst du auch nicht sauer sein, nur weil ich ehrlich bin.

Jetzt und hier wird das Problem gelöst. Ich habe es satt, dass du mich behandelst, als wäre ich ein Ehebrecher. Du solltest dir einmal überlegen, dass du, wenn man es genau nimmt, keine Rechte auf mich hast. Bringe mich bitte nicht soweit, zu bereuen, dass ich Patrick abgewiesen und mit ihm keinen Sex hatte.

Begreifst du denn immer noch nicht, dass ich dich will?" Und nun ging Andreas auf Silvios Vorwurf ein, Andreas bedränge ihn: „Ich bedränge dich nicht. Diese Suppe hast du dir selbst eingebrockt. Du hättest mich nur einmal anzurufen brauchen, dann wäre alles geklärt gewesen. Aber du hast meinen Wunsch nun schon zum vierten Mal ignoriert.

Und wenn du glaubst, dass ich es akzeptiere, dass du mit Ralf weiterhin ins Bett gehen kannst, dann hast du dich geirrt. Ich habe Patrick geliebt, aber wir haben uns auch getrennt. Er hat mich angeschrieben, ich habe dir alles zu diesem Thema gesagt. Ich habe da nichts hinzuzufügen, außer einem: Wenn wir es schaffen sollten, oder besser, wenn du es schaffen solltest, zu mir zu stehen, werde ich mit Patrick definitiv nicht ins Bett gehen, auf jeden Fall nicht, um mit ihm Sex zu haben."

Andreas glaubte, dass Silvio sich wehrte, so gut er das konnte. Aber heute sollte er es mit einem anderen Andreas zu tun haben. Der Andreas von heute wollte nicht nur auf Silvios Anschuldigungen reagieren, sondern selbst angreifen und hartnäckig die bestehenden Probleme lösen. Auch wollte er nicht alle Schuld auf sich nehmen. Deshalb wollte er gnadenlos Silvio dessen vermeintliche Fehler aufzeigen. Jetzt wartete Andreas auf seine Antwort.

Silvio schrieb: „Es stimmt, ich habe keine Rechte auf dich. Es stimmt, es stimmt, es stimmt!!!!

Siehst du, so viel zum Thema ‚platonische Freundschaft'. Das klappt nicht. Ich weiß es, und nun rede es mir nicht wieder aus.

Ich bin zwar keine Frau (das weiß ich genau), aber ich kann mich voll in Rosis Situation versetzen. Ich habe bei Ralf genauso gelitten und leide auch noch wie eventuell Rosi mit dir. Du sagst, du liebst mich und leidest, vielleicht ahnst du, wie es Rosi und mir geht.

Ich habe mich auch in dich verliebt. Und ich habe dir auch schon geschrieben, dass es eigentlich doch nicht sein kann und trotzdem ist es passiert.

Wenn du dich wie ein Ehebrecher fühlst, kann ich nichts dafür. Ich denke nicht, dass ich dich so behandelt habe, ich habe keine Rechte an dir. Das vergesse ich nicht!

Wenn ihr, du und Patrick, es tatsächlich schafft, nur platonische Freunde zu sein, würde es mich glücklich machen. Aber was heißt jetzt schon wieder (damit ich es nicht wieder falsch verstehe): , ... auf jeden Fall nicht, um mit ihm Sex zu haben ...' Warum dann wollt ihr zusammen in ein Bett gehen?"

Schon wieder hatte Andreas das Gefühl, dass Silvio manchmal die Nachrichten oberflächlich las. Er fragte: „Sage mal, liest du meine Messages? Du freust dich, wenn ich es schaffe, mit Patrick keinen Sex zu haben? Hast du schon vergessen, dass ich dir im November geschrieben habe, dass er es nicht mehr wollte und wir uns deshalb getrennt haben? Weil er nicht damit umgehen konnte, dass ich ihn geliebt habe?

Ich will mit ihm keinen Sex, aber ich will jetzt seine Freundschaft. Und ich werde dafür alles tun.

Du freust dich, wenn ich es schaffe, und ich soll es akzeptieren, dass du mit Ralf ins Bett gehst?" Weiter schrieb Andreas bezugnehmend auf Silvios Bemerkung, dass es mit einer platonischen Freundschaft zwischen Ralf und Silvio nicht klappen könne, folgendes: „Siehst du, das ist das, was ich meine. Du wirfst mir jetzt wieder einen Brocken hin und es interessiert dich nicht, wie ich damit klarkomme.

Du hast mir immer noch nicht meine blöde Message verziehen und ich soll alles akzeptieren, was du mir antust? So geht es nicht!!!

Entweder wir vertrauen uns oder wir tun es nicht. Mehr muss ich dazu nicht schreiben."

Silvio erwiderte: „Nein, das sollst du nicht akzeptieren.

1. bin ich bis Jahresende bei meiner Mutter, da passiert es nicht, dass Ralf und ich Sex haben und

2. denke ich, würdest du mir im neuen Jahr dabei helfen, dass es nicht wieder passiert. Oder??"

Und nun schrieb Silvio eine Message, mit der Andreas zum jetzigen Zeitpunkt noch nicht gerechnet, für die er aber heute und die anderen Tage gekämpft hatte. Silvio wollte, dass Andreas ihm das Folgende glaubte:

„Ich möchte, dass wir uns vertrauen.

Ich möchte, dass wir uns vertragen.

Ich möchte, dass wir uns im neuen Jahr sehen.

Ich möchte, dass du mich weiterhin liebst und an mich glaubst.

Ich brauche dich auch!!!"

Andreas fragte nach: „Willst du jetzt endlich zu mir stehen?

Nimmst du nun endlich meine Entschuldigung an?

Rufst du mich an, wenn mein Internet abkackt?

Und akzeptierst du auch meine Prinzipien? Schickst du mir endlich ein Bild von dir? Es tut nicht weh, weil es keiner sehen kann, nur ich.

Und du wirst nicht wieder solche Diskussionen mit mir anfangen, wenn ich doch noch einmal einen Fehler begehen sollte? Ab und an unterlaufen Menschen Fehler und ich bin einer."

Silvio schrieb auf Andreas' noch offene Fragen: „Ja, ich stehe zu dir.

Deine Message habe ich dir schon lange verziehen. Ich weiß, das war deine erste Erregung.

Ja, ich werde dir auch ein Bild schicken.

Ich vertraue dir.

Ich bin auch ein Mensch.

Ich fahre morgen wieder zu meiner Mutter. Ich melde mich über Weihnachten.

Wie hast du Dienst an den Feiertagen?

Wann werde ich dich im Chat wieder erreichen?

Du hast ja morgen Frühdienst und musst ins Bett."

Andreas blieb hartnäckig. „Ich möchte jetzt das Bild."

Aber Silvio wollte Andreas nicht zu viele Zugeständnisse machen: „Nein, nicht jetzt. Das sollte ein Weihnachtsgeschenk werden. Zwei Tage lasse ich dich jetzt noch zappeln."

Andreas teilte Silvio mit, wie er Weihnachten arbeiten musste und wann er im Chat erreichbar sein werde. Danach schrieb er: „Ich brauche keine Geschenke. Du wirst mich nicht zappeln lassen. Du hast mich jetzt genug zappeln lassen, und ich bin kein Fisch, sondern ein Mensch. Ich akzeptiere deine Gefühle, auch zu Ralf, ich habe es dir geschrieben. Du wirst auch meine Gefühle akzeptieren."

Silvio war wieder ein Dickkopf: „Und ob, ich tue es einfach!!!!

Ich wünsche dir jetzt eine gute Nacht. Ich hoffe, du schläfst heute Nacht besser als gestern noch und musst nicht meinetwegen zum Arzt." Und dann fragte er: „Warum erinnerst ‚DU' mich wieder an Ralf? Ich habe schon nicht mehr an ihn gedacht. Warum tust du das?"

Andreas verstand die Welt schon wieder nicht. Er war kurz vor dem Ziel. Sie hatten sich schon vertragen. Warum gingen sie jetzt doch wieder im Streit auseinander?

„Ich verstehe dich nicht. Du selbst hast Ralf vor zwei oder drei Minuten erwähnt. Weißt du noch, was du schreibst?

Und zu dem Bild: Wenn du meinst, dass es gut für uns ist, wenn du mir keines schickst, ist es deine Entscheidung gewesen."

Andreas war enttäuscht und auch wieder unzufrieden, er wollte Silvios Verhalten nicht akzeptieren. Andreas konnte nicht tun, was er wollte, und Silvio durfte das ebenso nicht. Wenn Silvio meinte, er müsse sich durchsetzen, wollte Andreas ihm auch einmal zeigen, dass das für ihn Konsequenzen hatte.

Silvio fragte: „Du meinst, no Bild, no Date, no Chat?

Dann sage ich jetzt gute Nacht, um deinen Willen zu akzeptieren. Ich wünsche dir wirklich eine ‚Gute Nacht'.

Ich hoffe, dass du innerlich ein bisschen zur Ruhe kommst. Mir geht es jedenfalls schon etwas besser. Wir treffen uns demnächst im Chat, wenn du möchtest oder no Chat? Ich werde dich anmailen, mal sehen, ob du reagierst.

Ich liebe dich!!! Du mich auch noch ‚ein bisschen'????

Ich würde dich jetzt ganz gerne umarmen, wie wir es früher gemacht haben, aber ich traue mich nicht. Würdest du es zulassen?"

Andreas empfand Silvios letzte Mail als Frechheit. Am liebsten hätte er jetzt den Schlussstrich gezogen, aber er konnte es nicht, dazu liebte er Silvio immer noch zu sehr. Aber ob der ihn auch liebte, dessen war er sich nicht mehr sicher. Schreiben im Chat kann man vieles oder sogar alles. Beweisen im Chat konnte man dagegen nichts oder nur wenig. Andreas war zutiefst enttäuscht, und das zeigte er Silvio auch.

„Wenn du mich lieben würdest, tätest du nicht einfach etwas, das ich nicht möchte. Tu, was du willst, wenn du meine Wünsche nicht akzeptierst."

Silvio schrieb: „Also dann, gute Nacht, ohne Umarmung. Bis demnächst dein Silvio."

Andreas bezog sich nun auf das Bild: „Ich warte noch fünf Minuten. Dann bin ich weg."

Silvio war sich nicht sicher, was Andreas meinte, und fragte: „Habe ich wieder eine Mail von dir nicht bekommen?"

Andreas antwortete: „Du hast sie alle bekommen."

Silvio war verunsichert: „Spielst du jetzt mit mir? Bin ich zu blöd? Was ist los?

So nicht, Andreas! Hilf mir auf die Sprünge, die fünf Minuten sind gleich um."

Andreas wollte das Bild haben, aber er bekam es nicht.

Am 23. Dezember schickte Andreas abends eine Message an Silvio, in der er noch einmal auf den Vorabend einging.

„Hallo, Silvio, die fünf Minuten waren um und ich habe auf das Bild gewartet und es nicht bekommen. Sind halt deine Prinzipien. Ich setze meine Prinzipien auch um, so wie du deine. Ich habe, denke ich, sowieso etwas gut bei dir.

Du schreibst mir gestern, du hast mir meine blöde Message schon lange verziehen. Wenn das der Wahrheit entspricht, frage ich mich, was dein Streiten in der letzten Woche sollte. Mir hast du auf jeden Fall nichts davon gesagt, die ganze Woche nicht. Im Gegenteil hast du immer wieder neue Argumente gesucht, um mich zu verletzen. Meine Fragen hast du nicht beantwortet, ich hatte das Gefühl, du willst alles aufgeben.

Und wenn du ehrlich bist, wenn ich gestern nicht so konsequent gewesen wäre, hättest du immer noch nicht eingelenkt.

Wolltest du austesten, wie weit du gehen kannst? Ich warte noch auf das Bild. Es grüßt dich ...? Andreas."

Da sie gestern doch wieder im Streit auseinandergegangen waren, obwohl Andreas sich beinahe schon am Ziel seiner Wünsche wähnte, wollte er nicht mit „dein Andreas" oder einem ähnlichen Ausdruck unterschreiben. Silvio sollte sehen, dass er wieder etwas falsch gemacht hatte. Deshalb das Fragezeichen als „ was bin ich für dich?".

Später sendete er eine zweite Message: „Hallo, Silvio, auch wenn wir uns noch nicht so richtig einig sind, so wünsche ich dir doch ein schönes und besinnliches Weihnachtsfest und ein gesundes Jahr 2011.

Ich hoffe für dich, dass alle deine Wünsche in Erfüllung gehen. Hauptsache ist, dass du gesund bleibst, dann findet sich auch alles andere.

Alles Liebe und alles Gute wünscht dir Andreas."

Auch hier schrieb er absichtlich nicht „dein" oder „dein dich liebender Andreas". Sollte Silvio schon sehen, dass noch nicht alles in Ordnung war.

Warten auf eine Nachricht

Am Heiligen Tag musste Andreas im Frühdienst arbeiten, der ruhig und ohne Zwischenfälle verlief. So war er rechtzeitig zu Hause, um sich in den Chat einzuloggen und auf Silvio zu warten. Wenn dieser Wort hielt, sollte er heute von ihm ein Bild bekommen. Gegen fünfzehn Uhr begann Andreas, sich ein Weihnachtsmannkostüm anzuziehen und danach legte er sein Eu de Toilette an, dessen Geruch ihm so sehr gefiel. Schließlich ergriff er einen sauberen Kartoffelsack, in dem er die Geschenke für die Kinder gelegt hatte und verließ die Wohnung.

Silvio hatte sich nicht gemeldet, aber das konnte er am Abend immer noch tun. Andreas wollte rechtzeitig nach Hause fahren, um ihn nicht zu verpassen.

Seine Enkelkinder sahen ihn vom Fenster aus und er hörte sie aufgeregt rufen: „Der Weihnachtsmann kommt, der Weihnachtsmann kommt!"

Andreas stapfte geräuschvoll und stöhnend die Treppe hoch und klopfte an die Tür. Christian öffnete. Er forderte die Kinder auf, den Weihnachtsmann hereinzubitten. Die Kleine bewies ihren Mut, indem sie tat, was ihr Vater sagte. Im letzten Jahr waren die Kinder vor Andreas, der damals ebenso als Weihnachtsmann aufgetreten war, weggelaufen. Sie setzten sich verängstigt auf den Schoß ihrer Eltern und waren von dort nicht mehr wegzubewegen. Das war in diesem Jahr anders. Als Andreas die Geschenke auspackte, liefen die Kinder zum Weihnachtsmann, sagten ganz lieb ihr Gedicht auf und nahmen die Päckchen entgegen. Das gefiel Andreas sehr und er freute sich, dass er wieder den Weihnachtsmann spielen durfte.

Nach der Bescherung ging der Weihnachtsmann fort und der Opa der Kinder erschien nur wenige Augenblicke später. Andreas' Enkeltochter begrüßte ihn freudig. Plötzlich wurde sie ernst, sah ihn nachdenklich an und fragte: „Opa, warst du das?"

„Was war ich? Ich bin gerade von der Arbeit gekommen", sagte Andreas. Er sah ihr an, dass sie ihm nicht glaubte. Andreas erkannte seinen Fehler, den er im nächsten Jahr nicht wieder begehen durfte. Er hatte das Duftwasser zu früh angelegt. Die Kleine hatte ihn erkannt, weil sie beim Weihnachtsmann das gleiche Duftwasser gerochen hatte, das auch er benutzte.

Schon nach dem Abendbrot verabschiedete Andreas sich von den Kindern und fuhr nach Hause. Er rief Rosi an. Sie war bei ihren Kindern in Lübeck und wünschte ihr ein schönes Weihnachtsfest.

Danach loggte er sich im Chat ein und schrieb an alle seine Chatfreunde einen Weihnachtsgruß. Aber eigentlich wartete er nur auf Silvio. Ständig musste er an ihn denken, doch Silvio meldete sich nicht. Aber Andreas sah, dass er im Chat war. Andreas' Messages von gestern hatte er aber nicht gelesen. Das konnte Andreas nicht verstehen. Silvio hatte versprochen, an den Weihnachtstagen mit ihm ein wenig zu chatten.

Andreas las noch einmal die letzten Messages, die sie sich geschrieben hatten, und dachte darüber nach.

Am nächsten Morgen musste er um fünf Uhr aufstehen und wollte deshalb gegen dreiundzwanzig Uhr schlafen gehen. Doch bevor er sich endlich dazu entschloss, schrieb er Silvio eine Message, in die er alle seine Gefühle legte. Wenn Silvio das las, müsste er wissen, wie es in Andreas aussah:

„Hallo, Silvio, ich glaube jetzt, mit unseren Prinzipien haben wir es versaut. Du gehst auf mein Profil und liest nicht einmal mehr meine Messages.

Das war eine ganze Meisterleistung von uns. Ich bin jetzt einfach nur noch traurig.

Nach der Bescherung und dem Abendbrot bin ich schnell wieder nach Hause gefahren. Habe mir noch einmal unsere Messages der letzten Tage angesehen und darüber nachgedacht. Wir sind beide so große Idioten. Unsere Prinzipien waren uns wichtiger als unsere Liebe.

War es echte Liebe? Was war das zwischen uns beiden? Ich weiß nicht mehr, was ich fühle, meine Gefühlswelt ist explodiert. Ich bin nur noch traurig und muss schon wieder weinen.

Warum liest du nicht meine Messages?

Silvio, ich kann nicht mehr. Ich kann nicht mehr, weil es schon Auswirkungen auf meine Arbeit hat. Morgen muss ich wieder zum Frühdienst. Ich habe Angst, dass mir noch einmal so etwas passiert wie gestern. Ich habe auf der Arbeit eine Patientin, die wirklich arm dran ist, weil sie nicht mehr sprechen kann und nun versucht, sich mit Lauten und Gesten auszudrücken, angeschrien und beschimpft. Nur sie hat es erfahren müssen, niemand war dabei. Meine Nerven liegen blank, weil wir uns nicht vertragen. Du bist so hart zu mir. Ich habe mich bei der alten Frau abreagiert. Das geht nicht. Das ist für mich ein Kündigungsgrund. Und ich will doch noch zur Schule.

Ich weiß nicht, was ich tun soll. Soll ich jetzt den Schlussstrich ziehen? Du liest ja nicht einmal mehr meine Nachrichten. Und meine Gefühle dir gegenüber haben sich auch verändert.

Ich weiß, dass wir zusammengehören, und ich glaube, dass wir nicht zusammenkommen, weil wir es nicht verstanden haben, in den entscheidenden Momenten an uns zu glauben, wir haben unsere Prinzipien über alles gestellt.

Du lässt mich immer noch hängen, obwohl du mir vorgestern sagtest, dass du mich liebst und mich sehen willst und mich brauchst.

Ich will das alles auch, aber ich fange an, auf der Arbeit mich zum Negativen zu entwickeln, ich kann mich nicht mehr beherrschen, wenn die Patienten ein bisschen nerven, ich vergesse wichtige Dinge, weil ich mit meinen Gedanken bei dir bin. Ich verwechsle Sachen, die wichtig sind.

Ich gefährde meinen Arbeitsplatz und, was noch viel wichtiger ist, ich gefährde vielleicht meine Patienten. Und das geht nicht. Beides geht nicht.

Ich muss etwas tun. Ohne Job willst du mich auch nicht.

Dir fällt es schwer, mir meine wichtigen Wünsche zu erfüllen, du rufst nicht an, du schickst mir kein Bild. Deine Prinzipien. Ich habe versucht, dir einmal zu zeigen, wie es ist, wenn der andere seine Prinzipien durchsetzen will, und schon liest du meine Mails nicht mehr.

Alles, was ich tue, stößt bei dir auf Gegenwehr und auf Ablehnung. Sogar heute zeigst du mir die kalte Schulter.

Glaubst du wirklich, dass du uns damit einen Gefallen tust?

Ich frage mich: Was liebe ich an dir? Deine Gefühlskälte mir gegenüber? Nein, bestimmt nicht. Dass du mir Patrick vorhältst und mit Ralf Sex hast? Nein, das auch nicht.

Ich habe einmal den Menschen geliebt, der verletzt war, der sich gerne von mir hat helfen lassen. Der auch mir geholfen hat, als ich Hilfe brauchte. Der selbstlos war und sich gefreut hat, dass ich mich für ihn interessiere. Ich habe den Menschen geliebt, der sich von Ralf losgesagt und mir vertraut hat. Ich habe den Menschen geliebt, der erst zarte und dann ähnliche Gefühle für mich entwickelt hat wie ich für ihn. Ich habe den Menschen geliebt, der mir an Intelligenz und an Wissen ebenbürtig ist. Ich habe den Menschen geliebt, der ähnliche Gefühle hatte wie ich. Ich habe den Menschen geliebt, der mit mir Zärtlichkeiten austauschte. Ich habe den Menschen geliebt, der seine Zukunft mit meiner verbunden hat. Ich habe den Menschen geliebt, der es kaum erwarten konnte, sich mit mir im Chat zu treffen.

Ich bin bereits einundfünfzig Jahre alt. Du warst für mich wahrscheinlich die letzte Chance, doch noch glücklich zu werden.

Ich mag nämlich nicht den Menschen, der mir seit einer Woche und einem Tag das Leben schwer macht. Ich mag den Menschen nicht, der meine Messages oberflächlich liest und mir danach Vorwürfe macht, weil er den Sinn meiner Worte nicht versteht. Ich mag nicht den Menschen, der selbstgefällig ist und der glaubt, was er nicht kann, können andere auch nicht.

Ich kann mit Patrick sehr wohl eine platonische Freundschaft führen, weil wir beide keinen Sex miteinander wollen, weil uns der Sex unsere Freundschaft beinahe kaputt gemacht hat. Das hast du übersehen, aber ich habe es dir geschrieben, mehrmals.

Ich sehe ein, dass bei dir und Ralf die Dinge etwas anders liegen. Aber deshalb darfst du noch lange nicht eine saubere Freundschaft in den Schmutz ziehen. Ich bin froh, dass Patrick selbst wieder zu mir gefunden hat, aber wen ich liebe und wen nicht, das kannst du mir nicht einreden, das kannst du nicht einmal beurteilen.

Nun weißt du wenigstens, was ich an dir liebe, du weißt jetzt auch, was ich an dir hasse.

Du hast mir acht Tage fast nur die Seiten an dir gezeigt, die ich hasse. Damit hast du meine Liebe zu dir zum Erkalten gebracht. Ich weiß im Moment wirklich nicht, was ich für dich fühle.

Ich will den Silvio haben, den ich lieben kann.

Ich bin immer noch traurig, weil ich weiß, dass ich in einer Partnerschaft so etwas nicht mitmachen werde. Sollten wir doch noch zueinander finden, können wir Meinungsverschiedenheiten haben, aber solltest du jemals wieder so werden wie in den letzten acht

Tagen, werde ich mich von dir trennen. Ich brauche keine Frau und keinen Diktator.

Hoffentlich hattest du einen schöneren Tag als ich.

Dein trauriger und gefrusteter Andreas."

Seinen Frühdienst am ersten Weihnachtstag brachte Andreas ohne Probleme hinter sich. Er war sogar guter Laune und hatte in der Klinik zu Mittag gegessen. Als er wieder zu Hause war, loggte er sich in den Chat ein und las die Messages, die er von seinen Chatfreunden erhalten hatte. Alle hatten Andreas zurückgeschrieben, an die er selbst auch gedacht hatte. Das freute ihn. Doch der, von dem er dringend eine Message erwartete, schrieb nicht. Silvio war seit gestern nicht mehr im Chat gewesen und konnte somit keine Nachrichten verschicken.

Da Andreas den Rest des Tages alleine verbringen musste, hatte er sich vorgenommen, seine Küche zu renovieren. Das tat er jetzt.

Hanna

Während er mit den Malerarbeiten seine Küche verschönerte, dachte er an Hanna und die Jahre, die er mit ihr verbracht hatte. Nach Christians Geburt führten sie zunächst eine glückliche Ehe.

Die Kinder wuchsen heran und Andreas liebte sie sehr. Freilich war er wenig zu Hause, da er oft nach der Arbeit zum Sportplatz zum Training fuhr. Hanna wusste, dass er seine Aufgaben im Sportverein nicht vernachlässigen werde. Er war gerne auf dem Fußballplatz, bedeutete es doch für ihn, mit Männern zusammensein zu können.

Wäre er gefragt worden, ob er schwul sei, Andreas hätte diese Frage sofort und sicherlich auch empört zurückgewiesen. Und doch fühlte er sich zu anderen Männern hingezogen.

Andreas wollte Fußball leben, aber er wollte auch zu seiner Frau und seinen Kindern stehen. Er war im Großen und Ganzen zufrieden. Glücklich war er jedoch nicht. Er war glücklich, als Christian geboren worden war, am Anfang drehte sich alles um das Kind. Enrico akzeptierte den kleinen neuen Erdenbürger sofort und unbedingt. Er war für seinen Bruder da, so, wie es eben ein Kind im Vorschulalter sein konnte.

Andreas und Hanna hatten im weiteren Verlauf ihrer Ehe immer wieder Meinungsverschiedenheiten, die in einen Streit ausarteten. Auch das führte dazu, dass Andreas nicht mehr mit ihr das eheliche Bett teilen konnte, selbst in den krisenfreien Zeiten nicht. Meist ging er später als sie schlafen, wenn er nicht wegen des Schichtsystems auf der Arbeit war. Nachts träumte er von anderen Männern. Feuchte Träume hatte er schon längst nicht mehr, aber in seinen Träumen sah er bekannte und unbekannte Männer, die fast immer nackt waren und einen erigierten Penis hatten. Oft träumte er davon, mit ihnen Sex zu haben. Oft wachte er auf, wenn es in seinen Träumen zur Sache ging und begab sich dann auf die Toilette. Dort schloss er sich ein und befriedigte sich selbst. Das war für ihn unbefriedigend, aber mit Hanna lief sexuell überhaupt nichts mehr. Und wenn es doch einmal zum Sex kam, vielleicht ein- oder zweimal im Jahr, dann dachte er dabei an Männer und stellte sich vor, von einem Mann an seinen intimsten Stellen berührt zu werden. So war es ihm möglich, in seine Frau einzudringen. Wurde er in seinen Gedanken unterbrochen, konnte er die Erektion nicht halten.

Hanna bemerkte, dass irgendetwas nicht in Ordnung war, und wenn sie ihn darauf ansprach, wich Andreas ihr aus. Manchmal konnte er dabei richtig böse zu ihr werden. Er wollte nicht mit ihr über Sex sprechen, lieber gab er vor, Erektionsprobleme zu haben. Damit war für ihn die Sache vom Tisch.

Immer häufiger stritten sie. Hanna warf ihm vor: „Immer wenn ich dich brauche, bist du auf dem Fußballplatz, ich muss mich meist um alles alleine kümmern!"

Andreas hielt dagegen: „Du hast von Anfang an gewusst, dass ich Fußballtrainer bin. Das habe ich dir schon gesagt, als wir uns kennenlernten. Ich hatte dir auch gesagt, dass ich das nie aufgeben werde."

Das war aber nur die halbe Wahrheit. Manchmal zählte Andreas in seinen Gedanken die Jahre, die vergehen mussten, bis der Tod sie trennen sollte. Er glaubte, dass er ein Leben mit Hanna durchstehen konnte. Er liebte sie nicht. Sie war ihm sogar egal. Gerade deshalb konnte seine Denkweise nicht aufgehen. Später erkannte er, dass ein Leben mit Hanna auf diese Weise nicht funktionieren konnte. Mit seinem eigenen Tod in Jahrzehnten zu rechnen, nach dem alles vorbei sein sollte, konnte nicht gut gehen. Nicht, wenn man selber noch jung war.

So kam es, dass es zu Hause für ihn immer unerträglicher wurde. Irgendwann war er an dem Punkt angekommen, den er auch schon im Elternhaus erlebt hatte. Er wollte ausbrechen, weil er es nicht mehr länger mit Hanna unter einem Dach aushielt.

Schließlich beschloss er, sich endlich von Hanna zu trennen. Seine Armeezeit lag zu diesem Zeitpunkt bereits hinter ihm. Aber wo sollte er hin? Die einzige Möglichkeit, die er hatte, war, zu seinem Vater zu gehen. Die Mutter war während seiner Armeezeit gestorben. Andreas besuchte seinen Vater und erzählte ihm von den Streitigkeiten mit Hanna.

„Selbstverständlich werde ich dich aufnehmen", sagte der Vater, „aber denke auch an die Kinder. Was soll aus ihnen werden? Sie brauchen ihren Vater. Auch Enrico ist doch irgendwie dein Sohn."

Andreas ging nach Hause. Es regnete. Er bemerkte es nicht, dass er nass wurde, weil er mit seinen Gedanken bei dem Gespräch mit seinem Vater war. Irgendwie hatte der alte Mann recht. Ihm wurde bewusst, dass er wegen des Vaters aus dem Elternhaus ausgezogen war. Nun war er im Begriff, zu ihm zurückkehren. Der alte Mann betrank sich immer noch jeden Tag in einer Kneipe. Das war früher so und das war auch heute noch so. Er würde sich bei seinem Vater nicht wohlfühlen und vom Regen in die Traufe kommen. Ihm wurde bewusst, dass er, als er aus dem Elternhaus ausgebrochen und zu Hanna gezogen war, im Grunde genommen auch vom Regen in die Traufe gekommen war.

Wie immer in solchen Situationen, fühlte er sich allein gelassen. Ihm fiel niemand ein, der ihm hätte helfen können. Zu seinen Geschwistern hatte er keinen Kontakt mehr, sie zogen sich nach dem Tod der Mutter von ihm zurück. Einige Jahre später erst sollte er erfahren, warum. Sie hatten mit Hanna ein Problem und ließen deshalb ihren Bruder alleine. Niemand hatte den Mut gehabt, mit Andreas darüber zu reden.

Jetzt war er fast zu Hause. Er hatte einen Entschluss gefasst. Er wollte es noch einmal mit Hanna versuchen.

Ein halbes Jahr nachdem der Vater gestorben war, trennte sich Andreas dann doch von seiner Frau. Sie stritten unaufhörlich. Zwar hatten sie versucht, ihre Meinungsverschiedenheiten nicht vor den Kindern auszutragen. Doch das gelang ihnen nicht mehr. Beide waren sie voneinander genervt. Jeder konnte tun, was er wollte, dem anderen konnte er es nicht mehr recht machen. Es kam sogar zu Handgreiflichkeiten. Hanna schlug Andreas bei einem Streit mit der rechten Hand mitten ins Gesicht. Er hatte eine Reflexreaktion und schlug zurück. Ebenso mit der flachen Hand. Er traf sie an ihrer linken Schläfe. Der Schlag war kräftiger, als er wollte. Ihre Brille flog von der Nase. Sie stürzte in den Sessel, vor dem sie stand, der kippte nach hinten und fiel um. Sie schrie auf. Andreas erschrak und wollte ihr im ersten Moment helfen, vom Boden aufzustehen. Aber dann überlegte er es sich doch anders. Zu groß war seine Wut. „Steh doch selber auf, du blöde Kuh!", sagte er: „Das hast du nicht umsonst getan. Ich lasse mich von dir scheiden. Du räumst sofort das Schlafzimmer leer, alle deine Sachen verschwinden daraus. Ich werde mich bemühen, so schnell wie möglich eine Wohnung zu bekommen. Solange bleibe ich im Schlafzimmer. Das ist mein letztes Wort."

Es war ihm ernst damit. Er ging in das Schlafzimmer und begann, Hannas Sachen aus den Kleiderschränken heraus zu räumen und ins Wohnzimmer zu tragen. Sie befreite sich aus ihrer misslichen Lage und wortlos half sie ihm. Nachdem sie im Schlafzimmer fertig waren, forderte er: „Nun die Dinge aus dem Wohnzimmer und der Küche. Ich benötige etwas zum Kochen und Geschirr und Gläser. Suche mir etwas heraus. Alles, was ich brauche, damit ich alleine klarkommen kann."

Die materielle Trennung war schnell abgeschlossen. Andreas hatte, was er zum Leben brauchte, in seinem kleinen Schlafzimmer untergebracht. Es war nur zwölf Quadratmeter groß. Entsprechend eng und unordentlich sah es bei ihm aus.

Natürlich nutzte Hanna in der Folgezeit jede Möglichkeit, die sich ihr bot, mit Andreas zu streiten. Aber er gab ihr dazu sehr wenig Gelegenheit. Morgens um sechs Uhr ging er aus dem Haus und kam abends gegen zweiundzwanzig Uhr zurück.

Andreas reichte die Scheidung ein. Einen Rechtsanwalt brauchte er dafür in der DDR nicht. Er kümmerte sich darum, eigenen Wohnraum zu bekommen. Mit einer Einraumwohnung wäre er zufrieden gewesen. Hauptsache, weg von Hanna.

Die Kinder sah er regelmäßig an den Wochenenden, an denen Hanna arbeiten ging. Dann war er gerne für sie da und nichts hätte ihn von Enrico und Christian fernhalten können. Die wenigen Stunden, die er für sie da sein durfte, wollte er mit ihnen genießen.

Die Ehe wurde problemlos geschieden. Aber eine eigene Wohnung bekam er nicht.

Andreas hatte im Sportverein einen guten Freund namens Arne. Der war ebenfalls Trainer im Jugendbereich. Sie verbrachten zusammen viel Zeit auf dem Sportplatz, aber auch privat verkehrten sie immer wieder sporadisch miteinander. Arne war verheiratet und hatte zwei Kinder. Andreas kannte sie schon einige Jahre und er mochte die Mädchen von Arne und Sabine, Arnes Frau. Sie wollten 1987 zusammen Silvester verbringen. Doch zwei Tage vorher rief Arne an und sagte die Silvesterparty ab. Sabine und die Kinder seien krank, ihm selber gehe es auch nicht gut, aber sie wollten die Party auf jeden Fall nachholen.

Das taten sie am 9. Januar 1988. Es war eine schöne Feier in kleinem Rahmen, nur Arne, Sabine und Andreas waren anwesend. Er verabschiedete sich rechtzeitig und fuhr nach Hause, wo er gegen ein Uhr nachts ankam.

Andreas öffnete die Wohnungstür und betrat den Flur. Die Tür zum Wohnzimmer stand offen. Hanna saß auf der Couch. Sie war betrunken und hatte eine halbgeleerte Flasche Likör vor sich stehen. Als sie Andreas sah, sagte sie lallend: „Los, komm rein und trinke etwas mit mir. Ich habe einen Grund zum Feiern."

Andreas wollte alles andere, als jetzt mit ihr trinken und reden müssen. Er entgegnete etwas aggressiv: „Du bist die Letzte, mit der ich jetzt etwas trinken wollte. Ich gehe ins Bett."

„Na los, nun komm schon, hab dich nicht so", bat sie nun schon etwas ruhiger.

„Nein", sagte Andreas, „ich habe einen schönen Abend hinter mir und möchte ihn mir nicht von dir versauen lassen."

Sie wusste, wie sie ihn herumbekam: „Ach, bitte, komm schon und setze dich zu mir. Ich darf nämlich zur Schule gehen und mich weiterbilden. Der Betrieb delegiert mich."

Andreas setzte sich und sie unterhielten sich über Hannas Arbeit. Plötzlich fragte sie unvermittelt: „Sage mal, Andy, warum hat das mit uns nicht geklappt? Wir waren doch einmal so glücklich."

Das war der Beginn einer Aussprache, die drei Stunden andauerte. Sie tranken keinen Alkohol mehr und Hanna wurde allmählich nüchterner. Was sie sagte, hörte sich vernünftig an und sie ließ Andreas' Kritik gelten, gab ihm in vielen Punkten recht. Am Ende der Aussprache kamen sie überein, es noch einmal miteinander zu versuchen. Aber Andreas stellte Forderungen, die zu erfüllen sie bereit war. Wäre sie nicht damit einverstanden gewesen, hätte es keinen Versuch eines erneuten Zusammenlebens gegeben.

Er forderte, ungehindert seinen Verpflichtungen auf dem Sportplatz nachkommen zu können, ohne dass sie sich darüber beschwerte. Außerdem wollte er mit Hanna keinen Sex haben. Schon alleine der Gedanke daran ekelte ihn. Wie hätte diese Beziehung gut gehen sollen? Hanna würde sich einen Ausgleich suchen müssen, wenn sie keinen Sex mehr in ihrem Leben haben sollte. Wer sexuell nicht ausgelastet beziehungsweise befriedigt ist, wird automatisch unzufrieden. Das konnte letztendlich nur neue Konflikte heraufbeschwören.

Doch am nächsten Morgen wurde Andreas zunächst von vier strahlenden Kinderaugen angesehen. Enrico und Christian standen vor seinem Bett. Sie freuten sich darüber, dass der Vater zu ihnen zurückkehrte.

Sie lebten zunächst zufrieden zusammen, aber auch nebeneinander her. Hanna hielt sich an Andreas' Forderungen und belästigte ihn nicht mit sexuellen Anzüglichkeiten. Zum Fußball konnte er gehen, wann er wollte. Sie beklagte sich nicht. Fairerweise muss man aber bemerken, dass Andreas seine Aktivitäten im Fußballverein auf ein Mindestmaß reduzierte. Er erfüllte alle seine Aufgaben, die er übernommen hatte. Aber anschließend ging er nach Hause. Er hatte es nicht mehr nötig, seine Freizeit im Fußballverein zu verbringen, um eventuell mit anderen Vereinsmitgliedern Gespräche zu führen.

So war es nicht verwunderlich, dass Andreas auf die Idee kam, Hanna noch einmal zu heiraten. Sie war damit einverstanden. Es kam die Wende und Andreas und Hanna vermählten sich in den letzten Tagen der DDR. Ein weiterer Fehler, den Andreas beging. Er kostete ihm nicht nur fast 30.000 DM, sondern auch viele Nerven und vor allem weitere Jahre seines Lebens. Es waren von ihm falsch gelebte Jahre, verschwendete Jahre.

Nach Einführung der Wirtschafts- und Währungsunion in der DDR herrschten im Osten Deutschlands nahezu die gleichen Verhältnisse wie im Westen. Hanna hatte jetzt Westgeld in den Taschen. Sie kaufte alles, was im Haushalt benötigt wurde. Sie kaufte aber auch vieles, was im Haushalt nicht benötigt wurde, nur weil es ihr gefiel. Sie kaufte alles, was die Kinder für die Schule brauchten. Sie kaufte aber auch vieles, was die Kinder nicht für die Schule brauchten. Sie kaufte Bekleidung für die Kinder, egal, ob sie sie benötigten oder nicht. Ihr gefiel sehr, was sie kaufen konnte und wollte. Durch die Werbung und das Angebot in den Supermärkten wurden die Menschen verführt, Dinge zu kaufen, die sie ursprünglich gar nicht hatten kaufen wollen. Das passierte jedem Menschen im Osten wie auch im Westen und das war auch nicht weiter schlimm.

Schlimm wurde es nur bei Personen, die kein Ende beim Einkaufen finden konnten. Sie bekamen hier einen Kredit und dort ebenso.

Geld schien keine Rolle mehr zu spielen. Wer keines hatte, holte sich welches von den Banken. Es war oft kinderleicht, an Geld heran zu kommen.

Hanna konnte mit dem Angebot in den Verkaufseinrichtungen und den Möglichkeiten ihres Portemonnaies ebenfalls nicht umgehen. Sie verfiel in einen krankhaften Kaufrausch. Hätte sie das eingesehen, wäre es nicht weiter schlimm gewesen. Aber wie jeder Süchtige erkannte sie ihre Sucht nicht und ließ sich nicht helfen. Sie fuhr nach Berlin und brachte viele unnütze Dinge mit. Rasierklingen für den Onkel, als wenn es in Rostock keine Rasierklingen gäbe. Einen Füllfederhalter für die Kinder, weil sie ja einen brauchten. Sie hatten jeweils schon zehn Stück. Einen Bierseidel für Andreas, weil der ja so niedlich war mit einem Goldrand und dem Berliner Bären darauf. Andreas hatte aber eine ganze Sammlung von Biergläsern, darunter auch einen solchen Bierseidel. Und dieses und jenes war so toll, gab es in Rostock aber auch.

So ging es Wochen, Monate und Jahre.

Andreas musste seinen Führerschein erwerben, sonst hätte er keinen Job bekommen, denn nach der Wende war er kurze Zeit arbeitslos. Auf Kredit kauften sie sich einen gebrauchten Ford Escort, das Auto war viel zu teuer und der Kredit hatte viel zu hohe Zinsen. Auch Andreas hatte sich aufs Glatteis führen lassen. Aber es gab viele Menschen im Osten, die sich damals betrügen ließen, weil sie das System nicht kannten. Nun wollte Hanna unbedingt ihren eigenen Führerschein haben. Sie arbeitete aber nur fünf Minuten Fußweg von zu Hause entfernt. Trotzdem war Andreas damit einverstanden, denn warum sollte er immer am Steuer sitzen, wenn sie zum Geburtstag eines Freundes oder Angehörigen oder in den Urlaub fuhren oder einen Ausflug am Wochenende unternehmen wollten? Hanna könnte ihn dann auch einmal am Steuerrad ablösen.

Nachdem sie ihren Führerschein in der Tasche hatte, wollte sie sogleich ein Auto für sich. Darüber sprach sie mit Andreas. „Dann kann ich doch schon einkaufen fahren, wenn du noch auf der Arbeit bist und ich frei habe", schwärmte sie ihm vor.

Er antwortete: „Aber das kommt vielleicht einmal im Monat vor. Du brauchst kein zweites Auto. Wenn du das Auto brauchen solltest, kannst du es haben. Ich komme auch mit der S-Bahn zur Arbeit und notfalls zu Fuß. Wir brauchen kein zweites Auto."

Damit war das Thema für einen Tag vom Tisch. Doch Hanna ließ nicht locker. Immer wieder forderte sie ein Auto für sich. Andreas überlegte und rechnete sich in Ruhe aus, wie viel Geld sie für ein Zweitauto ausgeben konnten, ohne dass der Schuldenberg wuchs. Als sie das nächste Mal mit dem Thema begann, sagte er: „Okay, ich habe es mir überlegt. Ich habe alles durchgerechnet und bin mit einem Zweitwagen für dich einverstanden. Aber du bekommst ein Auto, das nicht über 2000 Mark kosten darf. Das können wir uns leisten und trotzdem unsere Schulden wie geplant abzahlen."

Damit war sie zufrieden. Am nächsten Tag erzählte sie ihm, dass sie ein Auto gesehen habe, welches ihr gefalle. Andreas forderte sie auf, mit ihm zum Händler zu fahren und ihm das Auto zu zeigen. Das tat sie gerne. Es war ein schönes Fahrzeug, ein Peugeot 306, ein Fünfsitzer. Er sah auf den ausgeschilderten Preis und fragte: „Weißt du noch, was ich sagte, wie hoch der Preis sein darf, damit wir uns das Auto leisten können?"

„2000 Mark, hast du gesagt", erwiderte Hanna.

„Richtig", sagte Andreas: „Und wie teuer soll dieses Auto sein?"

Hanna sah auf die Preisangabe und sprach: „8999 Mark."

„Siehst du, dass das Auto fast 7000 Mark teurer ist, als das, was wir uns leisten können?", fragte Andreas.

„Aber das Auto gefällt mir so", sagte Hanna.

Andreas erwiderte: „Mir gefällt es auch. Es ist schöner und besser als unser Escort. Aber es hat einen Fehler, es ist für uns zu teuer. Wir können es uns nicht leisten. Ich habe in Marinehe einen Trabant Kombi gesehen, Baujahr 1988 für 2000 Mark. Den kannst du haben. Damit hast du ein fast neues und zuverlässiges Auto. Mehr geht nicht. Wenn du ihn haben willst, fahren wir jetzt gleich hin und machen alles perfekt. Dann haben wir ein gutes Auto und ein fast gutes Auto dazu. Denn dem Escort traue ich nicht mehr über den Weg. Also du nimmst den Trabi oder du bekommst kein Auto."

Damit war Hanna einverstanden. Einen fast neuen Trabi zu haben war nicht die schlechteste Lösung, wenn man nicht genügend Geld hatte. Der Kauf wurde schnell und problemlos erledigt. Es war gut, dass sie den Trabi gekauft hatten.

Am Abend saß Andreas zu Hause vor den Kontoauszügen. Er rechnete durch, was in der nächsten Zeit an Anschaffungen kommen konnte. Mit Geld konnte Andreas umgehen. Er konnte sparen, ohne dabei auf wichtige Dinge verzichten zu müssen.

Er arbeitete bereits im Rettungsdienst und bezog ein gutes Gehalt. Auch Hanna verdiente gut. Beide zusammen hatten ein Einkommen von etwa 4500 DM. Das war für ostdeutsche Verhältnisse am Anfang der Neunzigerjahre viel Geld.

In den Sommerferien 1992 wollten Andreas und Hanna nach Bayern zu Freunden nach Bamberg fahren. Die Reisevorbereitungen waren abgeschlossen. Die Familie setzte sich in den Escort und fuhr in Richtung Autobahn davon. In der Nähe von Neuruppin bemerkte Andreas hinter ihrem Auto einen undurchsichtigen weißen Nebel. Alle Autos hinter ihnen fuhren mit Licht. Bald darauf bemerkte Andreas, dass sein Auto kein Gas mehr annahm. Es wurde langsamer, der Nebel hinter ihnen verdichtete sich.

Er fuhr auf den Standstreifen und schaltete die Warnblinkanlage ein, hielt an und stieg aus. Vorher befahl er allen anderen, im Auto zu bleiben. Er ging nach hinten und sah eine dicke, weiße Wolke aus dem Auspuff des Escorts kommen. ‚Scheiß-Karre‘, dachte er. Hundert Meter vor ihm war eine Notrufsäule, von der aus er den ADAC-Einsatzwagen bestellte. Der Monteur stellte fest, dass die Zylinderkopfdichtung defekt sei und nur in einer Werkstatt gewechselt werden könne. Also ließ sich die Familie nach Neuruppin in eine Werkstatt abschleppen.

Das Auto sollte in zwei Tagen fertig sein. Ein Leihauto könnten sie in der Stadt bekommen. Sie liehen sich eins für drei Tage für 240 Mark. Schließlich wollten sie ihren Kindern den Urlaub, auf den sie sich gefreut hatten, nicht verderben. Am übernächsten Tag kehrten Hanna und Andreas zurück nach Neuruppin.

Der Werkstattmeister entschuldigte sich nach der Begrüßung: „Wir hatten leider von Ihnen keine Telefonnummer und konnten Sie deshalb nicht erreichen. Es ist nämlich so, die Zylinderkopfdichtung war es nicht, der Zylinderkopf selber ist das Übel. Er ist gerissen."

„Haben Sie das Auto repariert?", fragte Andreas.

Der Meister erwiderte: „Das konnten wir nicht, weil die Reparatur viel teurer ist als vorher angenommen. Die Frage ist auch: Wollen Sie einen neuen oder gebrauchten Zylinderkopf oder soll das Auto überhaupt noch repariert werden?"

„Also repariert muss er werden", sagte Andreas.

„Ein neuer Zylinderkopf kostet etwa 6000 Mark, ein gebrauchter, den hätten wir da, kostet 2500 Mark", entgegnete der Meister.

Andreas und Hanna sahen sich erschrocken an. So viel Geld hatten sie nicht auf ihren Konten. Sie berieten sich. Der Meister ließ sie alleine. Andreas sprach: „Ich habe noch tausend Mark auf meinem Konto. Wie viel hast du?"

„Mein Konto ist um 200 Mark im Dispo", antwortete Hanna. Da Andreas seiner Frau in Geldangelegenheiten nicht vertraute, hatten sie getrennte Konten. Er überlegte und kam zu dem Schluss, dass sie in einem halben Jahr wieder bis auf den laufenden Kredit schuldenfrei seien, wenn sie das Auto reparieren ließen. Sie wurden sich einig und informierten den Meister. Am nächsten Tagen sollte das Auto abholbereit sein.

Danach fuhren sie zur Autovermietung. Das Leihauto konnten sie nicht behalten, aber gegen Bezahlung des Benzins wurden sie nach Rostock gebracht. Am nächsten Tag kehrten sie mit dem Trabi nach Neuruppin zurück.

Ab jetzt verlief alles wieder gut.

Die nächsten Monate zahlte Andreas seinen Dispositionskredit konsequent zurück. Eines Abends kam er von der Arbeit nach Hause und Hanna hatte Auszüge von ihrem Konto im Wohnzimmer auf dem Tisch liegen lassen. Andreas respektierte ihre Privatsphäre, aber neugierig war er doch. Er wollte wissen, wie viel Geld sie auf ihrem Konto hatte. Im günstigsten Fall hätten es vielleicht eintausend Mark sein können, aber auf jeden Fall dürfte sie nicht im Minus sein. Er sah sich die Kontoauszüge an. Der Kontostand erschreckte ihn. Um über 5000 Mark war das Konto überzogen. Er legte die Kontoauszüge weg und wurde wütend. ‚Ich strampel mich ab, mein Konto auszugleichen, und sie wirft das Geld mit vollen Händen zum Fenster raus.' Er konnte nicht anders und sah erneut auf die kleinen bedruckten Blätter. ‚Aber sie hatte doch nichts Neues gekauft', grübelte er. Wo war das Geld bloß geblieben?

In dem Moment wurde die Wohnungstür geöffnet und Hanna trat ein. Sie sah, was Andreas in der Hand hielt. Sofort regte sie sich auf, er hätte an ihren Kontoauszügen nichts zu suchen.

„Das denkst auch nur du. Deine Schulden sind auch meine, deshalb kann ich sehr wohl in deine Kontoauszüge sehen. Als wir in den Sommerurlaub gefahren sind, hattest du gesagt, dass du dein Konto um zweihundert Mark überzogen hattest. Jetzt sind es über fünftausend Mark. Ich sehe zu, dass ich mein Konto ausgeglichen bekomme, und du machst immer weiter fleißig Schulden. Wofür hast du das ganze Geld denn ausgegeben", fragte Andreas.

Er bekam eine laxe Antwort: „Für dies und für das."

„Was heißt das?", wollte Andreas wissen.

„Naja, für die Kinder habe ich etwas gekauft und mir habe ich ein paar Sachen gekauft", sagte sie nun.

Zornig antwortete Andreas: „Ein paar Sachen kosten nicht über fünftausend Mark!"

Sie gab zu: „Ich habe nicht mehr alles, habe einige Sachen weggegeben, weil ich erkannt habe, dass ich doch nicht alles gebrauchen kann, was ich gekauft habe."

Andreas dachte: ‚Jetzt werde ich aber verrückt.' Er sagte aber: „Gut, so kommen wir nicht weiter. Mit deinen fünftausend haben wir jetzt schon wieder achtzehntausend Mark Schulden. Wir verdienen zusammen 4500 Mark. Im Monat brauchen wir insgesamt mit allem Drum und Dran 3000 Mark. Da sind sogar Zigaretten und Getränke drin. Und alles andere auch. Wir könnten also 1500 Mark jeden Monat sparen. Aber das verlange ich nicht. Wir verdienen gut, warum sollen wir uns nichts leisten! Aber 500 Mark sollten wir schon sparen. Wir wollen unsere Schulden abzahlen, doch du vermehrst sie nur mit deinem Kaufrausch."

„Ich verdiene auch Geld, nicht nur du", entgegnete Hanna.

„Du gibst aber mehr aus, als du hast", sagte Andreas, jetzt wieder ganz ruhig: „Aber gut, lassen wir das. Du wirst dich bemühen, kein Geld mehr nebenbei auszugeben, bis dein Konto saniert ist. Jeden Monat tausend Mark zurück, dann ist das in fünf Monaten erledigt. Dann gehen wir eben die nächsten fünf Monate nicht weiter weg und kaufen uns keine Klamotten. Das sollte doch wohl machbar sein."

„Wie du meinst", war Hannas Antwort.

Zwei Wochen später kam sie mit einem großen Karton nach Hause. Andreas ahnte Schlimmes. Freudestrahlend erzählte sie, sie sei in einem Bus gewesen. Da habe sie diese Bettdecken gekauft. Das seien Gesundheitsdecken. Keine Milben kämen da herein. Und sie seien federleicht. Und ganz billig. Andreas fragte, wie billig sie denn seien. Hanna antwortete strahlend: „Nur 800 Mark das Stück, beide zusammen also 1600."

Andreas schluckte: „Du merkst doch nichts mehr. Wir haben dank dir 18.000 Mark Schulden. Wir haben jeder eine Bettdecke und vier liegen außerdem noch im Schrank. Jetzt kommst du mit noch zwei Decken an, die ganz billig waren, nur 1600 Mark?" Er wurde immer lauter beim Sprechen und am Ende fragte er sie: „Sag mal, hat dir jemand ins Gehirn geschissen?"

„Rede nicht so mit mir! Und schon gar nicht vor den Kindern!", schrie sie zurück.

Andreas versuchte, sich zu beruhigen. Er sagte: „Die Decken bringst du sofort wieder zurück."

„Das geht nicht, der Bus ist nicht mehr da", antwortete Hanna.

„Dann schicke sie zurück. Ich schlafe bestimmt nicht darin, achthundert Mark für eine Bettdecke sind mir zu viel. Ich will schlafen können, aber unter so einer Decke kann ich das nicht", sagte Andreas.

„Probiere sie doch einmal aus", bat sie.

„Nein, sie gehen beide zurück", darauf bestand Andreas.

Sie hatte die Decken herausgeholt und wollte sie Andreas zeigen. Er wollte sie nicht sehen und ging in die Küche, um sich ein Bier zu holen. Als er in das Wohnzimmer zurückkam, verschnürte Hanna den Karton und schickte Enrico damit zur Post.

Nach weiteren zwei Monaten bekamen sie eine Mahnung über achthundert Mark. Andreas fragte seine Frau, was das denn für eine Mahnung sei.

Sie sagte: „Wenn ich ehrlich sein soll, ich habe nur deine Decke eingepackt und wieder zurückgeschickt. Meine Bettdecke habe ich behalten."

„Wie bitte? Habe ich mich verhört?", fragte er.

„Nein, hast du nicht", sagte sie kleinlaut.

Andreas überlegte: ‚Jetzt reicht es. Mit ihr kommen wir nicht auf einen grünen Zweig, der Schuldenberg wird nur weiter wachsen.' Er sagte: „Gut, so geht es nicht weiter. Wenn du nicht mit Geld umgehen kannst und es nicht begreifst, werden wir es jetzt anders machen. Ab sofort gehen alle Geldangelegenheiten nur noch über meinen Tisch. Du bekommst von mir jeden Monat zweihundert Mark Taschengeld. Die sind nur für dich da. Du kannst damit machen, was du willst, Getränke, Zigaretten und alles andere bekommst du von mir. Du kannst jeden Monat zweihundert Mark Taschengeld verprassen, welche Frau kann das schon von sich sagen, dass sie so viel Taschengeld bekommt! Aber wir können es uns leisten. Doch du wirst nicht einen Pfennig mehr bekommen."

Hannas Antwort war: „Wenn du das machst, dann trennen sich unsere Wege."

Andreas erwiderte: „Ich werde mir nicht den Buckel krumm arbeiten, nur um immer deine Schulden zu bezahlen. Wenn du das willst, dann trennen sich unsere Wege eben."

Damit war alles entschieden. Die Trennung war unausweichlich. Andreas bezog wieder das Schlafzimmer. Er wollte, dass Hanna mit den Kindern einen guten Neustart haben sollte, deshalb übernahm er die gesamten Schulden, die Hanna gemacht hatte. Dass er die Kinder nicht bekommen werde, stand für ihn fest. Enrico war nicht sein Kind, und das Gericht würde die Geschwister nicht trennen. Jetzt konnte sie mit ihrem Geld wirtschaften, wie sie es wollte oder konnte. Nach nur drei Monaten hatte sie zwanzigtausend Mark Schulden.

Andreas suchte sich eine Wohnung. Sein Kollege Ingo aus der Rettungswache, in der er arbeitete, sprach eines Tages mit Andreas: „Du suchst doch eine Wohnung, ich hätte eine für dich."

Andreas sah ihn ungläubig an und fragte: „Woher hast du denn eine Wohnung für mich?"

Ingo antwortete: „Meine Oma ist gestorben und sie hatte ein Haus in Schwaan. Das hat meine Mutter geerbt. Sie will aber in Rostock wohnen bleiben und sucht jetzt einen zuverlässigen Mieter. Da habe ich an dich gedacht."

Am nächsten Tag konnte Andreas sich die Wohnung ansehen. Er stellte sich das Wohnzimmer eingerichtet vor und war der Meinung, das sei sehr gemütlich. Ans kleinere Schlafzimmer schloss sich eine große Außenterrasse an. Die Küche war etwa so groß wie das Schlafzimmer.

Schnell wurden sie sich einig, in einer Woche bekam Andreas die Schlüssel.

Als er wieder zu Hause war, traf er Hanna im Wohnzimmer an. Sie saß im Sessel und las Zeitung. Andreas teilte ihr mit, wann er ausziehen wollte. Hanna hatte sich nicht unter Kontrolle. Sie erschrak, der ganze Körper zuckte zusammen. Andreas verspürte in diesem Moment Schadenfreude. ‚Hat sie etwa gedacht, dass ich wieder keine Wohnung bekomme und sie mich noch einmal zurückbekommt?‘, dachte Andreas. ‚Noch einmal hätte ich mich sowieso nicht mit ihr eingelassen.‘

„Dann bin ich aber mit den Kindern im Urlaub", sagte sie.

Er beruhigte sie: „Nur keine Sorge, ich nehme nur das mit, was wir abgesprochen haben, also meine Möbel und Sachen. Mehr nicht."

Es kam der Tag, an dem Hanna mit den Kindern in den Urlaub fuhr. Er war zu Hause und in seinem Zimmer. Er wartete darauf, dass sich die Kinder von ihm verabschiedeten. Wenn sie aus dem Urlaub zurückkehrten, würde ihr Vater nicht mehr in der Wohnung sein. Hanna wusste, dass Andreas Zuhause war. Er an ihrer Stelle hätte den Kindern gesagt, dass sie sich von ihrem Vater verabschieden sollten. Aber er war nicht an ihrer Stelle. Und sie dachte überhaupt nicht daran, die Kinder auf den Umzug des Vaters vorzubereiten.

Andreas wartete in seinem Zimmer auf die Kinder. Dann hörte er, dass Hanna mit ihnen die Wohnung verließ. Er war enttäuscht und wütend. Aber die Enttäuschung war größer und sie tat ihm weh. Zum ersten Mal ahnte er, dass Hanna alles tun werde, um ihm die Kinder zu entziehen. Auf Enrico hatte er keine Rechte, das wusste er. Er war nicht der Vater des Jungen. Er hatte ihn zwar groß gezogen, das war aber auch alles. Aber Christian war sein Fleisch und Blut, sein Kind. Er wollte ihn nicht verlieren.

Aber Hanna nutzte Andreas' Umzug, um über ihn Lügen zu verbreiten. Er hielt sich an die Abmachungen und nahm nichts mit, was ihr gehörte. Als sie mit den Kindern aus dem Urlaub zurückkam, wusste sie, was sie vorfinden würde.

Sie wusste, dass die Schrankwand, die Couchgarnitur und der Fernsehapparat nicht mehr da sein konnten, es war vereinbart, dass diese Gegenstände Andreas mitnehmen sollte. Sie betrat mit den Kindern die Wohnung und ging in das Wohnzimmer. Vor den

Kindern tat sie so, als wenn sie von Andreas vor vollendete Tatsachen gestellt worden sei. Sie stellte sich in die Mitte des Zimmers, sah sich nach allen Seiten um und sagte theatralisch entrüstet: „Jetzt hat der Kerl mir doch das Wohnzimmer ausgeräumt. Das kann es doch nicht geben!"

Christian fragte: „Welcher Kerl, Mutti?"

„Dein Vater, wer denn sonst!", war ihre giftige Antwort.

Sie verstand es, die Kinder gegen Andreas aufzuhetzen. Er sah sie nur noch selten. Andreas wollte seinen Sohn zum Geburtstag besuchen. Hanna wusste, dass er zum Kaffee kommen wollte. Trotzdem hatte sie die Kinder ins Kino geschickt. Erst zum Abendessen kamen sie nach Hause. Es stellte sich heraus, dass Christian nicht wusste, dass ihn sein Vater besuchen kam.

Nachdem Andreas sich von seiner Frau hatte scheiden lassen, tat sie alles, damit Christian nicht mehr zu seinem Vater gehen wollte. Sie schrieb Andreas Briefe, in denen sie von Ihm Geld verlangte, einmal war es Geld für die Miete, die er ihr angeblich noch schuldete, das andere Mal war es Geld für Strom und Gas, dann wieder erhob sie irgendwelche unberechtigte Unterhaltsforderungen.

In seinen Antworten lehnte Andreas ihre Forderungen ab. Darüber beschwerte sie sich bei den Kindern mit Worten, die diese gegen ihren Vater einnahmen.

*****

Nachdem Andreas die Malersachen in den Keller gebracht hatte, setzte er sich vor den Computer und stellte fest, dass Silvio sich noch nicht gemeldet hatte. Er machte sich erneut Gedanken und war traurig, aber auch enttäuscht, dass Silvio wieder nichts von sich hören ließ.

Das Frühstück am zweiten Weihnachtstag ließ Andreas ausfallen, da er sich zum Weihnachtsessen mit seinen Geschwistern traf. Bevor er von zu Hause aufbrach, schrieb er Silvio eine Nachricht.

„Lieber Silvio, ja, du liest richtig. *Lieber* Silvio, ich liebe dich mehr, als ich wahrhaben will und vielleicht auch möchte.

Jeder Tag, an dem ich keine Nachricht von dir erhalte, tut mir weh. Ich wache nachts fast jede Stunde auf und mein erster Gedanke gilt dir. Am liebsten möchte ich dann zum Computer gehen, ihn hochfahren und nachsehen, ob du mir geschrieben hast.

Heute werde ich mit meinen Geschwistern in der Gaststätte mittagessen, anschließend fahre ich zu meinem Sohn. Rosi wird am späten Nachmittag auch aus Lübeck dazukommen.

Am Abend werde ich wieder alleine sein, werde dann wieder nichts mit mir anzufangen wissen, weil ich immerzu an dich denken muss. Andere Leute nehmen über Weihnachten zu, ich habe schon wieder ein Kilo abgenommen.

Ach, mein Süßer, werde ich heute Abend, wenn ich nach Hause komme, eine Nachricht von dir finden? Es wäre das allergrößte Weihnachtsgeschenk für mich. Es sei denn, es steht etwas darin, was ich nicht lesen möchte.

Lieber Silvio, bitte schreibe mir, du hast mich verhext. Auch wenn du mir sehr weh getan hast, ich liebe dich immer noch, wahrscheinlich noch mehr als vorher.

Ich nehme dich in meine Arme. Ich halte dich ganz fest und werde dich nie wieder loslassen. Ich streichele dir über den Rücken, dann über die Brust, später über den Bauch. Ich küsse dir ganz zärtlich auf den Mund. Zuerst willst du meine Zärtlichkeiten abwehren, doch dann überwältigt auch dich das Verlangen nach mir und du erwiderst sie. Wir sind jetzt beide glücklich, denn wir wissen es beide,

WIR LIEBEN UNS!!!!! ICH DICH UND DU MICH!!!!!!!!!!

Es grüßt dich von ganzem Herzen dein dich liebender Andreas."

Nachdem er die Message an Silvio abgeschickt hatte, zog er sich an. Anzug, Schlips und Einstecktuch, passend zum Hemd, und ein schwarzer Mantel sowie eine schwarze Mütze bildeten sein Outfit. Den Mantel und die Mütze hätte er nicht gebraucht, er zog diese schon am Auto wieder aus und fuhr zu seinen Geschwistern zum Weihnachtsessen in die Gaststätte.

Heute wollte er ihnen etwas Wichtiges erzählen und hatte ein ungutes Gefühl, aber er sagte sich, jetzt muss ich da durch. Entweder sie stehen zu mir oder nicht. Wenn ja, ist es gut, wenn nein, dann soll es mir egal sein.

Das Essen selber war super, die Geschwister unterhielten sich, es stand alles zum Besten, bis Andreas sagte, er habe ihnen etwas

Wichtiges zu erzählen. Er teilte ihnen mit, warum er sich tatsächlich von Rosi getrennt hatte. Er beabsichtige, das zu tun, was er schon vor dreißig Jahren hätte konsequent verfolgen sollen, nämlich mit einem Mann zusammenleben.

Die Geschwister ließen Andreas in Ruhe aussprechen und sagten danach, dass es sein Leben sei und er so leben müsse, wie es für ihn gut sei und wie er es für richtig halte. Selbstverständlich werde sein Partner, wenn er einen finden sollte, von ihnen akzeptiert und zur Familie gehören. Andreas war gerührt und freute sich über die Reaktion seiner Geschwister. Er hatte nicht damit gerechnet, dass sie alle für ihn Verständnis hatten. Er hatte tatsächlich geglaubt, dass er nach dem heutigen Tag nicht mehr alle seine Schwestern und Brüder wieder sehen konnte. In diesem Moment war er glücklich, er dachte: ‚Nun, mein lieber Silvio, haben wir diese Hürde auch genommen. Wenn du es willst, gehörst du jetzt zu unserer Familie.' Ob Silvio das aber wollte, dessen war Andreas sich gar nicht so sicher.

Nach dem Essen kehrte er zurück nach Hause und schrieb Silvio eine weitere Message, in der er ihm das Ergebnis des Gespräches mit seinen Geschwistern mitteilte. Danach fuhr er wie folgt fort: „Nur hast du mir immer noch nicht geschrieben. Es bleibt mir nichts Anderes übrig, als zu warten.

Ich kann nicht anders, ich muss immer nur an dich denken. Ich wünsche mir, dass es dir gut geht und du ein schönes Weihnachtsfest hast.

Wenn du mich nur halb so viel liebst wie ich dich, dann kann uns nichts mehr passieren.

Ich sehne mich nach einer Nachricht von dir. Dein dich nach dir verzehrender Andreas."

Anschließend machte sich Andreas auf den Weg zu seinem Sohn. Es war ein ruhiger und besinnlicher Nachmittag, Rosi kam erst zum Abendbrot und brachte Geschenke für die Enkelkinder und auch für Christian und Natalie mit. Auch Andreas bekam etwas, eine Flasche Whisky, dazu einen Kalender mit erotischen Männerbildern. Andreas hatte für Rosi Parfüm gekauft und sie freute sich sehr darüber.

Später brachte Rosi Andreas mit dem Auto nach Hause und sie verabschiedeten sich.

Andreas ging in den Chat und schaute danach fern. Nach jedem Signal des PC's, dass eine Nachricht oder einen Chatfreund ankündigte, kontrollierte Andreas, was es Neues gab. Eine Nachricht von Silvio bekam er aber nicht.

Schon wieder war Andreas traurig und enttäuscht, und wieder machte er sich Gedanken um seinen Chatfreund und Geliebten. Vor Mitternacht schrieb er erneut eine Message an ihn. Das war jetzt seine sechste Nachricht hintereinander, ohne dass er eine Antwort von Silvio bekommen hatte.

„Hallo, mein Engel, bin ich so ein schlechter Mensch, dass du mich so bestrafen musst? Es ist jetzt schon wieder nach 23 Uhr, und du kommst auch heute nicht mehr in den Chat.

Schade, nun muss ich wieder ohne Nachricht von dir ins Bett.

Schreibst du nicht, weil es dir vielleicht wieder schlecht geht? Das wäre nicht gut, ich möchte, dass du gesund bist und es dir gut geht.

Oder schreibst du mir nicht, weil du mit mir abgeschlossen hast? Auch das wäre nicht gut, ich liebe dich nämlich. Und ich brauche dich.

Oder schreibst du mir nicht, weil du keine Möglichkeit hast, ins Internet zu gehen? Auch das wäre nicht gut, aber für uns doch die beste Variante.

Ich hoffe auf das Letzte. Dann hätte ich mir umsonst die ganzen Gedanken gemacht.

Vielleicht war es aber doch nicht umsonst, denn ich denke viel an dich, eigentlich fast ununterbrochen, und ich denke viel über uns nach. Mein Ergebnis habe ich dir ja schon mitgeteilt, es ändert sich nicht.

Versaut haben wir es beide, weil wir unsere Prinzipien über unsere Liebe gestellt haben.

Ich hoffe, dass auch du ab und zu an mich denken musst, es wäre schön.

Ich werde auch morgen wieder nachsehen, ob du mir geschrieben hast. Ich hoffe doch sehr, dass du mich jetzt nicht bis zum Januar alleine lässt.

Mein lieber Silvio, ich hoffe, dass es dir gut geht, an etwas anderes möchte ich nicht denken.

Es grüßt dich ganz lieb mit einer ganz herzlichen Umarmung dein dich liebender und auf dich wartender Andreas."

Die siebente Nachricht schickte Andreas am nächsten Morgen, dem 27. Dezember, ab: „Hallo, Süßer, nun sitze ich wieder vor dem PC und habe immer noch keine Nachricht von dir. Es ist ja auch noch ein bisschen früh, aber es hätte immerhin sein können, dass du doch einmal an mich denkst und dich im Chat nach einer Nachricht für dich umsiehst.

Was ich dir noch schreiben wollte: Niemand hat mir etwas eingeredet, weil er bei mir landen möchte. Ich habe mit meinem Sohn über uns gesprochen, er sagt, du seist nicht der Richtige für mich. Ich werde dich trotzdem nicht fallen lassen.

Mark (ein heterosexueller Freund) hat mich neulich besucht und er hat sofort gesehen, dass es mir nicht gut geht. Er wollte mir helfen und wir sprachen über dich und mich. Er sagte, ich solle es sein lassen, irgendwann komme das Glück auch für mich, und zwar dann, wenn ich gar nicht damit rechne, und aus einer Ecke, von wo ich noch weniger damit rechne. Er hat mir damit nicht wirklich geholfen.

Ich habe dir geschrieben, dass ich auch mit Patrick über uns gesprochen habe, weißt du, wie seine Reaktion war? Er hat mich in seine Arme genommen und hat mir viel Glück gewünscht und drückt mir beide Daumen, dass wir beide, du und ich, zusammenfinden. Er sagte, wenn ich dich so sehr liebe, soll ich um dich kämpfen.

Siehst du, Patrick will auch nicht bei mir landen. Er ist einfach nur ein lieber Freund. Er hat ja auch die Liebe seines Lebens gefunden.

Ich glaube, du bist die Liebe meines Lebens.

Bitte melde dich, jeder Tag, der vergeht und an dem ich von dir nichts höre, ist kein schöner Tag, sondern ein verlorener Tag.

Ich möchte nicht bis zum Januar ohne Lebenszeichen von dir leben müssen.

Ich liebe dich und würde für dich sterben. Das ist nicht nur so dahingesagt, es ist mir ernst damit. In Liebe dein Andreas."

Am Mittag bekam Andreas aus der Klinik einen Anruf, er solle bitte zum Nachtdienst kommen. Darauf schrieb er die achte Message an Silvio. Andreas litt darunter, dass er Silvio nicht erreichen konnte, aber seine Liebe zu ihm war nach wie vor ungebrochen. Er war nervlich am Ende, war nur noch traurig, aber er liebte Silvio immer noch.

„Ach, mein Süßer, wie muss ich dich enttäuscht haben. Oder hasst du mich schon? Du lässt mich schon den fünften Tag alleine. Liebst du mich denn gar nicht mehr? Was ist bloß los mit dir?

Bei uns auf der Arbeit ist der Notfallplan eingetreten. Ich habe ab heute bis Freitag früh Nachtdienst. Gott sei Dank, raus aus dem Tagesstress, ich habe etwas Ruhe und werde mich hoffentlich auf meine Aufgaben konzentrieren können.

Aber auch wieder Zeit genug, um ins Grübeln zu kommen. Ich kann nur noch spekulieren, weil ich dich wieder nicht erreichen kann. Aber es ist ja schon bald ein Normalzustand für mich.

Immer, wenn ich mich in jemanden verliebe, geht es in die Hose. Was kann ich nur tun, um dich davon zu überzeugen, dass ich es ehrlich mit dir meine? Nichts, einfach nichts, weil du nicht in den Chat kommst.

Mach es gut, mein Engel, dein Andreas."

Andreas war haltlos in Silvio verliebt. Liebe macht bekanntlich blind. Andreas musste doch begriffen haben, dass Silvio nur mit ihm spielte. Andererseits waren es die Tage der Weihnachtszeit, Tage der Familien. Silvio wusste, dass er Andreas später viele glaubhafte Entschuldigungen für sein Schweigen im Chat geben konnte. Andreas würde ihm alles glauben. Außerdem zeigte Andreas ihm mit den Inhalten seiner vielen Mails, dass er ihm schon mehr verfallen war, als er selbst es für möglich gehalten hatte. Das nutzte Silvio zu einem späteren Zeitpunkt gnadenlos aus, um sein Ziel zu erreichen, Andreas psychisch zu vernichten.

Ist alles Gut?

Andreas hatte über die Weihnachtsfeiertage nichts von Silvio erfahren und sollte jetzt zum Nachtdienst in die Klinik kommen. Deshalb wollte er, nachdem er Silvio vom Notfallplan geschrieben hatte, sich hinlegen und versuchen, zu schlafen. Doch seine Gedanken wanderten immer wieder zu seinem Chatfreund. Es gab nur einen Menschen, der ihm seine Fragen beantworten konnte, aber der schwieg.

Andreas stand wieder auf, machte sich einen Kaffee, fuhr den Computer hoch und loggte sich in den Chat ein. Als er sah, dass sich Silvio auch eingeloggt hatte, schlug sein Herz schneller. Dann hörte er das Geräusch, das ihm eine Message ankündigte. Sie war von Silvio! Er traute sich nicht, sie zu öffnen und zu lesen. Was stand da jetzt drin? War es der letzte Gnadenschuss oder war es die heiß ersehnte Antwort, dass doch noch alles gut werden sollte? ‚Soll ich sie aufmachen?', fragte er sich. Andreas war total nervös. ‚Aber wenn ich sie jetzt nicht lese, erfahre ich nicht, was er mir schreibt', dachte Andreas weiter. Er öffnete die Message und begann mit bangem Herzen zu lesen.

Silvio schrieb: „Hallo, mein Süßer, heute konnte ich mich von der Familie davonstehlen.

Immer, wenn ich zum Nachbarn wollte oder nach oben ins Zimmer, gab es heftige Diskussionen. Und ich wollte hier keinem das Weihnachtsfest verderben. Zumal ich wusste, dass du bei deinem Sohn bist.

Nun sehe ich, dass ich dir mit meiner Entscheidung wehgetan habe. Ich kann jetzt aber nicht alle Mails lesen. Ich drucke sie aus und nehme sie mit.

Denke nicht, dass ich nicht an dich gedacht habe. Oft sogar. Aber immer wieder liefen meine Gedanken ins Leere. Warum zoffen wir uns in letzter Zeit so viel? Warum enden unsere Chats so traurig? Ich weiß, du siehst in mir den Schuldigen.

Aber ich liebe dich!!!! Vergiss es bitte nicht. Ich weiß: No Bild, no Date, no Chat.

Aber vielleicht kannst du noch einmal deine Prinzipien brechen und mir antworten? Ich bin jetzt bis um zwei Uhr hier.

Wenn du zum Nachtdienst musst, vielleicht können wir uns morgen gegen acht Uhr im Chat treffen, ohne Zank und Streit. Nur einfach in Liebe ...

Ich werde mich beeilen, denn gegen 7.30 Uhr gibt es Abendbrot. Ich spreche jetzt alles schon mit dem Nachbarn ab. Eventuell bis morgen. In Liebe Dein Silvio."

Andreas las diese Message mit Freude. Endlich hatte Silvio geschrieben, und es ging ihm gut! Dass Andreas in diesem Jahr das traurigste Weihnachtsfest seines Lebens hatte erleben müssen, weil Silvio ihm nicht geschrieben hatte, war in diesem Moment vergessen. Jetzt war er glücklich, weil Silvio sich endlich gemeldet hatte. Gleich schrieb er zurück: „Lieber Silvio, ich will mich mit dir auch nicht streiten. Du kannst alles in meinen Mails lesen.

Ich bin soooooo unendlich erleichtert, jetzt, wo ich weiß, dass es dir gut geht und wohl alles wieder gut wird.

Mein Netz ist jetzt auch wieder stabil. Ich liebe dich, dein Andreas."

Andreas meinte mit seiner letzten Bemerkung, dass er jetzt wieder eine sichere Internetverbindung hatte, sein Festnetzanschluss war endlich freigeschaltet. Den UMTS-Stick brauchte er nicht mehr.

Silvio antwortete: „Super, mein Schatz. Dann kann uns das Netz jetzt nicht mehr unterbrechen?

Ich finde es gut, dass wir uns treffen. Klappt es morgen auch bei dir gegen acht Uhr? Dann nehme ich mir mehr Zeit. Wollte heute nur ein Zeichen von mir geben, habe aber nicht gewusst, dass du so leidest!!!

Habe noch nicht alle Mails von dir durch, wie gesagt, ich durfte sie mir kurz ausdrucken. So lese ich sie nachher noch einmal in Ruhe durch."

Andreas erwiderte: „Ich werde morgen auf dich warten, bin schon vorher da. Wenn ich ausgeschlafen habe, komme ich gleich in den Chat, falls du dich doch früher frei machen kannst. Um 9.45 Uhr muss ich zur Arbeit fahren.

Lieber Silvio, du musst mir etwas versprechen. Bitte lass uns nie wieder streiten. Wenn es doch einmal anfangen sollte, müssen wir etwas finden, das den Streit verhindert. Ich will dich lieben und immer für dich da sein."

Silvio schrieb: „Ja, so soll es sein. Wir werden für uns da sein. Wir werden über unsere Gefühle, Ängste und Gedanken sprechen (damit keine falschen Gedanken unsere Beziehung kaputtmachen können).

In den letzten Tagen habe auch ich gemerkt, wie sich mein Herz für dich geöffnet hat. Ich habe auch sehr viel an dich und an unsere Zukunft gedacht. Meine Gedanken spielten mir auch schon einen Streich beim Spaziergang. Ich wünschte mir, du wartest zu Hause auf mich und wir fallen uns in die Arme. (Komisch, nicht?)"

Andreas las Silvios Antwort mit Freude, sein Herz machte einen Luftsprung, vergessen waren alle Qualen der vergangenen Tage. Es würde alles wieder gut werden. Davon war er überzeugt und jetzt auch glücklich. Er schrieb: „Nein, mein Engel, das ist nicht komisch. Es ist nur erstaunlich, dass wir uns im Chat so ineinander verliebt haben. Wir werden uns auch lieben, wenn wir uns persönlich begegnet sind.

Ich hatte Angst, dass alles vorbei sein könnte, bevor es angefangen hat. Deine Wünsche sind der Ausdruck deiner Sehnsüchte. Komisch ist daran nichts.

Ich habe auch privat in meiner Familie alle Weichen für uns gestellt. Nichts kann uns noch aufhalten, mein Süßer. Du hast mich wieder glücklich gemacht."

Dann kam die nächste Nachricht von Silvio:

„Die Antwort hat etwas länger gedauert.

Ich liebe dich. Und ich hoffe, dass du diesen Kerl, der dir das Leben in den letzten Tagen so schwer gemacht hat, vergessen kannst und deine Liebe zu mir wieder wächst. Zu mir, nicht zu dem der letzten Tage!!!!!"

Glücklich antwortete Andreas: „Ich verzeihe dir von ganzem Herzen. Vielleicht schaffst du es ja doch noch einmal, mir ein Bild zu schicken. Ich werde aber nicht mehr darauf bestehen, unsere Prinzipien haben uns beinahe alles kaputt gemacht. Ich habe dir auch dazu in einem meiner Mails etwas geschrieben."

Es war doch sehr erstaunlich, wie naiv Andreas sein konnte und wie schnell er sich von Silvio um den Finger wickeln ließ. Der wusste ganz genau, was er Andreas schreiben musste, um ihn auch in Zukunft manipulieren zu können. Von wegen, sein Herz habe sich für Andreas geöffnet. In voller Absicht hatte sich Silvio nicht in den

Chat eingeloggt. Dass er das nicht gekonnt hätte, war eine Lüge, wie überhaupt alles, was er schrieb, gelogen war. Er hatte gewusst, wie Andreas reagieren würde. Nach Leid kam Glück, danach wieder Leid. Nur wenn beides immer wieder wechseln würde, konnte er Andreas psychisch Schaden zufügen. Das aber wollte er wohl dosiert tun, denn sonst lief er Gefahr, dass Andreas sich von ihm zurückzog. Aber das wollte Silvio nicht. Über die Weihnachtsfeiertage hatte er Andreas leiden lassen, jetzt sollte er Glück empfinden, aber bald wieder sollte er leiden, mehr als zuvor.

Silvio entschloss sich, Andreas jetzt mit seinem Glück alleine zu lassen. Mit der Dosis Glück, die notwendig war, damit er sein grausames Spiel mit Andreas auch in den nächsten Tagen fortsetzen konnte. Er machte Andreas darauf aufmerksam, dass er den Chat wieder verlassen müsse, der alte Herr Nachbar würde auf ihn warten.

Aber Andreas war in diesem Moment zufrieden und glücklich, hatte er sich doch mit Silvio schreiben können. Er war davon überzeugt, dass nun alles wieder gut, er Silvio bald persönlich treffen werde. Das bestätigte Silvio in seiner nächsten Message, in der er darum bat, noch einmal in diesem Jahr mit Andreas im Chat Streicheleinheiten austauschen zu dürfen. Sie versicherten sich gegenseitig nochmals ihre Liebe und verabschiedeten sich bis zum nächsten Tag. Andreas fand vorerst sein inneres Gleichgewicht wieder. Aber nur vorerst.

Am 28. Dezember kam Silvio fast eine Stunde zu spät in den Chat. Angeblich hatte sich der alte Nachbar beim Einkauf verspätet und Silvio sei nun durchgefroren, weil er auf den alten Mann gewartet habe. Andreas glaubte ihm das. Aber Silvio ahnte, dass Andreas sich wieder Gedanken gemacht hatte.

Außerdem war es ihm gelungen, Andreas von den vergangenen Problemen abzulenken. Andreas Briefe, die der ihm über die Weihnachtsfeiertage geschrieben hatte, blieben unbeantwortet. Dafür musste er nur etwa eine Stunde später in den Chat kommen, denn nun blieb ihnen nur noch Zeit, um sich für den nächsten Tag zu verabreden. Silvio wusste, wann Andreas zur Arbeit fahren musste, das hatte Andreas selbst ihm mitgeteilt. Somit konnte er sein Vorgehen gut planen. Aber das wusste Andreas natürlich nicht.

*****

Am 29. Dezember loggte sich Andreas am frühen Abend in den Chat ein. Silvio war auch schon anwesend. Nachdem sie sich begrüßt hatten, wollte Silvio nur noch erotische Fantasien mit Andreas austauschen. Es ging dann auch recht munter zwischen den beiden hin und her, bis Silvio voller Angst fragte: „Kann jemand anderes unsere Mails lesen? Erhalte gerade eine Mail von Eisen53: ‚Hallo, bist du auch offen für ältere Männer?' Habe mich eben erschrocken. Sollte ich darauf antworten?"

Andreas: „Keiner kann unsere Messages lesen, nur du und ich. Das ist reiner Zufall.

Solange ich nicht gut drauf war, hat mich keiner angeschrieben. Jetzt, wo du wieder bei mir bist und mich glücklich machst, bekomme ich einen Besucher nach dem anderen. Immer wieder schreiben mich Leute an und wollen mich kennenlernen. Und alle bekommen sie die gleiche Antwort: Kein Interesse, bin glücklich in einen anderen verliebt, das Profil werde ich demnächst ändern.

Mache dir bitte keine Sorgen. Niemand liest unsere Messages."

Silvio war beruhigt und widmete sich erneut seinen erotischen Fantasien. Doch selbst bei diesen Fantasien musste er Andreas eine kleine Provokation schicken, denn er schrieb: „Beide erfüllen wir unsere Sehnsüchte. Wir spielen mit uns und treiben uns auf den Höhepunkt zu. Ich möchte dich glücklich machen. Ich möchte, dass du alles um dich herum vergisst, das Gewesene, deine anderen Chat-Partner, Patrick und deine anderen Freunde. Du bist jetzt bei mir!!!!!"

Silvio wusste, dass Andreas das so nicht stehen lassen konnte, der Silvio ermahnte: „Mein lieber Silvio, ich kann dich gut verstehen. Aber war das jetzt notwendig?

Ich liebe dich und wir werden beide ins Bett gehen und Sex miteinander haben. Ich freue mich auch schon darauf.

Über das, was gewesen ist, darüber waren wir uns einig, reden wir noch einmal, wenn wir uns persönlich treffen. Das ist jetzt auch nicht mehr so wichtig. Aber wir sollten uns schon über einige wichtige Dinge unterhalten, z. B. wie wir uns unsere Partnerschaft vorstellen, was ist erlaubt, was nicht.

Wenn ich bei dir bin und wir Sex haben, genieße ich dich und denke dabei an niemanden und nichts, nur an dich. Alles und jeder andere kann mich dann mal. Auch Patrick, du bist mir wichtiger. Patrick hat seinen Partner und ich habe dich. Das Einzige, was Patrick und mich verbindet, und ich hoffe, dass es immer so bleibt, ist Freundschaft, nicht mehr und nicht weniger.

Und ich will dir jetzt noch etwas sagen, mein Engel, ich liebe dich, nur dich, und ich werde nichts tun, was du nicht möchtest.

Wenn du keinen Analverkehr willst, lassen wir es. Es gibt genügend Möglichkeiten, sich gegenseitig glücklich zu machen und zu befriedigen. Was du freiwillig gibst, ist mir viel mehr wert als das, wozu du dich überwinden musst."

Silvio: „Es ist schön, deine Worte zu lesen."

Andreas hatte keine Zeit mehr. Es tat ihm selbst ein bisschen leid, dass er das Liebesspiel im Chat jetzt abbrechen musste. Er nahm an, dass auch Silvio die Hände nur an der Tastatur hatte, alles andere wäre bei dem alten Herrn, der Silvio seinen Computer überließ und glaubte damit helfen zu können, ein Affront gewesen. Oder war Silvio nicht bei dem alten Herrn, sondern woanders? Wenn Andreas nur geahnt hätte, dass der alte Herr eine Erfindung Silvios war, wäre ihm viel Leid erspart geblieben. Aber woher hätte er das wissen sollen?

Silvio klagte: „Ich kann nicht genug von dir kriegen.

Du lässt mich doch jetzt nicht so alleine, mit meiner inneren Sehnsucht, Gier, Erwartung, Erregung?"

Andreas erwiderte: „Doch, mein Süßer, es muss sein. Ein kleines Bisschen Zeit habe ich ja noch, aber ich muss mich nebenbei fertigmachen.

Und wenn ich jetzt gemein wäre, würde ich sagen, das hättest du alles schon längst erleben können. Aber ich bin nicht gemein, deshalb sage ich es nicht."

Weil Silvio sich nicht meldete, schrieb Andreas vier Minuten später: „Mein Engel, ich muss los. Ich liebe dich. Kannst du morgen um 13 Uhr im Chat sein?"

Silvio antwortete: „Ich werde es versuchen, weiß nicht, ob der Nachbar zu Hause ist. Wenn nicht, versuche, so lange drin zu bleiben, wie du kannst."

Danach verabschiedeten sie sich von einander.

Nach seinem Dienst saß Andreas morgens müde zu Hause und wollte sich am liebsten in sein Bett legen. In etwa sieben Stunden wollte ihn Christian zu einer Glühweinparty abholen.

Aber jetzt wollte er mit Silvio chatten. Er schickte ihm eine Nachricht: „Hallo, mein Süßer, ich bin jetzt da und warte auf dich. Deinetwegen verzichte ich auf meinen wohlverdienten Schlaf, aber ich tue es gerne, weil ich dich liebe. Ich brauche dich, mein lieber, süßer Engel.

Bis gleich. Liebe Grüße! Dein Andreas."

Kurz darauf meldete sich Silvio. Sie betrieben etwas Smalltalk und unterhielten sich über die bevorstehende Glühweinparty, die Andreas am Nachmittag mit seinem Sohn erleben wollte. Dann schrieb Andreas: „Aber es wird wirklich Zeit, dass wir uns endlich persönlich begegnen. Ich möchte dich spüren, deinen Körper fühlen und berühren dürfen. Ich möchte dich streicheln und zärtlich zu dir sein. Ich möchte dich küssen und ich möchte dich ansehen können. Ich möchte so viel von und mit dir, es tut manchmal schon weh, wenn ich daran denke, dass immer noch ein paar Tage mehr vergehen, bis wir uns endlich sehen können.

Schickst du mir, wenn du zu Hause bist, ein Bild von dir, damit ich schon einmal Maß nehmen kann und dann auch nicht an dir vorbeilaufe, wenn wir uns treffen wollen?", scherzte Andreas.

Silvio antwortete: „Du wirst sehen, die Tage bis zu unserem Treffen vergehen jetzt ganz schnell. Wir denken an uns und sehnen uns zueinander. Und peng, dann ist der Tag da.

Ja, ich werde dir ein Bild schicken. Das geht dann aber nicht ins Netz und kommt nur bei dir an? Wie muss ich das machen?"

Andreas erklärte ihm, wie er Bilder mit einer Message verschicken konnte.

Danach meinte Silvio: „Vielleicht sollten wir dem alten Herrn eine Freude machen und jetzt beenden. Wir haben uns gehört und haben dadurch einen schönen Tag. Wir wissen, dass wir uns lieben, dass wir uns sehen wollen, dass wir die Zukunft gemeinsam gestalten wollen.

Pass heute auf dich auf!!!!

Wann treffen wir uns morgen im Chat??????"

Andreas schrieb: „Um elf Uhr, ich werde dann da sein.

Ich liebe dich, mein Engel, und wünsche dir einen schönen und stressfreien Tag. Denke an mich, so wie ich an dich. In Liebe dein Andreas."

Silvio entgegnete: „Also dann morgen um elf. Auch ich wünsche dir einen schönen Tag.

Denke nicht so viel an mich, genieße deinen Tag mit deinem Sohn.

Ich wünsche dir viel Spaß. Bis morgen, ich liebe dich. Dein Silvio."

Jetzt ging Andreas schlafen. Um vierzehn Uhr rief er seinen Sohn an, um sich abholen zu lassen.

Erinnerungen an Christian

Andreas wartete auf Christian. Seine Gedanken verselbstständigten sich, er dachte erneut an seinen Sohn. Er fühlte sich um einige Jahre mit Christian betrogen. Das Jugendamt hatte Hanna dabei kräftig geholfen.

Christian war vierzehn Jahre alt, als er seinen Vater besuchte. Er fuhr mit dem Zug zu ihm, wie hätte der Junge auch anders nach Schwaan kommen sollen! Ausgerechnet an diesem Tag hatte Andreas eine Doppelschicht. So hatte er nicht viel Zeit, sich um seinen Sohn zu kümmern. Er hörte sich an, was Christian ihm erzählte. Der Junge wollte in Zukunft bei seinem Vater leben, da die Mutter ihn schlug.

Andreas erklärte ihm: „Das, mein Junge, ist nicht so einfach, wie du dir das vorstellst. Zuerst müssen wir zum Jugendamt gehen und dort Unterstützung anfordern. Im Scheidungsurteil ist geregelt, dass du bei deiner Mutter wohnen sollst."

Sicherheitshalber besprach sich Andreas mit seiner Rechtsanwältin. Sie sagte, der Junge sollte bis zum nächsten Tag bei seinem Vater bleiben. Andreas sollte einen Termin mit dem Jugendamt vereinbaren, an diesem Gespräch sollte auch seine ehemalige Frau teilnehmen. Andreas solle sie darüber informieren.

Er handelte, wie ihm seine Anwältin das empfohlen hatte und vereinbarte mit dem Jugendamt für den nächsten Tag um dreizehn Uhr einen Termin. Davon informierte er Hanna, die einverstanden war, diesen Termin wahrzunehmen.

Anschließend gab Andreas dem Jungen einen Schlüssel zu seiner Wohnung. Christian sollte dort warten, bis Andreas seinen Dienst beendete.

In der Zwischenzeit rief Hanna beim Jugendamt an und erklärte, dass sie am nächsten Tag um dreizehn Uhr arbeiten müsse. Der Termin wurde daraufhin um eine Stunde vorverlegt. Weder Hanna noch das Jugendamt informierten Andreas darüber.

Als Andreas nach Hause kam, war der Junge nicht in der Wohnung. Dafür lag ein Zettel auf dem Tisch. Christian hatte in krakeliger Handschrift seinem Vater geschrieben, dass die Mutter ihn abgeholt habe. Sie hätte mit der Polizei gedroht, wenn er nicht sofort mit ihr nach Hause fahren sollte. Vor der Polizei hatte Christian Respekt und so fuhr er mit seiner Mutter zurück nach Rostock.

Schon im Auto musste er sich anhören, was für ein schlechter Mensch sein Vater sei. Als Andreas am nächsten Tag nicht zum Termin beim Jugendamt erschien, sagte Hanna zu ihrem Sohn. „Siehst du, Christian, dein Vater will dich gar nicht haben, er hat dir gestern das Blaue vom Himmel vor gesponnen. Sonst wäre er doch heute zum Termin gekommen."

Andreas erschien um 13.00 Uhr beim Jugendamt und musste erfahren, dass der Termin schon gewesen sei. Andreas erklärte: „Als ich gestern angerufen hatte, haben wir für 13.00 Uhr einen Termin vereinbart. Sie hätten mich über die Verlegung des Termins informieren müssen."

Die Beamtin bestätigte: „Hier ist wohl tatsächlich etwas falsch gelaufen. Aber die Entscheidung ist gefallen. Christian bleibt bei seiner Mutter."

Andreas war auf die Mitarbeiterin des Jugendamtes sauer. Aber nun war alles zu spät. Es war das Schlimmste eingetreten, das er sich vorstellen konnte. Er hatte seinen Sohn für immer verloren. Hanna hatte ihn ausgetrickst.

Mit seinem kindlichen Verstand glaubte Christian seiner Mutter, dass sein Vater ihn belogen habe. Dass der ihn aber gerne aufgenommen hätte, daran bestand kein Zweifel. Andreas wäre froh gewesen, wenn das Jugendamt ihn unterstützt hätte. Aber das war seiner Exfrau auf den Leim gegangen und hatte damit unbewusst der Mutter geholfen, das Kind glauben zu machen, der Vater wolle von ihm nichts wissen. Hanna hatte ihr Ziel erreicht. Christian erkundigte sich nicht mehr nach seinem Vater und besuchte ihn auch nicht mehr. Erst als er vierundzwanzig Jahre alt war, fand er zu seinem Vater zurück. Sein Onkel hatte dafür gesorgt.

Die Glühweinparty und Restless-Legs

Christian und sein Kumpel holten Andreas ab. Im Garten trafen sie auf Enrico.

Sie luden das Auto aus und schon waren sie am Feiern, obwohl noch nichts vorbereitet war. Je mehr Glühwein sie tranken, desto lustiger und ausgelassener war die Stimmung. Sie lachten sehr viel und grillten Würstchen über dem Feuer. Als die verbraucht waren, bestellten sie sich für jeden eine Pizza. In ihrem angetrunkenen Zustand spielten sie Greif wie kleine Kinder. Es war ein schöner Tag für Andreas, diese Gartenparty hätte für ihn nie zu Ende gehen sollen, auch deswegen, weil er Christians Kumpel mochte.

Später fuhren sie mit einem Taxi nach Hause. Als Andreas wieder alleine zu Hause war, setzte er sich vor den Computer und wurde auf plötzlich traurig, ohne so recht zu wissen, warum.

Er schrieb Silvio eine Message. Zunächst erzählte er von der Glühweinparty: „Es war einfach nur fantastisch, diese Lebensfreude der jungen Leute mitzuerleben. Es war schön, zu erleben, wie gut sie sich verstehen und wie liebevoll sie mit mir umgegangen sind.

Trotzdem habe ich dich vermisst. Oh, wäre es schön gewesen, wenn du heute hättest bei mir sein können!"

Plötzlich verspürte Andreas in seinen Beinen einen Stromschlag. So erschien es ihm stets, wenn er einen Anfall des Restless-Legs-Syndroms bekam, unter dem er litt. Er sprang auf, um Erleichterung zu verspüren, und nahm dagegen eine Tablette mit dem Wissen ein, dass sie erst in etwa zwei Stunden ihre volle Wirkung entwickeln werde. Er setzte sich wieder an den PC und schrieb weiter: „Und mein Restless-Legs-Syndrom quält mich. Durch meine Beine fließt Strom. Ich kann es nicht ertragen. Immer wieder muss ich aufspringen, weil ich nicht sitzen kann, weil meine Beine verrückt spielen.

Ich zweifle daran, ob ich das Richtige tue, ob ich dich damit belasten darf. Denn du kennst so etwas nicht. Du machst dir schon jetzt manchmal Sorgen um mich.

Mein lieber Silvio, es ist heute wieder so schlimm, dass ich mich frage, ob ich dir das antun darf. Ich möchte nicht, dass du mich leiden siehst.

Mein lieber Silvio, warum schreibe ich dir das? Weil ich glaube, dass ich den nächsten Schub dieser Krankheit erlebe und es nie wieder besser wird. Im Gegenteil, es wird nur immer schlimmer.

Mein lieber goldener Engel, ich muss jetzt schließen, ich liebe dich und ich möchte, dass du nie miterleben musst, wenn ich solch einen Anfall bekomme. Ich habe jetzt einfach noch eine Tablette genommen, es wird noch etwa eine Stunde dauern, bis es vorbei ist.

Vielleicht sollten wir doch beide alleine bleiben? Mein Geliebter, warum bin ich damit bestraft?

Ich bin morgen um elf Uhr im Chat und warte auf dich.

Ich liebe dich, mein Engel. Ich wünsche mir, dass du zu mir hältst. Doch wenn du es nicht kannst, werde ich dich dafür nicht verachten.

Dein Andreas, der dich immer lieben wird."

Prosit Neujahr

Seit 10.30 Uhr wartete Andreas am Silvestertag des Jahres 2010 vor dem Computer auf Silvio. Er las noch einmal die Mail, die er ihm in der Nacht geschrieben hatte. Es war alles vernünftig formuliert. Aber er bekam nun doch Zweifel, ob es richtig war, Silvio einen Anfall des Restless-Legs-Syndroms zu schildern. Das kam doch nur dann so schlimm vor, wenn er zu viel Alkohol getrunken hatte oder wenn er vergessen hatte, die gegen das Syndrom wirkenden Tabletten einzunehmen.

Nun saß er da und wartete auf Silvios Reaktion. Aber er überlegte sich, dass er Silvio gegenüber immer mit offenen Karten gespielt und er das Syndrom nicht verschwiegen hatte. Es sollte also für ihn kein Grund sein, Andreas nun nicht mehr kennenlernen zu wollen. Gerade jetzt, so kurz vor dem Ziel. Schon in den nächsten Tagen würden sie sich das erste Mal sehen.

Wenn Andreas nur gewusst hätte, dass Silvio ab heute für ihn noch ganz andere Dinge parat hatte als bisher und ihn in den nächsten Tagen zurück in ein Stimmungstief führen würde. Silvio nutzte aus, dass Andreas ihm glauben musste, was er ihm mitteilen wollte. Da dieser in ihn verliebt war, hatte Silvio ein leichtes Spiel.

Es war schon nach elf Uhr, Silvio verspätete sich wieder einmal. Andreas glaubte immer noch an den Nachbarn, den ihm Silvio vorgelogen hatte, dass der für Silvios Verspätung verantwortlich sei. Jeder andere hätte das an Andreas Stelle auch geglaubt. Kaum hatte er diesen Gedanken zu Ende gedacht, sah er, dass Silvio sich eingeloggt hatte. Andreas' innere Anspannung wuchs noch an.

Er begrüßte Silvio und bekam danach seine heiß ersehnte Antwort: „Geht es dir heute besser? Es tut mir leid, wenn du so etwas durchmachen musst. Ja, es stimmt, ich kenne es nicht. Aber so hat jeder seine Probleme. Schön, dass du so einen super Tag gestern hattest. Mein letzter Tag in diesem Jahr war nicht so berauschend. Aber erst mal abwarten. Einige Stunden sind ja noch.

Kann übrigens nur bis 11.45 Uhr heute mit dir chatten."

Nichtsahnend erwiderte Andreas: „Es geht mir wieder gut, mache dir bitte keine Sorgen. Was ist denn bei dir gewesen?"

Wielange hatte Silvio wohl gebraucht, um sich die folgende Lüge einfallen zu lassen? Aber er präsentierte sie Andreas sehr geschickt, um diesen für mehrere Tage in Aufruhr zu versetzen. Ein weiterer Streit musste unausweichlich kommen.

Scheinheilig entgegnete Silvio: „Tja, was soll ich sagen, Ralf hat angerufen, und da meine Mutter nur ein Telefon mit Schnur hat, hat sie natürlich alles mitgehört. Ob gewollt oder nicht. Erst hat Ralf mir die Hölle heiß gemacht, da er merkte, dass ich mich verändert habe. Da habe ich ihm von uns erzählt. Zwischenzeitlich hatte er den Hörer aufgeknallt. Hat nach 5 Minuten wieder angerufen, musste sich erst abreagieren. Er möchte zu mir zurück.

Und dann noch meine Mutter. Nun weiß sie, warum ich immer hier beim Nachbarn bin. Einem Gespräch mit ihr konnte ich nun nicht mehr ausweichen. Bin aber danach schnell zu dir. Mal sehen, wie es nachher wird. Ich hatte ihr versprochen, nur eine halbe Stunde weg zu sein.

Ich hoffe nur, dass Ralf jetzt nicht an der Uhr dreht. Ein Gespräch mit ihm ist nun nicht mehr vermeidbar. Ich habe es ihm auch mehr oder weniger zugesagt. Na, ja, heute ist Silvester und er will zu Freunden gehen. Morgen haben sich die Gemüter vielleicht schon wieder beruhigt. Können wir uns morgen gegen 13 Uhr noch mal im Chat treffen oder ist dir abends lieber? Ach, nein, ich glaube, du hast ja Spätschicht oder?"

Silvio hatte erreicht, was er wollte. Er wusste genau, wie Andreas auf seine Worte reagieren würde. Der war jetzt schwer geschockt.

Andreas hatte große Befürchtungen, dass sie sich doch nicht kennenlernten, nicht in den nächsten Tagen und nicht im Januar und nicht im nächsten Jahr. Denn er sah einen Satz von Silvio vor sich, nämlich den, in dem Silvio ihm mitteilte, dass er zu Ralf zurückgehen wollte, wenn der das wünschte. Andreas schrieb: „Oh, mein Süßer, das hört sich nicht gut an.

Du brauchst jetzt Zeit zum Nachdenken. Wenn ich dir helfen kann, sage es mir. Ich tue alles für dich.

Wie denkst du jetzt über Ralf? Möchtest du es mir sagen oder lieber nicht? Da ich nun doch mittendrin stehe, kannst du dir ja denken, dass es mich interessiert.

Was wird nun aus uns beiden?

Ja, ich habe Spätdienst, bin ab 22 Uhr wieder on. Ich werde morgen aber, wenn ich aufgestanden bin, gleich on sein. Wenn du es schaffst, kannst du mich bis 13.45 Uhr erreichen."

Silvio antwortete: „Ich möchte nichts übereilen.

Wir treffen uns morgen, bis 13.45 Uhr schaffe ich es bestimmt. Ansonsten senden wir uns Informationen.

Ich wünsche dir heute einen schönen Tag mit deiner Verwandtschaft, mein Süßer. Ich hoffe, dass du heute nicht solche Attacken bekommst.

Ich werde an dich denken. Den hellsten Stern am Himmel, den du entdeckst, den sende ich dir.

Ich werde auch einen suchen und an dich denken. Innerlich umarme ich dich und stelle mir vor, wir stehen unter diesem Stern und küssen uns innig.

Mein Liebling, ich muss. Ich habe schon genug Stress.

Ich liebe und umarme dich. Dein Silvio. Viel Spaß heute noch!!!!!!"

Da Silvio keine Zeit hatte, schrieb Andreas sofort zurück: „Mein Geliebter, ich wünsche dir, dass du eine tolle Party heute Abend genießen kannst. Rutsche gut rein, der Tag soll jetzt nur noch schön für dich sein.

Ich werde morgen auf dich warten.

Bitte denke daran, dass ich dich liebe, ich würde dich auf Händen tragen, immer für dich da sein. Vergiss es bitte nicht in all deinen Überlegungen, die du jetzt anstellen wirst.

Danke für deinen Stern, er gibt mir Hoffnung, dass du dich vielleicht doch für mich entscheidest. Ich werde jetzt bestimmt nicht so ruhig feiern können, aber dir geht es leider nicht besser.

Mein Engel, versuche trotzdem, wenigstens heute Abend den Tag zu genießen.

Ich umarme und küsse dich zärtlich. Dein dich immer liebender Andreas."

Andreas glaubte, was Silvio ihm geschrieben hatte. Es gab für ihn keinen Anlass, das nicht zu tun. Deshalb war er jetzt traurig und glaubte zu ahnen, in welche Richtung sich die Ereignisse entwickeln sollten. Silvio war auf der besseren Seite, er würde in jedem Fall gewinnen. Das war für Andreas eine unumstößliche Tatsache. Entweder kam seine große Liebe zu ihm zurück oder er gewann einen

Mann, der ihn auf Händen tragen würde. Andreas konnte nur verlieren. Woher er die Gewissheit nahm, wusste er nicht, aber Silvio kennenlernen sollte er wohl nie. Plötzlich hatte er in der Magengegend ein dummes Gefühl. Er schrieb Silvio folgende Zeilen: „Ich möchte jetzt bei dir sein. Ich möchte dich in meine Arme nehmen und dich trösten.

Ich habe Angst, dass du dich vielleicht für Ralf entscheidest. Aber wenn es so sein sollte, werde ich dir nicht im Wege stehen. Ich möchte, dass du glücklich wirst. Ich möchte, dass ich dich glücklich machen darf. Aber das will Ralf auch. Warum muss das Leben immer so kompliziert sein?

Ich liebe dich. Dein jetzt trauriger Andreas."

Es war Mittagszeit, als Andreas vom Computer aufstand und zur Couch ging. Dort setzte er sich ans Fenster und sah in die Wohnung hinein. Für ihn war der Tag gelaufen. Wie sollte er das neue Jahr mit seiner Familie jetzt noch begrüßen? Seine Augen füllten sich mit Tränen. Langsam bahnten sie sich ihren Weg über sein Gesicht. Zunächst bemerkte er das nicht, erst als er das Zimmer nur noch verschwommen wahrnahm, registrierte er, dass er weinen musste. Es gingen ihm viele Gedanken durch den Kopf. Silvio schrieb ihm einmal, wenn Ralf zu ihm zurückkäme, entschiede er sich für diesen. Nun wollte Ralf zu ihm zurück. Er wischte sich die Tränen weg und sah zur Uhr. Es war schon nach vierzehn Uhr. ‚Du sitzt hier schon zwei Stunden rum', dachte er, ‚es wird Zeit, dass du dich zusammenreißt und dir endlich etwas zu essen machst.' ‚Aber warum soll ich das tun', sagte eine zweite Stimme in seinem Inneren, ‚ich habe doch gar keinen Hunger.'

Ihm war der Tag verdorben. Heute war Silvester und er war mit Christian und dessen Familie mütterlicherseits verabredet, um den Jahreswechsel zu feiern. Jetzt war ihm das Feiern total vergangen. Er holte sich das Telefon und wählte die Festnetznummer seines Sohnes. Seine Schwiegertochter nahm das Gespräch an. Das kam Andreas sehr gelegen, denn seinem Sohn hätte er die für ihn soeben entstandene Situation erklären müssen. Der hätte ihn überreden wollen, doch noch zur Silvesterparty zu kommen. Nicht so Natalie. Sie akzeptierte Andreas Entscheidung und so war er für den heutigen Tag frei. Am liebsten wäre er zur Arbeit gegangen, aber feiern und den anderen vielleicht dabei die Stimmung verderben, das kam für ihn überhaupt nicht in Frage.

Er sah sich die ersten beiden Teile des Films „Die Säulen der Erde", den er auf DVD hatte, an und ging anschließend ins Bett. Da er nicht einschlafen konnte, erhob er sich bald wieder und schrieb Silvio eine Message: „Mein lieber Silvio, ich hoffe, dass du einen schönen Abend hast und alles, was jetzt so um dich herum passiert, genießen kannst. Und ich hoffe für dich, dass du mit deiner Mutti heute Morgen keinen Ärger bekommen hast.

Was du mir erzählt hast, hat mir letztendlich doch die Lust auf das Feiern verdorben. Ich habe Christian angerufen und die Party abgesagt.

Immer wieder muss ich an dich denken und an das, was du mir heute Morgen mitgeteilt hast. Ich habe Angst, dass ich dich verliere, bevor wir uns auch nur einmal gesehen haben.

Wieder einmal kann ich nichts tun, ich kann dir nicht einmal um 24 Uhr ein gesundes neues Jahr wünschen.

Ich möchte jetzt bei dir sein. Ich möchte dich in meine Arme nehmen, dich streicheln und küssen. Ich möchte dich lächeln sehen und dir sagen, dass ich dich liebe.

Es wird noch so viel Zeit bis morgen früh vergehen, bis du wieder in den Chat kommst. Um die Zeit zu verkürzen, werde ich jetzt ins Bett gehen und den Jahreswechsel verschlafen. Ich bin froh, dass dieses Jahr 2010 endlich zu Ende geht.

Immer, wenn ich denke, jetzt wird mit uns alles gut, kommt etwas dazwischen. Erst spielt das Internet nicht mit, sodass wir anfangen, uns zu streiten und unsere Prinzipien über unsere Liebe stellen. Ich war und bin so froh, dass sich das wieder eingerenkt hat, und jetzt funkt uns Ralf dazwischen.

Ich denke auch, dass du dich mit ihm treffen und alles in einem ruhigen, sachlichen Gespräch klären solltest. Aber ich habe Angst, dass er dich wieder um den Finger wickelt und ich dann auf der Strecke bleibe. Das Schlimme dabei für mich ist, dass ich wieder einmal machtlos bin, ich kann unsere Liebe alleine nicht retten.

Mein Engel, ich wünsche dir ein wunderschönes 2011, dass alle deine Wünsche in Erfüllung gehen und du viel ausrichten kannst bei deinen Kindern, dass du schnell ihr Vertrauen gewinnst und ihnen helfen kannst, alles zum Guten zu wenden.

Und ich wünsche dir und mir, dass wir das erleben werden, was uns unsere Fantasie in die Tasten hauen ließ. Unsere Zärtlichkeiten, die wir im Chat miteinander ausgetauscht haben, möchte ich mit dir real erleben.

Mein Engel, bitte bleibe bei mir und verlasse mich nicht. Ich liebe dich und ich werde alles tun, um dich glücklich zu machen. Ich will immer für dich da sein. Das ist mein größter Wunsch, den ich habe, nicht nur für 2011, sondern bis 2061.

In diesem Sinne verbleibe ich mit den besten Wünschen für dich dein dich liebender Andreas."

Andreas ging abermals ins Bett und schlief dieses Mal recht schnell ein. Den Jahreswechsel verschlief er tatsächlich. Als er das erste Mal aufwachte, war es bereits 1:30 Uhr und hier und da explodierte noch vereinzelt eine Rakete oder irgendein anderer Feuerwerkskörper. Im Stillen sagte er sich: ‚Ich wünsche dir ein gesundes und schönes Jahr 2011. Ein Jahr voller Liebe soll es werden. Du sollst deine große Liebe endlich kennenlernen und sie soll erwidert werden. Oh, Mann, wenn es dich da oben wirklich gibt, dann sorge bitte dafür, dass auch ich einmal lieben darf und wiedergeliebt werde. Und zwar von dem Mann, den ich liebe. Und wenn ich dafür nächstes Jahr sterben müsste, dann wäre es eben so. Aber dann habe ich wenigstens einmal die Liebe kennengelernt, so wie ich sie mir wünsche. Ist das denn zu viel verlangt? Warum führst du den Silvio nicht zu mir? Ich gebe dir alles dafür, auch mein Leben. Gib mir bitte nur ein einziges Jahr mit meinem Silvio!!!!‘

Er musste wieder weinen und war wütend auf Ralf, ja, er hasste ihn geradezu. Der war es in Andreas' Augen, der ihm das Leben versaute. Aber auch auf Silvio war er wütend, weil er wusste, dass der sich für Ralf entscheiden werde. Nun, kampflos wollte er Silvio nicht aufgeben. Was er tun konnte, wollte er tun. Außerdem war Andreas wütend auf sich selbst, weil er machtlos zusehen musste, wie sich die Ereignisse entwickelten, er so gar nichts tun konnte, um sie für sich positiv beeinflussen zu können. Nein, er musste ganz einfach Silvio kennenlernen. Nur dann hatte ihre Liebe eine Chance.

Andreas stand auf und ging in die Küche. Dort schenkte er sich einen Whisky ein, ging zum Fenster im Wohnzimmer und sah auf die Straße. Er nippte an seinem Whisky und beruhigte sich wieder. Die Straße war menschenleer, am liebsten wäre Andreas auf den Balkon gegangen, so, wie er war, im Schlafanzug. Aber er entschied sich dagegen. Er wollte nicht krank werden. Er trank seinen Whisky aus. Dabei sagte er sich: ‚Jetzt besaufe ich mich einfach, das wäre doch auch nicht schlecht. Dann kann ich alles für ein paar Stunden vergessen. Und wer weiß, vielleicht bringe ich mich dann in meinem Suff um. Wäre doch auch mal was.' Aber dann sagte er sich, dass das doch keine Lösung sei.

Nein, er müsse heute arbeiten, das könne er den Kollegen nicht antun. Er holte sich noch einen zweiten Whisky und ging wieder zum Wohnzimmerfenster, und wusste, dass ihm der Alkohol nicht weiterhalf. Außerdem wollte er leben, lieben und geliebt werden. Kampflos wollte er das Feld nicht räumen.

Wieder schweiften seine Gedanken zu Silvio. Sie hatten sich verselbstständigt. Immer noch hatte er von Silvio kein Foto bekommen, aber jetzt hatte er plötzlich ein Bild von ihm im Kopf. Wie kam es da nur hin, jetzt, in diesem Augenblick? Er sah Silvio vor sich. So, wie er ihn jetzt sah, hatte er sich ihn immer vorgestellt. Nur wenige Zentimeter größer als er selbst. Enganliegende Bluejeans, die seine gerade gewachsenen Beine gut zur Geltung brachten. Schlanker, gut geformter Oberkörper. Die Hüften schmal und die Schultern nicht breit, aber breiter als die Hüften. Der Oberkörper nicht muskulös, aber kein Gramm Fett zu viel. Die Brust leicht nach vorne gewölbt. Andreas sah Silvios unbekleideten Oberkörper vor sich. Und nun konnte er auch Silvios Gesicht erkennen. Mittelblonde Haare, kurz geschnitten und mit Haargel zur Kopfmitte hin zu einem leichten Hahnenkamm gekämmt. Der Haaransatz dort, wo er sich bei jungen Leuten befinden sollte, keine Spur von Geheimratsecken. Die Nase gerade und nicht zu lang. Strahlend blaue Augen. Die Augenbrauen geöffnet und gepflegt. Das Gesicht leicht oval, die Stirn ansatzweise in Falten gelegt. Schmale Lippen, zu einem Lächeln geformt.

Das Bild, das Andreas von Silvio im Kopf hatte, gefiel ihm. Er dachte: ‚Ich habe schon immer gewusst, dass du schön bist. Warum kann ich dich nicht für mich gewinnen? Ich möchte doch nur einen schönen Mann an meiner Seite haben. Einen, auf den ich mich freuen kann, wenn ich nach Hause komme oder wenn er nach Hause kommt. Noch bin ich vital und gesund. Wenn ich alt bin, brauche ich solch einen schönen Mann nicht mehr.' Er sah Silvio vor sich und wollte ihn berühren, wollte ihn zu sich ziehen und ihn in seine Arme nehmen. Andreas wollte mit ihm keinen Sex, er wollte nur seine weiche Haut spüren. Er stellte das Whiskyglas auf die Fensterbank und im Geiste legte er Silvio die Hände auf die Hüften und zog ihn zu sich heran. Er nahm ihn in die Arme und sagte: „Du mein süßer Engel gehörst doch zu mir. Ich liebe dich. Du bist mein Leben. Warum stiehlst du mir mein Herz und zerbrichst es mir? Warum lässt du mich jetzt alleine? Ich bitte dich, verlasse mich nicht!"

Er spürte zwei Hände an seinem eigenen Körper, die eine Hand lag auf seiner rechten Pobacke, die andere berührte seinen linken oberen Innenschenkel. Andreas sah Silvios Bild verblassen und stellte fest, dass er sich selbst berührte. Enttäuscht nahm er seine Hände aus seiner Schlafanzughose, ergriff das Whiskyglas und trank es in einem Zuge aus. Dann brachte er das Glas in die Küche und legte sich zurück in sein Bett, in dem er wieder einschlief und gegen halb sechs Uhr morgens aufwachte. Eine halbe Stunde später stand er auf.

Den ganzen Morgen beschäftigte er sich mit seinem Haushalt und dachte dabei an Silvio.

Er setzte sich an den Computer und schrieb Silvio eine Message: „Hallo, mein Leben, ich wünsche dir ein gesundes neues und schönes Jahr 2011 und mir wünsche ich, dass alle deine Wünsche unserer Liebe betreffend von uns gemeinsam verwirklicht werden können.

War das jetzt gerade etwas egoistisch von mir? Wenn ja, dann ist es ein liebender Egoismus, der dir nur das Allerbeste wünscht, ein Egoismus, der möchte, dass es dir gut geht, der dich verwöhnen möchte.

Ich bin schon wieder seit 6 Uhr auf, du geisterst mir durch meinen Schädel.

Ich habe eine Bitte, ich weiß nur nicht, ob es von mir vermessen ist, dich darum zu bitten, da ich genau genommen keinerlei Rechte auf dich habe, außer vielleicht meine Liebe zu dir.

Ich warte auf dich, mein Herz. Ich liebe dich. Dein Andreas."

Silvio antwortete, kurz bevor er zur Arbeit fahren musste und setzte den gestrigen Hiobsbotschaften noch die Krone auf. Wie Andreas darauf reagieren musste, konnte er sich ausmahlen! Silvio schrieb: „Ich wünsche dir auch ein gesundes Jahr 2011. Habe mich schnell davongeschlichen. Stell dir vor, Ralf hat gestern seine Freunde sausen lassen und ist hier aufgeschlagen. Ich war total baff. Jetzt steht er mit meiner Mutter beim Abwasch in der Küche. Ich musste nun erst einmal weg."

Als Andreas das las, war er fassungslos. Er hätte schreien können. Schon wieder kam ihm dieser Ralf, dieser blöde Arsch, zuvor.

Aber er schrieb: „Na, mein Engel, das sind nicht die Nachrichten, die ich lesen möchte.

Was ist mit dir, was fühlst du, und das Wichtigste, was möchtest du?

Eigentlich wollte ich dich bitten, dich mit mir zu treffen, bevor du Ralf triffst, aber auch das ist zu spät."

Silvio wusste, dass Andreas an diesem 1. Januar Spätdienst hatte und er rechtzeitig dorthin aufbrechen musste. Es sollte ihm bewusst gewesen sein, dass Andreas seine Fragen, die ihn bewegten, beantwortet haben wollte. Trotzdem dachte Silvio nur an sich, als er antwortete: „Andreas, ich muss über deine Zeilen von gestern weinen. Entschuldige bitte, ich muss jetzt erst einmal Luft holen. Du warst Silvester alleine?????? Warum tust du dir so etwas selber an?? Was muss jetzt dein Sohn von ‚MIR' denken? Du leidest meinetwegen und vernachlässigst ihn? Das will ich nicht, und ich möchte, dass er das erfährt."

Andreas merkte, dass er ruhiger wurde. Er war jetzt auf alles gefasst. Er spürte, dass die letzte Chance, Silvio für sich zu gewinnen, verloren war. Plötzlich glaubte Andreas nicht mehr an das, was Silvio ihm schrieb. Schön, wenn der es erkannte, dass er seinetwegen leiden musste. Aber dass er seinen Sohn vernachlässigte, davon konnte doch nun wirklich keine Rede sein. Silvio machte sich Sorgen darüber, was Christian von ihm denken konnte. Er kannte ihn noch nicht einmal. Aber er sorgte sich nicht um seinen Chatpartner. Warum sonst beantwortete er Andreas' Frage nicht? Warum ging er nicht darauf ein, was für ihn, Silvio, wichtig war, wie er sich den Werdegang der Ereignisse vorstellte? Ob sie sich endlich einmal kennenlernen wollten?

Silvio schickte noch eine zweite Message hinterher: „Ja, leider, er ist aufgeschlagen und bezirzt mich. Er ist ganz lieb zu mir und hat seinen Fehler eingesehen. Er sieht die Felle davonschwimmen und versucht es nun über die ‚Mama-Schiene'. Die steht natürlich auf seiner Seite und hilft ihm, dass er mit mir viel Zeit alleine verbringen kann. Macht doch mal dies, macht doch mal das, geht spazieren und, und, und!"

Silvio nahm auf Andreas Gefühle keine Rücksicht, er verfolgte ein anderes Ziel. Mit Absicht setzte er noch einen drauf, um Andreas wehzutun. Der fühlte sich elend. Mit jedem Wort, dass er von Silvio las, verlor er mehr und mehr seinen Mut. Tränen standen ihm in den Augen, die er mit dem Handballen seiner rechten Hand wegwischte. Doch er beantwortete zunächst Silvios Frage nach Silvester: „Christian weiß es. Aber was sollte ich tun, dort hinfahren und allen die Stimmung versauen? Das kam für mich nicht in Frage.

Ich liebe dich, und wenn ich jetzt höre, dass Ralf die Nacht bei dir war, macht mich das traurig und wütend. Wir gehören zusammen, und solltest du dich für mich entscheiden, werden wir glücklich. Ich weiß es. Alles, was wir bisher überwunden haben, hat uns stark gemacht."

Und als Andreas die nächste Antwort von Silvio las, musste er feststellen, dass der wieder nicht auf das einging, was er wissen wollte. Andreas glaubte, dass Silvio sich nicht traute, Andreas die Wahrheit zu sagen. Er schrieb: „Andreas, was soll ich jetzt sagen? Ja, er war über Nacht hier, ja, er war bei mir. Ralf gibt 150 %. Ich habe nur Angst, dass er sich, mir, uns vielleicht etwas antun könnte. Oder was interpretierst du aus: Wenn nicht ich, dann keiner!?

Andreas versuchte, alle seine Gefühle in seine Antwort zu legen, wie sonst sollte er Silvio vermitteln, wie es ihm ging? „Bei mir scheint jetzt die Sonne, aber für mich hängen dicke graue Wolken am Himmel. Ich spüre, dass du dich Ralf zuwendest. Es gefällt dir, dass er lieb zu dir ist.

Nur ich habe nicht die Gelegenheit, zu dir lieb zu sein. Immer kommt er mir zuvor.

Ich muss in zehn Minuten zum Dienst.

Ich habe deine Messages gelesen. Ich glaube dir, dass du Angst hast. Komme doch einfach zu mir. Heute Abend. Sage keinem, wohin du fährst. Ich helfe dir, und wenn er meint, dass du ihm gehörst, dann werden wir ihm das Gegenteil beweisen. Er wird nicht uns beide umbringen können. Ich passe schon auf, dass er dir nichts tut." Das war eine unrealistische Idee, aber Andreas musste ja auch eine Hiobsbotschaft nach der anderen einstecken. Wie sollte sein Geist das alles vernünftig verarbeiten!

Silvio antwortete nicht. Musste er sich eine Antwort ausdenken, mit der er Andreas eine erneute Absage geben konnte? Andreas drängte:

„Liebling, ich muss zur Arbeit, sage mir bitte, was du tust."

Jetzt antwortete Silvio: „Ich bin ohne Gefährt hier. Ralf nimmt mich morgen am späten Nachmittag, mehr gegen Abend, mit nach Hause. So ist es abgesprochen. Ob ich heute Abend noch einmal on sein kann, weiß ich noch nicht. Ralf beobachtet mich wie seinen Augapfel. Wenn, dann versuche ich es so gegen 23 Uhr. Ansonsten morgen, wieder nach 13 Uhr. Wir hören uns im Chat."

Andreas machte einen letzten Versuch: „Silvio, was ist mit uns? Du hast dich noch nicht dazu geäußert. Und ich kann dich auch aus dem Dorf deiner Mutter abholen. Du musst es nur wollen."

Silvios Antwort war wieder eine Ablehnung: „Wir treffen uns im Chat. Ich liebe dich trotz allem. Wir hören uns. Ich drücke dich. Dein Silvio."

Andreas war niedergeschlagen und resignierte. Silvio wollte ihn nicht kennenlernen. Doch immer noch hatte er eine kleine Hoffnung. Er erwiderte: „Na gut, Ich wünsche dir, dass alles nach deinem Willen verläuft. Wann wir uns hören, weiß ich nicht. Du lässt mich dir wieder nicht helfen.

Liebe Grüße! Andreas."

Silvio erwiderte: „Ich kann jetzt in diesem Augenblick nicht anders. Bis Später, dein Silvio. Ich umarme dich!!!"

*****

Andreas fuhr zur Arbeit. Dass Silvio nicht ehrlich sein könnte, daran dachte er in diesem Moment nicht. Später, als er sich noch einmal ausführlich mit ihm beschäftigte, kam ihm zwar der Verdacht, dass er ein Faker sein könnte. Aber daran glauben, wollte er selbst zu diesem späteren Zeitpunkt nicht, weil er keinem Menschen zutraute, so grausam zu sein, dass er monatelang mit den Gefühlen eines anderen Menschen spielte und dabei dessen Gesundheit, ja vielleicht sogar das Leben dieses Menschen gefährdete. Es hat Menschen gegeben, die sich für Weniger das Leben nahmen. Auch wenn Andreas Silvio schon geschrieben hatte, dass der ein Faker sei, hatte er ihn damit aus der Reserve locken wollen. Aber daran glauben, wollte er nicht.

Aber es war Andreas bewusst, dass Silvio erneut seine Vorschläge zur Rettung ihrer Liebe ausgeschlagen hatte. Silvio wollte sich absolut nicht helfen lassen. Also legte er tatsächlich keinen Wert darauf, Andreas kennenzulernen.

Ausgerechnet heute, am Neujahrstag, musste Andreas mit seiner Pflegedienstleiterin arbeiten. Sie bemerkte, dass mit ihm etwas nicht in Ordnung war und fragte ihn: „Was ist mit dir los, Andreas, du siehst so traurig aus."

Da sie ihn gut kannte und es ihm guttat, darüber sprechen zu können, erzählte er von seinem Liebeskummer mit Silvio. Seine Chefin hatte großes Verständnis für ihn und erzählte ihm ihre eigenen Erlebnisse, die sie vor einigen Jahren hatte. Sie wollte ihm etwas Trost spenden. Tatsächlich fand sie Worte, die ihn ein wenig aufbauten. Weiterhin sprach sie: „Auf jeden Fall mache nicht den Fehler und setze ihn unter Druck, weil das nach hinten losgehen kann. Gib ihm Zeit, er soll sein Leben ordnen und danach soll er sich bei dir melden. So habe ich das damals bei meinem Mann auch gemacht. Du hast doch keinen Einfluss darauf, für wen er sich entscheiden wird. Gehe erst einmal in die Warteschleife, und habe Geduld. Und denke an deine Schule, du hast gute Chancen, dass das Krankenhaus dich delegiert."

Nach dem Gespräch ging es Andreas etwas besser. Traurig war er trotzdem noch, weil auch seine Chefin ihm klargemacht hatte, dass er in Bezug auf Silvio nichts tun konnte.

Als er nach dem Feierabend nach Hause zurückgekehrt war, dachte er noch einmal über alles nach. Das Ergebnis seiner Überlegungen teilte er Silvio mit: „Mein lieber Silvio, du kommst mir jeden Tag mit neuen Nachrichten, die mich traurig machen. Ich habe dir schon einmal geschrieben, wo das bei mir hinführte. Ich will und ich kann meinen Arbeitsplatz nicht gefährden. Ich möchte mich weiter qualifizieren und ich habe heute mit meiner Chefin ein Gespräch gehabt. Sie hat mir sofort angesehen, dass mit mir etwas nicht stimmt. Ist ja auch nicht so schwierig gewesen, denn ich bin traurig und das sieht man mir leider auch an. Aber ich denke, dass ich gute Chancen habe, zur Schule zu gehen.

Unsere momentane Situation belastet mich sehr. Ich will das so nicht mehr. Es steht zu viel für mich auf dem Spiel.

Ich will dich nicht unter Druck setzen, ich möchte aber, dass du den Kopf frei hast. Deshalb werde ich nicht weiter versuchen, von dir Antworten zu bekommen, die du nicht bereit bist, mir zu geben. Ich will auch nicht, dass du jetzt eine Entscheidung treffen sollst, die sich später für dich vielleicht als falsch erweist. Ich sage dir nur eines, weil ich selbst auch schon so etwas durchgemacht habe: Einmal getrennt und wieder zusammen geht wieder schief. Vielleicht nicht gleich im ersten halben Jahr, aber die Abstände zwischen den Streitigkeiten werden immer kürzer. Zum Schluss macht man sich nur noch gegenseitig das Leben schwer.

Ich möchte einfach nur, dass du selbst wieder zur Ruhe kommst.

Bitte, du musst jetzt dein Leben ordnen. Wenn du mich brauchst, bin ich für dich da. Aber es hat keinen Zweck, jeden Tag miteinander zu chatten und sich dadurch das Leben schwer zu machen.

Ich weiß, dass sich meine Wünsche zu diesem Zeitpunkt nicht verwirklichen lassen. Also brauche ich nicht weiter darum zu kämpfen. Ich bin nicht Don Quijote, der gegen Windmühlen kämpft.

Und ich bin nicht mehr willens, um dich zu kämpfen, wenn du alle meine Angebote, dir zu helfen, ablehnst.

Ich liebe dich, mehr, als du jemals erahnen kannst. Deshalb werde ich dir nicht im Wege stehen. Ordne dein Leben, und wenn du es wirklich willst, dann komme zu mir. Ich werde für dich da sein.

Ich liebe dich und nur dich, mein Engel. Ich würde alles für dich tun."

Andreas schrieb nun eine erotische Abhandlung, die Silvio zeigen sollte, wie glücklich sie doch sein könnten, wenn sie im realen Leben ein Paar werden sollten. Er endete mit den Worten: „Wir sind glücklich, weil wir uns lieben und niemand unsere Liebe bedrohen kann.

Hier muss ich aufhören, weil unsere Liebe bedroht wird. Aber wäre es nicht schön, wenn es so wäre, wie ich es eben beschrieben habe? Ich glaube aber nicht mehr daran, denn unsere Liebe wird zerstört. Ralf wird es schaffen. Deshalb muss ich mich jetzt so verhalten, denn ich habe schon zu viel Kraft investiert. Ich hoffe, dass mich die Arbeit irgendwann aus meinem tiefen Loch, in das ich gefallen bin, herausholt.

In ewiger Liebe! Dein Andreas."

Der erste Schnaps

Andreas musste nun an seine Fortbildung denken. ‚Hoffentlich klappt es, dass ich zur Schule gehen kann', dachte er. Er wollte sich weiter qualifizieren. Wie er dann auf seine Schulzeit kam, konnte er sich später selbst nicht erklären. Er hatte plötzlich eine Episode im Kopf, die er als Siebtklässler erlebt hatte.

Der Vater arbeitete in Schichten und konnte somit nicht immer zu Hause sein, wenn Andreas schulfrei hatte. Außerdem war der Vater Alkoholiker und oft in seiner Stammkneipe anzutreffen.

Als Andreas eingeschult wurde, war es normal in Rostocker Schulen, dass die Schule in Schichten arbeiten musste. In einem Gebäude waren zwei Schulen untergebracht. So kam es, dass der Unterricht abwechselnd vormittags und nachmittags stattfand. In der einen Woche gingen die Schüler von sieben bis dreizehn Uhr zur Schule, in der anderen Woche von dreizehn bis achtzehn Uhr.

Andreas hatte Spätschicht und die Mutter war zur Kur gefahren. Nur der achtzehn Monate ältere Bruder Georg wohnte noch zu Hause bei den Eltern; er ging ebenfalls noch zur Schule. Der Vater war arbeiten und sollte nicht vor dem späten Nachmittag nach Hause zurückkommen. Die anderen Geschwister hatten geheiratet und lebten in ihren eigenen Wohnungen.

Andreas wollte mit zwei seiner Klassenkameraden die Hausaufgaben gemeinsam erledigen. Ihre schulischen Leistungen waren nicht so gut wie seine und mehrmals in der Woche half er ihnen beim Lernen. Nach dem Frühstück kamen sie zu ihm und nach nur einer Stunde hatten sie zum Arbeiten keine Lust mehr.

„Und was machen wir nun?", fragte Thoralf, einer der beiden Jungen, die Andreas besuchten.

„Saufen", sagte Klaus, der andere Junge, und begann, zu lachen. Dann erzählte er: „Meine Eltern hatten gestern Besuch und sie haben Schnaps und Bier getrunken. Mann, waren die besoffen! Ich möchte einmal wissen, was die davon haben, wenn sie sich so betrinken."

„Das würde mich auch mal interessieren", sagte Andreas gedankenverloren. Er musste an seinen Vater denken, der täglich betrunken war. Warum war er dann immer so böse? Gerne wollte Andreas das einmal ergründen. Aber er dachte auch daran, dass der Vater schon eine ganze Woche nicht mehr betrunken gewesen war. Die Mutter war zur Kur gefahren und der Vater musste für ihn und seinen Bruder da sein. Da trank er höchstens einmal ein Bier zu Hause.

„Du meinst", fragte Thoralf, „wir sollen es einmal versuchen?"

„Nein", sagte Andreas, „Wir müssen doch nachher zur Schule. Außerdem ist mein Bruder auch noch da. Bestimmt verpetzt der uns."

„Wir können ihn doch fragen, ob er mitmacht", meinte Klaus.

Andreas fragte: „Und wo wollen wir den Schnaps herbekommen? Wir haben doch gar kein Geld."

Thoralf grinste über das ganze Gesicht. Er hielt seine Jacke, die er angezogen hatte, auseinander. Andreas konnte auf beiden Innenseiten der Jacke mehrere Haken erkennen, die dort nicht hingehörten. Etwas nervös fragte er: „Was soll das?" Aber er ahnte bereits, wie die Antwort ausfallen sollte.

Thoralf grinste wieder über das ganze Gesicht und sagte: „Dreimal darfst du raten. Damit besorge ich mir natürlich das, was ich brauche. Wenn keiner guckt. Einmal mit der Innenseite über das Regal gestrichen und es bleibt daran etwas hängen. Das merkt keine Sau. Und ich kann in Ruhe wieder den Konsum verlassen. Und wenn manchmal etwas herunterfällt, dann hebe ich es auf und lege es ins Regal zurück."

Jetzt fragte Klaus: „Und das klappt auch mit Flaschen?"

„Ja", sagte Thoralf nur.

„Ich weiß nicht, mein Bruder", gab Andreas zu bedenken.

In dem Moment wurde die Tür zum Kinderzimmer, das jetzt Andreas alleine gehörte, geöffnet und Georg kam herein. Er grüßte und fragte: „Na, was habt ihr noch vor?"

Andreas sah ihn an. Georg war gut gelaunt. Sicherlich stritten sie manchmal noch, aber eigentlich verstanden sie sich ganz gut. Vorbei war die Zeit, als sie sich täglich neckten, stritten und sogar schlugen. Andreas antwortete: „Eigentlich nichts Bestimmtes" und nach einer kurzen Pause, in der sich Thoralf, Klaus und Andreas mit Blicken verständigten, stellte er Georg seine Frage: „Sage mal, warum säuft der Alte immer soviel? Was hat er davon? Klaus' Eltern waren gestern auch besoffen und wir fragen uns wirklich, was die davon haben."

Georg überlegte kurz und fragte zurück: „Wollt ihr Schnaps trinken?"

Klaus fragte Georg jetzt direkt: „Machst du mit? Wir besorgen den Schnaps."

Georg fragte: „Wie wollt ihr das machen? Ihr seid noch nicht sechzehn."

„Das lass mal unsere Sorge sein", antwortete Thoralf prahlerisch.

Georg sagte: „Na, dann mal los. Aber so viel können wir nicht trinken, wir müssen nachher noch zur Schule."

Andreas zog mit seinen Freunden los. An der Straßenecke war ein Selbstbedienungsladen der Handelsorganisation. Da gingen sie herein, und als sie in drei Minuten wieder herauskamen, hing an Thoralfs Jacke eine Flasche Schnaps. Er hielt sie fest, damit sie nicht herunterfiel. Zuhause bei Andreas angekommen, begutachteten sie die Flasche, denn sie wussten nicht, was da an den Haken hängen geblieben war.

Es war eine große Flasche Klarer. Keine deutsche Marke. Rico stand auf dem Etikett. Dem entnahmen sie außerdem, dass der Schnaps fünfundvierzig Prozent Alkoholkonzentration hatte. Keiner der vier Jungen hatte so einen Schnaps schon gesehen. Nachdem jeder sich die Flasche angesehen hatte und Thoralf sie in der Hand hielt, fragte er: „Na, was ist?"

„Mach sie auf!", befahl Andreas. Thoralf schraubte die Flasche auf und hielt sie Andreas hin. Der nahm die Flasche entgegen und setzte an. Er trank einen großen Schluck. Als Georg das sah, ermahnte er ihn, nicht so viel zu trinken, sonst würde er noch betrunken werden. Aber das wollte Andreas doch. Andreas gab ihm die Flasche und sagte: „Bis wir zur Schule müssen, ist doch alles wieder weg." Aber er hätte es besser wissen müssen. Bei seinem Vater dauerte es auch mehrere Stunden, bis er wieder nüchtern war. Doch daran dachte er nicht, war abenteuerlustig und wollte es wissen, warum der Vater so viel trank.

Nachdem alle von der Flasche getrunken hatten, ging sie noch einmal reihum. Dieses Mal hatte Andreas nicht so einen großen Schluck genommen. Der Schnaps brannte im Mund und schmeckte ihm nicht.

Die anderen waren vernünftiger. Sie tranken nur in ganz kleinen Schlucken, sie wollten mit klarem Kopf zur Schule gehen. Andreas hingegen nahm noch einen kräftigen Schluck aus der Schnapsflasche und dann machten sie eine Pause. Die Flasche war nur noch halb voll. Andreas bemerkte, dass irgendetwas mit ihm passierte. Er wurde nach und nach immer fröhlicher. Er alberte schließlich nur noch herum. Schön war das Leben auf einmal, nichts konnte ihm etwas anhaben. Teilweise verrückten sich die Möbel oder die Gegenstände auf den Schränken. Andreas nahm noch einen Schluck aus der Flasche und lachte. Lachte er die anderen an oder vielleicht doch nur aus? Alles um ihn herum drehte sich leicht, aber es störte ihn nicht. Er fühlte sich beschwingt und froh. Thoralf lachte nun mit, auch Klaus und Georg fielen in das Lachen mit ein. Doch Andreas lachte aus einem anderen Grund als sein Bruder und seine Freunde. Er war beschwipst und die anderen lachten über ihn. Nur bemerkte er das nicht. Alle nahmen sie noch einen weiteren Schluck Rico. Die Flasche war nun leer.

Klaus und Thoralf verabschiedeten sich und Georg ging in sein Zimmer. Andreas war alleine. Er merkte, dass sich alles um ihn herum schneller drehte. Langsam wurde es unangenehm. Er dachte: ‚Nee, das ist es nicht. Am Anfang war es schön, aber jetzt wird mir schlecht. Ich kann den Alten nicht verstehen, warum er immer besoffen sein muss.'

Er ging in die Küche und machte sich etwas zu essen. Als er fertig war, nahm er seine Schultasche in die rechte Hand und ging zur Schule.

Auf dem Schulhof stand er mit dem Rücken an einem Baum. Thoralf war auch schon da. Er sah, was mit seinem Freund los war, und forderte Andreas auf, nach Hause zu gehen, doch Andreas lallte: „Wer saufen kann, kann auch zur Schule gehen. Mann, ist mir schlecht".

Die Schulglocke läutete. Die Schüler betraten das Gebäude und suchten ihre Klassenzimmer auf. Andreas hatte in der ersten Stunde Chemieunterricht. Er mochte zwar das Fach, aber nicht die Lehrerin, die seine Klasse darin unterrichtete. Es dauerte nicht lange, bis die erschien. Gleich schlug sie das Klassenbuch auf und sah dort hinein.

Dann sagte sie: „Mündliche Leistungskontrolle. Andreas, komm nach vorne!"

Der bekam einen Schreck. Mühsam erhob er sich. Auf dem Weg zum Lehrertisch passte er auf, dass die Bänke vor ihm nicht in den Weg sprangen. Er schob sie weg. Die Jungen der Klasse lachten, die Mädchen schüttelten pikiert den Kopf. Als Andreas endlich am Lehrertisch angekommen war, hielt er diesen fest, damit der nicht umfiel. Man konnte ja nie wissen, wie so einem Tisch zumute war.

Andreas hörte seine Lehrerin die Aufgabe sagen, die er lösen sollte. Er ignorierte sie einfach. Er hielt standhaft den immer wieder wegrückenden Lehrertisch fest. Und er grinste blöde seine Lehrerin an. ‚Ich könnte kotzen, wenn ich dich sehe', dachte er. Im nächsten Augenblick erschrak er. ‚Habe ich das eben nur gedacht oder habe ich das auch ausgesprochen? Egal', sagte er sich und grinste die Lehrerin noch breiter an. Sie gab ihm etwas Zeit, aber sie begriff, dass aus ihm nichts herauszuholen war, auf jeden Fall nichts Vernünftiges. Er durfte sich auf seinen Platz setzen. Die Blicke der Mitschüler verfolgten ihn. Er bekam eine Fünf. Danach war Thoralf an der Reihe. Der schwankte zwar nicht und er schien nüchtern zu sein, aber auch er handelte sich eine Fünf ein, weil er genauso wenig wusste wie sein Freund Andreas.

In der Hofpause nach der zweiten Stunde sprach der Klassenlehrer Andreas an.

„Andreas, was ist los mit dir? Du bist betrunken!", meinte der Lehrer in ernsthaftem Ton.

„Ja, ich wollte wissen, warum mein Vater immer so viel trinkt, und habe es selbst einmal ausprobiert", antwortete Andreas, in der Hoffnung, dass sein Lehrer ihm glauben möge.

„Und was hast du getrunken?"

„Schnaps."

„Wo hast du den denn her?", fragte der Lehrer jetzt.

„Der stand bei uns Zuhause rum."

„Und wer war mit dabei? Du hast doch nicht alleine getrunken!", wollte der Mann wissen.

Andreas wollte seinen Bruder und auch Klaus und Thoralf nicht verraten und sagte: „Ich war alleine."

„Du gehst jetzt nach Hause und nach Schulende komme ich zu einem Hausbesuch zu Euch."

‚Scheiße', dachte Andreas, ‚da habe ich mir ja etwas eingebrockt.' Aber zum Lehrer sagte er: „Es ist nur mein Vater da, meine Mutter ist zur Kur gefahren."

„Nun, gut", erwiderte der Lehrer, „dann rede du nur schon einmal mit deinem Vater."

Langsam trottete Andreas nach Hause. Er hatte ein ganz ungutes Gefühl. ‚Der Alte wird mir den Arsch versohlen. Scheiße', dachte er. ‚Aber was soll's, da muss ich jetzt durch. Das wird schon vorbeigehen.' Er hatte Angst vor einer körperlichen Züchtigung. Der Vater hatte ihm bisher nur einmal den Po versohlt und das war schon viele Jahre her. Er schimpfte immer und war überhaupt ungerecht. Aber in der letzten Woche war der Vater stets nüchtern und lieb zu seinen Sprösslingen. So wünschte sich Andreas seinen Vater für alle Zeiten. Aber jetzt war er davon überzeugt, dass der ihn verdreschen werde.

Als er zu Hause war, war er zunächst noch alleine. Andreas nahm ein Buch zur Hand und versuchte zu lesen. Er wollte sich ablenken. Doch so richtig gelang ihm das nicht. Er konnte sich nicht auf das Buch konzentrieren. Wenig später kam der Vater nach Hause. Nachdem er Andreas begrüßt hatte, fragte er: „Nanu, du bist schon zu Hause? Ist die Schule heute ausgefallen?"

„Nein, Papa, aber ich muss mit dir reden", Andreas bekam wieder Angst. Er stand im Wohnzimmer vor seinem Vater und dachte, dass er bestimmt bald einen Arschvoll bekommen werde.

„Hast du was ausgefressen?", fragte der Vater.

Kleinlaut bejahte Andreas diese Frage, und der Vater fragte weiter: „Und was?"

„Ich bin betrunken zur Schule gegangen", bekannte Andreas in ängstlicher Erwartung einer Ohrfeige, oder dass der Vater sich ihn griff und über das Knie legte. Er hörte ihn dann auch drohend fragen: „Willst du einen Arschvoll haben?"

Kaum hörbar erwiderte Andreas: „Nein."

„Geh in dein Zimmer und warte, bis dein Lehrer hier war. Dann reden wir weiter. Und so lange will ich dich nicht sehen", sagte der Vater.

Erleichtert verzog sich Andreas schnell in sein Zimmer. Der Vater hatte nicht einmal gefragt, wo er den Schnaps her hatte. Aber er wusste auch, dass der Arschvoll noch nicht abgewendet war. Den konnte er nach dem Besuch des Klassenlehrers immer noch bekommen.

Nach Schulschluss kam der Lehrer zu Andreas nach Hause. Als es klingelte, öffnete der Vater die Tür und bat den Lehrer ins Wohnzimmer. Andreas' Zimmer lag direkt daneben und so konnte er alles mit anhören, was die beiden Männer im Wohnzimmer zu besprechen hatten.

Der Lehrer fragte: „Hat Andreas Ihnen erzählt, warum ich zu ihnen gekommen bin?"

Der Vater sagte: „Ja, das hat er. Möchten Sie etwas trinken? Vielleicht ein Bier?"

Als Andreas die Frage seines Vaters hörte, musste er beinahe lachen. Der Lehrer kam zum Hausbesuch, weil Andreas getrunken hatte, und der Vater bot ihm erst einmal ein Bier an. Ob dem Vater gar nicht bewusst war, wie grotesk die Situation war? Doch der Lehrer nahm dankend an. Andreas belauschte das Gespräch der Männer nicht weiter. Später hörte er seinen Vater nach ihm rufen. Sofort ging Andreas ins Wohnzimmer und grüßte seinen Lehrer mit Handschlag und einem Diener. Der Vater fragte: „Und ist das alles? Willst du deinem Lehrer noch etwas sagen?"

Andreas wusste, was der Vater von ihm wollte. Er sagte, dass es ihm leidtue und er so etwas bestimmt nicht wieder tun werde, und bat um Entschuldigung.

Der Lehrer antwortete gutmütig: „Wenn du deinen Fehler eingesehen hast, ist es ja in Ordnung. Aber du solltest zu deiner Chemielehrerin gehen und dich auch bei ihr entschuldigen. Vielleicht bittest du sie um eine Chance, die Fünf von heute ausbügeln zu können."

Andreas versprach, das zu tun. Der Lehrer verabschiedete sich und Andreas wartete jetzt wieder voller Angst auf seinen Vater, der den Lehrer zur Haustür begleitete. Er war davon überzeugt, dass er gleich den Hintern versohlt bekommen werde. Sicherheitshalber hielt er sich schon einmal die Hände vor sein Gesäß.

Der Vater betrat das Wohnzimmer und sah seinen jüngsten Sohn an. Nach einer Weile sagte er: „Junge, du hast dir einen Arschvoll verdient."

Andreas dachte, jetzt geht es los. Und er sah sich schon über dem Knie des Vaters liegen und ihm war, als ob dessen Hand schmerzhaft auf seinem Po aufschlug.

Doch der Vater sprach weiter: „Ich glaube, dass du weißt, was du da angestellt hast, und dass du das nicht noch einmal tust. Ich hoffe, dass du deine Lehren daraus gezogen hast."

Mit hängendem Kopf und Tränen in den Augen sagte Andreas leise, einen Schluchzer unterdrückend: „Ja, Papa, das habe ich."

Dann sagte der Vater: „Mutti braucht davon aber nichts zu wissen, das bleibt unter uns, wenn du mir versprichst, in Zukunft vernünftig zu sein, und tust, was ich dir sage."

Andreas begriff nicht die ganze Tragweite dessen, was der Vater da sagte. Er begriff nur, dass die Mutter nichts erfahren sollte, und darüber war er froh. So konnte sie nicht enttäuscht von ihm sein. Die Mutter zu enttäuschen war fast das Schlimmste, was er sich vorstellen konnte. Sie war immer für ihn da, wenn er sie brauchte. Er hatte die beste Mutter der Welt. Er wollte ihr nicht wehtun. In diesem Moment hätte er dem Vater alles versprochen, was der gefordert hätte. Und er war froh, dass der ihm nicht den Po verhauen wollte. Schnell antwortete er: „Ja, Papa, und danke, Papa."

Der Vater schickte ihn nun in die Küche, er sollte Abendbrot vorbereiten und nach dem Essen ins Bett gehen.

Die Mutter kam von der Kur zurück. Drei Wochen war sie weg gewesen und Andreas freute sich, dass sie wieder zu Hause war. Mit dem Vater war zwar alles gut gegangen, er war liebevoll und gut mit seinen beiden Söhnen, die er noch zu Hause hatte, umgegangen, aber die Mutter fehlte Andreas sehr. Sie hatte auch Geschenke für ihn und den Bruder mitgebracht und sie hatte viel zu erzählen. Andreas hörte ihr gespannt zu, als der Vater etwas zu ihm sagte. Er verstand ihn nicht und der Vater drohte ihm nach einer Weile. Andreas beeilte sich den Wunsch seines Vaters zu erfahren und zu erfüllen. Die Mutter wurde darauf aufmerksam, aber sie fragte nicht nach.

So ging es mehrmals an diesem Tag und auch an den folgenden Tagen. Der Vater setzte ihn mit dem Geheimnis, dass sie vor der

Mutter hatten, unter Druck. Andreas fing an, darunter zu leiden. Die Mutter bemerkte das sehr wohl, und als sie mit ihrem Jungen nach ein paar Tagen alleine war, fragte sie, was mit ihm und dem Vater los sei. Sie setzte sich auf einen Stuhl und erwartete Andreas' Antwort.

„Nichts", sagte Andreas.

„Andy, mein Junge, du kannst mir nichts vormachen. Ich sehe es doch jeden Tag, dass etwas nicht stimmt. Sage mir, womit hat Papa dich in der Hand?"

Andreas erwiderte: „Mutti, da ist nichts, bestimmt!"

Traurig sah die Mutter ihn an und sagte: „Hast du denn gar kein Vertrauen mehr zu mir?"

Andreas wurde jetzt selber traurig und mit hängendem Kopf sagte er leise: „Doch, Mutti."

„Hast du etwas angestellt, als ich weg war, und ihr wolltet es mir nicht sagen? Stimmt das?", fragte die Mutter weiter. Andreas nickte und ließ den Kopf noch tiefer hängen. Sein Selbstvertrauen war endgültig weg.

Die Mutter sagte leise, aber liebevoll: „Dann sage es mir doch, mein Junge. Danach kann dein Vater dich nicht mehr erpressen. So ist das doch kein Leben für dich. Außerdem hat er sicherlich mit dir darüber gesprochen und die Sache ist damit erledigt. Oder hast du Angst, ich werde dich jetzt noch dafür bestrafen?"

„Nein, Mutti, aber du wirst von mir enttäuscht sein und das wollte ich nicht." Andreas schämte sich und eine große Träne kam aus seinem rechten Auge und zog ihre Bahn über seine Wange, danach kullerte auch eine Träne aus seinem linken Auge und zog ebenso eine Spur.

Die Mutter war gerührt und zog ihren Jungen zu sich und streichelte ihm über seinen Haarschopf. Andreas ließ es geschehen. Er umarmte seine Mutter. Auch sie nahm ihn nun in ihre Arme und dann sagte sie: „Na, komm, Andy, sage mir, was du getan hast. Du musst keine Angst vor einer Strafe haben."

Da fasste sich Andreas ein Herz und erzählte seiner Mutter alles. Sie hörte aufmerksam zu und ließ ihn erzählen. Als er fertig war, sah sie ihn traurig an. Sie bestrafte ihn doch, ohne es zu wollen. Das war für Andreas die härteste Strafe, die für ihn denkbar war. Sie war von ihm enttäuscht und das zeigte sie ihm auch. Die Enttäuschung seiner

Mutter tat ihm weh. In seinem ganzen Leben vergaß er ihre folgenden Worte nie mehr und immer, wenn er als Erwachsener doch einmal betrunken war, musste er an sie denken: „Willst du so werden wie dein Vater?"

Die Worte der Mutter kamen ganz leise über ihre Lippen. Jedes einzelne Wort grub sich in sein Gedächtnis ein und jedes einzelne Wort empfand er wie Peitschenhiebe. Hätte der Vater ihm den Po versohlt, wäre das eine Strafe für ihn gewesen, die er hätte ertragen können. Die Worte der Mutter dagegen nicht. Sie stand von ihrem Stuhl auf und verließ das Zimmer.

Andreas war alleine und er war unglücklich über sich selbst. Er hatte seiner Mutter sehr weh getan. Er weinte.

Kein Verständnis

Am 2. Januar schaltete Andreas den Computer erst nach dem Mittagessen an. Als er sich in Gayboerses Chat einloggte, sah er, dass Silvio ihm geschrieben hatte: „Mein Liebster, es tut weh, es tut so unendlich weh!!!!!!!!!!!!!! Wo bist du? Ich hatte gehofft, du bist jetzt on.

Habe mit Ralf über dich gesprochen. Er würde gerne mal 5 Minuten mit dir alleine chatten. Wärst du damit einverstanden? Ich soll dann aber aus dem Zimmer raus, ich weiß also nicht, was er dir schreibt. Wenn du es möchtest, dann sei bitte gegen 13 Uhr on, wenn nicht, dann sehe ich es ja.

Als Gegenpart lässt er mich dann auch alleine mit dir chatten. Ansonsten beobachtet er mich auf Schritt und Tritt. Habe jetzt schnell den Müll weggebracht und beim Nachbarn geklingelt. Habe gesagt, dass ich 13 Uhr abstimmen muss.

Ich möchte ‚DEINE' Berührungen spüren. Dein Silvio."

Als Andreas das gelesen hatte, dachte er: ‚Warum soll ich mit dem chatten? Der will mir doch sowieso nur sagen, dass ich Silvio nie bekommen werde, will mir seine Überlegenheit zeigen. Auf was anderes wird es nicht hinauslaufen. Aber für Silvio kann ich es ja tun, ich habe doch eh keine Chance mehr.' Er schrieb: „Mein Engel, rate einmal, wem es noch wehtut. Rate einmal, warum ich dir diese Message geschrieben habe. Du kannst nur einen von uns bekommen.

Warum soll ich mit ihm reden? Du musst die Entscheidung für dich treffen. Es ist dein Leben und auch du lebst nur einmal. Keiner hat das Recht, dir dein Leben schwer zu machen oder es dir zu versauen. Ich nicht und Ralf genauso wenig, nicht einmal deine Mutter, obwohl sie dir das Leben gab.

Ich möchte, dass du glücklich wirst. Ich weiß aber, dass du mit ihm nicht glücklich wirst. Er wird dir früher oder später wieder wehtun.

Ich kann dir nicht versprechen, dass ich es nicht eines Tages auch tun werde, aber ich weiß, dass ich dir nie absichtlich wehtun werde.

Ordne dein Leben und nimm dabei auf mich keine Rücksicht. Wenn du wirklich mit mir zusammensein willst, entscheidest du dich für mich. Wenn nicht, werde ich deine Entscheidung akzeptieren.

Und ich habe dir auch geschrieben, dass ich nicht mehr um dich kämpfen kann, du hilfst mir nicht dabei und Ralf ist immer präsent. Du lässt mir leider nicht die Möglichkeit, dich zu sehen.

Ich liebe dich und nur deshalb bin ich ein letztes Mal bereit, deinen Wunsch zu respektieren. Ich hoffe, dass es dir auffällt, dass ich bisher alle deine Wünsche erfülle, du aber noch nicht einen meiner Wünsche erfüllt hast.

Ich habe 45 Minuten Zeit. Kommt Ralf mir dämlich, gehe ich raus. Dann musst du sehen, wie du mich erreichen kannst. Bevor Ralf mit mir chatten kann, lösche alle Mails, die ich dir geschrieben habe. Es geht ihn nichts an, was wir uns schreiben. Ich vertraue dir, aber nur, weil mir nichts anderes übrig bleibt.

UND DENKE ENDLICH NACH, WAS DU WILLST!!!!!!!!!!!!

ES IST DEIN LEBEN!!!!!!!!!!!!!!!!!!!!!!

Ich werde warten. Dein Andreas."

Andreas versuchte, diese Message sachlich zu schreiben. Und er wollte Silvio sagen, dass er für ihn da war, wenn er es wollte. Ob Silvio aber auf seine Worte eingehen werde, konnte er nicht wissen, er ahnte es schon, dass der auch dieses Mal nur der Nehmende sein würde.

Nach zwanzig Minuten machte Andreas Silvio darauf aufmerksam, dass er in fünfundzwanzig Minuten zur Arbeit fahren müsse.

Eine Minute später konnte Andreas Silvios Antwort lesen: „Hallo, mein Schatz, ich danke dir, dass du auf mich gewartet hast. Ralf quatscht noch mit dem Nachbarn. Meinst du, er liest unsere Mails? Er wollte nur mal kurz mit dir chatten. Und wenn er dir dämlich kommt, sprichst du dann nicht mehr mit mir?"

Andreas hatte sich gedacht, dass Silvio wieder nicht auf seine Message reagierte. Was ihm unangenehm war, ignorierte er. Wahrscheinlich war Silvio ein Mensch, der den Weg des geringsten Widerstandes ging. Ralf war seine erste große Liebe. Der hatte sich seiner damals angenommen. Sonst hätte Silvio nicht schwul leben können. Da Ralf bestimmt ein dominanter Mensch war, da war sich Andreas sicher, ordnete sich Silvio ihm unter. Er würde immer das tun, was Ralf von ihm verlangte. Und wenn Ralf ihm wehtat, so nahm er das hin, solange Ralf immer wieder zu ihm zurückfand. Das glaubte Andreas jedenfalls.

Dass es ganz anders war, konnte er nicht wissen. Es gab für ihn sowieso nur zwei Möglichkeiten. Entweder er glaubte Silvio, oder er glaubte ihm nicht. Woher sollte er wissen, dass Silvio ihn recht gut kannte, irgendwo in Rostock wohnte und es gar keinen Ralf gab. Ralf war nur eine seiner Erfindungen wie der Nachbar auch, um ihm, Andreas, wehzutun, ihn psychisch zu quälen.

Andreas antwortete: „Ich habe keine Zeit, mich aufzuregen. Ich muss zur Arbeit. Du bringst mich doch in diese Situation. Wir können heute Abend um 22 Uhr chatten.

Und ja, ich denke, dass er es liest."

Andreas war wütend, weil Silvio so viel Zeit ungenutzt verstreichen ließ. Oder war es Ralf, der bestimmt wusste, wann Andreas zur Arbeit fuhr, der die Zeit vertrödelte? Wollte er damit verhindern, dass Silvio mit ihm noch chatten konnte? Andreas konnte nicht ahnen, dass es Silvios Taktik war, ihn weiter unter Druck zu setzen. Damit hatte dieser letztendlich auch Erfolg.

Silvio meldete sich noch einmal und teilte Andreas mit, dass er alles gelöscht habe und in fünf Minuten wieder da sein werde.

Und schon meldete sich Ralf: „Hallo, Süßer, wir kennen uns nicht persönlich. Durfte mir dein Profil ansehen. Nicht schlecht. Vielleicht hätten wir uns kennenlernen sollen. Mich hättest du bestimmt schon in dir gespürt und jede Bewegung.

Tja, ‚MEIN' Silvio ist da etwas anders. Er ist ein lieber Kerl. Möchte allen helfen. Er ist oft so hilflos.

Damit die Zeilen nicht zu viele werden, sende ich in Etappen."

Andreas: „Ich bin nicht dein Süßer! Lass mal deine Frechheiten und sage mir, was du willst." Ralfs Überheblichkeit und Arroganz war für ihn förmlich mit Händen zu greifen.

Ralf: „Ich habe einen großen Fehler gemacht, als ich mich von Silvio trennte.

Das habe ich durch die Trennung gemerkt. Hatte aber auch den Vorteil auf meiner Seite, dass er mich über Jahre geliebt hat. Und Liebe kann man nicht abschalten."

Andreas: „„Ich habe keine Zeit! Was willst du von mir?"

Andreas wurde ungeduldig. Dieser Ralf musste sich seiner Sache sehr sicher sein.

Ralf meinte: „‚Mein' Silvio hat vieles über dich erzählt. Was mir am meisten wehgetan hat, dass es nur positive Dinge waren. Und mit sehr viel Emotionalität."

Andreas forderte Ralf erneut auf: „Das letzte Mal, was willst du?"

Ralf: „Ich wollte dir danken, dass Silvio bei dir Halt gefunden hat."

Andreas gestand: „Das habe ich nicht für dich getan."

Ralf erzählte: „Das ist mein Ernst. Ich habe letzte Nacht gemerkt, wie Silvio leidet. Er hat nicht nur einmal in meinen Armen geweint."

Andreas verlangte: „Dann lass ihn in Ruhe, wenn er dir noch etwas wert ist!"

Und nun ließ Ralf alle Boshaftigkeit und Arroganz, zu der er fähig war, in seine nächste Nachricht einfließen: „Ich weiß, dass du es nicht für mich getan hast. Aber wie gesagt, ich habe und hatte alle Vorteile auf meiner Seite. Und ich wollte nur noch mal Hallo sagen, vielleicht trifft man sich doch einmal. Würde dich nicht wegschubsen. Noch einen schönen Tag! Ralf.

Ich hole jetzt ‚MEINEN' Silvio, habe es ihm versprochen."

Andreas sagte: „Ich dich aber schon." Er würde diesen Ralf nie in seine Nähe lassen.

Und schon war Silvio wieder da. Er fragte: „Hallo, alles okay? War er fies? Ralf hat eben gelächelt! Ist das schon für mich gemeint: Ich dich aber schon?"

Andreas antwortete: „Nein, das ist für Ralf. Lies es dir einfach durch.

Ich habe jetzt eh keine Zeit mehr. Muss zur Arbeit. Treffen wir uns heute Abend um 22 Uhr im Chat?"

Silvio erwiderte: „Es ist nichts zu lesen. Ist alles gelöscht. Er ist nicht solch Dummchen wie ich."

Andreas schrieb: „Ich schicke es dir heute Abend rüber."

Silvio fragte: „Ist das gut für mich, uns??"

Andreas meinte: „Ich muss jetzt, wenn du willst, um 22 Uhr im Chat. Liebe Grüße! Dein Andreas."

Andreas loggte sich aus. Er hatte keine Zeit mehr. Silvio hätte um eins da sein können und nicht erst über zwanzig Minuten später.

Andreas dachte noch einmal über das eben Erlebte nach. Das ging alles ziemlich schnell. Könnte es sein, dass Silvio diese ganze

Angelegenheit einfach nur beenden wollte und ihm dazu jedes Mittel recht war? Dass es Ralf gar nicht gab? Ralf und Silvio ein und dieselbe Person waren? Aber den Gedanken verwarf er gleich wieder, weil er das nicht glauben konnte. Dabei wahr er der Wahrheit so nahe gekommen. Dann fragte er sich, warum Silvio nicht wissen wollte, was Ralf und Andreas sich geschrieben hatten. Da gab es für ihn nur eine Antwort darauf. Silvio wollte zurück zu Ralf. Andreas spielte keine Rolle mehr in Silvios Leben, er hatte seine Pflicht und Schuldigkeit getan. Das lag für ihn auf der Hand. Dass es noch eine zweite Möglichkeit gab, darauf konnte er nicht kommen, nämlich dass Ralf und Silvio eine Person waren, obwohl er daran vor wenigen Augenblicken schon gedacht hatte und dass Silvio jedes Mittel recht wahr, um ihn, Andreas, einen psychischen Schaden zu zufügen.

Aber jetzt kam Andreas der Wahrheit noch einmal sehr nahe, denn er dachte daran, dass er zu gerne gewusst hätte, wenn es diesen Ralf tatsächlich gab, was Silvio überhaupt so an ihm liebte, dass er von dem nicht lassen konnte. Andreas musste sich eingestehen, dass er Ralf nicht kannte und somit nicht über ihn urteilen, aber auch nicht beurteilen konnte.

Die Liebe geht manchmal seltsame Wege. Das war leider immer so und das wird in tausend Jahren noch so sein. Aber dass Andreas dabei dieses Mal wieder auf der Strecke blieb, war bitter für ihn.

Er glaubte, dass er es akzeptieren musste, dass Silvio sich Ralf wieder zuwendete.

Als Andreas abends in den Chat ging, las er Silvios Nachricht: „Ich würde mich gerne mit dir im Chat treffen. Aber ich weiß noch nicht, wann.

Heute am späten Nachmittag fahren wir wieder nach Rostock. Ich habe Ralf versprechen müssen, dass ich mich aus dieser Plattform abmelde. Er wird mich jetzt behüten und beobachten. Vielleicht melde ich mich unter einem neuen Namen wieder an. Wenn du dann einmal eine Message bekommst, die so beginnt:

‚Hallo, Sonne, hier ist Erde! Ich suche den hellsten Stern am Himmel. Hier ist dein Silvio, wo ist mein Andreas?‘, dann bin ich es und du kannst entscheiden, was du tun wirst."

Als Andreas Silvios Message las, wurde er traurig, aber auch wütend, und zwar auf Ralf und Silvio. Er schrieb: „Du gehst den falschen Weg. Du hast mir mein Herz gestohlen und gebrochen.

Du wirst mit ihm nicht glücklich, er wird dich betrügen, das hat er mir heute indirekt schon gesagt. Er will jetzt mich in sein Bett ziehen."

Das hatte Ralf so zwar nicht gesagt, aber Andreas hatte ihn so verstanden, er war zu aufgeregt und konnte nicht mehr objektiv urteilen. Andreas antwortete weiter: „Er weiß, dass er alle Vorteile auf seiner Seite hat, weil du nichts für uns getan hast und es auch nicht tust. Du hast uns verraten!!!!!!!!!!!!" Das war Andreas' ehrliche Überzeugung. Seine Gefühle waren in Aufruhr, das konnte Silvio an den nächsten Worten erkennen: „Liebe und Hass liegen dicht beieinander. Pass auf, was du tust, damit ich dich nicht hassen muss.

Aber du lässt dir sowieso lieber von Ralf das Leben zur Hölle machen, als dich von mir lieben zu lassen.

Bist du blind oder schaltest du dein Gehirn aus, wenn du ihn siehst?" Andreas provozierte Silvio bewusst mit seinen Worten, weil er wollte, dass der sich gegen Ralf durchsetzen und seine eigenen Interessen verfolgen sollte. Aber würde Silvio dazu die Kraft haben? Andreas bezweifelte das sehr. „Wenn ich jemanden kennenlerne, der es ehrlich mit mir meint, dann warte ich nicht mehr auf dich". Das Andreas das so sah, war verständlich, wenn man betrachtet, was er mit Silvio bisher erlebt hatte. Mit seinen folgenden Worten wollte Andreas Frust abbauen, aber ein Körnchen Wahrheit steckte trotzdem darin, als er schrieb: „Und ich bereue es, dass ich nicht mit Patrick Sex hatte, als er bei mir war. Er wollte es, aber ich Arschloch habe dummerweise auf dich Rücksicht genommen, nur damit du mir Weihnachten und Silvester versauen kannst. Dafür bin ich dir unheimlich dankbar, denn so etwas habe ich noch gebraucht."

Andreas war verständlicherweise wütend. Nachdem er heute Mittag den Chat mit Ralf hinter sich gebracht hatte, ließ Silvio ihn nun wissen, dass er den Kontakt abbrechen werde, weil er sich auf Ralfs Wunsch hin von Gayboerse abmelden wollte. Andreas sollte keine Möglichkeit mehr haben, Silvio zu erreichen. Was anderes konnte Andreas in dieser Situation nicht denken. Erst recht konnte er aus seiner Sicht nicht darauf vertrauen, dass Silvio sich unter einem anderen Namen anmeldete, nein, er traute Silvio in diesem Moment nicht zu, seinen eigenen Willen durchzusetzen, schon gar nicht gegen Ralf.

Nun setzte Andreas in seiner Wut noch einen oben drauf: „Sage mal, hast du überhaupt noch einen eigenen Willen? Ralf will, dass du dich von Gayboerse abmeldest, und du hast keinen Arsch in der Hose, ihm die Stirn zu bieten? Ich glaube nicht mehr, dass du dich von ihm getrennt hast, er hatte die Konsequenzen gezogen und nun will er dich weiter missbrauchen. Wenn du das brauchst, spiele nur mit!" Hatte er Silvio mit diesen Worten beleidigt? Er wusste, dass er mit Beleidigungen nichts erreichte. Aber er wollte, dass sich Silvio nicht von Gayboerse abmeldete. Wenn ihm das gelang, hätte Andreas doch etwas erreicht. Warum Silvio letztendlich doch nicht seinen Account löschte, erfuhr Andreas nie, er konnte nur Vermutungen anstellen. Solange er nicht wusste, wer Silvio wirklich war, würde er in seinen Überlegungen oder Spekulationen immer die falschen Rückschlüsse ziehen oder falsche Erkenntnisse gewinnen.

Andreas wollte gerade den Chat verlassen, als er sah, dass Silvio sich einloggte. Er fragte: „Na, wer ist da, Ralf oder Silvio?"

Silvio war beleidigt. Er schrieb: „Danke, ich hoffe, du fühlst dich jetzt leichter! Mich hast du soeben verletzt. Du hast gesagt, du werdest mir nicht absichtlich wehtun, soeben hast du es getan!!!!!

Drückst du in deinen Worten (auch mit deiner Ausdrucksweise) den wahren Andreas aus, ich meine dich??? Ich habe gedacht, du kannst mich verstehen.

Die Feste hast du dir selber so gestaltet. Das habe ich nun davon, dass ich dir meine Gefühle und Empfindungen mitgeteilt habe. Das habe ich jetzt noch gebraucht. Danke, danke, danke!!!!!!!!!!!!!!!

Vielleicht sind wir auch zwei Idioten. Wir lieben uns und machen es uns so schwer. Aber vielleicht sollte alles so sein."

Als Andreas diese Zeilen las, dachte er traurig: ‚Nein, nicht wir machen es uns schwer, sondern du machst es uns schwer. Nur du ganz alleine.' Dann las er Silvios Antwortmessage weiter:

„Ich schleiche mich heimlich zum Computer, während Ralf schläft, und muss dafür deine ‚lieben' Worte lesen. Wäre ich doch nur im Bett geblieben! Denke nicht, dass nur du leidest! Auch wenn du keinen Gruß mehr für mich übrig hattest oder hast, ich stelle mich nicht mit dir auf diese Stufe.

Ich wünsche dir nämlich alles Gute, mein Andreas."

Das war eine glatte Lüge, denn Silvio wollte für Andreas alles andere als alles Gute. Aber wie hätte Andreas das erraten können? Als er diese Nachricht las, dachte er: ‚Du verlangst immer nur von mir, dass ich Verständnis für dich habe, wo bleibt dein Verständnis für mich? Du hast alles getan, damit unsere Liebe keine Chance hat, gehst dem anderen total auf den Leim und wunderst dich, dass ich sauer bin und das auch rauslasse.

Als wenn ich mir die Feste freiwillig so gestaltet hätte! Wenn du hier nicht eine solch erbärmliche Show abgezogen hättest, wäre ich garantiert Silvester nicht alleine zu Hause geblieben. Das habe ich nur deiner angeblichen Liebe zu mir und deinem Unvermögen, für uns einzustehen, zu verdanken.

Du hast ja deinen Freund! Ich bin hier derjenige, der auf der Strecke bleibt.

Wenn du mich wirklich lieben würdest, dann hättest du um mich gekämpft, aber stattdessen läufst du dem anderen hinterher. Sonst würde der jetzt nicht bei dir schlafen.'

Alles das, was er eben gedacht hatte, hätte er Silvio schreiben können, aber er kannte Silvio, der würde darauf nicht eingehen und den Chat beenden. Deshalb verallgemeinerte Andreas seine Antwort: „Du hast aber leider nichts getan, um unsere Liebe zu retten."

Wie Andreas es erwartet hatte, wechselte Silvio jetzt wieder einmal ganz schnell das Thema: „Wer soll hier schon sein? Denkst du, Ralf kennt mein Kennwort? Der schläft, so denke ich, nebenan."

Andreas blieb hartnäckig, er wollte Antworten, er wollte Silvio und die ganze Situation verstehen. Nur alleine die Tatsache, dass es war, wie es war, reichte ihm nicht.

„Silvio, warum tust du das?", fragte er.

Silvio wand sich. Andreas glaubte, seinen Schmerz spüren zu können. Er schrieb: „Ich weiß nichts mehr! Mir ist unwohl, schlecht, übel. Ich bin zerrissen. Ich fühle mich wie ein kleines Kind. Ich möchte mich in einer Ecke zusammenkauern und an nichts denken können. Ich bin ein Häufchen Elend. In mir ist alles leer!!!!"

Andreas versuchte es noch einmal: „Aber wenn du mich liebst, warum willst du bei Ralf bleiben? Warum darf ich dir nicht helfen?"

Silvio schrieb zurück: „Ich glaube, ich liebe euch beide. Wenn ich mit Ralf zusammen bin, vergesse ich dich zwischendurch (nicht immer), und wenn ich, so wie jetzt, mit dir zusammen bin, habe ich Ralf vergessen. Ich kann so nicht mehr.

Andreas, sei mir nicht böse. Ich weine jetzt vor mich hin. Ich kann keinen klaren Gedanken fassen. Es geht jetzt nicht. Ich werde mich ins Bad zurückziehen. Vielleicht lege ich mich nachher auf die Couch. Ins Bett zu Ralf kann ich jetzt nicht.

Ich melde mich in der Woche noch einmal. Ich kann nicht richtig denken. Es geht im Moment nicht. Es geht mir schlecht. Versuche nicht, mich zurückzuhalten. Ich beende jetzt diesen Chat.

Es geht wirklich nicht!!!! Mach's gut bis dahin. Sei mir nicht böse! Dein Silvio."

Silvio schickte seine Message ab und loggte sich sofort aus. Andreas realisierte das so schnell nicht. Er las Silvios Message und danach beantwortete er sie:

„Und warum schläft er bei dir? Kannst du dir nicht vorstellen, dass ich ein bisschen sauer bin?

Er kann alles machen, ihn hinderst du nicht, aber ich bekomme eine Absage von dir nach der anderen, egal, worum ich dich bitte.

Wenn du mich nicht treffen willst, habe ich keine Chance bei dir. Warum sagt Ralf sonst, er hat alle Möglichkeiten und grinst dich dann anschließend an?

Gib mir bitte eine Antwort, die ich glauben kann.

Noch liebe ich dich, mehr, als du je ahnen kannst, aber jetzt verspiele es nicht wieder.

Wenn du willst, dass wir eine Chance haben, müssen wir uns schnell treffen."

Und nun realisierte Andreas, dass Silvio sich längst ausgeloggt hatte. Einfach so.

Jetzt war er wieder wütend, Silvio machte, was er wollte. Es ging ihm schlecht, er war innerlich leer und schon war er weg. Es war unangenehm für ihn und schon war er weg.

‚Wer hat denn diese Situation zu verantworten?', fragte sich Andreas. ‚Ich bin doch nur noch ein Reagierender, du gibst mir alles vor und ich habe es zu fressen. So geht es nicht! Ich bin innerlich genauso leer wie du, weil ich diese Situation nicht zu verantworten habe, sondern du. Was ist mit meiner Leere, was ist mit meinen Gefühlen? Du lässt mich mit meinem Schmerz alleine. Es interessiert dich nicht, wie es mir geht. Aber dir geht es schlecht. Silvio, du bist ein Egoist.'

Andreas schrieb trotzdem eine Message, auch wenn Silvio sie heute nicht mehr lesen sollte: „Das ist es, was ich meine. Du lässt mich schon wieder hängen und erwartest von mir, dass ich alles mitmache. Denkst du einmal an meine Gefühle?

Du kannst jetzt nicht mehr und beendest den Chat.

Ich kann auch nicht mehr. Ich soll dir alles glauben und abnehmen, aber ich habe das Gefühl, dass du mit mir spielst. Ich lasse nicht mehr mit mir spielen. Schon wieder hast du eine Chance vertan, um unsere Liebe zu retten. Ich stehe auf verlorenem Posten.

Noch dein Andreas."

Auch das war Taktik von Silvio, sich schnell aus dem Chat zurückzuziehen. Er hatte zunächst wieder erreicht, was er wollte, nämlich, dass Andreas so spät am Abend nicht mehr zur Ruhe kam, schlecht, oder gar nicht in der Nacht schlief. So kann man einen Menschen tatsächlich kaputtmachen.

Andreas kam nicht zur Ruhe. Wie hätte das nach dieser Unterhaltung mit Silvio auch gehen sollen. Andreas hatte sich mehrmals die letzten Messages durchgelesen und immer wieder fielen ihm neue Argumente ein, sah er neue Bemerkungen von Silvio, die er vorhin anders gedeutet hatte, als er es jetzt konnte. Nach Mitternacht schrieb er erneut an Silvio: „Ich bin es noch einmal, mein Lieber. Ich habe noch einmal über deine Worte nachgedacht. Du liebst uns beide, mich als deinen Chatgeliebten und Ralf als deinen realen Geliebten.

Ich will nicht dein Chatgeliebter sein. Ich will reale Liebe, ich will deinen Körper fühlen und anfassen. Ich will dich sehen.

Wenn du dich nicht mit mir treffen willst, dann sage es wenigstens. Du musst dich entscheiden, entweder Ralf oder ich.

Ich weiß, für wen du dich entscheidest. Leider gegen die Liebe, oder solltest du mich überraschen und dich doch für die Liebe entscheiden?

Ich warte noch diese Woche ab, länger nicht. Bis dahin sollten wir irgendwo gemeinsam einen Kaffee getrunken haben. Danach werde ich nicht mehr auf dich warten.

Liebe Grüße! Dein Andreas."

Andreas fühlte sich jetzt etwas besser, aber er kam immer noch nicht zur Ruhe. Immer wieder zermarterte er sich den Kopf, aber letztendlich konnte er doch nur spekulieren. Und Spekulationen bringen bekanntlich nichts. Also konnte er schlafen gehen, damit tat er wenigstens etwas Vernünftiges.

Die Mutter

Als Andreas schlaflos im Bett lag, musste er an seine Mutter denken. Er hätte gerne ihren Rat eingeholt oder zumindest mit ihr über Silvio sprechen wollen. Doch das ging nicht mehr. Er war traurig und ihm kamen ebenso traurige Erinnerungen.

Nachdem Andreas mit fast vierundzwanzig Jahren zum Wehrdienst eingezogen worden war, fuhren seine Eltern zu einer Tante nach Hamburg. Ihr siebzigster Geburtstag stand bevor. Die Eltern waren Rentner, sodass sie gemeinsam in den Westen reisen durften. Sie ließen von sich einige schöne Farbfotos machen, die sie ihren acht Kindern schenken wollten.

Andreas war zu einem Wochenendurlaub zu Hause und besuchte seine Eltern. Seine Mutter freute sich, ihn zu sehen, auch weil er seine Kinder mitgebracht hatte. Sie verwöhnte die Kinder, die hinter ihrer Oma her waren wie des Teufels Großmutter hinter den drei goldenen Haaren. Oma hier und Oma dort, es war so schlimm, dass Andreas seine beiden Jungen ermahnen musste, der Oma einmal eine kleine Pause zu gönnen. Die kleinen Rabauken hatten Respekt vor ihrem Vater; wenn der etwas sagte, war das Gesetz und sie gehorchten sofort.

„Was machst du mit den Kindern, dass sie so aufs Wort parieren?", fragte die Mutter.

„Nichts", antwortete Andreas: „Ich bin nur konsequent."

Die Mutter stand aus ihrem Sessel auf und ging zum Wohnzimmerschrank. Sie öffnete eine Tür und holte eine Fotografie heraus. Die gab sie Andreas mit den Worten: „Das wird das letzte Bild von uns sein, dass ihr von uns bekommt, wir haben es in Hamburg gemacht."

„Mutti, was soll denn das jetzt? Ihr könnt doch nächstes Jahr wieder zur Tante fahren. Ihr seid gesund und könnt außerdem als Rentner nach drüben fahren, wann ihr wollt", sagte Andreas.

Er sah sich das Bild an. Es war sehr schön, und zeigte seine Eltern auf der Terrasse vor dem Haus seines Onkels und seiner Tante. Sie saßen auf einer Bank nebeneinander, waren nett angezogen, die Mutter in einem Kostümrock und einer bunten Bluse, der Vater mit Hemd und Jackett. Solche satten, kräftigen Farben hatten die Fotos in der DDR nicht. Andreas freute sich und dankte seiner Mutter für das schöne Bild und steckte es sich in die Brusttasche seiner Jacke, damit es nicht beschädigt werden konnte.

Nachdem er sich und seine Kinder von der Mutter genug hatte verwöhnen lassen, verabschiedete er sich und ging nach Hause. Es war ein schöner Sommertag und die Kinder alberten und trödelten auf der Straße umher. Andreas ließ sie sich austoben, damit sie müde wurden. Er wollte am Abend mit Hanna zu Freunden gehen und mit ihnen Doppelkopf spielen.

Als er zu Hause war, zeigte er seiner Frau das Bild seiner Eltern. Es gefiel ihr und sie wollte einen schönen Bilderrahmen kaufen, in dem das Foto aufbewahrt werden konnte. Hanna bemerkte: „Deine Mutter hat aber ganz schön abgenommen."

„Ja, das ist mir auch schon aufgefallen. Wenn ich daran denke, was sie früher einmal für eine Maschine war, und wenn ich sie jetzt dagegen sehe, ist es schon enorm, was sie für eine Figur hat. Für ihr Alter sieht sie doch gut aus", sagte Andreas.

Hanna bestätigte das und sagte: „Und dick war deine Mutter noch nie, solange ich sie kenne."

Andreas kehrte zurück zu seiner Kompanie. Einige Wochen waren vergangen. Als die Mutter Geburtstag hatte, bekam Andreas keinen Urlaub und konnte sie zu diesem Anlass nicht besuchen.

Hanna schrieb ihm in einem Brief, dass seine Mutter am Abend ihres Geburtstages heftiges Nasenbluten bekam, das nicht aufhören wollte. Sie mussten die SMH, die Schnelle medizinische Hilfe, holen. Der Arzt und die Sanitäter konnten tatsächlich helfen und das Nasenbluten zum Stillstand bringen.

Die Mutter erholte sich wieder. Zum Weihnachtsfest bekam Andreas Urlaub. Am Heiligen Tag besuchte er seine Eltern. Der Vater war jedoch nicht zu Hause. Wahrscheinlich saß er wieder bei einem Bier und einem Schnaps in einer Kneipe. Die Eltern hatten sich einen schönen Tannenbaum gekauft und ihn geschmückt. Aber die Lichterkette brannte nicht. Andreas fragte danach. Die Mutter sagte: „Ach, dein Vater ist ja so blöde. Er hat sie kaputt gemacht, als er sie am Baum anbringen wollte. Jetzt haben wir nicht mal Lichter daran."

„Ich nehme sie ab und sehe mir das mal an", sagte Andreas. Er untersuchte die Kette. Die Glühbirnen daran waren in Ordnung, die

Lichterkette hätte funktionieren müssen. Andreas schraubte die Kerzen nach und nach heraus, betrachtete die Fassungen der Lämpchen und fand an der sechsten Kerze die Ursache für den Defekt. Die Verbindung zur Kerze war unterbrochen, aber die konnte gelötet werden. Einen Lötkolben hatten die Eltern nicht und Andreas besaß ebenso wenig einen. Er fragte die Mutter, ob sie Schokolade hatte.

„Junge, wir haben Weihnachten. Natürlich habe ich Schokolade, was denkst du denn?", antwortete die Mutter. Sie gab ihm eine Tafel Schokolade. Andreas wickelte sie aus, stellte mit einem Teil der Aluminiumfolie die Verbindung zur Kerze her und prüfte die Lichterkette. Sie funktionierte. Er erklärte seiner Mutter, warum sie die sechste Kerze nicht aus der Lichterkette herausdrehen durfte.

„Jetzt kann Weihnachten werden", freute sie sich.

Zu Silvester traf ein Brief von Hanna in Andreas' Kaserne ein. Sie teilte ihm darin mit, dass seine Mutter in ein Krankenhaus gekommen sei. Sie habe schon wieder so ein starkes Nasenbluten gehabt. Weitere zwei Wochen später erfuhr er, dass seine Mutter unheilbar krank war. Andreas machte sich große Sorgen und zeigte seinem Kompaniechef den Brief. Der sagte: „Selbstverständlich können Sie in den Urlaub fahren. Gehen Sie zum Hauptfeldwebel, er soll den Urlaubsschein fertigmachen, ich rufe ihn an. Wie lange wollen Sie Urlaub haben?"

Andreas war überrascht, mit so viel Großzügigkeit hatte er nicht gerechnet. Der Kompaniechef sah ihm die Überraschung an. Er fragte noch einmal: „Na, was soll ich dem Hauptfeld sagen, wie lange wollen Sie Urlaub haben? Eine Woche?"

„Das wäre sehr nett"antwortete Andreas.

Der Kompaniechef wünschte Andreas für seine Mutter alles Gute. Und Andreas solle sich um seinen Vater kümmern.

Unverzüglich besuchte Andreas seine Mutter im Krankenhaus. Sie war total abgemagert. ‚Wie war das nur möglich?', fragte er sich. Selbst im Gesicht waren nur noch Haut und Knochen. Weil sie immer noch volles und kräftiges Haar hatte, sah sie aus, als wenn sie dringend zum Friseur hätte gehen müssen. Sie hatte Haare wie eine Löwenmähne. Sie sah krank aus und war bereits vom Tode gezeichnet. Aber Andreas hatte damals keine Ahnung von Medizin.

Nie hätte er daran gedacht, dass seine Mutter sterben könnte. Das kam für ihn nicht in Frage. So lange er denken konnte, war sie für ihn und seine Geschwister da, und wenn er jemand brauchte, dem er sich anvertrauen konnte, war seine Mutter für ihn stets die erste Wahl. Dass sie irgendwann einmal nicht mehr für ihn da sein würde, daran hatte er nie gedacht. Auch jetzt stand für Andreas fest, dass seine Mutti sich wieder erholen würde. Und wenn sie in einem Rollstuhl sitzen müsste, Hauptsache für ihn war, dass sie da war.

Jeden Tag besuchte Andreas seine Mutter im Krankenhaus. Jeden Wunsch erfüllte er ihr. Aber die Zeit verging, er musste wieder in die Kaserne zurückkehren. Also verabschiedete er sich von ihr und versprach, sie wieder zu besuchen.

Als er in der Kaserne war, beantragte er schon für das kommende Wochenende erneut Urlaub. Sein Objektleiter lehnte den Urlaub mit der Begründung ab, dass Andreas gerade eine Woche im Urlaub gewesen war und nun andere dran wären.

Acht Tage später rückte die Kompanie zu einer Schießübung aus. Mit Lastkraftwagen wurden sie am Morgen nach dem Frühstück zum Schießplatz gefahren. Auf dem Schießplatz wurden die Soldaten über die Vorsichtsmaßnahmen und über das richtige Verhalten beim Schießen belehrt. Sie sollten die Schützenschnur schießen, die eine sehr begehrte Trophäe eines jeden Soldaten und Unteroffiziers war, weil sie sehr dekorativ an der Ausgangsuniform aussah. Wer sie verliehen bekommen wollte, musste mit drei Schuss siebenundzwanzig Ringe erzielen. Deshalb war jeder Träger der Schützenschnur irgendwie ein kleiner Held.

Andreas war ein leidenschaftlicher Schütze und voller Erwartung. Jeder der Soldaten hatte seine eigene Waffe. Als Andreas seine Kalaschnikow bekommen hatte, war sie neu. Er alleine hatte sie eingeschossen. Noch nie hatte jemand anderes sie benutzt. Er wusste genau, wie seine MP beim Schießen reagierte. Er unterhielt sich mit seinen Kameraden und sie machten einige Witze. Der Tag begann gut und schön, aber auch aufregend.

Die Sonne schien, es war aber lausig kalt, schließlich war der Februar ein Wintermonat. Das Schießen hatte begonnen und nach und nach wurden die Soldaten zum Probeschießen aufgerufen. Andreas Kameraden, die vom Schießstand zurückkehrten, erzählten, wie viele Ringe sie erreicht hatten. Vierundzwanzig Ringe von Hotte waren bisher das beste Ergebnis. Aber es war ja nur ein Probedurchlauf. Die Soldaten sollten sich einschießen und ernst wurde es erst beim zweiten Mal.

Andreas wurde aufgerufen. Er ging an seinen ihm zugewiesenen Schießstand und nahm die befohlene liegende Schießhaltung ein. Sorgfältig visierte er das Ziel an und dachte: ‚Oh, Scheiße, sind die weit weg. Die treffe ich nie im Leben. Wie hat Hotte nur vierundzwanzig Ringe geschafft?'

Er hatte Respekt und legte die Waffe vor sich in den Sand, um sich zu entspannen. Er hatte drei Schuss. Der Feuerbefehl kam und Andreas legte an, zielte und schoss. Dreimal hintereinander. Er schoss schnell. Der Unteroffizier neben ihm, der ihn beaufsichtigte, sagte: „Du hast zu schnell geschossen. Du musst dir mehr Zeit nehmen. Auf die Entfernung kannst du nicht so schnell schießen. Du musst dich dabei konzentrieren und das Ziel gut anvisieren."

Andreas war sich nicht sicher, ob er überhaupt getroffen hatte, aber er sagte: „Das war doch nur Probe, warte es einfach ab. Die Scheibe kommt schon." Jetzt war er selber gespannt, wie viele Ringe er geschossen hatte.

Der Unteroffizier entnahm Andreas' Schießscheibe aus der Führung, sah sie sich an und sagte plötzlich kopfschüttelnd: „Das gibt es nicht."

‚Ja, habe ich mich denn jetzt bis auf die Knochen blamiert?', dachte Andreas völlig irritiert. Derweil ging der Unteroffizier mit der Schießscheibe zum Kompaniechef. Andreas rief ihm hinterher: „Willst du jetzt dem Kompaniechef die Ratten auch zeigen?"

Der Unteroffizier drehte sich zu Andreas um und sagte: „Ratte ist gut. Das hatte ich eigentlich erwartet, so, wie du geschossen hast. Aber das hier ist eine Schützenschnur. Achtundzwanzig Ringe."

Andreas war völlig überrascht. „Nee, das geht doch nicht, ich will doch noch einmal schießen", sagte er.

„Dann darfst du nicht so gut schießen", lachte der Unteroffizier.

Innerlich jubelte Andreas. Aber schießen durfte er tatsächlich nicht mehr. Seine Freude über das Erreichen der Schützenschnur hielt trotzdem den ganzen Tag an. Keiner hatte es geschafft, die Schützenschnur auf Anhieb zu schießen. Nur er alleine. Beim zweiten und dritten Schießen schafften noch insgesamt zwölf Soldaten, die Schützenschnur zu schießen, aber eben keiner von ihnen beim ersten Versuch. Andreas war der Held des Tages.

Am frühen Abend wurden im Kompaniegebäude die Waffen gereinigt. Andreas stand neben Hotte und sie alberten herum, erzählten sich Witze und lachten viel. Andreas hatte während seiner ganzen Armeezeit noch nicht einen so schönen Tag erlebt. Plötzlich klingelte am Schreibtisch des Unteroffiziers vom Dienst, kurz UvD genannt, das Telefon. Ein paar Augenblicke später rief der UvD Andreas zu sich: „Es ist für dich."

Andreas nahm den Hörer und meldete sich. Am anderen Ende hörte er eine junge männliche Stimme sagen: „Hier ist die Poststelle. Ich habe ein Telegramm für dich."

Als die Stimme nicht weitersprach, fragte Andreas: „Und von wem ist es?"

„Von deiner Frau", sagte die Stimme.

Andreas musste nun lachen, er war immer noch happy von diesem schönen Tag. Er fragte: „Und was schreibt sie?"

„Es ist eine traurige Nachricht", entgegnete die Stimme leise.

Andreas antwortete immer noch fröhlich: „Na, so traurig kann die Nachricht gar nicht sein."

Andreas hörte die Stimme leise sagen: „Doch, ist sie."

„Komm schon", sagte Andreas, „immer frei von der Leber weg, was schreibt sie."

Andreas rechnete nicht damit, dass ihn jetzt ein Hammer treffen würde. Die Stimme sagte immer noch leise: „Deine Mutti ist gestorben. Ich schicke dir das Telegramm zu, morgen früh wirst du es bekommen."

Andreas merkte, wie ihm alles Blut aus dem Gesicht wich. Er war jetzt ganz still. Wie in Trance legte er den Telefonhörer auf. Er sah und hörte nichts. Er nahm seine Umwelt nicht mehr wahr. Der UvD sah ihn besorgt an und fragte. „Ist etwas passiert? Kann ich dir helfen?"

Doch Andreas hörte ihn nicht. Er drehte sich um und ging zu seinem Platz zurück. Er nahm seine Kalaschnikow in die Hand und begann, sie wieder zu reinigen. Ruhig und scheinbar völlig teilnahmslos.

Hotte machte ein besorgtes Gesicht: „He, Andreas, ist was passiert?"

Andreas sah ihn an und sagte: „Meine Mutter ist gestorben."

„Nee, mach keinen Scheiß", sagte Hotte erschrocken.

Andreas sah ihn an und musste beinahe lachen, als er Hottes Gesicht sah. Es war plötzlich sehr ernst, das Lachen war vollständig daraus verschwunden und die Augen waren weit aufgerissen.

„Doch, sie ist gestorben!", sagte Andreas.

Hotte antwortete: „Los, komm, gib mir deine Waffe, ich reinige sie zu Ende. Geh und ruhe dich erst einmal aus, ich komme nachher zu dir."

Doch Andreas wollte seine Waffe alleine reinigen. Er lehnte Hottes Angebot ab und arbeitete weiter. Dann merkte er, dass ihm die Hände zitterten. Er konnte seine MP kaum festhalten. Die Tränen rannen ihm über das Gesicht. Hotte nahm ihm die Waffe ab, packte Andreas beim Arm, führte ihn in sein Zimmer und drückte ihn auf einen Stuhl. Dann machte er ihm einen Kaffee und forderte ihn zum Trinken auf. „Ich komme nachher zu dir und dann werden wir weitersehen", sagte er und verließ das Zimmer.

Als Andreas alleine war, stand er auf und ging zu seinem Spind. Darin hatte er einige Bilder von seiner Familie verstaut. Die holte er jetzt heraus und sah sie sich an. Er sortierte sie. Alle, auf denen seine Mutter abgebildet war, legte er auf einen Stapel. Die restlichen Fotografien legte er wieder in sein Spind zurück und setzte sich anschließend an den Tisch und betrachtete die Bilder seiner Mutter erneut. Wieder musste er weinen, dieses Mal hemmungslos, denn erst jetzt realisierte Andreas, was geschehen war. Hass auf seinen Objektleiter baute sich in seinem Inneren auf. Der hatte es verhindert, dass er seine Mutti am letzten Wochenende noch einmal lebend sehen konnte. Nun würde er sie nie wieder sehen. Sie war tot. Andreas konnte sich nicht beruhigen.

Plötzlich stand Hotte im Rahmen der Tür und sah Andreas einem Nervenzusammenbruch nahe. Er nahm ihm die Bilder seiner Mutter aus der Hand und schimpfte: „Du bist wohl verrückt geworden! Du kannst dir jetzt doch nicht diese Bilder ansehen! Los, weg damit in den Spind! Und nun kommst du mit mir mit in mein Zimmer." Die Bilder legte er trotz Andreas' Proteste in den Spind und verschloss ihn. Danach nahm er Andreas beim Arm und zerrte ihn hinter sich her.

Andreas wehrte sich, er wollte alleine sein.

„Das kommt gar nicht in Frage, du kommst mit mir. Hier kommst du bloß auf blöde Gedanken und tust dir am Ende noch etwas an." Er lockerte seinen Griff um Andreas' Arm nicht und zog ihn hinter sich her. Dieser gab seinen Widerstand auf. In Hottes Zimmer befanden sich noch andere Soldaten aus Andreas' Diensthalbjahr. Hotte hatte ihnen erzählt, was passiert war. Sie alle drückten Andreas ihr Beileid aus. Und dann fingen sie an, sich zu unterhalten. Sie tranken Kaffee, begannen, Witze zu erzählen, und wurden immer fröhlicher. Damit lenkten sie Andreas von seinem Kummer ab. Er vergaß ihn für den Abend. Das Abendbrot holte Hotte ins Zimmer. Er wollte nicht, dass Andreas in den großen Essensaal gehen musste und dort von den anderen Soldaten an sein Unglück erinnert wurde.

Ab zehn Uhr abends begann die Nachtruhe. Sie musste eingehalten werden. Die Soldaten des zweiten Diensthalbjahres gingen zusammen mit Andreas in den Waschraum. Der stellte sich für eine halbe Stunde unter die Dusche. Bis ihm Hotte das Wasser abstellte, sonst wäre Andreas möglicherweise die ganze Nacht darunter stehen geblieben. Leise und verständnisvoll sagte Hotte: „Komm, mein Freund, es wird Zeit."

Andreas trocknete sich ab und sie gingen den Flur zu ihren Zimmern entlang. Andreas blieb an seiner Zimmertür stehen. Hotte ging weiter. Andreas sah ihm nach und rief: „Hotte."

Hotte drehte sich um und blieb stehen. Andreas sagte leise nur zwei Worte: „Danke, Hotte!"

„Kein Problem, dafür sind doch Kumpels da", antwortete dieser mit gesenkter Stimme. Andreas ging in sein Zimmer und war wieder alleine. Normalerweise wären zwei weitere Soldaten in seinem Zimmer gewesen. Aber der eine hatte Wache und der andre war auf einem Lehrgang.

Andreas legte sich in sein Bett. Er konnte nicht einschlafen. Ständig musste er an seine Mutter denken. Sie war nur dreiundsechzig Jahre alt geworden. Acht Kinder hatte sie großgezogen, einen Säufer als Mann an ihrer Seite gehabt, der ihr keine Hilfe, sondern nur eine Last und Plage war. Ihr ganzes Leben hatte sie sich um die Familie gekümmert. Jetzt, nachdem sie in Rente gegangen war und sich einen schönen Lebensabend hätte machen können, wurde sie krank und starb. ‚Der Alte hätte sterben sollen und nicht sie!' Andreas weinte. Sein Schmerz war zu groß für ihn. In dieser Nacht ahnte er noch nicht, dass ihm seine Mutter sein restliches Leben lang fehlen würde. Irgendwann schlief er doch noch ein.

Am nächsten Morgen kam sein Objektleiter und Hauptmann in Andreas' Zimmer. Er drückte ihm sein Beileid aus. Das konnte Andreas gerade noch ertragen. Er hatte nicht vergessen, das der Kerl, der jetzt vor ihm stand und Anteilnahme heuchelte, dafür verantwortlich war, dass er seine Mutter am letzten Wochenende nicht mehr lebend sehen durfte. Sein Spind stand offen, ein Bild seiner Eltern hatte Andreas so hineingestellt, dass er es vom Tisch aus sehen konnte. Der Hauptmann ging zum Spind sah das Bild und nahm es in seine Hand. Er sah es sich an und fragte: „Sind das Ihre Eltern?"

Andreas bejahte die Frage.

Der Hauptmann besah sich das Bild nochmals genau und sagte: „So schnell kann das Geschichte sein."

Andreas sah ihn jetzt drohend an und rief laut: „Sofort stellst du das Bild zurück."

Der Hauptmann hatte gerade so viel Zeit, das Foto in den Spind zurückzustellen. Andreas eilte zu ihm, nahm ihn am Schlafittchen, stieß ihn kraftvoll gegen das Bettgitter und rasend vor Zorn und Hass nahm er ihn in den Schwitzkasten und ließ ihm keine Chance, aus seiner Umklammerung herauszukommen. Andreas sagte jetzt ganz ruhig, aber voller Hass: „Du redest nicht von Geschichte, wenn es um meine Mutter geht. Du solltest sowieso nicht ihren Namen in deinen Mund nehmen. Du hast es zu verantworten, dass ich sie am Wochenende nicht mehr gesehen habe." Dann ließ er seinen Vorgesetzten frei und schnauzte ihn an: „Raus hier, lassen Sie mich alleine!"

Tatsächlich verließ der Objektleiter schweigend das Zimmer. Andreas hatte soeben einen Vorgesetzten angegriffen. Dafür hätte er mit Gefängnis bestraft werden können. Aber das Glück war auf seiner Seite. Er war mit dem Hauptmann alleine, es gab keinen Zeugen für seinen Ausraster. Als er zum Kompaniechef gerufen wurde, bekam er statt einer Strafe einen Urlaubsschein. Andreas dankte dem Kompaniechef, ging zu Hotte und verabschiedete sich von dem Kameraden. Am Montag würde Andreas in die Kompanie zurückkehren.

Erst nach vier Wochen wurde die Mutter beerdigt. Andreas war durch das Kasernenleben vom Tode seiner Mutter abgelenkt und kam dadurch verhältnismäßig schnell zur Ruhe. Doch bei der Beerdigung brach alles wieder hervor und seine Trauer kannte keine Grenzen.

Spielereien

Andreas lag noch lange wach. Doch irgendwann übermannte ihn der Schlaf doch. Als er am Morgen des 3. Januar 2011 erwachte, fühlte er sich ausgeschlafen und ausgeruht.

Erst nachmittags loggte er sich in den Chat ein und wartete auf eine Nachricht von Silvio. Doch er wartete vergebens.

Am 4. Januar sah Andreas, dass Silvio sein Profil besucht hatte, aber Andreas Mail hatte er nicht gelesen. So war es auch in den nächsten Tagen. Jeder der beiden war gerade dann im Chat, wenn der andere es nicht war. Keiner schickte dem anderen eine Nachricht. Andreas konnte noch nicht einmal sagen, wann Silvio seine Messages gelesen hatte. Aber mehrmals besuchte Silvio in dieser Zeit Andreas' Profil.

Endlich änderte Andreas seinen Profiltext. Der neue lautete: „Frauen sind Scheiße und Männer auch!"

Andreas glaubte, dass auch er mit Silvio spielen konnte, wie der das mit ihm tat. Silvio ließ ihn gewähren, denn er wusste, wie er Andreas in seinem eigenen Spiel halten konnte und wartete auf eine Gelegenheit, entweder um Andreas zu ködern oder ihm erneut seinen Psychoterror auszusetzen.

Bis zum 10. Januar ging dieses Spielchen zwischen Silvio und Andreas weiter. Sie besuchten gegenseitig ihre Profile, aber keiner hinterließ eine Nachricht für den anderen.

Am 10. Januar war die Frist von einer Woche, die Andreas Silvio gesetzt hatte, verstrichen. Silvio hatte die Woche ohne eine Antwort vergehen lassen. In Andreas' Augen hatte er seine Chance nicht genutzt, das sollte Konsequenzen haben. Silvio hatte genug mit Andreas' Gefühlen gespielt. Irgendwann musste damit Schluss sein.

Andreas löschte Silvio aus der Liste seiner Freunde. Anschließend öffnete er eine Message an Silvio und schrieb: „Hallo, Silvio, ich habe jetzt eine Woche auf deine Antwort gewartet. Es ist erstaunlich, dass du nicht ein Wort für mich übrig hast. Und das, obwohl du mich zu deinem Chatfreund erkoren hast und mich angeblich liebst.

Ich wünsche dir, auch wenn du es nicht glauben magst, alles Gute.

Falls du mich doch noch einmal erreichen möchtest, weißt du, wie du es anstellen musst.

Ich warte nicht auf dich. Viele Grüße! Andreas."

Andreas' Maßnahmen zeigten erste Erfolge, wie er glaubte. Denn das nächste Mal beschränkte sich Silvio nicht mehr darauf, Andreas' Profil zu besuchen, er hinterließ auch eine Nachricht. Das war am 12. Januar nachmittags.

„Hallo, Andreas, es tut so weh! Wie ich sehe, hast du mich in deinem Profil als Freund schon gestrichen. Ich habe einige Male dein Profil angeklickt. Hast du bestimmt gemerkt. Hatte aber nicht den Mut, ein ‚Hallo' zu hinterlassen. Heute konnte ich nicht anders.

Wenn Frauen und Männer scheiße sind, laut deinem Profil, was willst du dann?

Aber dafür hast du ja deinen besten Freund, wie ich gesehen habe. Viele Grüße Silvio."

‚War das alles?', fragte sich Andreas. ‚Kein Wort zu Ralf, kein Wort dazu, ob wir uns treffen wollen, nichts? Du hast dich nur gemeldet, weil du deine Felle davonschwimmen siehst, weil ich dich als Freund aus meinem Profil gestrichen habe! Von wegen heute konntest du nicht anders! Und was hat überhaupt mein bester Freund damit zu tun? Du hast schon wieder nicht richtig gelesen, es sind alles nur Sprüche und Wünsche, an meinen besten Freund gerichtet.'

Jetzt schrieb Andreas eine Message, die es in sich hatte. Sie war nicht unhöflich. Aber konsequent sagte er darin, was er dachte. Und vielleicht wollte er Silvio auch ein bisschen provozieren. „Hallo, Silvio, im Gegensatz zu dir weiß ich genau, was ich will. Nicht mit mir spielen lassen, das hast du nun genug mit mir getan. Auf einen Freund wie dich kann ich verzichten. Ich habe alle Messages von uns gespeichert, von der ersten an, die ich dir im November geschickt habe, bis zu dieser letzten jetzt.

Ich habe mir alles durchgelesen und muss sagen, du hast es geschickt angestellt, aber ernst hast du es nie mit mir gemeint, du hast nur mit mir gespielt. Das hätte ich schon erkennen müssen, als mein Internet ständig wegbrach.

Anstatt mich anzurufen, hast du lieber mit deinem Nachbarn Bier getrunken und dich über meine Blödheit amüsiert, weil ich durch das Schneetreiben gelaufen bin, um dich zu erreichen.

Du lässt mich am laufenden Band hängen und kommst mir jetzt mit dem Spruch: ‚Es tut so weh!'

Richtig, du hast mir sehr weh getan, nicht nur einmal. Ich hätte für dich alles getan und du hast mich nur verarscht. Das tut wirklich weh.

Glaube nicht, dass ich dir abnehme, dass dir wehtut, was in der letzten Zeit geschehen ist. Ich falle auf dich nicht mehr rein.

Bleibe du nur bei deinem Ralf, wenn es ihn überhaupt gibt. Wenn ja, kontrolliert er dich sowieso und wird dich auch weiterhin betrügen. Mit dem wirst du nicht glücklich. Ich hoffe für alle Männer dieser Welt, dass es nicht einen gibt, der noch auf dich hereinfällt.

Du trittst die Liebe mit Füßen, was du in dieser Woche wieder gezeigt hast. Lässt mich hängen und kommst mir dann mit: ,Es tut so weh'.

Ich glaube dir nicht mehr, und ich habe alle deine Besuche auf meinem Profil registriert. Wenn du es ernst gemeint hättest, hättest du spätestens bis zum Wochenende eine Message schicken müssen. Nicht nur das Profil besuchen.

Bitte belästige mich nicht mehr. Andreas."

Am Abend des 12. Januar entwickelte sich doch ein kurzer Chat zwischen den beiden. Silvio hatte Andreas' Message gelesen und wollte sie beantworten, als Andreas sich in den Chat einloggte. Er registrierte, dass Andreas es jetzt ernst meinte. Er suchte nach einem Weg, Andreas in seinem perfiden Spiel zu halten. Silvio war mit Andreas noch lange nicht fertig. Mit folgender Mail versuchte er, Andreas zu ködern: „Hallo, Andreas, auch wenn du es jetzt als Belästigung ansiehst, ein letztes Mal möchte ich dir noch schreiben. Dann werde ich ,DEINEM' Wunsch entsprechen.

Du irrst dich gewaltig!!!!!!

Ich wünsche dir alles Gute. Vielleicht kommt wirklich der Tag, an dem du sagen kannst: ,Ich liebe dich.' Aber wenn in deinen Augen alle ,Scheiße' sind, wird es nichts. Und ich glaube dir nicht, dass du damit alle meinst.

Und eines habe ich jetzt gemerkt: Du kennst und verstehst mich gar nicht. Und das hat nichts mehr mit Missverständnissen zu tun."

Wie hätte Andreas ihn auch verstehen können, hatte sich Silvio doch immer strikt geweigert, seine Fragen zu beantworten. Lieber hatte sich Silvio aus den Chat gestohlen, um sich, um klare Antworten zu drücken. Auch Silvio kannte Andreas nicht, und verstanden hatte er ihn schon gar nicht, glaubte Andreas. Wenn er nur geahnt hätte, dass Silvio ihn besser kannte, als er das jemals geglaubt hatte.

„Ich wünsche dir, dass du deine ‚große Liebe' findest und du es dann verstehst, das Glück festzuhalten. Wirf es nicht wieder weg. Denn ich denke, im Moment bist du einsam, alleine, unglücklich, ungeliebt und vielleicht auch mit dir selber unzufrieden.

Mach's gut, Andreas, und pass auf dich auf!!!!! Tschüss, Gruß! Silvio."

Andreas hatte keine Zeit zum Nachdenken, das tat er später. Jetzt wollte er Silvio schnell eine Antwort geben und ihn so im Chat halten: „Wenn ich mich irre, dann kläre mich doch auf. Warum willst du dich nicht mit mir treffen?"

Silvio fragte: „Ich denke, du hast alle unsere Mails gelesen? Deutest du alle unsere Zeilen nur in deinem Sinne? Auch ich habe alle unsere Zeilen aufgehoben. Beginnend mit dem 17. November. Ich lese sie mit anderen Augen.

Glaube mir, ich habe nie(!!) ‚über' dich gelacht!

Ein Treffen täte uns beiden aus jetziger Sicht nicht gut.

Ich weiß, du wartest nicht mehr auf mich. Mach's gut, Andreas!!!"

Andreas: „ Siehst du, du weißt wieder alles besser."

Silvio wiederholte: „Mach's gut, Andreas!!!!! Bleib gesund und pass auf dich auf!!" Er loggte sich aus. Damit hoffte er, sein Ziel erreicht zu haben. Auf jeden Fall hatte er dafür gesorgt, dass Andreas sich wieder mit ihm beschäftigte.

Aber ein Ziel hatte Silvio wenigstens erreicht. Andreas war jetzt wieder innerlich aufgewühlt. Silvio hatte erneut keine Antworten gegeben, im Gegenteil, er hatte nur noch mehr Fragen aufgeworfen. ‚Es ist doch wohl völlig normal', dachte Andreas, ‚dass jeder Mensch, egal, um was es geht, alles aus seiner Sicht betrachtet. Ich aus meiner, du aus deiner. Letztendlich musst du mir nur meine Fragen beantworten, aber du blockst immer ab. Wie soll ich dich verstehen, wenn du nicht mit mir sprichst? Und du legst für dich fest und weißt es ganz genau, auf wen ich warte und auf wen nicht. Du weißt nichts, gar nichts. Dann lasse ich mir eben etwas Neues einfallen, um mit dir wieder in Kontakt zu kommen.'

Andreas liebte trotz allem seinen Silvio immer noch so sehr, dass er nicht im Traum daran dachte, ihn aufzugeben. Das war zwar nicht zu verstehen, aber es war so. In seiner Message vom 12. Januar forderte er Silvio auf, ihn in Ruhe zu lassen. Das war zu diesem Zeitpunkt tatsächlich sein fester Wille. Aber jetzt wollte er genau das Gegenteil. Vielleicht auch deshalb, weil Silvio scheinbar auf Andreas Forderung, ihm nicht mehr zu schreiben, eingegangen war?

Am 13. und 14. Januar passierte nichts. Am 15. sah Andreas, dass Silvio sein Profil erneut besucht, aber ihm wieder keine Nachricht hinterlassen hatte. Jetzt dachte Andreas: ‚Wenn du meinst, du kannst mit mir spielen, kann ich das mit dir auch. Jetzt reicht es mir endgültig, du kannst nicht tun und lassen, was du willst. Es wird Zeit, dass ich ernsthafte Maßnahmen ergreife.'

Andreas öffnete Silvios Profil und schrieb ihm eine Message: „Wenn du bereit bist, mir endlich meine Fragen zu beantworten, hast du vielleicht auch wieder einen Chatpartner. Ich denke, nur ein persönliches Gespräch auf neutralen Boden könnte uns helfen. Überlege es dir. Du weißt, wie du mich benachrichtigen kannst, wenn du es willst. Lasse mich nicht zu lange warten."

Jetzt blockierte er ihn. Silvio konnte Andreas nicht mehr anschreiben, auch nicht mehr sein Profil besuchen.

Es gab nur eine aktive und eine passive Möglichkeit für Silvio, mit Andreas Kontakt auf zu nehmen. Die Aktive wäre: Silvio legte für sich ein neues Profil an, damit hätte er Andreas anschreiben können. Aber Andreas war sich sicher, dass Silvio das nicht tat. Die passive Möglichkeit war, über sein Profil Kontakt aufzunehmen. Und zwar musste er den Profiltext so ändern, dass Andreas ihn für eine erneute Kontaktaufnahme akzeptierte, wenn er Silvios Profil besuchte.

Als Andreas den Chat verließ, war er mit sich und der Welt vorübergehend zufrieden. Er glaubte, dass jetzt er die Spielregeln bestimmte und Silvio in Zugzwang war. Jetzt war es endlich einmal an Silvio, zu reagieren. Nicht Andreas war derjenige, dem ein Brocken hingeworfen wurde, mit dem er klar kommen sollte.

Andreas war kein schadenfroher Mensch, aber er glaubte, dass Silvio das verdient hatte. Sollte der doch beweisen, dass er es ernst meinte!

Was auch geschehen mochte, Silvio musste sich etwas einfallen lassen, wenn er ernsthaft mit Andreas in Kontakt bleiben wollte. Aber Andreas irrte sich. Er hatte zwar Silvio eine Möglichkeit genommen, ihn weiterhin psychisch zu foltern, aber er hat ihm auch die Möglichkeit gegeben, weiter mit ihm in Kontakt zu bleiben. Doch wann das sein sollte, bestimmte tatsächlich Silvio.

Ungefähr vierundzwanzig Stunden später loggte sich Andreas in Silvios Profil ein, um zu sehen, ob der reagiert hatte. Danach dachte Andreas: ‚Das ging aber schnell.' Er war zufrieden. Der Profiltext war verändert. Andreas konnte lesen, was da gestern noch nicht stand: „Hallo, mein Chatpartner, warum hast du mich verlassen?" Und Silvio hatte ein Bild in sein Profil gestellt. Das hatte Andreas nie von ihm verlangt. Er wollte das Bild in einer Message zugeschickt bekommen.

Als Andreas Silvios Foto sah, war er beinahe schockiert. Dieses Bild hatte er schon einmal gesehen! Es war exakt das Bild, das er in der Silvesternacht in seiner Fantasie gesehen hatte. Gut, Silvio sah etwas anders aus, aber die Gesichtszüge waren fast so, wie Andreas sie sich vorgestellt hatte. ‚Ach', fragte er sich, ‚warum werden wir nie zueinander kommen? Ich will doch nichts Böses von dir, ich will dich doch nur lieben und dich glücklich machen und dabei selber glücklich sein.'

Silvio hatte Andreas erfolgreich geködert, denn dieser schrieb jetzt Silvio folgende Message: „Hallo, Silvio, wenn das Bild ein erstes Freundschaftsangebot war, hast du Erfolg gehabt. Aber nicht für lange.

Ich liebe dich immer noch. Konnte nach unserem letzten Kontakt die ganze Nacht nicht schlafen.

Ich habe die Blockung wieder gelöscht. Eigentlich wollte ich mit dir nichts mehr zu tun haben. Der Verstand ist aber das eine, das Herz, auch wenn es gebrochen ist, etwas anderes.

Fakt ist nun einmal eines, Ralf steht zwischen uns. Deine Liebe zu Ralf war stärker als deine Liebe zu mir. Es tut trotzdem immer noch weh.

Jetzt hast du dein Bild ins Profil gestellt und es keimen bei mir wieder Hoffnungen. Ich bin schon wieder hin und her gerissen und weiß nicht, was ich tun soll, weil ich weiß, dass ich letztendlich nichts tun kann und ich abhängig bin von deinem Willen und deiner Gnade.

Ich würde für dich mein Leben geben, denn ich liebe dich immer noch. Ich habe immer ein Bild von dir im Kopf gehabt, ich wusste, du bist ein schöner Mann, jetzt habe ich die Bestätigung, dass du ein richtig Süßer bist, und es zerreißt mir das Herz.

Ich glaube, es wäre besser gewesen, wenn ich nie gesehen hätte, wie schön du bist, nun muss ich es auch noch ertragen, dass ich auch noch dein Äußeres neben all den anderen liebenswerten Dingen an dir lieben muss. Trotzdem kann ich dich nicht erreichen.

Ich möchte so vieles, doch werden meine Wünsche nicht erfüllt. Meine Hoffnungen, die du jetzt wieder geweckt hast, wirst du nicht erfüllen, da steht Ralf davor. Ich hoffe für dich, mein Engel, und ich wünsche es dir von ganzem Herzen, dass du mit Ralf glücklich wirst, weil du es mit mir nicht willst. Aber ich habe Zweifel. Mögen sie sich nie bewahrheiten.

Bitte gib mir Antworten, damit ich dich wenigstens verstehen kann. Liebe Grüße! Andreas."

Mit dieser Mail begab er sich wieder in Silvios Hände, fortan konnte der mit ihm seine psychischen Spielchen weiter fortsetzen.

Da Silvio sich nicht in den Chat einloggte, schrieb Andreas ihm am späteren Abend eine erneute Nachricht: „Hi, mein Süßer, wie lange muss ich auf dich warten?

Ich habe morgen Frühdienst, muss also um 5 Uhr aufstehen. Macht nichts, ich kann sowieso nicht schlafen.

Warum hast du mir neulich gesagt, dass ich mich gewaltig irre?

Ich hatte das Gefühl, dass du mich alleine gelassen hast, als ich dich am nötigsten brauchte. Du hast den Chat beendet, ohne mich zu fragen, wie ich mit all dem klarkomme. Ich war doch auch enttäuscht.

Ich will dir jetzt keine Vorwürfe machen, ich möchte nur, dass du verstehst, was ich nach dem ganzen Ärger mit Ralf gefühlt und gedacht habe.

Es ist wohl mein Schicksal, ewig ungeliebt zu sein oder nur von Menschen geliebt zu werden, deren Liebe ich nicht erwidern kann. Und immer wieder schlimme Dinge über mich ergehen lassen zu müssen, ohne etwas dagegen tun zu können.

Es ist die gerechte Strafe dafür, was ich Thomas damals angetan habe! Seitdem läuft bei mir nichts mehr so, wie ich es mir wünsche. Er hat mich geliebt und ich war damals noch zu blöde, um zu wissen, dass er für mich der Richtige gewesen wäre. Mein Gott, das ist jetzt auch schon fast 30 Jahre her.

Lass uns noch einmal über alles reden und sämtliche Missverständnisse aus dem Weg räumen. Wenn auch unsere Liebe nicht mehr zu retten ist, aber wir können wenigstens alle Missverständnisse ausräumen, um Freunde zu werden. Oder zumindest uns in Achtung voneinander zu verabschieden. Viele Grüße! Dein Andreas."

Jetzt glaubte Andreas, dass er nichts mehr unternehmen konnte, um mit Silvio in Kontakt zu kommen. Er hatte für Silvio Verständnis gezeigt, ihn bestraft und mit Güte und Härte behandelt. Andreas musste sich in Geduld üben. Doch Silvio meldete sich nicht, den ganzen Tag nicht. Das bedeutete für Andreas eine weitere schlaflose Nacht.

Thomas

In seiner letzten Message an Silvio hatte Andreas Thomas erwähnt. Thomas war der einzige Mann, der ihn wirklich geliebt hatte. Nur mit Wehmut konnte Andreas an ihn denken. Denn heute wusste er ganz genau, was er ihm angetan hatte, wie sich Thomas damals gefühlt haben musste.

Als Andreas zwanzig Jahre alt war, lernte er den zwei Jahre jüngeren Thomas kennen. Sie befreundeten sich und es dauerte nicht lange, bis sie viel Zeit miteinander verbrachten. Fast jeden Tag trafen sie sich. Die Initiative ging meistens von Thomas aus. Andreas lebte zu der Zeit mit Hanna zusammen. Außerdem arbeitete er im Schichtsystem. Seine Freizeit verbrachte er in der Sternwarte oder auf dem Fußballplatz.

Thomas hatte er auf dem Sportplatz kennengelernt. Sie waren etwa gleich groß, nur in den Schultern war Thomas etwas schmaler als Andreas. Thomas hatte blaue Augen sowie schulterlanges, etwas lockiges, mittelblondes Haar. Seine Stimme war warm und dunkel; wenn er sprach, hörte sie sich liebevoll an. Thomas war vom Hautzustand eher der hellere Typ. Er sprach Andreas auf dem Fußballplatz an, als dieser an einem Sonntag ein Spiel seiner Mannschaft beobachtete. Sie philosophierten über Fußball, während Andreas dem Spiel seiner Mannschaft zusah und immer wieder seinen Spielern einige Anweisungen zurief. Nachdem Andreas' Mannschaft das Spiel gewonnen hatte, tranken sie gemeinsam ein Bier und unterhielten sich über die Dinge des Lebens. Das heißt, Thomas trank eine Limo, da er mit seinem Motorrad zum Sportplatz gekommen war. Dabei vergaß Andreas die Zeit, bis er merkte, dass er schon zu Hause sein wollte. Thomas bot sich an, ihn mit dem Motorrad nach Hause zu fahren.

„Aber ich bezahle es dir", sagte Andreas.

„Das ist nicht nötig, ich tue es gerne", entgegnete Thomas.

Andreas verlangte: „Aber du musst mir die Gelegenheit geben, es wieder gutzumachen."

„Darüber können wir reden. Du kannst mir beim nächsten Mal ein Bier ausgeben, aber gleich, wenn ich komme, danach kann ich nichts mehr trinken, weil ich mit dem Motorrad fahren muss", erwiderte Thomas.

Als sie losfuhren, hielt sich Andreas an Thomas fest. Von hinten legte er ihm die Hände an die Hüften. So ließ er sich von Thomas nach Hause fahren.

Zwei Tage später trafen sie sich auf dem Sportplatz wieder. Thomas bekam das versprochene Bier und sie unterhielten sich darüber, was sie am vergangenen Sonntag, nachdem sie sich verabschiedet hatten, erlebten. Thomas interessierte sich für Andreas. Er wollte wissen, ob Andreas nicht zu spät nach Hause gekommen sei.

„Nein, ich war pünktlich. Schließlich war ich mit dir schneller, als wenn ich mit der S-Bahn hätte fahren müssen. Ich wollte nur schnell nach Hause, weil meine Frau zur Arbeit musste. Wenn sie Spätschicht hat, muss ich auf den Jungen aufpassen", sagte Andreas.

„Hast du schon ein Kind?", fragte Thomas.

Andreas erklärte ihm, dass es das Kind seiner Frau, ihm aber wie ein eigener Sohn sei. Danach musste Andreas zum Training zu seiner Mannschaft auf den Platz heruntergehen. Er bat Thomas um Verständnis.

Nach dem Training fragte Andreas ihn, weil er neugierig war: „Was machst du hier eigentlich? Warum siehst du beim Training zu und hast dir am Sonntag schon das Spiel angesehen? Hast du in meiner Mannschaft einen Angehörigen, vielleicht einen Bruder?"

Thomas erklärte: „Nein, das nicht, aber ich möchte vielleicht einmal selber eine Mannschaft trainieren, aber zum jetzigen Zeitpunkt trau ich mir das noch nicht zu."

Andreas sagte: „Ich trainiere meine Mannschaft alleine. Ich könnte schon noch jemanden gebrauchen, der mich unterstützt. Du könntest mit mir zusammenarbeiten. Hilfst mir beim Training. Und vor allem, wenn ich mit den Jungs am Wochenende unterwegs bin, könnte ich noch jemanden gebrauchen, der die Rasselbande beaufsichtigen hilft. Ich würde dir alles beibringen, was ich kann. Fußball spielen solltest du aber schon etwas können. Es ist besser, wenn man der Mannschaft einige Sachen vormachen kann. Dann lernen sie es schneller."

Thomas willigte ein. Das war der Beginn einer tiefen Freundschaft. Während des Trainings lernten sie sich kennen und schätzen. Thomas war ein zuverlässiger junger Mann, der gewillt war, seine Aufgabe zu erfüllen. Wenn es um die Mannschaft ging, unterstützte er Andreas in jeder Beziehung. Hatte Andreas Spätdienst, übernahm

Thomas das Training. Früher musste Andreas, wenn er zu einem Training verhindert war, einen anderen Trainer bitten, für ihn einzuspringen. Fand sich niemand, der seine Mannschaft betreuen konnte, musste das Training ausfallen. Jetzt konnte Thomas ihn vertreten.

Hatte Andreas danach Kontakt zur Mannschaft, fragte er die Spieler, wie ihnen Thomas' Training gefallen hatte. Meist waren alle Beteiligten zufrieden. Thomas gestaltete ein interessantes und abwechslungsreiches Training. Oft stimmte er es vorher mit Andreas ab.

Für Thomas war Andreas mehr als nur ein Freund. Wenn sie alleine waren, berührte er ihn oft an der Schulter oder am Arm. Manchmal legte er auch seinen Arm um Andreas' Schulter. Berührungen, die Andreas genoss. Jedes Mal wurde ihm dabei warm ums Herz. Aber er wusste nicht, wie er sich Thomas gegenüber verhalten sollte.

Thomas liebte die damalige Rockmusik, vor allem die Hardrock-Gruppen. Deep Purple, Led Zeppelin und andere hatten es ihm angetan. Von seinen Eltern hatte er einen neuen Kassettenrekorder geschenkt bekommen. Es war ein kleines, aber zuverlässiges Gerät mit einer sehr guten Tonqualität der Marke „Stern".

In einem Gespräch mit Andreas erfuhr er, welche Musik dieser gerne hörte, und zu Hause nahm er sie in seinem Zimmer für ihn auf. Danach fuhr er zu ihm, damit Andreas diese Musik auf seine Tonbänder überspielen konnte. Das war für Thomas eine willkommene Möglichkeit, um einen Teil seiner Freizeit mit Andreas gemeinsam verbringen zu können, denn er hatte sich in ihn verliebt.

Thomas besuchte Andreas, um Musik zu überspielen, die er für seinen heimlichen Geliebten aufgenommen hatte. Sie waren alleine. Andreas ging in die Küche und wollte Kaffee kochen. Thomas folgte ihm. Er stand hinter Andreas und beobachtete ihn und sah ihm auf den Po. Andreas hatte eine enge Boxer an. Sein kleiner Hintern war darin gut zu sehen. Thomas konnte nicht anders, er streichelte Andreas kurz über den Po. Im selben Augenblick erschrak er über sich selbst. Andreas sah ihn mit einem ernsthaften Gesicht an, sagte aber nichts. Thomas legte ihm seine Hand auf den Arm und fragte: „Andy, gefällt dir die Musik?" Er fragte das nur, um von der Situation abzulenken.

Andreas lächelte jetzt, nahm Thomas bei den Schultern und sagte: „Ich danke dir dafür. Ich habe selber keine Zeit, Musik aufzunehmen, und möchte doch so gerne so viel haben. Nicht nur Deep Purple oder The Kinks. Viele andere, deren Namen ich nicht einmal kenne, die aber gute Musik machen. Aber wann soll ich das noch machen? Du tust mir damit einen großen Gefallen, Thomas." Und dann forderte er ihn auf, wieder in das Wohnzimmer zu gehen.

Als sie dort auf der Couch saßen, fragte Thomas, ob sie einmal baden gehen wollten. In den nächsten Tagen nahm Andreas sich die Zeit dafür.

Pünktlich zum vereinbarten Termin holte Thomas ihn von zu Hause ab. Mit dem Motorrad fuhren sie auf die andere Seite von Rostock an den Strand Hohe Düne. Dort war der Strand von Menschen nicht so überfüllt wie in Warnemünde. Man hatte in Hohe Düne Platz, um sich und seine Sachen auszubreiten.

Andreas legte seine Arme um Thomas und schmiegte sich ganz dicht an ihn, während sie mit dem Motorrad fuhren. Er fühlte Thomas' Körper und genoss die Fahrt mit ihm. Unbewusst streichelte er Thomas über den Bauch. Am Strand lagen sie nebeneinander. Andreas lag auf dem Rücken und Thomas auf der Seite, sodass er Andreas ansehen konnte. Nach einer Weile legte Thomas Andreas die Hand auf den Arm. Der setzte sich halb auf und sah Thomas überrascht an und fragte: „Was ist nur mit Dir los?"

Thomas fühlte sich ertappt. Er sah Andreas ernst an und fragte leise: „Andreas, wir sind doch Freunde, nicht wahr?"

„Ja, das sind wir. Warum fragst du das?", wollte Andreas erstaunt wissen.

„Ich mag dich, Andreas", erwiderte Thomas verlegen.

Andreas verstand ihn nicht sogleich und antwortete zerstreut: „Ich dich doch auch."

Thomas sagte leise: „Nein, Andy, das ist es nicht. Ich mag dich anders." Thomas rückte etwas näher an Andreas heran und versuchte, ihm seinen rechten Arm um die Schulter zu legen, um ihn zu umarmen. Dabei sagte er: „Ich liebe dich, …"

Thomas kam nicht mehr dazu, Andreas' Namen zu nennen, wie er es wollte. Plötzlich spürte er einen Druck auf seiner Brust.

Andreas war auf so ein Geständnis nicht vorbereitet, und ehrlich überrascht, so sehr, dass er Thomas von sich stieß. Sein Atem war kurz und keuchend. Schließlich sagte er: „Thomas, tu das bitte nicht wieder. Wir sind Freunde und wir bleiben Freunde. Mehr geht nicht."

Es blieb Thomas nichts anderes übrig, als das zu akzeptieren. Beide gingen sie in der Folgezeit sehr lieb und herzlich miteinander um. Beide wurden von Schuldgefühlen dem anderen gegenüber geplagt.

Doch jetzt saßen oder lagen sie nebeneinander. Thomas war enttäuscht. Andreas sah es ihm an. Aber was sollte er tun? Er konnte den Freund nicht trösten, wie denn auch? Trotzdem tat Thomas ihm leid. „Tut mir leid, Thomy", sagte er. „Ich wollte dir nicht wehtun. Bitte lass uns einfach nur Freunde sein."

Thomas sah Andreas ins Gesicht. Er sagte: „Entschuldige bitte, Andy. Ich wollte dir nicht zu nahe treten." Und nach einigen Augenblicken, in denen keiner von ihnen etwas sagte, sprach er weiter: „Weißt du, Andy, es ist gar nicht so einfach, wenn man so ist, wie ich. So oft verliebt man sich nicht. Und man kann sich beinahe zu hundert Prozent sicher sein, dass dann die große Liebe so reagiert wie du. Wenn du so bist wie ich, wirst du nicht geliebt und du läufst einer Illusion hinterher. Man hat es viel schwerer als andere."

Andreas konnte ihn verstehen, fühlte er doch ähnlich wie Thomas. Auch Andreas fühlte mehr für Thomas, als er sich und ihm eingestehen wollte. Es war nicht nur Freundschaft. Aber zu dieser Zeit konnte er noch nicht zu sich stehen und damit auch nicht zu Thomas. Andreas kämpfte mit sich.

Jetzt hatte Andreas die Möglichkeit, Thomas alle Fragen zu stellen, die ihn schon seit Jahren quälten. Jetzt konnte er mit ihm über alles reden, was ihn bewegte. Doch noch war Andreas zu sehr in seiner Ehe verwurzelt und hatte Angst vor den Konsequenzen, die daraus entstehen könnten, wenn er sich zu Thomas bekennen sollte. Deshalb sagte er nichts, wollte aber unbedingt Thomas' Freund bleiben. So vergab er eine weitere Chance, sein Leben zu ordnen. Er konnte nicht ahnen, dass er damit für sich das Recht auf Liebe wegwarf, jedenfalls sah er das einige Jahre danach so.

Später sprach keiner von beiden über Thomas' Liebesgeständnis und taten beinahe so, als wenn Thomas nie von seiner Liebe zu Andreas gesprochen hätte. Doch manchmal berührten sie sich doch, heimlich, zögerlich und unsicher. Thomas hatte zunächst alle körperlichen Kontakte zu Andreas vermieden, selbst zur Begrüßung und beim Abschied hütete er sich davor, Andreas die Hand zu geben. Bis Andreas ihn bei einem Abschied, als sie beide alleine waren, einfach in seine Arme genommen hatte und sagte: „He, Thomy, mein Lieber, ich möchte, dass wir Freunde bleiben. Wir gehören doch beide zusammen, als Freunde, meine ich", und damit knuffte er ihn in die Seite.

Thomas dachte in diesem Moment: ‚Ja, wir gehören zusammen, aber nicht als Freunde.' Traurig sagte er aber: „Ja, Andy, das möchte ich auch, wenigstens das." Er drehte sich um und ging, ohne sich noch einmal umzusehen, davon. Andreas sah ihm nach. Er konnte ihn nicht verstehen. Jahre sollten vergehen, bis Andreas begriff, wie Thomas sich gefühlt haben musste.

Die Freunde trafen sich weiterhin ganz normal, als wenn nie etwas geschehen wäre. Oft fuhr Thomas Andreas zum Training, der auf dem Sozius saß und sich an Thomas Rücken lehnte und die Fahrt genoss. Aber er genoss auch Thomas' jungen, durchtrainierten Körper, der sich für ihn einfach nur schön anfühlte. Am liebsten hätte er ihn nie mehr losgelassen, aber als die Fahrten mit Thomas zu Ende waren, ging es nicht anders. Einige Wochen später reisten sie gemeinsam mit ihrer Fußballmannschaft ins Trainingslager.

Sie bezogen die Jugendherberge. Thomas gab den Tagesablauf für diese Woche bekannt und erzählte den Jungen, dass sie am Donnerstag einen Tagesausflug zum Hexentanzplatz in Thale geplant hatten. Aber dieser Tagesausflug konnte nur stattfinden, wenn sich alle Mannschaftsmitglieder bis dahin tadellos benahmen und jeder eifrig beim Training mitmachte.

Nachdem sie ihren Mannschaftsmitgliedern geholfen hatten, ihre Betten zu beziehen, richteten sich Andreas und Thomas in ihrem Zimmer selbst ein. Thomas scherzte: „Ich beziehe jetzt schon das sechste Bett."

Und Andreas sagte: „Und ich räume wohl schon den zehnten Spind ein. Aber sei mal ehrlich, es ist doch alles super. Die Jungs sind gut drauf und sie haben uns bisher keine Probleme bereitet."

„Hoffentlich bleibt das so", erwiderte Thomas.

Andreas war zuversichtlich. Thomas war mit seinem Bett fertig. Nun ging er daran, das von Andreas zu beziehen. Schnell half Andreas ihm dabei. Dann ließen sie sich auf das Bett fallen und fingen an zu lachen. Sie benahmen sich wie zwei dreizehnjährige Jungen. Sie balgten sich. Thomas hielt plötzlich inne und wollte aufstehen. Doch Andreas zog ihn zu sich. Er nahm ihn in seine Arme. Zärtlich streichelte er Thomas über das Haar und sagte: „Ach, Thomy, mein Thomy. Warum nur ist immer alles so kompliziert! Was machen wir nur! Du liebst mich und ich kann dir leider nicht das geben, was du dir wünschst. Ich möchte dir nicht wehtun. Das musst du mir glauben. Ich mag dich. Ich werde immer für dich da sein. Das verspreche ich dir."

Thomas löste sich aus Andreas' Umarmung und sagte traurig: „Ja, Andy, ich glaube dir das. Ich möchte dich nicht verlieren. Aber du willst nur als Freund für mich da sein. Wenn ich dich umarmen möchte, darf ich es nicht. Ich möchte dich manchmal küssen, aber ich darf es nicht. Ich möchte dir manchmal über deinen Po streicheln, aber ich darf es nicht. Was glaubst du, was ich manchmal möchte, wenn wir zusammen duschen gehen? Ich denke noch nicht einmal an Sex, aber ich möchte deine Haut spüren, dir zärtlich über den Rücken streicheln. Wenn ich meinen Wünschen nachgäbe, würdest du mich vielleicht sogar verhauen. Aber mein Freund würdest du dann nicht mehr sein wollen. Andy, du weißt gar nicht, wie weh das tut." Er wischte sich eine Träne aus seinem Gesicht, stand auf und ging zu seinem Spind.

Andreas wusste nicht, was er dem Freund sagen sollte. Dümmlich antwortete er: „Aber wenn es dir hilft, darfst du mich berühren, wenn wir beide alleine sind. Ich meine, nicht unter der Dusche, da kann immer jemand hereinkommen, aber wenn wir alleine sind, kannst du mich doch streicheln, wenn du es möchtest. Und nun mal ehrlich, Thomy, ich würde dich nie verhauen, du bist und bleibst mein Freund, egal, was passiert."

Thomas erwiderte: „Ja, das sagst du jetzt, dass ich dich berühren darf. Wenn ich daran denke, wie du damals am Strand reagiert hast! Wenn wir gestanden hätten, wäre dein Stoß wahrscheinlich ein kräftiger Schlag geworden."

„Thomy, es tut mir leid. Es tut mir wirklich leid, dass ich so hart reagiert habe. Ich war überrascht, ich hatte mit allem gerechnet, aber nicht damit", sagte Andreas ganz leise. Er stand nun ebenfalls von seinem Bett auf. „Bitte, Thomy", sprach er weiter: „Bitte, sei wieder lieb zu mir." Den letzten Satz flüsterte er beinahe.

Thomas sah ihm ins Gesicht und Andreas ging zu ihm. Thomas wusste nicht, was er tun sollte. Er war völlig verunsichert. Je eine Träne stahl sich aus seinen Augen. „Scheiße", sagte Thomas: „Jetzt fange ich auch noch zu heulen an. Scheiße!" Er nahm seine Hände vor sein Gesicht, er wollte sich die Tränen abwischen.

Andreas legte ihm seine Hände auf die Hüften, zog in zu sich heran und nahm ihn in seine Arme. Er streichelte ihm über den Rücken. Thomas ließ sich das gerne gefallen. Hatte er sich doch so sehr nach einer zärtlichen Berührung von Andreas gesehnt. Er lehnte seinen Kopf an Andreas' Schulter. Der drückte ihn sanft an sich und seine Hände streichelten ihm immer wieder über den Rücken. Thomas schluchzte auf und nun traute er sich, auch Andreas zu streicheln. Als er zu Andreas' Po kam, zögerte er. Das bemerkte Andreas. Er wusste, was Thomas wollte, aber dafür den Mut nicht aufbrachte.

Deshalb tat Andreas das, was Thomas sich nicht traute, und so ermunterte er ihn, das Gleiche zu tun. Thomas stöhnte erleichtert auf, es war kein genüssliches Stöhnen, das konnte Andreas erkennen. Es war ein erleichtertes Seufzen. Andreas spürte eine Hand des Freundes auf seinem Po. Er ließ es zu, alles andere wäre Thomas gegenüber unfair gewesen.

Doch plötzlich löste sich Thomas von Andreas, drehte sich zu seinem Spind um, holte daraus seine Waschtasche und ein Handtuch und sagte in einem ernsthaften Ton: „Wir sollten duschen und dann schlafen gehen. Es wird morgen ein anstrengender Tag. Und der heutige Tag hat uns auch geschlaucht." Er ging durch das Zimmer auf die Tür zu. Mitten im Raum blieb er abrupt stehen und sagte: „Andy, wir sollten so etwas nicht tun. Das ist nicht gut für uns. Es erweckt Hoffnungen, wo keine Hoffnung ist. Denke bitte daran, du willst nur mein Freund sein." Mit diesen Worten ließ er Andreas alleine im Zimmer stehen.

Verunsichert nahm der sich ebenfalls seine Waschutensilien und ging Thomas hinterher.

Später lagen sie in ihren Betten. Keiner sagte ein Wort. Thomas schlief, das konnte Andreas an seinem gleichmäßigen Atem hören. Er hingegen konnte nicht schlafen. Er war zu aufgewühlt von dem Erlebnis mit Thomas. Der Freund war sehr sensibel. Andreas überlegte, was er für Thomas fühlte. Aber er kam zu keinem Ergebnis. Er drehte sich zum Einschlafen auf die linke Seite.

In seinem Kopf gingen die Gedanken durcheinander. So fröhlich und gefasst, wie er vorhin vor Thomas getan hatte, war er nicht. Im Gegenteil ging es ihm nicht gut, wenn er an Thomas dachte. Dann wurde er auf eine seltsame Art traurig. Es überfiel ihn eine Schwere, die er sich nicht erklären konnte. Jetzt war es wieder so. Er war traurig und er hätte am liebsten geweint. Doch er wollte Thomas nicht aufwecken. Deshalb stand er auf und verließ das Zimmer. Dabei bemerkt er nicht, dass Thomas nicht mehr in seinem Bett lag.

Er ging auf die Toilette und wähnte sich alleine. Er schloss sich ein und setzte sich auf die Kloschüssel, die er nicht benötigte, aber hier war er alleine. Hier konnte Thomas ihn nicht stören. Plötzlich entschlüpften ihm mit vor Tränen erstickter Stimme die Worte: „Thomas, ach, Thomas, was soll ich nur tun?" Jetzt musste er weinen. Er war alleine und konnte sich gehen lassen. Dann sagte er: „Scheiße, ich bin ein Schwuler, ich bin ein Schwuler!" und etwas später sagte er zu sich selbst: „Ich liebe ihn doch. Ja, ich liebe Thomy." Andreas war unglücklich wie noch nie in seinem Leben. Er gestand sich ein, dass er Thomas liebte und dass er selbst schwul war. Jetzt hätte er sein Leben in den Griff bekommen können. Jetzt hätte er sich zu seiner Sexualität bekennen können. Aber er war noch nicht soweit, rang um Beherrschung und wischte sich die Tränen vom Gesicht. Die soeben gedachten Gedanken und ausgesprochenen Worte verdrängte Andreas wieder. Leise sagte er sich, dass es Thomas nie erfahren dürfe, dass er ihn liebte. Schließlich habe er eine Familie.

Andreas beruhigte sich wieder und ging zurück in sein Zimmer. Dass Thomas immer noch nicht zurück war, bemerkte er nicht. Er legte sich erschöpft in sein Bett und schlief endlich ein.

Am nächsten Morgen saßen sie sich beim Frühstück gegenüber. Sie aßen schweigend. Andreas sah Thomas ins Gesicht. Thomas bemerkte es und fragte: „Warum siehst du mich so an?"

Andreas wurde rot und Tränen standen ihm in den Augen. Er entgegnete leise: „Es ist nichts."

Thomas bohrte nicht weiter. Er ließ es darauf beruhen.

Die Zeit verging. Zukünftig sparten Andreas und Thomas das Thema Liebe in ihren Gesprächen aus. Sie behandelten sich gegenseitig mit Achtung und Respekt, auch als Freunde liebevoll. Ihr Verhältnis zueinander normalisierte sich.

Das Trainingslager wurde für alle ein Erfolg. Dadurch, dass die Mitglieder der Mannschaft und auch ihre Trainer eine Woche jeden Tag vierundzwanzig Stunden zusammen verbrachten, lernten sie sich besser kennen und entwickelten mehr Verständnis füreinander. So konnten Andreas und Thomas ihre Freundschaft neu aufleben lassen.

In der Zeit nach dem Trainingslager sahen sie sich beinahe täglich. Zunächst zum Training und zu den Spielen. Thomas intensivierte es, Musik für Andreas aufzunehmen. Er war oft bei ihm und Hanna zu Hause, um diese Musik auf Andreas' Tonbänder zu überspielen. Des Öfteren blieb Thomas bis zum Abendbrot, dann aßen sie gemeinsam. Anschließend brachte Hanna die Kinder ins Bett, und Thomas half Andreas die Küche in Ordnung zu bringen.

Eines Abends war Andreas in der Küche mit dem Abwasch des Geschirrs beschäftigt und Thomas trocknete es ab. Scheinbar zufällig berührten sie sich bei den Händen, als Andreas eine Tasse zum Abtropfen in den dafür vorgesehenen Behälter stellte. Sie waren alleine. So bald würde Hanna die Küche nicht betreten, da sie mit den Kindern beschäftigt war. Thomas ließ seine auf Andreas Hand liegen. Sie sahen sich mit einem ernsthaften Gesichtsausdruck gegenseitig in die Augen. Andreas legte, was er gerade in der Hand hatte, beiseite und drehte sich nun Thomas vollständig zu. Dessen Rechte lag immer noch auf Andreas' Hand, jetzt drückte er sie fest. Andreas legte ihm seinen linken Arm um die Hüfte. Ganz langsam näherten sich ihre Köpfe.

Andreas suchte mit seinen Lippen Thomas' Lippen. Vorsichtig und eher leicht berührte er Thomas' Mund. Andreas löste sich von dem Freund genau in dem Moment, als Thomas ihn innig küssen wollte. Der bemerkte, dass Andreas errötete und Tränen in den Augen hatte, die er sich schnell wegwischte.

„Was ist los, Andy, was hast du plötzlich?", fragte Thomas.

Andreas erwiderte leise und traurig: „Nichts, es ist nichts, es sind nur gestohlene Momente. Alles mit dir sind nur gestohlene Momente.

Ich möchte so vieles, aber ich kann nichts, als mir gewisse Momente stehlen."

„Aber Andy, es muss doch nicht so sein", sagte Thomas.

„Und wie soll es denn sein, deiner Meinung nach?", fragte Andreas nun in anklagenden Ton.

Thomas merkte, dass er heute nicht weiterkam, und zog sich innerlich zurück. Andreas wollte ihn küssen und er versagte es sich im letzten Moment doch. Andreas wollte so vieles, wie er selber sagte, doch er traute sich nicht. Wie konnte Thomas ihm helfen, zu sich zu stehen? Das fragte er sich oft, wenn er sah, dass Andreas sich quälte und unglücklich war. Eine Antwort fiel ihm dazu nicht ein. Er konnte Andreas nicht zu einem Gespräch zwingen. Aber er wollte es ihm anbieten: „Andy, wir sollten einmal beide alleine miteinander reden. Ganz offen über alles. Vielleicht an einem neutralen Ort, in einem Kaffee oder einer Gaststätte."

Andreas resignierte: „Ach, Thomy, das bringt doch nichts." Das war nicht unbedingt Andreas' Meinung, aber er hatte Angst vor Veränderung, Angst vor den Konsequenzen, Angst vor sich selbst und letztendlich sogar Angst vor Thomas.

Andreas konnte sich immer noch nicht vorstellen, mit Thomas eine Partnerschaft aufzubauen. Wo sollten sie wohnen? Sich gegenseitig zu streicheln und zu küssen, konnte er sich gut vorstellen, aber wie sollte Sex miteinander möglich sein? Analverkehr kam für Andreas überhaupt nicht in Frage, das fand er zu dieser Zeit eklig. Reden konnte er mit Thomas nicht darüber, er hätte nicht gewusst, wie er damit beginnen sollte. Andreas war konservativ erzogen worden. Über Sex wurde im Elternhaus nicht gesprochen. Die Folge davon war, dass Andreas nicht zu seiner Sexualität stehen konnte und damit unglücklich war. Außerdem war er in diesen Dingen verklemmt und konnte nicht mit Thomas darüber reden, wie und ob überhaupt Sex zwischen ihnen möglich sei. Er schämte sich und konnte nicht über seinen Schatten springen. Später musste er dafür die Konsequenzen tragen.

Thomas gab auf. Mit einer flüchtigen Umarmung verabschiedeten sich beide etwas später voneinander.

An einem anderen Tag waren sie mit dem Motorrad in einem Wald unterwegs, in dem sie Pilze suchten. Andreas hatte sich auf dem Sozius an Thomas angeschmiegt und spürte dessen Körper. Es war schön, ihn so berühren zu dürfen, er mochte es, Thomas' durchtrainierten Körper zu fühlen. Ihn ab und zu einmal zu streicheln.

Er glaubte, dass Thomas es nicht bemerkte, aber der registrierte alles, was Andreas tat. Thomas liebte ihn und hätte alles für Andreas getan, wenn der das zugelassen hätte. Doch er wusste nicht, wie er Andreas klarmachen konnte, dass dieser mit Hanna auf Dauer nicht zusammenleben konnte und er damit sein Leben wegwarf. Jede Gelegenheit, die sich ihm bot, nutzte er, um mit Andreas darüber zu reden. Doch in diesem Punkt war Andreas uneinsichtig und außerstande, sich zu seiner Sexualität und zu seiner Liebe zu bekennen.

Das konnte Thomas nicht verstehen, aber er liebte Andreas. War dieser doch ein sehr guter und aufopferungsvoller Mensch. Außerdem war Andreas für Thomas schön und sexy. Das sah er für sich immer wieder dann bestätigt, wenn er mit Andreas duschen ging oder ihn beim Umziehen vor dem Training betrachten konnte.

Thomas fuhr auf einen Parkplatz am Waldrand. Dort stiegen sie vom Motorrad ab und nahmen ihre Netze, in denen sie die Pilze verstauen wollten, in die Hand. Am Motorrad hatte Thomas Gepäcktaschen angebracht, in die sie auf dem Heimweg die Netze mit den Pilzen unterbringen konnten.

Sie gingen in den Wald, unterhielten sich über Fußball und sammelten dabei Pilze. So ging es drei oder vier Stunden, keiner der beiden hätte die genaue Zeit sagen können. Ihre Netze waren voll und sie gingen zum Motorrad zurück. Ihnen schien es, als seien sie alleine im Wald. Thomas fand es schön, mit Andreas alleine zu sein. Er genoss die Zeit, die er mit ihm gemeinsam verbringen konnte. In Momenten wie diesem war er sehr glücklich. Sie schlenderten über eine Wiese.

„Thomy, komm und lass uns etwas ausruhen", sagte Andreas, „es ist so schön hier."

„Gerne", entgegnete Thomas, „ich habe auch noch etwas zu essen mitgebracht." Und damit holte er aus seinen Taschen der Motorradkluft zwei Bockwürste, zwei Brötchen und eine Flasche Limonade heraus.

Andreas staunte, als er sah, wie der Freund diese kostbaren Dinge hervorzauberte. Er sagte: „He, Thomy, du bist ja absolute Spitze! Ich habe Hunger wie ein Bär. Ich habe natürlich nicht an etwas zu essen für uns gedacht."

Lachend bemerkte Thomas: „Das hatte ich mir schon gedacht." Und er gab Andreas ein in Brotpapier eingewickeltes Brötchen und eine in einer Plastiktüte steckende Bockwurst.

Sie setzten sich auf den weichen Waldboden. Thomas freute sich über Andreas' Reaktion.

Sie saßen halb nebeneinander und halb gegenüber und wickelten ihre Brötchen und ihre Bockwürste aus und begannen, zu essen. Andreas war seinem Freund dankbar. Als er das Brötchen und die Bockwurst aufgegessen hatte, legte er sich auf den weichen Waldboden und ermunterte Thomas, sich zu ihm zu legen. Nur zu gerne kam Thomas dieser Aufforderung nach. Er legte sich neben Andreas, so, dass sie sich gegenseitig berühren konnten.

Zunächst lagen sie mehrere Minuten nebeneinander, sahen in den Himmel oder in den Wald hinein. Irgendwann trafen sich ihre Blicke. Andreas streckte seine Hand aus und begann, Thomas über die Brust zu streicheln. Das nahm Thomas zum Anlass, sich ganz nah neben Andreas zu legen. Andreas ließ Thomas gewähren. Er legte ihm sogar seinen Arm um die Schulter. So lagen sie auf dem Boden der Wiese, Andreas auf dem Rücken und Thomas auf der Seite in Andreas' ausgestreckten Arm. Bestimmt zehn Minuten lagen sie so da. Thomas wünschte sich, dass die Zeit stehen blieb und er seinen Andy so für immer haben konnte. Er traute sich nicht, sich zu bewegen, weil er befürchtete, dass Andreas dann aufstand und sie nach Hause fuhren. Wie ein Liebespaar lagen sie nebeneinander.

Plötzlich fragte Thomas: „Andy, weißt du, was ich jetzt möchte?"

Andreas blieb liegen und drückte sanft Thomas Schulter. Er fragte zurück: „Was möchtest du denn?"

Thomas kam mit seinem Oberkörper hoch und stützte sich auf seinen linken Arm ab. Er lag rechts neben Andreas und sah ihm nun direkt ins Gesicht. Er erwiderte. „Du wirst es mir sowieso nicht erlauben."

„Was soll ich dir nicht erlauben", fragte Andreas.

Thomas fasste sich ein Herz und fragte: „Ich möchte dich küssen. Darf ich es tun?"

Andreas sah ihm in die Augen. Er blinzelte in die Sonne. Die rechte Hand hatte er jetzt, da Thomas seinen Oberkörper abstützte, unter seinen eigenen Hinterkopf gelegt. Er feixte sich eins und sagte freundlich: „Versuch es doch."

„Und wenn ich es versuche, stößt du mich wieder weg", sagte Thomas traurig.

Andreas sah ihm ins Gesicht. Es war ihm zur Gewissheit geworden: Er liebte Thomas. In diesem Moment würde er Thomas alles gewähren. Er würde alles für Thomas tun. Er wusste, Thomas war das Beste, das ihm passieren konnte. Auch er wollte Thomas küssen. Sein ganzer Körper verlangte danach. Andreas wollte ihn jetzt und hier spüren und fühlen dürfen. Er merkte, dass er eine Erektion bekam. Er konnte jetzt wählen. Entweder Thomas sah seine Erektion oder er erlaubte ihm, dass er ihn küsste. Er hörte sich sagen: „Komm her zu mir, mein Süßer."

Thomas traute seinen Ohren nicht. Aber er wollte in diesem Augenblick nichts hinterfragen. Langsam und mit klopfendem Herzen beugte er sich zu Andreas hinab. Er spürte die Arme des Freundes um seine Schultern. Diese Arme schlossen sich um seinen Rücken zusammen. Thomas fühlte Andreas' Körper unter sich. Er spürte sein Verlangen. Erst küsste er Andreas zärtlich und liebevoll, voller Erwartung und Zurückhaltung. Seine Küsse wurden allmählich heftiger und leidenschaftlicher.

Längst blieben die Arme und Hände nicht mehr da, wo sie sein sollten, wenn sich zwei junge Männer trafen, die sich liebten. Warum auch! Wer wollte es ihnen verbieten, sich zu lieben? Nur weil sie beide männlich waren, sollten sie sich nicht lieben dürfen? Welch ein Irrsinn doch in dieser Zeit herrschte, als Andreas und Thomas junge Menschen waren! Thomas war es egal, was seine Umwelt von ihm dachte. Er liebte Andreas und wollte es ihm zeigen. Er wollte mit ihm leben.

Doch dann machte Thomas einen Fehler. Er sagte Andreas, was er fühlte: „Andy, mein Andy, ich liebe dich und ich möchte dich glücklich machen."

Doch Andreas war es nicht egal, was die Umwelt von ihm dachte. Er liebte Thomas wohl genauso sehr, wie Thomas ihn liebte. Aber

Andreas hatte nicht die Kraft und den starken Willen wie Thomas. Der stand zu ihrer Liebe, Andreas konnte das nicht.

Der Mensch kann sein Schicksal selbst beeinflussen. Das sagen viele Leute. Kann er es wirklich? Oder ist er nicht vielmehr ein Gefangener seiner Zeit und den damit verbundenen Umwelteinflüssen unterworfen? Andreas war seinen Umwelteinflüssen und dem damaligem Zeitgeist erlegen. Was er in der Schule gelernt hatte, saß tief in seinem Gedächtnis. Was vergangen war, war nun vorbei. Aber zu tief steckte das Erlebnis, das er auf dem Alten Friedhof hatte. Er konnte nicht zu seiner Liebe stehen.

Wieder kam es anders, als Thomas es sich gewünscht hatte. Andreas sagte leise und traurig: „Thomy, das geht nicht. Ich habe eine Familie. Ich habe Kinder. Ich muss für sie da sein. Wir können nicht zusammenleben."

„Ja, ich habe mir schon gedacht, dass du das sagen würdest", erwiderte Thomas genauso leise wie vorher Andreas und er fragte: „Und warum hast du mich ermuntert, dich zu küssen? Spielst du am Ende nur mit mir? Weißt du denn nicht, wie weh du mir damit tust?" Thomas konnte sich nicht länger beherrschen, Tränen kamen aus seinen Augen. Er setzte sich auf. Die Beine im Schneidersitz verschränkt saß er jetzt Andreas gegenüber.

Dieser war ratlos. Auch er setzte sich hin. ‚Was soll ich jetzt bloß tun?', fragte er sich. Er antwortete, seine Stimme war immer noch gesenkt: „Nein, Thomy, ich spiele nicht mit dir. Du bist für mich mehr als nur ein Freund. Ich weiß, was du möchtest, ich wollte dir doch eine Freude machen. Ich mag dich nämlich mehr, als du dir denken kannst. Aber wir dürfen uns nicht lieben."

Thomas schluchzte laut auf, er konnte kaum sprechen, als er fragte: „Warum denn nicht?"

„Ich liebe meine Kinder. Ich habe Angst, sie zu verlieren. Sie brauchen mich. Ich wollte dir nicht wehtun. Es tut mir leid. Entschuldige bitte", sagte Andreas und wollte Thomas seine rechte Hand auf den linken Unterarm legen.

Doch der sprang auf und schrie Andreas an: „Fass mich nicht an! Lass mich doch einfach in Ruhe! Du begreifst nichts, überhaupt nichts begreifst du!" Laut schluchzend lief er zu seinem Motorrad, das nicht weit weg von der Wiese stand.

Thomas beruhigte sich. Er schwang sich auf sein Motorrad, startete es und fuhr zurück zu Andreas.

Bei diesem angekommen, sagte er: „Es wäre unfair, wenn ich dich hierlassen würde. Du weißt doch gar nicht, wie du nach Hause kommst. Außerdem will ich auch ein paar Pilze haben." Er versuchte, locker zu bleiben und seine Worte mit einem Lächeln zu begleiten. Aber er merkte es selbst, dass ihm das gründlich misslungen war.

Andreas stand auf und klopfte seine Hose sauber. Er sah Thomas mit ernstem Gesichtsausdruck in die Augen, wollte etwas sagen, aber dann schüttelte er nur stumm den Kopf. Schließlich sagte er resigniert: „Es hat ja doch keinen Sinn."

Thomas fragte: „Was hat keinen Sinn?"

„Du würdest mir nicht glauben", erwiderte Andreas.

„Versuch es doch wenigstens, wenn du es nicht versuchst, wirst du es nie erfahren, ob es Sinn hat", sagte Thomas. Er stellte den Motor seiner Maschine ab und nahm den Schutzhelm von seinem Kopf, den er vorhin aufgesetzt hatte. Erwartungsvoll blickte er Andreas an.

Der zuckte die Schultern, ging einen Schritt auf Thomas zu, um sich dann doch wieder wegzudrehen. Er war nervös und schrie jetzt ganz laut nur ein Wort dreimal hintereinander in den Wald, es war das Wort Scheiße. Danach drehte er sich doch wieder zu Thomas hin und sprach: „Ich wollte dich vorhin fühlen. Ich wollte dich vorhin küssen, dich streicheln. Aber ich kann nicht mit dir leben. Nicht, weil ich es nicht wollte, sondern weil ich es nicht kann. Verstehst du es denn nicht? Ich möchte dein Freund sein, Thomy. Bitte lass uns Freunde bleiben, ich brauche dich."

Thomas gestand: „Ich brauche dich auch, Andy. Aber ich weiß nicht, ob ich es so kann, wie du es möchtest. Ich liebe dich. Es tut mir weh, wenn ich dich nicht berühren darf, wenn ich es möchte. Wenn ich alleine bin, sehne ich mich nach dir. Abends, wenn ich schlafen gehe, muss ich immer nur an dich denken. Ich streichele mich dann und stelle mir vor, es wären deine Hände, die mich streicheln. Deine Hände sind es dann, die mir meine Innenschenkel streicheln, bis ich fast wahnsinnig vor Lust werde. Deine Hände sind es, die sich um meinen Penis schließen und ihn sanft drücken. Aber meine Tränen sind es, die mir über mein Gesicht laufen, und mein Herz ist es, das mir wehtut, weil es doch nicht deine Hände sind, die mich streicheln, sondern meine. Andy, ich habe Herzschmerzen, dabei bin ich gesund. Ich habe sie, weil ich dich nicht erreichen kann. Meine Sehnsucht nach dir bringt mich um.

Und vorhin hast du mir gezeigt, dass du mich liebst. Vielleicht ist deine Liebe nicht so stark wie meine, aber ich weiß es genau, du liebst mich auch. Und jetzt, da ich es weiß, ist es für mich unerträglich geworden. Ich kann dich nicht mehr sehen, ohne dass ich darunter leide. Steh doch bitte zu uns. Wenn du Fragen hast, frage mich. Du kannst mit mir über alles reden. Sag, was willst du wissen, und ich werde dir alles erzählen, alles, was ich weiß. Wovor hast du Angst, Andy?"

Jetzt musste Andreas seine Tränen wegwischen. Dass er dem Freund so viel Kummer bereitete, wollte er nicht. Er sprach: „Thomy, ich wusste das alles nicht, und ja, ich habe so viele Fragen, und ja, ich habe Angst. Weißt du, wie es ist, immer Zweifel zu haben? Weißt du wie es ist, wenn man …, ach, ich weiß auch nicht. Du bist der beste Freund, den ich habe. Bitte, lass uns Freunde sein."

Thomas sagte: „Du solltest mir vertrauen und mit mir reden. Du vertraust mir nicht."

„Doch, ich vertraue dir", entgegnete Andreas.

„Dann rede doch mit mir", forderte Thomas.

„Ich kann nicht", klagte Andreas.

Thomas startete seine Maschine und forderte Andreas auf, sich auf den Sozius zu setzen. Er wollte jetzt nur noch nach Hause. Er war auf Andreas sauer und verstand ihn nicht.

Zuerst fuhr er Andreas nach Hause. Der Abschied fiel kühl aus. Andreas schloss die Haustür auf und sah Thomas hinterher, als der schon wieder weiterfuhr. Andreas betrat das Haus und bereute schon jetzt seine Feigheit. Warum hatte er nur solch große Angst, mit Thomas in Ruhe über alles zu reden? Aber wie sollte er einige Fragen formulieren, ohne Thomas zu beleidigen? Er dachte über so vieles nach, das er mit Thomas besprechen sollte, aber es einfach nicht konnte. Er wusste es selbst, dass er dafür einfach viel zu verklemmt und ängstlich war. Andreas wollte immer alles richtig machen und merkte nicht, dass er sehr viele Fehler beging. Als er es endlich erkannte, waren viele Möglichkeiten vertan, viele Dinge nicht mehr vorhanden, ja selbst für einige Menschen war es schon viel zu spät.

In der Folgezeit gingen sie ziemlich reserviert miteinander um. Sie trafen sich nur noch beim Training oder zum Spiel ihrer Mannschaft, und besuchten sich nicht mehr gegenseitig.

Thomas liebte Andreas trotz allem immer noch. Dabei konnte er ihm dessen ewige Unentschlossenheit nicht verzeihen. Nahm Andreas ihm doch in gewisser Weise sein Leben. Er sehnte sich nach ihm. Manchmal kamen Thomas unwillkürliche Gedanken, in denen Andreas die Hauptrolle spielte. Er wollte nicht mehr an Andreas denken und doch stellten sich diese Gedanken an ihn immer wieder ein. Dagegen war nichts zu machen. Ebenso unwillkürlich wie die Gedanken kamen ihm manchmal auch die Tränen, wenn er an Andreas denken musste. Auch dagegen konnte er nichts tun. Wenn er Andreas sah, dann machte sein Herz vor lauter Freude einen Sprung, und wenn er sich von ihm verabschiedete, wurde er traurig.

Beide vermieden es, den anderen noch einmal auf das Gespräch im Wald anzusprechen. Andreas glaubte, dass Thomas es aufgegeben hatte, mit ihm über ihre Freundschaft und Liebe zu reden. In gewisser Hinsicht hatte er damit tatsächlich recht. Aber Andreas wusste auch, dass er selber es war, der sich nicht traute, sich mit Thomas darüber auszutauschen. Er beschimpfte sich selber als eine feige Sau, wenn er daran dachte.

Andreas war nicht dumm, er war ein sensibler und einfühlsamer Mensch. Er bemerkte sehr wohl, wie Thomas unter dieser Situation litt, was in dem Freund vorging, wenn sie sich trafen, oder voneinander verabschiedeten. Aber Andreas wusste nicht, wie er ihm helfen konnte. Er hatte Angst, die Freundschaft völlig zu zerstören, wenn er ihn daraufhin ansprach. Dabei war es so einfach, lag die Lösung quasi auf der Hand. Thomas kannte sie, er hatte sie Andreas im Wald genannt. Andreas war es, der die Lösung verhinderte.

Dann kam der Tag, an dem Andreas seinen Einberufungsbefehl erhielt. Er hatte noch knapp drei Wochen, bis er einrücken musste. Das erzählte er Thomas.

Der sagte, doch noch einmal Hoffnung gewinnend: „Wenn es so ist, sollten wir uns vielleicht doch noch aussprechen."

„Wenn du meinst", antwortete Andreas.

„Andy, es tut mir so leid, dass wir uns nicht mehr so gut verstehen. Dabei tut es uns beiden weh! Und doch finden wir keine Lösung für unser Problem. Was meinst du, wollen wir beide morgen oder übermorgen in ein Café oder irgendwo essen gehen und in Ruhe miteinander reden? Du hast doch auch noch nicht mit uns abgeschlossen! Oder etwa doch?"

„Nein, habe ich nicht. Glaubst du, das geht mir alles am Arsch vorbei? Denkst du etwa, dass ich es nicht gemerkt habe, dass du dich immer freust, wenn wir uns sehen, und traurig bist, wenn wir uns verabschieden? Ich habe das sehr wohl bemerkt, und auch mir tut es weh, wenn es dir schlecht geht!"

„Dann lass uns irgendwo miteinander reden", bat Thomas.

„Gut, morgen um fünf im Scharren", sagte Andreas.

Thomas war einverstanden.

Der Scharren war eine große Gaststätte, in der man gut essen konnte. Wie geschaffen, sich in ihr ungestört über ernste oder heikle Angelegenheiten zu unterhalten, ohne dass man Gefahr lief, belauscht zu werden.

Thomas war schon eingetroffen, als Andreas Punkt fünf Uhr nachmittags in der Gaststätte erschien. Andreas hatte ein ungutes Gefühl. Deshalb hatte er schon zehn Minuten vor der Gaststätte gewartet. Was Thomas sich von diesem Gespräch erhoffte, war ihm bewusst. Was er selbst erwartete, war für ihn auch klar. Konnten sie es schaffen, Freunde zu bleiben? Er wünschte es sich so sehr.

Andreas ging zu Thomas an den Tisch, der einen guten Platz ausgewählt hatte und begrüßte ihn. Er schaute sich noch einmal um, nachdem er sich Thomas gegenüber gesetzt hatte. Hier würde sie niemand stören. Sie konnten sich offen und ehrlich über alle ihre Probleme unterhalten.

Nachdem sie sich begrüßt und etwas Smalltalk betrieben hatten, schlug Thomas vor: „Andreas, ich glaube, es ist ein guter Anfang, wenn du mir erzählst, was dich bedrückt und worunter du leidest. Ich will dich verstehen können."

Die Kellnerin kam an ihren Tisch und beide bestellten sich ein Jägerschnitzel. Außerdem bat Andreas um ein Bier und Thomas um eine Limo. Als sie wieder alleine waren, begann Andreas, zu erzählen: „Thomas, weißt du, es ist für mich nicht so einfach, über das alles zu reden, selbst mit dir nicht. Ich habe Angst, dass ich deine Erwartungen nicht erfüllen kann. Ich habe da in der Vergangenheit einige Erlebnisse gehabt, die es mir irgendwie nicht erlauben, das zu tun, was du dir von mir wünschst."

Und jetzt erzählte Andreas von seiner konservativen Erziehung, von der Schwulenjagd, die er auf dem Alten Friedhof miterleben musste, und von anderen Dingen, die sein Leben geprägt hatten. Auch von seinen Eltern. Als er angefangen hatte, zu erzählen, fiel es ihm schwer, über seine Gefühle und sein Denken zu reden. Doch Thomas war ein aufmerksamer Zuhörer und ließ ihn erzählen.

So wurde Andreas lockerer und verspürte eine gewisse Erleichterung. Endlich konnte er sich alles einmal von der Seele reden. Warum nur hatte er vor diesem Gespräch so viel Angst gehabt? Als er zum Ende kam, hatte er noch ein paar Fragen. „Thomy, ich weiß, dass du mir auch etwas erzählen möchtest. Ich kann mir gut vorstellen, dass ich dabei nicht immer gut wegkomme. Das muss auch nicht sein. Aber ich möchte dich trotzdem etwas fragen. Du willst mit einem Mann zusammen leben, wenn ich dich richtig verstanden habe. Wie stellst du dir das vor? Ich meine, wer soll welche Aufgaben übernehmen? Wenn du mit jemand zusammenlebst, willst du bestimmt mit ihm Sex haben. Wie soll das gehen? Und wie willst du mit den ganzen Anfeindungen deiner Umwelt klarkommen? Und wo willst du eine Wohnung herbekommen? Und ich hätte da noch so einige Fragen ..."

Thomas überlegte und sagte dann: „Weißt du, Andreas, es tut mir leid, wenn ich das jetzt alles so geballt von dir höre, was du an schlechten Erfahrungen sammeln musstest. Da hatte ich es tatsächlich wesentlich leichter. Meine Eltern waren immer für mich da. Sie wissen es nicht, dass ich schwul bin, aber ich glaube, dass sie es akzeptieren werden, wenn ich es ihnen erzähle. Irgendwann werde ich es tun müssen. Trotzdem habe ich Bammel davor. Ich muss das schon ehrlich zugeben. Aber eine Schwulenjagd und so massive Ablehnung wie du habe ich bisher nicht erlebt. Nur denke ja nicht, dass in meinem Leben alles glatt verlief! Auch ich habe meine schlechten Erfahrungen sammeln müssen. Das macht wohl jeder schwule Mann irgendwann durch. Mein größtes Problem bist du.

Und ich finde es gut, dass du endlich den Mut gefunden hast, mit mir zu sprechen. Das hättest du schon viel früher haben können.

Und Sex unter Männern ist wirklich ein Thema. Aber ich sehe es nicht so verbissen. Ja, ich gebe es zu, ich möchte auch Sex mit dir. Aber was wir machen, ist doch egal. Wichtig ist doch nur dabei, dass wir für uns etwas finden, das wir beide mögen, und womit wir Befriedigung erfahren. Wir können alles machen, aber nichts muss sein. Es darf letztendlich nur das gemacht werden, was uns beiden gefällt. Und was wir im Bett tun, geht niemand etwas an. Es geht mich doch auch nichts an, was meine Nachbarn im Bett tun. Es ist mir auch egal. Ich will es nicht wissen. Aber es geht die genau so wenig an, was ich im Bett tue."

Er machte eine Pause. Andreas sollte die Möglichkeit haben, über alles gründlich nachzudenken. Der fragte dann auch direkt: „Und was ist mit ..., na, ja, ich meine, äh, willst du, äh, kein ..., wie heißt das noch mal ..."

Thomas half seinem Freund und vollendete für ihn den Satz: „Du willst wissen, ob ich Analverkehr möchte?"

„Ja", gab Andreas zögerlich zu.

Thomas überlegte kurz und sagte dann: „Weißt du, Andy, ich habe es schon gemacht. Ich war aktiv und ich war auch passiv. Es war schön. Beides hat seine Reize. Aber ich würde es nie von jemandem erzwingen. Alles ist im Bett erlaubt, was beiden Partnern Spaß macht. Es geht auch oral oder manuell."

Andreas war gespannt wie ein Flitzbogen. Das war alles Neuland für ihn. Er hatte sich noch nie darüber Gedanken gemacht, was zwei Männer vielleicht im Bett miteinander taten. Von Analverkehr hatte er gehört, aber was er bisher darüber gehört hatte, war stets abwertend gemeint und ausgedrückt worden. Da hieß es nicht Analverkehr, sondern Arschficken. Trotzdem konnte er sich nicht vorstellen, dass er Thomas ...

Er dachte den Gedanken nicht zu Ende und die darauffolgende Überlegung, die das Gegenteil beschrieben hätte, unterdrückte er gleich mit. Er schüttelte den Kopf und sagte: „Ach, Thomy, ich kann das nicht. Dich in den Arm nehmen und dich küssen ist etwas anderes, als wenn wir uns vielleicht gegenseitig ausziehen würden.

Ich weiß nicht, ich kann es mir nicht vorstellen. Ich will es mir auch nicht vorstellen."

„Aber du bist schwul, Andreas, du weißt es. Es hängt nicht davon ab, ob man Analverkehr mag oder nicht. Wie gesagt, es gibt andere Möglichkeiten. Überlege doch nur, wie deine Träume nachts aussehen. Du träumst doch garantiert von nackten Jungs oder Männern", sagte Thomas, die Hoffnung verlierend, dass ihn mit Andreas mehr als „nur" eine Freundschaft verbinden könnte.

Andreas wurde ungeduldig. Er schimpfte jetzt mit Thomas: „Ich bin nicht schwul, das bildest du dir nur ein. Das ist dein Wunschdenken. Ich habe ein Kind!"

Sie hatten zwischenzeitlich ihre bestellten Getränke und Gerichte erhalten, die sie nebenbei verzehrten. Thomas sagte: „Okay, Andreas, du selbst hast das erkannt, aber du hast es schon wieder verdrängt. Schade, ich hatte geglaubt, dass du zu dir finden würdest. Leider ist dir wichtiger, was andere Menschen von die denken. Du willst es denen recht machen und verleugnest dich selbst dabei. Du bist damit nicht glücklich und leidest sogar darunter. Werfe nur deine Liebe weg."

„Du erzählst Unsinn, Thomas, schade ist es, dass du nicht erkennen willst, dass ich nicht bin wie du", war Andreas schwache Antwort auf Thomas Worte.

„Im Trainingslager habe ich auf der Toilette neben dir gesessen, als du dir gestanden hattest, dass du schwul bist und mich liebst!", sagte Thomas leise. Als er die Worte formulierte, konnte er Andreas nicht ansehen. Aber danach blickte er ihn von unten her an, forschend, wie seine letzte Bemerkung auf Andreas wirkte.

Der sagte nichts dazu, Thomas erkannte, dass Andreas sich nicht wohl in seiner Haut fühlte. Er wusste nicht, was er sagen oder tun sollte, war total ratlos. Er wollte Thomas nicht wehtun. Und doch tat er ihm mit seinem Schweigen sehr weh. Nur ließ Thomas sich das nicht anmerken.

Dann sagte Thomas: „Wenn du zur Armee musst, werde ich die restlichen Spiele und das Training mit der Mannschaft durchziehen. Aber ich werde kein Training mehr machen, solange du noch da bist. Auch die Spiele wirst du alleine betreuen. Aber ich werde, und das ist versprochen, wenn du bei der Armee bist, für die Jungs bis zum Saisonende da sein. Danach werde ich den Verein verlassen."

Andreas fragte mit brüchiger Stimme: „Ist das dein letztes Wort?"

„Ich wünsche mir auch etwas anderes, Andy. Aber ich kann nicht anders. Es tut mir leid. Ich kann nicht mehr. Kannst du mich denn gar nicht verstehen?"

Andreas sah ihn traurig an. Seine Augen glänzten. Er wollte etwas sagen, schluckte dann aber und blieb still sitzen. In der nächsten Minute rief er die Kellnerin und verlangte die Rechnung.

Andreas begleitete Thomas zum Parkplatz, wo der sein Motorrad abgestellt hatte. Ihm war bewusst, dass er Thomas verloren hatte, aber wenigstens wollte er sich von ihm vernünftig verabschieden.

Auf dem Parkplatz legte Andreas Thomas seinen rechten Arm um die Schulter und sah ihm ins Gesicht. Hilflos stand er neben ihm. Was sollte er tun? Verzweifelt suchte er nach Worten, nach einer Geste. Er wollte die Freundschaft mit Thomas nicht verlieren, nicht auf diese Weise! Aber dann erkannte er, dass diese Entscheidung längst gefallen war, Thomas hatte sie ihm abgenommen.

Plötzlich spürte er Thomas' Arme um seinen Hals und in seinem Rücken. Thomas hatte ihn umarmt. Jetzt schluchzte dieser an Andreas Ohr: „Bitte, Andy, lass uns so nicht auseinandergehen. Ich liebe dich. Du wirst es bereuen, Andy. Du wirst mit Hanna nicht glücklich. Aber wir beide können glücklich werden." Er versuchte, Andreas zu streicheln.

Doch das war in diesem Augenblick für Andreas zu viel. In der Öffentlichkeit wollte er so eine Szene nicht haben. Er war erbost. Außerdem konnte er sich nicht vorstellen, mit Thomas eine glückliche Zeit erleben zu können. Er fühlte sich zu Thomas hingezogen und mochte ihn. Er mochte ihn sogar mehr, als er einen Freund je mögen konnte. Er wusste, dass es Liebe war, was er für Thomas empfand. Aber er konnte nicht zu ihm stehen. Er hatte Angst, Christian, seinen kleinen, süßen Sohn, zu verlieren.

Er stieß Thomas von sich. Unbeherrscht schnauzte er ihn an: „Ich habe es dir schon zweimal gesagt, dass das nicht geht. Ich bin nicht so. Bitte akzeptiere das doch endlich und lass mich damit in Ruhe. Ich will diesen Scheiß nicht! Wir können Freunde sein, aber wenn du das nicht verstehen willst, müssen sich unsere Wege trennen. Aber du hast unsere Freundschaft ja sowieso schon weggeworfen!"

Thomas stand wie vom Blitz getroffen vor Andreas. Traurig sagte er: „Andy, ich weiß genau, was mit dir los ist. Aber gut, es ist deine Entscheidung, du musst damit leben. Ich weiß nur, dass ich nicht damit leben kann. Ob du es wahrhaben willst oder nicht, ich liebe dich."

„Was willst du mir damit sagen?", fragte Andreas.

„Nichts", antwortete Thomas.

An diesem Tag sah Andreas Thomas das letzte Mal.

*****

Weinend fuhr Thomas nach Hause. Ab und zu kniff er seine Augen zusammen, um die Tränen daraus zu verscheuchen. Er gab Gas und fuhr viel zu schnell, denn er wollte so bald wie möglich die elterliche Wohnung erreichen. Thomas wollte sich nur noch in seinem Zimmer einschließen, damit niemand sehen konnte, wie traurig er war, dass er weinen musste. Er hatte alles auf eine Karte gesetzt. Und dabei hatte er verloren! Wegen der Tränen sah er kaum, wohin er fuhr. Aber er kam heil zu Hause an. Er stellte sein Motorrad ab und behielt den Helm auf dem Kopf. Keiner sollte ihn Rotz und Wasser heulen sehen.

Als er endlich in seinem Zimmer war, zum Glück war niemand in der Wohnung, warf er sich auf sein Bett und ließ seinen Schmerz hemmungslos aus sich heraus. In Gedanken sprach er mit seinem Geliebten. Er machte ihm keine Vorwürfe. Schon längst hatte er ihm verziehen. Andreas konnte nichts dafür, dass er, Thomas, so ungeduldig war. Vielleicht würde sich Andreas doch noch einmal melden? Aber da lief er einer Illusion hinterher, das wusste er.

Thomas hatte keine Hoffnungen mehr, Andreas für sich zu gewinnen, und doch hoffte er das irgendwie immer noch. Er lag auf dem Bauch und allmählich beruhigte er sich. Er dachte: ‚Vielleicht lerne ich doch noch einen anderen kennen. Aber er wird nicht wie Andreas sein. Ich werde ihn nie vergessen. Warum kann er nicht zu mir stehen?' Und nun ermahnte er sich, Andreas Zeit zu geben. Sie waren beide noch so jung. Thomas selbst war erst einundzwanzig Jahre alt, Andreas dreiundzwanzig. Sie hatten praktisch ihr ganzes Leben noch vor sich. Sicherlich hatten sie eine Krise, aber diese Krise konnte vergehen. Vielleicht sollte er Andreas schreiben oder besser noch, ihn besuchen? Aber, nein, erst einmal abwarten! Auf andere Gedanken kommen. Doch gingen seine Gedanken immer wieder zu Andreas zurück. Unwillkürlich kamen ihm wieder die Tränen. Endlich weinte er sich in den Schlaf.

Morgens erwachte er vor seiner Zeit, zog sich aus und ging duschen. Wieder dachte er an Andreas, während er unter der Dusche stand. Er begann, sich zu streicheln, und stellte sich vor, dass Andreas es war, der das tat. Bald ließ er sich auf den Boden der Dusche gleiten. Dort streichelte er sich zwischen den Beinen und bekam eine Erektion. Ganz deutlich sah er Andreas vor sich und auch, was sie miteinander taten. Andreas war sehr zärtlich zu ihm. Thomas spürte es in seinem Penis pulsieren. „Ja", stöhnte er, „komm, ja, komm doch!" Er stöhnte laut. Danach saß er ganz still unter der Dusche. Das Wasser lief ungehindert aus der Dusche heraus und über seinen Körper. Thomas war in diesem Augenblick nicht Teil dieser Welt. Er war mit seinen Gedanken bei seinem Geliebten. Später jedoch besann er sich, säuberte die Dusche und bereitete sich auf die Arbeit vor.

Jeden Tag ging er seinen Pflichten nach. Aber wenn er alleine war, litt er wie ein junger Hund. Er hatte seine Gedanken nicht mehr unter Kontrolle. Zu den unmöglichsten Zeiten des Tages dachte er an Andreas. Sein Liebeskummer fraß ihn auf. Er konnte nicht mehr essen, er weinte unwillkürlich, er konnte nachts nicht mehr schlafen. Er nahm ab. Zu Hause versuchte er, zu sein, wie er immer war, ein fröhlicher junger Mann, der seine Eltern liebte und achtete, für sie da war, wenn sie ihn brauchten, aber eben auch verschwand, wenn er seinen Spaß haben wollte. Aber wie es in seinem Innern wirklich aussah, verschwieg er seinen Eltern, sie sollten sich nicht um ihn sorgen.

Mit jedem Tag wurde seine Sehnsucht nach Andreas größer. Aber er traute sich nicht, ihn zu besuchen. Die Tage vergingen und Thomas zerriss es innerlich. Er kam nicht mehr zur Ruhe. Schließlich fasste er einen folgenschweren Entschluss.

Endlich wusste er, was er wollte! Seine Sehnsucht machte ihn krank. Aber nachdem er seine Entscheidung gefällt hatte, wurde er ruhiger. Er setzte sich an seinen Schreibtisch und schrieb Andreas einen Brief. Er konnte ihn nicht zu Ende schreiben, aber das war heute nicht notwendig. Während des Abendessens erzählte er seinen Eltern, dass er am Wochenende mit dem Motorrad nach Berlin fahren und dort seinen Cousin besuchen wollte. Sie waren damit einverstanden und vertrauten ihrem Sohn.

Er ging zur Arbeit wie jeden Tag und saugte begierig alle Eindrücke in sich auf. Als er zu Hause war, schrieb er den Brief an Andreas zu Ende. Er steckte ihn in einen Umschlag und schrieb Andreas' Namen darauf. Danach legte er den Umschlag zwischen die Bücher, die er sich aus der Bibliothek geliehen hatte. Jetzt schrieb er seinen Eltern einen Brief. Den legte er unter das Kopfkissen in seinem Bett.

Donnerstagabend. Morgen wollte er nach Berlin fahren. Thomas' Mutter bereitete das Abendbrot vor. Während sie aßen, erzählte Thomas, dass er nicht über die Autobahn fahren wolle, das sei ihm zu gefährlich, lieber wolle er über die Landstraßen fahren, auch wenn er deshalb etwas länger unterwegs sei. Außerdem habe er Zeit genug, nach Berlin zu kommen. Gleich nach dem Abendbrot wollte er sich schlafen legen, damit er am nächsten Tag genügend ausgeruht war.

Nach dem Abendessen ging er in sein Zimmer und bereitete sich auf seine Nachtruhe vor. Als er endlich im Bett lag, dachte er an Andreas. Er war traurig, grenzenlos traurig. Seine Sehnsucht nach Andreas ließ ihn nicht einschlafen. Er weinte und hatte Angst.

*****

Andreas ging nach Hause. Warum, verdammt noch mal, hatte er sich nicht beherrschen können?, fragte er sich vorwurfsvoll. Thomas war verzweifelt. Sein drittes Liebesgeständnis vorhin auf dem Parkplatz war doch nur der letzte verzweifelte Versuch, die Freundschaft doch noch zu retten. Und er hatte ihn gnadenlos abgekanzelt, als hätte Thomas ihn umbringen wollen. Es tat Andreas so leid. Der Freund würde ihm fehlen. Er beschloss, noch vor seiner Einberufung zu Thomas zu fahren und sich bei ihm zu entschuldigen. Doch dieses Vorhaben verschob Andreas von einem auf den anderen Tag, er hatte zu viel zu tun.

Aber Thomas ging ihm nicht aus dem Kopf. Er dachte viel über ihn nach. Und er dachte über seine eigenen Handlungen an Thomas nach. Er war selbstkritisch und kam zu der Erkenntnis, dass sich Thomas von ihm schlicht und einfach verarscht fühlen musste.

Endlich nahm er sich die Zeit, Thomas zu besuchen. Auf dem Weg zu ihm erinnerte sich Andreas an einige Erlebnisse mit seinem Freund. Er fuhr mit der S-Bahn und musste anschließend noch fünf Minuten zu Fuß gehen, um zu Thomas zu gelangen.

Im Wald hatte er Thomas mit anderen Augen gesehen. Er war in ihn verliebt gewesen. Warum sonst wollte er Thomas' Körper an seinem eigenen fühlen? Und er hatte Gefallen an dem gehabt, was sie taten! Thomas fühlte sich gut an. Sein Rücken hatte sich ihm muskulös und fest präsentiert. Da, wo die Wirbelsäule entlanglief, konnte sich Andreas'Hand richtig schön an Thomas Körper anpassen. Es war so, als wenn seine Hände und Thomas' Rücken eins wurden. So hatte Andreas das empfunden. Und als er sogar die Rundungen von Thomas' Po mit seiner Hand spürte, konnte er sich kaum noch beherrschen. Am liebsten hätte er Thomas ausgezogen. Andreas erinnerte sich daran, dass in diesem Moment seine Küsse leidenschaftlicher geworden sind. Auch Thomas wurde dabei in seinen Handlungen intensiver und heftiger.

Und doch war das der Anfang vom Ende ihrer Freundschaft gewesen. Wie konnte es soweit kommen? Er vermochte, es selbst nicht zu sagen. Aber er wusste, dass Thomas keine Schuld traf. Er, Andreas, trug dafür ganz alleine die Verantwortung. Aber vielleicht konnte er die Freundschaft doch noch retten.

Er wollte Thomas um Verzeihung bitten. Er wollte ihn bitten, ihm Zeit zu geben. Er wollte ihm erklären, dass es ihm in erster Linie um seinen Sohn ging. Das sollte Thomas doch verstehen. Er wollte ihm keine sinnlosen Hoffnungen machen, aber er wollte ihm sagen, was er im Wald für ihn gefühlt hatte. Er wollte ihn nicht verlieren. Jeden Tag litt auch Andreas unter dem Verlust des Freundes. Er wollte Thomas bitten, noch etwas auf ihn zu warten. Vielleicht zwei oder drei Jahre?

Er überlegte, dass es bis zum Beginn der Auseinandersetzung im Wald mit Thomas schön war. Er war drauf und dran, mit ihm Sex haben zu wollen. Jetzt erst war ihm das bewusst geworden. Er hatte

Angst davor gehabt. Nun konnte er sich selbst nicht verstehen. ‚Mensch, Andreas', sagte er zu sich selbst, ‚du bist so ein blöder Idiot. Wie kann ein Mensch nur so doof wie du sein! Der arme Thomas! Was hat er nur deinetwegen alles durchmachen müssen! Erst ermunterst du ihn, dich zu küssen, und dann stößt du ihn von dir!' So dachte er jetzt.

Endlich war er an dem Haus angekommen, in dem der Freund wohnte. Eine stille Vorfreude beschlich ihn. Wie würde Thomas reagieren? Er konnte es nicht wissen, aber er war sich sicher, dass Thomas ihn nicht wegschicken würde. Der gab ihm bestimmt noch eine Chance. Da war Andreas sich sicher. Er wollte auch nicht mehr solche blödsinnigen Fehler wie in der Vergangenheit machen. Er wollte Thomas nicht mehr wehtun. Er wollte ihn lieben. Ja, jetzt war sich Andreas ganz sicher. Er wollte ganz fest, ganz verlässlich für Thomas da sein. Aber erst musste er ein paar Dinge klären. Das konnte Thomas bestimmt verstehen.

Andreas eilte die Treppen hoch und klingelte. Hinter dieser Tür wohnte seine Zukunft.

Thomas' Mutter öffnete und erzählte ihm, dass Thomas vor etwa drei Stunden nach Berlin gefahren sei. Traurig fuhr er wieder nach Hause.

Nach etwa 6 Wochen las Andreas einen Brief, den Thomas' Eltern ihm geschickt hatten. Darin baten sie ihn, zu sich nach Hause zu kommen. Sie hätten ihm etwas sehr Wichtiges mitzuteilen. Das wollten sie nicht in einem Brief tun.

Aufgeregt kam Andreas der Bitte nach. Seitdem er Thomas besuchen wollte, hatte Andreas von ihm nichts mehr gehört. Thomas' Eltern hatten sich nie um seine Freunde gekümmert. Sie hatten zu ihrem Sohn ein sehr gutes freundschaftliches und vertrauensvolles Verhältnis.

Andreas klingelte an Thomas' Eltern Wohnungstür. Plötzlich überfiel ihn ein ungutes Gefühl. Als die Tür aufging, stand Thomas' Vater in einem schwarzen Anzug vor ihm. Ihm wurde schwindlig.

„Schön, dass Sie gekommen sind, bitte kommen Sie herein", wurde er begrüßt.

Gemeinsam betraten Andreas und Thomas' Vater das Wohnzimmer. Thomas' Mutter hatte ein schwarzes Kostüm angezogen und sah sehr verweint aus. Andreas ungutes Gefühl verstärkte sich. Ein Kloß saß ihm im Hals, als er leise der Frau einen guten Tag wünschte.

Thomas' Mutter forderte Andreas auf, sich zu setzen. Das tat er gerne, denn er bekam weiche Knie. Jetzt wusste er genau, warum er Thomas nicht mehr sehen konnte. Thomas' Mutter holte eine Kanne mit Kaffee herein. Quälend langsam und umständlich stellte sie Tassen und Untertassen auf den Tisch sowie Kaffeesahne und Kaffeelöffel. Dann goss sie Kaffee in die Tassen und setzte sich.

Thomas' Vater räusperte sich. Er sah Andreas an und sagte mühsam gefasst: „Andreas, es tut uns sehr leid, aber wir müssen Ihnen mitteilen, dass Thomas nicht mehr unter den Lebenden weilt. Sie waren sein bester Freund. Er hat uns einen Brief hinterlassen, aber wir werden nicht schlau daraus. Der Junge hatte große Probleme, mit denen er nicht alleine zurechtkam. Mit uns, mit seinen Eltern, hat er nicht darüber gesprochen. Wir verstehen das alles nicht. Können Sie uns helfen?" Es war ein Flehen in der Stimme des Mannes, auch in seiner Miene. Ganz offensichtlich musste er sich mit allen Kräften beherrschen, um nicht zu weinen.

Andreas wurde immer unruhiger. Er rutschte auf seinem Sessel hin und her und wusste nicht, was er sagen sollte. Ihm standen plötzlich Tränen in den Augen, verschwommen sah er die Möbel des Zimmers vor sich. Mit brüchiger Stimme hörte er sich sagen, dass es ihm sehr, sehr leidtäte. Floskelhaft, wie ein Automat, brachte er sein Beileid zu Thomas' Tod zum Ausdruck.

Die Eltern bedankten sich. Die Mutter sagte, dass ihr Sohn einen Brief für ihn geschrieben hatte. Den hatte sie gefunden, als sie endlich Thomas' Zimmer Wochen nach seinem Tode aufräumen konnte. Vorher war ihr nicht möglich, Thomas Zimmer zu betreten. Tat sie es doch, hatte sie das Gefühl, als wenn Thomas mit ihr im Zimmer sei. Mit diesen Worten übergab sie Andreas einen zugeklebten Briefumschlag.

„Vielleicht hat er Ihnen etwas geschrieben, warum er es tat", sprach nun der Vater.

Andreas fielen plötzlich Thomas' Worte ein, die er ihm auf dem Parkplatz des Scharren gesagt hatte, nämlich, dass er nicht lange ohne ihn leben könnte. Bevor Andreas den Brief lesen konnte, fragte er: „Was um Himmels Willen ist denn nur geschehen?" Verzweiflung schwang in seiner Stimme mit. Plötzlich wusste er, warum Thomas tot war.

Thomas Vater sagte: „Thomas ist nach Berlin gefahren. Er ist am Abend davor früh ins Bett gegangen, weil er vor so einer langen Motorradfahrt ausgeschlafen sein wollte. Alles war wie immer. Als er sich von uns verabschiedet hat, hat er uns gedrückt. So tat er es immer, wenn er für mehrere Tage wegfuhr. Er war so vernünftig bei der Vorbereitung der Fahrt, dass wir nicht das Geringste ahnen konnten. Bevor er wegfuhr, hat er mir einen Kuss gegeben. Er sagte: ‚Tschüss, Papa, wir sehen uns nächste Woche'. Dann hat er sich von meiner Frau verabschiedet, als wenn nichts wäre. Er hat uns angelächelt. Als er davonfuhr, hat er uns noch einmal zugewunken."

Die Stimme des Mannes erstickte in einem großen Seufzer. Tränen standen ihm in den Augen. Auch sie suchten sich ihren Weg über seine Wangen, wie das bei jedem weinenden Menschen der Fall ist. Er wischte sie mit den Händen fort und sprach weiter: „Thomas ist immer ein vorsichtiger Motorradfahrer gewesen. Deswegen können wir es nicht verstehen. Er ist über die Fernverkehrsstraße gefahren, nicht über die Autobahn, das war ihm zu gefährlich.

In der Nähe von Neustrelitz, auf einer langen geraden Strecke, ist er immer langsamer geworden. Hinter ihm fuhr ein LKW, ein W50. Der LKW-Fahrer hatte sich schon gewundert, warum Thomas so langsam wurde. Er hätte doch einfach Gas geben können und wäre weg gewesen. Ein Motorrad ist doch viel schneller als so ein W50. Der LKW-Fahrer fragte sich noch, was das solle, warum er Thomas denn nun unbedingt überholen solle. Dann dachte er, dass Thomas' Motorrad vielleicht einen Motorschaden habe, und setzte zum Überholen an. Als er links an ihm vorbeifahren wollte, scherte Thomas auch nach links aus, direkt vor den LKW.

Der Fahrer sagte mir, dass er sich fragte, was das sollte. Will er sich doch nicht überholen lassen und wegfahren? Aber Thomas ist nicht weggefahren. Er ist direkt vor den Lkw gefahren und hat sich fallen lassen. Der LKW-Fahrer hatte keine Chance, seinen Wagen zu stoppen. Er ist direkt über Thomas rüber gefahren."

Andreas fragte: „Und? War er gleich tot?"

„Nein", sagte Thomas Mutter. „Er hat noch vier Stunden gelebt. Der Arzt, der zum Unfallort kam, hat ihm noch Schläuche in den

Hals und in die Arme gesteckt, aber im Krankenhaus ist er dann gestorben. Die Ärzte sagen, dass es besser so war, weil Thomas sonst sein ganzes Leben lang ein Pflegefall gewesen wäre. Die Schädigungen im Gehirn waren nicht mehr zu reparieren."

Andreas hielt immer noch Thomas' Brief in den Händen. Er konnte sich denken, was ihm sein Freund geschrieben hatte. Aber Thomas' Eltern durften auf keinen Fall den Inhalt erfahren, wenn Andreas' Vermutung richtig war. Wie konnte Andreas es verhindern, dass sie den Brief zu lesen bekamen?

Andreas öffnete den Briefumschlag, zog den Zettel daraus hervor und faltete ihn auseinander. Dann sah er Thomas' Handschrift. Er verspürte plötzliche Panik. Seine Hände begannen, zu zittern. Er fühlte, wie ihm die Röte ins Gesicht stieg. Er konnte keinen klaren Gedanken fassen. Ihm wurde bewusst, dass er gerade an dem Tag Thomas besuchen wollte, an dem dieser in Richtung Berlin aufgebrochen war. Wäre er doch nur drei Stunden früher zu ihm gefahren!

Durch seinen Kopf gingen immer wieder die gleichen Worte: ,Thomas ist tot, ich werde ihn nie wieder sehen! Thomas ist tot, ich werde ihn nie wieder sehen!' Immer und immer wieder kehrten diese Worte in sein Bewusstsein zurück.

Doch nur wenige Sekunden später dachte er: ,Ich bin schuld daran!' Und wieder sagte er sich: ,Ich bin schuld daran! Ich bin schuld daran! Ich bin schuld daran!'

Andreas konnte kein Wort hervorbringen. Er zitterte am ganzen Körper. Er versuchte aufzustehen, schaffte es aber nicht. Alle seine Muskeln versagten.

Thomas' Eltern bekamen einen großen Schrecken. Sie wollten Andreas helfen. Thomas Mutter ergriff seine Hand und sagte: „Bitte beruhigen Sie sich doch, sollen wir einen Arzt rufen?"

Andreas sah Thomas' Mutter direkt ins Gesicht. Er konnte seine Tränen nicht mehr zurückhalten, er weinte hemmungslos wie ein kleines Kind.

Thomas' Mutter nahm ihn in ihre Arme und sagte ganz leise: „Weinen Sie nur, das wird Ihnen helfen! Thomas fehlt uns ja auch so sehr. Weinen Sie nur und schämen Sie sich Ihrer Tränen nicht. Thomas war Ihr Freund. Wir sind so froh, dass Sie sein Freund waren. Er hat uns so viel von Ihnen erzählt und immer nur Gutes."

Andreas wurde schlecht, als er die Worte dieser Frau hörte. Schließlich war er es doch, der an Thomas' Tod schuld war! Hätte er ihm erlaubt, ihn zu lieben, und hätte er zu Thomas gestanden, als es notwendig gewesen war, dann wäre sein Freund jetzt noch am Leben! Thomas hatte sich seinetwegen getötet, das war ihm von Anfang an bewusst. Thomas' Brief brauchte er gar nicht mehr zu lesen, er wusste, was darin stand. Andreas ging zur Toilette, steckte den Brief in die rechte Gesäßtasche seiner Jeans und versuchte sich zu beruhigen. Er öffnete den Wasserhahn und warf sich ein paar händevoll Wasser ins Gesicht. Dann trocknete er sich ab und ging zurück zu Thomas' Eltern. Als er bei ihnen war, entschuldigte er sich und bat um Verständnis. Er wollte jetzt nur noch nach Hause.

„Ja, natürlich können Sie gehen. Machen Sie sich keine Sorgen. Aber wir haben noch eine Frage. Hat Thomas noch Bücher von Ihnen ausgeliehen? Können Sie bitte einmal nachsehen und Ihre Bücher mitnehmen? Wir wollen alles zurückgeben, was er sich geborgt hat.", sagte Thomas Mutter.

„Nein, das brauche ich nicht. Ich weiß genau, dass Thomas mir meine Bücher alle wieder gegeben hat. Er hat nichts mehr von mir", erwiderte Andreas.

Er verabschiedete sich von Thomas' Eltern und versprach sich zu melden, wenn in Thomas' Brief neue Erkenntnisse stünden.

Als Andreas zu Hause war, schloss er sich in der Toilette ein und las den Brief.

„Lieber Andreas!

Oder hätte ich schreiben sollen: mein geliebter Andreas? Oft habe ich mir vorgestellt, wie es wohl gewesen wäre, wenn wir ein Liebespaar geworden wären. Ich weiß es genau, dass Du auch so bist wie ich. Und was ich auch weiß, dass Du mich fast genau so sehr liebst wie ich Dich. Ich habe es immer wieder bemerkt, wie Du mich angesehen und angelächelt hast. Und wie Du Dich immer wieder ganz fest an mich gedrückt hast, wenn wir mit dem Motorrad gemeinsam unterwegs waren. Du hast mir nicht nur einmal über meine Brust gestreichelt. Du hast es jedes Mal getan, wenn wir mit dem Motorrad irgendwohin fuhren.

Warum stehst Du nicht zu Dir? Warum machst Du es uns so schwer? Du redest von gestohlenen Momenten und meinst Augenblicke, in denen wir uns berührten, Augenblicke, in denen wir uns kurz an den Händen hielten, Du mir in meine Augen gesehen hast und dabei ganz rot wurdest. Als ich Dich in solchen Momenten gefragt habe, was denn los sei mit Dir, standen Dir Tränen in den Augen. Aber Du hast immer gesagt, es sei nichts.

Einmal, als wir im Trainingslager waren, hast Du nachts auf der Toilette geweint. Ich habe Dich gehört. Ich habe auch gehört, was Du zu Dir selber gesagt hast. Nämlich dass Du so ein Scheißschwuler seist und mich liebst. Aber Du hast nicht gewusst, was Du tun solltest. Du hast gedacht, dass Du mir das nie sagen darfst. Warum nur nicht? Das verstehe ich nicht. Du hast nicht gewusst, dass ich dich gehört habe, denn ich war schon auf der Toilette, als Du kamst. Nur saß ich drei Türen neben Dir. Ich wusste nicht, wie ich mich verhalten sollte. Deshalb bin ich ganz still sitzen geblieben.

Und deshalb habe ich all meinen Mut zusammengenommen und Dir drei Mal meine Liebe zu Dir gestanden. Du hast mich drei Mal abgewiesen, ja, Du hast mich sogar beschimpft und beleidigt. Das kann und will ich nicht verstehen! Wir lieben uns, aber Du stehst nicht dazu.

Und ich liebe Dich so sehr, dass ich ohne Dich nicht mehr leben kann. Wenn Du diesen Brief von mir erhältst, werde ich schon tot sein. Ich hoffe, dass Du mir verzeihen kannst. Ich wünsche Dir, dass Du Dein Glück findest, denn ich weiß, dass Du mit Deiner Frau nicht glücklich bist.

Ich liebe Dich so sehr, dass es mir wehtut. Ich sehne mich nach Dir. Meine Sehnsucht frisst mich auf. Ich kann nichts mehr essen. Ich nehme ständig ab. Wenn ich an Dich denke, muss ich weinen. Ich kann nicht mehr.

Dein Dich liebender Thomas"

Die Freundschaft mit Thomas hatte Andreas geprägt. Thomas' Tod konnte Andreas nie verwinden. Er gab sich die Schuld daran, dass Thomas sich von einem LKW überfahren ließ. Nach Thomas' Tod war Andreas nie mehr in der Lage, einen Mann für sich zu gewinnen, wenn er sich in ihn verliebt hatte. Oft musste er an Thomas denken und oft kamen ihm die Tränen. Und er dachte in solchen Momenten: ‚Ach, Thomas, wenn ich damals nur zu dir hätte stehen können. Wir wären beide glücklich geworden. Warum nur hast du so schnell aufgegeben? Ich war auf dem Weg zu dir und wollte dir sagen, dass ich dich liebe und du auf mich warten kannst. Ich wollte nur noch mein Leben ordnen und dann zu dir kommen. Ich habe dich um drei Stunden verfehlt, nur um ganze beschissene drei Stunden.'

Immer wieder, wenn Andreas einen Schicksalsschlag hinnehmen musste, dachte er an Thomas und musste dann weinen. Er beruhigte sich jedes Mal wieder und sagte sich: ‚Nun ist eh alles zu spät. Ich kann es nicht mehr rückgängig machen. Wenn ich das nur könnte, ich würde es sofort tun. Er hatte doch sein ganzes Leben noch vor sich! Er war doch erst einundzwanzig Jahre alt! Hätte er sich auch getötet, wenn er gewusst hätte, was er mir damit antat? Vielleicht wären wir beide doch noch glücklich geworden. So aber bist du tot und ich habe ein Scheißleben hinter mir. Oder hast du es damals getan, weil du geahnt hast, dass wir kein schönes Leben haben würden? Wolltest du auf diese Weise dem Leid, das uns erwartet hätte, entgehen?

Ach, Thomas, manchmal möchte ich auch tot sein. Manchmal kann ich es nicht mehr ertragen, dieses Scheißleben. Ich mag und ich kann nicht mehr. Aber mich umbringen, kann ich nicht, das ist keine Lösung. Ich will doch noch erleben, was noch kommt. Irgendwann muss doch auch ich etwas Glück haben! Vielleicht findet doch noch ein liebevoller Mann zu mir? Oh, wäre das schön! Irgendetwas muss das Leben doch noch für mich bereithalten, irgendetwas Schönes muss es doch noch für mich geben.'

Andreas Hoffnungen sollten sich tatsächlich erfüllen. Aber bis dahin musste er einen weiten und steinigen Weg zurücklegen, 35 Jahre sollten vergehen, bis er sein Glück fand. Aber das konnte er damals nicht wissen.

Kindheitserinnerungen

Am 18. Januar stand Andreas gegen sechs Uhr auf und loggte sich in den Chat ein, wo er eine Message von Silvio fand: „Hallo, mein Andreas, heute raubst du mir meinen Schlaf!

Ich habe erst gedacht, du schreibst mir Messages, die es in sich haben, weitere Vorwürfe, Worte voller Hass und Enttäuschung, einfach nur abweisende Dinge. Aber ich sehe, es ist doch anders.

In sehr vielen Punkten hast du recht, aber auch in vielen unrecht. Ich möchte es nur noch einmal betonen, ich habe dich nie verarscht, habe mich nicht über dich lustig gemacht oder was du sonst noch für andere negative Dinge von mir denkst oder vielleicht auch zu deinen Freunden über mich geäußert hast.

Obwohl ich Ralf immer noch liebe, und das habe ich dir nicht verheimlicht, komme ich von dir nicht los. Wenn ich Sehnsucht hatte, habe ich dein Profil aufgesucht, plötzlich warst du weg! Wenn ich dir sage, dass du mich damit getroffen hast, weiß ich aber heute schon, dass du bei einer nächsten Enttäuschung es wieder tun wirst, nur um mich zu bestrafen. Weil du es jetzt weißt. Und nach all deinen Reaktionen schätze ich dich so ein.

Ich habe mein Profil nicht gelöscht, obwohl Ralf es wollte. Weil ich immer gehofft habe, dass du es dir noch einmal anders überlegst.

Es ist wirklich so, ich liebe auch dich!!!!! Aber obwohl ich weiß, dass du nicht so mit mir umgehen würdest, wie Ralf es tut, komme ich von ihm nicht los. Man kann den Schalter nicht einfach umlegen. Ich bin noch nicht frei im Kopf. Bei dir ist es etwas anderes. Rosi ist für dich Geschichte, obwohl ich das wohl nie verstehen werde, aber so geht es bei mir nicht.

Vielleicht habe ich mich auch so schnell in die Sache hineingesteigert, weil ich von Ralf so enttäuscht wurde. Und du hast mir im Chat geholfen, wirklich geholfen. Und ich hatte auch nur einen Chatpartner (Freund) gesucht. Es ist aber alles anders gekommen. Gegen meine Gefühle komme ich nicht mehr an!!!! Ich liebe dich, Andreas. Dein Silvio."

Silvio hatte diese Message schon um 3.26 Uhr abgeschickt. Andreas freute sich, weil Silvio endlich geschrieben hatte und antwortete: „Mein Engel, es ärgert mich, dass ich dich verpasst habe. Immer wieder war ich auf deinem Profil, um zu sehen, ob du im Chat warst. Jetzt warst du da und ich habe geschlafen.

Warum, mein Süßer, sagst du mir nicht, was jetzt los ist? Bist du mit Ralf wieder zusammen?

Und wie soll es jetzt mit uns weiter gehen?

Ich wollte dich nicht bestrafen. Als ich dich gelöscht und geblockt habe, war es für mich ein Versuch, von dir loszukommen, aber es geht so nicht. Ich werde nicht mehr mein Profil vor dir verschließen. Ich war doch nur enttäuscht und sauer.

Ich bin aber traurig darüber, dass ich mich wahrscheinlich schon wieder in den falschen Mann verliebt habe, obwohl es diesmal der Richtige ist.

Können wir uns denn nicht einmal treffen, damit wir unsere Missverständnisse aus dem Weg räumen können?

Ich möchte wissen, was ich falsch sehe, vor allem, ob ich vielleicht doch noch hoffen darf.

Aber wenn du mir schreibst, dass du weißt, dass ich dich nie so behandeln würde, wie Ralf es tut, muss ich wohl davon ausgehen, dass ihr wieder zusammenwohnt und dass er schon jetzt nicht immer gut zu dir ist."

Natürlich tat es ihm weh, dass Ralf nicht gut zu Silvio war. Silvio war sensibel, einfühlsam und zärtlich. Das wenigstens glaubte Andreas. Wer solche Messages schreiben konnte wie Silvio, konnte unmöglich ein grober Kerl sein. Silvio hatte es verdient, dass er gut und zärtlich behandelt wurde, voller Liebe, so, wie es jeder Mensch verdient hatte. Aber warum machte der es sich und Andreas so schwer? Es musste irgendetwas geben, womit Ralf Silvio in der Hand hatte, freiwillig würde Silvio sich nicht schlechter Behandlung aussetzen. Andreas schrieb weiter: „Warum bleibst du dann bei ihm?

Mein Silvio, auch du lebst nur ein einziges Mal. Ich weiß, du liebst ihn immer noch, das ist ja auch in Ordnung. Aber deshalb musst du dich nicht unglücklich machen lassen.

Ich möchte dich, bitte, sehen und sprechen, bitte, lass es zu.

Ich hasse dich nicht, ich liebe dich, deshalb akzeptiere ich es, dass du dich für Ralf entschieden hast, weil ich will, dass du glücklich bist." Andreas hätte sofort alle Versuche, Silvio zu treffen, eingestellt, wenn er genau gewusst hätte, dass Silvio mit Ralf glücklich war. Auch das schrieb er ihm.

Bei aller Freude über Silvios Messages, doch war deren Inhalt für ihn wieder bedrückend. Er hoffte immer noch auf Silvio, aber in seinem tiefsten Innern wusste er, dass er ihn wohl nie sehen werde, nicht im realen Leben. Er war traurig und die Tränen kamen ihm wieder, er musste weinen. Silvio hatte ihm das Herz gebrochen. Andreas wollte mit ihm abschließen, aber er konnte es nicht. Dazu liebte er ihn immer noch viel zu sehr. Er schrieb einen weiteren Absatz an Silvio: „Ich muss jetzt schließen, ich kann jetzt nicht mehr, mir laufen die Tränen wie Wasser aus den Augen. Ich kann ohne dich nicht mehr leben. Ich möchte sterben, dann kann mir keiner mehr wehtun und ich brauche nichts Böses mehr zu erleben." Das war in diesem Moment sein bitterer Ernst. Ohne Silvio erschien ihm das Leben nicht mehr sinnvoll. Aber er wollte sich nichts antun. Über den Tod nachdenken, war für ihn in Ordnung. Andreas klagte: „Oh, Silvio, warum musste Ralf wieder aufkreuzen? Warum muss das Leben immer so schwer sein? Warum darf ich nicht auch einmal glücklich sein? Und wenn es nur ein Jahr gewesen wäre.

Bitte schreibe mir, wann ich dich im Chat treffen kann!

Viele liebe Grüße! Dein dich liebender, sich nach dir sehnender und trauriger Andreas."

*****

Nachdem Andreas die Message an Silvio gesendet hatte, schweiften seine Gedanken erneut in die Vergangenheit. Schon in seiner Kindheit musste er negative Dinge erleben. Wenn er an seine Oma oder an Barbaras Hochzeit dachte, erlebte er diese Traumata noch einmal.

Als Andreas zehn Jahre alt war, heiratete seine Schwester Barbara. Eine eigene Wohnung hatte sie nicht und die Mutter versprach ihrer Tochter, mit einem Zimmer auszuhelfen. Luise wohnte schon lange nicht mehr bei den Eltern, Inge studierte in Erfurt, war also auch nicht da. Willy war bereits verheiratet, er lebte in Gotha, und Berthold hatte sich als Zeitsoldat für zehn Jahre bei der Armee verpflichtet, war also auch außer Haus. Christine und die Oma zogen ins Jungen-zimmer, Andreas und Georg ins elterliche Schlafzimmer und somit war das Mädchenzimmer für das jung vermählte Paar frei geworden. Andreas und Georg durften nicht bis zum Ende der Hochzeitsfeier bleiben, sie wurden vorher nach Hause gebracht, weil sie schlafen gehen sollten.

In der Nacht wachte Andreas auf, weil seine Eltern miteinander stritten. Er wollte ihnen nicht zeigen, dass er wach war, und kroch unter seine Bettdecke und tat so, als ob er schlafen würde. Aber er hörte jedes Wort, das seine Eltern sagten, obwohl sie zu flüstern versuchten. Es ging wieder einmal darum, dass der Vater betrunken war. Andreas hörte seine Mutter sagen: „Du machst dir keine Sorgen. Ich habe die Hochzeit alleine bezahlen müssen. Gott sei Dank habe ich noch schnell das Wirtschaftsgeld eingesteckt, weil ich schon etwas ahnte. Barbaras Schwiegereltern haben nichts dazugegeben, weil sie der Meinung sind, dass die Eltern der Braut die Hochzeit bezahlen müssen. Und du trinkst und trinkst und trinkst. Es ist dir egal, was hier zu Hause los sein wird. Du bist so ein Schuft, ich weiß nicht einmal, wovon ich morgen den Kindern Milch kaufen soll."

Andreas hörte alles mit an. Die Mutter tat ihm leid. Das Herz wurde ihm schwer und er begann, zu weinen. Er kroch noch weiter unter seine Decke. Die Eltern sollten ihn nicht hören. Vor allem die Mutter sollte nicht bemerken, dass er wach war und ihr Gespräch ungewollt belauscht hatte.

Am nächsten Morgen war doch Milch im Haus. Die Mutter hatte sich bestimmt wieder Geld von einer der Schwestern geborgt.

Doch die Schwestern bekamen selten etwas zurück. Woher sollte die Mutter auch das viele Geld nehmen, das sie sich im Laufe der Jahre von allen ihren Kindern zusammenborgen musste!

Selbst von Andreas, ihrem Jüngsten, lieh sie Geld, als er vierzehn Jahre alt war. Das hatte er sich mühevoll mit Sammeln von Flaschen, Gläsern und Altpapier zusammengespart. Er wollte sich davon Bücher kaufen. Daraus wurde jetzt nichts. Aber die Mutter hatte Geld, um etwas zum Mittagessen für den nächsten Tag kaufen zu können.

Wie elend musste sich die Mutter damals gefühlt haben?, fragte sich Andreas, als er ein erwachsener Mann war. Die ewigen Geldsorgen, die der Alte durch seine Sauferei verursachte, waren nur das eine. Die Beschimpfungen des Alten, wenn er betrunken war, waren nicht auszuhalten. Und der Vater war fast täglich betrunken. Unter dem Psychoterror litt Andreas besonders. Dafür hasste er den Vater mit jedem Tag mehr. Er hatte sogar einmal darüber nachgedacht, ihm ein Messer durch die Rippen zu stoßen. Doch traute er sich nicht, weil er Angst hatte, dass es misslingen könnte und der Vater ihn dafür schlagen werde. Als er älter wurde, gab er den Gedanken auf, weil er nicht zu einem Mörder werden wollte. Nicht zum Mörder seines Vaters und nicht wegen eines Mannes, vor dem er keine Achtung hatte, für den er nur Hass empfand.

Andreas war homosexuell. Wenn der Vater das auch nur geahnt hätte, dann hätte er wahrscheinlich … Aber diesen Gedanken konnte und wollte Andreas sein Leben lang lieber nicht bis zum Ende denken.

Als Andreas in der achten Klasse war, betrank sich der Vater immer noch jeden Tag. Zu Hause lärmte er anschließend herum. Da nur noch Georg und Andreas bei den Eltern lebten, waren sie es auch, die die Opfer des Vaters wurden und seinen Psychoterror über sich ergehen lassen mussten. Andreas versuchte, sich dadurch zu wehren, dass er sich kaum noch zu Hause aufhielt. Er war jeden Tag unterwegs. Montags, mittwochs und freitags ging er in die Sternwarte und die anderen Tage auf den Fußballplatz. War er doch einmal zu Hause, war er das erklärte Ziel der väterlichen Hasstiraden und Beschimpfungen. Andreas konnte das nicht mehr ertragen. Er ging zu seinem Klassenlehrer und bat ihn um Hilfe. Der Mann war schockiert, als er von Andreas Leidensweg erfuhr. Das hätte er nie gedacht, dass Andreas' Vater ein tobsüchtiger Alkoholiker war. Andreas bat den Lehrer, nichts den Eltern davon zu erzählen, dass er mit ihm über den Vater gesprochen hatte. Wenn der das erfahren würde, hätte er erst recht ausgespielt.

Der Lehrer versprach, das anders zu regeln. Er wollte die Mutter in die Schule zu einem Gespräch einladen und dort mit ihr reden. Er wollte ihr sagen, dass Andreas in der letzten Zeit sehr ruhig sei, sich zurückgezogen und kaum noch Kontakt zu seinen Mitschülern habe. Danach wollte er fragen, warum das so sei, ob die Mutter sich das erklären könne.

Ein paar Tage später suchte die Mutter den Klassenlehrer in der Schule auf. Sie hatte eine schriftliche Einladung von der Schule zu einem wichtigen Gespräch mit dem Klassenleiter erhalten. Und sie erzählte dem Lehrer von der Trunksucht des Vaters, als er nach Andreas' befremdlichen Verhalten der letzten Wochen fragte.

Als sie in ihre Wohnung zurückkehrte und der Vater ausnahmsweise von der Arbeit direkt nach Hause kam, erzählte sie ihm von dem Gespräch, dass sie in der Schule hatte und redete ihm ins Gewissen. Er könne doch unmöglich wollen, dass seine Kinder seinetwegen unglücklich seien. Tatsächlich half dieses Gespräch, denn jetzt wusste der Vater, dass die Schule von seinem Alkoholproblem erfahren hatte. Er fürchtete, dass die Schule gegen ihn Maßnahmen einleiten könnte. In der Folgezeit riss er sich zusammen und war nur noch selten betrunken. Doch seine guten Vorsätze hielten nicht lange an. Die Trunksucht des Vaters war stärker als sein Wille. Aber er bemühte sich, nicht mehr mit den Söhnen zu streiten.

Erst viele Jahre später erfuhr Andreas von seinem Onkel vom schweren Los seines Vaters, der ein gebrochener Mann war, der mit dem Leben nicht mehr zurechtkam. Als junger Mann musste er für neun lange Jahre in den Krieg gehen. Zuerst war er in Spanien, nach 1939 in Europa an den verschiedensten Kriegsschauplätzen. Schließlich kam er an die Ostfront. Er musste erleben, dass sein bester Freund sein Leben verlor, als dieser das von Andreas' Vater rettete. Der Vater wäre damals lieber selber gestorben, als den Freund zu verlieren. So musste der Freund sterben, damit Andreas' Vater leben konnte.

Während Andreas' Kindheit wurde zu Hause nie über den Krieg gesprochen. Der Vater konnte es nicht. Wenn die Kinder Kriegsfilme im Fernsehen sahen, rastete er aus und schaltete das Gerät ab oder den Sender um. Danach setzte er sich auf die Couch, trank sein Bier und seinen Schnaps und schimpfte unablässig mit den Kindern, aber er war nicht fähig, ihnen vernünftig zu erklären, warum er so etwas nicht sehen konnte und wollte. Von seinen eigenen Erlebnissen konnte der Vater seinen Kindern nie etwas erzählen. Freilich erwarb er somit bei seinen Kindern kein Verständnis; das entwickelte Andreas erst, als er von seinem Onkel die Geschichte des Vaters erfahren hatte. Doch verzeihen konnte Andreas dem Alten, wie er seinen Vater bei sich nannte, nie.

Wenn Andreas an die Oma dachte, überkam ihm ein ungutes Gefühl. Allzu oft war er böse zu ihr. Das glaubte er zumindest.

Er hielt mit seiner Schwester Christine, die acht Jahre älter war als er, zusammen. Sie war nicht gerne alleine. Zu ihrem Glück las er sehr viel und so hielt er sich oft zu Hause auf. Seine Hausaufgaben erledigte er sehr schnell, das heißt, nur das Schriftliche arbeitete er ab. Dagegen lernte er zu Hause selten. Er tat es nur dann, wenn er als Hausaufgabe ein Gedicht oder Lied lernen musste. Sonst passte er in der Schule gut auf. Das reichte aus, damit er einen Zensurendurchschnitt von zwei hatte. Er wollte lieber lesen als lernen.

Aber wenn er mit Christine zusammen sein konnte, verzichtete er sogar auf das Lesen. Christine war seine Lieblingsschwester. Wenn sie von der Mutter den Auftrag erhielt, etwas Einkaufen zu gehen, fragte sie Andreas, ob er mitgehen wollte. Er aß sehr gerne Leberkäse oder Saftschinken. Wenn Christine zum Schlachterladen gehen sollte, begleitete er sie gerne. Er wusste, dass er von seiner Schwester eine Scheibe dieses sehr gut schmeckenden Aufschnittes in die Hand zum Essen bekam.

Sollte Christine zum Bäcker gehen, versprach sie Andreas manchmal, wenn er nicht mit ihr gehen wollte, dass er ein Schweineohr bekommen werde. Auch diese mochte er sehr gerne. Natürlich war Andreas in solch einem Fall sofort bereit, seine Schwester zu begleiten. Sie hielt auch stets Wort, das wusste er. Mit Schweineohren und Leberkäse oder Saftschinken als Belohnung fürs Begleiten der Schwester war er immer bereit, mit ihr einkaufen zu gehen.

Wenn sie unterwegs waren, erzählte er ihr alles, was ihm so einfiel. Er war ein aufgeweckter und kluger Junge. Christine und Andreas mochten sich sehr gerne. Sie verbrachten zu Hause viel Zeit miteinander. Sie half ihm bei den Hausaufgaben für die Schule, wenn er einmal im Unterricht etwas nicht sofort verstanden hatte.

Oft sangen sie zu Hause im Wohnzimmer lustige Lieder. Christine war im Chor ihrer Schule und Andreas im Unterstufenchor der seinen. Die Oma saß oft dabei, wenn sie sangen. Wenn sie das Lied „Meine Oma fährt im Hühnerstall Motorrad" sangen, ärgerte sich die alte Dame darüber. Dann schimpfte sie mit den beiden Geschwistern. Sie sollten so etwas nicht singen, weil sie das doch gar nicht täte. Je mehr die Oma schimpfte, desto lauter sangen sie das Lied. Und wenn es zu Ende war, wurde es gleich noch einmal gesungen. Meistens gab die Oma danach auf und sie sangen ihr Lied zu Ende. Anschließend gingen sie zu der alten Dame, umarmten sie und sagten: „Aber Oma, das wissen wir doch. Das ist doch nur ein Lied. Du musst dich doch nicht über ein Lied ärgern." Sie lenkte dann ein und war wieder zufrieden.

Andreas spielte sehr gerne mit seiner Oma Karten, am liebsten Schummeln.

Alle Karten wurden verdeckt auf den Tisch gelegt. Eine lag offen. Jeder Teilnehmer bekam acht Karten auf die Hand, die er den anderen Spielern nicht zeigen durfte. Der Spieler, der am Zuge war, musste eine Karte ziehen. Nun konnte er die passenden Karten abgedeckt auf den Stapel legen. Die letzte Karte musste wieder für alle Spieler sichtbar sein. So konnte man schnell einmal eine Karte dazwischen legen, die man loswerden wollte, die aber nicht auf den Stapel passte. Die anderen Spieler mussten aufpassen und konnten klopfen. Wurde jemand beim Schummeln erwischt, musste er alle Karten aufnehmen, die im Stapel waren. Konnte ein Spieler alle Karten ablegen, hatte er gewonnen.

Andreas gewann meistens, wenn er mit seiner Oma schummelte. Diese spielte ehrlich und Andreas schummelte. Nach einigen Spielen warf die Oma die Karten über den Tisch und sagte böse: „Mit dir spiele ich nicht mehr, du schummelst ja nur."

Andreas beschwichtigte die Oma und bettelte um nur ein einziges weitere Spiel. Die Oma spielte dann doch noch ein Spiel mit und er ließ sie freiwillig gewinnen. Sie sollte noch einmal mit ihm spielen. Auch das zweite Spiel ließ er die Oma gewinnen, aber dann juckte es wieder in seinen Fingern. Die nächsten Spiele schummelte er wieder, er wollte gewinnen. Irgendwann beendete die Oma das Spiel endgültig und Andreas musste sich einen anderen Zeitvertreib suchen. Das fiel ihm nicht schwer. Er nahm sich ein Buch und las. Nur nahm er nie ein Schulbuch in die Hand. Als erwachsener Mann bereute er, dass er als Kind und Jugendlicher zu Hause nicht gelernt hatte. Er hätte sein Abitur geschafft und studieren können. Sein Leben wäre in vielerlei Hinsicht leichter gewesen.

Die Oma war schon eine alte Frau in einem Alter von vierundneunzig Jahren. Andreas und Georg schliefen im ehemaligen Jungenzimmer. Im Mädchenzimmer war immer noch die Schwester Barbara mit ihrem Mann Volkmar untergebracht. Aber sie würden bald ausziehen und dann sollte die Oma das Zimmer bekommen. Doch noch zu dieser Zeit schlief die Oma bei Georg und Andreas im Zimmer.

Oft ist es so, dass bei alten Menschen die Körperfunktionen nachlassen. So war es auch bei Andreas' Oma. Sie bekam eine schwache Blase und ging in jeder Nacht mehrmals ins Bad auf die Toilette zum Wasserlassen.

Eines Morgens mussten Andreas und Georg zur Frühschicht in die Schule gehen. Normalerweise wurden sie von der Mutter geweckt, wenn sie nicht arbeiten musste. So sollte es auch an diesem Tag sein, an dem für Andreas etwas besonders Erschreckendes geschah. Die Mutter war zu Hause, hatte aber ihre jüngsten Söhne noch nicht geweckt. Andreas war jedoch schon wach. Bis zum Aufstehen musste also noch etwas Zeit sein. Seine Blase drückte. Er stand auf, um auf die Toilette zu gehen. Dabei sah er zur Oma herüber. Sie lag nicht in ihrem Bett. Irgendwie war heute alles anders, als Andreas es gewohnt war.

Er öffnete die Tür zum Wohnzimmer, durch das er gehen musste, wenn er auf die Toilette wollte. Er betrat mit noch verschlafenen Augen diesen Raum und wollte weitergehen. Dann sah er sie. Die Oma lag auf dem Fußboden auf dem Rücken. Das eine Bein war kürzer als das andere. Die Fußspitze des kürzeren Beines lag auf der Seite. Andreas hatte das Gefühl, als wenn die Hüfte der Oma sich verschoben hätte. Ihr Gesicht war schmerzverzerrt. Andreas ging schnell zu ihr. Seine verschlafenen Augen waren nun offen. Er war hellwach. Als er so die Oma auf dem Fußboden liegen sah, ahnte er nichts Gutes. Er kniete sich zu ihr hin und fragte: „Aber Oma, warum liegst du denn hier auf dem Fußboden? Was ist passiert?" Er war total aufgeregt. Die Oma tat ihm leid.

Sie sagte: „Ich war heute Nacht auf der Toilette und wollte zurück ins Bett gehen. Ich bin gestolpert und hingefallen. Es hat in der Hüfte geknackt und ich konnte nicht mehr aufstehen."

„Warum hast du denn nicht gerufen, Oma? Das muss dir doch wehtun", erwiderte Andreas.

„Ach, Junge, ihr müsst doch zur Schule. Ich wollte euch nicht aufwecken. Ihr braucht doch euren Schlaf", sagte die Oma.

„Trotzdem hättest du rufen sollen, du kannst doch nicht die ganze Nacht auf dem kalten Fußboden liegen. Soll ich dir helfen, aufzustehen?", fragte Andreas.

„Ich kann nicht, mein Junge, ich glaube, ich habe mir etwas gebrochen", antwortete die Oma.

„Dann gehe ich Mutti holen, die weiß bestimmt, wie dir geholfen werden kann."

Der Junge lief zur Mutter ins Schlafzimmer, weckte sie und sagte ihr, was geschehen war. Doch die Mutter reagierte anders, als Andreas es von ihr erwartet hatte. Sie ging mit ihm ins Wohnzimmer zur Oma. Böse sagte sie: „Kannst du nicht aufpassen?" Mit diesen Worten kehrte sie ins Kinderzimmer zurück, um Georg zu holen.

Andreas sah die Oma fragend an. Sie sagte nichts. Er verstand seine Mutter nicht. Sie war immer sehr liebevoll zu ihm gewesen. Was hatte sie jetzt nur mit der Oma? ‚Oma ist doch noch bis vor kurzem mit uns zum Friseur gegangen, hat im Haushalt geholfen. Sie war immer für uns da. Nur wir waren manchmal böse und gemein zu ihr.' Das tat ihm nun leid. Er wollte gerade etwas Nettes zur Oma sagen, als die Mutter mit Georg und einer Decke ins Wohnzimmer zurückkehrte.

Als sie zu dritt vor der Oma standen, sagte die Mutter:„Ihr fasst an die Beine und ich an die Schultern. Wir heben Oma auf die Decke und tragen sie dann ins Bett." Mit der Oma redete sie nicht. Andreas sah ein, dass die Oma im Wohnzimmer nicht liegen bleiben konnte. Aber hätte man nicht einen Arzt holen sollen? Das fragte er die Mutter. Die antwortete: „Ihr müsst in die Schule. Dafür ist jetzt keine Zeit" und sie forderte die Jungen auf: „Na, los, nun macht schon, die Oma muss auf die Decke, sonst können wir sie nicht in ihr Bett bringen."

Sie hoben die Oma auf die Decke, die dabei von Schmerzen geplagt aufschrie. Dann brachten sie sie ins Kinderzimmer und legten sie in ihr Bett. Die Mutter sagte: „Sie ist eures Vaters Mutter. Soll der sich um sie kümmern, wenn er heute mittag von der Arbeit nach Hause kommt." Damit verließ sie mit Georg das Zimmer.

Die Oma tat Andreas leid und er versuchte, sie zu trösten: „Bestimmt werden die Schmerzen bald weggehen, Oma. Papa holt dir einen Arzt, wenn er wieder Zuhause ist. Bleibe nur ruhig liegen. Soll ich dir etwas zum Frühstück machen?" Er deckte sie vorsichtig zu und streichelte ihr über das Gesicht.

Doch die Oma sah ihn an und sagte: „Nein, Andy, mein lieber Junge. Du musst doch zur Schule. Kümmere dich um dich selbst und mache dir meinetwegen keine Sorgen. Ich komme schon zurecht."

„Wirklich, Oma?", fragte Andreas.

„Ja, mein Junge, pass schön in der Schule auf, hörst du?"

Ja, Oma, ich komme gleich noch einmal, dir Tschüsssagen."

Andreas machte sich nun für die Schule fertig. Bevor er das Haus verließ, ging er zur Oma und verabschiedete sich von ihr. Es war das letzte Mal, dass er sie sah.

Der Vater sorgte dafür, dass die Oma ins Krankenhaus kam. Aber wie es bei alten Menschen oft ist, so war es bei der Oma leider auch. Sie half fast bis zum letzten Tag im Haushalt, kümmerte sich um die Kinder. Andreas vergaß nie, sein ganzes Leben nicht, wie er als kleiner Junge im Hof gespielt hatte. Als er Hunger bekam und die Oma rief, die meist in der Küche beschäftigt war, ging sie zum Küchenfenster und fragte, was er wollte.

„Ich habe Hunger, Oma", rief er ihr zu. Sie verschwand vom Küchenfenster. Wenige Augenblicke später ließ die Oma in einer Tüte, die sie an einem Band befestigt hatte, eine Marmeladen- oder Sirup- oder Honigschnitte zu ihrem Enkelkind herunter.

Nun lag die Oma im Krankenhaus und hatte eine Schenkelhalsfraktur. Sie konnte nicht mehr aufstehen. In so einem Fall bekommen alte Menschen oft eine Lungenentzündung und sterben daran. So war es auch bei Andreas' Oma. Im Krankenhaus durfte er sie nicht besuchen, erst Jugendliche ab einem Alter von vierzehn Jahren bekamen die Besuchserlaubnis in einem Krankenhaus. Liebend gerne hätte er sie besucht, aber er durfte es nicht. Er war erst dreizehn Jahre alt.

Als die Oma starb, durfte Andreas nicht bei ihrer Beerdigung dabei sein. Er musste in die Schule gehen und anschließend zu Hause bleiben.

Den Verlust der Oma mussten viele Kinder hinnehmen, aber Andreas litt doch darunter. Er wollte seiner Oma noch so viel erzählen, dass er sie lieb hatte und dass seine Streiche nicht böse gemeint waren. Aber es war zu spät.

Psychoterror

Zurückgekehrt in die Gegenwart dachte Andreas über Silvio und sich nach. Immer wieder las er in den Messages, die sie sich ausgetauscht hatten. Fest stand für ihn, dass Silvio nicht immer glücklich agierte, aber er glaubte auch, dass er selbst oft mit ihm sehr ungeduldig war. Er schrieb ihm noch eine Nachricht: „Mein lieber Engel, hast du vielleicht auch etwas Angst vor mir, davor, dass ich dich total vereinnahme? Ich möchte nichts von dir erzwingen, ich möchte nur das, was du mir freiwillig gibst.

Versetze dich bitte einmal in meine Lage. Du hast dich verliebt. Deine Liebe ist so stark, dass es dir körperlich wehtut. Du kannst nichts dagegen tun, deine Gedanken kehren immer wieder zu dem Geliebten zurück, du bist einfach unfassbar verloren.

In der Phase deines fast höchsten Glückes, als die ersten Krisen überstanden schienen, kommen von deinem Liebsten die nächsten traurigen Nachrichten, obwohl du ganz fest daran geglaubt hast, endlich dein Glück gefunden zu haben.

Es wird dir bewusst, dass du den Geliebten nicht halten kannst. Du zermarterst dir den Kopf und stellst schließlich fest: Im Grunde hat er dir ja noch nie eine Frage beantwortet oder einen Wunsch erfüllt!

Dir kommen Zweifel an seiner Ehrlichkeit und Liebe. Deshalb schreibst du ihm und unbewusst legst du alle deine Bedenken und Zweifel in die Nachricht, und dann merkst du, du fühlst dich für den Moment etwas erleichtert, du hast dir Luft gemacht, liest es dir nicht noch einmal durch, weil du es nicht kannst. Du fühlst dich plötzlich einsam, alleine und verlassen.

Du denkst an all die Enttäuschungen und Wirren, die du mit diesem Geliebten durchgemacht hast. Du bist wütend auf ihn und auch auf dich selbst. Du hast keinen, mit dem du darüber reden kannst.

Du rechnest mit dir ab, dann fällt dir der Brief wieder ein, den du deinem Geliebten geschrieben hast. In all deiner Rage und Verletztheit, in all deinem Unglück schickst du die Message ab und hast nicht bemerkt, dass du deinem Geliebten damit sehr weh getan hast, weil du nur deinen eigenen Schmerz spürst.

Ja, mein Lieber, ich weiß es jetzt, ich habe dir wehgetan, ich habe dich unter Druck gesetzt, ich bin in meiner Liebe zu dir so ungeduldig gewesen, dass ich dir Angst gemacht habe.

Ich habe versucht, es dir zu erklären, bitte schreibe mir, ob du das verstanden hast, was in mir vorging und auch jetzt noch in mir vorgeht.

Wenn ich nur meine Fehler rückgängig machen könnte! Ich entschuldige mich bei dir dafür. Ich werde an mir arbeiten und ich frage mich und dich noch einmal: Haben wir beide vielleicht doch noch eine gemeinsame Zukunft? Können wir nicht noch einmal von vorne beginnen?

Können wir uns vielleicht doch einmal sehen, als ersten Schritt, und uns langsam kennenlernen und sich entwickeln lassen, was sich entwickeln möchte? Kannst du mir bitte verzeihen?

Mein süßer Engel, bitte beantworte meine Fragen! Ich hoffe, du kannst mich nun verstehen.

Voller Ungeduld ertrage ich die Wartezeit, bis du mir sagen kannst, ob nicht vielleicht doch noch unsere Liebe zu retten ist. In Liebe dein Andreas."

Andreas musste wieder warten. Er hatte noch einmal über vieles nachgedacht und die beim Nachdenken gewonnenen Erkenntnisse Silvio mitgeteilt. Silvio musste jetzt seine Messages lesen, aber wann der das tat, war ungewiss.

Als er am 19. Januar um fünf Uhr aufstand, loggte Andreas sich in den Chat ein. Er las von Silvio eine kurze Mail, die für Andreas ein Zeichen dafür war, dass Silvio am Fortbestand ihrer Freundschaft Interesse hatte.

Andreas glaubte immer noch an die Seelenverwandtschaft, die ihn mit Silvio verband. Er sehnte sich danach, Silvio zu berühren, ihm das Haar zu zausen und ihn zu streicheln, ihn in die Arme nehmen zu dürfen. Mehr wollte er gar nicht. Er wollte nicht unbedingt Sex mit ihm, das sollte sich ergeben, wenn sie zueinander finden konnten. Zärtlichkeiten wollte er mit Silvio austauschen können, sich geborgen fühlen und Silvio das Gefühl vermitteln, dass er bei Andreas gut aufgehoben war. Er wollte ihm alle seine Liebe geben, zu der er fähig war, ohne ihn einzuengen, weil er ihm genügend Freiraum für eigene Interessen und Freunde gegeben hätte.

Andreas musste sehr viel an Silvio denken. Was war noch möglich? Hatte er Silvio womöglich gerade durch seine Ungeduld wieder in Ralfs Arme getrieben? Diese Frage beschäftigte ihn immer wieder.

Der Tag verging, der Abend kam und es wurde später, immer später. Nach einundzwanzig Uhr wollte Silvio im Chat sein, doch er kam nicht. Unaufhörlich rückte der Minutenzeiger der Uhr weiter. Schon wieder hatte er sich über das gesamte Ziffernblatt bewegt und war an seiner Ausgangsposition angekommen. Und er drehte sich weiter. Es wurde immer später.

Silvio wusste von Andreas Ungeduld. Ihn warten zu lassen, versetzte ihn in Unruhe. Auch so konnte er Andreas psychisches Gleichgewicht stören.

Um 22.11 Uhr hörte Andreas das Signal, das ihm anzeigte, dass er auf Gayboerse eine Nachricht erhalten hatte. Zu dem Zeitpunkt stand er am Fenster und sah auf die Straße. Schnell ging er zum Computer und öffnete eine Nachricht Silvios: „Hey, Andreas, ich bin jetzt nach Hause gekommen. Es tut mir leid, dass es so spät geworden ist, aber bei uns hat die Grippewelle zugeschlagen. Es hat sich gestern schon angedeutet, dass ich länger bleiben musste. Und morgen dasselbe noch einmal.

Ich werde mir deine Nachrichten ausdrucken und in Ruhe durchlesen."

Andreas schrieb zurück: „Guten Abend, mein Engel, es ist schön, dass du da bist. Deine Kinder gehen nun einmal vor, das ist ganz normal und gut so.

Ich freue mich, mit dir chatten zu können, aber ich fürchte mich auch vor einer Antwort von dir auf die Frage, ob du jetzt wieder mit Ralf zusammenlebst.

Du solltest dir meine Messages erst durchlesen, bevor wir weiter chatten."

Silvio antwortete: „JEIN, mal ist er da und dann ist er zwei Tage wieder weg. Aber er kommt immer wieder."

Andreas machte Silvio einen Vorschlag: „Ich weiß, du hast einen langen Tag gehabt, wenn du zu müde bist, können wir auch morgen Abend chatten oder am Vormittag, wenn du da Zeit haben solltest." Und dann fragte er: „Wie soll es mit uns weitergehen?"

Silvio erwiderte: „Am Vormittag geht es nicht, bin im Dienst. Nach 21.30 Uhr ginge. Kann aber auch wieder so spät werden wie heute.

Erwartet mich etwas Böses? Sag nur ganz kurz, geht es dir gut?"

Andreas antwortete: „Nein, es erwartet dich nichts Böses. Du solltest erst meine Messages lesen, dann hast du es vielleicht etwas einfacher, mit mir zu chatten.

Und zu deiner zweiten Frage: Nein, ich glaube nicht, dass es mir gut geht. Ich liebe dich und ich möchte ..., aber meine Wünsche werden sich nicht erfüllen lassen."

Silvio schrieb: „OK, dann werde ich mich jetzt von dir verabschieden, denn so schnell kann ich es jetzt nicht lesen. Bitte, umarme mich einmal!!!"

Enttäuscht und traurig antwortete Andreas: „Dann muss ich noch einen Tag warten, Silvio, ich kann nicht mehr, ich bin total kaputt vor Liebe und Sehnsucht nach dir.

Aber es ist okay, ich kann diesen Tag schon noch warten, auch wenn ich immer noch nicht klüger bin.

Ich nehme dich in meine Arme und drücke dich zärtlich an mich. Ich streichele dich und habe nasse Augen. Ich küsse dich und gebe dich wieder frei. Ich gehe jetzt durch die Tür und lasse dich wieder alleine.

Ich liebe dich. Liebe Grüße! Dein Andreas."

Silvio schreib zurück: „Gute Nacht!!!! Dein Silvio."

Andreas fragte noch einmal: „Chatten wir morgen Abend?"

Aber Silvio antwortete nicht mehr, er hatte sich schon ausgeloggt. Auch so konnte er Andreas Psyche stören. Andreas weinte, den Chat mit Silvio hatte er sich ganz anders vorgestellt. Er dachte, dass er heute einige Antworten bekommen könnte, dass heute einige Missverständnisse ausgeräumt werden könnten, aber nichts, gar nichts hatte sich geändert, es war alles noch so undurchsichtig wie vor einer Stunde.

Aber Andreas war nicht ungerecht, er glaubte Silvio, dass der so lange arbeiten musste. Andreas hatte sich ausgerechnet, dass Silvio mindestens fünfzehn Stunden gearbeitet haben musste. Als Heimerzieher hatte er eine Gruppe Kinder zu betreuen. Jedes Kind, das in einem Kinderheim aufwachsen musste, hatte etwas Tragisches, etwas Böses erlebt. Es waren Kinder, die viel mehr Liebe und Zuwendung brauchten als Kinder, die in ihrem Elternhaus aufwachsen konnten und nichts entbehren mussten. Silvio war mit ihnen voll gefordert, das konnte Andreas sich gut vorstellen.

Kinder hatten viele Probleme, ein Heimerzieher brauchte Fingerspitzengefühl und gute Überredungskünste, um die Kinder wieder auf den richtigen Weg zu bringen. Das Vertrauen der Kinder hatte man schnell verspielt, aber sehr schwer gewonnen. Deshalb konnte Silvio es sich nicht leisten, Fehler zu begehen. Wenn er fünfzehn Stunden oder sogar länger hoch konzentriert arbeiten musste, war er körperlich und auch geistig ausgelaugt. Andreas hatte Verständnis dafür, nur war er keinen Schritt weiter gekommen. Das Silvio ihn belog, konnte Andreas auch dieses Mal nicht wissen. Silvio zu misstrauen, hatte er keinen Grund,.

Silvio hatte schon angekündigt, dass er am 20. Januar erneut eine zweite Schicht einlegen musste, deshalb dachte Andreas sich nichts dabei, als Silvio nicht in den Chat kam. Aber am 21. Januar besuchte Silvio wieder nicht den Chat und Andreas wurde erneut unruhig. Er machte sich seine Gedanken, aber das half ihm nicht weiter. Als er am 22. Januar vom Spätdienst nach Hause kam und sich in den Chat einloggte, sah er, dass Silvio heute auch im Chat war, aber Andreas keine Nachricht hinterlassen hatte.

‚Was ist denn nun schon wieder los?', fragte sich Andreas. Er hat doch keinen Grund, mir nicht zu schreiben! Er lässt sich von mir in die Arme nehmen, und dann meldet er sich drei Tage nicht. Was soll das?

In der Folgezeit ging dieses Spiel weiter. Andreas unterhielt sich im Chat mit Freunden über seine Erfahrungen, die er mit Silvio bisher machen musste. Sie rieten ihm, die Beziehungen zu Silvio abzubrechen, er sei ein Faker. Doch wollte Andreas das nicht wahrhaben, auch wenn er schon selbst mehrmals daran gedacht hatte.

Von Silvio bekam er erst nach Tagen wieder eine Nachricht, in der er sich darüber beklagte, dass Ralf ihn schlecht behandelte. Silvio wusste genau, wie er sein grausames, psychisches Spiel mit Andreas fortführen konnte. Dabei ließ er Andreas' Wünsche und Sehnsüchte unerfüllt. Es ging ihm nur darum, Druck auf Andreas aufzubauen, dem er irgendwann nicht mehr gewachsen sein sollte.

Die Tage vergingen voller Ungewissheit für Andreas, denn Silvio meldete sich nicht. Aber er hatte aufgehört, sich Gedanken zu machen, obwohl er auf seine große Liebe wartete. Damit schützte er sich unbewusst selbst. Doch ganz gelang ihm das nicht. Die Gedanken ließen sich manchmal nicht abstreifen. Und er mochte sich noch so sehr den Kopf zermartern, es änderte alles nichts. Wieder versuchte er, nicht mehr an Silvio zu denken, aber das war ihm einfach unmöglich. Der Januar des Jahres 2011 war für Andreas der traurigste Monat seines Lebens.

Nachdem Silvio sich wieder einmal über Ralf beschwert hatte, schrieb Andreas ihm: „Du solltest dir einmal Gedanken machen, ob du dich wirklich immer mit ihm streiten willst, oder ob du mit mir ein Leben voller Liebe und Harmonie führen möchtest.

Ich habe immer auf dich gewartet. Aber ein Lebenszeichen von dir kam die letzten Tage nicht. Da habe ich mir gedacht, dass Ralf wieder einmal bei dir ist, und ich bin wieder in die zweite Reihe gerutscht. Da lag ich mit meiner Vermutung doch total richtig.

Ich werde nicht in der zweiten Reihe bleiben, weil ich dafür keine Zeit mehr habe. Wenn ich den Mann kennenlerne, bei dem ich in der ersten Reihe stehen darf, und ich ihn einigermaßen mögen kann, werde ich versuchen, ihm alles das zu geben, was du hättest von mir bekommen können. Ob ich es kann, werde ich dann ja sehen, du wirst dich ja doch mit Ralf streiten.

Ich hätte dir lieber etwas anderes geschrieben, z. B., dass ich mich freue, von dir eine Mail bekommen zu haben, aber das kann ich nicht. Du beschwerst dich in deiner letzten Mail über Ralf, hast aber für mich kein Wort übrig. Wenn so deine Liebe aussieht, verzichte ich freiwillig darauf. Nicht einmal ein Gruß hast du für mich übrig. Heute stelle ich mich nicht mit dir auf eine Stufe.

Es grüßt dich ganz lieb dein Andreas."

Andreas hatte Silvio zwar prophezeit, dass der mit Ralf nicht mehr glücklich werden würde, dass sie sich streiten werden. Aber damit hatte Andreas wirklich nicht gerechnet, dass sie es schon so bald taten. Er hätte gedacht, dass Ralf sich gerade jetzt unter Kontrolle habe, um Silvio das Leben zu versüßen, damit der von Andreas ablassen konnte. Aber Ralf tat genau das Gegenteil. Wenn Silvio nicht dumm war, würde er früher oder später zu Andreas finden.

Silvio hatte Andreas geschrieben, dass er sich in vielen Punkten irren würde. Dass er sich auch jetzt gewaltig irrte, wusste er nicht. Silvio wusste nicht nur genau, was er Andreas schreiben musste, um ihn weiterhin psychisch unter Druck setzen zu können, nein, er wusste auch aus Andreas Nachrichten, dass der ihn total verfallen war. Deshalb hatte Silvio es leicht, Andreas zu manipulieren. Hinzu kam, dass Andreas Silvios Lebensumstände nicht kannte. Hätte er sie gekannt, wäre vieles nicht geschehen.

Die Tage vergingen und Silvio schwieg wieder. Er besuchte Andreas Profil, aber eine Nachricht für Andreas hatte er nicht übrig.

Doch Andreas' Liebe erkaltete immer noch nicht. Er schrieb ihm immer wieder einmal eine Message, in denen er Silvio bat, sich endlich zu melden. Andreas konnte immer noch nicht glauben, dass Silvio ein Faker sein sollte. Seine Liebe zu dem unerreichbaren Chatpartner machte ihn blind, obwohl er unter dieser Situation wie ein junger Hund litt.

Irgendwann hatte er von Silvio genug und schrieb ihm: „Hallo, Silvio, langsam werde ich sauer.

Willst du, dass ich mir dich abgewöhne? Dann brauchst du nur so weiterzumachen und nur noch auf mein Profil gehen und mir nicht mehr schreiben.

Ich habe dir im November und Dezember geholfen, dafür drückst du mich jetzt immer weiter in mein tiefes Loch hinein. Danke dafür. Viele Grüße! Dein Andreas."

Die nächsten drei Tage verfehlten sie sich im Chat immer nur um ein paar Minuten. Andreas kam und Silvio war ein paar Minuten zuvor hinausgegangen oder es war umgekehrt. Andreas war verzweifelt. Er fühlte sich schlecht, war seelisch am Boden zerstört. Wenn er an Silvio denken musste, kamen ihm die Tränen. Er war nervös und fühlte sich krank. Am 2. Februar schrieb er am späten Abend: „Hallo, Silvio, wenn du vielleicht doch noch einmal mit mir chatten möchtest, solltest du mir eventuell eine Message schicken, in der du mich fragst, wann ich denn im Chat bin, damit wir uns nicht immer nur um ein paar Minuten verfehlen. Wenn nicht, dann lass es einfach sein. Es grüßt dich Andreas."

Am 3. und 4. Februar war es das Gleiche. Silvio war im Chat, las Andreas' Nachricht und besuchte sein Profil. Silvio wusste genau, wie Andreas das verstehen musste, und dass es für ihn der blanke Horror war. Er sah den Geliebten im Chat, er kam zu ihm und war doch unerreichbar. Die Messages wurden gelesen und nicht beantwortet. Die Besuche auf seinem Profil unterband er nicht, da er versprochen hatte, Silvio nicht zu blockieren. Andreas kam so nicht zur Ruhe, es musste etwas passieren, um diesen Psychoterror zu unterbinden. Andreas' Nerven waren bis zum Zerreißen gespannt, er war wieder total unglücklich. Als er Silvio schrieb, standen ihm die Tränen in den Augen: „Hallo, Silvio, du spielst mit mir. Du weckst Hoffnungen und lässt mich dann wieder hängen. Was soll das?

Was willst du überhaupt noch von mir? Immer nur auf mein Profil sehen und nicht melden ist nicht.

Ich werde das nicht mehr länger mitmachen, denn ich will endlich zur Ruhe kommen. So, wie es jetzt ist, bin ich aber nur unglücklich, du machst mir wieder einmal das Leben schwer.

Und sage nicht wieder, ich gestalte es mir selbst so. Du weißt, dass das nicht stimmt. Stehe zu mir oder verschwinde aus meinem Leben. Endgültig. Gruß Andreas."

Andreas hätte jetzt ein schönes Wochenende haben können, aber Silvio hatte etwas dagegen. Andreas überlegte hin und her, wie er den Geliebten zwingen könnte, endlich wieder mit ihm zu chatten, über ein Treffen könnte man später immer noch reden, erst einmal nur chatten. Abends loggte sich Andreas wieder in den Chat ein. Er sah, dass Silvio auch da war, und schrieb ihn so gleich an. Er fragte vorsichtig: „Hallo, Silvio, möchtest du mit mir chatten?"

Andreas' Message blieb ungelesen und Silvio loggte sich aus. Andreas konnte Silvio beim besten Willen nicht mehr verstehen. Jetzt loggte er sich schon aus, wenn Andreas ihn anschrieb! Und er hatte von Liebe gesprochen, von gemeinsamer Zukunft, der Austausch von Zärtlichkeiten im Chat kam dadurch zustande, dass Silvio ihn einforderte, Andreas hätte von sich aus nie damit angefangen. ‚Was ist bloß mit ihm los?', fragte sich Andreas, ‚wir haben am 19. Januar das letzte Mal gechattet, das heißt, er hat sich meine Mails ausgedruckt und den Chat wieder verlassen. Richtig gechattet haben wir gar nicht, weil er viel zu müde war. Der letzte richtige Chat war am 12. Januar und der war total unbefriedigend, weil wir uns da eigentlich getrennt haben. Heute ist der 4. Februar. Aber gut, wenn er es so will, dann soll er mich einfach in Ruhe lassen, damit ich zur Ruhe komme. Andreas schrieb eine Mail: „Sage mir bitte, was das soll! Was soll ich davon halten, wenn du dich ausloggst, nachdem ich gerade gekommen bin und dir eine Message geschickt habe? So benimmt sich kein Freund.

Werde glücklich oder nicht! Wenn du mir nur wehtun willst, dann bleibe weg von mir! Ich kann das nicht mehr vertragen."

Andreas bekam Bauchschmerzen, die bekam er nun fast jedes Mal, wenn er an Silvio denken musste. Er liebte ihn immer noch, aber was sollte er tun? Er spürte plötzlich Hass auf Silvio in sich aufsteigen.

Etwa eine halbe Stunde später schrieb er: „Nur ein einziges Wort von dir habe ich erwartet, es könnte alles ändern.

Ich kann dich beim besten Willen nicht verstehen. Du benimmst dich wie ein Kind und tust nichts für eine Freundschaft. Im Gegenteil, du verprellst mich mit deinem Verhalten. Ich hasse unzuverlässige Menschen. Und jetzt im Moment hasse ich dich, weil du mit mir spielst. Du hast jede Chance, die ich dir gegeben habe, vertan, selbst jetzt die Chance auf eine Freundschaft.

Lass dich nicht wieder auf meinem Profil sehen, ohne mir eine Nachricht zu hinterlassen! Ich werde dich dann für immer blocken.

Und nimm endlich den albernen Satz aus deinem Profil, dass du deinen Chatpartner suchst. Du hast ihn gefunden und nur verärgert, beleidigt und unglücklich gemacht.

Ich frage mich, was du Kindern beibringen willst, wo du selbst noch ein Kind bist.

Ich bin frustriert, weil ich bis heute immer noch Rücksicht auf dich genommen habe. Jetzt ist endgültig Schluss damit."

Am Sonnabend, dem 5. Februar, der Beginn von Andreas' freiem Wochenende, hatte er nichts Besonderes vor.

Andreas hatte die ganze Woche gearbeitet und teilweise auch im Chat verbracht, es war notwendig, dass er die Wohnung putzte.

Während er den ganzen Vormittag beschäftigt war, dachte er auch über sich und Silvio nach. Seine letzte Nachricht an ihn konnte unmöglich das Ende sein. Das Ende von was? Von Freundschaft? Von Liebe? Andreas erklärte sich selbst für verrückt, denn er liebte Silvio immer noch. Aber wie bisher konnte es nicht mehr weitergehen. Er musste Silvio begreiflich machen, dass sie zusammengehörten, oder es musste ein dauerhaftes Ende geben. Sonst würde er Silvio tatsächlich hassen, und das war das Letzte, was er wollte.

Er schrieb Silvio noch einmal: „Mein lieber Silvio, dieses wird meine letzte Message an dich sein, da ich so nicht weitermachen kann und es auch nicht will.

Ich fühle mich von dir bestraft, ich weiß nur nicht, wofür. In der Vergangenheit habe ich dir mehrmals geschrieben, was ich für dich fühle und was ich für dich alles tun würde.

Ich liebe wieder einmal den Falschen und dafür werde ich bestraft. Ich möchte dich so gerne verstehen, aber ich kann es nicht, wenn du nicht mit mir redest.

Was ich dir gestern geschrieben habe, du aber bis zum jetzigen Zeitpunkt nicht gelesen hast, war gestern so gemeint, weil ich wieder einmal von dir enttäuscht bin. Ich habe dich gestern Abend wirklich gehasst für deine Schweigsamkeit und dafür, dass du nicht mit mir chatten wolltest. Warum hast du nur so schnell den Chat verlassen, als ich kam?

Als ich sah, dass du da warst, hatte ich mich gefreut, endlich können wir uns verständigen, hatte ich geglaubt. Drei Minuten später war alles wieder ganz anders.

Wenn du nicht mit mir reden willst, muss ich das jetzt akzeptieren, aber bitte komme nicht mehr auf mein Profil.

Solltest du meinen Wunsch nicht akzeptieren, blocke ich dich, ich muss mich auf meine kommenden Aufgaben konzentrieren, dafür brauche ich einen freien Kopf.

Den habe ich aber nicht, wenn ich immer wieder durch deine Besuche auf meinem Profil an meine unerfüllbare Liebe erinnert werde.

Viele liebe Grüße und Küsse! Dein dich liebender Andreas."

Das sollte in diesem Moment der Schlussstrich sein. Sollte Silvio noch einmal auf sein Profil kommen ohne eine Nachricht zu hinterlassen, wollte Andreas ihn für immer blockieren. Sein Entschluss stand in diesem Moment fest.

Andreas hatte alle Messages, die sie ausgetauscht hatten, gespeichert. Jetzt las er in ihnen. Erinnerungen kamen wieder und er musste lächeln, als er las, wie Silvio sich freute, dass seine erste Nachricht an Andreas angekommen war. Andreas dachte damals: ‚Der ist aber niedlich.' Er las und las, er weinte und er lachte oder lächelte dabei. ‚Mann', dachte er, ‚was waren wir damals glücklich!'

Und dann kam ihm eine Idee, die er gleich in die Tat umzusetzen begann. ‚Wenn du nicht mit mir reden willst', dachte Andreas, ‚dann werde ich den Spieß einmal umdrehen und mit dir das Gegenteil veranstalten. Ich schweige dich nicht an, sondern ich bombardiere dich mit deinen eigenen Aussagen, die du mir gegenüber gemacht hast. Entweder du liest sie oder du löschst sie. Aber wenn du sie liest, werde ich dich zwingen, mit mir zu reden.'

Die erste Message schickte er Silvio zur Abendbrotzeit. Die letzte des Tages ließ er ihm am 6. Februar zukommen, zu einer Zeit, als andere schon wieder aus dem Bett aufstanden, um den neuen Tag anzugehen. Insgesamt schickte er an diesem Tag vierundzwanzig Nachrichten an Silvio und am nächsten Tag nochmals weitere fünf.

Darin kopierte er Aussagen von Silvio, in denen er seine Liebe zu Andreas zum Ausdruck brachte, und was er alles von einer gemeinsamen Zukunft mit Andreas erwartete. Andreas kommentierte diese Aussagen teilweise und fragte Silvio, ob das, was er alles einmal geschrieben hatte, nicht mehr wahr sei. Er erinnerte ihn an seine Versprechen, ihn zu besuchen, mit ihm gemeinsam zu essen, an die gemeinsam ausgetauschten Zärtlichkeiten im Chat und überhaupt an alles, was sie sich im Chat erzählt hatten. Alles hinterfragte Andreas und glaubte, Silvio auf diese Weise unter Druck setzen zu können, damit der ihm antwortete.

Doch ging Andreas noch einen Schritt weiter, für den Fall, dass Silvio sich von den vielen Messages genervt fühlte und sie einfach löschte. In seiner siebenundzwanzigsten Mail bat Andreas Silvio, ihm endlich zu schreiben. Er erinnerte ihn an glückliche Momente im Chat und schrieb danach: „Ich brauche dich, mein lieber Silvio. Ohne dich kann ich nicht mehr leben!!!!!!!!!!

Ich glaube, ich bin jetzt so weit, dass ich wie ein Vogel fliegen könnte."

Auch Andreas hatte jetzt die Absicht, auf Silvio den Druck zu erhöhen. So bereitete er Silvio auf seinen bevorstehenden Selbstmord vor, von dem er nicht die Absicht hatte, ihn in die Tat umzusetzen. Silvio hatte ihn genug in Unruhe versetzt, der sollte jetzt am eigenen Leib merken, wie das war, wenn das geschah. Silvio hatte genug mit ihm gespielt, jetzt wollte Andreas das auch mit ihm einmal tun. Er wollte Silvio zwingen, ihm zu antworten, und er glaubte, dass der Zeck die Mittel heilige. Er glaubte, dass er lange genug gelitten hatte, jetzt sollte Silvio auch einmal leiden. Der sollte ruhig etwas in Angst und Schrecken versetzt werden.

In der neunundzwanzigsten Mail schrieb Andreas: „Ich weiß, dass mein Leben zu Ende ist, wenn du nicht einmal mehr mit mir reden willst. Ich habe im März eine Woche Urlaub beantragt. Genug Zeit, um in die Alpen zu fahren. Vorher werde ich zum Ruheforst gehen und alles für meine Beerdigung organisieren. Ich möchte dort beerdigt werden, da bin ich mit der Natur verbunden, mitten im Wald unter einem Baum.

Ich wünsche mir für dich, dass du dein Glück findest, egal, mit wem es sein wird.

Da ich es nicht sein kann, ist es für mich sinnlos geworden, dieses elende Leben weiterzuleben. Mein Bedarf an negativen und schlechten Dingen und Erfahrungen ist bei weitem überschritten, ich habe keine Kraft mehr. Ich liebe dich bis in den Tod.

Dein Verzweifelter und liebeshungriger, vielleicht auch etwas verrückter Andreas (ja, mein süßer Schatz, Liebe kann auch verrückt machen, sonst hätte ich mich nicht zu diesem Schritt entschlossen).

Mein Profil bleibt für dich erhalten. Ich liebe dich, nur dich!!!!"

‚Klar, gemein ist das ja, was ich hier mit ihm mache', dachte Andreas, ‚er könnte mir schon wieder leidtun. Was soll er denn jetzt tun? Hoch pokern kann er nicht. Er weiß jetzt, dass ich mich im Urlaub nächsten Monat angeblich umbringen will. Er hat zwar Zeit, sich zu melden, aber je länger er es hinausschiebt, desto unruhiger wird er. Ich hätte keine Ruhe, wenn ich von einem anderen wüsste, dass der sich meinetwegen umbringen wollte. Meldet er sich nicht, kann ich ihn sowieso vergessen, dann hat er überhaupt kein Interesse an mir, dann war alles nur Verarsche. Und daran möchte ich lieber nicht glauben.'

Doch hatte Andreas Erfolg. Silvio meldete sich gleich am Montag, also am 7. Februar morgens. Er schrieb: „Hallo, ‚mein Süßer', wann treffe ich dich morgen (Dienstag) nach 19 Uhr im Chat?

Lass uns noch einmal chatten. Du willst mehr, als ich zur Zeit geben kann, trotzdem hoffe ich, dass wir uns nicht streiten. Ich komme auch nicht von dir los!

Lass es uns am Dienstag in Ruhe versuchen. Auch ich liebe dich!!! Dein Silvio."

Andreas kam vom Frühdienst nach Hause und loggte sich in den Chat ein. Es dauerte nicht lange, da bekam er eine weitere Nachricht von Silvio: „Hallo, Andreas, bin noch auf Arbeit. Wollte nur mal gucken, ob du mir schon geantwortet hast. Wenn es dir nicht recht ist, dass wir uns morgen im Chat treffen, dann akzeptiere ich das so.

Liebe Grüße! Silvio."

Andreas dachte: ‚Das könnte dir so passen, willst dich deiner Verantwortung nicht stellen. Ich lasse dich nicht so einfach davonkommen.' Er schrieb: „Mein Engel, du hast geantwortet.

Wenn es stimmt, was du schreibst, frage ich mich, warum hast du dich denn nicht gemeldet?

Ich will nur das, was du mir freiwillig gibst, das habe ich dir mehrmals gesagt. Aber nichts ist für mich zu wenig.

Ich möchte mich nicht mit dir streiten, ich möchte aber doch einige Antworten von dir bekommen. Du blockst jedes Mal ab, wenn es dir unangenehm wird. Dann meldest du dich einfach nicht mehr und ich kann zusehen, wie ich klarkomme.

Ich glaube nicht, dass wir im Chat alles klären können. Warum willst du dich nicht mit mir treffen? Wir können irgendwo Kaffee trinken gehen, dann fällt auch die Wartezeit auf die Antworten weg. Oder ist es dir unangenehm, wenn du mir vielleicht ein paar Fragen beantworten sollst und wir uns dabei gegenübersitzen?

Du hast von einer gemeinsamen Zukunft gesprochen und von vielem mehr. Du warst der Erste, der offen von Liebe im Chat gesprochen hat. Die Streicheleinheiten hast du zuerst zu mir geschickt, und nun bist du nicht einmal bereit mich zu treffen. Was ist das für eine Liebe? Nachdem Ralf wieder aufgetaucht war, hast du mir keine Chance mehr gegeben, im Gegenteil, du hast den Weg des geringsten Widerstandes genommen.

Ich habe diese Woche ab morgen Spätdienst, Du kannst ab 20.30 Uhr schauen, ob ich da bin, ich werde mich beeilen. Es grüßt dich ganz lieb dein Andreas."

Silvio schrieb zurück: „In Ordnung, muss jetzt schnell wieder raus. Bin arbeiten. Höre Stimmen der Kids. Bis morgen!!!!!!!!!!!"

Andreas sah, dass Silvio sich schon ausgeloggt hatte. Es war wohl nicht mehr möglich, mit ihm zu chatten. Wenn er Fragen beantworten sollte oder es ihm unangenehm wurde, tauchte er ab. So empfand das Andreas. Und wenn es auf ein Treffen hinauslief, blockte er ab, ignorierte die Frage oder verließ den Chat. Das hatte Andreas schon seit Langem erkannt. Sollte Silvio tatsächlich ein Faker sein? Er benahm sich so, aber Andreas wollte und konnte das immer noch nicht glauben, keiner konnte doch so geschickt über Monate hinweg jemand anderem etwas vormachen und ihn an seine psychischen Grenzen bringen, ihn auf so grausame Weise psychisch foltern. Doch das war Silvio nur deshalb möglich, weil Andreas ihm dafür die Gelegenheit gab.

Andreas hoffte, dass Silvio endlich einmal einlenkte oder endgültig den Schlussstrich zog. Andreas musste so oft an ihn denken, voller Liebe und Hingabe, dass es ihm manchmal sogar wehtat. Silvio sprach oft von Liebe, aber er tat für diese Liebe nichts. Liebte er Andreas wirklich? Andreas zweifelte daran immer mehr. Er schrieb spät abends eine Message an Silvio: „Lieber Silvio, warum hast du solch große Angst vor einem persönlichen Treffen mit mir?

Ich kann es dir sagen. Du fürchtest dich vor Unannehmlichkeiten, vor unangenehme Fragen, die eine Antwort wollen. Wenn wir uns gegenübersitzen, hast du keinen Spielraum, um mir auszuweichen, ich würde es merken. Eine Flucht ist nicht möglich!

Du willst morgen noch einmal mit mir chatten, heißt das, noch einmal und dann nicht wieder?

Woher willst du wissen, was ich will? Du sagst, ich will mehr, als du mir zur Zeit geben kannst. Was willst du mir denn geben, außer dem Nichts, das du mir bisher in diesem Jahr gegeben hast?

Du hast doch nur geantwortet, weil du nicht so dastehen willst wie ich damals bei Thomas. Habe ich recht?

Bitte denke daran, dass du ganz alleine mit deinen Aussagen, die ich dir am Wochenende noch einmal geschickt habe, meine Hoffnungen genährt und auch wieder zerstört hast.

Du streitest dich mit Ralf und findest das Leben Scheiße. Du hast die Möglichkeit, es zu ändern, und tust es doch nicht. Warum? Hast du mir nicht die Wahrheit erzählt?

Du strafst mit deinem Verhalten viele deiner Aussagen Lügen.

Du hast mir zweimal geschrieben, dass ich viele Dinge richtig gesehen habe, aber auch einige Dinge falsch. Ich habe dich gebeten, mich darüber aufzuklären, aber du hast es nicht getan.

Bist du morgen Abend bereit, mir Antworten zu geben, oder werde ich wieder machtlos zusehen müssen, wenn du dich meinen Fragen nicht stellen willst?

Es ist mir unverständlich, warum ich dich immer noch liebe, ich kann nichts dagegen tun. Dein Andreas."

Andreas hatte am 8. Februar Spätschicht und beeilte sich, seine Arbeitsaufgaben gewissenhaft zu erledigen. Er verzichtete auf seine Abendbrotpause, um pünktlich gehen zu können. Schon um 20.30 Uhr war er zu Hause und somit im Chat. Silvio wusste, dass er ab diesen Zeitpunkt mit Andreas rechnen konnte.

Als Andreas merkte, dass Silvio nicht kam, war er wieder etwas enttäuscht, aber er nahm es hin. Silvio war eben unzuverlässig.

Plötzlich meldete sich der doch noch: „Hallo, Andreas, habe alle deine Messages gelesen. Das sind ja Wechselbäder der Gefühle.

Hast mich in der Magenkuhle getroffen. Angefangen von Beleidigungen, Drohungen über versöhnende Worte bis hin zu Liebesbekundungen."

Was sollte Andreas darauf erwidern? ,Nicht nur du kannst viele Fragen stellen', dachte er, ,ich kann es auch. Und wenn du meinst, du musst den Chat beenden, weil es dir wieder unangenehm wird, dann kannst du mich mal am Tüffel tuten.' Aber er schrieb: „Dann weißt du ja, wie es in mir aussieht. Ich habe immer zu dir gestanden. Wenn ich sage, ich würde für dich mein Leben geben, dann ist es auch so gemeint.

Du hast mir so viel versprochen und nichts davon gehalten. Du kannst mir heute den Todesstoß versetzen. Warum willst du nicht mit mir persönlich sprechen? Was ist plötzlich los mit dir? Ich habe so viele Fragen, wie lange wollen wir da chatten?

Und wenn du ehrlich bist, musst du zugeben, dass du mir einige Antworten schuldig bist.

Von Liebe und Zukunft, von Streicheleinheiten und Vertrauen plötzlich hin zu nichts, das ist schon eigenartig und nicht zu akzeptieren. Was ist passiert? Du hast mir die große Liebe vorgemacht und in diesem Jahr nichts mehr für mich übrig gehabt.

Ich habe alles noch genau im Ohr oder im Auge, warum muss ich dich erst mit Messages bombardieren und dir meinen Selbstmord ankündigen, damit du auf mich reagierst? Du gehst so oft auf mein Profil und hast nicht ein Wort für mich übrig. Du willst deinen Chatpartner wieder und chattest nicht mit ihm. Mir fallen noch so viele Dinge ein, und ich habe das Gefühl, heute kommen wir wieder nicht weiter. Warum hast du nur solche Angst, mich zu treffen? Hast du am Ende doch nur mit mir gespielt?

Bitte gib mir endlich Antworten auf meine Fragen! Warum ist jetzt alles nicht mehr wahr, warum liebst du mich nicht mehr, warum willst du nichts mehr von einer gemeinsamen Zukunft wissen, warum willst du mich nicht mal mehr sehen?

WARUM QUÄLST DU MICH SO? Was habe ich dir getan, dass du mich jetzt so mies behandelst? Bist du mit Ralf wieder zusammen, streitet ihr euch noch, macht er dir das Leben immer noch schwer? Und warum lässt du das zu?

Leidest du immer noch mit ihm?

Und was jetzt nach all den Fragen für mich das Wichtigste ist, was bist du noch bereit, mir zu geben? Wie stellst du dir es vor, wie wir in Zukunft miteinander umgehen sollen bzw. wollen?

Ich will mich mit dir nicht streiten, aber ich brauche Antworten auf meine Fragen. Bitte gib sie mir endlich.

Ich möchte dich sehen!!!!!!!!!!!

Und sage mir, warum wir uns nicht lieben können."

Es waren in der Tat viele Fragen, wenn Silvio sie alle beantworten wollte, dann hätte er mindestens eine Stunde zu schreiben gehabt, wenn es befriedigende Antworten sein sollten. Doch er schrieb:

„Weißt du, Andreas, es ist gar nicht so einfach, auf alle deine Messages zu antworten. Und du hast recht, ich möchte nicht so dastehen wie du bei Thomas. Ich weiß nur nicht, ob das von dir beabsichtigt war, es so zu schreiben.

Du hast mich in vielen Punkten kritisiert. Sicherlich hast du auch in vielen Punkten recht, aber nicht in Bezug auf meine Arbeit. Das kannst du gar nicht einschätzen. Ich versuche immer, Privates von dienstlichen Dingen zu trennen." Nun erzählte Silvio über seine Arbeit und über ein Erlebnis, dass er mit einer Schulsekretärin hatte.

Das war typisch für ihn, er lenkte von den wichtigen Dingen ab. Er wand sich schon wieder wie eine Schlange, anstatt endlich Farbe zu bekennen und Andreas' Fragen zu beantworten. Doch Andreas hielt dagegen: „Ich will wissen, wie du es dir vorstellst, wie es mit uns weitergehen soll, wenn du überhaupt willst, dass es weitergeht.

Im Moment habe ich nämlich das Gefühl, dass du es gar nicht mehr willst.

Ich hätte mir erst einmal gewünscht, dass du etwas dazu sagst, warum du mich nicht sehen willst."

Silvio gab unbeirrt seine Antwort weiter: „Ich möchte dir nicht den Todesstoß versetzen.

Ich kann nur noch nicht mit dir persönlich sprechen. Ja, dann fühle ich mich in die Enge getrieben. Davor habe ich Angst. Deshalb habe ich mich lange nicht gemeldet. Ich kann noch nicht!!!!!!!

Wie soll ich mich jetzt verhalten???

Ralf habe ich langsam vorbereitet, dass es dich gibt. Er hat es geahnt und seit Silvester ja auch gewusst. Er hat seine Macht mir gegenüber ausgespielt. Er wurde in seinen Zärtlichkeiten brutaler und härter. Der Sex war schmerzhafter als je zuvor. Er wollte mich bestrafen, so denke ich. Ich war immer wieder froh, dass ich zur Arbeit gehen konnte. Momentan ist seit einigen Tagen Funkstille, aber auch hier bleibt die Angst.

Ich habe dir die große Liebe nicht vorgemacht, aber angesichts deiner Messages hättest du bestimmt auch so gehandelt wie ich:

- lass dich auf meinem Profil nicht mehr sehen!
- lass mich in Ruhe!
- ich lasse mich vom Erstbesten durchvögeln!
- ich lasse jeden ran, der kommt!
- verschwinde aus meinem Leben!
- was willst du überhaupt von mir!
- was soll das?
- ich werde das nicht mehr länger mitmachen!
- bleib einfach weg von mir!
Und, und, und ..."

Andreas hatte Silvio unter Druck gesetzt. Wenn er selbst wieder in sein eigenes Spiel mit Andreas zurückfinden wollte, musste er zunächst in irgendeiner Weise auf Andreas eingehen. Hier suchte Silvio nur das für sich heraus, was er für seine Zwecke am besten nutzen konnte. Er vergaß, einiges zu erwähnen, woran ihn Andreas aber erinnerte. Und alles, was er da aufgezählt hatte, stimmte auch nicht, Andreas hatte nie gesagt, dass der Erstbeste ihn durchvögeln dürfe oder er jeden ranlassen werde, der komme. Andreas klärte Silvio auf: „Ach, mein Silvio, das waren doch alles nur Reaktionen auf dein Verhalten. Ich war enttäuscht. Du kommst auf mein Profil, ohne mir eine Nachricht zu hinterlassen. Ich bitte dich, mir zu schreiben, du tust es aber nicht, du hast jetzt Wochen lang nichts von dir hören lassen. Kannst du nicht verstehen, dass ich da sauer und enttäuscht war?

Ich glaube, wir sollten noch einmal von vorne anfangen. Und wir sollten mehr Vertrauen zueinander haben.

Silvio, ich werde dich nicht bedrängen, wenn du bereit wärst, dich mit mir zu treffen. Du bist es mir schuldig, weil du mir das schon im letzten Jahr versprochen hast.

Mein Silvio, mein Engel, ich liebe dich. Nur hast du nie meine Hilfsangebote angenommen, und dieses Jahr kann nur eine Enttäuschung für mich gewesen sein, das musst selbst du zugeben."

Silvio erwiderte: „Auf dein Profil bin ich gegangen, wenn ich tief im Keller war. Ich habe dich angelächelt und habe an dich gedacht. Mir liefen nicht selten die Tränen, aber trotzdem fühlte ich mich besser danach.

Und darum danke ich dir, dass du mich nicht wieder geblockt hast. Auch wenn ich dich zutiefst verletzt habe, hast du mir unbewusst immer noch geholfen.

Wie stelle ich mir unsere Zukunft vor? Ich denke, mit Ralf plätschert sich das jetzt aus. Aber trotzdem möchte ich noch etwas Abstand. Ich weiß, dass du bestimmt das Beste bist, was mir je passieren könnte, aber trotzdem bin ich noch nicht bereit dazu. Ich kann es dir auch noch nicht erklären. Ich bin mit mir selber noch nicht im Reinen. Ich brauche einfach noch Abstand. Und es wäre nett, wenn ich trotzdem ab und zu auf dein Profil dürfte, nur für mich, ganz alleine."

Andreas hatte verstanden, dass Silvio Fehler einräumte, sich teilweise auch revidierte. Silvio war es gelungen, Andreas noch einmal einzulullen, ihn am Haken zu halten, um ihn auch in Zukunft psychisch misshandeln zu können. Jedoch machte Andreas es ihm auch sehr leicht. Er signalisierte Silvio nicht nur, wie schlecht es ihm ging, dass seine Psyche am Boden lag, sondern er zeigte ihm auch, dass er seine Seele immer noch unrettbar an Silvio verloren hatte und sich ihm damit psychisch vollkommen offenbarte und auslieferte. Das bewies Andreas nächste Nachricht: „Ist es dir bewusst, dass du mir schon wieder Hoffnungen machst? Was glaubst du, wie lange soll ich noch warten?

Warum sollen wir uns nicht ab und zu treffen? Nicht jeden Tag, sondern einfach nur so, wenn es beiden passt. Und wenn es nur einmal in zwei Wochen ist. Aber dann kannst du mich kennenlernen. Es wird dir helfen und ich habe auch etwas, woran ich glauben kann. Ich weiß dann, dass meine Hoffnungen nicht umsonst sind.

Du hilfst uns beiden damit. Warum willst du nur mein Bild anlächeln? Lächle mich an, das ist für uns beide viel schöner und für dich realer. Wenn ich weiß, dass du wenigstens versuchst, zu mir zu stehen, werde ich mein Leben nicht gefährden, weil ich dich irgendwann einmal glücklich sehen will. Bitte sage zu einem Treffen ja."

Was Andreas hier geschrieben hatte, wäre vernünftig gewesen, wenn zwischen ihnen normale Zustände geherrscht hätten. Aber ihre Beziehung im Chat war nicht normal. Andreas sehnte sich nach Silvios Liebe, aber der verfolgte ganz andere Ziele. Wenn Silvio diese erreichen wollte, musste er im Spiel bleiben, deshalb antwortete er: „Waren deine ganzen Reaktionen und Äußerungen, Berge, Todesstoß, Ruheforst und, und, und, nur Wutreaktionen auf mein Schweigen?

Wolltest du mich aus der Reserve locken? Ich fühlte mich bedrängt, in der Pflicht, plötzlich unwohl in meiner Haut! Denkst du, ich möchte dich ‚SO' verlieren? Was hättest du mir angetan?

Wie hätte ich davon erfahren sollen?

Mein Andreas, wir werden uns treffen. Nur nicht heute und nicht morgen.

Gib mir die Zeit, die du mir versprochen hast. Ich werde mich jetzt auch nicht festnageln lassen.

Ich würde gerne für heute unseren Chat beenden. Ich habe leider morgen keine Spätschicht.

Ich liebe dich auch noch immer!!!"

Andreas glaubte, dass Silvio der heutige Chat wieder unangenehm wurde und er deshalb den Chat beenden wollte. Außerdem glaubte Andreas, dass Silvio ihm nichts mehr vormachen könne. Andreas dachte: ‚Du spielst mit mir und meinen Gefühlen. Ich kann auch spielen, ich werde jetzt einmal mein Spiel weiterspielen.' Er erwiderte: „Silvio, es war mein Ernst. Ich weiß, dass ich dir jetzt wieder damit Angst mache, aber ich denke, wir sollten ehrlich zueinander sein." Andreas schrieb ihm jetzt, wie er sich angeblich umbringen wolle. Des Weiteren beteuerte er Silvio, dass er ihn zu jeder Zeit achten und gut behandeln wolle und wie sehr er ihn liebte. Alles, was in seiner Macht stünde, wolle er tun, um Silvio glücklich zu machen.

Nun hatte Andreas Silvio den Ball zugeworfen. Das glaubte er wenigstens und ahnte nicht, dass er sich Silvio schon wieder psychisch auslieferte. Aber er erkannte, dass er heute wieder nicht weiterkam. Silvio war geschickt darin, davon war er überzeugt, kleine, nebensächliche Zugeständnisse zu machen und zugleich alles Wesentliche abzulehnen. Scheinbar ging er auf Andreas ein: „Andreas, ich habe jetzt einen Kloß im Hals!!!!!!!!!!!!!!!!! Das ist jetzt nicht dein Ernst!!!!!!!!!! Was geht in dir vor?

Muss ich später bei jeder Auseinandersetzung an deine Worte denken?"

Andreas erwiderte: „Du hast mich wirklich fast getötet, ich habe noch nie so viel Schmerz in der Seele verspürt wie in diesem Jahr.

Ich gebe dir Zeit, aber nicht mehr sehr viel. Bitte verstehe, dass ich dich kennenlernen möchte. Die Ankündigung meines Selbstmordes war nur die reine Verzweiflung. Ich habe keinen Ausweg gesehen, alles war für mich sinnlos geworden.

Nein, du musst vor keiner Auseinandersetzung Angst haben, wir werden unsere Meinungsverschiedenheiten sauber und in Ruhe klären, ohne großen Streit. Und ich werde auch nicht grob oder brutal zu dir sein, wenn wir uns lieben. Ich werde immer zärtlich zu dir sein. Und wenn du mir nicht sinnlose Hoffnungen heute Abend gemacht hast, dann werde ich ewig leben.

Nur beantworte mir bitte diese Frage: Kann ich mir überhaupt Hoffnungen machen?

Keine Angst, wenn du nein sagst, bringe ich nur die Katze des Nachbarn um --)) grins.

Ich wünsche mir, dass wir uns bald wieder im Chat treffen. Vielleicht morgen Abend.

Ich liebe dich, schlafe schön und träume etwas Schönes.

Dein dich liebender, nicht mehr verzweifelter Andreas."

Silvio hatte sich gut aus der Affäre gezogen und die Frage, ob Andreas sich Hoffnungen machen durfte, ließ er offen.

Doch Andreas war mit dem Chat zufrieden. Er merkte gar nicht, dass Silvio die Frage, die für ihn die wichtigste war, nicht beantwortet hatte, nämlich, ob er sich Hoffnungen machen dürfe oder nicht.

Liebe macht blind, sagt man. In Andreas' Fall war das zutreffend. Zumindest hatte er vergessen oder übersehen, dass Silvio ihm keine Zugeständnisse machte, ihm auch keine Antworten auf die ihm wichtigen Fragen gab. Silvio hatte, wenn man es genau nahm, wieder Andreas' Wünsche ignoriert, einem Treffen eine eindeutige Absage erteilt. Andreas hatte dumm gehandelt. Silvio konnte nur ein Faker sein, und Andreas wollte es immer noch nicht wahrhaben. Aber im Moment war er wieder glücklich und nur das zählte für ihn.

Dass sich Andreas wohlfühlte, dass sich seine Stimmung wieder besserte, er nicht mehr so traurig war, fiel auch den Patienten im Krankenhaus auf, in dem Andreas arbeitete. Er lief zwar nicht immer nur mit einem Lächeln im Gesicht umher, aber er war in seiner Arbeit konzentrierter, nahm sich für jeden einzelnen Patienten Zeit, unterhielt sich auch einmal mit jemandem und war nicht so wortkarg wie sonst in den letzten Tagen und Wochen. Und ja, er hatte auch einmal ein Lächeln für seine Patienten übrig.

Als er vom Spätdienst nach Hause kam, ließ er sich Zeit, den Computer hochzufahren. Erst zog er sich in aller Seelenruhe um, danach holte er sich ein Bier und trank einen Schluck davon. Dabei sah er seine Post durch. Andreas hatte, wenn auch nur vorerst, sein inneres Gleichgewicht wiedergefunden. Wie lange mochte dieser Zustand anhalten?

Endlich hatte er alles erledigt, der Feierabend konnte zu Hause beginnen. Er fuhr den Computer hoch und loggte sich in den Chat ein und sah, dass einige seiner Freunde im Chat waren und unterhielt sich mit ihnen. Darüber verging ihm die Zeit schnell. Im Verlaufe der Zeit bemerkte er Silvios Message, die ihm der gesendet hatte: „Guten Abend, Andreas, bin gerade rein. Geht es dir heute gut?"

Andreas hatte nichts aus der vergangenen Zeit gelernt. Er gab Silvio schon wieder das Heft des Handelns und Verarschens in die Hand: „Es geht mir heute besser und jetzt noch besser. Silvio, wir haben schon einmal gesagt, wir wollen uns nicht wieder streiten, und haben es doch getan. Wir müssen aufpassen, dass uns so etwas nicht wieder passiert.

Wie geht es dir, sage mir bitte ehrlich, leidest du sehr unter Ralf?

Wenn ich dir helfen kann, musst du es nur sagen, ich werde alles für dich tun. Ich gebe dir auch noch einmal die Zeit, die du brauchst, bis wir uns treffen können. Ich will für dich da sein und dich nicht verlieren." Wie konnte Andreas nur so dumm sein?

Silvio: „Was heißt leiden? Ralfs Reaktionen kann ich zurzeit nicht deuten. Mal ist er da, dann wieder einige Tage nicht. Wenn er da ist, streiten wir uns und er macht mir deinetwegen Vorwürfe. Er denkt, ich hätte ihn schon betrogen, obwohl ich nicht einmal genau weiß, ob er es nicht auch tut. Er hat sich in seiner ganzen Art verändert. Ich versuche, noch für mich positive Handlungen zu entdecken. Aber sie werden weniger."

Andreas: „Gestern hast du gesagt, das mit Ralf läuft aus. Du warst schon einmal von ihm getrennt, hast ihn dann aber doch irgendwie wieder aufgenommen. Willst du denn, dass es ausläuft?

Verstehst du, dass ich gewisse Befürchtungen habe und sie nicht loswerde?

Du hast mich vorhin gefragt, wie es mir geht. Besser als noch gestern, aber trotzdem tut es mir immer noch weh, wenn ich an dich denke.

Silvio, es geht mir total beschissen. Und solange Ralf immer noch bei dir rumgeistert, habe ich Angst um dich und um unsere Liebe.

Ich glaube, du holst dir auf meinem Profil die Kraft, um mit ihm durchzuhalten, ihn zu ertragen, aber du hast nicht die Kraft, dich von ihm zu lösen, obwohl er dich quält. Und das macht mir Angst und macht mich ganz traurig."

Silvio: „Ja, ich habe das Gefühl, dass die Beziehung mit Ralf ausläuft. Er will es nur noch nicht wahrhaben, ich vielleicht auch noch nicht, das gebe ich ehrlich zu. Aber so, wie es zurzeit mit ihm ist, ist es auch nicht schön.

Er ist in allem misstrauisch und rastet schnell aus. Seine sonstigen Zärtlichkeiten sind hart und schroff geworden. Sein Feingefühl ist verschwunden. Ich denke, er kann mich mit seiner Art bestrafen, weil er weiß, was ich möchte und was ich nicht möchte. Und er trifft damit ins Schwarze. Aber ich versuche, es ihm nicht zu zeigen.

Ja, du hast recht! Mir fehlt die Kraft zur Trennung. Ich habe dir auch schon einmal erklärt, dass man nicht so einfach einen Schalter umkippen kann, wenn man liebt. Ralf und ich sind nicht erst seit zwei Tagen zusammen. Ich glaube, das ist auch der Grund für die Zeit, die ich brauche. Es geht nicht von heute auf morgen. Ich kenne mich."

Andreas: „Du hast mir keine beruhigende Nachricht geschickt, bist aber wenigstens ehrlich zu mir.

Was erhoffst du dir, wenn du ihm nicht zeigen willst, dass er dir wehtut? Dass was falsch läuft bei euch, ist ja klar, aber es geht doch nicht, dass du dich ihm total unterordnest und dir von ihm wehtun lässt. Hoffst du, dass er sich besinnt?

Silvio, auch wenn er sich besinnt, es wird nur eine gewisse Zeit gut gehen. Danach wird es umso schlimmer für dich. Ich habe Angst um dich. Du solltest dich schnell von ihm trennen, ganz schnell.

Ich sage dir das nicht, weil ich dich liebe und hoffe, dass du dann schneller zu mir kommst, ich habe wirklich einfach nur Angst um dich."

Jetzt hatte Silvio Andreas wieder dort, wo er ihn hin haben wollte. Er schrieb: „Ich erhoffe mir, wenn ich Ralf das nicht zeige, dass er sich wieder ändert. Dass er seine innere Aggression wieder beiseiteschiebt. Ich erhoffe mir davon, dass er mir zeigt, dass er mich noch liebt und nicht nur deinetwegen hasst. Vielleicht hasst er auch dich und nicht mich, aber bei einem muss er seine Wut ablassen. Und das bin in diesem Fall ich."

Andreas war wieder verzweifelt. Silvio sagte ihm gerade, dass Andreas nicht zu hoffen brauche, dass er und Silvio nie ein Paar würden. Er schrieb: „Ich glaube, ich stehe auf verlorenen Posten."

Silvio: „Und dann habe ich auch immer noch nicht deine Urlaubs-woche im März verdaut. Ich kann es einfach nicht glauben, oder es will einfach nicht in meinem Kopf rein, mit welchen Gedanken du dich getragen hast. Mensch, Andreas, auch du hast nur ein Leben. Ist es dir bewusst, was du anderen Menschen angetan hättest??? Deinem Sohn, deiner Familie, vielleicht auch noch Rosi, deinen Freunden und auch mir?

Andreas, wenn es wirklich so war, dann hast du es geschickt ver-standen, anderen einen anderen Glauben einzurichtern. Mir zum Beispiel.

Ich war der Meinung, du gehst deinen Weg. Und weil du jeman-den gefunden hast, darum deine harten Messages."

Andreas: „Ich danke dir für deine Ehrlichkeit, mein Verstand sagt mir, ich soll dich laufen lassen, mein Herz sagt, ich soll um dich kämpfen. Ich frage mich nur, wie ich um dich kämpfen soll. Du kennst mich nicht, bist immer noch nicht bereit, mich kennenzu-lernen, und so komme ich gegen Ralf nicht an.

Dir geht es mit Ralf so wie mir mit dir. Du tust alles, damit er doch noch bei dir bleibt, dafür nimmst du sogar seine Brutalität in Kauf.

Ich weiß aber im Gegenteil zu dir, dass ich auf diesem verdamm-ten schwulen Liebesmarkt keine Chance mehr habe. Du bist noch jung und bekommst auch noch jemanden in deinem Alter, aber ich habe nur noch die Chance auf Rentner.

Silvio, ich wünsche dir viel Glück und du musst um mich keine Angst haben, ich werde die Schule machen, dann habe ich eine Aufgabe und vielleicht kommst du ja doch noch einmal zu mir."

Silvio gab Andreas zu verstehen, dass er nun ins Bett gehen wollte.

Darauf schrieb Andreas: „Silvio, ich bin todunglücklich, weil ich das Glück schon in den Händen hatte. Doch Silvester war mir klar, dass ich verloren habe, deshalb konnte ich nicht feiern gehen.

Ich weiß, dass ich dich nie für mich gewinnen werde. Gestern hatte ich noch einmal Hoffnung geschöpft, heute bin ich wieder am Boden zerstört.

Ich weiß, dass du tun musst, was für dich gut ist. Aber für mich ist es schlecht."

Silvio: „Warum bist du heute wieder am Boden zerstört? Du machst mich nervös!!! Was ist denn nun schon wieder los?" Als wenn er das nicht gewusst hätte!

Andreas: „Habe ich dir doch geschrieben, ich glaube nicht mehr daran, dass du zu mir kommst. Du tust alles dafür, dass Ralf bei dir bleibt.

Ich habe mich in dich verliebt, weil du mit mir seelenverwandt bist, und doch bist du wieder der Falsche.

Dir geht es wie mir, habe ich dir alles geschrieben. Ich habe mich schon gewundert, dass du nicht darauf reagiert hast. Du hast es dir ausgedruckt, weil du es morgen lesen wolltest."

Silvio: „Andreas, ich muss morgen wieder früh hoch!!!!! Wir hören uns morgen. Wir finden uns schon!!!!! Schlaf schön. Dein dich liebender Silvio."

Ein liebender Mensch hätte in solch einer Situation anders gehandelt. Aber Silvio liebte Andreas nicht. Er war wieder in seinem Spiel und hatte für heute sein Ziel erreicht. Er konnte Andreas erneut Hoffnungen machen und hatte ihm diese danach sofort wieder zerstört. Er hatte Andreas' Psyche und Gefühle mit all seiner Bosheit und in voller Absicht wieder durcheinandergebracht! Daran würde Andreas wieder eine Weile zu nagen haben.

Andreas glaubte, dass er und Silvio an diesem 9. Februar offen und ehrlich ihren Standpunkt dargelegt hatten und diesmal auch Silvio mit offenen und ehrlichen Karten gespielt habe. Jedenfalls war Andreas davon überzeugt.

Jedoch hätte Andreas spätestens heute begreifen müssen, dass Silvio nur ein Faker sein konnte. Wenn der an ihn ein ehrliches Interesse gehabt hätte, hätte er sich anders verhalten müssen, vielleicht sogar einem Treffen zugestimmt.

Liebe, Enttäuschungen und Hoffnungen

Kurz bevor Andreas am 10. Februar zum Spätdienst fuhr, schickte er Silvio eine Message, in der er ihm mitteilte, dass er abends ab 20.30 Uhr im Chat sein werde.

Zu dieser Zeit teilte Silvio ihm mit, dass er Besuch bekommen habe und erst eine bis zwei Stunden später chatten konnte. Um Andreas nicht zu beunruhigen, schrieb er, dass der Besuch nicht Ralf sei.

22.30 Uhr meldete sich Silvio: „Bin jetzt wieder alleine. Sind alle weg. Nett, dass du gewartet hast. Bist bestimmt geschafft von der Arbeit heute?"

Andreas schrieb: „Es geht, und wie sieht es bei dir aus?"

Andreas fühlte sich heute nicht ganz so gut wie gestern, denn langsam gewann er die Überzeugung, dass er Silvio nicht mehr für sich gewinnen könnte, dessen gestrige Aussagen lagen ihm noch schwer im Magen. Deshalb war er zunächst kurz angebunden.

Silvio informierte: „Jetzt nach den zweieinhalb Bier hätte ich die richtige Bettschwere. Das restliche halbe Bier trinke ich jetzt, während ich mit dir chatte.

Was ich dir noch sagen wollte: Übers Wochenende bin ich wieder bei meiner Mutter. Sie kommt morgen nach Rostock, will ein bisschen Geld ausgeben und dann fahren wir nach der Arbeit gleich los. Sie will mit mir Geburtstag nachfeiern.

Am Sonntag bringt sie mich wieder zurück, bleibt bis Montag bei mir und fährt wieder nach Hause."

Andreas schrieb: „Dann wünsche ich dir ein schönes Wochenende mit deiner Mutti."

Silvio fragte: „Danke!! Ist da einer angesäuert???"

Andreas wollte es nicht zugeben, dass er etwas bedrückt war, nur waren es andere Gründe als die, die Silvio annahm: „Nein, bin ich nicht. Warum sollte ich sauer sein?

Soll ich etwa sagen, du darfst nicht zu deiner Mutter fahren? Silvio, erstens habe ich dir nichts zu sagen oder irgendwelche Anrechte.

Und zweitens ist es doch wohl verständlich, dass deine Mutti mit dir deinen Geburtstag feiern möchte. Genieße es, wer weiß, wie lange du sie noch hast. Ich war 23 Jahre alt, als meine Mutter gestorben ist. Nun will ich aber nicht unken, genieße das Wochenende einfach."

Es folgte etwas Smalltalk. Dann fragte Andreas:„Weißt du denn nun schon, was ich gestern denn schon wieder hatte, um mit deinen Worten zu sprechen?"

Silvio forderte: „Gib mir mal einen Stichpunkt. Du hattest sehr viel geschrieben."

Andreas erwiderte: „Also hast du nicht darüber nachgedacht."

Silvio fragte: „Warum antwortest du nicht direkt?"

Direkt sollte er es bekommen: „Ich habe dich gefragt, was du dir davon erhoffst, wenn du Ralf nicht zeigst, dass er dir wehtut. Und du hast geantwortet, du erhoffst dir, dass er es dann sein lässt, dir wehzutun, und ihr wieder zueinander findet.

Du möchtest aber, dass ich auf dich warte, bis du soweit bist, eine neue Beziehung eingehen zu können."

Silvio antwortete: „Ich hatte nicht geschrieben, dass ich hoffe, dass wir wieder zueinander finden oder?

Aber irgendwie kann man das so schon zusammenfassen.

Das ist mein Zwiespalt derzeit. Kann es überhaupt noch so werden wie Früher? Ist das Vertrauen nicht schon weg, auf beiden Seiten? Ralf traut mir nicht und ich ihm eigentlich auch nicht. Warum ist er tagelang nicht da? Und wenn er da ist, ist es eigentlich auch nicht mehr schön."

Andreas antwortete: „Ich hatte dich gefragt: Was erhoffst du dir davon, dass du ihm nicht zeigst, dass er dir wehtut? Deine Antwort war: Du erhoffst dir, dass er dann seine Brutalitäten dir gegenüber einstellt und ihr doch noch zueinander findet.

Mit dieser Aussage hast du meine Hoffnungen, die du einen Tag vorher aufgebaut hast, wieder zerstört.

Wenn er dir körperliche Gewalt antut, ist das Ding zu Ende. Es kann nicht mehr wie früher werden, wie denn auch. Du wirst immer Angst haben, dass er wieder Gewalt anwendet, wenn du nicht tust, was er will. Was soll das für eine Partnerschaft werden? Was soll das für ein Leben werden?

Irgendwann, das weiß ich genau, egal, wie sich die Dinge entwickeln, wirst du an meine Worte denken und mir recht geben. Ich hoffe nur für dich, dass du es dann nicht bereuen musst."

Silvio erwiderte: „Wir wollten doch beide ehrlich zueinander sein, darum habe ich dir auch geschrieben, was ich denke, hoffe, fühle. Habe nicht damit gerechnet, dass du gleich wieder am Boden zerstört bist. "

Andreas klärte auf: „Ich warte nicht auf dich, wenn ich denken muss, dass du zu Ralf zurückgehst. Ich habe schon einmal bis zum Januar gewartet, weil du mich nicht sehen wolltest. Was dabei herauskam, weißt du. Ich bin mir sicher, dass es anders gekommen wäre, wenn wir uns gesehen hätten.

Ich bin mir nicht sicher, ob ich es noch einmal kann, wenn ich weiß, dass du zu Ralf zurückwillst, was ich auf Grund seiner Gewaltanwendung dir gegenüber nicht verstehen kann.

Aber es ist dein Leben, ich werde dich nicht bedrängen."

Silvio erklärte: „Andreas, ich werde mich jetzt nebenbei im Bad fertigmachen, und würde dann nachher auch ins Bett gehen wollen. Bist du noch nicht müde?"

Andreas provozierte Silvio etwas: „Ich bin nie müde seit etwa Silvester.

Ist es dir wieder unangenehm, möchtest du deshalb heute den Chat beenden?"

Doch Silvio antwortete: „Nein, es ist mir nicht unangenehm, aber ich möchte jetzt wirklich ins Bett. Ich habe heute auch gearbeitet und ich kann nicht ausschlafen. Immerhin ist es schon fast 0.30 Uhr.

Mittlerweile habe ich die dritte Flasche Bier leer.

Zu deiner vorletzten Message: Was soll ich jetzt dazu sagen? Sollte alles anders kommen, als wir es uns erhofft und ersehnt haben, dann lass uns wenigstens Freunde oder Chat-Partner sein. Könntest du das?

Ich wünsche dir eine angenehme Nachtruhe und ein schönes Wochenende. Dein dich immer noch liebender Silvio."

Andreas vertraute Silvio nicht mehr. So schrieb er: „Mein lieber Silvio, noch ist es nicht so weit und es hängt nicht nur von mir ab. Ich weiß, was ich mir erhoffe und ersehne, was du erhoffst und ersehnst, weiß ich nicht.

Wenn du dich rechtzeitig entscheidest, dann mögen unsere Hoffnungen wohl zusammenkommen und sich erfüllen. Wenn nicht, dann bin ich zu einer Freundschaft mit dir bereit. Vielleicht bleibe ich ja für immer alleine.

Ich verstehe es nicht, wenn sich beide lieben, dass sie nicht zueinander finden können.

Liebe Grüße! Dein sich nach dir sehnender Andreas."

Silvio wollte zur Nacht einige Streicheleinheiten von Andreas bekommen: „Mein lieber Andreas, ich umarme dich und lasse es zu, dass du meinen Hals küsst, meinen Mund suchst, meinen Kopf mit deinen Händen umfasst und mich innig küsst."

Andreas dachte: ‚Hier im Chat lässt du alles zu, ein reales Leben mit uns blockst du immer ab. Es wird Zeit, dass du lernst, dass du nicht alles haben kannst, ich bekomme von dir auch nichts.' Er schrieb: „Ja, im Chat ist es auch einfach, solche Dinge zuzulassen. Ich möchte es lieber real erleben, wenn du dazu bereit bist. Mach's gut, mein Geliebter."

Silvio meldete sich erst am 17. Februar, vormittags: „Hallo, Andreas, bin wieder in Rostock. Wochenende habe ich gut überstanden. Frau Mama hatte noch Freunde als Überraschung eingeladen. Sie ging voll darin auf.

Ich wünsche dir noch einen schönen Tag. Liebe Grüße! Silvio."

Silvios Mutter hatte ihrem Sohn eine Überraschungsparty organisiert, zu der sie einige seiner Freunde eingeladen hatte. Andreas schrieb: „Ich wünsche dir natürlich auch, dass du ein schönes Wochenende hattest, und es freut mich, dass deine Mutti sich so viel Mühe gegeben hat, um dir ein glückliches Wochenende zu bereiten. Schön, wenn du deine Freunde um dich hattest.

Wir haben gesagt, dass wir ehrlich zueinander sein wollen. Auch wenn mir deine Ehrlichkeit manchmal wehtut, aber es ist so das Beste.

War Ralf auch da, und wenn ja, habt Ihr euch verstanden? Bitte sage mir die Wahrheit. Ich glaube nämlich, dass du immer an Ralf hängen wirst und ich bei dir nie eine Chance haben werde.

Mein lieber Silvio, bitte sage mir die Wahrheit, auch wenn es mir wehtut, so kann ich dann wenigstens versuchen, mich innerlich von dir zu lösen. Freunde können wir trotzdem bleiben und werden.

Es grüßt dich ganz lieb dein Andreas."

Andreas wollte wissen, woran er war. Wusste er nicht längst, dass er Silvio nicht kennenlernen sollte? Alle schlechten Botschaften kamen auf einmal, so war es oft im Leben. Heute kam es aber zu unmissverständlichen Worten zwischen Silvio und Andreas, die jedoch in einem sachlichen und freundschaftlichen Ton ausgetauscht wurden. Nach diesem Gespräch, wenn man es so bezeichnen konnte, wäre zumindest eine Chatfreundschaft noch möglich gewesen. Einen Monat später konnte Andreas nicht mehr sagen, warum es dann doch ganz anders kam. Aber wir wollen nicht vorgreifen, bleiben wir beim heutigen 17. Februar.

Mittags schrieb Andreas Silvio eine Nachricht, in der er ihm mitteilte, dass sich sein Dienstplan geändert habe und er schon ab 15.30 Uhr arbeiten müsse. Er wolle versuchen, ab 21.30 Uhr im Chat zu sein.

Nachdem Andreas seine Tagesaufgaben im Krankenhaus erledigt hatte, loggte er sich in den Chat ein und sah, dass Silvio ebenfalls on war. ‚Dann hat er also meine Messages bekommen', dachte Andreas. Der war ein hoffnungsloser Träumer und hatte schon wieder Hoffnungen, Silvio für sich zu gewinnen und begrüßte ihn.

Silvio meldete sich umgehend: „Auch ich wünsche dir natürlich einen guten Abend! Wollte nur erst schnell auf deine Nachrichten eingehen.

Ja, ich stehe auch zu meinem Wort, dass wir ehrlich miteinander umgehen wollen. So ist es auch jetzt." Wenn Andreas zu diesem Zeitpunkt geahnt hätte, dass alles, was ihm Silvio geschrieben hatte, eine Lüge war, Ralf, die Erlebnisse, die er mit ihm hatte, seine Mutter und auch er selbst Lügen waren, ist es doch sehr erstaunlich, welche Geschichten Silvio erfand, um mit Andreas chatten zu können. Sein Ziel kennen wir, er wollte Andreas ans Ende seiner psychischen Belastbarkeit bringen. Aber warum wollte er das? Wer war Silvio? Silvio antwortete weiter: „Ralf war nicht zur Geburtstagsfeier bei meiner Mutter. Sie hatte ihn aber eingeladen. Ich habe nicht mit ihm telefoniert, meine Mutter sagte nur, es sei etwas bei ihm dazwischengekommen. Sie hat sich über diese Ausrede geärgert.

Ich kann dir nicht einmal sagen, ob ich mich geärgert habe oder ob ich enttäuscht war. Jedenfalls war ich erleichtert über seine Entscheidung. Ich fühlte mich einfach wohler.

Ja, Andreas, ich habe letztes Wochenende viel über uns nachgedacht. Über dich, über Ralf, über mich.......

Ich liebe Ralf wirklich immer noch. Trotzdem habe ich ihn am Wochenende nicht vermisst. Ich weiß nicht, ob du mich verstehst, ich liebe auch dich immer noch.

In puncto Ralf hast du dahingehend recht, dass ich alles versuche, ihn zu halten. Ich habe auch mit meiner Mutter darüber gesprochen, nicht über uns, aber über Ralf. Habe ihr erzählt, dass es an allen Ecken und Kanten bröckelt, ich alles tue, um unsere Liebe zu halten, und er es nur ausnutzt. Dass wir uns oft streiten und er macht und tut, was er will.

Sie ist der Meinung, es bröckelt in jeder Beziehung mal und es renkt sich wieder ein.

Ich weiß es noch nicht!!!!!!!!!!!

Ich bin aber noch nicht bei dem Punkt, ihn loszulassen. Obwohl es bestimmt ganz einfach wäre. Aber ich weiß, ich kann es jetzt noch nicht."

Das war der Punkt, an dem Andreas das Herz in die Hose rutschte. ‚Es ist alles verloren', dachte er und unwillkürlich kamen ihm die Tränen. Silvio war ehrlich zu ihm, wie er glaubte, und Andreas musste diese Situation jetzt akzeptieren. Er hatte es Silvio oft genug geschrieben, dass er ihm nicht im Wege stehen und es akzeptieren wollte, wenn Silvio sich für Ralf oder einen anderen entscheiden sollte.

Weiterhin schrieb Silvio: „Ich denke, ich weiß, was du unbedingt möchtest. Aber bitte übe keinen Druck auf mich aus.

Ich habe erste Gespräche mit Ralf hinter mir, er will es nicht wahrhaben. Er gibt an allem, was passiert, dir die Schuld. Ich hätte ihm vielleicht nichts von dir erzählen sollen.

Wenn irgendetwas ist, heißt es: Ach, das hat dir Andreas wieder eingeblasen??!! Dann wiederum beteuert er mir seine Liebe und er will sich ändern!!

Er kann dann auch ganz zärtlich zu mir sein, und irgendwann kommt es wieder in ihm hoch. Dann wird Ralf intensiver, härter, fast brutal in seinen Handlungen. Er krallt mit den Fingernägeln, ist mit den Zähnen aktiver...... Egal jetzt, jedenfalls nicht immer schön. Ja, und ich versuche, es ihm recht zu machen, weil ich ihn liebe und weil ich nicht möchte, dass er uns trennt."

Andreas war bereit, mit Silvio eine platonische Freundschaft zu führen, bevor er ihn ganz verlor. Er glaubte, dass das funktionieren könnte und schrieb: „Silvio, Silvio, wenn ich das lese, was du eben geschrieben hast, da hätte ich Angst beim Oralverkehr und würde es nicht mehr zulassen.

Aber meine Meinung kennst du, wenn Gewalt angewendet wird, ist es zu Ende.

Wenn du mit Gewalt leben willst, ist es dein Problem, ich habe dir schon genug davon geschrieben. Ich hoffe, dass du dein Handeln nicht irgendwann bereust.

Druck übe ich auf dich nicht aus, ich denke jetzt aber an mich, das musst du verstehen. Ich möchte nicht alleine bleiben, und wenn du zu Ralf stehst, dann akzeptiere ich das."

Andreas musste jetzt seinen Rundgang machen, danach könnte er noch einmal mit Silvio chatten. Er informierte ihn darüber und teilte ihm mit, dass er am nächsten Abend gegen einundzwanzig Uhr wieder im Chat sein wollte.

Damit ging Andreas los und ließ Silvio alleine, er würde es ja sehen, ob Silvio nachher noch da war oder nicht.

Silvio wollte nicht auf Andreas warten und schrieb: „Mein lieber Andreas, ich liebe dich trotz allem immer noch. Ich möchte dein Freund bleiben. Ich wünsche es mir so sehr!!!

Würdest du mir antworten, wenn ich dich ab und zu anchatte? Oder wenn ich mal einen Rat von dir brauche?

Ich werde immer an dich denken! Du bleibst in meinem Herzen!

Ich danke dir für die Zeit, die ich mit dir verbringen durfte. Ich danke dir für deine Ratschläge.

Ich wünsche dir, dass deine Träume in Erfüllung gehen, dass du sie leben kannst! Ich wünsche dir Glück, du verdienst es, einmal zu einem Menschen sagen zu können: Ich liebe dich! Ich wünsche dir, dass alles das, was du aufgegeben hast, nicht umsonst war!

Pass weiterhin auf dich auf, mein Süßer!!!!! Mach bitte keine Dummheiten!!! Es gibt Menschen, die dich lieben!!!

Dein dich immer noch liebender Silvio."

Andreas kam noch einmal in das Dienstzimmer zurück, sah gleich auf seinen Laptop und schrieb: „Ich antworte jetzt gleich."

Er schickte diese wenigen Wörter sofort ab, damit Silvio noch wartete. Danach schrieb Andreas die Antworten und zu diesem Zeitpunkt waren sie ehrlichen Herzens und seine sehnlichsten Wünsche: „Mein lieber Silvio, auch ich liebe dich immer noch. Ich werde dich mein ganzes restliches Leben lieben. Aber ich werde es dir nicht mehr sagen. Natürlich bleiben wir Freunde. Wir werden auch weiterhin miteinander chatten. Jetzt hast du den Chatfreund, den du wolltest. Wenn du meinen Rat brauchst, so bekommst du ihn, wenn ich einen habe. Und du darfst mein Profil besuchen, wann du willst.

Bis zum nächsten Mal alles Liebe, alles Gute für dich! Dein Chatfreund Andreas."

Es schien so, als wenn Silvio einen Gang zurückschaltete und sich allmählich aus dem Spiel zurückziehen wollte. Aber noch war es nicht ganz vorbei. Noch wollte er ein bisschen mit Andreas spielen und seine Figur Ralf hielt er ebenso im Spiel. Jetzt antwortete er: „Ich danke dir, Andreas. Du darfst dich ruhig versprechen, auch wenn du es nicht mehr sagen möchtest. Wir wissen es beide voneinander, das kann uns im Moment keiner wegnehmen.

Bis demnächst mal wieder. Ich umarme dich. Dein Silvio, gute Nacht!!!"

So zuversichtlich, wie Andreas' Messages sich anhören mochten, sah es aber in ihm selbst nicht aus. Alles, was er Silvio geschrieben hatte, war ehrlich gemeint, aber traurig war er doch. Solange er arbeitete, ging es ihm noch einigermaßen gut. Aber während der Zeiten der Ruhe war ihm überhaupt nicht gut. Immer wieder musste er an Silvio denken. Jedes Mal konnte er seine Tränen nicht zurückhalten. Ihm war, als ob der Geliebte vorhin verstorben sei, so ein Gefühl der Trauer empfand er.

Er musste viel nachdenken und es reifte in ihm nach und nach ein Plan. Er wollte über sich und Silvio ein Buch schreiben.

*****

Am Sonnabend, dem 19. Februar kam es zwischen Andreas und Silvio zu einem langen und ausführlichen Chat. Sie sorgten sich umeinander, obwohl nur Andreas es war, der es ehrlich meinte, denn noch wusste er nicht, dass Silvio ein Faker war. Silvio nährte immer wieder Hoffnungen, die es nicht gab. Andreas machte sich immer wieder welche, obwohl er wusste, dass es mit Silvio zu keiner Beziehung kommen werde. Aber es war sein Herz, das ihm diesen Streich spielte, der Verstand hatte es schon längst begriffen. Es waren seine Gefühle, die er nicht töten konnte. Andreas bemerkte Silvio im Chat und schrieb ihn an: „Guten Morgen, Silvio, wie geht es dir?"

Silvio antwortete: „Guten Morgen, mein Andreas. Ich dachte, du musst schon wieder arbeiten.

WARUM TUT LIEBE SO WEH?????

Meine letzte Message konnte ich auch nicht mehr richtig erkennen, weder auf dem Bildschirm noch auf der Tastatur. Ist das ein fraulicher Charakterzug? Ich denke nicht. Es kommt auch darauf an, *warum* man Tränen in den Augen hat. Irgendwie verstehe ich das alles mit uns nicht."

Andreas ging auf Silvio ein: „Verstehst du mich jetzt nicht? Silvio, du willst alles dafür tun, dass Ralf zu dir zurückfindet. Was soll da aus mir werden, wenn ich weiter warte? Ein einsamer, vergrämter, unglücklicher und trauriger alter Mann. Unzufrieden mit dem Leben.

Ich werde dich immer, ich sage es jetzt doch noch einmal, ich werde dich immer lieben, und wenn du eines Tages sagen würdest, ich möchte mit dir für immer zusammen sein und dich lieben und mit dir leben, ich würde nicht überlegen und zu dir kommen.

Aber jetzt kann ich so nicht mehr weitermachen, mit dem Wissen, dass du zu Ralf stehst.

Da ist für mich diese Lösung besser. Ich werde irgendwann akzeptieren, dass es so ist, wie es ist. Glaube mir, es ist mir nicht leicht gefallen, so zu handeln. Selbst auf der Arbeit sind mir gestern die Tränen gekommen, nicht nur einmal. Aber Gott sei Dank lassen mich die Kollegen und Patienten in Ruhe.

Wie geht es dir überhaupt?"

Silvio schrieb „Tja, wie geht es mir?

Wenn es uns gesundheitlich gut geht, dann geht es mir wohl wie dir. Wir sitzen im selben Boot.

Heute Nachmittag treffe ich mich noch mit einem Kumpel. Eigentlich wollten wir noch in die ‚Eiszeit' gehen. Aber mal sehen, wie uns so an der Mütze ist."

Andreas dachte: ‚Wir sitzen nicht im selben Boot, sondern in zwei verschieden Booten und entfernen uns voneinander'. Er erwiderte aber: „Um alles besser verarbeiten zu können, habe ich mich entschlossen für uns ein Buch zu schreiben. Ich habe mit dem Prolog gestern angefangen. Darin schildere ich kurz meine Geschichte, bis ich dich im Chat gefunden habe. Von da an wird es ausführlicher. Der Titel des Buches soll lauten: Eine Chatliebe.

Ich weiß es nicht, ob ich das schaffe. Aber es hilft mir jetzt, alles zu verarbeiten. Wenn ich es fertig bekomme, bekommst du eine Kopie, die du am PC lesen kannst.

Und wenn du nichts dagegen hast, werde ich das Buch veröffentlichen und den eventuellen Erlös daraus mit dir teilen, schließlich sind deine Worte mit darin enthalten.

Wenn du willst, können wir das Buch im Nachhinein noch aus deiner Sicht ergänzen."

Silvio antwortete: „Mein lieber Andreas, warum charakterisierst du dich so (vergrämt, unausgeglichen, alt)? Einsam und traurig, okay, aber in deinen Worten hat es sich oft so angehört, als wenn du jemanden in der Hinterhand hast.

Du ziehst doch nicht alleine durch die Gegend?

Auch hast du schon von einigen Angeboten gesprochen, die du zwar nicht angenommen hast, aber diese Angebote gab es doch? Oder?

Also denke ich, dass du nicht lange alleine bleiben wirst.

Und da habe ich gedacht, du bist schneller bei der Partnersuche als ich bei der Trennung von Ralf oder?"

Darauf erwiderte Andreas: „Du irrst, mein Freund.

Angebote habe ich zwar immer wieder mal in unregelmäßig großen Abständen, aber das sind alles Leute, mit denen ich nie eine Beziehung aufbauen könnte, nicht einmal eine Freundschaft.

Ich glaube nicht, dass ich schnell jemand anderes finde. Und du bist ja nicht bereit, meine Liebe anzunehmen. Ich könnte dir so viel Liebe geben, wie Ralf nie dazu in der Lage wäre. Ich glaube, dass ich das behaupten darf, nachdem du mir so viel von ihm geschrieben hast.

Silvio, ich gebe dir einen Rat, warte nicht, bis Ralf die Trennung vollzieht, tue du es. Wie ich es einschätze, hast du es eigentlich schon getan, du wartest jetzt nur, bis er es auch begriffen hat.

Wie lange habt ihr euch nicht mehr gesehen? Wie war das letzte Treffen mit euch? Warum meldet er sich so lange nicht bei dir und ist nicht zu deinem Geburtstag gekommen? Und warum warst du deshalb erleichtert?

Silvio, sei nicht dumm!!!!"

Mit seiner erneuten Message bezog sich Silvio auf Andreas' Überlegungen, ein Buch zu schreiben:

„Die Idee, ein Buch zu schreiben, ist ja super von dir.

Aber trotzdem noch einige Fragen dazu, aber sei mir nicht sauer! Du weißt, als was ich arbeite. Du weißt, dass ich immer auf Vorsicht bedacht bin. Kurz: Ich habe immer aufgepasst, dass mir keiner einen Strick drehen kann.

Nun meine Fragen: Du veränderst die Namen?

Wie beschreibst du unsere Umarmungen, Berührungen? Andreas, verstehe mich bitte richtig!!!!! Bei mir kribbelt es schon, wenn ich daran zurückdenke.

Beantwortest du mir bitte noch meine Fragen?!!!! Bitte!!!! Ich möchte gerne die aufkommenden Ängste bezüglich meines Jobs als unbegründet sehen oder wenigstens darauf vorbereitet sein."

Andreas antwortete: „Kein Mensch weiß, was wir uns gegenseitig geschrieben haben. Und es gibt natürlich künstlerische Freiheiten. Ich will die Wahrheit erzählen. Aber niemand wird je erfahren, dass es darin um uns geht.

Wenn ich fertig bin, bekommst du es zum Lesen. Ich sagte vorhin schon, dass wir dann Änderungen vornehmen können.

Du schreibst mir Folgendes: Silvio, verstehe mich bitte richtig!!!!!

Bei mir kribbelt es schon, wenn ich daran zurückdenke. Wenn das jetzt noch so ist, frage ich mich: Warum quälst du uns so?

Warum kommst du nicht einfach zu mir? Du wirst mit mir glücklich sein, ich weiß es."

Diese Frage konnte sich Andreas selbst beantworten, wenn er daran dachte, was er bisher mit Silvio erlebt hatte. Der wollte es einfach nicht. Auch wenn er für Andreas immer wieder neue und alte Ausreden erfand, die dieser ihm auch noch abnahm.

Silvio antwortete: „Letztes Wochenende habe ich viel über diese Frage nachgedacht, habe aber auch gedacht, dass du jemand anderes in der Hinterhand hast. Und wenn ich mich jetzt dazwischen drängele und es mit uns doch nicht funktionieren sollte, sollst wenigstens du dein Glück finden. Und, auch wenn du es nicht gerne hören magst, ich bin im privaten Leben ein sehr ängstlicher Typ. Durch meinen Job und wegen meines Jobs vielleicht auch schon ein bisschen geprägt. Ich habe auch schon gedacht, Ralf will mir schaden, indem er mir auf beruflicher Ebene das Leben schwer machen wird. Vielleicht lasse ich auch deswegen alles geschehen und bin innerlich immer, wie sagt man, auf dem ‚Sprung'.

Ich war froh, dass Ralf letztes Wochenende nicht da war, weil mich keiner auf Schritt und Tritt beobachtet hat. Keiner kennt mich so gut wie er, er hätte gemerkt, dass mit mir etwas nicht in Ordnung ist. Für die anderen Gäste war ich nur ein bisschen geschafft von der Arbeit, und das war gut so.

Ralf hätte mir tief in die Augen gesehen und in ihnen wie in einem Buch lesen können. Alle anderen Gäste haben nicht einmal den Buchtitel richtig gedeutet (um es mal in künstlerischer Freiheit zu umschreiben), siehst du, ich kann das auch, oder?"

Andreas fragte sich, was das jetzt sollte, dieses Geständnis. Konnte er sich etwa doch noch einmal Hoffnungen machen? Aber nein, das wollte er nicht. Aber er antwortete eindeutig: „Du hast mal wieder irgendetwas nicht verstanden. Ich habe dir immer gesagt, dass ich für dich da bin. Du hättest deiner Mutti vielleicht alles erzählen sollen, von Ralfs Brutalitäten dir gegenüber und auch von mir. Vielleicht hätte sie dir etwas anderes erzählt.

Und wenn du privat ein etwas ängstlicher Mensch bist, was ich schon bemerkt habe, so bist du aber ein sehr intelligenter und zärtlicher Mensch.

Wir würden uns wunderbar ergänzen. Du musst es nur zulassen und wollen. Wovor hast du Angst? Wir gehören zusammen, du und ich!

Nur wenn wir uns kennenlernen, kannst du das auch begreifen. Wenn du dich mit mir triffst, kannst du dich vielleicht von Ralf eher lösen und deine Pein ist zu Ende. Ich werde für dich da sein und auf dich aufpassen.

Mann, Silvio, wache auf und begreife es endlich! Ich liebe dich und ich bin derjenige, der dich in den nächsten Monaten und Jahren glücklich machen kann."

Silvio feierte jetzt: „Nun hast du es doch wieder gesagt!!!!! (grins) Du wolltest es doch nicht mehr tun!! Aber es ist schon in Ordnung so. Auch ich liebe dich!!! Das merke ich von Tag zu Tag mehr!!!!"

Wenn Silvio das tatsächlich von Tag zu Tag mehr bemerken würde, müsste er anders handeln. Die Frage war nicht, wann Silvio endlich aufwachen würde, sondern wann Andreas das endlich tat. Er wollte nicht wahrhaben, dass Silvio nicht ehrlich war.

Dafür war Silvio aber heute im Umgang mit Andreas, wie auch schon in den vergangenen Tagen, etwas konzilianter. Sein Ziel, Andreas psychisch zu schädigen, hatte er nicht aufgegeben, aber bei der Umsetzung der dafür benötigten Maßnahmen nicht mehr so brutal. Vielleicht wollte Silvio prüfen, wie stabil Andreas Psyche noch war.

Die Zeit verging viel zu schnell, Silvio hatte angeblich mit seinem Kumpel eine Verabredung und Andreas musste zur Arbeit fahren, wenn er nicht zu spät dort erscheinen wollte. Silvio fragte: „Andreas, wie hast du dieses Wochenende Dienst? Ich muss nämlich so langsam los."

Andreas antwortete: „Ich habe Spätdienst, bin um 22 Uhr wieder im Chat. Ich warte auf dich."

Silvio verabschiedete sich nun: „Wir werden uns schon finden. Liebe Grüße und einen schönen Dienst.

DEIN DICH LIEBENDER SILVIO."

Andreas schrieb noch einmal, dann musste auch er sich vom Computer losreißen: „Wann willst du mich denn finden, Silvio? Ich habe dich doch schon gefunden! Wovor hast du Angst? Treff dich doch einfach mit mir, dann wirst du schon sehen. Vielleicht gefällt dir meine Stimme nicht, dann hast du wenigstens einen Grund mir zu sagen, dass es nichts wird. Ich bitte dich, gib uns unsere Zeit. Merkst du nicht, wie verzweifelt ich bin?

Ich habe morgen auch Spätdienst. Ich hoffe, dass wir uns im Chat treffen, ich warte auf dich. Ich wünsche dir ein schönes Wochenende.

Ich liebe dich, dein Andreas."

*****

Als Andreas abends nach Hause kam, chattete er mit anderen Freunden und ging anschließend ins Bett, konnte aber nicht schlafen. Es ging ihm viel durch den Kopf, er musste an Silvio denken, an die jetzige, festgefahrene Situation. Er wollte immer noch, dass Silvio und er ein Liebespaar wurden. Aber er merkte, dass Silvio jedes Mal, wenn er ihn darauf ansprach, abweisend reagierte.

Er stand auf, trank eine Flasche Bier und es schwirrten ihm dabei viele Fragen durch den Kopf. Unter anderem fragte er sich, wann er wohl nachts wieder werde schlafen können, und er fragte sich, warum er auch dieses Mal das Glück nicht zwingen könne, damit Silvio bei ihm blieb.

Wieder einmal war er mit seinem Schutzengel unzufrieden, an den er ganz fest glaubte. Und im Geiste fragte er ihn: Schläfst du denn schon wieder? Mir geht es beschissen und du schläfst immer, wenn es für mich wichtig ist. Du hast nur einmal auf mich aufgepasst, als es bei mir um Leben und Tod ging. Wenn ich es mir richtig überlege, dann hättest du damals besser auch geschlafen und mich lieber sterben lassen sollen.

Und dann fragte er sich, warum es keinen Mann gab, der seine Liebe annehmen und erwidern konnte. Es gab einige, die ihm sagten, wie attraktiv er sei. Es gab auch jemanden, der sagte, er sei schön. Andreas glaubte nicht daran, denn sonst hätte er doch schon einen liebevollen Partner gefunden. Er wusste, dass er kein schlechter Mensch war. Er hatte stets geholfen, wenn er es konnte, war immer für andere da gewesen. Nur war selten jemand für ihn da, wenn er Hilfe brauchte. Und dumm war er auch nicht. Er war nicht überdurchschnittlich intelligent, aber er hatte ein gutes Allgemeinwissen und konnte sich über viele Themen mit anderen Menschen unterhalten. Und Andreas konnte Liebe geben, nur hatte er das Gefühl, dass kein Mann seine Liebe annehmen wollte.

Außerdem glaubte er, wieder einmal vom Leben bestraft zu werden, und fragte sich, warum das so war.

Diese vier Fragen, auf die er eine Antwort suchte, gingen ihm immer wieder durch den Kopf. Es fielen ihm einige Gedanken dazu ein, das beruhigte ihn. Er wischte sich mit dem Handrücken die Tränen weg, holte sich ein Taschentuch und schnäuzte sich kräftig. Danach ging er zum Schreibtisch, schaltete das Licht ein und setzte sich. Er holte ein Blatt Papier aus der Schublade, nahm einen Kugelschreiber aus der Box und saß mindestens zehn Minuten völlig regungslos da. Dann schrieb er die Fragen auf, die ihm durch den Kopf gingen.

Warum kann ich nachts nicht schlafen?
Warum will keiner meine Liebe annehmen?
Warum werde ich vom Leben so bestraft?
Warum kann ich das Glück nicht zwingen?

Er legte den Kugelschreiber wieder aus der Hand und stand auf, um zum Fenster zu gehen. Immer wieder gingen ihm die Fragen durch den Kopf. Dann ging er zum Schreibtisch zurück und sah sich die aufgeschriebenen Fragen an. Nach weiteren fünf Minuten schrieb er die Fragen anders formuliert auf:

Kann ich nachts wieder ruhig schlafen?
Wem kann ich meine Liebe entgegenbringen?
Warum muss mich das Leben so strafen?
Kann ich das Glück erzwingen?

So ließ er das zunächst stehen und dachte: ‚Es reimt sich sogar.' Außerdem stellte er fest, dass er sich diese Fragen in ähnlichen Situationen schon mehrmals gestellt hatte. Seine Gedanken wendeten sich Silvio zu, an Tage, an denen er mit ihm im Chat besonders glücklich gewesen war.

Und auch das schrieb er auf, dann ging er wieder ins Bett und wollte schlafen, aber die Gedanken ließen ihm keine Ruhe.

Später schlief er doch ein. Es war ein unruhiger Schlaf, wirre Träume quälten ihn, die er aber schon vergessen hatte, als er wieder aufwachte. Er schlief wieder ein, träumte erneut und wachte auf. Und er musste erneut an Silvio denken. Es kribbelte in seinem Bauch und das Kribbeln verstärke sich zu einem leichten Druck. Dieser Druck wurde stärker, und obwohl er alleine war, rief er aus: „Silvio, was machst du nur mit mir? Es tut so weh!!!" Der Magen krampfte sich zusammen und Andreas krümmte sich vor Schmerzen. Die Beschwerden wurden so stark, dass er nicht mehr denken konnte. Worauf sie abnahmen und schließlich ganz verschwanden.

Andreas schaute zur Uhr, es war morgens 5.30 Uhr. Er fühlte sich elend. Der Schlaf hatte ihm keine Erholung gebracht. Trotzdem konnte er nicht mehr schlafen. Nach der Morgentoilette setzte er sich an den Schreibtisch und sah auf den Zettel. Erneut schrieb er etwas auf, strich und schrieb neu und veränderte das noch einmal. Er dachte wieder an Silvio und es stellte sich das angenehme Kribbeln im Bauch ein. Aber aus dem Kribbeln wurde wie in der Nacht ein Druck.

Andreas versuchte, nicht darauf zu achten. Er dachte weiter an Silvio und der Druck wurde stärker. Er bekam wieder Krämpfe und starke Schmerzen, so stark, dass er fast vom Stuhl fiel. Wieder konnte er nicht mehr denken und der Schmerz ließ nach. Das registrierte er innerlich. Danach nahm Andreas den Zettel in die Hand, las, was darauf stand, und ergänzte noch etwas.

Irgendwann bekam er Hunger, und als er frühstücken wollte, stellte er fest, dass es schon beinahe Mittag war. Nach dem Frühstück begab sich Andreas nochmals an den Schreibtisch und schrieb noch etwas anderes auf sein Blatt, änderte und schrieb, strich und schrieb erneut.

Die Zeit verging und endlich schrieb er auf ein sauberes Blatt das Ergebnis seiner Gedanken und stellte fest, dass er sich nun so langsam sputen musste. Der Zeitpunkt, um zur Arbeit zu gehen, war bald erreicht. Er dachte an Silvio, weil er ihm das Ergebnis der letzten Nacht und des Vormittags schicken wollte. Er merkte, dass sich erneut nach dem Kribbeln ein Druck im Bauch einstellte und dachte, nun lecke mich doch am Arsch, so geht es nicht. Ich muss gleich zur Arbeit. Andreas nahm den Briefkastenschlüssel und ging Post holen. Als er zurück in die Wohnung kam, war in seinem Bauch alles wieder in Ordnung. Er schrieb Silvio eine Message: „Mein lieber Silvio, ich habe ein Gedicht geschrieben:

Fragen der Liebe

Kann ich das Glück erzwingen?
Kann ich nachts wieder ruhig schlafen?
Wem kann ich meine Liebe entgegenbringen?
Warum muss mich das Leben so strafen?

Fragen, die ich mir oft stellte,
Fragen, geboren in der Einsamkeit.
Bis sich auch mir der Himmel erhellte
in unserer Glückes Zweisamkeit.

Weggewischt sind alle Schmerzen,
jetzt beginnt für mich das Leben,
denn die Liebe brennt in meinem Herzen,
das Glück lässt meinen Körper erbeben.

Das Glück, mein Freund, bist Du für mich,
ich wusste es, als ich Dich hab gesehn.
Ich möchte Dir sagen, ich liebe Dich.
Nie wieder darfst Du von mir gehn.

Mit Dir will ich mein Leben teilen.
Ein schönes Leben wird es werden,
denn die Liebe wird bei uns verweilen,
uns gehört alles Glück auf Erden.

Das ist es, was ich möchte, was ich mir von ganzem Herzen ersehne.

Ich liebe dich, dein Andreas."

Abends war Andreas pünktlich zu Hause und zur verabredeten Zeit im Chat, wie würde Silvio auf das Gedicht reagieren? „Guten Abend!!! Bin nun zu Hause."

Auf Silvios Antwort musste Andreas nicht lange warten: „Sieh an, du auch schon!

Dein Gedicht finde ich super. Wo hast du dieses Talent her?" Damit war das Thema Gedicht beendet. Andreas wusste nicht, ob er enttäuscht sein sollte.

Anschließend betrieben sie Smalltalk und erinnerten sich gegenseitig an ihre gemeinsamen Erlebnisse im Chat.

Unter anderem fragten sie sich, was sie derzeit miteinander verband.

Wenn Andreas sich das genau überlegte, hatte Silvio ihm nie einen ernsthaften Wunsch erfüllt, außer dass Bild in seinem Profil, welches er reichlich spät gepostet hatte. Im Gegenteil hatte er ihn an die Grenze seiner psychischen Belastbarkeit gebracht. Was im Januar und Februar passiert war, empfand Andreas jetzt noch als Psychoterror.

Beide hatten sie hier etwas erfahren, das kaum ein Mensch erleben sollte, und er war dankbar dafür, dass es Silvio gab und sie sich eine Zeit lang voller Liebe begleiten durften, auch wenn es nur im Chat geschah.

Sie hatten sich so viel geschrieben, dass sie kaum noch nachkamen, alle Fragen zu beantworten. Beide waren sie im heutigen Chat glücklich und traurig zur gleichen Zeit, obwohl sie am Vorabend die Trennung voneinander vollzogen hatten, das glaubte Andreas wenigstens. Er glaubte auch, dass sie trotzdem Freunde bleiben wollten und Silvio ihn immer noch liebte. Deshalb war es gut, dass er an diesem Abend nicht wissen konnte, was er mit seinem Chatpartner noch erleben musste.

Silvio antwortete auf einer von Andreas' Fragen: „Andreas, du hast so viel Liebe und Zärtlichkeit in dir, du wirst bestimmt einen anderen Mann für dich finden."

Andreas war schon wieder hin- und hergerissen, seine Gefühle spielten total verrückt, aber körperlich ging es ihm gut. Er litt unter der jetzigen Situation und fragte: „Silvio, warum können wir uns denn nicht lieben? Das ist doch mit uns schlimmer als mit Romeo und Julia, nur dass wir beide weiterleben müssen. Es zerreißt mich."

Silvio fragte: „Wie wirst du die Nacht nur schlafen können? Wie Romeo und Julia? Ich weiß nicht, übertreibst du nicht ein wenig?

Ich würde mich jetzt gerne zurückziehen, wenn ich bestimmt auch nicht gleich einschlafen kann."

Sie konnten beide nicht mehr an diesem Abend miteinander chatten. Ausgelaugt und müde wünschten sie sich gegenseitig eine gute Nacht und verabschiedeten sich voneinander, aber nicht, ohne vorher einen Termin für einen nächsten Chat vereinbart zu haben.

André

Andreas wälzte sich im Bett von der einen auf die andere Seite, immer wieder hin und her. Oft hatte er sich in seinem Leben nicht verliebt, aber wenn, dann immer in den falschen Mann. Nie konnte einer seine Liebe erwidern. So war es nicht verwunderlich, dass er sich jetzt an André erinnerte.

Dieser war ein netter junger Mann und wunderschön. Aber Andreas war damals auch fast zwanzig Jahre jünger als heute. Es schien ihm schon so lange her zu sein.

Die Menschen gingen heute mit dem Thema Homosexualität offener und vernünftiger um. Andreas lebte in Schwaan. In den Zeitungen las er schon seit Jahren Kontaktanzeigen von Männern, die eine Beziehung oder Freundschaft mit einem Mann aufbauen wollten. Endlich hatte er sich dazu durchgerungen, zu seiner Homosexualität zu stehen. Offen schwul leben wollte er noch nicht, Schwaan war eine kleine Stadt mit etwa sechs- bis siebentausend Einwohnern. Da kannte jeder jeden. Er befürchtete, wenn er offen schwul leben wollte, dass die Schwaaner ihm das Leben verleiden konnten.

Er begann, auf Kontaktanzeigen zu antworten. Es kam auch zu mehreren Dates, aber keiner der Männer, die er traf, gefiel ihm.

Am 4. Oktober 1993 gab Andreas eine Kontaktanzeige in einer Zeitung auf. Er erhielt vier Zuschriften.

Eine davon kam von André am 18. Oktober. Er schrieb:

„Hallo, Unbekannter!

Ich habe heute deine Anzeige gelesen und mich spontan entschieden, dir zu schreiben. Es ist für mich das erste Mal, dass ich auf eine Anzeige schreibe.

Ich lese zwar öfter in den Zeitungen, aber mich hat noch niemand mit seinem Text so angesprochen wie du. Und ich glaube auch, dass du aus diesem Grunde viel Post bekommen wirst. Deshalb schreibe ich auch gleich heute, um die Möglichkeit nicht zu verpassen, dich eventuell kennenzulernen. Vielleicht sind wir es ja, die zusammenfinden sollen.

Nun kurz zu mir. Ich bin 26 Jahre alt, 1,85 m, schlank und dunkelhaarig. Da ich seit vier Jahren in Rostock studiere und auf Untermiete in einem Fremdenzimmer wohne, fahre ich meist am Wochenende zu meinen Eltern.

Dort könntest du mich telefonisch unter", er nannte eine Telefonnummer, *„erreichen.*

*Ich weiß es nicht, ob es angebracht ist, jetzt schon mehr über mich zu
schreiben. Ich glaube, dass es am besten ist (falls du mich kennenlernen
möchtest), wenn wir uns telefonisch verabreden. Im Gespräch macht es sich
immer leichter und ist ja auch unkomplizierter.*

*Ein Bild von mir habe ich leider nicht, aber bitte mache es davon nicht
abhängig.*

*Ich freue mich auf deinen Anruf oder Brief. Auch, wenn es eine Absage
sein sollte; damit ich nicht im ungewissen bleibe.*

Bis bald André"

Anschließend folgte seine Adresse.

Dieser Brief gefiel Andreas. Er wollte diesen jungen Mann kennenlernen. Es war ihm egal, ob André ein Bild mitgeschickt hatte oder
nicht. Das war auch nicht nötig und üblich. Er schrieb ihm einen langen Brief, in dem er verschiedene Dinge von sich preisgab. Er schrieb
von seiner unglücklichen Ehe und den Unterhaltszahlungen, die er
monatlich für sein Kind zu leisten hatte. Er schrieb von einem Mann,
mit dem er sich nur zum Sex verabredet hatte, was er wieder aufgab,
weil es ihm nicht gefiel. Er schrieb von Thomas, seinem ersten schwulen Freund, der sich tötete, weil Andreas nicht zu ihm und seiner
Liebe stehen konnte. Und er schrieb von seiner Sehnsucht nach Liebe
und Geborgenheit, von seinem Wunsch, mit einem lieben und netten
Mann eine Beziehung aufbauen zu wollen.

Er legte Teile seines Lebens diesem ihm unbekannten Menschen
offen dar, was er fühlte und was er sich von der Zukunft erhoffte. Er
tat das aus einem Gefühl heraus. Die Antwort des jungen Mannes
hatte ihm so gut gefallen, sie war gefühlvoll geschrieben. Der Verfasser dieses Briefes musste eine gewisse Intelligenz besitzen. Am Ende
des Briefes machte er ihm den Vorschlag, sich abends zum Essen in
Rostock zu treffen.

Telefonisch stimmte Andreas sich mit André vor ihrem ersten
Treffen ab. Sie waren bei diesem Telefonat beide sehr aufgeregt,
schließlich führte man nicht jeden Tag solche Gespräche. Andreas
hörte Andrés Stimme, die ihm sofort sympathisch war. Er empfand
sie als angenehm und schön und wünschte sich, sofort mit André

treffen zu können. Doch musste Andreas sich gedulden. Er dachte: ‚Wer so eine schöne Stimme hat, der muss doch auch gut aussehen!' Vor sich sah er einen dunkelhaarigen jungen Mann mit braunen Augen und einer gut gewachsenen Figur und einem hübschen Gesicht.

André erzählte, dass er Andreas geschrieben habe und der Brief am nächsten Tag eintreffen müsse. Sie verabredeten sich am Mittwoch zum Essen zu treffen und legten danach auf.

Am Montagabend ging Andreas mit seinen Nachbarn Dirk und Beate in eine Gaststätte zum Abendessen. Anschließend luden sie ihn auf ein Bier bei sich ein. Er nutzte die Gelegenheit, um das Gespräch auf seine Homosexualität zu lenken. Sie waren die ersten Menschen, mit denen er darüber sprechen konnte.

Andreas sprach langsam, anfangs stockend und leise. Beate und Dirk hörten ihm zu, unterbrachen ihn nicht, im Gegenteil ließen sie ihm Zeit, sich zu sammeln. Durch ihre Haltung ihm gegenüber machten sie ihm Mut, als wollten sie sagen: ‚Lass dir Zeit, Andreas, wir hören dir zu. Habe Mut und erzähle uns alles, was du möchtest.' So schufen sie eine Atmosphäre des Vertrauens, wie er es selten zuvor erlebte. Er war ihnen, obwohl er noch nicht bis zum Ende gesprochen hatte, sehr dankbar. Er wusste, dass es richtig war, sich ihnen anzuvertrauen, und sprach weiter: „Ich kann keine Frauen lieben, ich bin schwul."

Dirk ergriff das Wort. „Das habe ich gewusst. Ich habe zwar noch nicht mit Beate darüber gesprochen, aber das war mir klar. Deine Andeutungen, die du gemacht hast, habe ich schon verstanden. Ich wusste nur nicht, wie ich dir darauf antworten sollte."

Und Beate sagte: „Zuhören kann Dirk. Er zeigt es nicht immer, aber was er hört, vergisst er nicht."

Andreas war dem jungen Paar für ihre Worte dankbar. Ihre Haltung ihm gegenüber änderte sich nicht. Im Gegenteil hatten sie für Andreas Verständnis. Homosexualität war für sie etwas ganz Normales.

Andreas versicherte, dass er ein ganz normaler Mensch sei und dieselben Wünsche habe wie jeder andere Mann auch. Er wünsche sich einen Menschen, den er lieben könne und von dem er wieder geliebt werde.

Außerdem erzählte Andreas, dass er am nächsten Tag André kennenlernen werde.

Als Andreas sich von Dirk und Beate verabschiedete, war Mitternacht vorbei. Er war ihnen sehr dankbar und fühlte sich erleichtert.

In seiner Wohnung angekommen, las Andreas den von André angekündigten Brief. Er schrieb:

„Hallo, Andreas!

Vielen Dank für deinen Brief, den ich gestern zu Hause vorfand. Ich habe mich sehr gefreut, dass du mir zurückgeschrieben hast, und noch mehr über den Inhalt des Briefes. Du hast Wort gehalten mit dem, was die Annonce versprochen hat, und ich freue mich schon auf unser persönliches Kennenlernen. Ich bin im Positiven überrascht, dass du so ehrlich und offen über dein Leben und deine Gefühle geschrieben hast. Aus diesem Grunde bist du mir schon jetzt sehr sympathisch und ich denke, was auch immer passieren mag, für uns beide kann es nur ein Gewinn sein, und habe ein gutes Gefühl. Ich kann mich gut in dich hineindenken, da die Gefühle bei mir wie bei dir angelegt sind und ich nichts Außergewöhnliches vom Leben erwarte, nur das, was sich jeder andere auch wünscht, einen Menschen, mit dem man durch Dick und Dünn geht, dem man vertrauen kann, den man liebt. Auch ich habe meine Erfahrungen mit anderen Männern gemacht, versucht, jemand zu finden, mit dem ich mein Leben teilen möchte.

Weil ich aber nicht mehr warten will, bis ich, sozusagen per Zufall, jemanden kennenlerne, habe ich dir auch geschrieben.

Wenn du denkst, dass du durch die Umstände (Entfernung, Arbeitswelt, usw.) Schwierigkeiten auftreten, meine ich, dass man immer einen Weg findet, wenn das Ziel klar ist.

Ich frage mich auch manchmal, warum das alles so kompliziert ist, man kommt doch gut mit seinem Leben aus, wenn da nicht die eine Sackgasse wäre, die es einem oft schwermacht. Und weißt du, die einfache Lösung ist: ein einziger Freund für A – Z und schon verfliegen Zweifel und Einsamkeit. Man sieht es förmlich vor sich und wartet auf den langersehnten Tag, an dem die Wünsche in Erfüllung gehen. Ich könnte noch so viel schreiben, aber ich möchte lieber mit dir darüber sprechen und einen Menschen kennenlernen und deshalb freue ich mich schon auf unser Treffen. Da ich nicht weiß, ob du am Mittwoch noch arbeiten musst, möchte ich vorschlagen, dass wir uns abends um 18 Uhr treffen. Falls das noch zu früh sein sollte, bin ich danach jede volle Stunde wieder dort."

Und er nannte den Ort, an dem sie sich treffen wollten: vor dem Rostocker Rathaus. ‚Gute Wahl', dachte Andreas.

Am Mittwoch hatte Andreas frei. Er war den ganzen Tag sehr aufgeregt. Mehrmals las er Andrés Brief. Er schrieb Andreas aus der Seele. Der Verfasser des Briefes hatte bestimmt schon einige Erfahrungen sammeln können, positive wie auch negative. Das konnte man fühlen. Und er musste intelligent sein, denn er konnte sich gut ausdrücken. Gefühlvoll hatte er außerdem geschrieben. Auch André war Andreas sofort sympathisch. Er war voller Ungeduld, die Zeit sollte schneller vergehen. Er überlegte, was er mit André unternehmen konnte. Vielleicht essen gehen und dann zu sich, also zu Andreas, nach Hause? Zumindest konnte er sich zu Hause mit André ungestört unterhalten.

Schon um siebzehn Uhr war Andreas in Rostock. Er parkte sein Auto hinter dem Rathaus. Es war noch eine Stunde Zeit bis zum Treffen mit André. Also ging er in der Stadt spazieren, um sich die Zeit zu vertreiben. Er sah mehrmals auf die Uhr, der Minutenzeiger wollte sich einfach nicht vorwärts bewegen. Erst 17.07 Uhr. Wesentlich später sah er nochmals auf die Uhr, es war 17.10 Uhr. So ging es alle par Minuten. Er merkte, dass er immer aufgeregter wurde, und begann, sich mit André zu beschäftigen. Wie mochte der wohl aussehen? Ihm gehörte eine sehr warme und angenehme, schöne Stimme. Passte das Äußere auch zu seiner Stimme?

Andreas merkte, dass er unruhiger wurde. Die Nervosität ergriff Besitz von ihm. Plötzlich hatte er Angst vor einer weiteren Enttäuschung. Zweifel stiegen in ihm auf. Er fühlte sich einsam und sein Verlangen nach einem gut aussehenden jungen Mann wurde so stark, dass es ihn beinahe innerlich zerriss.

Er sah erneut zur Uhr, die Zeit schien stehen zu bleiben.

Nach einer scheinbaren Ewigkeit war es endlich 18.01 Uhr. Andreas stand am Ratskeller und machte sich Gedanken, ob André überhaupt kommen mochte. Seine innere Unruhe steigerte sich ins Unerträgliche. Wo blieb André denn bloß? Weit und breit war kein André zu sehen. Es wurde später und später. Er sah laufend zur Uhr.

Eine Minute kam ihm vor wie eine Stunde. 18.05 Uhr. Endlich sah er einen jungen schwarzhaarigen Mann kommen.

Die Lichtverhältnisse am neuen Markt waren so gut, dass Andreas ihn gut sehen konnte. Er war etwas größer als Andreas, schlank und gut gebaut. Bekleidet war er mit einer schwarzen Jeans und einer blauen Jacke. Andreas war von seinem Anblick einfach nur hingerissen, und als der andere auf ihn zukam und fragte, ob er Andreas sei, war dieser so aufgeregt wie noch nie in seinem Leben.

„Dann bist du André?", fragte Andreas.

„Ja", kam die Antwort von ihm zurück. Seine Stimme hatte Andreas vom Telefon her anders in Erinnerung. Aber sie gefiel ihm. Sie war hell und klar, jugendlich männlich. Andreas war überwältigt von so viel Schönheit, die von André ausging. In diesem Moment war er glücklich. Andreas' innere Stimme sagte: Das ist er!

„Was wollen wir machen?", fragte Andreas.

André sah ihn an und sagte: „Ich weiß nicht, ich bin so aufgeregt."

„Ja, das bin ich auch", erwiderte Andreas.

Darauf sagte André: „Ja, so etwas macht man ja auch nicht jeden Tag."

„Ja, das ist wohl wahr", sagte Andreas: „Ich mache dir einen Vorschlag. Wir gehen irgendwo essen und dann fahren wir zu mir nach Hause. Dort können wir uns ungestört unterhalten. Es ist nicht so weit, zwanzig Kilometer. Wenn du heute Abend nach Hause willst, fahre ich dich. Aber nur, wenn du nichts dagegen hast. Du hast doch Zeit mitgebracht?"

Zeit habe André und er erklärte sich mit Andreas' Vorschlag einverstanden. Sie konnten sich nicht sofort entscheiden, wo sie essen gehen sollten. Andreas entschied dann, gleich nach Schwaan zu fahren. Dort gab es eine Gaststätte, in der man gut und preiswert essen konnte und die ein reichhaltiges Angebot besaß. „Vielleicht beruhigen wir uns während der Fahrt", sagte er.

Sie gingen zum Auto. Um überhaupt etwas zu sagen, fragte Andreas, was André studierte. André wollte ihn raten lassen, und dabei lachte er wie ein kleiner Junge, der sich einen tollen Streich ausgedacht hatte. Andreas fand, dass es ein ansteckendes, niedliches Lachen war.

Andreas fragte, ob er etwas Besonderes studierte. Die Antwort war ein Nein. Als sie im Auto saßen und eine Weile gefahren waren, verriet André, dass er Zahnmedizin studierte.

„Ein Mediziner", entschlüpfte Andreas vor Erstaunen. Und er sagte: „Ich bin Rettungsassistent. Ich arbeite in Rostock in der Rettungswache Lütten-Klein."

Nun ließ sich André über die Patienten aus. Was er sagte, war nicht unbedingt schön, aber mit dem, was er sagte, hatte er recht.

Sie fuhren aus der Stadt heraus und stellten fest, dass sie beide etwas ruhiger wurden. Die erste Aufregung hatte sich gelegt.

Nachdem sie in der Gaststätte ihre Bestellung aufgegeben hatten, sagte André: „Aber ich bezahle alleine."

Andreas erwiderte: „Das kommt gar nicht in Frage. Ich habe dich eingeladen und ich bezahle die Rechnung."

André erklärte, dass er von seinen Eltern völlig abhängig sei, selber kein Geld habe und niemandem etwas schuldig bleiben wolle. Deshalb bezahle er immer seine Zeche selber. „Es ist nämlich ganz schön blöd, wenn man auf seine Eltern angewiesen ist."

Andreas konnte ihn gut verstehen und sagte ihm das auch. „Mache dir bitte keine Gedanken wegen der Rechnung. Ich erwarte nichts von dir zurück. Ich freue mich einfach, dass wir uns getroffen haben. Ich habe dich eingeladen, also bitte lass mich die Rechnung bezahlen. Ist das okay für dich?"

„Du willst das wirklich tun?", fragte André.

Andreas bejahte diese Frage und André stimmte nach einigem Zögern zu.

Es entstand eine Pause. Nach einer kurzen Weile sagte Andreas, dass ihm André gefalle. Der erwiderte nichts darauf und sie betrieben Smalltalk. Nachdem Andreas die Zeche bezahlt hatte, gingen sie zu ihm nach Hause. Sie saßen sich gegenüber, tranken alkoholfreie Getränke und unterhielten sich über die Probleme, die ihre Homosexualität für sie mit sich brachte. André vertrat sehr vernünftige Ansichten. Überhaupt hatte Andreas an ihn einen Narren gefressen. Es war bei ihm Liebe auf den ersten Blick, obwohl er es nicht wollte. Später setzte sich Andreas zu André auf den Zweisitzer der Couchgarnitur und legte ihm einen Arm um die Schulter, mit der Hand des anderen Arms streichelte er Andrés Hand. Sie fühlten sich wohl und tauschten erste sanfte Zärtlichkeiten aus. Am Ende lag André in Andreas' Armen und ließ sich von ihm verwöhnen. Andreas streichelte ihn und schob seine Hand unter Andrés Pullover.

Er flüsterte: „Ich habe mich in dich verliebt."

„So schnell, das geht doch gar nicht", erwiderte André leise.

„Doch", entgegnete Andreas. „Es war Liebe auf den ersten Blick. Ich habe bis heute Abend auch nicht daran geglaubt, aber es ist so. Schon als ich dich in Rostock gesehen habe, da wusste ich, dass du für mich der Richtige bist." Mit diesen Worten drückte er ihn zärtlich an sich und gab ihm vorsichtig einen Kuss. Er streichelte ihn immer wieder und öffnete ihm später dabei das Hemd. Er streichelte ihm über die Brust, fühlte Andrés Haare, die darauf wuchsen, und war glücklich, dass André es sich gefallen ließ. Gegen Mitternacht bat Andre darum, nach Hause gefahren zu werden. Andreas erfüllte ihm den Wunsch und sie verabredeten sich für den Sonntag zum Kaffee.

Am nächsten Morgen kam Dirk zu Andreas. Er wollte wissen, wie der vergangene Abend für ihn verlaufen sei. Er forderte ihn auf, mit ihm und Beate zu frühstücken, dabei sollte er erzählen.

Andreas erzählte ihnen, was sie wissen durften, und auch, dass er sich in André verliebt hatte und wann er ihn wieder treffen wollte.

Die beiden freuten sich für Andreas.

Bis zum Sonntag wollte die Zeit nicht vergehen. Andreas war total verliebt und konnte nur noch an André denken. Er war über diesen Umstand glücklich, aber er war auch traurig, weil André nicht in seiner Nähe sein konnte. Alles in seinen Gedanken kreiste um André. Er war nicht nur sehr schön und hatte eine wohlklingende jugendlich-männliche Stimme, er war darüber hinaus ein sehr intelligenter, zärtlicher und liebebedürftiger Mensch. So kam es Andreas zumindest vor.

Am Samstag schrieb er für André ein Gedicht. Es handelte von Liebe und Zärtlichkeiten. Andreas nahm Bezug auf den Tag ihres Kennenlernens.

Jetzt hatte er noch etwa neunzig Minuten bis zum Treffen mit André. Gegen sechzehn Uhr wollte Andre bei ihm sein.

Er legte eine CD in seine Musikanlage und hörte Musik. Je später es wurde, desto unruhiger wurde Andreas. Es war schon nach siebzehn Uhr. Er hörte jemanden die Treppe heraufkommen und an seine

Wohnungstür klopfen. Das konnte nur der Mieter der unteren Wohnung sein. Andreas wunderte sich, was der wohlwollte, weil sie sich sonst aus dem Weg gingen. Andreas rief: „Herein!" Er ging zur Tür. Sie wurde geöffnet. Es kam jemand herein, es war nicht der Nachbar, es war André.

Andreas freute sich. Er strahlte André an, die letzten zwei Stunden des Wartens waren vergessen.

Er sagte: „Wo bleibst du nur? Ich habe schon so lange gewartet und habe dir einiges zu erzählen." Er ging zu ihm, streichelte ihm über das Haar und nahm ihm seine Jacke ab. Er forderte André auf, sich zu setzen, und fragte, ob er ihm etwas anbieten könnte. André verneinte, er wollte nichts. Andreas bot Bier an, das wollte André gerne trinken.

André saß auf dem Zweisitzer, Andreas ihm im Sessel gegenüber. André hatte heute eine Bluejeans, ein Hemd und einen braunen Pullover an. Andreas erzählte, warum er so lange gewartet hatte, nämlich nicht die letzten zwei Stunden, sondern die letzten vier Tage. Und er erzählte, dass die Nachbarn sich rührend um ihn kümmerten, damit die Zeit vergehen konnte.

André hörte zu und wurde dann ernst. Er sagte: „Andreas, ich habe mir was überlegt!"

Andreas dachte, dass André jetzt einen Vorschlag machte, wie sie den Abend verbringen wollten.

André sagte: „Ich weiß nur nicht, wie ich es sagen soll."

Andreas antwortete: „Sage es nur so, wie du willst."

André erwiderte; „Ich glaube, es wird mit uns nichts. Ich habe da so ein Gefühl. Mit dir hat es aber nichts zu tun."

Andreas spürte, wie schlagartig sein Unterkiefer herunterfiel und alles Blut aus seinem Gesicht wich. Seine gute Stimmung, die er hatte, seit André da war, war wie weggeblasen. Er wusste nicht, was in diesem Moment geschah. Er hörte sich fragen: „Aber warum denn?"

„Ich weiß nicht, es ist ein Gefühl", sagte André.

„Irgendwoher muss dein Gefühl doch kommen?", fragte Andreas verzweifelt.

„Ich kann es dir nicht erklären, Andy, es ist eben ein Gefühl. Mit dir hat es nichts zu tun, du bist ein lieber Kerl", hörte Andreas ihn sagen.

Aus allen Träumen gerissen saß Andreas in seinem Sessel. Er hätte weinen können. ‚Nur nicht heulen jetzt', dachte er. ‚Bloß nicht jetzt anfangen zu heulen!' Andreas stand auf, ging zur Anbauwand und holte das Gedicht heraus, das er gestern für André geschrieben hatte. Er hielt das Blatt Papier fest, auf dem das Gedicht stand, und ging zurück zu seinem Sessel und setzte sich. Er sah es sich an. Keiner sagte ein Wort. Andreas stand die Enttäuschung ins Gesicht geschrieben. Nach gut drei Minuten legte Andreas das Blatt Papier auf den Tisch. André sah ihn die ganze Zeit über an. Ihm war überhaupt nicht wohl in seiner Haut. Er konnte vorher nicht wissen, wie Andreas auf seine Worte reagieren werde.

„Das ist das Ergebnis meiner schlaflosen Nächte", sagte Andreas mit etwas rauer Stimme.

„Ein Gedicht?", fragte André erstaunt, nachdem er einen Blick auf den Zettel geworfen hatte.

„Ich habe es für dich geschrieben. Ich weiß nicht, warum ich es dir jetzt überhaupt noch gebe", Andreas konnte seine Enttäuschung nicht überspielen. Das wollte er auch nicht.

André beugte sich vor, zog das Blatt mit dem Gedicht näher zu sich heran und begann zu lesen.

„So etwas könnte ich nicht", sagte er, nachdem er die erste Strophe gelesen haben musste.

„Ich wollte ausdrücken, was ich fühle. Ich habe das für dich gemacht. Immer kann ich auch kein Gedicht schreiben. Für Thomas konnte ich es nicht. Ich liebe dich, André. Ich kann doch auch nichts dafür", sagte Andreas.

André las das Gedicht zu Ende. Plötzlich stand er auf und ging zu Andreas. Setzte sich über die Sessellehne auf seinen Schoß und nahm ihn in seine Arme.

Andreas konnte nicht anders, auch er nahm nun André in seine Arme und streichelte ihm den Rücken. Lange saßen sie so da. Keiner sagte etwas. Jeder kämpfte mit sich und seinen Gefühlen. Beide waren sie traurig. Andreas spürte, was in André, in den er sich haltlos verliebt hatte, vorgehen musste. Endlich wagte er einen ersten Vorstoß: „Irgendwoher muss doch dein Gefühl kommen."

André blieb in seinen Armen und hielt Andreas ganz fest an sich gedrückt. Er lag eigentlich mehr bei ihm, als dass er saß, so wie ein liebebedürftiges Kind. Er sagte nur mit leiser Stimme: „Ich weiß nicht, es ist ein Gefühl."

Dann begann Andreas, zu erzählen, dass er ihn glücklich machen wollte, dass er vielleicht ein Haus geschenkt bekomme und er gerne mit ihm darin leben würde. Sollte André woandershin gehen müssen, wollte er das Haus verkaufen und ihm überallhin folgen.

Andreas versuchte, zu ergründen, warum André glaubte, dass sie nicht zusammen passen sollten. André konnte es nicht erklären. Oder wollte er es vielleicht auch nicht? Letztendlich dachte Andreas, dass André nicht wusste, was er wollte. Er sagte ihm, dass er um ihn kämpfen werde. Und er fragte ihn, ob er zum Abendbrot Schlemmerschnitten oder Brot essen wollte.

„Du willst jetzt noch mit mir essen?" fragte André erstaunt.

„Soll ich dich jetzt hungern lassen", fragte Andreas.

Nach dem Essen erzählte Andreas: „Ich möchte ein Buch schreiben. Über homosexuelle Männer, über ihre Probleme, die sie haben. Du kannst mir dabei helfen", antwortete Andreas.

„Wie kann ich dir dabei helfen? Ich kann nicht schreiben, keine Bücher jedenfalls."

„Ich möchte, dass du mir die Schwulenszene in Rostock zeigst, ich hoffe, einige Männer dort kennenzulernen, ihr Vertrauen zu gewinnen und somit Material für ein Buch zu sammeln. Ich weiß, das wird nicht leicht, aber ich will es versuchen." Was Andreas ihm nicht sagte, dass er damit die Möglichkeit hatte, André besser kennenzulernen und außerdem hoffte er, dass auch André mehr Sympathie für ihn entwickelte und sie doch noch ein Paar werden konnten.

André war einverstanden, Andreas die Rostocker Schwulenszene zu zeigen, und meinte, dass man nie genug Leute kennenlernen konnte.

Andreas wollte André zeigen, dass er es mit ihm ernst meinte. Er nahm sich vor, ihm in den nächsten Wochen zu schreiben oder sogar zu besuchen und auch mit ihm zu telefonieren. Andreas wusste, wo André in Rostock wohnte, er hatte ihn das letzte Mal, als André bei ihm war, spät am Abend nach Hause gefahren. Und sollte am Ende aus ihnen doch kein Paar werden, so dachte Andreas, konnte er vielleicht in der Schwulenszene einen Mann kennenlernen.

André fuhr bald nach Hause. Andreas' Gedicht hatte er mitgenommen.

Am 2. November 1993 saß Andreas in seinem Wohnzimmer. Er war mit seinen Nerven am Ende und konnte nicht schlafen. Immer wieder musste er an André denken. Andreas war seiner zweiten großen Liebe begegnet. Es war das erste Mal, dass er einem Mann seine Liebe gestehen konnte. Aber André konnte seine Liebe nicht erwidern. Andreas liebte ihn und er wusste doch, dass er nie mit diesem jungen Mann zusammensein konnte. André war Andreas' Traummann, er war sehr sexy, schön und intelligent.

Das Andreas mit André nicht weiterkam, brachte ihn zur Verzweiflung. Er weinte und haderte mit sich selbst. André und Andreas trafen sich in einem Café für Schwule und Lesben. Anschließend gingen sie in eine Schwulenbar. Zwei Freunde von André waren mit dabei. Andreas war überrascht, dass sie mit Handschlag begrüßt wurden. Plötzlich sah er einen Kollegen. Er erzählte es André und vermutete etwas sehr Dummes, nämlich dass der Kollege im Betrieb erzählen könne, wo er Andreas gesehen hatte.

André antwortete, das man möglichst wenig über sich und erst recht über andere schwule Männer mit anderen Leuten sprechen sollte. Hätte Andreas etwas mehr nachgedacht, dann hätte er erkennen müssen, dass keiner von ihnen Interesse daran haben konnte, einen anderen zu outen. Damit hätte er auch sich selbst outen müssen. Andreas musste noch sehr viel lernen und er war froh, André kennengelernt zu haben. Dieser war für ihn da, er konnte ihn besuchen oder sich mit ihm treffen, wenn er ein Problem hatte. André stand zu seinem Wort, er war für Andreas ein Freund, der ihm mit Rat und Tat zur Seite stand.

Er konnte André beobachten, wie er einen anderen jungen Mann kennenlernte. Er musste staunen, mit welcher Leichtigkeit und Lockerheit sich beide unterhielten, so, als wenn sie sich schon lange gekannt hätten. Das war für Andreas interessant. Er lernte, dass er sich mit anderen schwulen Männern nicht so sehr über ernste Angelegenheiten unterhalten sollte. Smalltalk und lockere Dinge waren angesagt.

Andreas sollte noch andere wichtige Erkenntnisse von André vermittelt bekommen. André beeinflusste Andreas' Leben in einer Weise wie noch niemand vor ihm.

Andreas traf André fast jede Woche, zusätzlich schrieben sie sich Briefe. Andreas berichtete in einem Brief an André, über seine gesammelten Erkenntnisse, seit sie sich kannten.

Am 10. November besuchte Andreas André erneut. Das Zimmer, in dem André wohnte, war tatsächlich nicht schön. Im Winter konnte André sich in dem Zimmer nicht aufhalten, da es viel zu kalt war. Es ließ sich kaum heizen. Er benötigte eine zusätzliche Heizquelle, die er in Form eines Ölradiators aufstellte. Außerdem musste er sich in dem Zimmer waschen. Aber einen Wasseranschluss gab es nicht. Wasser holte er sich vom Boden aus einem Hahn, der nur kaltes Wasser hergab. Dort befand sich ein kleines altertümliches Waschbecken mit einem ebenso altertümlichen Wasserhahn. Das Wasser musste der junge Student auf einer selbstgekauften Kochplatte erwärmen.

André steckte voll in seinen Vorbereitungen zum 11.11. Er war dabei, sein Kostüm zu bemalen. Am nächsten Tag wollte er zum Fasching gehen und war deshalb sehr aufgeregt und voller Vorfreude. Andreas freute sich, ihm bei seinen Vorbereitungen zusehen zu können, zu erleben, mit welcher Energie und wie viel Humor er sein Vorhaben umsetzte. André war in diesem Moment ein fröhlicher und humorvoller junger Mann.

Sie blieben dieses Mal in Andrés Zimmer und gingen nicht aus. Sie unterhielten sich über sich selbst und André freute sich ehrlich darüber, dass Andreas auf einem guten Weg war, ihm ein Freund zu werden.

Als Andreas sich verabschiedete, gab André ihm einen Brief. Es war die Antwort auf Andreas' letztem Brief. Andreas las ihn sich zu Hause mehrmals durch und ging dann schlafen. Immer wieder musste er an André denken und an seinen Brief.

André teilte ihm in seinem Brief folgendes mit:

Er freue sich über Andreas' schnelle Entwicklung und sei davon überzeugt, dass er den richtigen Weg gehe. Er wünsche sich, dass sie sich nie mehr aus den Augen verlören und bedankte sich für die lieben Worte, die Andreas ihm geschickt habe. Da er selten etwas

Nettes gesagt bekomme, denke er, dass eigentlich nicht er gemeint sei, und er denke eher an das Schlechte in sich.

Er wies Andreas noch einmal darauf hin, in der Szene mit persönlichen Dingen sehr vorsichtig zu sein, da man allzu schnell enttäuscht werde. Er schreibe es ihm nur deshalb, weil er es ihm leichter machen wolle, nicht, weil er es besser wisse. Und er betonte, dass er selber nicht nur positive Dinge erlebt habe. Aber er denke, dass bei Andreas alles gut gehen und er eines Tages ihm seinen ersten echten Freund vorstellen werde, während André selbst noch solo sei.

Und am Ende meinte André, dass es sehr schwer sei, unter schwulen Männern eine echte Freundschaft aufzubauen, da allzu oft der Sex mitklinge, der alles kaputtmachen könne. Deshalb sei er froh, seine anderen beiden Freunde zu haben, die Andreas nun auch schon kenne. Und er bot Andreas an, ebenso eine Freundschaft mit ihm zu halten.

Andreas dachte viel über Andrés Brief nach. Er dachte ebenso über sich und seine Gefühle nach und er begriff, dass seine warmen Gefühle für André nichts anderes waren als Liebe. Er liebte ihn und er wollte keine Freundschaft ohne Sex, er wollte Andrés Liebe.

Die ganze Nacht lag Andreas wach, ihm kamen immer neue Gedanken in den Kopf. Er wollte es nicht, er wollte schlafen. Aber doch machte sein Gehirn, was es wollte. Am nächsten Morgen stand er wie gerädert auf und schrieb André einen Brief. Er erklärte ihm, dass er ihm schreiben müsse, weil sie über seinen Brief hätten reden sollen, als André ihn ihm gegeben habe. Dann ging er auf Andrés Brief ein:

„Du musst auf jeden Fall versuchen, dich nicht negativer zu sehen, als du wirklich bist. Nur weil du selten etwas Nettes hörst oder liest, brauchst du doch nicht eher an das Schlechte in dir zu glauben. Dieser Satz und dein Brief überhaupt zeigen mir, dass du es nicht nur sehr schwer hattest, sondern dass du es dir überhaupt sehr schwer machst.

Du hast sehr vernünftige Ansichten, bist immer bereit, zu helfen, aber wenn es um dich geht, baust du unbewusst eine Mauer um dich herum auf und bemerkst nicht, dass der andere es wirklich nur gut mit dir meint. Du selbst bemerkst es nicht und du kannst auch nichts dafür. Aber ich glaube, dass das dein Problem ist. Du wurdest wohl schon viel zu hart und oft enttäuscht, sodass du dich mit dieser Haltung nur selbst schützen möchtest. Dabei bist du leicht verbittert worden, du verdeckst das mit deiner ganzen Fröhlichkeit und denkst doch viel zu negativ von dir.

Ich weiß, dass es dir auf der Seele drückt, aber du hilfst lieber anderen, als mit ihnen über deine Probleme zu sprechen. Wenn du das kannst, mit anderen über deine Probleme sprechen, ohne Angst zu haben, wieder enttäuscht zu werden, hast du auch mehr Vertrauen zu dir selber gefunden und wirst dann auch an das Gute in dir glauben können.

Du willst alles oder nichts, aber wartest auf den richtigen Moment und bemerkst dabei nicht, dass du den richtigen Moment verpasst. Du hast gelernt, zu geben, aber keiner hat dir je beigebracht, wie man auch nehmen und dabei glücklich sein kann.

Du möchtest, dass wir uns nicht aus den Augen verlieren, das gleiche Ziel habe ich auch. Du möchtest, dass wir einfache Freunde bleiben, ganz normale Freunde, so wie du die Freundschaft zu deinen anderen beiden Freunden pflegst. Hierzu muss ich sagen:

Ich bin gestern noch in Schwaan in der Gaststätte gewesen. Plötzlich war wieder die Sehnsucht da, auch jetzt, da ich den Brief schreibe, verspüre ich diese Sehnsucht, wenn ich an dich denke. Die Wärme, die ich mir für dich bewahrt habe, ist nichts anderes als meine Liebe, nur tut es jetzt nicht mehr weh, weil ich viel gelernt habe, die Torschlusspanik vorbei ist und weil ich weiß, du brauchst viel Zeit. Ich möchte dir nicht eines Tages meinen ersten ,richtigen' Freund vorstellen, während du solo bleibst. Lieber stelle ich mir vor, eines Tages wirst du mein ,richtiger' Freund sein.

Ich liebe dich, mein lieber André, aber ich würde nie etwas von dir verlangen, was du nicht bereit bist selbst zu geben.

Ich könnte dir jetzt sagen: Verpasse nicht den Moment, nimm und gib nicht nur, erkenne, dass ich es nur gut mit dir meine, doch ich sage es nicht. Erkenne dich selbst und lasse dir Zeit, ich habe genug Zeit, ich werde auf dich warten. Und sollte es doch eine unerfüllte Liebe werden, dann kann ich dir eines Tages immer noch meinen ersten Freund vorstellen.

Entschuldige bitte, wenn ich dir zu nahe getreten sein sollte. Wenn ich mit einigen Dingen falsch liegen sollte, sage es mir bitte. Da wir uns erst am 24. 11. wiedersehen können, kannst du mir auch schreiben, wenn du mir früher antworten möchtest.

Ich bitte dich nur um eines, überstürze nichts und überdenke, was ich dir geschrieben habe. Ich möchte nämlich nur, dass du glücklich wirst.

*Damit möchte ich mich von dir verabschieden und verbleibe bis zum
nächsten Mal*
Dein dich liebender Freund Andreas".

Bis Andreas André wiedersehen konnte, sollten zehn Tage vergehen. In diesen zehn Tagen kümmerte er sich um Beate und Dirk und
um eine alte Frau in der Nachbarschaft.

Natürlich musste Andreas in dieser viel an André denken. Wie
würde André auf seinen Brief reagieren? Andreas hatte Angst, dass
André sich beleidigt fühlte und den Kontakt zu ihm abbrach.

Es kam ihm aber auch in den Sinn, dass André sich vielleicht
durch den Brief zu Andreas hingezogen fühlte.

Er fragte sich: ‚Soll ich ihn besuchen gehen? Aber wann wird er zu
Hause sein?' André war meist unterwegs, weil er sich zu Hause nicht
wohlfühlte. Das konnte er auch nicht in dem kleinen Zimmer unter
dem Dach, das ohne fließendes Wasser und ohne Heizung war.

Andreas war immer noch unsicher, was André betraf. Er wollte
ihn anrufen. Genügend Kleingeld für ein Ferngespräch in einer Tele-
fonzelle hatte er nicht. In der Post konnte man außerhalb der Telefon-
zelle mithören, aber was er André zu sagen hatte, ging niemand etwas an. Also kaufte er eine Telefonkarte und fuhr nach Rostock.

Nach der Begrüßung sagte Andreas: „Wenn ich dich schon nicht
sehen kann, weil ich nachts arbeiten muss und du am Tage mit
deinem Studium beschäftigt bist, möchte ich dich wenigstens hören."
André erwiderte: „Ich kann dich verstehen, aber der Wechsel deiner
Gefühle kommt nun doch etwas schnell für mich."

„Weißt du, früher haben fünfundsiebzig Prozent Verstand und
fünfundzwanzig Prozent Gefühl mein Leben bestimmt. Jetzt ist das
genau umgekehrt."

„Das ist doch auch einmal schön. Das hat sicherlich auch seine
Vorteile", meinte André.

Andreas wollte ihm so viel erzählen, aber er brachte nichts Vernünftiges heraus. Er war glücklich, André zu hören. Sie verabredeten
sich für den Montag zum Essen. Danach fragte Andreas unvermittelt:
„Nerve ich dich, André?"

„Nein, wie kommst du darauf?"

„Sage mal, liege ich mit meiner Vermutung richtig, dass du keinen an dich heranlässt, wenn es um dich geht?"

André antwortete: „Die anderen sehen das so nicht. Wenigstens hat keiner davon etwas gesagt. Aber in deiner Vermutung könnte etwas Wahrheit stecken. Ich habe selbst noch nicht darüber nachgedacht und weiß es nicht."

Anschließend beendete Andreas das Gespräch. Zunächst wollte er André bitten, am Sonntag zu ihm zu kommen, aber er hatte Angst vor einer Ablehnung und ließ es sein. Aber er wünschte ihm einen schönen Abend. Erst nach dem Telefonat fiel ihm ein, dass er André nicht einmal gesagt habe, dass er ihn liebe.

Zwei Tage später konnte sich Andreas endlich mit André treffen. Sie waren beim Griechen essen und besuchten anschließend ihre Stammbar. Im Großen und Ganzen war es ein schöner Abend, obwohl Andreas feststellen musste, dass aus ihm und André wohl nie ein Paar werden könne.

Andreas erzählte ihm so viel von seiner Liebe zu ihm, was er teilweise dachte und fühlte und dass er nachts oft nicht schlafen konnte.

André gab zwar zu, dass es schön war zu wissen, dass man geliebt werde, aber immer wieder machte er Bemerkungen, die ihm sagen sollten: Andreas, es wird nichts aus uns beiden, quäl dich nicht meinetwegen so sehr!

Andreas dachte, dass er es wohl akzeptieren müsse. Wenn er nur gewusst hätte, wie er ihn für sich gewinnen könnte. Er liebte ihn doch so sehr. Aber auch sein Verstand sagte ihm, dass er diese Liebe verlieren werde. ‚Scheiß-Liebe, Scheiß-Gefühle', dachte er. Das erste Mal, seit er André kannte, wuchs in ihm eine Wut auf sich selbst, weil er sich in den Falschen verliebt hatte, nun schon zum zweiten Mal. Er wusste nicht einmal, warum André seine Liebe nicht erwidern konnte, dieser sagte ihm dazu nichts.

Andreas hatte es im Gefühl, dass es mit André seinem Ende entgegenging. Er musste sich zwingen, seinen Verstand walten zu lassen und die Gefühle zurückzudrängen. Andernfalls ginge er womöglich noch selber kaputt. Traurig fragte er sich, ob er jemals die Liebe eines Mannes für sich gewinnen könnte, eines Mannes, der ihm gefiel. Dann dachte er, Kuriosität der Ereignisse: In Andreas hatte sich jemand verliebt, den er auf seine Anzeige hin getroffen hatte.

Aber Andreas konnte ihn nicht lieben. Nun hatte er sich in André verliebt, aber der konnte Andreas' Liebe nicht erwidern. Und er musste an Thomas denken. Jetzt wusste er, wie es diesem damals erging. Der arme Thomas.

Mit dem Wissen und dem Vorsatz, sich nicht mehr so sehr auf André zu fixieren, stand er auf. Als er zum Briefkasten ging, traf er auf seinen Nachbar Dirk, der ihn mit zum Frühstück nahm. Andreas erzählte ihm und seiner Frau, dass er seine Versuche, André für sich zu gewinnen, einstellen werde. Es sei zwecklos. Er fragte sich, ob es überhaupt noch Sinn mache, ihn weiterhin zu sehen. Auf jeden Fall wollte er noch einmal mit ihm ausgehen.

Am Abend wollten sich André und Andreas treffen, doch daraus wurde nichts. Andreas hatte Spätdienst und kurz vor Feierabend musste er noch einen Einsatz fahren. Dadurch konnte er nicht pünktlich sein, und später fand er André nicht in den bekannten Gaststätten, die sie sonst gemeinsam aufgesucht hatten.

Am nächsten Tag besuchte Andreas ihn, obwohl er sich nicht sicher war, ob es richtig oder falsch war. Aber er wollte André wieder sehen. Er wusste, dass der seine Liebe nie erwidern werde. Er war endlich bereit, das zu akzeptieren. Und doch war er noch sehr in ihn verliebt. Jede freie Minute ging ihm sein Name durch den Kopf. Er musste ständig an ihn denken, und es tat ihm weh, wenn er an André dachte. Sollte dieser Schmerz denn nie vergehen? Andreas nahm an Gewicht ab; seit er André kannte, hatte er vier Kilogramm verloren. Es war ihm klar, dass das an seiner Psyche lag, der Grund war seine unerfüllte Liebe. Er wusste, es wäre besser, ihn nicht mehr zu sehen und ihn zu vergessen. Aber so ganz konnte er die Hoffnung immer noch nicht aufgeben, Andrés Liebe doch noch zu gewinnen, auch wenn es erst in einigen Jahren sein sollte.

Heute hatte André das erste Mal mit Andreas über Dinge gesprochen, die ihn bewegten, über seine Befürchtungen und über für ihn wichtige und unwichtige Angelegenheiten. Nach ihrer Begrüßung sagte Andreas: „Gestern Abend, das war wohl nichts."

André antwortete: „Ich habe noch zur Uhr gesehen und gedacht, jetzt muss er ja gleich kommen, aber dann bin ich schlafen gegangen."

„Ja, ich wurde gestern später abgelöst und musste kurz nach halb zehn noch einmal raus. Deshalb war ich erst dreiviertel elf hier. Da bei dir kein Licht brannte, nahm ich an, ihr wärt schon unterwegs.", erwiderte Andreas.

„Ach", sagte André, „wenn eure Ablösung da ist, könnt ihr Feierabend machen? Das war bei uns nicht so. Wenn da noch was war, musste die alte Schicht noch einmal raus."

„Verstehe ich nicht", sagte Andreas, „das ist doch Quatsch. Wenn die anderen da sind, können sie auch rausfahren, wenn etwas ist."

„Das war bei uns nicht so", entgegnete André.

„Wo denn?", fragte Andreas.

„Bei der Armee, ich war doch bei der Grenze", antwortete André.

„Das wusste ich nicht", erwiderte Andreas.

„Hab ich dir das denn noch nicht gesagt?", fragte André erstaunt. Dann begann er, zu erzählen, dass er als Feldwebel entlassen wurde, dass er drei Jahre bei der Grenze war. Er wollte in Neubrandenburg in der Sanitätsabteilung anfangen, alles war schon geregelt. Aber dann kam vom Wehrkreiskommando ein Brief, er solle zu einem Gespräch kommen. Als er dorthin ging, wurde er gezwungen, an die Grenze zu gehen. Hätte er nicht zugestimmt, hätte er sein Zahnarztstudium nicht antreten können.

Darauf erzählte Andreas, dass auch er studieren wollte. Sein Wunsch war es gewesen, drei Jahre zur Artillerie zu gehen. Ihn wollten sie zum Wachregiment der Stasi zwingen. Das hatte Andreas abgelehnt und seine Verpflichtung, drei Jahre zur Armee zu gehen, zurückgezogen. Deshalb durfte er sein Studium zum Heimerzieher nicht absolvieren.

„Siehst du, du warst schon damals schwul. Das Soziale ist nämlich etwas für Schwule, viele engagieren sich da", sagte André und fragte dann: „Aber warum hast du das so gemacht, wenn du studieren wolltest?" André konnte Andreas nicht verstehen. Sein Studium hatte für ihn Vorrang.

„Weil ich mich nicht erpressen lasse", antwortete Andreas, „weil ich immer noch alleine bestimme, was in meinem Leben passiert und was nicht. Ich habe meine Prinzipien und Ideale. Ich glaube auch, dass du meinen Idealismus falsch siehst."

„Das glaube ich nicht", sagte André.

Jetzt wollte André über Homosexualität reden. Was er sonst verdrängt hatte und vergessen wollte, holte er in diesem Augenblick wieder hervor. Andreas bemerkte, dass es André nicht leicht fiel, darüber zu reden, dass es ihm sogar wehtat, wenn er daran denken musste. Er erzählte: „Weißt du, so viele beneiden mich immer, weil ich meine Prüfungen sehr gut bestanden habe, und ärgern sich über eine nicht bestandene Prüfung oder zu wenig Geld, dabei ist das doch alles unwichtig. Die wissen gar nichts von mir und meinen Problemen. Die wissen gar nicht, was es sonst noch für wichtige Dinge gibt auf der Welt, und ich kann es ihnen auch nicht sagen. Während der Armeezeit hatte ich mein Coming-out und damit habe ich auch das Recht auf Liebe für mich aufgegeben, ich lebe zurückgezogen, bin unsicher und weiß manchmal gar nicht, was ich machen soll."

„Warum hast du das Recht auf Liebe aufgegeben?", erregte sich Andreas. „Das ist doch nicht wahr! Auch Schwule haben ein Recht auf Liebe, auch du. Das ist doch dein Problem, wenn du die Liebe, die man dir bietet, nicht annimmst."

„Ich weiß nicht, ob du das alles nicht ein bisschen zu einfach siehst", sagte André, „ich habe mal einen gekannt, der glaubte, sein Coming-out gehabt zu haben, der sagte, ich bin schwul und will jetzt danach leben. Ich unterhielt mich mit ihm darüber, und nach einem Dreivierteljahr haben wir uns wieder gesehen und dann war alles nicht mehr wahr."

„Aber André, ein Coming-out ist doch ein Prozess, den man durchleben muss, das hat man nicht so einfach mal. Das ist ein Prozess, der sich entwickelt. Im Übrigen, wer mich kennt, weiß es, wie ich bin. Sicherlich werde ich nicht jedem auf die Nase binden, dass ich schwul bin, auch meinen Geschwistern nicht, aber wenn sie es merken und nicht akzeptieren, dann sollen sie bleiben, wo der Pfeffer wächst."

„Andreas, du machst es dir zu einfach. Du hast noch keine dummen Situationen mitgemacht. Wir sprechen uns in einem Jahr wieder. Ich bin damals ganz kopf- und ziellos umhergelaufen. Meine Eltern wussten, dass ich schwul bin, ich hatte es ihnen erzählt. Aber gerade darum habe ich mich zu Hause auch nicht mehr wohl gefühlt. Und dann die ganzen Verwandten, die Oma war noch da und Onkels und Tanten. Ich wusste nicht, wie ich leben sollte als Schwuler, das weiß ich manchmal heute noch nicht. Nun könntest du sagen, ich verstehe dich schon, aber das stimmt nicht, denn du hast noch keine dummen Situationen mitgemacht.

Ich hatte einen Freund, er war mein bester Freund und hatte mir von seinen intimsten Dingen erzählt, und ich konnte ihm nichts sagen, ich musste mich verstellen, darunter habe ich ganz schön gelitten. Und als ich es ihm endlich sagte, man muss es schon jemandem erzählen wollen, dann war alles in Ordnung.

Und als ich Rostock eroberte, da habe ich Dinge gemacht, über die ich mich später ärgerte, die ich heute nie täte. Aber damals war ich noch jung und hatte noch keine Lebenserfahrung, so wie du es von dir sagen kannst. Was hatte ich schon? Nur die Armeezeit und das Studium, das gerade begonnen hatte. Ich hatte doch keine Erfahrungen!"

„André, sicherlich hast du recht. Aber ich weiß, wie ich leben will, nur ich weiß manchmal nicht, wie ich dieses Wie realisieren soll. Deshalb bin ich doch in letzter Zeit so unzufrieden mit mir. Und du erzählst mir ja nichts", sagte Andreas.

„Was soll ich dir denn erzählen?", fragte André.

„Was ich falsch mache. Ich habe doch auch Fehler. Ich will wissen, wenn ich dir auf die Nerven gehe. Ich weiß nicht, aber vielleicht ist es besser, wenn wir uns eine Weile nicht sehen, denn als Freund möchte ich dich nicht verlieren, vielleicht muss erst einmal bei mir etwas abkühlen", sagte Andreas.

André sah ihn erstaunt an und erwiderte: „Das musst du wissen."

Nach einer Pause fragte Andreas, was André gerade gemacht hatte, bevor er zu ihm kam.

Er antwortete: „Nichts, ich habe nur gesessen."

„Ich meine, ob ich dich störe", wollte Andreas wissen.

„Ja ..., nein", sagte André, „nein, du störst mich nicht. Ich will mich nur waschen und nachher noch einmal weg."

„Na, gut", sagte Andreas, „Ich will dann wieder los. Nächste Woche beginnt meine Qualifizierung. Da muss ich mich darauf konzentrieren. Was ist nächste Woche? Die Schule geht bis um halb sechs. Da lohnt es sich nicht, nach Schwaan zu fahren. Kann ich dann zu dir kommen?"

„Natürlich kannst du zu mir kommen", erwiderte André.

Sie verabschiedeten sich bis zum nächsten Mittwoch und Andreas fuhr nach Hause.

Er war mit der ganzen Situation unzufrieden. Er sprach mit Dirk darüber, aber der konnte ihm nicht wirklich helfen. Am Wochenende hatte Andreas mit einem jungen Kollegen Dienst. Ohne dass Andreas es wollte, kamen sie auf das Thema Homosexualität zu sprechen. Der Kollege vertrat die Meinung, dass Schwule und Lesben das Recht haben sollten zu heiraten, um so auch ihr Erbe zu sichern. Das war in der Mitte der neunziger Jahre in Deutschland noch nicht möglich. Diese Gesetze wurden erst im neuen Jahrtausend von der Regierung verabschiedet.

*****

Andreas' Weiterqualifizierung hatte begonnen, die ersten beiden Tage lagen hinter ihm. Das Beste daran war: Er konnte sich konzentrieren und passte im Unterricht auf. Während der Pausen, vor und nach dem Lehrgangstag musste er jedoch nach wie vor an André denken. Aber seit dem vorherigen Abend verspürte Andreas ein bisschen Wut auf ihn. Seit spätestens der letzten Nacht wusste er, was er zu tun hatte, denn er wollte nicht vor Liebe krank werden, auch wenn es ihm schwerfiel, die entstandene Situation zu akzeptieren.

Sie hatten sich am Abend zuvor getroffen, wie immer hatte Andreas André abgeholt. Sie waren zusammen in einer Gaststätte essen gegangen, hatten sich aber nur über belanglose Dinge unterhalten. Der Grund war André. Anschließend holten sie aus einem Rostocker Vorort Andrés Freund Max ab. Andreas kannte ihn, er hatte ihn einmal in einem Rettungsdiensteinsatz versorgt und ins Krankenhaus fahren müssen.

Kaum war Max mit von der Partie, unterhielt sich André nur noch mit ihm, Andreas war für ihn nicht mehr anwesend. Selbst auf der Fahrt ins Café konnte Andreas nicht am Gespräch teilnehmen. Er kam sich vor, als sei er der Taxifahrer zweier Freunde, die sich lange nicht gesehen und sich viel zu erzählen hatten. Als sie im Café waren, unterhielt sich André mit einigen anderen Männern, aber nicht mit Andreas. Dann kam Gerd. Gerd war der zweite von Andrés Freunden, von denen er behauptete, er sei froh, sie zu haben, weil Sex zwischen ihnen keine Rolle spiele.

Andreas wurde eines Besseren belehrt und das von André selber. André und Gerd setzten sich zusammen und fingen an, Zärtlichkeiten auszutauschen. Es wurde immer heftiger zwischen den beiden, sie küssten sich ganz ungeniert und leidenschaftlich und berührten sich an intimen Stellen. Andreas konnte es nicht länger mit ansehen. Es war für ihn ein Faustschlag mitten ins Gesicht. Wollte André ihm so demonstrieren, dass er von Andreas nichts mehr wissen wollte? Es tat Andreas nicht nur weh, es war für ihn erniedrigend.

Als Andreas ging, fragte er Max und André, wie sie nach Hause kämen, sie antworteten, sie würden mit Gerd fahren. Er verabschiedete sich von ihnen und fuhr ohne weitere Verabredung mit André nach Hause. Auf dem Heimweg hatte Andreas immer wieder das Bild vor sich, wie sich André mit Gerd amüsiert, ihn leidenschaftlich geküsst hatte, so, als sei er in ihn verliebt.

Andreas blieb nun nichts anderes mehr übrig, als das zu akzeptieren. Zum Affen machen wollte er sich nicht. Er konnte wieder einmal in dieser Nacht nicht schlafen, weil er wieder und wieder an André denken musste. Er dachte an den Tag, als sie sich kennenlernten, und an dem darauf folgenden Sonntag, an dem André ihm sagte, dass aus ihnen nichts werden könne.

Andre war es, der nicht versucht hatte, Andreas kennenzulernen. Er handelte aus einem Gefühl heraus, ohne Andreas eine Chance zu geben. Sicherlich kümmerte er sich um Andreas, erleichterte es ihm, die Rostocker Schwulenszene kennenzulernen. Dafür war Andreas ihm dankbar, aber letztendlich hatte André nicht einmal Interesse an einer Freundschaft, so erschien es Andreas jetzt.

Doch in diesem einen Punkt war Andreas ungerecht. André hatte schon Interesse an Andreas, doch Andreas war es, der mit seiner Liebe diese Freundschaft nicht zuließ. Hatte André ihm doch angeboten, mit ihm eine platonische Freundschaft aufzubauen, er wollte ihn nicht mehr aus den Augen verlieren. Andreas stand mit seiner Liebe davor. Beiden ließ sich hier aber kein Vorwurf machen. Beide handelten sie in ihrem Interesse. Ihre Interessen gingen eben auseinander.

Am nächsten Morgen schrieb Andreas André einen Brief, für Andreas sollte es der letzte an seinen Geliebten sein:

„Hallo, André!

Heute werde ich meinen letzten Brief an dich schreiben, weil ich einsehen muss, dass ich dich nie für mich gewinnen werde, obwohl ich dich mit meiner ganzen Kraft liebe. Ich komme einfach nicht los von dir, ich muss meinen Gefühlen befehlen, was der Verstand seit spätestens gestern Abend begreifen musste, denn du hast mir ziemlich deutlich gezeigt, seit wir Max abgeholt haben und später Gerd dazu kam, dass ich für dich nichts anderes als Luft bin. Anders kann ich das Austauschen von Zärtlichkeiten zwischen dir und Gerd nicht deuten. Ich kann es dir nicht verbieten, aber es vor der offenen Tür zu tun, sodass ich es einfach mitbekommen musste, tat mir schon weh.

Ihr hättet es auch so tun können, dass ich es nicht hätte sehen müssen.

Aber ich möchte dir keine Vorwürfe machen, ich kann es auch nicht, weil du von Anfang an gesagt hast, dass wir nicht mehr als nur Freunde sein können. Ich möchte auch, dass wir Freunde bleiben, doch bringe ich im Moment nicht die Kraft auf, mich mit dir weiterhin zu treffen. Ich liebe dich, aber ich muss die Liebe zu dir ersticken und das geht nicht, wenn ich dich weiterhin jede Woche sehe.

Hinzu kommt, dass ich glaube, du warst gestern nicht ganz ehrlich zu mir. Du hast mir seit deinem letzten Brief nichts mehr von Bedeutung gesagt oder erzählt.

Im Gegenteil: Je mehr ich dir meine Liebe zu dir gestand, desto mehr bist du von mir weggerückt, so weit, dass ich mich gestern völlig überflüssig, als das fünfte Rad am Wagen vorkam.

Ich fühle mich im Moment noch beschissener als sonst, ich schreibe nur noch diesen Brief zu Ende, dann werde ich mich um meine alte Nachbarin kümmern.

Irgendwann einmal werde ich jemanden finden, der mich mag, und wenn nicht, ist es auch egal. Ich bin Kummer gewohnt." Und nun schrieb Andreas von einigen Dingen, die ihm das Leben schwer gemacht hatten, weil er wollte, dass André wusste, dass auch Andreas seine negativen Erfahrungen gemacht hatte, nicht nur André. Zum Ende kommend schrieb Andreas: *„Jetzt diese unerwiderte Liebe passt ins Bild, hat nur noch gefehlt. Ich wünsche dir alles Gute, vor allem, dass du einen guten Abschluss deines Studiums schaffst und einen Freund findest, der dich glücklich macht.*

Es wird sich sicherlich nicht vermeiden lassen, dass wir uns irgendwann einmal wieder sehen werden. Sollte es passieren, würde ich mir wünschen, dass du mir etwas zu erzählen hast, denn ich werde dich wohl immer lieben.

Vielleicht kühlen sich meine Gefühle für dich ab, dann werde ich dich einmal besuchen kommen, vorausgesetzt, dass du dann noch da wohnst, wo du heute wohnst. Eine Antwort von dir erwarte ich nicht, ich sage nur so viel, du hast meine Adresse, du weißt, wo ich wohne, es liegt bei dir.

Bei mir liegt es, mich über meine Gefühle und alles andere klar zu werden. Ich weiß was ich will, aber ich muss jetzt, nachdem ich dich doch verloren habe, mit mir selber ins Reine kommen.

Bitte sei mir nicht böse, ich kann nicht anders handeln. Weil ich dich liebe und ich nicht möchte, dass ich durch einen Fehler uns beiden schade. Ich liebe dich, André!!!

Alles Gute wünscht dir Andreas."

Andreas hatte das Gefühl, dass sein Leben den Bach herunterlief. Zuerst kam der Abschied von André, dann erzählten ihm Dirk und Beate, dass sie aus Schwaan wegziehen wollten. Einen Freund fand Andreas ebenso wenig. Wenn er auf eine Anzeige schrieb, bekam er eine Absage, wenn er selber eine Anzeige aufgab, meldeten sich nur Männer, mit denen er nie eine Freundschaft hätte aufbauen können, geschweige denn eine Beziehung. Seit der Trennung von André war ihm nichts Ordentliches gelungen. Nur seine Schule hatte er zu einem guten Abschluss gebracht. Doch danach musste er seine Rettungs-wache, in der er sich so wohl gefühlt hatte, verlassen. Er sollte in Schwaan in einer neu aufgebauten Rettungswache arbeiten. Auch seine Wohnung verlor er, die Eigentümerin benötigte sie selber. Er musste sich in Schwaan eine neue Bleibe suchen.

Noch nie hatte sich Andreas in seinem Leben so sehr nach einem liebevollen Freund und Zärtlichkeiten, nach Geborgenheit gesehnt wie in den letzten Wochen und Monaten.

Doch bevor das alles passierte, schrieb ihm André eine Antwort auf seinen letzten Brief:

„Hallo, Andreas!

Ich habe heute deinen Brief erhalten und möchte trotz allem darauf antworten. Nur zu gut kann ich dich verstehen und im Prinzip war für mich die ganze Situation von Anfang an klar. Doch hättest du es verstanden, wenn ich dir klipp und klar gesagt hätte, was los ist? Deshalb habe ich lieber gewartet, bis du selber merktest, dass alles nur in eine Sackgasse geführt hätte. Ich weiß, wie schwer es ist, wenn man versucht, den Gefühlen eine Chance zu geben, und wie entmutigend es ist, von Mal zu Mal mitzukriegen, dass man das Ziel nicht erreichen wird. Aus eigener Erfahrung kenne ich diesen Seelenzustand nur zu gut. Nur kann man dagegen nichts machen, außer die Zeit abwarten, bis man selber einen Abstand gefunden hat. Da hätte es nichts genutzt, wenn ich dir tausend Mal gesagt hätte, dass aus uns nichts wird. Ich glaube, du verstehst jetzt, dass ich mich stattdessen neutral und abgrenzend verhalten habe. Dabei merkt man selbst, wie schwer es ist, ohne den anderen zu verletzen, Abstand zu gewinnen, der dann nicht gleich in Hass umschlagen soll, sondern als normal gelten kann.

Jetzt verstehst du besser, dass ich nicht weiter vorwärtssehen wollte, dich nicht weiter in mein Leben einbeziehen wollte, weil es sonst sehr viel schlimmer für dich wäre und von mir gemein. Mein Ziel war es, für die Zeit dich ein wenig aufzufangen, ohne dir viel zu geben und dir zu sagen, wie und wo du (auch ohne mich) in Rostock weiter dein Leben gestalten kannst.

Ich halte es jetzt genau wie du für völlig richtig, dass wir uns für eine Weile nicht sehen. Die Zeit wird ihr Übriges tun und ich hoffe, dass du aus deinem Leben noch eine Menge machen wirst. Der Anfang ist gemacht (wenn auch etwas verunglückt) und es kann ja nur noch besser werden. Und trotzdem wird es nicht einfach werden, denn ich glaube, dass du die ganze Reichweite eines schwulen Lebens noch nicht einmal ahnen kannst. Das ist überhaupt nicht deine Schuld, sondern das kommt nach und nach, dann wirst du über deine jetzige Lebensauffassung etwas schmunzeln können. Ich habe neulich versucht, mich mit dir darüber zu unterhalten, und gemerkt, dass der Wille da ist, aber die Erfahrungen fehlt, und dass ich dabei nicht ruhig bleiben konnte, hast du vielleicht gemerkt.

Ich bin wirklich nicht rechthaberisch, aber wenn jemand mit Idealen die reale Welt beherrschen will, dann kann ich nur versuchen, das richtigzustellen. Aber das magst du nicht so gern, wenn dir das jemand sagt. Ich wäre und war genauso und habe eben meine Erfahrungen gemacht und das

war gut so, denn das Leben schreibt die Geschichten und nicht die Wünsche,
die man hat.

Ich kann dich gut verstehen, wie du im letzten Brief geschrieben hast,
man hastet von einem Ziel zum anderen, ohne aber jemals richtig
anzukommen. Und letztlich verliert man dann die Lust an wirklich wich-
tigen Dingen und fühlt sich nicht verstanden, von der Umwelt, die das aber
überhaupt nicht so mitbekommt und vielleicht noch denkt, es gehe einem
doch besonders gut. Und im Prinzip geht es uns ja auch nicht schlecht, und
man kann mit genügend Kraft und Elan schon optimistisch in die Zukunft
sehen. Es erfordert aber einen täglichen Mehraufwand, den man verständ-
licherweise nicht immer aufbringen kann. Aber diese Durststrecken kann
man überwinden, wenn man gute Freunde hat. Und wie ich das so mitge-
kriegt habe, bist du im Arbeitskollektiv gut aufgehoben und in Schwaan
warten Dirk und Beate auf dich.

Also in diesem Sinne wünsche ich dir für die Zukunft alles Gute, genieße
das Leben und vielleicht sehen wir uns einmal per Zufall im Elmsfeuer, im
Café oder sonst wo in Rostock.

Viele Grüße von André."

Andreas verstand diesen letzten Brief von André nicht wirklich.
Erst achtzehn Jahre später sollte er ihn noch einmal lesen und da fiel
es ihm wie Schuppen von den Augen. Er bereute nun, dass er damals
seinen wirklich letzten Brief an André abgeschickt hatte. Und er
hoffte, dass er dem armen André damals nicht allzu sehr mit seinen
letzten Worten verletzt hatte. Hatte André es doch nur gut mit ihm
gemeint. Aber so ein Missverständnis kann schon einmal vorkommen, wenn man nicht mehr miteinander spricht. Deshalb hatte
Andreas es sich später zum Motto gemacht: Man kann über alles
reden, man muss es nur tun. Nur so lassen sich Missverständnisse
verhindern oder ausräumen.

Er antwortete André:

„Hallo, André!
Mit deiner Antwort hast du mich nun erst recht enttäuscht und mich
sogar in Wut gebracht, sodass ich dir nun doch noch einmal schreiben muss.
Nur so viel: Im ersten Teil stimme ich dir zu. Aber was du sonst über mich

geschrieben hast, ich versuchte, mit Idealen die reale Welt zu beherrschen, stimmt nun doch nicht.

Ich hatte mich in dich verliebt, liebe dich immer noch, aber was ich für dich alles getan hätte, ist nur das eine. Du kennst mich überhaupt nicht, hast wohl auch nicht versucht, mich kennenzulernen. Ich gebe es zu, ich habe meine Ideale, ich lasse mich nicht erpressen, bin bereit, Teile meiner Zukunft aufzugeben, damit ich sauber bleibe und mich beim Rasieren im Spiegel sehen kann. Lieber falle ich kräftig auf die Schnauze und ich bin schon ganz kräftig auf die Schnauze gefallen. Ja, ich mache es mir manchmal schwerer, als es sein muss. Aber ich bin damit immer gut gefahren.

Meine Lebensauffassung habe ich mir schwer erarbeiten müssen, dahinter stecken sehr viele Erfahrungen, positive und negative. Du vergisst, dass ich bereits seit 18 Jahren im Berufsleben stehe und auch schon in verantwortlichen Positionen gearbeitet habe. Meine Lebensauffassung werde ich nie beschmunzeln oder ändern, weil dort mein Leben als Erfahrungen drin steckt. Du verwechselst hier meine Liebe zu dir mit dem Menschen Andreas Schneider, den du überhaupt nicht kennst. Leben ist das eine, Sexualität das andere, die zum Leben allerdings dazugehört. Du hast mir nur Erfahrungen in der Homosexualität voraus, aber nicht im Leben. Du stellst die Sexualität über das Leben und das kann nicht gut gehen.

Denke bitte daran, dass du bisher noch keine großen Lebenserfahrungen sammeln konntest, was ich dir nicht zum Vorwurf mache. Also wirf mir bitte auch nicht vor, dass ich für Ehrlichkeit und Geradlinigkeit bin. Damit bin ich schon oft auf die Schnauze geflogen, aber es hat mich vor Menschen, die nicht ehrlich sind, bewahrt und ich habe durchaus Erfolge aufzuweisen.

Außerdem weiß ich immer noch, auch wenn ich im Moment etwas unsicher bin, was wichtig ist. Ich frage mich, mit welchem Recht du behaupten kannst, ich verlöre die Lust an wirklich wichtigen Dingen. Ich fühle mich beschissen, das stimmt, aber nicht von der Umwelt unverstanden, sondern du bist es, der mich nicht versteht. Und wichtige Dinge habe ich noch nie aus den Augen verloren. Deshalb habe ich gerade jetzt einen Schlussstrich gezogen. Ich muss schon sagen, du hättest mir nicht mehr schreiben sollen, es wäre besser gewesen, denn was ich teilweise lesen musste, strotzte vor Arroganz und Überheblichkeit.

Du hast aus meinem letzten Brief die falschen Schlüsse gezogen und falsche Dinge hineininterpretiert, weil du mich überhaupt nicht kennst, und auffangen hättest du mich nicht müssen, mein Ziel war klar.

441

Ich danke dir aber trotzdem für alles, was du für mich getan hast. Du hast mein Leben stark beeinflusst und das ist gut so. Ich werde dich in guter Erinnerung behalten, vielleicht können wir später doch einmal ganz normale Freunde werden, auch wenn es jetzt für mich wichtigere Dinge gibt als eine zukünftige Freundschaft.

Es grüßt dich herzlich Andreas."

Mit diesem Brief hatte Andreas wahrscheinlich selber die Tür zu André zugeschlagen.

Es dauerte einige Monate, bis Andreas an André denken konnte, ohne dass es ihm wehtat.

Er fragte sich, wie es André wohl heute ergehen mochte. Hatte er seinen Weg gefunden? Was war aus dem schönen jungen Mann geworden? Damals kannte er ihn als einen fröhlichen Menschen. Aber hinter seiner Fröhlichkeit versteckte er seine Einsamkeit, Unsicherheit und seinen Schmerz. Er sehnte sich nach Liebe und Anerkennung. Konnte André das finden, was er damals gesucht hatte?

Viele Jahre später bedauerte Andreas, dass sie sich aus den Augen verloren hatten. Er suchte André im Internet, konnte ihn aber nicht finden. Er wollte nur wissen, wie es dem damaligen Geliebten ging, ob er einen Freund fürs Leben, einen Freund von A bis Z gefunden hatte. Andreas gönnte es ihm von Herzen. Oder war er immer noch alleine wie Andreas auch?

André hatte immer noch einen Platz in Andreas' Herz. Das würde auch so bleiben, solange Andreas lebte. Er dachte mit viel Wärme an ihn, war heute immer noch etwas traurig darüber, dass sie sich aus den Augen verloren hatten. Es war nun sein sehnlichster Wunsch, ihn zu finden. Einmal nur wollte er ihn sehen und ihn fragen können: „Geht es dir gut?" Und er wollte hören, dass es André gut ging, er einen Freund von A – Z gefunden hatte. Und vielleicht könnten sie dann doch noch platonische Freunde werden.

*****

Viele Jahre später, als Andreas sein Buch schrieb, fand er André durch das Internet doch noch. Sie hatten einige wenige E-Mails ausgetauscht. André war ein erfolgreicher Zahnarzt in einer Großstadt der alten Bundesländer geworden, lebte seit vielen Jahren glücklich mit seinem Partner zusammen. André wollte aber keinen weiteren Kontakt zu Andreas. Der akzeptierte das, er hatte erfahren, was er wissen wollte. André ging es gut.

Eine Trennung?

Am 25. Februar schrieb Andreas Silvio eine Message, in der ihm mitteilte, dass er stets traurig sei, wenn er an ihn denken müsse und dass er ihn immer noch liebe.

Am 28. Februar schrieb Andreas in der Nacht eine Nachricht an Silvio: „Mein Silvio, warum kannst du nicht zu mir finden? Ich würde alles für dich tun.

Ich liebe dich, mein Silvio. Wirst du dich mit mir treffen, wenn das Buch fertig ist, damit du es lesen kannst und wir es gemeinsam mit deinen Gedanken ergänzen können? Würdest du das für mich tun? Oder bedränge ich dich damit wieder?

Aber das möchte ich nicht. Ich schreibe das Buch nicht, weil ich dich treffen will, sondern deswegen, weil es mir hilft, alles besser zu verarbeiten. Leider komme ich dadurch auch nicht von dir los, wie ich es gehofft habe.

Morgen bin ich bei Rosi, die kleine, süße Maus ist auch da, Rosis Enkelin. Ich freue mich auf dieses Kind. Ich weiß noch nicht, wann ich abends zu Hause bin. Vielleicht treffen wir uns morgen im Chat? Ich vermisse dich.

Liebe Grüße von deinem dich liebenden Andreas."

Ab Mittag war Andreas wieder online und sah, dass Silvio auch den Chatroom aufsuchte, und schrieb ihn an: „Guten Tag, mein Süßer, bist du auf der Arbeit oder zu Hause? Liebe Grüße! Andreas."

Silvios Antwort kam postwendend: „Hallo, mein Süßer! Jetzt bin ich auf Arbeit und war neugierig. Wollte eigentlich nur mal schnell auf dein Profil luschern.

Hey, ich hoffe, ich störe dich nicht!!! Wolltest du heute nicht noch zu deiner ‚kleinen Maus'? Ich freue mich für dich, dass du sie sehen kannst. Rosi hätte es dir ja auch verweigern können. Aber ich denke, nach dem, was du alles erzählt hast, wird sie es dir immer ermöglichen."

Andreas merkte wieder einmal, dass Silvio von Rosi eine gute Meinung hatte. Auch Andreas glaubte daran, dass Rosi es ihm immer möglich machen werde, das kleine, süße Mädchen zu sehen, wenn es bei ihm zeitlich passte. Er schrieb: „Rosi und ich sind gute Freunde geworden, jeder kann zu jeder Zeit anrufen, hinfahren und es wird ihm oder ihr geholfen, ich kann über alles mit ihr reden."

Silvio antwortete: „Wichtig ist, dass ihr immer noch füreinander da seid. Denn keiner kennt euch besser als ihr beide euch gegenseitig. Das kann nur von Vorteil sein, wenn ihr damit vernünftig umgeht."

Andreas erwiderte: „Du hast recht."

Silvio musste sich verabschieden. „Ich bin heute Abend (nach 21 Uhr) wieder da. Mach's gut!!"

Andreas meinte: „Bis dann, ich werde da sein."

Nachmittags besuchte Andreas Rosi. Sie hatte die kleine Enkeltochter bei sich und hatte Andreas eingeladen, den Nachmittag mit ihr und der Kleinen zusammen zu verbringen. Rosi wusste, dass Andreas das kleine Mädchen abgöttisch liebte. Es war so ein liebes und artiges Kind, hatte praktisch keine Fehler. Sie ging an keine Schublade, an keinen Schrank, an nichts, was nicht ihr selber gehörte. Und wenn sie zwischendurch Schokolade zum Naschen bekam, wartete sie solange, bis es ihr erlaubt wurde, sich die Schokolade vom Teller zu nehmen. Sie naschte schon gerne ein Bonbon oder etwas anderes. Aber sie nahm sich nichts davon, wenn niemand dafür seine Zustimmung gab. Aber, sie stellte sich davor und schaute ganz unauffällig auffällig zu den Naschereien hin. Andreas fand das so niedlich und herzerweichend, dass er dieses süße Geschöpf einfach nur knuddeln mochte.

Rosi war total lieb zu ihm. Sie freute sich, dass er da war. Weil sie wusste, wie sehr er dieses Kind liebte, ließ sie ihm viel Zeit, sich mit ihm zu beschäftigen. Andreas sah sich mit der Kleinen Bücher an, spielte mit ihr mit ihrem Klammerbeutel und mit ihren Spielsachen und er tobte mit ihr umher, kitzelte sie. Wie dieses Kind lachen konnte und wie fröhlich und unbeschwert es war! Andreas liebte es noch mehr an diesem Tag. Er war so unendlich glücklich. Er war Rosi dankbar, dass sie ihm erlaubte, diesen schönen Nachmittag mit dem Kind zu erleben. Dafür liebte er sie.

Zum Abendbrot machte sie gefüllte Auberginen. Sie gingen zusammen in die Küche. Rosi begann, das Abendbrot vorzubereiten. Andreas hatte die Kleine auf seinen Schoß gesetzt. Sie wurde müde und Andreas nahm sie auf den Arm. Da legte sich diese kleine, süße Maus auf seine Brust und kuschelte mit ihm. Er herzte das Kind und küsste sie auch und er schaukelte sie in den Armen. Die Kleine ließ sich das gerne gefallen und spürte die Liebe, die Andreas ihr gab.

Nach dem Essen durfte er das Kind zur Nachtruhe vorbereiten und ins Bettchen bringen. Bevor er nach Hause fuhr, ließ Rosi ihn noch einen Blick auf das schlafende Kind werfen. Wie sie dalag! Am liebsten hätte er sie mit nach Hause genommen. Er war Rosi so dankbar für diesen schönen Nachmittag.

Andreas und Rosi genossen es ebenso, sich selbst wieder einmal so nahe zu sein. Voller Liebe verabschiedeten sie sich voneinander. Beide waren glücklich und doch auch wieder traurig, weil Andreas nach Hause musste.

Heute wartete Silvio im Chat auf ihn. Andreas wünschte sich, das im realen Leben so zu erleben.

Silvio schrieb Andreas sofort an: „Bin jetzt da!!! Guten Abend!

Na, alles in Ordnung? Wie war es bei Rosi und ihrer Enkelin?"

Andreas antwortete: „Hallo, mein Silvio, es war sehr schön und emotional. Die Kleine ist so ein liebes Kind, da geht dir das Herz auf.

Auch dir wünsche ich einen schönen Abend."

Silvio fragte: „Wie alt ist die Kleine? Was habt ihr gemacht? Warst du den ganzen Nachmittag da?"

Silvio hatte schon wieder viele Fragen, stellte Andreas fest. Er schrieb ihm von seinen Erlebnissen mit der Kleinen und dass sie zwanzig Monate alt war. Und von Rosi schrieb er: „Sie ist jetzt soweit, mich loszulassen, aber es fällt ihr schwer. Damit macht sie es auch mir schwer. Sie fehlt mir auch.

Aber sie will mich glücklich sehen. Es wird schon."

Silvio antwortete: „Wie du es so schreibst von Rosi, ich glaube, ich kann sie verstehen. Was muss sie durchmachen, wenn du wieder weg bist! Ist das gut, wenn ihr euch immer noch seht?

Ihr reißt doch immer wieder alte Wunden auf, oder?"

Andreas erwiderte: „Das mit den Wunden, da magst du recht haben. Aber es ist nicht mehr so schlimm wie direkt nach der Trennung. Es wird schon, nur eben langsam.

Du hast immer so viele Fragen, mein Süßer, ob du mir jemals diene Fragen alle einmal persönlich stellen wirst?"

Silvio gab zu: „Ja, Fragen habe ich viele. In meiner täglichen Arbeit stelle ich auch immer sehr viele Fragen. Vielleicht färbt das auf den Privatbereich ab. Aber ich kann ja jetzt demnächst nur mit Ja oder Nein antworten. Dann werden unsere Messages ab jetzt sehr kurz ausfallen (vielleicht zum Vorteil für dein Buch).

Und siehst du, Andreas, es gibt auch Menschen, die dich lieben."

Andreas scherzte: „Ja, es ist so, wie du sagst, es gibt Menschen, die mich lieben, aber es gibt auch Menschen, die mich nicht genug lieben, das sind die Menschen, die ich am meisten ersehne und doch nicht kennenlerne, genau genommen ist es nur einer und das bist du."

Wusste Silvio darauf, nichts zu erwidern, oder war ihm Andreas letzter Satz unangenehm? Er antwortete: „So, mein Süßer, ich denke, es wird wieder mal Zeit für mich.

Ich wünsche dir eine gute Nacht und schlafe schön.

Ich stehe vor dir und umarme dich. Du erwiderst meine Umarmung, drückst mich ganz fest an dich und langsam gleiten deine Hände unter mein T-Shirt. Ich habe extra kein Unterhemd darunter, weil ich mit dieser deiner Reaktion gerechnet habe. Du spürst meinen Körper und ich genieße deine warmen Hände an meiner Haut. Vor Wonne läuft mir die Gänsehaut den Rücken runter. Deine Hände schieben sich hinten in meine Hose und berühren meine Pobacken. Ich spüre, wie in mir die Lust aufkommt."

Wollte Silvio Andreas wieder anfüttern? Noch einmal in der offenen Wunde herumrühren?

Andreas dachte: ‚Wenn du wüsstest, wie gerne ich dir über deinen Po streicheln möchte! Der männliche Po ist nämlich ein total geiles Körperteil.' Er schrieb jedoch: „Du bist jetzt aber gemein!

Du weißt ganz genau, dass ich es möchte, warum quälst du mich damit? Du bist nicht bereit dazu, es mir zu geben. Ich würde Himmel und Hölle in Bewegung setzen, damit das wahr werden könnte. Ich will dich, mein Silvio, ich liebe dich, mein Herz!

Liebe Grüße und einen schönen Tag morgen wünscht dir dein dich achtender und liebender Andreas."

Silvio wusste es, wie sehr sich Andreas wünschte, in seiner Nähe zu sein. Dass er sich nach seinen Streicheleinheiten sehnte, ihn berühren wollte. Andreas litt körperliche Schmerzen, immer wieder bekam er diese Bauchschmerzen, wenn er an Silvio denken musste. Silvio quälte ihn, wenn der immer wieder mit seinen Streicheleinheiten begann. Und das tat Silvio ganz bewusst.

Andreas wollte die Liebe von und zu Silvio im realen Leben genießen können. Da Silvio es ihm verwehrte, bekam er körperliche Leiden und das wollte er selbstverständlich nicht. Wenn die Gesundheit dadurch in Mitleidenschaft gezogen wurde, durfte er so etwas nicht zulassen. Auch wenn diese Leiden psychischer Natur waren, wie Andreas wusste.

Sie trafen sich am 1. März vor Mitternacht im Chat wieder. Andreas schrieb: „Hallo, Silvio, was ist los? Du meldest dich nicht.

Vielleicht treffen wir uns ja wieder einmal im Chat, würde mich schon interessieren, was mit dir ist. Oder bist du mir jetzt böse, weil ich deine Streicheleinheiten letztes Mal abgelehnt habe? Du weißt aber auch, warum ich es tat? Liebe Grüße! Dein Freund Andreas."

Nun musste er eine halbe Stunde auf die Antwort warten.

„Hallo, Andreas, bist ja noch wach. Mit mir ist alles in Ordnung, oder was willst du hören?

Trotzdem war ich überrascht, dass du meine Streicheleinheiten nicht erwidert hast."

Andreas fragte: „Kannst du mich denn nicht verstehen?"

Und Silvio antwortete: „Ich denke schon, aber trotzdem hatte ich es gehofft."

Andreas erwiderte: „Silvio, ich habe auch gehofft und hoffe immer noch. Aber ja, ich weiß, dass aus uns kein Paar wird, das hätte ich schon viel früher begreifen müssen, aber ich war wohl blind. Am 26. November um 8.49 Uhr hast du es mir in aller Deutlichkeit gesagt."

Silvio fragte: „Wie kommt es, dass du so spät noch wach bist? Ist sonst alles bei dir in Ordnung?"

Andreas schrieb: „Ich bin doch immer um diese Zeit noch auf, es sei denn, ich habe Frühdienst. Nur dann gehe ich früher ins Bett.

Ich arbeite an dem Buch. Habe seit um 13 Uhr daran gearbeitet. Es hilft mir, wieder zu mir zu finden, auf den Boden zurückzukommen. Deshalb habe ich das Datum noch im Kopf. Was du damals geschrieben hast, habe ich heute erst richtig verstanden. Und dein ganzes Verhalten in den Krisen kann ich jetzt auch verstehen. Ich verstehe nur nicht, warum du trotzdem mit den ganzen Streicheleinheiten und dem Gerede mit der gemeinsamen Zukunft angefangen hast. Deshalb hatte ich mich in dich verliebt.

Es ist nicht unbedingt schön, wenn man begreifen muss, dass man ein Idiot ist."

Andreas arbeitete den ganzen Nachmittag an dem Buch. Deshalb las er die Messages erneut, die sie sich damals ausgetauscht hatten. Heute war er davon überzeugt, dass er damals einige der Aussagen Silvios nicht so verstand, wie der sie gemeint hatte. So waren Missverständnisse aufgekommen. Silvio konnte freilich nichts dafür, wenn Andreas seine Aussagen falsch gedeutet hatte, davon war Andreas überzeugt. Aber er hatte heute das Gefühl, dass er sich manchmal vor Silvio lächerlich gemacht hatte.

Silvio äußerte Zweifel: „Bist du sicher, dass dir das Buch hilft? Bei mir schleicht sich das Gefühl ein, dass du beginnst, mich zu hassen. Andreas, schreibe jetzt bitte nichts mehr dazu zurück. Ich werde jetzt ins Bett gehen. Ich muss morgen wieder früh hoch. Es bringt mir nichts, wenn ich jetzt nicht in den Schlaf komme."

Andreas versuchte, ihn zu beruhigen: „Ich hasse dich nicht. Du darfst nur nicht in meine Worte etwas hineininterpretieren, was ich nicht gesagt habe und nicht denke.

Ich wünsche dir eine gute Nacht und schlaf recht gut.

Ich liebe dich immer noch, auch wenn du es mir vielleicht nicht glauben magst."

Silvio schrieb zurück: „Schlafe auch du schön. Andreas, ich liebe dich auch noch immer. Dein Silvio."

Was war mit Silvio los? Zurzeit trafen sie sich zwar nicht jeden Tag im Chat, trotzdem war er beinahe sanft im Umgang mit Andreas. Er konfrontierte ihn nicht mehr mit Hiobsbotschaften oder anderen schlechten Nachrichten, die Andreas aus seinem seelischen Gleichgewicht bringen könnten. Hatte er sich entschlossen, seinen gemäßigten Umgang mit Andreas fortzusetzen? Sie unterhielten sich beinahe normal miteinander.

Andreas hatte am 4. März Spätdienst, den letzten vor seinem Urlaub. Kurz vor dem Mittag schrieb er Silvio eine Message über einige Gedanken, die er sich gemacht hatte: „Hallo, mein Engel, wenn es sich mit Ralf und dir nicht wieder einrenkt und du trotzdem nicht von ihm loskommst, bedeutet das für dich, dass du auf das Recht auf Liebe für den Rest deines Lebens verzichtest. Und du hast noch einen ganz großen Rest deines Lebens vor dir, wenn es normal verläuft, sind es viele Jahre mehr, als du jetzt schon gelebt hast. Willst du das wirklich????

Silvio, mein lieber Freund, glaube mir, ich weiß, wovon ich rede. Die Jahre gehen schneller dahin, als du jetzt noch glauben magst. Du bist schnell ein alter schwuler Mann, dann ist es zu spät. Setze dir eine Frist, innerhalb der es sich mit Ralf einrenken muss, dann lass ihn laufen, wenn er sich nicht besinnt! Du wirst es sonst ganz bitter bereuen. Schau mich an, ich sollte das beste Beispiel für dich sein. Denn wenn du ehrlich zu dir bist, bin auch ich für dich schon zu alt.

Ganz liebe Grüße, in Liebe dein Andreas."

Andreas war noch im Chat, als sich Silvio meldete: „Hey, Andreas, wollte nur mal hören, wie es dir heute geht.

Habe schon mehrmals heute Vormittag an dich gedacht. Eigentlich müsstest du mehrere Schluckauf gehabt haben. Ach, Mensch, Andreas, hau nicht immer in die Wunden!!! Ich weiß, dass auch ich älter werde, aber ich stehe dazu und kann ganz gut damit umgehen."

Andreas forderte: „Schreibe mir lieber etwas zu dir, was denkst du zu dem, was ich dir geschrieben habe?

Mir geht es gut, das kannst du mir glauben.

Ich kann dir ja einmal einen Kaffee nächste Woche ausgeben, ich habe Urlaub."

Doch diese letzte Message konnte Silvio nicht mehr lesen, er hatte sich ausgeloggt. Wusste er nicht, was er Andreas antworten sollte und wollte somit Zeit schinden? Zeit bis zum Abend, bis ihm Argumente einfielen, die es ihm erlaubten, sich von dem, was Andreas geschrieben hatte, zu distanzieren? Oder hatte er sich tatsächlich „nur" auf der Arbeit in den Chat eingeloggt und musste ihn schnell wieder verlassen, weil er gestört worden war?

Erst am Abend trafen sie sich wieder. Silvio schrieb: „Na, du Urlauber! Wollte dir nur noch schnell einen Gute-Nacht-Gruß schicken."

Andreas wollte, dass Silvio sich endlich zu ihm bekannte, wenigstens zu einer Freundschaft mit ihm. Einmal einen Kaffee gemeinsam trinken gehen konnte nicht schaden. Man konnte sich unterhalten und sich etwas näher kennenlernen. Was war schon dabei, wenn man Kaffee trinken ging? Nichts! Was konnte passieren, wenn sie sich trafen? Außer dass sie sich zur Begrüßung kurz umarmten und vielleicht ein freundschaftliches Küsschen austauschten, nichts. Es wurde

Zeit, dass Silvio endlich etwas Farbe bekannte und bereit war, etwas für eine Freundschaft mit Andreas zu tun. Mehr wollte Andreas nicht verlangen. Nach und nach hatte er alle seine Wünsche, die er mit Silvio verbunden hatte, aufgeben müssen. Silvio hatte stets Andreas' Wünsche abgeblockt. Jetzt sollte damit Schluss sein. Nur so konnte Silvio beweisen, dass er kein Faker war.

Andreas fragte: „Und du, gehen wir nächste Woche Kaffee trinken?"

Silvio gab zurück: „Verspreche ich dir noch nicht! Du weißt, ich bin noch mit Ralf zusammen."

Andreas war enttäuscht, er merkte, dass er wieder wütend wurde, und dachte: ‚Silvio ziert sich wie ein kleines Mädchen.' Aber er antwortete: „Okay, Silvio, wir lassen das. Ich wollte nur mit dir Kaffee trinken gehen, in der Öffentlichkeit sozusagen, ich will mit dir keinen Sex. Bleibe du nur bei deinem Ralf, wenn du dich nicht einmal traust, mit einem anderen Mann in ein Café zu gehen!"

Jetzt war Silvio auch sauer: „Okay, Andreas. Dann wünsche ich dir eine gute Nacht. Dein Silvio", und loggte sich aus.

Verirrte Gefühle

Am 5. März hatte Andreas viel Zeit. Er schrieb an seinem Buch und dachte dabei an Silvio. Für Andreas war es absolut nicht nachvollziehbar, dass Silvio sich so sträubte, mit ihm einen Kaffee trinken zu gehen. Auch wenn er immer noch an Ralf hängen mochte, aus welchem Grund auch immer, so konnte er doch, wenn er eine Freundschaft aufbauen wollte, mit Andreas Kaffee trinken gehen. Abends schrieb er: „Hallo, Silvio, ich sitze hier und schreibe an dem Buch weiter, aber ich kann mich nicht konzentrieren, ich muss immer wieder an dich denken.

Ich frage mich: Was ist mit dir nur los? Ich kann dich nicht mehr verstehen. Du willst immer von mir Neuigkeiten hören, bist aber nicht bereit, etwas von dir preiszugeben. Du hast immer viele Fragen, aber meine Fragen bleiben fast alle unbeantwortet.

Es gab Zeiten, da haben wir uns gegenseitig geholfen. Es ging mir nach einem Chat mit dir besser als davor. Heute ist es nicht mehr so. Du tust mir nicht mehr gut, ich bin aufgewühlt und unzufrieden, warum, weißt du, wenn du einmal überlegst, wie du mich in der letzten Zeit behandelt hast.

Du hast mir einmal geschrieben, du möchtest mein Freund werden, sein und???? Leider musste ich erneut von dir erfahren, dass es nur Worte sind und dein Handeln eine Freundschaft verhindert.

Alle meine Vorschläge oder Bitten, um mit dir wenigstens eine Freundschaft aufzubauen, ignorierst du oder weist du zurück.

Ich habe dir schon einmal gesagt: Du hast nichts getan, um unsere Liebe zu retten. Wenn du so sehr an Ralf hängst, kann ich es heute verstehen, aber du hast damals nichts dafür getan, damit ich dich verstehen kann, im Gegenteil hast du mich immer nur alleine gelassen mit meinen Gefühlen und Gedanken, weil es dir nicht gut ging und warum auch sonst immer noch. Meine Gefühle, die Tatsache, dass es mir auch nicht gut ging und ich gelitten habe, waren dir egal. Wenn es dir unangenehm wurde, hast du mich alleine gelassen.

Was ist so Schlimmes daran, wenn wir Kaffee trinken gehen? Das hat nichts mit Ralf zu tun. Ich weiß nicht, was in dir vorgeht. Aber du willst nicht, dass ich dir helfe, Du willst nicht, dass ich dein Freund werde. Du verhältst dich wie ein Faker. Bist du am Ende auch einer?

Ich möchte diese Frage nicht einmal mir beantworten. Du hast mir weiß Gott genug Probleme und Sorgen bereitet, aber wenn ich das jetzt auch noch denken sollte, wäre es doch zu viel des Guten.

Ich habe lange überlegt, ob ich es dir schreiben soll oder nicht, aber wenn ich es nicht tue, ändert sich nichts, wenn ich es tue, ändert sich auch nichts.

Du wirst nie meine Freundschaft annehmen, du bist nicht bereit dazu, wie du zu nichts bereit bist, was uns betrifft.

Deswegen werde ich jetzt und hier für mich die Entscheidung treffen und teile dir mit, dass auch ich unter diesen Umständen kein Interesse an eine Freundschaft mit dir habe.

Wenn ich mit dem Buch fertig bin, werde ich es mir überlegen, ob ich es dir geben soll, damit du es ergänzen kannst. Aber dafür müssten wir uns treffen und dazu wirst du wohl nicht bereit sein, oder irre ich mich jetzt?

Wenn du es irgendwann einmal ehrlich mit mir meinen solltest, kannst du mich gerne noch einmal anschreiben, aber vorerst ist es wohl besser, wenn wir Abstand voneinander gewinnen.

Ich möchte meine Freunde auch einmal sehen und treffen, mit ihnen feiern, mit ihnen Gedanken austauschen, mit ihnen lachen und ihnen helfen können, wenn sie Probleme haben und Hilfe benötigen und ich möchte auch ihre Hilfe in Anspruch nehmen können, wenn ich sie brauche. Kurz, ich möchte, dass meine Freunde mit mir leben, Freundschaft ist nur im realen Leben möglich, nicht im Chat. Es gibt Wünsche, die jeder lebende Mensch an seine Freunde richtet und die man nur real verwirklichen kann. Im Chat geht das nicht. Das Leben spielt sich nun einmal in der Realität ab und nicht im Chat.

Du kannst mir im Chat viel erzählen, ich kann es nicht nachprüfen, nur glauben oder nicht glauben. Du hast nicht nur von Freundschaft gesprochen, du hast schon eine gemeinsame Zukunft für uns geplant, hast von Liebe gesprochen. Du hast sogar Sex mit mir im Chat gehabt.

Ich gebe es zu, auch ich habe von Liebe gesprochen, weil es tatsächlich bei mir Liebe war. Ich habe dazu gestanden, du nicht. Du stehst nicht einmal zu einer Freundschaft, ja, nicht einmal zum gemeinsamen Kaffeetrinken in einem Café oder einer Gaststätte.

Ich brauche Freunde im realen Leben, alles andere ist Zeitverschwendung.

Ich werde dich nicht blocken, du kannst mein Profil so oft besuchen, wie du willst, wenn es dich denn beruhigt, ist es in Ordnung.

Wenn du jemals mein Freund sein willst und ich auch dein Freund sein darf, dann sollten wir uns einmal in einem Café verabreden.

Ich überlasse dir dafür die Initiative, denn wenn ich sie ergreife, willst du das nicht. Jetzt kommt der Frühling und nun denke ich erst einmal an mich. Ich will, dass es mir gut geht.

‚Ein wahrer Freund ist der,
der Deine Hand nimmt,
aber Dein Herz berührt.'

Du hast zwar mein Herz berührt, es sogar gestohlen und zerbrochen, aber meine Hand hast du ausgeschlagen.

‚Wir denken selten an das,
was wir haben,
aber immer an das,
was uns fehlt.'

Ich habe nur an dich und meine Liebe zu dir gedacht und dabei meine Freunde vernachlässigt. Ich konzentriere mich lieber wieder auf meine Freunde, denn sie sind für mich da, wenn ich sie brauche, und ich kann auch für meine Freunde da sein. Man kann auch Freundschaft leben und genießen.

‚Vielleicht möchte Gott,
dass Du im Laufe Deines Lebens viele falsche
Menschen kennen lernst,
damit Du,
wenn Du die richtigen triffst,
sie auch zu schätzen weißt
und dankbar für sie bist.'

So weh es dir tun wird, aber für mich bist du so ein falscher Mensch. Ich habe mich wieder einmal in den Falschen verliebt, obwohl ich mir so sicher war, dass du dieses Mal der Richtige für mich bist, dass wir seelenverwandt sind. Ich weiß jetzt, meine realen Freunde viel besser zu schätzen.

‚Liebe besteht nicht darin,

dass man einander anschaut,
sondern, dass man gemeinsam
in dieselbe Richtung blickt.'
Du wolltest nie in die gleiche Richtung wie ich sehen, geschweige denn gehen. Ich glaube nicht mehr daran, dass du mich geliebt hast, sonst hättest du anders gehandelt.

,Am schwersten lernt man im Leben,
welche Brücken man benutzen
und welche man abbrechen soll.'

Ich habe lange überlegt, was ich tun soll, habe dir eine zweite Chance gegeben, die du aber nicht genutzt hast. Mit deinen ständigen Weigerungen, mir meine Wünsche zu erfüllen, hast du die Brücke selbst zerstört, die uns verbunden hat, nach und nach, in kleinen Schritten. Ich habe dabei nach und nach meine Wünsche aufgegeben, dafür hast du gesorgt. Aber wenn du mir selbst eine Stunde Kaffee- trinken verweigerst, bleibt für mich kein Wunsch mehr übrig, für den es sich lohnen würde, die Brücke zu dir weiter zu nutzen.

Es liegt jetzt bei dir, ob diese Brücke jemals wieder einen Weg be- kommt, den wir beide als Freunde gehen können.

,Mögest Du immer
Luft zum Atmen,
Feuer zum Wärmen,
Wasser zum Trinken
und Erde zum Leben haben.
Das wünsche ich Dir von Herzen.'

Ich wünsche dir auch noch etwas mehr, nämlich, dass du in Zu- kunft erkennst, wenn es jemand mit dir ehrlich meint, und ich wün- sche dir von Herzen, dass alle deine Wünsche und Hoffnungen in allen Bereichen des Lebens, des realen Lebens, in Erfüllung gehen, insbesondere die deiner wahren Liebe.

Glaube mir bitte, dieser Schritt fällt mir sehr schwer, aber ich will unbeschwert leben, wenn ich nicht schon glücklich sein darf.

Ich wünsche dir von Herzen alles Liebe und alles Gute und alles Glück dieser Welt.

Liebe Grüße! Dein (Freund?) Andreas."

Es war Andreas' fester Wille, Silvio aufzugeben, wenn dieser nicht einlenken und sich nicht mit ihm treffen wollte. Andreas hatte es ihm in seiner Mail ausführlich begründet, warum er das wollte. Er schrieb Silvio nicht mehr und der akzeptierte Andreas' Entscheidung, er antwortete Andreas erst gar nicht. Damit war für Andreas ein Kapitel beendet, aber es tat ihm sehr weh. Er wollte das Gegenteil! Aber Silvio war wie ein störrischer alter Esel, er gab nicht nach.

Wenn Andreas diesen Schritt durchhielt, konnte er zur Ruhe kommen, und wenn es ihm noch so schwerfiel. Er arbeitete jeden Tag an seinem Buch, denn er hatte Urlaub, musste irgendetwas Sinnvolles tun. Ein Buch schreiben konnte doch nur sinnvoll sein, egal, ob er es schaffte, dieses Buch so gut zu schreiben, dass er es veröffentlichen konnte, oder ob er hier nur seinen Kummer verarbeitete und alles gespeichert auf dem Computer blieb.

Am 11. März schrieb Silvio ihn dann doch an: „Hallo, mein (Freund?) Andreas, ich wünsche dir ein schönes Wochenende.

Ich kann dich nicht vergessen. Denke jeden Tag an dich.

Ich hoffe, du hattest einen schönen Urlaub. Dein Silvio."

Andreas antwortete: „Hallo, Silvio, ich muss auch immer an dich denken, und wenn ich unsere Messages lese, die wir uns geschrieben haben, voller Liebe und Leidenschaft, dann muss ich immer wieder einmal weinen.

Manchmal denke ich aber, dass du nicht immer ehrlich zu mir warst. Liebe Grüße! Dein Andreas."

Als Andreas seine Antwort abgesendet hatte, bemerkte er, dass Silvio nicht mehr im Chat war. Er kam auch nicht wieder zurück. Was bezweckte Silvio damit? Eine Woche meldete er sich nicht und dann kam diese kurze Nachricht. Wollte er erreichen, dass Andreas sich wieder mit ihm beschäftigte, oder verhindern, dass Andreas Abstand zu ihm gewann? Egal was er wollte, sein Ziel hatte er erreicht, denn eine Stunde später schrieb Andreas ihm, weil er sich nicht mehr auf sein Manuskript konzentrieren konnte und Silvio in seinem Kopf herumgeisterte: „Was ist nur los mit dir, mein Silvio? Du warst nur kurze Zeit im Chat, um mir zu sagen, dass du an mich denken musst.

Hast du es wirklich nicht gesehen, dass ich im Chat bin, oder wolltest du nicht auf meine Antwort warten? Warum handelst du so?

Ich sage es dir. Ich liebe dich und ich würde alles tun, um dich sehen zu dürfen, ich würde um dich kämpfen. Aber im Chat ist es sinnlos geworden, ich habe es versucht.

Wenn du mich genauso lieben würdest wie ich dich, würdest du mich auch sehen wollen, erst recht, weil es mit Ralf und dir nicht läuft. Wenn es denn stimmt, was du mir über euch geschrieben hast. Ich setze das jetzt einmal als wahr voraus.

Wenn du so weiter machst wie bisher, kommst du nie von ihm los und er wird dir immer wieder wehtun. Du musst auch einmal den Verstand einschalten und dir sagen, dass es so nicht weitergehen kann. Und du musst auch geeignete Maßnahmen ergreifen, um dafür zu sorgen, dass es dir besser geht.

Wenn ich unsere Nachrichten lese, habe ich heute so viele Zweifel, ob du zu mir ehrlich warst, und immer wieder sage ich mir, so falsch kann kein Mensch sein, dass er über einen so großen Zeitraum mit den Gefühlen eines anderen Menschen spielen kann, weil das grausam ist.

Einerseits sage ich mir, dass du nie im Leben in der Lage wärst, so grausam zu mir zu sein, auf der anderen Seite stelle ich aber immer wieder fest, dass Deinen Worten keine Taten folgten.

Jeder Mensch, der einen anderen Menschen liebt, so wie ich dich tatsächlich immer noch liebe, würde versuchen, den Geliebten zu sehen, zu treffen, zu berühren. Und wenn es möglich wäre, ihn zu küssen und zu streicheln und Zärtlichkeiten auszutauschen und mehr noch, würde er das wollen.

Du warst nur damit beschäftigt, mich abzuweisen. Was soll ich da denken, Silvio, sei doch ehrlich, kann ich da glauben, du würdest mich lieben?

Ich frage mich: Wie viel Zeit willst du noch haben, um dich eventuell auf etwas Neues einzulassen? Fast ein halbes Jahr muss reichen, um den anderen einmal bei einer Tasse Kaffee treffen zu können.

Wenn du mir sagst, ich will dir eine Chance geben, werde ich diese Chance nutzen.

Liebe Grüße! Dein Andreas."

Am frühen Abend erwiderte Silvio: „Hallo, Andreas, ich war nur kurz im Chat, weil ich wieder auf Arbeit war. Da habe ich doch immer keine Zeit." Ob das wohl der Wahrheit entsprach? Aber letztendlich war nur wichtig, ob Andreas Silvio glaubte. Dieser schrieb weiter: „Wollte jetzt nur mal schnell gucken, ob du reagiert hast. Und du hast. Hast wieder viel geschrieben.

Ich habe dich nicht belogen!!!! Ich liebe dich immer noch!!!!!
Ich melde mich morgen noch einmal oder, wenn ich es schaffe, heute Abend, aber dann ganz spät. Bin jetzt auch gleich wieder weg. Bis Später dein Silvio."

Zwölf Minuten später antwortete Andreas, doch Silvio konnte das nicht mehr lesen, er hatte sich schon wieder ausgeloggt: „Hallo, Silvio, ich werde um 23 Uhr sehen, ob du da bist, sonst eventuell am Wochenende. Ich habe Sonntag Spätdienst.

Du sagst, du liebst mich immer noch, aber ich weiß es nicht, ob ich dir das glauben soll.

Aber ich liebe dich wirklich, du weißt, was ich möchte.

Wenn du eine dritte Chance möchtest, musst du dich mit mir treffen, mit weniger gebe ich mich nicht zufrieden. Ich liebe dich, dein Andreas."

Als Silvio diese Message las, schien er es so zu verstehen: Entweder du triffst dich mit mir oder ich breche zu dir den Kontakt ab. Silvio hielt sich daran. Er wollte Andreas nicht persönlich kennenlernen. Aber offenbar musste er immer wieder an ihn denken, und am 17. März loggte er sich ein und schrieb Andreas an, der online war: „Hallo, Andreas, bin wieder mal auf Arbeit. Aber du bist ja auch schon wieder im Dienst, richtig?

Wie war dein Urlaub? Hast du weiter am Buch gearbeitet?

Wäre nett, was von dir zu hören. Lieben Gruß, Silvio."

Schon vier Minuten später konnte Silvio Andreas' Antwort lesen: „Hallo, Silvio, ich bin zu Hause, bin krankgeschrieben, es geht mir richtig scheiße, Husten, Schnupfen Fieber, Stimme weg.

Am Buch habe ich gut gearbeitet, bin am 5. Kapitel und zurzeit auf Seite 210."

Silvio fragte: „Oh, Mensch, das tut mir aber leid. Wo hast du dir diese Erkältung weggeholt? Seit wann bist du krank? Und wann musst du wieder zum Arzt?

Warst du im Urlaub unterwegs und bei dem schönen Wetter vielleicht zu leicht bekleidet? Was bedeutet Kapitel 5?"

Andreas schrieb: „Ich habe jeden Tag daran geschrieben seit 16 Tagen. Das war mein Urlaub, Kapitel 5 Seite 210 bedeutet das Ende unserer Liebe."

Silvio erwiderte: „Andreas, warum Ende? Ich liebe dich nach wie vor. Immer noch!!!!!!!!!!!!!!!!!!!!! Das kannst du mir nicht nehmen oder beenden.

Und nur, weil ich jetzt mit dir noch keinen Kaffee trinken war? Davon machst du alles abhängig? Wie war das? Nicht bedrängen, Zeit der Welt, ... "

Darauf erwiderte Andreas: „Ich liebe dich auch und ich wünsche mir nichts sehnlicher, als dich kennenzulernen, ich möchte dich in meine Arme nehmen und dich streicheln, dir meine Liebe und Geborgenheit geben. Ich habe es eben gerade im Buch beschrieben, und nun kommst du und redest mit mir.

Ich weiß einfach nicht, was ich tun soll und glauben soll. Wir wollten uns Anfang Januar treffen, dann kam Ralf dazwischen, wie er mir immer zuvorkommt. Wir haben jetzt schon Mitte März. Wie lange soll ich denn noch warten, wie lange willst du mich noch leiden lassen?

Ich sitze hier und schreibe an dem Buch und mir laufen die Tränen, sodass ich manchmal mit dem Schreiben aufhören muss. Ich habe nicht einmal Sven so sehr geliebt wie dich.

Ich will dich nicht unter Druck setzen und ich will jetzt auch nicht angeben, aber ich habe Angst, dass ich an meiner Liebe zu dir kaputt gehe. Es kribbelt im Bauch, wenn ich an dich denke, wenn meine Gedanken nicht von dir wegkommen, bekomme ich richtige Magenschmerzen, manchmal ist es so schlimm, dass ich die Schmerzen nicht mehr aushalten kann.

Und nun frage mich bitte noch einmal, ob ich es abhängig mache von einer Stunde Kaffeetrinken mit dir in einem Café!"

Als Silvio nach zehn Minuten nicht geantwortet hatte, fragte Andreas: „ Na, mein Süßer, bist du jetzt sprachlos?"

Nun schrieb Silvio: „Ich habe nicht gewusst, dass du dieses Thema gerade in deinem Buch behandelst.

Das war jetzt Zufall. Was bedeuten Zufälle? Soll ich dich wirklich noch einmal fragen?

Ich denke, dass unsere Herzen uns zufliegen würden. Ich denke, ich weiß es.

Und jetzt komme ich, mit meiner Angst, mit meinen Bedenken, mit meiner Unsicherheit ...

Ich weiß, das sind meine negativen Eigenschaften.

Andererseits denke ich aber auch, dass du schon andere Treffen hattest (auch in deinem Urlaub) und neue Bekanntschaften geschlossen hast. Vielleicht hat sich da etwas Neues für dich aufgetan. So, dass du auch etwas abgelenkt warst." Und dann gestand Silvio: „Ja, ich war schon ein bisschen sprachlos. Und ich weiß, dass du auf jedes Wort genau achtest.

Darum sollte jedes Wort genug überlegt sein. Ich hoffe, ich habe es hingekriegt."

Andreas ließ Silvio wissen: „Du machst mich wieder einmal traurig, hast du meine letzte Message nicht gelesen?

Du musst einfach einmal versuchen, über deinen Schatten zu springen. Natürlich hast du, wie du sagst, negative Eigenschaften, die habe ich auch.

Ich habe mich mit zwei anderen Männern getroffen, sie waren die reinste Enttäuschung. Das war nur Zeitverschwendung.

Gib deinem Herzen einen Stoß und springe über deinen Schatten!!!!

Wenn wir uns lieben, sollten wir die Gelegenheit nutzen und nicht noch mehr Zeit verschwenden. Jeder Liebende möchte doch zu seinem Partner!!! Warum du nicht??????

Ich kann es nur noch einmal sagen, ich liebe dich und ich möchte dich kennenlernen. Du brauchst davor keine Angst zu haben. Das Einzige, was dabei herauskommen kann, ist, dass du jemanden hast, der dich auf Händen tragen möchte. Du kannst doch nur dabei gewinnen und nichts verlieren.

Deshalb verstehe ich nicht, dass du es immer noch ablehnst."

Silvio antwortete: „Ich habe deine Message gelesen. Und ich habe dir geantwortet.

Und jetzt merke ich meinen Magen. Ein Druck baut sich auf. Über meinen Schatten springen, wenn das so einfach wäre. Es stimmt, jeder Liebende möchte doch zu seinem Partner.

Und das ist der Unterschied zwischen uns. Auch wenn jetzt deine Tränen wieder laufen werden, du weißt es. Was soll ich mit zwei Partnern?

Du hast recht, vielleicht werde ich nicht glücklich mit ihm und vielleicht tut er mir nicht gut, und vielleicht tut er mir weh und vielleicht geht alles in die Brüche und vielleicht ... und vielleicht ...

Ich liebe dich. Ich bin glücklich, wenn wir beide chatten. Ich bin glücklich, dass du mich liebst. Ich bin glücklich darüber, dass ich dich fragen kann, wenn ich ein Problem habe. Ich bin glücklich darüber, dass du auch noch mein Freund bist, mir ein guter Freund geworden bist, den ich nicht verlieren möchte. Ein Freund, der mir auch schon einige schlaflose Stunden bereitet hat, der meine Gedanken und Träume durch die Luft hat fliegen lassen. Aber ein Freund, der auch in mir Unbehagen, Angst, flaue Gefühle in der Magengegend und Unruhe hervorgerufen hat.

Kannst du mich verstehen? Sicherlich nicht.

Oder willst du mich nicht verstehen? Ich glaube, das trifft eher den Punkt, weil du ‚WILLST'.

Ich habe total die Zeit vergessen. Wir haben jetzt um 10.45 Uhr eine Arbeitsberatung. Also, ich muss unseren Chat spätestens 10.40 Uhr beenden, wenn nicht vorher schon jemand reinschneit."

Andreas antwortete: „Du irrst, mein Silvio, ich verstehe dich und ich verstehe dich nicht.

Was deinen Partner betrifft, verstehe ich dich nicht, weil er für dich kein Partner ist. Du gehst den Weg des geringsten Widerstandes.

Dass man keine zwei Partner haben kann, ist wohl wahr. Du müsstest dich entscheiden.

Aber wenn ich dir so folge, wie du es von mir verlangst, bleibe ich auf der Strecke. Wenn wir so weitermachen, wie du es dir vorstellst, werde ich immer leiden müssen, nur weil du einen Partner haben willst, der dich unglücklich macht, unter dem du leidest, und einen Freund nicht verlieren willst. Dann muss auch ich leiden.

Was verlangst du da von uns, ist dir das bewusst??

Du willst, dass wir beide unglücklich sind!!!

Das kann nicht dein Ernst sein!!!

Ist es nicht besser, wir sind beide glücklich???

Und wenn du das wirklich willst, solltest du in deinem Profil aufnehmen, dass du einen Partner hast. Hast du denn gar kein Vertrauen zu mir?

Du willst, dass wir beide unglücklich bleiben, also machst du mir das Leben doch nur schwer. Sieh es doch bitte ein!"

So schnell konnte sich Silvio nicht dazu äußern, außerdem musste er sich ausloggen, weil er zur Dienstberatung ging. Das behauptete er wenigstens. Andreas konnte das nicht nachprüfen. Im Chat konnte man alles behaupten, auch, dass man sich in Moskau aufhielt, obwohl man in New York war. Oder wollte sich Silvio aus dem Chat verabschieden, weil ihm die Argumente ausgingen und er Zeit zum Überlegen brauchte? Aber Andreas war ein gutgläubiger und teilweise naiver Mensch. Er glaubte Silvio immer noch beinahe alles, sonst hätte er seine Ankündigung, sich nicht mehr mit ihm zu schreiben, wahr gemacht. Und somit ging er Silvio immer wieder in die Falle.

Bevor Silvio sich ausloggte, fragte er: „Treffe ich dich heute Abend noch im Chat?

Andreas, ich liebe dich wirklich!!!!! Ich komme nicht los von dir!

Auch wenn ich dich in Ruhe lassen will, ich kriege es einfach nicht hin. Irgendwann muss ich wieder Kontakt zu dir haben.

Bin ich egoistisch? Du würdest jetzt bestimmt ganz spontan sagen: – Jaaaaaaaaa!!!!!!

Ich muss jetzt los!!!! Bin schon spät daran.

Ich liebe dich!!!! Dein Silvio."

Selbstverständlich musste Silvio nach einer bestimmten Zeit Andreas kontaktieren. Sonst hätte der zu ihm Abstand bekommen. Aber das wollte Silvio nicht. Er wollte, dass Andreas weiterhin unter seinen Sehnsüchten und seiner unerfüllten Liebe litt.

Andreas antwortete: „Ich bin den ganzen Tag im Chat, ich kann ja nicht weg. Ich warte auf dich. Dein dich liebender Andreas."

Er schrieb an seinem Buch und wartete darauf, dass Silvio sich abends im Chat meldete. Er hatte ihm unmissverständlich seine Meinung und seinen Standpunkt klargemacht. Auf seine Frage, ob Silvio es wirklich wollte, dass sie beide unglücklich blieben, gab es nur eine vernünftige Antwort. Aber Andreas war schon darauf gespannt, welche Argumente Silvio wieder einfielen, um Andreas' Wünsche abzuweisen. Wenn Silvio ihn lieben sollte, das er stets behauptete, müsste er wenigstens bereit sein, mit Andreas einen Kaffee trinken zu gehen. Mehr verlangte der nicht. Aber Andreas kannte Silvio. Das glaubte er wenigstens. Silvio konnte nun den ganzen Tag nachdenken. Andreas würde das Ergebnis seiner Gedanken abends erfahren.

Am späten Abend schrieb Silvio: „Guten Abend, Andreas, bist du noch fleißig beim Schreiben oder liegst du schon im Bett (oder noch)? Wie geht es dir heute?"

Andreas antwortete: „Guten Abend, Silvio. Danke, es geht mir heute schon etwas besser, aber ich glaube, der Schnupfen kommt zurück."

Silvio fragte: „Und wie lange bist du noch krankgeschrieben?"

Andreas wollte jetzt wissen, was bei Silvios Überlegungen heute am Tage herausgekommen war. Er fragte: „Was sagst du zu meiner Mail von heute Morgen? Du hast nun genug darüber nachgedacht, ob du es richtig findest, dass wir beide unglücklich bleiben."

Silvio antwortete: „Ja, ich habe nachgedacht. Ich will nicht, dass wir beide unglücklich bleiben. Sind wir beide es wirklich? Aber ich weiß immer noch nicht, was ich will. Was du willst, das weiß ich."

Andreas dachte: ‚Jetzt hat er wieder nichts gesagt, auf jeden Fall hat er mir meine Frage nicht beantwortet. Er fängt schon wieder an, sich wie ein Aal zu winden.' Er fragte: „Willst du sagen, dass du mit Ralf glücklich bist?"

Silvio fragte: „Andreas, was ist Glück? Was heißt glücklichsein?

Ich denke, ich bin zufrieden. Nicht immer, das gebe ich ehrlich zu, aber ich weiß, ich habe Ralf. Und, ich habe Angst, einen Schritt weiterzugehen. Wie sagtest du? Über meinen Schatten springen."

Silvio hatte sich mit dieser Nachricht selbst den Todesstoß versetzt, zumindest, wenn es um ihrer beider Freundschaft ging. Andreas ging es nicht gut, er musste dafür sorgen, dass es ihm besser ging. Deshalb zog er die Konsequenzen und teilte sie Silvio mit. „Gut, Silvio, wenn es so ist, dann muss ich das akzeptieren. Aber du wirst dann auch bitte akzeptieren, dass ich von dir Abstand brauche.

Ich bin unglücklich. Und ich kann so nicht mehr weitermachen. Wenn ich dir nicht näher kommen darf, akzeptiere ich das, aber ich kann dann mit dir nicht mehr chatten. Und ich bitte dich, auch nicht mehr mein Profil zu besuchen, denn wenn ich gerade etwas zur Ruhe gekommen bin, dann sehe ich dich auf meiner Besucherliste und alles bricht wieder hervor. Wenn du das nicht akzeptierst, werde ich dich wieder blocken. Meine Gesundheit ist mir wichtiger als meine Zeit mit dir zu verschwenden. Unerfüllbare Liebe habe ich genug in meinem Leben gehabt, da brauche ich nichts mehr von.

Ich wünsche dir alles Gute für die Zukunft, hoffentlich wirst du deine Entscheidung eines Tages nicht bereuen.

Ich werde dich auch aus meinem Profil entfernen, da ich dich darauf auch nicht mehr sehen möchte. Ich muss zur Ruhe kommen. Es tut mir leid, dass es so gekommen ist, aber das hast du zu verantworten. Viele Grüße! Andreas."

Was Silvio jetzt dachte und fühlte, konnte Andreas nicht wissen. Aber Silvio hätte mit dieser konsequenten Reaktion rechnen müssen. Andreas hatte es deutlich genug angekündigt und ihn immer wieder gebeten, sich mit ihm zu treffen. Er wollte seinen Kopf freibekommen und noch einmal eine Beziehung mit einem Mann aufbauen. Wenn Silvio dieser Mann nicht sein wollte, musste Andreas sich einen anderen suchen.

Silvio antwortete: „Deiner Gesundheit zuliebe werde ich so handeln, wie du es wünschst. Ich werde dich nicht mehr anchatten und nicht dein Profil besuchen. Ich werde mich noch nicht von dieser Plattform abmelden, denn ich hoffe immer noch, dass ich dein Buch einmal zu lesen bekomme. Immerhin bin ich neben dir einer der Hauptdarsteller, oder? So hast du die Möglichkeit, mit mir Kontakt aufzunehmen, wenn das Buch fertig ist.

Hast du es so gewollt? Entspreche ich jetzt deinem Wunsch? Fühlst du dich jetzt besser?

Auch ich wünsche dir alles Gute für die Zukunft. Ich wünsche dir, dass du dein Glück erkennst und es auch festhalten kannst, wie du es in deinem Profil beschrieben hast.

Ich hoffe, du kommst jetzt innerlich zur Ruhe, wenn du mich jetzt verbannt hast. Ich wünsche dir Glück! Ich wünsche dir Liebe! Werde glücklich! Dein Silvio."

Jetzt war Andreas aufgeregt, enttäuscht und wütend auf Silvio. Er war traurig. Aber er wusste auch, dass er nicht anders handeln konnte, sonst würde er krank werden. Und das konnte er nicht wollen. Er hatte gehofft, Silvio doch noch zum Nachgeben zu bewegen, aber der dachte nicht daran. Dass er aufgeregt und wütend war, konnte Silvio in Andreas' nächster Message erkennen: „Nein, ich habe es so nicht gewollt, aber es geht nicht, dass ich körperliche Schmerzen bekomme, wenn ich an dich denke.

Was ich mit dem Buch mache, weiß ich noch nicht.

Zu deiner dritten Frage, nein, es geht mir nicht besser, ich fühle mich beschissen, weil ich bis heute gehofft habe, dass ich dich doch noch überzeugen kann, mich kennenzulernen. Ich weiß nicht, was ich denken soll, ich habe jetzt auch kein Vertrauen mehr zu dir. Wenn ich mich an die Fakten halte, was wie passiert ist, kann ich nur denken, dass du ein Faker bist.

Ich wünsche dir auch alles Gute, obwohl ich im Moment nicht einmal weiß, wer du bist. Ich bin enttäuscht und traurig und ich fühle mich von dir ... Ich möchte dich nicht beleidigen.

Mach's gut."

Andreas war am Boden zerstört. Jetzt war es seine Entscheidung, den Kontakt zu Silvio abzubrechen, aber er fühlte sich nicht wohl damit. Er liebte ihn und wollte immer noch, dass sie zusammenfanden. Aber Silvio ließ das nicht zu.

Andreas wollte den Sommer nicht alleine verbringen, also musste er etwas tun und er schlug den Weg ein, der der einzig Mögliche war. Wenn Silvio nicht nachgeben wollte, musste es diese Konsequenzen geben.

Andreas schrieb fleißig an seinem Buch weiter. Dabei musste er ständig an seinen Chatpartner denken. Das Buch half ihm, die Erlebnisse mit Silvio besser zu verarbeiten, und einige Dinge, die der ihm geschrieben hatte, besser zu verstehen. Denn er las sich alle Mails, die sie ausgetauscht hatten, mehrmals und fand jedes Mal etwas, das er beim Chatten nicht oder anders verstanden hatte. Immer wieder gewann er neue Erkenntnisse.

Auch am 19. März arbeitete Andreas an seinem Buch, musste aber ständig an Silvio denken und konnte sich nicht konzentrieren. Er versuchte, sich abzulenken, aber seine Gedanken gingen immer wieder zu Silvio.

Schließlich schrieb ihm Andreas eine Message: „Hallo, Silvio, ich muss dir doch noch einmal schreiben.

Das Ende unserer Freundschaft, so denke ich jetzt, ist wohl unwiderruflich, zumal wir beide es wieder nicht verstanden haben, uns vernünftig aus der Affäre zu ziehen.

Ich liebe dich, kann es aber nicht erreichen, dass du zu mir kommst, alle Hoffnungen, die sich immer wieder bei mir aufgebaut haben, haben sich stets in nichts aufgelöst.

Ich möchte so gerne, dass wir wenigstens Freunde sein können, aber ich schaffe es nicht. Meine Freunde sollen ein Teil meines realen Lebens sein, nicht nur Chatpartner.

Und doch bin ich mir im Moment nicht sicher, ob du wirklich derjenige bist, für den du dich ausgegeben hast. Ich frage mich, ob dein Name wirklich Silvio ist.

Ich bin hin- und hergerissen und so voller Zweifel, aber ich bin auch schon wieder etwas gefasster. Ich habe begriffen, dass wir nicht zueinander finden, und so, wie es jetzt ist, war das dann auch meine Entscheidung. Für mich ist es so besser, ich will gesund bleiben.

Bitte glaube mir, ich weiß, was es heißt, glücklich zu sein. Ich war es kurze Zeit, die Gefühle, die du da hast, sind ganz andere, als wenn man nur zufrieden ist. Du hast ständig irgendwelche Glücksgefühle, ich kann es nicht beschreiben, aber es ist ein schönes Gefühl, morgens aufzuwachen, und du bist einfach gut drauf: Es kribbelt angenehm am Körper, das soll nicht aufhören, du denkst nur noch positiv, nichts Böses kann dir etwas anhaben.

Mein Silvio, ich schreibe gerade wieder am Buch und verarbeite darin, wie du weißt, was wir uns alles gegenseitig geschrieben haben. Ich möchte dir mitteilen, dass du das Buch bekommen sollst, und ich stehe auch dazu, dass du, wenn es tatsächlich veröffentlicht werden kann, auch an dem Erlös beteiligt werden sollst. Wenn ich damit fertig bin, gebe ich dir Bescheid. Wie du an mein Buch kommst, ohne mich treffen zu müssen, musst du dir dann selbst überlegen.

Ich melde mich wegen des Buches, wenn ich damit fertig bin.

Viele Grüße! Andreas."

Am Sonntag, dem 20. März, war Andreas im Chat und schrieb wieder an seinem Buch, als er eine Message bekam. Silvio hatte ihm geschrieben: „Hallo, Andreas, du hast jetzt deine Regeln gebrochen. Ich hätte sie akzeptiert, damit es dir wieder gut geht.

Und trotzdem bin ich froh, dass ‚DU' dich nicht daran gehalten hast. Ich habe unsere Kommunikation vermisst. War schon oft drauf und dran, dich anzuschreiben oder nur einen Blick auf dein Profil zu riskieren. Ich danke dir trotzdem, dass du dich gemeldet hast. Ich fühlte mich wie auf Wolke 7.

Kannst du damit leben, wenn ich mich nur bei dir melde, wenn du mich angeschrieben hast? Ich würde mich daran halten.

Ich möchte auch, dass wir Freunde bleiben, aber erst einmal auf dieser Basis, wie wir es bisher waren. Ich kann damit umgehen. Aber du, wie du sagst, kannst es nicht. Überdenke noch einmal in Ruhe diese Situation. Es gibt nur zwei Möglichkeiten für uns: Entweder so wie bisher oder, wie sagtest du?, einen endgültigen ‚Schluss'.

Sicher würdest du innerlich zur Ruhe kommen, aber willst du es so wirklich?

Aber wie sagst du auch weiterhin? Deine Gesundheit geht vor. So soll es dann auch sein, wenn du es möchtest. Ich wollte dir nur noch einmal sagen: So, wie du jetzt unseren weiteren Chat entscheidest, so werde ich mich daran halten. Aus Liebe zu dir werde ich deinen Wunsch akzeptieren."

Andreas freute sich über Silvios Antwort, aber nicht unbedingt über deren Inhalt, denn Silvio sagte wieder, Freunde ja, aber so, wie es bisher war. Er wollte die Regeln festlegen! Das war das, was Andreas nicht mehr konnte. Er schrieb: „Hallo, Silvio, danke für deine Antwort. Wenn ich ganz ehrlich sein soll, bin ich an den Punkt angelangt, dass ich meine Gesundheit vorne anstellen sollte, denn es stimmt, was ich dir geschrieben habe, dass ich Bauchschmerzen bekomme, wenn ich an dich denke. Aber je länger ich darüber nachdenke und jetzt auch alleine im Chat bin, kommt die Sehnsucht nach dir wieder hoch.

Obwohl ich nicht weiß, wer du bist, ich meine, ich weiß nicht, was ich von dir halten soll. Bist du echt oder bist du am Ende doch nur ein Faker? Und doch komme ich nicht los von dir.

Aber wenn ich dann wieder daran denke, wie wenig Verständnis du manchmal für mich hast. Und deshalb frage ich dich: Was ist so Schlimmes daran, wenn wir einen Kaffee zusammen trinken gehen? Bitte erkläre es mir! Weil du so dagegen bist, drängen sich mir Gedanken auf, z. B., dass du ein Schwarz-Weiß-Bild in dein Profil gestellt hast. Wie alt ist es, wie alt bist du?

Vielleicht hast du alles ehrlich gemeint, bist jetzt aber doch schon 70 und willst es mir nicht sagen, weil es dir Spaß macht, mit mir zu chatten. Vielleicht willst du dich deshalb nicht mit mir treffen?

Sage mir, warum wir uns nicht sehen können, ich habe es immer wieder gefragt, aber nie eine Antwort darauf erhalten.

Silvio, ich leide, weil ich dich liebe. Weil ich dich liebe und es an meine Gesundheit geht, wollte ich einen Schlussstrich ziehen, aber ich kann es nicht.

Aber es kann so nicht weiter gehen, was soll ich tun?

Bitte gib mir Antworten, die es erlauben, dass es mir wieder besser geht, dann möchte ich auch gerne wieder mit dir chatten und auch dein Freund sein, auch in meinem Profil will ich dich dann wieder aufnehmen.

Ich bin schon immer ein Mensch gewesen, der nur das genommen hat, was ihm angeboten wurde. Wenn ich nicht das bekommen kann, was ich begehre, ziehe ich mich lieber zurück."

Silvio antwortete: „Andreas, ich würde sehr gerne das Buch lesen. Nach wie vor. Wenn du dazu bereit bist, es mir zu senden, wie auch immer, dann verständigen wir uns beide dazu.

Andreas, hast du wirklich gedacht, ich bin nicht echt? Was hast du wirklich gedacht von mir?

Alles, was in meinem Profil steht, ist echt!!!!!!!

Andreas, wie soll ich es dir erklären? Ich habe es schon einmal versucht, da hast du unseren Kontakt beenden wollen, oder doch nicht?

Andreas, ich liebe dich.

Silvio liebt Andreas (ja, ich heiße wirklich so).

Meine Liebe zu dir ist so groß, dass ich genau weiß: Wenn wir uns sehen, fliegt mein Herz dir zu. Und da kommt meine Zwickmühle – ich habe es dir schon einmal geschrieben. Ich liebe auch Ralf.

Ich weiß dann nicht, wie ich das alles auf die Reihe bekommen soll. Ich kann nicht so einfach Jahre streichen oder wegwischen. Ich möchte auch nicht, dass Ralf bei uns etwas kaputt macht und ich kenne ihn. Ich weiß nicht, wie ich es dir beschreiben soll. Es geht jetzt einfach nicht.

Das zu verstehen, ist für dich nicht einfach, ich weiß. Vielleicht willst du mich auch nicht so richtig verstehen, weil du weißt, was du willst, und du darum kämpfst.

Ich weiß und es bricht mir auch mein Herz, dich so leiden zu sehen. Aber ich kann jetzt noch nicht anders. Andreas, und so ist es jetzt!!!!!!!

Ich verlange nicht, dass du mich verstehst, aber versuche, es zurzeit einfach so hinzunehmen.

Ich hoffe, dir geht es gesundheitlich besser. Wenn du möchtest, demnächst mal wieder.

Wollen wir in Zukunft noch chatten, oder lieber nicht? Dein Silvio."

Andreas erwiderte: „Ich muss jetzt noch nachdenken, jetzt brauche ich etwas Zeit. Ich kann dir nicht gleich antworten. Bitte habe Verständnis!"

Silvio versprach, Andreas die Zeit zu geben, die er brauchte. Und dass er sich melden wollte, wenn Andreas es wollte.

Doch Andreas erwiderte: „Ich melde mich bei dir, versprochen. Liebe Grüße! Dein dich liebender Andreas."

Andreas wollte, wenn es irgendwie möglich war, die Freundschaft mit Silvio erhalten. Doch der beharrte immer wieder auf seinen Standpunkt. Der eine konnte nicht mit dem anderen chatten und der andere wollte nicht, dass sie sich trafen. Andreas wollte ihm noch einmal eine Message schicken, in der er ihm diesen Punkt nochmals erklären wollte. Entweder Silvio verstand ihn, dann würde er antworten, oder er verstand ihn nicht, dann würde er es nicht tun. Das wäre dann das endgültige Ende ihrer Liebe und Freundschaft. Andreas schrieb seine Message und schickte sie am 21. März abends ab: „Hallo, Silvio, ich habe dir alles in den letzten Messages geschrieben, was ich dir mitzuteilen hatte. Ich habe dir mehrmals meine Wünsche erzählt, ich habe gekämpft, wie du es neulich sagtest.

Ich habe es begriffen, dass ich dich nicht für mich gewinnen kann, auch wenn du es immer noch bezweifelst. Nur du denkst, dass alles so weitergehen kann wie bisher. Du rückst von deiner Position nicht ab. Ich bin hier derjenige gewesen, der immer wieder ein Stück aufgeben musste.

Es ist für mich unverständlich, dass du so an Ralf festhältst. Hast du Angst, er wird dafür sorgen, dass du deinen Job verlierst? Wie du siehst, ich mache mir auch meine Gedanken um dich, denn du bist mir nicht egal. Ich liebe dich wirklich, mit jeder Faser meines Körpers. Ich mache es mir nicht einfach, das kannst du mir glauben.

Oder hast du Angst um mich? Die Sorge ist unbegründet. Ich weiß, mich zu verteidigen, wenn mich jemand in der Luft zerreißen will, wie du einmal geschrieben hast.

Wenn wir zueinander stehen, kann uns Ralf gar nichts anhaben. Du musst nicht den Weg des geringsten Widerstandes gehen, manchmal ist der schwerere Weg der bessere. Ich werde schon auf dich aufpassen, es soll dir kein Leid geschehen, solange du in meiner Nähe bist.

Du hast Ralf nicht vermisst bei deiner Geburtstagsparty, im Gegenteil warst du erleichtert, dass er nicht da war. Du liebst ihn nicht. Und die Jahre brauchst du auch nicht wegwischen, die bleiben in deiner Erinnerung. Du bleibst bei Ralf und dein Leben ist nichts mehr Wert, weil du in Angst lebst. Was ist das für ein Leben?

Wenn wir uns sehen sollten, so sagst du, wird dein Herz mir zufliegen. Entweder ist es schon jetzt so oder du liebst mich nicht. Wenn du mich wirklich lieben solltest, könntest du deine Zweifel und Ängste beiseiteschieben. Du solltest auch mit einer neuen Situation fertig werden. Du machst dir und auch mir nur etwas vor. Das glaube ich.

Mir geht es um meine Gesundheit. Also, wer von uns gibt nach?

Ich schreibe jetzt das Buch, du sollst es lesen und mir deine Meinung und Änderungsvorschläge sagen. Es lässt sich nicht umgehen, so glaube ich, dass wir uns zu einem oder mehreren Arbeitsgesprächen treffen müssen. Im Chat alles klären, das wird nicht funktionieren, ich weigere mich auch, das zu tun. Nein, dann müssen wir uns treffen. Was macht dann dein Herz? Ist es dann immer noch so ängstlich, ängstlich vor Ralf? Was ist, wenn es mir dann zufliegt?

Ich werde es für mich so entscheiden, dass du von mir das Buch bekommst, wenn ich damit fertig bin. Ich werde dich so lange, wenn ich es durchhalte, nicht anschreiben. Ich bitte dich, mich nur anzuschreiben, wenn sich deine Position mir gegenüber so verändert, dass es eine positive Entwicklung für uns bedeuten kann.

Bitte lies dir noch einmal alle meine Messages durch, die ich dir in diesem Monat geschrieben habe! Da sind alle meine Argumente drin enthalten. Ich muss sie jetzt hier nicht noch einmal alle aufschreiben.

Du hast es leider vorgezogen, auf die meisten nicht einzugehen. So, wie du es immer tust, wenn dir etwas unangenehm ist.

Vielleicht beantwortest du mir doch noch einige Fragen, dann darfst du mich anschreiben, sonst lass es bitte, bis ich mich bei dir wegen des Buches melde.

Meine Entscheidung ist es jetzt, endlich zur Ruhe zu kommen, ja, das ist es, was ich will. Du willst mich nicht, was soll ich da machen? Weiter den Kontakt zu dir halten und weiter unglücklich leben und lieben? Nein, das will ich nicht. Ich hasse dich nicht, ich bin gefrustet, ja, das bin ich. Vielleicht bin ich auch etwas wütend auf dich, weil du nicht mutig bist. Weil du vor Ralf Angst hast und dich nicht wehrst. Weil du innerlich weißt, dass wir, du und ich, Silvio und Andreas, zusammengehören. Und du, obwohl du es erkannt hast, es nicht zugibst und stattdessen unser Glück und unsere Liebe verhinderst. Er behandelt dich wie Dreck, aber du bleibst bei ihm. Damit gibst du unser Glück weg.

Ja, mein Lieber, dein Andreas hat um dich gekämpft. Glaube aber bitte nicht, dass ich dich nicht verstehen will. Weil ich dich verstehen will, habe ich dir immer wieder Fragen gestellt, nur hast du sie meist ignoriert.

Dass du dich hinter Ralf versteckst, kann ich aber wirklich nicht verstehen. Nicht, weil ich es nicht will, sondern weil ich weiß, dass dein Schatten, wie du es ausdrückst, deine Angst vor Ralf ist. Und deine Angst ist es, die deinem Herzen verbietet, zu mir zu fliegen. Und deine Angst vor Ralf ist es, die unser Glück zerstört.

Wenn du möchtest, antworte mir auf alle Fragen, die ich dir hier gestellt oder aufgeworfen habe. Über ehrliche Antworten werde ich mich freuen.

Ich liebe dich, ich brauche dich. Wenn du unser Glück nicht zulassen willst, werde ich dieses eine Mal meinen Willen durchsetzen. Du weißt, wie du mich erreichen kannst, wenn du zu mir finden möchtest. Du weißt, du bist der, den ich begehre, den ich liebe, mit dem ich meine Zeit verbringen möchte, mit dem ich alt werden möchte.

Ich will dich!!!!!!!!

Liebe Grüße! Dein dich liebender und verehrender Andreas."

Andreas wartete auf Silvios Antwort, doch diese kam nicht. Er war wieder einmal von Silvio enttäuscht. Wie oft hatte der das schon getan? Andreas wusste es nicht. Aber das passte zu Silvio, ihm unangenehme Fragen nicht zu beantworten. Er strafte seine Aussagen Lügen, dass er Andreas' Freund bleiben wollte, dass er ihn liebe.

Warum musste Andreas ihn immer noch so sehr lieben, dass seine Gesundheit darunter litt? Silvio tat doch seit Langem nichts, um diese Liebe brennen zu lassen, im Gegenteil tat er alles dafür, diese Liebe zu vernichten. Andreas verstand sich selbst nicht.

Der Überfall

Nachdem Andreas die letzte Message an Silvio gesendet hatte, kehrten seine Gedanken zu ihm und Ralf zurück. Silvio befürchtete angeblich, dass Ralf ihn in der Luft zerreißen könnte. Sollte der das mal nur versuchen, Andreas konnte gegenhalten. Wenn er an den Überfall aus dem Jahre 1987 dachte, damals konnte er sich ebenso gut behaupten. Die vier Typen mussten sich gewundert haben. Gut, damals war er jünger, aber dafür sollte er es heute, wenn sich Silvio doch noch mit ihm einlassen wollte, wenn überhaupt, mit nur einem Gegner zu tun bekommen. Mit dem würde er es immer noch aufnehmen.

*****

An einem schönen Sommerabend ging Andreas damals nach dem Training durch den Wald. Er befand sich auf den Weg nach Hause, war achtundzwanzig Jahre alt, fit und sportlich ausdauernd. Andreas hatte Zeit. Deshalb hatte er sich entschlossen, zu Fuß zur S-Bahn zu laufen. Dazu musste er einen Teil des Weges durch den Wald gehen. Da er über einige Dinge nachdenken wollte, kam ihm das gelegen, zumal er der einzige Waldspaziergänger zu sein schien. Er hatte den Tragegurt seiner großen Trainingstasche über die linke Schulter geworfen, sodass die Tasche an seiner Hüfte hing. Langsam ging er den Weg entlang.

Andreas war so in seine Gedanken vertieft, dass er nicht bemerkte, dass vier junge Leute ihn beobachteten. Er bog auf einen schmalen Weg ein und schlenderte langsam weiter. Die Jugendlichen gingen nun etwas schneller und holten zu ihm auf.

Er verließ den schmalen Pfad und bog auf einen etwas breiteren Waldweg ab. Zwei der Jugendlichen überholten ihn, einer links und der andere rechts von ihm. Die beiden Hinteren bemerkte er nicht und hing immer noch seinen Gedanken nach, als er plötzlich von einem Jugendlichen angesprochen wurde: „He, Alter, hast du mal Feuer für mich?"

Andreas blickte auf und sah, dass sich der Kerl ihm in den Weg stellte und von einem zweiten Jungen begleitet wurde. Der eine sah etwas dicklich und ungepflegt aus. Er war etwa so groß wie Andreas.

Einen sportlichen Eindruck machte der nicht. Sein Alter schätzte Andreas auf etwa zwanzig Jahre.

Der Zweite war etwas jünger, vielleicht achtzehn Jahre alt, schlank und machte einen gut durchtrainierten Eindruck. Er schien kräftige Arme zu haben, die es gewohnt waren zuzupacken. Andreas vermutete, dass er körperlich viel arbeiten musste. Auch der zweite Jugendliche stellte sich Andreas jetzt in den Weg. Er grinste ihn an und sagte: „Und wenn du meinem Kumpel Feuer gibst, hast du sicherlich auch Feuer für mich."

Andreas erwiderte: „Hat euch denn keiner gesagt, dass man im Wald nicht rauchen sollte? Das ist wie mit dem Rauchen im Bett. Die Asche, die runterfällt, könnte eure eigene sein."

Andreas hörte eine Stimme hinter sich sagen: „Nun hört sich doch mal einer diesen Klugscheißer an! Der hat ja die Weisheit mit Löffeln gefressen!"

Andreas sah sich um und erblickte die beiden anderen Jungen.

Nun wurde ihm bewusst, dass er die Situation falsch eingeschätzt hatte. Es waren nicht nur zwei, sondern vier Kerle. Es war Andreas bewusst, was sie wollten. Auf jeden Fall kein Feuer für Zigaretten, die sie noch nicht einmal in ihren Händen hielten.

Hier kam Ärger auf ihn zu. Schnell versuchte er, die beiden hinter ihm stehenden Burschen einzuschätzen. Auch sie waren etwa achtzehn Jahre alt und eher schlank. Besonders kräftig sahen sie nicht aus. Die größte Gefahr ging von dem kräftigen, links vor ihm stehenden Bengel aus. Den musste er zuerst außer Gefecht setzen, wenn es zu Handgreiflichkeiten kommen sollte. Aber Andreas hoffte, dass er die Situation friedlich lösen konnte.

Sollte er vielleicht einfach nur weglaufen. Keinem der vier jungen Männer traute er es zu, ihm folgen zu können. Aufgrund seines vielen Lauftrainings war er gut durchtrainiert und für die vier frechen Kerle wahrscheinlich viel zu schnell und ausdauernd. Erleichtert stellte er fest, dass sie nicht bewaffnet waren. Sie fühlten sich stark, weil sie zu viert waren. Er sagte: „Hallo, da kennt sich noch einer mit Sprichwörtern aus."

„Kannst mal sehen", lachte einer hinter ihm.

Und gleich darauf fragte der Dicke vor ihm: „Na, was ist, bekommen wir nun Feuer oder nicht?"

Andreas antwortete: „Ach, Jungs, das hat doch keinen Sinn. Geht lieber nach Hause. Das wäre besser für euch."

„Was für uns gut ist, solltest du schon uns überlassen. Du kannst uns nämlich auch etwas anderes geben!", sagte der Dicke. Er schien der Rädelsführer zu sein.

Jetzt wollte Andreas sich den Kerlen stellen. Weglaufen kam für ihn nicht mehr in Frage. Diese frechen Kerle hatten eine Lektion verdient. Er fragte: „Was soll ich euch denn geben?"

Der Dicke grinste ihn an und sagte: „Dein Geld!"

„Oh, oh, da habt ihr euch aber den Richtigen ausgesucht. Ihr solltet euer Vorhaben aufgeben und nach Hause gehen. Ich kann nämlich Judo und Karate", warnte Andreas sie.

Der Dicke lachte und erwiderte: „Das sagen alle. Du Heini kannst gar nichts. Dir geht der Arsch auf Grundeis. Das sehe ich dir doch an."

„Gut", sagte Andreas, „ich warne euch ein letztes Mal", er sprach ruhig und selbstsicher, wollte die Burschen einschüchtern und ihnen zeigen, dass er keineswegs Angst vor ihnen hatte. „Ich werde mir zwei von euch zur gleichen Zeit schnappen. Einer von euch geht anschließend ins Krankenhaus. Wollt ihr das?"

Von hinten kam jetzt eine etwas unsichere Stimme: „Vielleicht sollten wir wirklich lieber verschwinden?"

Der Dicke entgegnete: „Du spinnst wohl, der gibt doch nur an. Dem geht der Arsch auf Grundeis, sag ich euch", und zu Andreas sagte er: „Los, Kerl, gib mir deine Brieftasche!"

Andreas meinte: „Komm her und hole sie dir doch, wenn du Mut hast."

„Los, Kerl, her damit", schnauzte der Dicke.

Andreas stellte seine Tasche auf den Boden und sagte selbstbewusst: „Nanu, jetzt geht dir wohl der Arsch auf Grundeis?" Dabei beobachtete er den links vor ihm stehenden Jungen. Der versuchte, weil er Andreas durch den Dicken abgelenkt glaubte, einen schnellen Schritt auf ihn zuzugehen. Was er bezweckte, war offensichtlich. Er griff Andreas an. Doch rechnete er nicht mit dessen Schnelligkeit.

Andreas drehte sich dem Angreifer entgegen und hatte ihn jetzt auf seiner linken Seite. Sein Gewicht verlagerte er auf das rechte Bein und sprang vom Boden ab. Der Hacken seines linken Fußes schnellte von oben nach unten, direkt auf das rechte Knie des Angreifers. Es knackte laut, als sein Hacken das Knie des Kerls traf. Der verletzte Bengel war zunächst überrascht. Er hatte noch nicht registriert, dass Andreas ihm seine Kniescheibe gebrochen hatte. Doch der Schmerz in seinem Bein explodierte und er schrie auf, fiel auf den weichen Waldboden und hielt sich sein rechtes Knie. In nur zwei Sekunden hatte Andreas den Angriff abgewehrt. Oder war gar es nur eine Sekunde?

Da der Dicke zu dicht an seinem Kumpel stand, griff Andreas ihn sofort an, als er wieder festen Boden unter den Füßen hatte. Plötzlich hatte er den linken Arm hinter den Rücken seines Gegners gedreht, der wie ein Hebel wirkte und den Oberkörper des Dicken nach vorne beugte. Mit seiner linken Hand hielt Andreas den Arm und die rechte Hand hatte er zum Schlag gegen den Ellenbogen erhoben. Der Dicke hatte keine Chance, aus seiner misslichen Lage herauszukommen. Bei einer falschen Bewegung des Kerls hätte Andreas ihm den Ellenbogen gebrochen.

Ganz ruhig sagte Andreas: „Wenn jetzt einer von euch den starken Mann markieren muss, geht der Dicke auch ins Krankenhaus." Er hatte kein Verständnis für solche Leute, die andere Menschen überfielen und ausraubten, vielleicht auch noch zusammenschlugen. Und erst recht nicht, wenn es vier gegen eins ging. In diesem Moment kannte er keine Gnade und war bereit, mit aller Brutalität gegen die vier vorzugehen. Das brauchte er jetzt aber nicht mehr. Die beiden Typen hinter ihm suchten das Weite.

Jetzt war Andreas mit den anderen beiden Kerlen alleine. Der Jüngere hielt sich das Knie vor Schmerzen und jammerte nach seiner Mutter. Andreas fragte den Dicken: „Willst du dich jetzt um deinen Kumpel kümmern und gibst Ruhe?"

In diesem Augenblick hätte ihm der Gauner alles versprochen. Andreas ließ ihn los und nahm seine Tasche vom Waldboden auf, hing sie sich lässig über die linke Schulter und überließ die beiden Kerle sich selbst.

Ronny

Andreas machte sich seine Gedanken über Silvio, dabei entstand in seinem Kopf ein düsteres Bild davon, was Ralf Silvio beim Sex antat. Letztendlich glaubte Andreas, erraten zu haben, was mit Silvio los war. Dessen Antworten auf Andreas' Messages hatten ihm seinen Glauben bestätigt. Aufgrund der vielen Chats der beiden war Andreas davon überzeugt, dass Silvio nicht glücklich, auch nicht zufrieden sein konnte. Andreas glaubte, dass Silvio sich nicht traute, ihm zu schreiben, weil er, Andreas, ihm das verboten hatte. Andreas konnte nur spekulieren, und das half bekanntermaßen nicht. Und doch tat er das.

In ein paar Wochen sollte er sich fragen, warum um alles in der Welt er die Wahrheit nicht erkannt hatte. Wie viel Ärger hätte er sich ersparen können, auch Unwohlsein, Schmerzen und Tränen.

Am 28. März schickte Andreas Silvio eine Nachricht: „Hallo, Silvio, die Dinge sind nun einmal so, wie sie sind. Vergessen werde ich dich nie, aber ich kann an dich denken, ohne dass es wehtut.

Viel Anteil daran hat ein sehr lieber, netter Mann, der mich gefunden hat. Er hat mich angeschrieben und ich habe ihn abgewiesen, weil ich dich wollte. Nun ist es so, dass wir uns schon mehrmals getroffen haben und wir uns sehr gut verstehen. Wir verbringen seit etwa drei Tagen unsere ganze Freizeit zusammen. Er ist glücklich mit mir und ich glaube, dass ich mit ihm auch glücklich sein kann.

Ich werde bei ihm bleiben. Mein Profil habe ich schon entsprechend geändert.

Wenn du magst, kannst du gerne mein Profil besuchen, wenn du magst, kannst du mich auch anschreiben, wenn ich on bin und du jemand zum Erzählen brauchst. Aber bitte rede nicht mehr von Liebe. Es grüßt dich ganz lieb Andreas."

Silvio las diese Nachricht erst am nächsten Tag. Hatte Andreas es geschafft, sich von ihm zu lösen? Silvio antwortete ihm, als er online war: „Danke, Andreas, ich wünsche dir alles Glück der Erde. Du hast es verdient. Halte dein Glück fest!!!!

Habe trotzdem mir sehnlichst gewünscht, dein Profil besuchen zu können. Jetzt habe ich mein offizielles OKAY von dir, danke!!!! Habe auch gleich Gebrauch davon gemacht. Ich werde und will dich nicht vergessen.

Ich danke dir auch, dass ich dich ab und zu anschreiben darf. Werde mich aber zurückhalten, obwohl ich viel mehr an dich denke, als du von mir hören wirst.

Konzentriere dich voll auf dein jetziges Glück. Und vergiss nie deine eigenen Worte zu mir: Lass dich nicht verletzen. Pass auf dich auf!!! Ich hoffe, du kannst dein Glück besser genießen.

Es grüßt dich ebenfalls ganz lieb Silvio."

Andreas antwortete: „Ja, ich werde mein Glück festhalten, ich werde ihn nie so lieben wie dich, aber ich glaube, ich könnte ihn lieben, er hat etwas ... Er ist zärtlich und er liebt mich, das merke ich jeden Tag, ich glaube, auch ich könnte ihn lieben und ich lasse nichts mehr dazwischenkommen. Er bekommt alles das von mir, was er braucht, und ich gebe es gerne, ohne dass ich etwas dafür von ihm erwarte. Ich fühle es, er könnte mein Glück sein, und ich halte ihn fest."

In Wahrheit war sich Andreas nicht ganz so sicher, was Ronny, das war sein Name, betraf. Aber er war bereit, ihm eine Chance zu geben und alles dafür zu tun, dass sich eine Partnerschaft zwischen ihnen entwickeln konnte.

Andreas erlaubte Silvio: „Wenn du magst, schreibe mich an, ich werde antworten. Ich werde nie vergessen, was du einmal für mich warst."

Doch plötzlich kamen Andreas doch Tränen. Es tat ihm immer noch weh, wenn er an die Chats der vergangenen Wochen und Monate mit Silvio dachte, in denen sie sich ineinander verliebt hatten.

*****

Andreas kehrte von der Nachtschicht nach Hause zurück und wollte nur noch schlafen. Aber er war traurig und hatte Sehnsucht nach Silvio. Ihm wurde bewusst, dass mit Ronny alles das, was Silvio betraf, unwiderruflich zu Ende gehen musste. Vielleicht konnten sie in Zukunft miteinander chatten, aber mehr war nicht mehr möglich. Es war für Andreas so, als müsste er eine Niederlage einstecken. Das schrieb er Silvio.

Der reagierte überaus fair und entgegnete: „Bitte, sei nicht traurig, schon gar nicht, wenn du schlafen willst.

Denke an dein Glück!!!!!!! Denke an deinen Ronny!!!!!!!!!

Werde glücklich!!!! – Oder: Bleibe glücklich!!! Dein Silvio."

Überhaupt veränderte sich Silvios Verhalten in den nächsten Tagen Andreas gegenüber zum Positiven. Er hielt zwar noch an die von ihm erfundene Figur Ralf fest, hatte auch immer noch eine große Fantasie, diese mit Leben auszufüllen, aber es ging ihm jetzt nicht darum, Andreas zu manipulieren.

*****

Am 30. März teilte Silvio in einem Chat Andreas mit, dass es ihm überhaupt nicht gut gehe, er traurig sei und nicht schlafen könne; fast die ganze Nacht habe er wach gelegen. Am Tag fühle er sich wie gerädert, sei nervös und weine viel. Er freue sich jedoch, dass Andreas ihn angechattet habe, denn er wolle ihn nicht verlieren. Er sei froh, dass Andreas seine Ankündigung, mit ihm nicht mehr chatten zu wollen, nicht sehr lange durchgehalten habe. Aber das liege sicherlich zum Teil daran, dass Andreas Ronny kennengelernt habe. Und er wollte wissen, ob Ronny heute frei habe und was der beruflich mache.

Andreas antwortete: „Er ist Maler und hat heute frei. Ich habe nachher nur zwei Termine, dann fahre ich wieder zu ihm und bleibe bei ihm. Werde irgendwann morgen nach Hause kommen."

Am 31. März las Andreas eine weitere Message von Silvio: „Hallo, Andreas, ich hoffe, du hattest viel Spaß bei Ronny und er hat dich glücklich gemacht. Ich wünsche es dir wirklich.

Nun ist es sicherlich auch abzusehen, dass wir uns kaum noch im Chat treffen, denn abends hast du bestimmt Besseres zu tun, und ich möchte nicht unbedingt mit dir chatten, wenn Ronny dabei ist. Genießt ihr eure gemeinsame Zeit. Ich wünsche dir alles Gute. Dein Freund Silvio."

Andreas konnte Silvio verstehen, denn ihm war es vor einigen Tagen oder Wochen ähnlich ergangen. Zwei Stunden später antwortete er: „Hallo, Silvio, deine Gefühle und dein Denken in allen Ehren.

Oder tut es dir jetzt doch weh, dass ich nun einen anderen Mann kennengelernt habe und mich mit ihm einlasse? Ich glaube es.

Es tut mir leid für dich, aber es ist so, dass du mich nicht wolltest, und ich möchte nicht alleine bleiben. Ich stelle immer wieder fest, dass Ronny ein sehr lieber Kerl ist, aber ich weiß auch, dass er dir nicht das Wasser reichen kann.

Wenn ich mit Ronny zusammen bin, ist alles super, alles in Ordnung, aber wenn er dann nicht mehr bei mir ist, muss ich doch wieder an dich denken. Ich danke dir für deine lieben Wünsche, aber glaube mir, ich wäre viel lieber mit dir zusammen.

Ronny ist ein sehr verständnisvoller Mensch, wahrscheinlich ist er jetzt das Beste, das mir passieren kann. Er gibt mir meine Freiräume, die ich brauche. Gestern z. B. hätten wir den ganzen Tag zusammen verbringen können. Ich hatte aber noch zwei Termine mit Freunden, die ich hätte absagen müssen. Er wollte es nicht und hat mich darin bestärkt, sie zu treffen. Neulich hatte ich ihn versetzt, weil kurzfristig ein anderer Freund meine Hilfe brauchte, Ronny hatte auch dafür Verständnis.

Ich habe Angst, dass ich seine Erwartungen nicht erfüllen kann, denn er hat es verdient, glücklich zu sein. Ich weiß es nicht, ob ich ihn jemals lieben kann, vielleicht mache ich schon den nächsten Fehler.

Er liebt mich, das weiß ich und das spüre ich immer wieder, wenn ich mit ihm zusammen bin. Aber wenn ich dann wieder alleine bin, gehen meine Gedanken unweigerlich zu dir. Und anschließend habe ich ein schlechtes Gewissen, weil ich mit meinem Herzen immer noch bei dir bin, weil ich dich immer noch liebe und es so bleiben wird.

Ich tue alles für Ronny, ich bin für ihn da, wenn er mich braucht. Ich hoffe nur, er merkt nicht eines Tages, dass ich eigentlich nicht ihn, sondern dich liebe.

Eigentlich sollte ich dich hassen, weil du unserem Glück im Wege stehst. Ich habe es versucht, von dir loszukommen, ich schaffe es nicht. Ich sitze jetzt hier und schreibe dir diese Zeilen und es ist alles verwischt. Mir laufen die Tränen und ich möchte bei dir sein, aber nachher kommst nicht du zu mir, es ist Ronny und ich werde versuchen, alles das für ihn zu tun, was ich viel lieber für dich getan hätte.

Und ich werde immer wieder an dich denken, wenn ich seinen Körper in meinen Armen halte.

Mein lieber, Engel, ich wünsche dir alles Liebe, alles Gute. Vielleicht wacht Ralf doch noch einmal auf und findet zu dir. Vielleicht wird er dich so lieben, wie du es verdient hast. Ich wünsche es dir von ganzem Herzen.

Bitte schreibe mir wieder einmal, ich liebe dich und ich will wenigstens ab und zu einmal ein paar Worte von dir lesen dürfen.

Liebe Grüße! Dein dich liebender und weinender Andreas."

Silvio antwortete: „Hallo, mein Süßer, nachdem du mir diese Zeilen geschrieben hast, traue ich mich nun doch, wieder dieses Wort zu schreiben.

Du hast mir mit deinen Zeilen mein Herz berührt. Ich lese sie und kann mich nicht zurückhalten.

Ja, du hast ins Schwarze getroffen.

Als ich das erste Mal von deinem Ronny erfahren habe, ich wünsche dir wirklich viel Glück mit ihm, lag ich abends im Bett und konnte mich nicht beruhigen. Es war mir nicht gleichgültig und es tat weh!!! Warum eigentlich?

Ich liebe dich auch noch!!! Verzeih mir, wenn ich das jetzt noch einmal schreibe. Aber es ist so. Ich denke oft an dich und ich weiß jetzt, wie es dir wohl in letzter Zeit ergangen ist. Aber ich habe es wohl so verdient. Ja, ich bin eine Schissbüchs.

Wenn ich auf deinem Profil war, habe ich mich nicht verirrt. Am liebsten würde ich dich mehrmals am Tage anklicken.

Ich freue mich trotz allem sehr für dich, dass Du in Ronny so einen verständnisvollen Partner gefunden hast. Gib euch Zeit!!!!

Andreas, stell Dein Licht nicht unter den Scheffel!! Du musst nicht darüber nachdenken, ob du seine Erwartungen erfüllst. Sei lieb zu ihm und bleib einfach nur DU selbst. Du kannst nichts falsch machen. So, wie ich dich im Chat kennengelernt habe, ist es fast unmöglich, dass du deinen Partner enttäuschst.

Du hast so viele positive Seiten (von den kleinen negativen abgesehen, grins). Du wirst es schon machen. Da bin ich mir ganz sicher.

Auch Liebe entwickelt sich. Gib ‚DIR' auch die Zeit dazu, die du brauchst. Warte nicht auf einen Knall, die Liebe stellt sich allmählich ein.

Bitte, Andreas, hasse mich nicht. Das könnte ich nicht ertragen. Siehst du, nein, siehst du nicht, jetzt laufen bei mir die Tränen und eine merkwürdige Erregung steigt in mir auf. Auch ich kann dich nicht vergessen. Ich liebe dich immer noch!!!

Sei mir bitte nicht böse. Ich umarme dich. Dein Silvio."

Andreas war von Silvios Worten sehr gerührt. Er wollte Ronny auf jeden Fall eine Chance geben, denn er wusste, dass er in seinem Alter nicht so schnell wieder einen jungen Mann finden werde, der bereit war, mit ihm eine Beziehung einzugehen. Andreas glaubte, dass Ronny wahrscheinlich seine letzte Chance war, doch noch glücklich zu werden. Und doch glaubte er, dass er nur mit Silvio glücklich werden könne. Er schrieb ihm auch in einem langen Liebesbrief, warum er das glaubte, und überließ sich darin seinen vielen Spekulationen. Andreas erlag einem Irrglauben und seinen Gefühlen und ging diesmal sich selbst, aber auch Silvio auf den Leim.

Eine Antwort schickte Silvio nicht, was sollte er auch antworten. Alles das, was er als Antwort hätte geben können, hatte er Andreas schon geschrieben. Silvio schickte lediglich eine Lesebestätigung. Das war Antwort genug. Silvios Angst, das glaubte Andreas verhinderte eine große Liebe und ein glückliches Leben zweier Menschen, die zueinander gehörten. Andreas ahnte nicht, dass er in ein paar Wochen die ganze Wahrheit über Silvio erfahren sollte.

*****

Am 1. April chatteten Silvio und Andreas noch einmal. Zunächst betrieben sie Smalltalk, unterhielten sich über ihre Vorhaben am bevorstehenden Wochenende. Das Wetter versprach, sehr schön zu werden. Angesagt war Garten und Kino und am Sonnabend am Abend Pink-Party. Außerdem stellte Silvio fest, dass Andreas seinen Profiltext auf Gaybörse geändert hatte. Dazu schrieb Silvio: „Ich habe gesehen, du hast auch deinen Text im Profil überarbeitet. Hast dein Glück gefunden und hoffst, dass es bis zum Lebensende hält. Ja, das wünsche ich dir."

Andreas antwortete: „Was soll ich denn machen, habe mich nun einmal mit Ronny eingelassen.

Was ich will und fühle, habe ich dir gestern geschrieben und dazu stehe ich. Ich habe dir genug Argumente gegeben, bitte denke darüber nach. Ich will dich!!!"

Nach einigem Warten traf Silvios Antwort ein: „Andreas, ich habe dir doch keinen Vorwurf gemacht. Ronny ist vielleicht dein Glück. Es ist nicht so einfach, einen Partner zu finden, der so lieb und nett ist und dazu noch deinen Vorstellungen (in Bezug auf Alter) entspricht. Was meinst du, wie viele ‚ältere' Männer mich anschreiben und mir erklären, dass es schwer ist, einen Partner zu finden!

Mein Liebling, ich weiß, was du willst und was du fühlst!!!!!!

Ich weiß es wirklich!!!!!!! Und ich weiß auch, dass du kämpfst!!!!

Darum berührst du mit deinen Worten mein Herz, und es krampft beim Lesen. Es krampft sogar ganz furchtbar. Und mein Tränenkanal leistet wieder Trainingsstunden."

Andreas war unerbittlich, es war der letzte Versuch, Silvio wach zu rütteln: „Und warum änderst du nichts? Wenn du weinen musst bei meinen Worten, dann willst du doch auch etwas anderes als das, was du jetzt hast.

Ronny ist ein Engel, aber er ist nicht wie du. Du wärst genauso lieb zu mir, wie er es ist. Aber das wärst dann du.

Aus Angst nichts für seine Liebe zu tun ist der falsche Weg."

Silvios Antwort konnte Andreas nicht verstehen. Er schrieb: „Du hast recht, mein Engel! Ich liebe dich!!! Das ist nun mal so!!!

Ein schönes Wochenende!

Auch wenn ich es nicht mehr sollte: Ich küsse dich!!!!

Dein Silvio", und damit loggte er sich aus.

In seiner Antwort an Silvio offenbarte Andreas noch einmal seine Gefühle und sein Denken: „Du gibst mir Recht, aber du änderst nichts. Ich bin traurig.

Ich gehe mit Ronny ins Bett, aber ich denke an dich.

Gestern habe ich ihn sogar alleine ins Bett gehen lassen. Bin erst zu ihm gegangen, als er schon schlief.

Ich wollte es auch nicht mehr sagen, habe dir sogar verboten, von Liebe zu schreiben. Welch ein Irrsinn! Ich rede nur von meiner Liebe zu dir und du sollst es nicht dürfen. Das geht auch nicht. Du darfst es genauso wie ich auch.

Ich wünsche dir ein schönes Wochenende und ich wünsche mir, dass du es dir vielleicht doch noch einmal überlegst. Immerhin hast du mir nun schon einmal recht gegeben.

Mein Silvio, ich werde wohl die Hoffnung nie aufgeben, weil ich dich liebe.

Ich stehe vor dir und sehe, dass du Tränen in den Augen hast. Je eine schleicht sich ganz langsam aus jedem deiner Augen. Sie ziehen ihre Bahn über dein Gesicht. Ihre Spuren sind deutlich zu sehen.

Es zerreißt mir das Herz. Ich möchte dir helfen, aber du lässt es leider nicht zu. Auch meine Augen werden feucht, weil ich zusehen muss, wie in deinem Inneren ein erbitterter Kampf tobt. Du bist hin- und hergerissen und weißt nicht, was du tun sollst. Du stehst vor mir und bist völlig hilflos.

Dich so zu sehen macht mich traurig und wütend zugleich. Traurig, weil ich dir nicht helfen darf, und wütend, weil niemand das Recht hat, dir das Leben so schwer zu machen.

Ich breite meine Arme aus und gehe einen Schritt auf dich zu. Wie wirst du wohl reagieren?, frage ich mich. Zuerst gehst du einen Schritt zurück. Als ich das sehe, sage ich ganz leise: ,Komm zu mir, mein Engel!'

Du sagst nichts und stehst nur da. Dein Kopf senkt sich nach unten. Ich kann dein Gesicht nicht mehr sehen. Ich versuche es noch einmal und sage leise: ,Na, komm schon, Silvio, ich liebe dich!'

Jetzt schaust du mich wieder mit deinen verweinten Augen an und kommst mir zwei Schritte entgegen. Ich gehe auf dich zu und kann dich endlich in meine Arme nehmen.

Du schmiegst dich an mich. Ich drücke dich zärtlich an meinen Körper und streichele dir über den Rücken. Du gehst ganz langsam mit deinem Kopf ein Stückchen zurück und siehst mir direkt in die Augen. Unsere Köpfe nähern sich. Jetzt halte ich dich ganz fest und unsere Lippen berühren sich vorsichtig. Keiner von uns will die Situation ausnutzen und doch beginnen wir, uns zärtlich zu küssen.

Mein Silvio, ich umarme dich. Ich küsse dich. Ich genieße jede deiner Berührungen.

Ich möchte dich halten, deinen Körper spüren!!!

Liebe Grüße und Küsse! Dein dich liebender Andreas."

Am 4. April chatteten Andreas und Silvio erneut miteinander. Silvio fragte: „Hallo, Andreas, du im Chat und nicht bei Ronny?"

Andreas antwortete: „Hallo, Silvio, ich bin im Chat und bei Ronny. Wir haben ein total schönes Wochenende gehabt.

Und wie war dein Wochenende? Wie geht es dir?"

Andreas meinte es ehrlich mit Silvio. Er konnte sich denken, dass es ihm nicht gut ging, denn er hielt Silvio für sensibel. Silvio antwortete: „Mir geht es gut. Will euch aber nicht weiter stören.

Am Wochenende habe ich einem Kumpel beim Renovieren geholfen. War also nicht langweilig. Euch noch viel Spaß!!!!"

Andreas wollte Silvio im Chat halten. Deshalb schrieb er: „Du störst uns nicht, was ist mit dir los?"

Silvio entgegnete: „Ich kann mir nicht vorstellen, dass ich euch nicht störe.

Das war eben eine Lüge von dir!!!!!"

Andreas dachte: ‚Will er mich beleidigen? Was hat er denn schon wieder?' Danach wies er Silvio zurecht: „So nicht, mein Freund, ich habe keinen Grund, dich zu belügen!!!!!"

Silvio antwortete: „Wenn ich bei meinem Freund wäre, würde ich nicht chatten. Dann würde ich mit ihm den Abend anders verbringen. Wir beide chatten, und was macht Ronny? Er fühlt sich doch bestimmt alleingelassen!!!!
Das meinte ich damit. Da stört doch ein Dritter (wenn auch im Chat).

Entschuldige, bin heute vielleicht auch nicht so gut drauf."

Andreas erwiderte: „Ronny chattet auch, und da wir fast immer zusammen sind, müssen wir auch einige kleine Freiräume für uns haben.

Warum bist du nicht gut drauf? War wieder etwas mit Ralf? Magst du es mir erzählen?"

Silvio schrieb: „Sitzt jetzt jeder vor einem Laptop oder chattet ihr abwechselnd?
Wenn ich dir wieder von Ralf erzähle, dann wühlt dich das bestimmt innerlich auf. Und das möchte ich nicht. Und ich möchte auch nicht, dass du dir Gedanken machst. Genieße den Abend!!!! Liest Ronny unsere Zeilen mit?"

Andreas schrieb: „Wir chatten an einem Laptop, aber Ronny liest nicht bei mir mit und ich bei ihm auch nicht.

Ich habe für mich eine Entscheidung getroffen, nach dem letzten Wochenende mit Ronny bin ich mir jetzt sicher, dass ich bei ihm bleiben will. Wir haben ein tolles Wochenende gehabt und er war total lieb zu mir. Heute, als ich auf der Arbeit war, musste ich mehrmals an ihn denken und es kribbelte im Bauch. Trotzdem möchte ich für dich im Chat da sein und vielleicht können wir uns trotzdem irgendwann einmal kennenlernen, wenn sich die Wogen geglättet haben. Wenn es dir guttut, kannst du mir erzählen, was dich bedrückt. Du musst auf mich keine Rücksicht nehmen. Glaube mir."

Silvio erwiderte: „Ich danke dir, Andreas, dass ich weiterhin mit dir chatten darf/kann. Es tut mir nach wie vor gut.

Ich freue mich für dich, dass es mit Ronny so klappt. Ich sagte es schon einmal: Du hast es verdient!!!! Du sollst glücklich sein, darüber freue ich mich!

Ja, was bedrückt mich? Einerseits ist es wirklich Ralf, der mir wieder einmal das Wochenende verderben wollte, aber zum Glück war mein Kumpel da, sodass Ralf wütend abgehauen ist.
Eigentlich wollte er heute kommen, aber er bestraft mich mit Nichtbeachtung.

Andererseits bedrückt mich meine ‚Angst‘, die du ja kennst. Vielleicht wäre ich heute ohne sie nicht alleine. Aber mache dir jetzt bitte keine Gedanken, ich bin okay.

Es ist nur so eine Stimmung. Eigentlich ein Abend zum Besaufen. Aber ich muss morgen wieder arbeiten.

Darf ich dir trotzdem sagen, dass ich dich immer noch gerne habe und dich immer noch.............."

Andreas wusste genau, was Silvio meinte. Natürlich wäre er heute Abend nicht alleine, aber er musste seine Ängste selbst besiegen, da er sich von Andreas nicht helfen ließ.

Nun war es zu spät. Andreas hatte sich entschieden, er wollte mit Ronny seine Zukunft teilen. Der war für ihn ein Neuanfang. Silvio hatte mit seinen Ängsten immer wieder verhindert, dass Andreas zu ihm fand, also musste er dafür die Konsequenzen tragen, auch wenn es Andreas jetzt leidtat. Aber es war nun einmal so.

Andreas antwortete: „Mein lieber Silvio, du bist und bleibst meine Chatliebe, auch ich liebe dich immer noch. Nur ist es jetzt etwas anders, denn ich bin froh, dass ich mich Ronny zugewendet habe.

Ohne es böse zu meinen: Du wirst wohl deine Angst nie ablegen können. Das tut mir für dich sehr leid, denn du hast etwas Besseres verdient. Auch du solltest glücklich sein können. Weiß Ralf denn noch nicht, dass ich für ihn keine Gefahr mehr bin?

Ronny will sich mit mir verloben, aber das geht mir nun doch etwas zu schnell. Warten wir es ab.

Danke für deine guten Wünsche für mich. Du hast auch immer einen Platz in meinem Herzen."

Silvio war gerührt und traurig zugleich, aus offensichtlichen Gründen. Er schrieb: „Ach, mein Andreas, du verstehst es auch immer wieder, mir die Tränen in die Augen zu holen.

Ich werde diesen Tag heute im Kalender streichen und jetzt ins Bett gehen.

Und weißt du, an wen ich denken werde??? Ich hoffe, dein Schluckauf verrät mich nicht!!!!

Ralf weiß, dass du keine Gefahr bist. Aber er weiß, was mein Herz sagt, und das macht ihn wütend.

Ich hoffe, es klingt nicht komisch, wenn ich euch einen schönen Abend wünsche. Dein dich liebender Silvio."

Andreas verstand Silvio. „Ach, mein Engel. Was kann ich nur tun, damit es dir besser geht?

Warum soll ich schimpfen? Jetzt geht es dir so, wie es mir ging. Ich wollte dich, und doch warst du für mich unerreichbar.

Jetzt bin ich für dich unerreichbar geworden.

Mein Silvio, nimm es nicht so schwer. Denke bitte daran: Ich bin immer für dich da! Wenn du mich brauchst, dann schreibe mir! Wenn ich dir helfen kann, dann tue ich es.

Schlafe gut, mein Freund, ich hoffe, du kannst es.

Ich liebe dich. Dein Freund Andreas."

Astronomie

Nachdem Andreas sich bettfertig gemacht hatte und an Ronny denken wollte, wanderten seine Gedanken in eine ganz andere Richtung, nämlich an einen Abschnitt seiner Jugendzeit.

Andreas wurde in die siebente Klasse versetzt. Als die Schule wieder begann, bekamen sie im Unterricht zwei neue Fächer, aber auch neue Lehrer. Einen in Geografie, das war Herr Bockhold, ein kleiner, untersetzter Mann, meist mit einer Stoffhose und einem einfarbigen Hemd bekleidet. Ein strenger, aber gerechter Lehrer. Wenn die Klasse unruhig wurde, sprach er leise und gestaltete seinen Unterricht so, dass die Schüler viel von seinen Ausführungen und Erklärungen aufschreiben mussten. Dadurch erreichte er, dass die Klasse seinen Unterrichtsstoff aufmerksam verfolgte und stets diszipliniert war.

Schon in den ersten Tagen des neuen Schuljahres erzählte Herr Bockhold, dass er Mitglied der Fachgruppe Astronomie im Kulturbund der DDR sei und in der Sternwarte innerhalb dieser Fachgruppe Vorträge organisierte, teilweise sogar selbst welche hielt. In diesem Rahmen wollte er eine Jugendgruppe Astronomie in der Sternwarte aufbauen. Jeder Schüler der siebenten Klassen der Schule könne in dieser Jugendgruppe mitarbeiten. Am Mittwoch in der nächsten Woche sollte das erste Treffen dieser Jugendgruppe stattfinden. Andreas war ein sehr wissbegieriger Junge und schnell von Dingen zu begeistern, die er interessant fand. Dadurch war er aber auch leicht zu beeinflussen. Man brauchte ihm manchmal nur irgendwelche Dinge schmackhaft zu machen und schon war er davon hin- und hergerissen.

Nach der Schule beeilte er sich, nach Hause zu kommen. Er wollte unbedingt mit seiner Mutter sprechen, bevor sie zur Arbeit gehen musste. Als die Mutter die Wohnung verlassen wollte, stand Andreas verschwitzt vor ihr. Sie fragte ihn, was denn los sei.

„Ich habe mich so beeilt, bin schnell von der Schule nach Hause gelaufen, weil ich dich etwas ganz Wichtiges fragen möchte." Und ohne Punkt und Komma sprudelte aus ihm heraus, was Herr Bockhold heute im Geografieunterricht erzählt hatte. Er sagte ihr, dass er so gerne in die Sternwarte gehen möchte, Astronomie war für ihn schon immer etwas Geheimnisvolles und Interessantes.

Er sah sich schon selber astronomische Vorträge halten und wollte seinen Anteil an der weiteren Entwicklung dieser wunderbaren und für ihn schönen und geheimnisvollen Wissenschaft beitragen. Zu dieser Zeit wurden sehr viele utopische Bücher geschrieben und verlegt, die er alle verschlang, wenn er ihrer habhaft werden konnte.

Er wollte so gerne von alledem viel mehr erfahren, die Mutter musste es ihm einfach erlauben. Sie sah ihren aufgeregten und begeisterten Sohn an und fragte: „Und wann willst du in die Sternwarte gehen?"

Die Antwort kam wie aus der Pistole geschossen: „Montags, Mittwochs und Freitags."

„Gleich dreimal in der Woche?", fragte sie erstaunt.

Andreas antwortete ungeduldig: „Mutti, wir wissen doch noch so wenig und müssen noch so viel lernen. Und Fernrohre, mit denen man in das Weltall sehen kann, gibt es dort auch. Und da dürfen wir auch einmal durchsehen. Herr Bockhold sagte, dass wir auch beobachten werden." Er hatte keine Ahnung, wer oder was beobachtet werden sollte. Aber Herr Bockhold hatte irgend so etwas gesagt.

„Und wann trefft ihr euch immer", wollte die Mutter wissen.

„Abends um sechs", erwiderte Andreas.

„So spät erst?", fragte die Mutter: „Und wie lange geht das dann?"

Andreas war schon enttäuscht. Das war der Mutter sicherlich zu viel, wenn er dreimal in der Woche abends zur Sternwarte ging. Herr Bockhold hatte gesagt, dass dieser Zirkel etwa zwei Stunden dauern sollte und dass sie, wenn sie Beobachtungen anstellen wollten, sich auch später treffen würden, wenn es schon dunkel sei. Im Winter ginge es ja noch, glaubte Andreas, da ist es früh dunkel, schon am späten Nachmittag, aber im Sommer wird es erst sehr spät am Abend dunkel. Da dürfte er bestimmt nicht in die Sternwarte gehen und mit den anderen jungen Hobbyastronomen Beobachtungen anstellen. Er vereinfachte Herrn Bockholds Zeitangabe etwas: „Das weiß ich nicht so genau, aber es könnte manchmal schon etwas später werden."

„Es ist dir sehr wichtig, dass du da hingehen darfst, stimmt es? Du willst da unbedingt hin, nicht wahr, mein Junge?", fragte die Mutter.

Andreas bettelte: „Ja, Mutti, bitte lass mich doch da hingehen! Ich kann da doch nur etwas lernen. Und Dummheiten können wir auch nicht machen. Bitte, bitte, Mutti, ja?" Er konnte nicht mehr still stehen bleiben. Nervös zupfte er an seinen Hosen und begann, an seinen Händen zu kneten.

Die Mutter wusste, dass Andreas ihr jetzt alles versprechen würde, was sie von ihm verlangen würde, nur weil er unbedingt in die Sternwarte gehen wollte, um an einem Zirkel teilzunehmen. Er hätte sogar sein Zimmer aufgeräumt, was er sonst nie freiwillig täte.

Die Mutter ermahnte Andreas: „Aber nur, wenn du in der Schule nicht nachlässt. Werden die Zensuren schlechter, dann darfst du nicht mehr in die Sternwarte gehen. Und da es spät wird, kommst du sofort nach Hause, wenn der Zirkel beendet ist. Hast du mich verstanden?"

Andreas entgegnete: „Heißt das jetzt, dass ich darf?"

„Wenn du weiterhin in der Schule deine Leistungen bringst und sofort nach Hause kommst", wiederholte die Mutter.

Andreas fiel ihr freudestrahlend und dankbar um den Hals. „Danke, Mutti, ich verspreche es. Du bist die beste Mutti der Welt, danke", sagte er überschwänglich. Andreas fühlte sich in dem Moment glücklich. Die Mutter konnte zu diesem Zeitpunkt nicht ahnen, dass sie mit dieser Erlaubnis ihrem Sprössling half, selbstständig zu werden. Sie sollte ihn nur noch selten zu Gesicht bekommen.

Andreas ließ in der Sternwarte keine Veranstaltung aus. Er kaufte sich Bücher, die ihm von Herrn Bockhold und von den Referenten der Vorträge, die er besuchte, empfohlen wurden. Er lernte den Stoff, den Herr Bockhold den Jugendlichen in der Sternwarte vermittelte, als würde er für die Schule lernen. Ganze wissenschaftliche Abhandlungen aus astronomischen Büchern las er. Er konnte nicht immer alles verstehen, was in diesen Büchern geschrieben stand, aber er ging zu Herrn Bockhold und ließ sich das, was er nicht verstanden hatte, erklären.

Herr Bockhold nahm sich seiner gerne an, denn ihm gefiel dieser wissbegierige und lernfähige Junge sehr. Wo er nur konnte, forderte und förderte er Andreas. So war es nicht verwunderlich, dass Andreas schon nach nur einem Jahr im Planetarium selbstständig vor Schulklassen Vorträge hielt und den Schülern den Sternenhimmel umfassend und ausführlich erklären konnte. Freilich genoss er auch die Bewunderung der Schüler, die sie ihm entgegenbrachten, denn sie waren alle in seinem Alter oder sogar schon älter als Andreas.

Es machte ihm viel Freude, sich in seiner Freizeit in der Sternwarte mit astronomischen Angelegenheiten zu beschäftigen, er stellte sogar unter der Anleitung von Herrn Bockhold und anderen Mitgliedern der Fachgruppe Astronomie der Stadt, die er nach und nach kennenlernte, eigene kleine Beobachtungen an und wertete diese aus. Intensiv beschäftigte sich Andreas mit der Mondforschung. Auch hier stellte er eigene Beobachtungen an und trug viel wissenschaftliches Material zusammen. Daraus erarbeitete er einen wissenschaftlichen Vortrag, den er vor der Fachgruppe Astronomie hielt. Alle Fragen, die ihm im Anschluss seines Vortrages gestellt wurden, konnte er fehlerlos beantworten. Er war zu Recht stolz auf sich, aber er blieb trotz aller Erfolge, die er in der Sternwarte hatte, immer ein einfacher und bescheidener Jugendlicher.

Als er siebzehn Jahre alt war, fuhr er zur Tagung der Fachgruppe Astronomie des Kulturbundes der DDR. Das war nicht die erste Tagung, an der er teilnahm. Vorher war er schon bei Tagungen in Potsdam und Halle dabeigewesen. Dort lernte er andere Jugendliche kennen, die aus der gesamten Republik kamen. Er verstand sich mit ihnen, sie hatten die gleichen Interessen und rasch entstanden Freundschaften mit Jugendlichen aus Apolda, Röbel, Berlin, Leipzig, Halle und anderen Städten. Jemand regte an, sich auch außerhalb der Fachtagungen einmal im Jahr zu treffen.

Andreas kam mit einer jungen Frau aus Apolda und einem jungen Mann aus Halle auf die Idee, sich nicht nur einfach zu treffen, es mussten immerhin Unterkünfte und Verpflegung organisiert werden, vor allem wurde ein Raum gebraucht, in dem die Teilnehmer für ihre Besprechungen Platz fanden, Material und Technik sowieso und vieles mehr. Das alles kostete Geld. Alleine hätten sie sich nicht treffen können, um etwas Sinnvolles auf die Beine zu stellen.

Andreas hatte in der Vergangenheit bedeutende Persönlichkeiten kennengelernt, so Paul Ahnert, der den astronomischen Sternenkalender jedes Jahr erarbeitete und veröffentlichte, oder Dr. Lindner, der der Vorsitzende der Fachgruppe Astronomie beim Kulturbund der DDR war. Andreas meinte, sie sollten eine Jugendgruppe neben dieser Fachgruppe gründen und Dr. Lindner um Unterstützung bitten.

Bei nächster Gelegenheit sprach er mit Herrn Bockhold darüber, der ihn danach in diesem Vorhaben unterstützte. Alles war, bevor er zur Fachtagung nach Leipzig fahren wollte, für die Gründung der Jugendgruppe mit den wichtigsten Leuten abgesprochen und organisiert. Einen Termin am Rande der Tagung mit Dr. Lindner hatten Andreas und die zwei anderen Jugendlichen aus Apolda und Halle bekommen. Andreas sollte seinen Vortrag über die Entwicklung der Mondforschung in Leipzig noch einmal halten. Er war deshalb sehr aufgeregt, war doch dort die Elite der Astronomen der Republik anwesend.

Andreas erlebte drei Tage voller Spaß, Stress und Arbeit. Er stand total unter Strom, aber er war auch erst siebzehn Jahre alt.

Die Tagung fand an einem Wochenende statt. Am Freitag hatte Andreas Frühdienst, anschließend ging er zum Fußballtraining und danach noch einmal in die Sternwarte. Dort suchte er sich einige Dias aus dem Bestand der Sternwarte heraus, die er für seinen Vortrag, den er in Leipzig halten sollte, brauchte. Dafür benötigte er etwa eine Stunde. Punkt neunzehn Uhr verließ er die Sternwarte und machte sich auf den Weg nach Hause. Er hatte nur drei Stunden Zeit, um nach Hause zu kommen, Abendbrot zu essen und seine Sachen für Leipzig zu packen. Zum Glück hatte er bereits alles Astronomische, das er benötigte, zusammengesucht. Seine Mutter wartete schon auf ihn. „Junge", sagte sie zu ihm, „das nimmt mit dir eines Tages auch kein gutes Ende. Du bist den ganzen Tag unterwegs und kommst nicht zur Ruhe. Du hast nur noch Stress."

Andreas erwiderte: „Nein, Mutti, so kannst du das nicht sehen. Ich bin zwar den ganzen Tag über unterwegs, aber ich habe auch meinen Spaß dabei. Das Training heute zum Beispiel war super. Die Jungs haben gut mitgemacht, es war richtig schön. Gut", gab er zu, „jetzt wird die Zeit etwas knapp, aber ich schaffe das alles schon. Außerdem kann ich mich im Zug ausruhen." Damit ließ er sie stehen und ging in sein Zimmer, um seine Sachen zusammenzupacken.

Als er in das Wohnzimmer zur Mutter zurückkam, hatte sie ihm das Abendbrot vorbereitet und im Wohnzimmer auf den Tisch gebracht. Er ging zu ihr, gab ihr einen Kuss und sagte nur zwei Wörter. „Danke, Mutti."

Nachdem er alles aufgegessen hatte, verabschiedete er sich, nahm seine Reisetasche und seine Jacke und verließ das Haus.

Am Bahnhof traf er sich mit seinen Freunden von der Sternwarte. Sie hatten sich viel zu erzählen, die Mitglieder der Rostocker Jugendgruppe waren aufgeregt. Einer der Ihren sollte in Leipzig einen Vortrag halten! Vor der ganzen astronomischen Elite der Republik! Und die Jugendgruppe der Fachgruppe Astronomie der DDR sollte gegründet werden! Andreas hatte an all das nicht mehr gedacht, jetzt wurde auch er etwas nervös. Robert, ein junger Mann, zwei Jahre älter als Andreas, nahm ihn etwas beiseite und fragte: „Du bist bestimmt ganz schön aufgeregt, was?"

Andreas erwiderte: „Bis jetzt ging es. Aber sie haben mich ja nun auch wieder mit der Nase darauf gestupst. Ich hatte gehofft, dass ich noch etwas schlafen kann, aber ich glaube, wenn ich mir diesen aufgeregten Hühnerhaufen ansehe, wird das wohl nichts." Er sah zu den anderen herüber und lächelte sie freundlich an. Er konnte sie gut verstehen. Natürlich waren sie aufgeregt. Alleine schon wegen der langen Fahrt. Die ganze Nacht würden sie im Zug unterwegs sein. Und dann sollte Andreas einen Vortrag in Leipzig halten. Sie waren stolz auf ihn.

Robert fragte: „Du kannst sie aber verstehen! Oder etwa nicht?"

„Doch, natürlich kann ich das. Mir ginge es genauso, wenn einer von ihnen den Vortrag halten sollte. Weißt du, wie aufgeregt ich jetzt bin? Ich glaube, mir geht der Arsch auf Grundeis. Hoffentlich geht alles gut. Ich bin schon seit heute Morgen um fünf Uhr auf den Beinen", entgegnete Andreas.

Robert sprach: „Ich verstehe dich. Ich glaube, jedem von uns ginge es so. Aber du hast den Vortrag wenigstens schon einmal gehalten, du weißt also, wie viel Zeit du brauchst, und wenn du beim ersten Mal etwas gesagt hast, was dir im Nachhinein nicht gefallen hat, wirst du es dieses Mal besser machen. Habe einfach nur Mut und Vertrauen zu dir. Das hast du ja auch gehabt, als du dir die Suppe selbst eingerührt hast. Schließlich kam die Idee, eine Jugendgruppe zu gründen, von dir."

Andreas sagte: „Du hast nur teilweise recht. Ich wollte den Vortrag nicht halten. Hier in Rostock ja, aber nicht in Leipzig vor Dr. Lindner und Paul Ahnert und all den anderen. Mann, weißt du, das ist die absolute Elite! Die schreiben jedes Jahr ein Buch und veröffentlichen es. Denke mal an Paul Ahnert, an seine ganzen Sternenkalender! Nichts davon, was er geschrieben hat, ist doppelt, und ich habe alle seit 1957. Was der alles geschrieben hat! Und Dr. Lindner ist zurzeit der absolut führende Kopf bei uns, wenn es um Astronomie geht. Nicht umsonst ist er der Vorsitzende der Fachgruppe der DDR. Ich wollte den Vortrag nicht in Leipzig halten. Herr Bockhold hat den Vorschlag gemacht und ich Blödmann habe nicht nein gesagt."

„Andreas, du schaffst das schon. Denke daran, auch Paul Ahnert und Dr. Lindner sind nur Menschen. Wenn sie nackt sind, sehen sie aus wie wir. Und ich kenne den Vortrag noch nicht. Ich konnte neulich leider nicht kommen. Ich musste arbeiten. Stelle dir einfach vor, du hältst den Vortrag für uns Rostocker, die ihn noch nicht kennen", machte Robert Andreas Mut.

Andreas sagte: „Ja, vielleicht hast du recht, Robert. Aber nun geht es los. Lass uns auch zum Zug gehen. Ich weiß gar nicht, in welchem Waggon wir fahren."

Sie nahmen ihr Gepäck und folgten den anderen zum Zug. Der Waggon, mit dem sie fahren sollten, war eingeteilt in einzelne Abteile. Es war ein Waggon zweiter Klasse und jedes Abteil fasste acht Fahrgäste.

Die Teilnehmer an der Tagung in Leipzig suchten sich ihren Platz und verstauten ihr Gepäck. Andreas half den Jüngeren, ihre Reisetaschen in die Gepäcknetze zu stellen. Sie setzten sich, Robert und Andreas saßen nebeneinander. Der Zug fuhr an, die Uhr ging auf elf Uhr abends. Gegen fünf Uhr sollte Leipzig erreicht sein.

Die Zugfahrt verging schnell, im Abteil der jungen Astronomen wurde herumgealbert. Sie erzählten sich Witze, unterhielten sich aber auch über die bevorstehende Tagung und über persönliche Angelegenheiten.

Der Zug fuhr auf dem Bahnhof in Leipzig ein. Andreas hatte nicht geschlafen, wie er es sich erhofft hatte. Die Uhr war nach fünf. Das Hotel, in dem sie wohnen sollten, konnten sie erst ab neun Uhr aufsuchen, vorher kamen sie nicht hinein. Sie beschlossen trotzdem, zum Hotel zu fahren, stellten dort ihr Gepäck ab und besuchten die Leipziger Innenstadt.

Gegen neun Uhr waren sie im Hotel zurück und konnten ihre Zimmer beziehen. Viel Zeit blieb nicht, sie richteten sich etwas häuslich ein, machten sich frisch und mussten danach die Räumlichkeiten, in der die Tagung stattfand, aufsuchen. Die Tagung wurde in ihrem Hotel durchgeführt. Deshalb war der Weg nicht weit. Eine große Menschenmenge war an den Eingangstüren zum großen Saal zu sehen. Die Einladungen mussten vorgezeigt werden. Für jede Delegation der einzelnen Fachgruppen der Städte waren Tische reserviert. Um zehn Uhr sollte die Tagung beginnen. Als Andreas die vielen Menschen vor den Eingangstüren sah, konnte er nicht glauben, dass es pünktlich losgehen werde. Als sie in den Saal gehen konnten, sahen sie, wo sie sitzen sollten. Auf dem Tisch lagen für jeden Teilnehmer sein Namensschild und ein Kugelschreiber sowie eine Mappe mit einem Schreibblock, auf dessen einzelnen Blättern das Logo dieser Tagung abgebildet war.

Andreas ging mit seinen Freunden zu den für sie reservierten Plätzen. Weil er eine bestimmte Rolle auf dieser Tagung spielte, als Gründungsmitglied der neu zu gründenden Jugendgruppe und auch wegen des Vortrages, den er halten sollte, war er, ohne dafür gewählt worden zu sein, der Anführer der Rostocker Jugendgruppe. Er wollte das nicht, es hatte sich einfach ergeben. Aber er kümmerte sich gerne um seine Freunde.

Als sie an ihrem Tisch ihre Sachen geordnet hatten, kamen mit großem Hallo die Mädchen aus Apolda auf Andreas zu. Es dauerte nicht lange und Mitglieder aus den verschiedenen Jugendgruppen hatten sich an Andreas' Tisch versammelt. So kamen nach und nach der Röbeler, die Hallenser, der erst vierzehnjährige Geraer, der immer zu solchen Anlässen von seiner Oma gebracht und abgeholt wurde. Als Andreas ihn sah, freute er sich aufrichtig. Er ging zu ihm, begrüßte ihn mit Handschlag und fragte ihn sogleich, wie es ihm gehe. Andreas mochte diesen Jungen, der Felix hieß.

Felix war ein schlanker Junge mit schmalen Hüften. Er war gut gebaut und sein Gesicht war oval, umrahmt wurde es von welligen, schulterlangen, braunen Haaren. Zarter Flaum stand ihm auf der Oberlippe. Die Nase war gerade gewachsen. Er hatte dunkelbraune, sehr schöne Augen mit langen Wimpern an den Augenlidern. Die

Augenbrauen waren ebenso braun wie seine Haare. Felix war ein fröhlicher und zugänglicher Junge.

Als Andreas ihn sah, konnte er nicht anders, als gleich zu ihm zu gehen. Er fühlte sich zu ihm hingezogen, Felix sah wunderschön aus. Am liebsten hätte Andreas ihn in seine Arme genommen und ihm über das Haar gestreichelt. Aber er gab seinem inneren Drängen nicht nach, sondern lächelte ihn nur an und gab ihm die Hand. Niemand hätte daraus erkennen können, wie sehr er Felix mochte. Recht schnell beendete er dann auch das Gespräch mit ihm, mit dem Versprechen, dass sie sich später am Tag oder am Abend treffen wollten und dann mehr Zeit füreinander hätten. Andreas wendete sich den anderen wieder zu. Es gab noch etwas zu besprechen. Uta aus Apolda fragte ihn, ob er schon wisse, wann und wo die neue Jugendgruppe zusammenkommen werde.

Andreas sagte, dass er im Programm nichts dazu gefunden habe, aber sie wurden unterbrochen. Es war bereits 10.15 Uhr und die Tagung sollte eröffnet werden.

Dr. Lindner war an das Rednerpult getreten und sprach in das Mikrofon. Er bat zunächst um Aufmerksamkeit. Sofort wurde es ganz still in dem großen Saal. Dann sprach er einige einleitende Worte und wies auf das Programm hin. Andreas sollte nach der Mittagspause seinen Vortrag halten. Jetzt war er wieder aufgeregt, zwang sich aber zur Ruhe. Aufmerksam hörte er Dr. Lindner zu. Der sprach von der neuen Jugendgruppe. Er erzählte den Teilnehmern, dass beim letzten Mal drei junge Leute bei ihm waren und ihn um Unterstützung baten. Er nannte jetzt auch ihre Namen und fragte: „Wo seid ihr denn? Ich habe euch heute noch gar nicht gesehen. Vielleicht steht ihr einmal kurz auf, damit alle sehen können, wer ihr seid, und, an wen sich unsere Jugendlichen halten können." Andreas wurde heiß. Er sah, dass Uta aufstand. Dann erhob sich auch Marcel aus Halle und Andreas stand nun auch an seinem Tisch.

Dr. Lindner wies auf jeden einzelnen von ihnen und stellte sie mit Namen vor. Andreas war überrascht, dass Dr. Lindner sich so genau an sie erinnern konnte. Und er wies nun auf den Vortrag hin, den Andreas nach der Mittagspause halten sollte. Er sagte: „Ich freue mich schon jetzt auf deinen Vortrag. Es ist gut, zu wissen, dass es junge Leute gibt, die bestrebt sind, in unsere Fußstapfen zu treten.

Außerdem hast du ein interessantes und originelles Thema gewählt. In den letzten Jahren sind durch die moderne Raumfahrt so viele neue Erkenntnisse über unseren Mond gesammelt worden, dass es bestimmt ein sehr interessanter Vortrag von dir über die Mondforschung wird." Andreas hatte das Gefühl, dass ihn alle anstarrten. Er bekam weiche Knie und konnte kaum noch Dr. Lindners Ausführungen folgen. Tatsächlich hörte Andreas nicht, wo und wann sich die neue Jugendgruppe zu ihrer Gründung einfinden sollte.

Die Tagung wurde nach der Rede des Vorsitzenden der Fachgruppe mit einem Vortrag von Paul Ahnert fortgesetzt. Danach konnte man dem Referenten Fragen zum Vortrag stellen. Vor dem Mittagessen gab es noch einen zweiten Vortrag.

Während der Pause trafen sich nach dem Mittagessen einzelne Freunde von Andreas und unterhielten sich. Andreas hatte sich in den Versammlungsraum an seinen Tisch zurückgezogen und versuchte sich zur Ruhe zu zwingen. Aufgeregt bereitete er sich auf seinen Vortrag vor, ordnete die Dias und überflog noch einmal sein Manuskript. Dann war es endlich soweit. Wenn er diese Hürde genommen hätte, dürfte doch eigentlich alles andere nicht mehr so aufregend sein. Er würde nicht mehr so sehr im Mittelpunkt stehen, wie es jetzt der Fall war.

Sein Vortrag wurde angekündigt. Es war im Raum ganz leise. ‚Wenn jetzt eine Stecknadel zu Boden fiele, hörte man das Geräusch ihres Aufpralls auf den Boden ganz deutlich', dachte Andreas bei sich. Die Dias befanden sich sortiert im Projektor, er nahm sein Manuskript, das er in eine blauen Mappe gelegt hatte, in die rechte Hand und ging zum Rednerpult. Ohne es zu realisieren, vernahm er den Applaus des Publikums. Am Rednerpult angekommen sagte er: „Oh, Mann, was bin ich nur aufgeregt, ich glaube, ich setze mich wieder hin und lasse jemand anderen reden."

Mit diesen Worten hatte er die Lacher auf seine Seite. Er begrüßte Dr. Lindner und anschließend die Mitglieder der Fachtagung. Zunächst bedankte er sich für Dr. Lindners netten Worte, die dieser bei der Eröffnung über Andreas und die anderen Jugendlichen gesagt hatte, und kam dann auf sein Thema zurück.

Befriedigt stellte er fest, dass sich seine Aufregung schlagartig legte. Er konzentrierte sich auf Robert und die Rostocker Fachgruppe und sah danach auch immer wieder zu anderen Teilnehmern hin. Dabei blickte er niemandem direkt ins Gesicht, sondern meist über die Köpfe der Anwesenden hinweg, aber sie hatten das Gefühl, dass er sie persönlich ansprach.

Kurz erläuterte er seine Vorgehensweise und erklärte, dass er etwa eineinhalb Stunden für seine Ausführungen benötigen werde. Er bat darum, auftretende Fragen besser sofort zu stellen als erst nach dem Vortrag. So sei gesichert, dass jeder Teilnehmer den Sinnzusammenhang erkennen könne, weil die Fragen sich auf das eben Gesagte bezögen. Andreas persönlich empfinde diese Vorgehensweise als angenehm, da es auch für ihn leichter sei, aufkommende Fragen zu beantworten.

Danach ging er darauf ein, dass der Mond für die Menschen aller Zeiten ein faszinierender Himmelskörper war und warum er schon immer eine besondere Rolle in der Menschheitsgeschichte gespielt hatte. Er kam von Aberglauben und Mythen hin zur allgemeinen Geschichte der Mondforschung, von den Anfängen von Kopernikus und Galileo Galilei bis hin zu den Ergebnissen der Mondforschung durch die moderne Raumfahrt.

Kurz erläuterte er die Beschaffenheit des Mondes und kam auf die Ansicht des Mondes und die Mondphasen zu sprechen, um dann Ergebnisse und Erkenntnisse aus eigenen Beobachtungen und Nachforschungen zu präsentieren.

Am Ende redete Andreas über das Apolloprojekt der Amerikaner und das Lunachod-Projekt der Sowjetunion. Er schilderte, was durch diese beiden Projekte der Menschheit an neuen Erkenntnissen beschert wurde, er stellte dar, was für verschiedene Materialien, angefangen vom kleinsten Staubkorn bis hin zu größeren Gesteinsproben, vom Mond zur Erde gebracht worden war und wie viele Jahre deren Auswertung dauern werde.

Er zeigte Dias und verlangte, als er die ersten präsentieren wollte: „Und jetzt brauchen wir erst einmal dunkles Licht." Wieder hatte er die Lacher auf seine Seite. Durch die Sternwarte waren ihm Dias zur Verfügung gestellt worden, die der breiten Öffentlichkeit nicht zur Verfügung standen. Es waren einige neue und unveröffentlichte Fotos dabei, die während der Raumfahrtprojekte geschossen worden waren. Damit hatte sich Andreas die Bewunderung der Tagungsteilnehmer gesichert.

Er sprach flüssig, laut und deutlich, sodass jeder ihn gut verstehen konnte, auch die Teilnehmer in den letzten Ecken und Winkeln des Saales konnten ihn gut hören. Und was noch bei den Zuhörern gut ankam, war Andreas' Begeisterung, die er an den Tag legte, sie konnten erkennen, dass er hinter dem stand, was er sagte.

Als Andreas seinen Vortrag beendet hatte, bekam er den verdienten langen Beifall. Er fühlte sich jetzt glücklich. Er hatte seinen Vortrag gut gemeistert. Einige Fragen musste er noch beantworten und bekam vom Tagungsleiter ein großes Lob.

Vor dem Abendbrot trafen sich die Jugendlichen in einem kleineren Raum des Hotels. Dr. Lindner kam hinzu. Er hielt eine kurze Rede, in der er auf die Bedeutung der Fachgruppe Astronomie einging und herausarbeitete, wie gut es wäre, wenn diese durch eine Jugendgruppe ergänzt würde. Er lobte die Initiative und das große Engagement einiger Jugendlicher und nannte in diesem Zusammenhang die Namen von Uta, Marcel und Andreas. Dabei wies er nun auch gleich noch einmal auf den gelungenen und sehr interessanten Vortrag hin, den Andreas am Nachmittag gehalten hatte. Alle Blicke gingen automatisch in Andreas' Richtung, was ihm etwas peinlich war. Natürlich freute er sich über das Lob, aber er war eher ein bescheidener junger Mann.

Dr. Lindner erzählte nun, wie es überhaupt dazu kam, dass sich die Jugendlichen zu diesem Zeitpunkt eben an diesem bestimmten Ort versammelt hatten.

Anschließend sprach Uta über die Aufgaben und Ziele der Jugendgruppe und wie die Finanzierung erfolgen sollte. Des Weiteren darüber, welche Aktivitäten schon heute geplant waren. Schließlich forderte sie alle Jugendlichen auf, die Jugendgruppe und deren zu wählende Leitung zu unterstützen. Sie sprach von einem Statut, dass in Abstimmung mit der Leitung der Fachgruppe erarbeitet werden müsse.

Nun kam es zur Abstimmung darüber, ob die Jugendgruppe ins Leben gerufen werden sollte. Die Gründung wurde einstimmig beschlossen. Im Anschluss daran wurde der Vorstand der Jugendgruppe gewählt. Als Vorsitzende sollte Uta fungieren, Andreas wurden zu ihrem Stellvertreter und Marcel zum Kassierer gewählt.

Dr. Lindner gratulierte dem Vorstand und der gesamten Jugendgruppe zu ihrer Gründung. Gerne werde er den Jugendlichen helfen und sich für sie einsetzen. Er versprach, für die nächsten Vorhaben, die Uta schon genannt hatte, die Jugendgruppe organisatorisch und finanziell zu unterstützen. Dann verlas er ein Grußwort des Vorsitzenden des Kulturbundes der DDR zur Gründung der Jugendgruppe. Damit war die Gründungsveranstaltung beendet.

Alle jungen Leute stürmten nun in den Speisesaal, um schnell Abendbrot zu essen. Niemand wollte den Abend im Hotel verbringen, jeder hatte sich mit irgendjemand verabredet. Andreas und Robert blieben mit den Rostockern zusammen, doch sollten sich Uta, Marcel und Felix zu ihnen gesellen, um zur Disco zu gehen. Sie trafen sich vor dem Hotel, es kamen nun auch noch andere Jugendliche dazu, die Andreas von früheren Veranstaltungen kannte. Sie gingen nur ein paar Straßen weiter und erreichten eine Diskothek. Andreas sah nicht aus, als wenn er erst siebzehn Jahre alt war, eher wie ein junger Mann von Anfang zwanzig. Felix ging neben ihm. Sie unterhielten sich. Felix sagte: „Meine Oma weiß gar nicht, dass ich jetzt zur Disco gehe. Wir sind davon ausgegangen, dass ich das Hotel nicht verlasse. Hoffentlich schimpft sie nicht mit mir, wenn ich es ihr erzähle, dass wir tanzen waren."

Andreas erwiderte: „Du musst es ihr doch nicht erzählen. Und außerdem passe ich jetzt auf dich auf." Als er das sagte, grinste er Felix breit an.

„Ich habe aber keine Geheimnisse vor meiner Oma. Sie hat bestimmt nichts dagegen, wenn ich mitgehe. Sie erwartet nicht von mir, dass ich alleine im Hotel bleibe. Außerdem hat sie mir auch ein bisschen Geld gegeben, damit ich mir etwas kaufen kann, wenn ich es möchte", entgegnete Felix.

Felix war so natürlich, so ohne Falsch in seiner ganzen Art, da würde er es bestimmt nicht immer leicht haben, glaubte Andreas. Er kann kein Wässerchen trüben. Er ist so ehrlich. Gerne hätte Andreas ihm jetzt über das Haar gestrichelt. Aber er ließ es sein. Er wollte keine Peinlichkeiten heraufbeschwören.

Als sie an der Disco waren, wollte der Türsteher Felix nicht in die Disco hineinlassen. Der sei noch zu jung. Andreas sagte: „Du kannst nicht von mir verlangen, dass ich meinen Bruder alleine zurücklasse. Er kennt sich hier nicht aus. Er muss mit mir kommen. Außerdem passe ich schon auf ihn auf. Oder willst du mich auch nicht reinlassen?"

„Ausnahmsweise mal kann der Kleine mit, aber du passt auf ihn auf", entgegnete der Türsteher. Damit hatten sie diese Hürde genommen und traten in eine große Gaststätte ein, an deren eine Wand eine riesige Musikanlage aufgebaut war, an der sich ein junger Mann zu Schaffen machte. Davor befand sich die Tanzfläche, die Andreas eher zu klein als zu groß erschien.

Felix bedankte sich bei Andreas. Sie tanzten nicht, sondern hörten sich die Musik des DJ's an. Felix wich Andreas nicht von der Seite. Sie redeten über viele verschiedene Dinge, lachten über alberne Bemerkungen und der Abend verging rasend schnell. Andreas genoss die Zeit, die er mit Felix verbringen konnte. Der war so herzerfrischend lieb und ehrlich. Aber irgendwann mussten sie wieder ins Hotel zurück. Sie gingen alle zusammen, jeder nahm sich noch etwas zu trinken mit. Niemand dachte daran, schlafen zu gehen. Nicht einmal Andreas, der schon den zweiten Tag ohne Schlaf war. Er fühlte sich nicht müde. So gingen viele der Jugendlichen mit in Andreas' Zimmer, auch Felix. Er blieb aber nur noch eine Stunde, dann verließ er die anderen und wollte sich schlafen legen.

Die übrigen machten die Nacht zum Tag. Es wurde gelacht und Musik gehört. Kein Mensch sprach über Astronomie. Es wurde gefeiert. Direkt danach ging es zum Frühstück. Nun wurde Andreas müde. Er bestellte sich einen doppelten Kognak und schüttete diesen in seinen Kaffee. Das tat er manchmal, wenn er müde war. Kaffeekognak putschte ihn auf und er konnte die nächsten fünf bis sechs Stunden nicht mehr schlafen.

Die Tagung dauerte noch bis zum Mittag. Danach mussten sie sich verabschieden. Felix kam zu Andreas gelaufen und strahlte ihn an. „Meine Oma ist schon da und will mich abholen." Er zeigte mit dem Zeigefinger zu einer freundlichen älteren Frau und sie winkte Andreas zu. Er winkte zurück. Sie versprachen sich gegenseitig, in Kontakt zu bleiben, und verabschiedeten sich voneinander. Andreas überfiel eine leichte Traurigkeit, als er Felix weggehen lassen musste. Er sah ihm hinterher. Gerne hätte er ihn zum Abschied umarmt, aber das verbot er sich. Lieber nicht ausprobieren, wie Felix darauf reagieren werde! Außerdem war Felix ein Kind, sagte er sich und wunderte sich über seine eigenen Gedanken. Lass das sein, befahl er sich in seinem tiefsten Inneren.

Er wurde von Robert angesprochen. Der machte den Vorschlag, das Gepäck zum Bahnhof zu bringen und danach das Völkerschlachtsdenkmal zu besichtigen. Andreas stimmte zu, trotzdem er müde war. Viel lieber wollte er schlafen. Aber dafür fehlte jetzt die Möglichkeit. Das Hotel hatten sie verlassen müssen. Sie stellten ihr Reisegepäck am Bahnhof in ein Schließfach und suchten eine Gaststätte auf, um Kaffee zu trinken. Das kam Andreas sehr entgegen. Er war so müde, dass er erst einmal einen Kaffeekognak brauchte. Den bestellte er sich und wurde von Robert ermahnt, nicht zu viel davon zu trinken, weil Kaffeekognak auf das Herz gehe.

„Das mag sein", sagte Andreas, „aber was soll ich machen? Bevor ich einschlafe, trinke ich lieber noch einen. Das ist ja auch der Letzte heute. Ich habe seit Freitag früh nicht mehr geschlafen."

Robert erwiderte: „Das ist schon hart. Wir haben wenigstens zwischendurch mal etwas schlafen können. Aber du solltest schon vorsichtig sein, es ist immerhin der Dritte."

Andreas entgegnete, dass er doch noch so jung sei, und fragte, was ihm denn schon passieren sollte.

Das könne man nie wissen, entgegnete Robert.

Sie fuhren mit dem Bus in Richtung Völkerschlachtdenkmal und mussten danach noch ein wenig zu Fuß gehen, um direkt an das riesige, monumentale Bauwerk zu gelangen, das an die Völkerschlacht bei Leipzig von 1813 erinnerte.

Die Gruppe junger Astronomen aus Rostock ging also am Leipziger Völkerschlachtsdenkmal spazieren. Den jungen Leuten schlenderte ein Paar entgegen, das sich mit den Armen vertrauensvoll untergehakt hatte. Als sie mit diesem auf gleicher Höhe waren, grüßte Andreas dieses Paar.

„Mensch, bist du verrückt?", fragte Robert.

Andreas sagte: „Warum denn, ich kenne diesen Mann. Ich weiß im Moment nur nicht, wo ich ihn hinstecken soll. Aber bevor ich unhöflich bin, grüße ich lieber."

„Na, dann dreh dich mal um und sieh mal, wer das ist", sagte Robert.

Andreas tat, was Robert ihm sagte. Jetzt fiel es ihm wie Schuppen von den Augen. Er schlug sich mit der flachen Hand vor die Stirn und sagte völlig erstaunt: „Ich Blödmann, Mensch. Das ist ja Rolf Herricht!" Rolf Herricht war einer der beliebtesten und bekanntesten Komiker und Schauspieler der DDR in den Siebzigerjahren.

„Genau", erwiderte Robert. „Der will hier auch nur spazieren gehen und seine Ruhe haben." Er sah Andreas' ungläubiges Gesicht und musste lachen. Auch Andreas fiel in Roberts Lachen ein.

Nachdem sie das Völkerschlachtdenkmal ausgiebig besichtigt und bewundert hatten, fuhren sie mit dem Bus zurück zum Bahnhof. Sie hatten noch etwa zwei Stunden Zeit, bis der Zug nach Rostock abfuhr. Also besuchten sie eine Gaststätte und aßen dort zu Abend.

Als die Tagungsteilnehmer aus Rostock endlich im Zug saßen und Richtung Rostock rollten, begann die Nacht und sie wurden allmählich ruhiger. Die Aufregung der vergangenen Tage wich einer allgemeinen Müdigkeit. Keiner von ihnen hatte viel schlafen können. Durch das gleichmäßige Rattern der Räder auf den Schienen schlummerten sie nach und nach ein. Der gewohnte Schlaf-Wach-Rhythmus stellte sich in den Körpern der jungen Menschen nach dem aufregenden Wochenende wieder ein. Alle schliefen, bis auf Andreas. Er machte es sich bequem und versuchte, ebenfalls zu schlafen. Er war todmüde. Aber der Schlaf stellte sich nicht ein.

In seinem Kopf gaben sich die verschiedenen Gedanken nach und nach die Klinke in die Hand. Zuerst musste er an die lobenden Worte von Dr. Lindner denken. Er freute sich noch jetzt darüber. Dann dachte er daran, dass er eine große Verantwortung übernommen hatte, weil er die Wahl zum stellvertretenden Vorsitzenden der Jugendgruppe der Fachgruppe Astronomie beim Kulturbund der DDR angenommen hatte. Er war auch ein bisschen stolz darauf. Schließlich hatte er aktiv bei der Vorbereitung zur Gründung der Jugendgruppe geholfen und die Kontakte zu Dr. Lindner und anderen wichtigen Persönlichkeiten, die sie als Unterstützer brauchten, hergestellt.

Felix kam ihm in den Sinn. Er sah den Jungen vor seinem geistigen Auge und dachte ganz still: ‚Ach, Felix, wie viel Zeit wird wohl vergehen, bis ich dich wieder sehen kann? Ob wir uns überhaupt noch einmal treffen? Wie viele Jungen in deinem Alter hatte ich schon in meinen Arbeitsgemeinschaften, die nur ein paar Monate durchgehalten haben und sich dann nie wieder sehen ließen. Aber du hast wohl wirklich Interesse an der Astronomie. Vielleicht sehen wir uns doch wieder. Mann, wäre das schön! Ich mag dich nämlich. Und du bist so wunderschön. Gerne wäre ich dein Freund, aber das geht nicht. Wir wohnen viel zu weit auseinander.' Er wurde etwas traurig und befahl sich, an etwas anderes zu denken.

An das Völkerschlachtdenkmal zum Beispiel. Es war sehr beeindruckend. ‚Diese Architektur', dachte er, ‚ist schon enorm gewaltig.' Fünfzehn Jahre wurde daran gebaut. Es war so groß, dass man es schon von Weitem sehen konnte.

Unweigerlich gingen seine Gedanken zu Felix zurück. Er sah den Jungen wieder vor sich. Erschrocken bemerkte er plötzlich, dass er eine Erektion bekam. ‚Jetzt reicht es aber!', dachte er, ‚bin ich denn noch normal?' Leise stand er auf und verließ das Abteil. So lautlos wie möglich schloss er die Abteiltür und stellte sich in den Gang des Waggons an ein Fenster. Er schämte sich vor sich selbst. Er lehnte seinen Kopf gegen die kalte Fensterscheibe und dachte: ‚Das geht ja gar nicht! Felix ist doch noch ein Kind. Scheiße, ich bin schwul! Aber ich will kein Kinderficker sein.' Er merkte, dass seine Erektion nachließ. ‚Gott sei Dank hat das keiner bemerkt', dachte er. Er beruhigte sich wieder und ging in das Abteil zurück.

Andreas sah Felix als Kind und das war in Ordnung so. Aber Felix hatte seine Gestaltsumwandlung, die in der Pubertät erfolgte, bereits hinter sich und somit eine männliche Figur bekommen. Ebenso hatte er schon seinen Stimmbruch gehabt, was bei einem Jungen im Alter von vierzehn Jahren durchaus nicht ungewöhnlich war. Trotzdem bekam Andreas ein schlechtes Gewissen. Nie würde er ihm zu nahe treten.

Dazu bekam Andreas auch keine Möglichkeit. Er sah Felix nicht mehr wieder und vergaß ihn für viele Jahre recht schnell. Erst als er an seinem Manuskript zum Buch arbeitete, erinnerte er sich erneut an ihn. Seit sie sich das letzte Mal gesehen hatte, waren vierunddreißig Jahre vergangen.

Der Zug endete auf dem Rostocker Hauptbahnhof. Andreas verabschiedete sich von seinen Freunden und fuhr mit der Straßenbahn nach Hause. Morgens um 7.30 Uhr lag er in seinem Bett. Er war genau vierundsiebzig Stunden und dreißig Minuten wach gewesen.

Eine festgefahrene Liebe

Andreas machte sich Sorgen um Silvio. Er glaubte zu wissen, wie der sich fühlte und ebenso glaubte er, dass Silvio eine Situation erlebte, die er selbst mit seinem Verhalten Andreas gegenüber heraufbeschworen, und vor die er ihn auch schon mehrmals gestellt hatte, so zum Beispiel an Silvester.

Wenn jemand unglücklich verliebt ist, kann es passieren, dass er oder sie depressive Symptome entwickelt. Es ist möglich, dass die Gedanken sich verselbstständigen und sich immer wieder mit dem nicht erreichbaren Angebeteten beschäftigen. Lustlosigkeit kann den unglücklich Verliebten befallen, dermaßen, dass es ihm sogar schwerfällt, seinen Tagesaufgaben nachzugehen oder sie zu erfüllen.

Andreas vermutete, dass Silvio sich ähnlich fühlen musste wie er sich selbst. Obwohl er Ronny kennengelernt hatte und mit ihm viel Zeit verbrachte, fehlte ihm etwas. Bei den Unternehmungen mit Ronny war er von Silvio abgelenkt, aber wenn er sich alleine in seiner Wohnung befand, fühlte er sich unglücklich und seine Gedanken wanderten zu dem unerreichbaren Silvio. Die Erkenntnisse, die er aus seinen Überlegungen oder Spekulationen gewann, teilte er Silvio in einer Nachricht mit. Dabei stieß er wieder einmal an die Grenzen seiner psychischen Belastbarkeit. Er wollte Silvio für sich gewinnen, weil er glaubte, ihn zu lieben. Er meinte, dass Silvio doch irgendwann einmal nachgeben musste. Wenigstens sollte er mit Andreas einmal einen Kaffee trinken gehen. Und wenn es nur bei diesem einem Male blieb, wollte er das akzeptieren. Niemand konnte wissen, wie das von Andreas langersehnte Treffen, verlaufen werde, sollte es jemals dazu kommen. Vielleicht hätte keiner von beiden ein weiteres Kennenlernen erwünscht. Am 7. April vormittags formulierte Andreas seine Message mit vielen Tränen und sendete die Nachricht an Silvio ab. „Guten Tag, mein Engel, ich hoffe, dass du die letzte Nacht etwas besser geschlafen hast und dir deine Gedanken etwas Ruhe gegönnt haben.

Ich bin seit gestern Abend alleine und habe viel Zeit gehabt, über uns nachzudenken.

Ich verstehe die Welt nicht mehr. Was machen wir beide nur für einen Blödsinn!!!

Romeo und Julia konnten nicht zusammenfinden, weil es Menschen gab, die ihre Liebe verhinderten. Menschen aus ihren eigenen Familien.

Bei uns ist es anders, sind wir es selbst, die unsere Liebe nicht zulassen. Du bist es, mein süßer Engel, und deshalb gehe ich eine Beziehung ein, die ich eigentlich nicht will.

Ronny hat mich schon jetzt das erste Mal so richtig enttäuscht, dass zu einer Zeit, in der ich mich entschlossen hatte, zu ihm zu stehen. Doch jetzt stelle ich alles wieder infrage."

Andreas' Schwester hatte ihn und Ronny zur Geburtstagsfeier eingeladen. Ronny versprach Andreas, ihn zu begleiten. Doch letztendlich ging er lieber zu einem Kumpel und Andreas musste alleine zur Geburtstagsfeier gehen. Er wollte, dass seine Geschwister seinen Partner kennenlernten, doch nun war das an diesem Abend nicht mehr möglich.

Er schrieb weiter: „Ich frage mich, ob du dich neulich mit mir verabreden wolltest. Habe ich es verhindert, weil ich dir sagte, dass ich mich für Ronny entschieden habe. Hast du deshalb ein Problem, oder war dein Problem doch ‚N U R' Ralf gewesen?

Wenn du mich fragen wolltest, dann trau dich bitte, du kennst doch meine Antwort. Ich liebe dich und ich möchte dich kennenlernen. Wir beide gehören zusammen!!!

Wir werden sonst nie glücklich werden, du nicht und ich auch nicht. Ich warte auf dich mein Leben lang, bis du endlich zu mir findest!!!!

Wenn ich wüsste, wo du wohnst, würde ich dich mit mir konfrontieren. Käme ich zu dir. Und wenn du dann sagen solltest, ich solle wieder gehen, täte ich das. Aber ich hätte dich wenigstens einmal gesehen.

Silvio, mein Engel, es tut immer noch weh! Bitte komme zu mir! Ich kann nicht mehr als dich darum bitten. Du hast alle Fäden in der Hand. Steh doch endlich zu uns!!!

Stattdessen versuchen wir, nun schon seit einer Ewigkeit, uns zu trennen. Aber es gelingt uns nicht. Wir können dabei nur krank werden und tun uns gegenseitig weh, du mir und ich dir. Bitte, Silvio, lass es doch endlich zu, gib unserer Liebe eine Chance!

Es grüßt dich ganz traurig und verweint (auch Männer können weinen) dein dich ewig liebender Andreas."

Andreas litt unter dieser Situation mehr, als es gut für ihn war. Er ahnte, dass er mit Ronny nicht sehr lange zusammenbleiben sollte. Sie waren zu unterschiedlich, im Charakter und auch im IQ. Ronny war ein lieber Kerl, aber als ehemaliger Förderschüler war sein geistiger Horizont doch sehr beschränkt.

Am 8. April chatteten Silvio und Andreas miteinander. Silvio fragte: „Was ist los mit euch? Neulich noch so himmelhoch jauchzend und deine letzte Nachricht zu Tode betrübt!!! Hat sich alles wieder eingerenkt?"

Andreas antwortete: „So ist es eben, du geisterst mir im Kopf umher, ich komme von dir nicht los. Du bist für mich wie eine Droge.

Ich bin alleine zu Hause, also du kannst schreiben, was du willst.

Nach jedem Versuch, mich von dir zu trennen, wird alles nur noch schlimmer, fehlst du mir immer mehr. Und solange ich mit dem Buch beschäftigt bin, bekomme ich dich sowieso nicht aus meinem Kopf.

Habe Wochenende Frühdienst und muss dann sehen, was ich wegen Ronny will und ob ich auch dazu in der Lage bin. Ich liebe nicht ihn, sondern dich."

Silvio staunte: „Wie jetzt, du liebst Ronny nicht!!!!!!!! Das klang doch aber alles schon einmal ganz anders! Du hattest dich entschieden. Klangen da nicht auch schon Verlobungsglocken?"

Andreas antwortete: „Ich habe dir nur geschrieben, dass Ronny an Verlobung denkt, mir das aber noch zu früh ist.

Ich habe dir auch geschrieben, dass ich mich entschieden habe, aber nicht, dass ich Ronny liebe. Ich habe dir immer gesagt, dass ich dich brauche und dich liebe und dass ich meine Zukunft mit dir verbinde.

Weil dein Retter jetzt zu dem geworden ist, der dir das Leben schwer macht, willst du leiden. Warum nur hältst du weiter zu ihm? Deshalb habe ich mich Ronny zugewandt, in der Hoffnung, ihn vielleicht doch noch lieben zu lernen. Denke einmal an unsere letzten Mails. Du selbst hast mir gesagt, Liebe muss sich erst entwickeln. Hat sich auch in meinem Fall, was dich betrifft. Ronny werde ich nicht lieben können, obwohl er sich bemüht und total lieb zu mir ist. Wäre er zwei Jahre später in mein Leben getreten, hätte es vielleicht werden können, so hoffe ich immer noch auf dich."

Silvio: „Andreas, was soll ich jetzt zu deiner Messages schreiben? Mir fehlen einfach die richtigen Worte. Falls ich es heute am Abend nicht mehr schaffe, nochmals on zu sein, bin ich erst am Montag wieder da.

Andreas, ich muss. Ich wünsche dir ein schönes Wochenende.

Versuche, die Sache mit Ronny wieder einzurenken. Vielleicht entwickelt sich bei euch doch noch alles positiv.

Auch wenn du es mir fast nicht mehr glaubst, aber ich liebe dich immer noch. Ich denke viel an dich. Ich küsse und umarme dich. Dein Silvio."

Andreas war enttäuscht: „Schade, ich dachte, du meldest dich noch einmal. Ich wünsche dir ein schönes Wochenende.

Liebe Grüße, meine süße Droge, dein trauriger Andreas.

Ich glaube dir wirklich nicht."

Andreas loggte sich aus und verließ seine Wohnung. Seine Tagesaufgaben wollten erledigt werden. Außerdem wollte er seine Schwester nicht zu lange warten lassen, mit der er sich verabredet hatte.

Silvio ging ihm nicht aus dem Kopf. Er sprach mit seiner Schwester über ihn. Andreas war froh, endlich jemanden zu haben, dem er sich offen anvertrauen konnte. Aber wirklich helfen konnte sie ihm nicht.

Als Andreas am Abend nach Hause kam, loggte er sich in den Chat ein, und da er von Silvio keine Antwort fand, schrieb er ihm: „Mein Silvio, und was ist mit mir? Und was ist mit uns? Womit hat dich dieser Dreckskerl in der Hand, dass du so große Angst hast? Ist es das, dass dich keiner bekommt, wenn nicht er?" Andreas spielte hier auf eine Nachricht von Silvio an, die der ihm Silvester geschickt hatte. „Hast du Angst, er tut dir etwas an? Dann ist er ein Psychopath, dem das Handwerk gelegt werden muss.

Warum reden wir nicht darüber und finden eine Lösung?

Ich weiß auch nicht mehr, was ich tun soll, wenn du dir nicht helfen lassen willst. Ich fühle mich beschissen und verraten und verkauft. Liebe Grüße! Andreas."

Andreas konnte nur enttäuscht sein. Silvio verhinderte immer wieder ein Treffen zwischen ihnen. Andreas suchte einen Mann, den er lieben konnte, der auch ihn liebte und mit dem er eines Tages eine Wohnung teilen konnte. Dass es nicht Ronny war, davon war er überzeugt, aber er war zunächst nicht alleine. Er war bemüht, Ronny alles zu geben, was er ihm geben konnte. Aber er liebte nun einmal Silvio, und wenn der ihm heute ein Treffen angekündigt hätte, hätte er die Beziehung zu Ronny sofort beendet.

So war Andreas aber bereit, Silvio aufzugeben. Langsam musste er doch begreifen, dass er Silvio nie in seinem Leben kennenlernen sollte. Es lief zwischen ihnen wie nach einem Muster. Andreas versuchte, Silvio zu überreden, ihn zu treffen. Der blockte das ab. Danach war Andreas enttäuscht und wollte Silvio aufgeben, aber das schaffte er nicht. Und Silvio verhielt sich dabei ganz geschickt, kam immer wieder mit den alten Argumenten, die er mit weiteren neuen versah, um diesen Kreislauf am Leben zu erhalten.

Wohnungspolitik

Andreas saß am Computer. Seine Gedanken schweiften ab, wie schon so oft in der letzten Zeit, in der er sein Leben immer wieder Revue passieren ließ. Schon so viele Dinge waren in ihm in den letzten Wochen und Monaten hochgekommen, Erinnerungen an seine Kindheit und Jugendzeit, an die Männer, die er einmal geliebt hatte und an die er heute noch mit einer gewissen Wärme dachte. Jetzt gingen seine Gedanken aber ganz woanders hin. Er dachte daran, wie er damals in die Partei eingetreten war und welche Konsequenzen dieser Schritt für ihn hatte.

Sein Weg war vorbestimmt durch seine schulische Entwicklung. Erst wurde er Pionier, später Mitglied der Freien Deutschen Jugend (FDJ), der Jugendorganisation der DDR.

Nach der Lehre beantragte er die Mitgliedschaft in die SED. Andreas stand hinter dem Staat DDR. Hier lebte er, hier war er aufgewachsen. Sein Wunsch, in die Partei einzutreten, resultierte aus der Erziehung, die er in der Schule und FDJ bekam. Zunächst bekam er Ablehnung. Aber Andreas wollte sich das nicht gefallen lassen. Kurz entschlossen ging er zur Parteisekretärin seines Betriebes und beschwerte sich über die Ablehnung seines Antrages. Er fragte sie, ob es sich die Partei leisten könne, junge Leute abzulehnen, die gewillt seien, sich für ihren Staat und die Politik der Partei einzusetzen. Gerade sie als Parteisekretärin sollte doch wissen, wie schwer es sei, geeignete Kandidaten für die Partei zu finden und auch zu gewinnen. Nicht jeder Kollege habe den Wunsch, auch tatsächlich Mitglied der Partei zu werden. Oder sei es schon so weit, dass hier nur noch Leute aufgenommen würden, die sich aus der Mitgliedschaft der Partei Vorteile erhofften, weil sie auf der Karriereleiter weiter aufsteigen wollten? Zum Abschluss seiner Rede sagte er: „Können Sie es sich leisten, auf ehrliche junge Leute zu verzichten? Es muss doch wohl auch jemand geben, der die Arbeit an der Basis macht. Glauben Sie mir, ich gebe nicht auf, wenn sie mich wieder ablehnen."

Damit hatte er gewonnen. Er bekam einen Aufnahmeantrag und musste sich zwei Bürgen suchen, die selber Mitglied der Partei waren. Sie mussten bereit sein, für Andreas vor der Parteiversammlung einzutreten, und bezeugen, dass er ein würdiges Parteimitglied sein werde. Das war für Andreas kein Problem.

Während des Jahres seiner Kandidatur bewährte er sich, wie es damals hieß, und wurde anschließend volles Mitglied der Partei. Er war ein überzeugter, aber doch kritischer Genosse. Er vertrat seine Meinung in den Parteiversammlungen und musste sich mehrmals seinen Genossen beugen. Er übte Kritik und nahm sie von anderen an. Aber er bewahrte sich stets seine Objektivität und machte sich damit das Leben in der SED selber schwer. Oft eckte er an und wurde dafür zur Rechenschaft gezogen. Aber er blieb immer ehrlich. Dafür bekam er die Anerkennung seiner Kollegen.

Es musste im Oktober 1988 gewesen sein. An einem Freitag gegen elf Uhr klingelte in Andreas Büro das Telefon. Er nahm ab und vernahm die freundliche Stimme der Sekretärin des Direktors.

„Guten Tag, Herr Schneider. Hier ist Frau Behrend." Sie erklärte, dass heute um dreizehn Uhr im Rathaus im Konferenzsaal eine Versammlung der Betriebsdirektoren oder Parteisekretäre oder BGL-Vorsitzenden stattfand. Der Direktor hatte einen anderen wichtigen Termin und der Parteisekretär war ebenfalls verhindert, sie könne ihn nicht erreichen, er sei mit einem Transport unterwegs. Daher wolle sie ihn bitten, an der Versammlung teilzunehmen, Hauptsache, einer von ihnen sei dabei. Andreas sagte zu. Als er den Konferenzsaal im Rathaus betrat, sah er viele Stuhlreihen hintereinanderstehen. Der Saal war sehr groß, es waren Stühle für etwa 300 Leute angeordnet. Andreas warf einen Blick hinein und sah, dass etwa die Hälfte der Plätze bereits besetzt war.

Am Eingang standen zwei Mitarbeiter des Oberbürgermeisters und gaben den Anwesenden einige Zettel in die Hand.

Auch Andreas bekam welche davon. Er nahm sie entgegen und ging sich einen Platz suchen. Es war noch etwas Zeit bis zum Beginn der Veranstaltung. Andreas sah sich die Vordrucke etwas genauer an. Sie waren mit einer Ausnahme die gleichen Formulare. Diese Ausnahme enthielt einen Auszug aus dem Wohnungsvergabeplan der Stadt Rostock für das Jahr 1988. Darauf fand Andreas die Namen einiger Mitarbeiter seines Betriebes und stellte fest, dass ihnen für dieses Jahr eine Wohnung versprochen worden war. Da sich das Wohnungsamt aber im Rückstand mit dem Vergabeplan befand, gab es in diesem Jahr keine Möglichkeit mehr, diese Leute mit Wohnraum zu versorgen. Aus Andreas' Betrieb betraf das dreizehn Mitarbeiter. Die anderen Zettel waren Protokolle. In den Betrieben sollten die Direktoren, Parteisekretäre oder BGL-Vorsitzende mit den betreffenden Personen Gespräche führen, in denen ihnen mitgeteilt werden sollte, dass sie ihren beantragten Wohnraum in diesem Jahr nicht mehr bekommen konnten, sie aber in den Vergabeplan für das nächste Jahr rutschten. 1989 sollten sie auf jeden Fall mit einer Wohnung versorgt werden. Die Gesprächsführer sollten protokollieren, wie die Mitarbeiter reagierten. Sollten sie beabsichtigen, gegen diese Entscheidung etwas zu unternehmen, sollten die Maßnahmen der Kollegen vermerkt und an eine übergeordnete Stelle weitergeleitet werden.

,Die spinnen wohl!' ,dachte Andreas und legte die Zettel auf den Stuhl neben sich.

Die Versammlung sollte um dreizehn Uhr beginnen. Erst um 13.30 Uhr ging es tatsächlich los.

Der Oberbürgermeister Dr. Henning Schleif trat an das Rednerpult und begrüßte die Anwesenden, danach begann er, ein Grundsatzreferat zu halten. Erwartungsgemäß ging es um Wohnungspolitik. Er ging darauf ein, warum heute, im Jahre 1988, noch immer von Wohnungsknappheit gesprochen werden musste und viele Menschen nicht mit Wohnraum versorgt werden konnten, die es schon lange verdient hätten, endlich ihre eigene Wohnung oder eine größere Wohnung zu bekommen. Andreas musste feststellen, dass der Genosse Schleif ein guter Redner war. Andreas beobachtete die Leute um sich herum und sah, dass viele zu der Rede des Oberbürgermeisters zustimmend mit dem Kopf nickten.

Der Genosse Schleif hielt eine schöne Rede, doch was er sagte, war die blanke Theorie. In der Praxis sah es ganz anders aus. Wer mit offenen Augen und Ohren durch die Gegend lief, konnte das ohne weitere Probleme erkennen. Genosse Schleif redete etwa eine Stunde. Fünfzig Minuten davon erklärte er theoretisch die Probleme, wie sie sich ihm in der Wohnungsproblematik darstellten, in den restlichen Minuten machte er Vorschläge, wie das Wohnungsproblem in der Praxis gelöst werden könnte.

Rentner, die zum Beispiel in einer großen Wohnung, das hieß, in einer Vier-Raum-Wohnung lebten, sollten dazu bewegt werden, in eine kleinere Wohnung zu ziehen, in denen bis dahin kinderreiche Familien wohnten. Man müsse nun zuerst die Menschen mit Wohnraum versorgen, die weniger als acht Quadratmeter Wohnfläche pro Person zur Verfügung hätten. Wie das gemacht werden sollte, ließ er offen. Wichtig sei es, mit den Leuten zu reden und die Gespräche zu protokollieren. Die Protokolle sollten entsprechend ausgewertet werden, damit rechtzeitig geeignete Maßnahmen ergriffen werden konnten. Wie diese Maßnahmen aussehen sollten, sagte Schleif nicht!

Der Oberbürgermeister war ein viel beschäftigter Mann. Er beendete seine Rede, ließ sich den Applaus gefallen und ging eilenden Schrittes zu einer Nebentür des Saales, durch die er verschwand.

Danach trat eine Mitarbeiterin des Genossen Schleif an das Rednerpult. Sie erklärte, dass der Oberbürgermeister dringend in eine weitere Beratung müsse, aber trotzdem Fragen gestellt werden konnten, die sie versuchen wollte, zu beantworten.

Der erste Fragesteller stand auf und stellte sich vor. Er sei der Direktor eines bestimmten Betriebes. Ihm habe die Rede des Genossen Oberbürgermeisters gut gefallen und selbstverständlich werde er den Genossen unterstützen. Er werde in seinem Betrieb geeignete Maßnahmen ergreifen, um so seinen Anteil bei der Bewältigung der Aufgaben in der Wohnungspolitik zu leisten.

Der Zweite stand auf und der Dritte ebenso. So meldeten sich viele der Anwesenden zu Wort. Sie alle vertraten die gleiche Auffassung wie der erste Diskussionsteilnehmer.

‚Und nachher stecken sie sich eine Schmuckfeder in den Arsch und sind unheimlich stolz auf sich', dachte Andreas. Er glaubte, im falschen Film zu sein, und wurde immer unruhiger. Der Mann neben Andreas' bemerkte seine wachsende Unzufriedenheit über diese Heuchler. Leise sagte er zu ihm: „Bleiben Sie ruhig, junger Mann. Es hat keinen Sinn, sich hier aufzuregen. Sie sind nachher nur der Dumme."

Doch Andreas hatte etwas gegen so viel Falschheit und Heuchelei. Arschkriecher mochte er nicht. Kein Wunder, dass es mit solchen Menschen im Sozialismus nicht vorwärtsging. Die wichtigen Ämter waren nicht mit fähigen Köpfen besetzt, mit Menschen, die Kompetenz und Sachverstand hatten. Dann hätten auch Menschen diese Ämter innehaben müssen, die nicht Mitglied der Partei waren, vielleicht sogar einer Konfession anhingen. Aber die wichtigen Positionen wurden fast nur mit parteitreuen Genossen besetzt. Parteitreu hieß in solch einem Falle kritiklos und folgsam gegenüber der Obrigkeit. Ohne irgendetwas zu hinterfragen, wurden manchmal Maßnahmen durchgesetzt, die völlig unsinnig waren.

Mit den richtigen Leuten an den richtigen Stellen hätte man viel mehr erreichen können. So verkehrte sich einiges ins Gegenteil.

Es hielt Andreas nicht mehr auf seinem Platz. Er stand auf und sagte: „Sicherlich hat der Genosse Schleif ein sehr schönes Grundsatzreferat gehalten. Aber es war alles nur die blanke Theorie. Das sollte doch hier jeder wissen. Ich gebe dem Genossen Oberbürgermeister in der Beziehung recht, dass wir das Wohnungsproblem lösen müssen. Aber es kann doch nicht sein, dass wir jetzt die Arbeit und Verantwortung des Wohnungsamtes übernehmen sollen."

Es ging ein Raunen im Saal umher und Andreas redete sich frei. Er hatte alle Nervosität abgelegt und sprach weiter: „Das sollen sie mal schön alleine tun. Ich bin Gewerkschaftsfunktionär. Wenn ich daran denke, ich soll hier Protokolle ausfüllen und meine Kollegen, deren Interessen ich vertrete, hinter ihrem Rücken verraten! Ich soll verraten, was sie gegen die Entscheidung des Wohnungsamtes tun werden! Da wird mir ganz schlecht. Wo sind wir denn hingekommen? So bauen wir den Sozialismus nicht auf. Ich werde meine Kollegen nicht bespitzeln. Diese Gespräche lehne ich als BGL-Vorsitzender ab." Es wurde immer unruhiger in dem großen Saal, der jetzt bis auf den letzten Platz mit den ach so wichtigen Machern des Sozialismus in dieser Stadt besetzt war. Andreas ließ sich von deren Unruhe und deren ersten Protesten nicht abhalten, seine Meinung zu sagen und sprach weiter: „Schade, dass der Genosse Schleif schon weggegangen ist. Ich hätte nämlich noch eine Frage an ihn. Er sagt, Rentner in großen Wohnungen sollen mit kinderreichen Familien tauschen, ihnen den größeren Wohnraum zur Verfügung stellen. Das, finde ich, ist in Ordnung. Solche Gespräche werde ich gerne führen. Aber jeder weiß, dass der Genosse Schleif in der Gartenstadt ein Einfamilienhaus bewohnt. Er und seine Frau wohnen dort alleine. Da er als Angehöriger der Intelligenz ein Arbeitszimmer zu Hause benötigt, stehen ihm drei Zimmer zu. Ich frage mich: Warum stellt er nicht sein Einfamilienhaus einer kinderreichen Familie zur Verfügung?" Andreas ließ sich nicht beirren, laut sagte er, was er zu sagen hatte, sodass jeder ihn hören konnte. Als er endete, sagte der Mann neben ihm: „Sie haben aber Mut, junger Mann."

Aber die Mitarbeiterin des Oberbürgermeisters war verärgert. Sie rief: „Das hat Folgen, das kann ich dir versprechen." Danach ging sie wieder zur Tagesordnung über, um Ruhe herzustellen, und bat um weitere Diskussionsbeiträge. Niemand wollte noch etwas sagen. Die Unruhe im Saal blieb bestehen. Die Versammlung wurde beendet und Andreas nahm seine Sachen. Die Gesprächsprotokolle ließ er liegen und ging zum Ausgang des Saales und verließ ihn durch die Eingangshalle. Zwei Herren gesellten sich zu ihm. Einer schob sich an seine rechte Seite, der andere an seine linke.

Einer von beiden sagte: „Bitte folgen Sie uns unauffällig, damit tun Sie sich selbst einen Gefallen."

Andreas bemerkte, wie ihm das Adrenalin in den Körper schoss. Er war nicht nur aufgeregt, er hatte sogar Angst. Wer diese beiden Herren waren, brauchte er nicht erraten, das wusste er, ohne dass es ihm jemand sagte. Er hatte keine Chance, woandershin zu gehen, er musste ihnen folgen. Sie gingen um das Rathaus herum zu einem Auto. Andreas wurde aufgefordert, sich auf die Rückbank zu setzen.

Wenige Straßen weiter fuhren sie durch ein Tor gleich danach in eine Halle, in der sie das Auto verließen. Die Männer gingen mit Andreas in einen kleinen Raum. Dort musste er sein Gepäck abgeben. Anschließend wurde er in eine Zelle gebracht, in dem er sich auf eine Holzbank setzen musste und alleingelassen wurde. Jetzt hatte er Zeit, sich umzusehen. Beide Türen zu diesem Raum hatten keinen Knauf, sodass er hier festsaß. Selbstständig konnte er diesen Raum nicht verlassen. Die Holzbank, auf der er saß, war alles andere als bequem. Er wartete und fragte sich, was das hier nun werden sollte.

Noch einmal ließ er sich durch den Kopf gehen, was er auf der Versammlung beim OB gesagt hatte. Und er wartete. Er stellte fest, dass er nichts gesagt hatte, was berechtigt hätte, ihn in ein Gefängnis zu bringen. Und er wartete.

Kritik sollte doch wohl erlaubt sein. Und er wartete immer noch. Die Zeit wurde ihm lang. Er fragte sich, ob ihn vielleicht jemand beobachtete. Und er wartete.

Er hatte schon ein ungutes Gefühl. Draußen schien die Sonne und in diesem Raum kam kein Tageslicht herein. Und er wartete.

Insgesamt wartete er vier Stunden. Schließlich wurde eine der beiden Türen geöffnet, und zwar die, durch die er nicht diese Zelle betreten hatte. Ein junger Mann in Uniform mit einer Kalaschnikow über der Schulter forderte Andreas auf, ihm zu folgen. Er brachte ihn in einen Raum, in dem ein Schreibtisch stand. Hinter dem Schreibtisch saß jemand, Andreas konnte ihn nicht erkennen. Die Schreibtischlampe war eingeschaltet und so eingestellt, dass Andreas sein Gegenüber nicht erkennen konnte.

Der Mann stellte Andreas' Personalien fest. Anschließend wurde er gefragt: „Wie stehen sie zur Deutschen Demokratischen Republik?" Andreas antwortete: „Die DDR ist mein Staat, hier bin ich aufgewachsen und als Genosse stehe ich hinter der Politik der Partei. Ich will alles tun, damit der Sozialismus weiter aufgebaut werden kann."

„Das hatte sich vorhin bei der Versammlung beim Oberbürgermeister so nicht angehört", meinte der andere.

Andreas sagte: „Das kann ich nicht einschätzen. Aber ich kann einschätzen, ob es Menschen ehrlich meinen oder nicht. Ich werde meinen Beitrag zur Entwicklung unserer Gesellschaft leisten. Daran kann mich niemand hindern. Aber es wird mir wohl auch erlaubt sein, Kritik dort anzubringen, wo es erforderlich ist."

„Wie meinen Sie das?", kam die nächste Frage.

Andreas antwortete: „Wenn ich etwas als falsch erkenne, werde ich es sagen. Entweder ich sehe es richtig, dann muss man nach anderen Lösungen suchen, oder ich sehe es falsch, dann lasse ich mich gerne belehren."

„Und was denken Sie jetzt, hatten Sie vorhin recht mit ihren Ausführungen?" fragte der Unbekannte.

„Ich glaube, dass ich im Recht bin. Ich erkläre Ihnen gerne, warum ich das so sehe", erwiderte Andreas.

„Bitte, dann fangen Sie damit an", wurde er aufgefordert.

Andreas sagte: „Sehen Sie, ich weiß nicht, ob Sie die Rede des Genossen Schleif zur Wohnungspolitik kennen. Mit dem, was er im theoretischen Teil sagte, hatte er recht. Über die Wohnungspolitik als solches in der DDR müssen wir uns nicht unterhalten, wir müssen sie durchsetzen. Diese Absicht hatte der OB heute.

Aber man kann nicht nur von der Theorie ausgehen, wenn man weiß, dass es in der Praxis ganz anders ist. Es hat alles seine objektiven Ursachen, für die man niemanden verantwortlich machen kann. Es gibt einen Wohnungsvergabeplan. Mit diesem Plan ist man im Rückstand, aus Gründen, die ich nicht kenne. Aber ich soll mit Leuten sprechen, die ihre Wohnung nicht bekommen können. Was soll ich ihnen sagen? Das sollte doch lieber das Wohnungsamt tun, die auch die Gründe dafür kennen. Man muss den Wohnungssuchenden erklären, warum sie ihre Wohnung nicht bekommen können. Und man sollte versuchen, die Ursachen dafür zu beseitigen. Das wäre richtig.

Wenn Laien solch ein sensibles Thema ohne die notwendigen Grundkenntnisse angehen, kann doch nichts Gutes dabei herauskommen. Außerdem bin ich Gewerkschaftsfunktionär, ich sollte mich für meine Kollegen einsetzen und nicht aufschreiben müssen, was für Gegenmaßnahmen sie planen, von denen ich nicht genug Kenntnisse und Hintergrundinformationen habe. Ich will, dass die Menschen nicht vom Sozialismus enttäuscht werden, zumindest da, wo man es verhindern kann. Ich bin Genosse und ich will das Gleiche wie der Genosse Schleif."

„Wenn das Ihre Meinung ist, hört sie sich gar nicht so schlecht an. Aber vorhin haben sie etwas ganz anderes gesagt", sagte der Unbekannte.

Andreas erwiderte: „Ich habe vorhin genau das gleiche gesagt, nur mit anderen Worten. Ich kann es nicht haben, wenn die Speichellecker meinen, zu allem ihr Ja und Amen abgeben zu müssen. Auch der Genosse Schleif ist nur ein Mensch. Und Menschen machen nun einmal Fehler. Wobei ich nicht sagen will, dass der Genosse Schleif alles falsch macht. Nein, das nicht. Aber sein Grundsatzreferat heute war nur von der Theorie her richtig. Wir sollten doch zusehen, dass unsere Menschen zufrieden sind. Dann sind sie auch mit dem Sozialismus zufrieden und werden sich für ihn einsetzen."

Das Verhör wurde jetzt auf etwas anderes gelenkt, denn für Andreas war es ein Verhör. Er wurde gefragt: „Mit wem haben Sie Umgang, was machen Sie in ihrer Freizeit?"

„In meiner Freizeit kümmere ich mich um einen Fußballverein, um meine Mannschaft. Außerdem bin ich viel gewerkschaftlich unterwegs. Ich habe Umgang überwiegend mit Genossen. Auch auf dem Sportplatz", entgegnete Andreas.

So ging es hin und her. Dann fiel Andreas ein, dass der Vater eines Trainers seines Vereins stellvertretender Chef der Staatssicherheit in Rostock war. Das sagte er seinem Gegenüber. Nach einigen weiteren Fragen und Antworten wurde Andreas in die Zelle zurückgebracht, in der er schon einmal solange warten musste, und es jetzt erneut sollte. Nach etwa einer Stunde wurde er in den ersten Raum geführt, in dem ihm bei seiner Ankunft sein Gepäck abgenommen wurde. Hier bekam er alles wieder zurück, wurde vor die Tür gebracht und konnte nach Hause gehen. Er war frei.

Er fuhr mit der S-Bahn nach Hause. Diesen heutigen Nachmittag musste er erst einmal verdauen. Er wusste nicht, was er von dieser Geschichte halten sollte. Er war enttäuscht. Weil er die Wahrheit gesagt hatte, wurde er von seinen eigenen Genossen verhaftet. Das war für Andreas ein Tiefschlag unter die Gürtellinie.

In was für einer Partei war er da Mitglied? War das eine Partei, in der die Genossen nicht einmal ihre ehrliche Meinung vertreten konnten? Wie wollte sich diese Partei weiterentwickeln, wenn sich ihre Mitglieder untereinander nicht die Wahrheit sagen oder keine Kritik äußern durften? Was für einen Weg ging diese Partei? Das konnte letztendlich nur in einer Katastrophe enden. Andreas wollte nicht in einer Partei Mitglied sein, in der er Gefahr lief, ins Gefängnis gebracht zu werden, nur weil er Kritik übte, weil er sich traute, die Wahrheit auszusprechen. Er war gegen neun Uhr abends zu Hause.

Das ganze Wochenende musste er darüber nachdenken, was am Freitag geschehen war. Am Montag, als er zur Arbeit ging, stand sein Entschluss fest. Andreas hatte sein Mitgliedsbuch der Partei bei sich.

Er betrat sein Büro, stellte seine Tasche ab und ging anschließend in das Büro des Parteisekretärs. Sein Mitgliedsausweis nahm er mit.

Nachdem er den Parteisekretär begrüßte, erwiderte der seinen Gruß und sagte: „Setz dich bitte, ich muss mit dir reden."

Andreas setzte sich und sagte: „Das trifft sich gut, ich habe dir auch etwas zu sagen. Aber du zuerst."

Der Parteisekretär antwortete: „Was war am Freitag los? Ich habe da eine Information auf meinem Tisch liegen."

„Das kann ich dir sagen, was da los war", erwiderte Andreas, „ich habe auf einer Versammlung mit vielen Arschleckern die Wahrheit gesagt. Dafür wurde ich verhaftet. Und ich habe mir das ganze Wochenende überlegt, was ich nun wohltun soll. Jetzt weiß ich das. Ich habe in einer Partei, in der die Genossen nicht ehrlich und fair miteinander umgehen, nichts zu suchen. Ich wollte Mitglied einer Kommunistischen Partei sein, nicht in einer sozialistischen, opportunistischen Partei wie dieser. Hier hast du mein Parteibuch zurück. Ich bin nicht länger Mitglied dieser Partei."

„So einfach geht das nun auch nicht. Wir sind eine Partei und keine Gesellschaft, in der man ein- und austreten kann, wie man will", antwortete der Parteisekretär.

„Doch", sagte Andreas, „Ich kann das. Du bekommst von mir keinen Beitrag mehr und das Mitgliedsbuch will ich nicht mehr haben." Er stand auf und ließ den Parteisekretär mit seinen Protesten alleine zurück.

Das Buch

Am 13. April sah Andreas, dass Silvio wieder einmal seinem Profil einen Besuch abgestattet hatte, ohne auf Andreas' Message zu antworten. Das tat Andreas weh und er schrieb ihm eine Nachricht: „Hallo, Silvio, jetzt haben wir uns um eine Minute verfehlt.

Warum antwortest du mir wieder nicht auf meine letzte Message? Da habe ich wohl schon wieder ins Schwarze getroffen.

Du kannst dir mal überlegen, wie ich dir das Buch zukommen lassen kann, ich habe nur noch 98 Seiten zu korrigieren. Ich wünsche dir einen schönen Tag. Liebe Grüße! Dein Andreas."

Weder Andreas noch Silvio verbrachten den ganzen Tag am PC. So kam es zwischen beiden zu keinem Chat, aber sie schickten sich ihre Messages gegenseitig zu. Nachmittags antwortete Silvio: „Hallo, Andreas, lieben Gruß zurück. Du hast mir mal geschrieben, ich kann dich anschreiben, wenn du im Chat bist. Warst du heute früh aber nicht. Bist es jetzt auch nicht, aber ich möchte dir trotzdem einen Gruß senden.

Genieße die Zeit mit Ronny! Lieben Gruß dein Silvio."

Nachdem Andreas am Abend Silvios Message las, teilte er ihm mit: „Hallo, Silvio! Das war eine dumme Aussage von mir. Wann sollen wir uns denn im Chat treffen, wenn wir uns nicht verabreden können? Ich versuche, morgen Abend ab 20 Uhr da zu sein."

Andreas saß pünktlich vor dem PC, da Silvio dem Termin zugestimmt hatte und erkundigte sich nach dessen Befinden.

Silvio fragte: „Wie war denn dein Tag heute?"

Andreas entgegnete: „Ich bin alleine und mein Tag war durchwachsen."

„Wie alleine? Ich dachte, ihr verbringt eure Freizeit zusammen?"

Andreas antwortete: „Manchmal eben nicht, dann bekomme ich einen Anruf, er ist bei einem Kumpel. Und nun frage ich dich: Wie sollen da bei mir Gefühle aufkommen?

Aber du hast schon wieder nicht meine Frage beantwortet, weder die von heute noch die, die ich dir neulich stellte."

Silvio antwortete: „Ja, es ist natürlich nicht einfach, so Gefühle aufzubauen.

Deine Frage von heute habe ich absichtlich nicht beantwortet. Es geht mir gut. Oder was soll ich sagen? Mit Höhen und Tiefen. Aber ich gehe damit ganz gut um."

Andreas wollte etwas anderes lesen: „Du enttäuscht mich immer wieder. Ich glaube, du liest meine Messages immer noch nicht richtig."

Silvio wich einer Antwort schon wieder aus und Andreas' Enttäuschung wurde noch größer: „Kannst du mir einmal sagen, warum ich dich immer noch liebe? Mir fällt im Moment keine vernünftige Antwort ein.

Im Ausweichen bist du ein Meister. Du lenkst immer ab, anstatt mir meine Fragen zu beantworten. So war es schon immer. Bist du wirklich echt?", Erneut kam Andreas der Verdacht, dass Silvio ein Faker war.

Silvio antwortete: „Warum liebst du mich? Weil ich
- intelligent und ein verantwortungsvoller Mensch bin
- vielleicht auch etwas gut aussehe
- wir einige Gemeinsamkeiten festgestellt haben
- wir uns im Chat gegenseitig zeitweise sehr gut verstanden haben
und, und, und ... Das ist dir nicht eingefallen? Bin ich echt? Schreibst du mit einem Roboter?"

Andreas wurde ungeduldig. Manchmal benahm sich Silvio wie eine Frau. Er fragte: „Und wann beantwortest du mir die wichtigen Fragen?

Hast du es denn immer noch nicht begriffen? Ich will dich glücklich sehen!!! Was immer das auch heißen mag. Aber ich weiß, dass du es nicht bist.

Warum sträubst du dich so gegen mich? Womit hat Ralf dich in der Hand? Warum lässt du dir von ihm alles gefallen?

Ich habe noch viel mehr Fragen, aber du beantwortest sie mir ja doch nicht!" Andreas wollte immer noch mit Silvio sein Leben planen. Dass er sich mit Ronny eingelassen hatte, geschah nur aus Verzweiflung. Das hätte er gerne korrigiert.

Aber Silvio blockte schon wieder ab: „Stimmt, Andreas, ich umgehe einige Fragen von dir bewusst.

Wenn ich leide, musst du nicht noch mit mir leiden. Es geht mir gut. Mache dir keine Gedanken. Ich weiß, dass du dir Gedanken machst, aber ich komme gut klar. Glaube mir!!!

Ich sträube mich nicht gegen dich. Würde ich sonst mit dir chatten? Würde ich sonst den Kontakt zu dir noch aufrechterhalten?"

Warum Silvio das wollte, fragte sich Andreas allerdings auch: „Was glaubst du, was das für mich heute Abend mit dir ist? Du sagst mir nichts und doch nach langem Bohren etwas, aber trotzdem, ohne etwas mitzuteilen.

So möchte ich nicht mit dir chatten. Du sträubst dich gegen mich.

Fühlst du dich bedrängt? Eine Frage, die du nun wirklich beantworten kannst."

Silvio schrieb nun: „Andreas, ich chatte sehr gerne mit dir. Wir konnten miteinander reden, ohne dass da Blödsinn gesprochen wurde oder angeberische Worte. Einfach chatten, wie uns der Schnabel gewachsen war. Über uns, jeder über sich, über unsere Arbeit, unsere Partner, einfach Themen, über die wir gemeinsam reden konnten. Das war wirklich schön.

Auch über private Dinge, wo wir uns gegenseitig Ratschläge gegeben haben oder Hinweise.

Und trotzdem fühle ich mich ein wenig von dir in die Enge getrieben. Vielleicht auch ein wenig bedrängt, ja, ich denke schon.

Du verlangst von mir Antworten, die ich zurzeit noch nicht zu geben bereit bin. Ich merke, ich bin unsicher und innerlich angespannt wie ein Flitzebogen. Ich bin nicht locker drauf.

Ich möchte auch nicht, dass du dir Gedanken machst. Ich möchte dich nicht belasten. Ich weiß nicht, ob du mich verstehst."

Andreas wollte und konnte das so nicht mehr. Er wollte nochmals versuchen, von Silvio wegzukommen. So antwortete er: „Nein, ich verstehe dich nicht.

Du solltest eigentlich gemerkt haben, dass ich es mit dir ehrlich meine und ich Deine Antworten benötige. Du bist nicht bereit, mir welche zu geben, ich fühle mich von dir verarscht, also was soll das denn noch? Ich werde dich nicht mehr bedrängen. Gute Nacht. Viele Grüße! Andreas."

Nun schrieb Silvio: „Soweit waren wir beide schon einmal! Du fühlst dich wieder einmal ‚verarscht'. Es geht sicherlich wieder nicht so, wie du es haben willst.

Darum deine Meinung und deine Ausdrücke. Sicher tut es dir irgendwann wieder einmal leid, dass du diese Wortwahl getroffen hast.

Du bist jetzt bockig, bockig wie ein Mädchen, eingeschnappt. Ich muss auch wieder früh hoch.

Ich wünsche dir ebenfalls eine gute Nacht. Dein Silvio."

Silvio loggte sich aus und ließ Andreas alleine. Trotzdem schrieb dieser noch eine Nachricht, die Silvio später lesen konnte: „Dann bin ich eben ein Mädchen, aber ich bin ehrlich. Ich habe dir deine Fragen immer beantwortet, du weichst mir immer noch aus.

Wir haben jetzt bald Ostern und ich weiß genau, ich werde mich nie mit dir treffen, weil du das nicht willst, aber angeblich liebst du mich!!! Kannst du die Wahrheit nicht vertragen?

Langsam nervt es mich, dass ich immer ins Schwarze treffe.

Viele Grüße! Andreas."

Andreas glaubte jetzt fest daran, dass Ralf Silvio mit irgendetwas erpresste. Silvio konnte so nicht glücklich sein, aber er ließ sich von Andreas nicht helfen. Was konnte Andreas nur tun, damit der doch noch nachgab und sich von ihm helfen ließ und sie somit doch noch zueinander finden konnten? Darüber wollte er noch einmal nachdenken. Denn weil Silvio die Fragen, die ihm wichtig waren, nicht beantwortete, stachelte er Andreas an, herauszufinden, was Silvio bedrückte. So dachte jedenfalls Andreas.

*****

Andreas wurde mit Ronny nicht glücklich, der beendete ihre kurze Partnerschaft, wenn man überhaupt davon sprechen konnte ohne Angabe von Gründen. Am 15. April schrieb er Andreas eine Message: „Ich komme heute nicht mehr zu dir. Wir sehen uns erst am Montag, dass du Bescheid weißt......."

Danach schrieb er eine zweite Nachricht: „Hole bitte deine Sachen aus meiner Wohnung. Sorry, ich kann nicht mehr und will es auch nicht mehr, deinen Schlüssel lege ich dir hin ..."

Andreas wusste nicht, wie ihm geschah. Er konnte Ronnys Mails erst am Nachmittag lesen, als er von der Arbeit nach Hause kam. Anschließend fragte er: „Kannst du mir bitte einmal sagen, was los ist? Man kann doch über alles reden."

Andreas versuchte, Ronny anzurufen, doch der ging nicht an das Telefon, auch nicht an sein Handy. Er wollte nicht mit Andreas sprechen. Der wusste nicht, was Ronny plötzlich zu diesem Schritt veranlasste. Da Andreas ihn nicht erreichen konnte, holte er seine Sachen aus Ronnys Wohnung ab, in der sich niemand aufhielt. Andreas war enttäuscht und wütend. ‚So eine feige Sau, hat einfach nicht den Arsch in der Hose, mit mir zu reden. Auch wieder gut', dachte Andreas, ‚dann kann es jetzt mit Silvio weitergehen.'

Er versuchte noch einmal, Ronny zu erreichen. In einer Message wollte er wissen, was ihn zu dieser plötzlichen Trennung veranlasst hatte und warum er sich nicht traute, mit Andreas persönlich darüber zu reden. Doch der zog es vor, seinen ehemaligen Freund für alle Zeiten im Ungewissen zu lassen.

*****

Silvio las Andreas' Message vom Vorabend und antwortete danach: „Du hast wirklich Stress mit Ronny. Ich merke es an DEINER Reaktion. Es läuft wohl alles nicht so, wie DU es dir vorgestellt hast!

Warum nervt es dich, ins Schwarze zu treffen? Sei doch stolz, dass du so ein kluges Kerlchen bist!!!"

Etwa 90 Minuten später wünschte Silvio Andreas ein schönes Wochenende. Er bemerkte, dass Andreas sich eingeloggt hatte, und wartete auf dessen Antwort. Andreas teilte ihm mit, wie Ronny die Beziehung zu ihm beendet hatte, worauf er Silvios Mitleid bekam. Der bot an, sich mit Andreas im Chat darüber auszutauschen, doch erst nach dem Wochenende, da er jetzt von Freunden zu einem Wochenendausflug abgeholt werden sollte.

Beinahe begannen sie, sich wieder zu streiten, aber dann verabredeten sie, sich am Montag im Chat zu treffen.

Andreas hatte sich sein Wochenende anders vorgestellt. Er wollte es mit Ronny verbringen. Doch nun war er wieder alleine.

*****

Am Montag, den 18. April, saß Andreas am PC und überlegte, wie es mit Silvio weitergehen sollte. Heute Abend wollte er die Entscheidung erzwingen. Ob er sich mit Silvio vertragen konnte? Sollte dieser ihn wieder abweisen? Dann wollte Andreas die Freundschaft zu ihm endgültig beenden. Dieses ewige Hin und Her konnte und wollte er nicht mehr akzeptieren. Er schrieb Silvio eine Message: „Hallo, Silvio, ich habe auf dich gewartet und am Buch gearbeitet. Ich werde damit bis zum Donnerstag fertig, dann kannst du es haben."

Silvio antwortete: „Ich bin jetzt da. Ich glaube, ich habe auch ein Bierchen zu viel getrunken. Ich gebe es ehrlich zu!

Wie geht es dir? Hast du noch mal mit Ronny sprechen können?"

Silvio war alkoholisiert. Da konnte wohl heute kein sehr fruchtbarer Chat entstehen. Andreas wollte sich überraschen lassen. Er antwortete: „Nein, er ist feige und kann mir jetzt gestohlen bleiben."

Über Ronny wollte Andreas nicht mehr schreiben, das Thema hatte sich für ihn erledigt. Sie betrieben Smalltalk.

Der heutige Chat war für Andreas enttäuschend. Silvios Alkoholkonsum hatte ihm alles verdorben. Als der sich verabschieden wollte, schrieb Andreas: „Du machst mich heute traurig."

Nun entgegnete Silvio: „Aber ich wollte dich nicht traurig machen!!!!!!"

Andreas fragte: „Wie könnte ich nicht traurig sein, wenn du dich immer mehr von mir entfernst?"

Silvio sagte: „ Ich entferne mich nicht. Ich bin immer noch da!"

Andreas erwiderte. „Du weißt genau, was ich meine."

Silvio versuchte Andreas etwas aufzumuntern: „Schlafe schön und versuche, deine Traurigkeit mit schönen Gedanken zu verjagen.

Weißt du noch, wie wir uns im Chat berührt haben???"

Andreas gab zu: „Ich habe es täglich gelesen."

Silvio erinnerte: „Ja, wir haben uns umarmt, berührt, zärtlich geküsst, uns gegenseitig gestreichelt. Haben uns gegenseitig im Arm gehalten. Haben uns an Stellen berührt, die uns erregt haben. Wir haben........................."

Andreas stellte fest: „Und nun ist von alledem nichts mehr übrig. Du willst mich nicht kennenlernen, weil deine Ängste größer sind, als deine Liebe."

Silvio gab zu: „Ja, mein Süßer, vielleicht ist es so. Auch wenn du jetzt wieder fluchen und schimpfen wirst, ich werde mich jetzt von dir für heute verabschieden. Mach's gut, mein Süßer. Schlafe schön. Dein Silvio."

Andreas meinte: „Nicht vielleicht, sicher ist es so. Du hast zu viel Angst. Ich schimpfe nicht und ich fluche nicht. Ich bin nur traurig, weil dieser Zustand für mich unerträglich ist.

Gute Nacht! Dein Andreas."

Am nächsten Morgen, den 19. April, versicherte Andreas seinem Chatfreund noch einmal, wie sehr er ihn liebte und dass er auf ihn im Chat warten wollte.

Tatsächlich meldete sich Silvio etwas später und sie betrieben zunächst wieder Smalltalk. Dann wollte Silvio über Rosi reden, was Andreas aber abblockte. Silvio reagierte verärgert und loggte sich aus.

Andreas konnte nicht verstehen, warum Silvio beleidigt war. Am 8. Mai sollte er es erfahren. Doch so lange musste er noch warten, bis er Silvio verstehen konnte.

Andreas nervte es, dass er Silvio nicht näher kam. Ständig lenkte der ab oder wich ihm aus. So konnte Andreas tun, was er wollte, er würde Silvio nie sehen oder treffen, schon gar nicht ihn für sich gewinnen. Andreas war wieder traurig. Er hätte weinen können. Seine Nerven gaben nichts mehr her. Dass er einen Psychologen gebrauchen konnte, wollte er sich nicht eingestehen. Obwohl er es besser wusste, erwiderte Andreas auf eine Message von Silvio: „Ich weiß auch nicht, was mit mir los ist. Im Moment ist es so, dass du mich traurig machst. Warum es so ist, weiß ich nicht, dann würde ich es ja ändern."

Silvio fragte: „Sollte ich mich besser in den nächsten Tagen nicht melden? Brauchst du etwas Ruhe?

Andreas fragte sich, ob Silvio es immer noch nicht begriffen hatte. Er gab eine direkte Antwort: „Nein, ich brauche keine Ruhe, ich brauche Dich!!!"

Silvio antwortete und loggte sich aus: „Wir hören uns. Dein Silvio."

Silvio machte es Andreas immer noch nicht leicht. Aber warum sollte er das aus seiner Sicht tun? Auch wenn er zurzeit sehr gemäßigt mit Andreas umging, wollte er ihn im Chat halten. Silvio erfreute sich daran, dass es ihm gelungen war, Andreas an den Rand seiner psychischen Belastbarkeit zu bringen. Dass es so war, zeigte ihm Andreas bei fast jedem Chat.

Am Abend wartete Andreas erneut im Chat auf Silvio, der aber nicht kam. Gegen Mitternacht teilte er ihm mit: „Morgen werde ich mit dem Buch fertig, ich möchte es dir dann schicken. Also teile mir bitte mit, wie ich es dir zukommen lassen kann.

Liebe Grüße! Andreas."

Andreas durchlebte wieder eine schlaflose Nacht. Immer wieder musste er an Silvio denken. Wie mochte es sich mit ihnen weiter entwickeln? Andreas gingen viele verschiedene Gedanken durch den Kopf. Er glaubte, dass Silvio sich immer wieder eine Ausrede einfallen lassen würde, damit er sich nicht mit Andreas treffen musste, um mit ihm über das Buch zu sprechen. Wenn überhaupt, würde er seine Gedanken zu dem Buch aufschreiben und ihm zuschicken. Andreas Traurigkeit wollte nicht vergehen. Warum konnte er sich nicht einmal in den Richtigen verlieben? Einmal nur sollte seine Liebe erwidert werden.

Er hoffte, dass irgendwann einmal der Richtige kommen werde, aber wann sollte das sein? Die Zeit verging und Andreas wurde nicht jünger. Warum gab es nur diesen verdammten Ralf? Der machte Silvio das Leben schwer. Und damit ihm selbst.

Am 20. April arbeitete Andreas den ganzen Tag an seinem Buch, um 18.55 Uhr setzte er das letzte Wort auf sein Manuskript. Das war das Wort ENDE. Er durchlebte noch einmal alles, was er vergessen wollte, und seine Gefühle spielten wieder verrückt.

An diesem Abend wartete Andreas vergebens auf Silvio. Auch am nächsten Tag meldete sich Silvio nicht.

Die Wende

Als Andreas im Bett lag, konnte er wieder nicht einschlafen. Zunächst musste er an Silvio denken, gerne wäre er in dessen Nähe gewesen. Aber Andreas ahnte es, dass seine Wünsche nicht in Erfüllung gehen sollten. Wenn Silvio ihn kennenlernen wollte, hätte er schon längst einem Treffen zugestimmt. Andreas gab diesen Gedanken resigniert auf und seine Erinnerungen schweiften zu Spielern seiner einstigen Männermannschaft. Wie mochte es ihnen wohl seit der Wende ergangen sein? So viele Jahre waren seitdem ins Land gegangen. Aber Andreas konnte sich noch genau an damals erinnern.

Zur Wendezeit lebte er mit Hanna zusammen. Beide erlebten diese Zeit mit anderen, wohl beinahe entgegengesetzten Gefühlen.

Am 18. Oktober 1989 hörte Andreas im Radio in den Nachrichten, dass Erich Honecker auf einer Sitzung des Politbüros des ZK der SED zurückgetreten und Egon Krenz neuer Staats- und Parteichef geworden war.

Andreas vernahm diese Meldung im Büro der Firma, in der beschäftigt war, und als Vorsitzender der Betriebsgewerkschaftsorganisation ging er sofort zu seinem Direktor.

Dort war der Parteisekretär schon vor ihm eingetroffen. Andreas grüßte und fragte, ob es nähere Informationen zu Honeckers Rücktritt gebe.

Der Parteisekretär sah ihn an und sagte: „Wir wollen uns gerade beraten, aber du gehörst nicht mehr zu uns. Du hast doch dein Parteibuch letztes Jahr abgegeben. So, wie du das damals gemacht hast, war das auch nicht die feine englische Art."

Andreas erwiderte: „Ich wollte Mitglied in einer Partei sein, in der man ehrlich miteinander umgehen kann. Wo kommen wir denn hin, wenn wir nicht ein paar kritische Fragen stellen dürfen und einer, der es doch wagt, gleich in den Staasiknast gesteckt wird. So kommen wir nicht voran in unserem Staat."

„Du bist aber schon immer sehr kritisch gewesen, hast manchmal vergessen, dass wir an einem Strang ziehen sollten", antwortete der Parteisekretär.

„Richtig", sagte Andreas: „An einem Strang ziehen ja, aber nur, wenn es richtig ist. Ein Genosse sollte aber doch fähig sein, durch gesunde Kritik seine anderen Genossen vor Fehlern zu bewahren. Aber das ist heute nicht mehr möglich. Ihr seid doch manchmal total verbohrt."

„Jetzt reicht es aber", schimpfte der Parteisekretär.

Der Direktor mischte sich ein. Er sagte: „Es reicht jetzt wirklich. Aber von euch beiden. Trotzdem muss ich sagen, dass Andreas gar nicht so unrecht hat." Er sah Andreas ins Gesicht und sagte: „Sicherlich wäre es besser gewesen damals, wenn du deinen Mund gehalten hättest. Gerade an so einem Ort zu so einem Zeitpunkt. Und das Parteibuch sofort zurückzugeben, nachdem du wieder im Betrieb warst, fand auch ich falsch. Aber das ist Geschichte."

Nun wendete er sich an den Parteisekretär: „Dass Andreas kritisch ist, wissen wir alle. Manchmal ist er nicht nur kritisch, sondern auch überkritisch und vorwitzig und außerdem auch noch unbeherrscht. Trotzdem muss ich sagen, dass er recht hat, wenn er sagt, dass wir uns nicht immer ehrlich die Meinung sagen können. Hier in unserer kleinen Betriebsparteiorganisation können wir das schon, wir haben oft hitzige Diskussionen geführt. Und nicht immer lagen wir richtig.

Aber wenn ein Oberbürgermeister kritisiert wird, kann man den betreffenden Kritiker nicht gleich wegsperren. Zumal er in derselben Partei war wie der OB. Wenn Andreas etwas falsch gemacht hatte, hätte man mit ihm reden sollen, ihn belehren müssen, dass er seinen Fehler einsieht. Einen Genossen und Kommunisten kann man nicht verhaften, nur weil er einem OB ein paar unbequeme Fragen gestellt hat. So, und nun gebt ihr beide Ruhe und setzt euch hin."

Der Parteisekretär sagte nichts und setzte sich. Auch Andreas nahm sich einen Stuhl. Nacheinander kamen die verschiedenen Fachdirektoren in das Direktorat und setzten sich an den Konferenztisch.

Der Direktor begann, zu reden: „Ich danke euch, dass ihr den Weg zu mir gefunden habt", sagte er und gab zu, keine Informationen über den Rücktritt des Genossen Honecker bekommen zu haben. Seine Informationen hatte er nur aus dem Radio, wie die anderen auch. Es sei nun wichtig, dass jeder versuche, an weitere Informationen heranzukommen. Sie sollten ihre Möglichkeiten nutzen und in zwei Stunden wollten sie hier wieder zusammenkommen und sich gegenseitig über die allgemeine Situation informieren und darüber beraten, wie sie sich verhalten sollten. Es werde von den Kollegen

Fragen geben. Niemand solle etwas sagen, was er nicht selber vertreten könne. Es wäre gut, wenn sie sich zuerst beraten könnten, bevor überhaupt Fragen beantwortet würden.

Die kleine Unterredung war beendet. Jeder Teilnehmer ging in sein Büro und versuchte, Informationen zu sammeln.

Andreas wollte seine Vorsitzende der Kreisleitung anrufen, konnte sie jedoch nicht erreichen. Er versuchte es immer wieder und nach dem neunten Versuch hatte er endlich Erfolg.

Neue Auskünfte konnte auch sie nicht geben. Aber sie vermutete, dass ihnen schwerwiegende Ereignisse bevorstanden. Auf Andreas' Frage, wie sie das meinte, sagte sie: „Andy, denke bitte nach. Die vielen unzufriedenen Menschen in der DDR. Hast du nicht verfolgt, was alles in Leipzig und auch in Berlin und anderen Großstädten passiert? Dann kannst du dir doch selber ausrechnen, was daraus werden wird. Wir als Gewerkschafter müssen jetzt aufpassen, dass wir nicht zwischen die Fronten geraten. Einerseits haben wir die führende Rolle der Partei anerkannt und andererseits sind wir die Interessenvertreter der Werktätigen. Ich glaube, mehr muss ich dir dazu nicht sagen."

Mit dieser Information ging er zur verabredeten Zeit zum Direktor. Als alle Fachdirektoren und der Parteisekretär ebenfalls ihre Plätze am Konferenztisch eingenommen hatte, fragte der Direktor: „Nun, was habt ihr in Erfahrung bringen können?"

Betretenes Schweigen in der Runde. Keiner wollte etwas sagen. „Hat keiner von euch etwas herausbekommen?", fragte der Direktor erneut.

Andreas hielt sich bewusst zurück. Der Direktor Technik räusperte sich und sagte dann: „Also wir sind doch alle, so wie wir hier am Tisch sitzen, nicht dumm. Was kommen wird, können wir uns an allen zehn Fingern abzählen. Es geht wieder zurück. Die Menschen wollen etwas für ihr Geld kaufen können. Unsere Läden sind voll und doch gibt es nichts zu kaufen. Wir werden irgendwann mit der D-Mark bezahlen, wenn wir einkaufen gehen."

Darauf versuchte der Parteisekretär etwas zu sagen. Aber mehr als ein: „Na, na, du meinst, …, äh, also …, nee, das kann ich nicht glauben!" kam nicht aus ihm heraus.

Der Direktor Verkehr sagte: „Das denke ich aber auch. Wir sollten zunächst einmal unsere Aufgaben weiter erfüllen und in Ruhe weiterarbeiten. Dabei können wir alles beobachten und sehen, wo die Entwicklung hingeht, und entsprechend reagieren. Aber ich glaube, dass wir bis zum Jahresende noch einiges erleben werden. Wenn in Berlin und Leipzig der ganzen Sache kein gewaltsames Ende bereitet wird, und ich glaube, das wird nun nicht mehr geschehen, wird es so kommen, wie Gerhard (damit meinte er den Direktor Technik) gesagt hat."

Andreas verfolgte die weitere Entwicklung der Ereignisse in der DDR. Die Montagsdemonstrationen in Leipzig wurden immer machtvoller. Im September suchten in Prag viele Menschen in der Botschaft der Bundesrepublik Zuflucht. Am 30. September durften sie in die BRD ausreisen. Am 9. November 1989 wurde die Grenze der DDR zur BRD geöffnet. Überall herrschte Volksfeststimmung.

Einen Tag danach betrat der Parteisekretär Andreas' Büro. Ohne einen Gruß setzte er sich und griff Andreas an: „Das haben wir alles solchen Leuten wie dir zu verdanken."

„Nun mal langsam, mein lieber Herr Parteisekretär", sagte Andreas und unterbrach seine Tätigkeit am Schreibtisch: „Du hast es wohl immer noch nicht begriffen: Wenn es mehr von meiner Sorte gegeben hätte, dann wären wir nicht in diesem Schlamassel. Ich bin immer ehrlich gewesen. Ich habe immer auf Fehler hingewiesen, wenn ich welche erkannt hatte. Aber du bist doch einer derjenigen gewesen, der mir immer wieder das Wort abschnitt und gesagt hatte: Was die Partei beschlossen hat, ist richtig und hat immer ohne wenn und aber durchgesetzt zu werden. Wenn es mehr von uns gegeben hätte, die Schleif und Konsorten die Meinung gesagt hätten, dann würden wir heute nicht so in der Scheiße stecken. Mann, du hast ja keine Ahnung, wie es in mir aussieht. Ich liebe die DDR und muss mit ansehen, dass alles kaputt gemacht wird. Ich habe mich hier wohlgefühlt. Ich will nicht heim ins Reich.

Ich stehe auch jetzt noch hinter der DDR, aber wir hätten aufpassen müssen, dass es den Menschen besser geht. Sie wollen doch nur das, was alle anderen Menschen auf der Welt auch wollen. Sorglos leben und etwas für ihr Geld kaufen können. Es kann doch nicht sein, dass du für ein Farbfernsehgerät bis zu sechstausend Mark ausgeben musst, das ist für viele Leute ein Jahresgehalt! Die Menschen haben Geld und wollen es auch ausgeben können. Im Westen wartest du nicht vierzehn Jahre auf einen Trabi. Da bekommst du an jeder Ecke ein von der Qualität her besseres Auto, das du sofort mitnehmen kannst. Das sehen unsere Menschen und wollen ebensolche Verhältnisse haben!" Andreas redete sich in Rage, er winkte resigniert ab und sagte leise: „Ich möchte nicht wissen, wer von uns allen in drei Jahren arbeitslos ist. Es wird vielen Leuten schlechter gehen als heute. Wenn wir die DDR besser gestaltet hätten, wäre das alles nicht passiert."

*****

Der Direktor hatte sich für seine Kollegen eingesetzt, wo er nur konnte. Andreas war vor einiger Zeit für das Ferienwesen verantwortlich und hatte mit der Ferienkommission einem Kraftfahrer einen Urlaubsplatz in Polen zugeteilt. Dieser Kraftfahrer mit dem Namen Koschinski hatte einen Ausreiseantrag in die BRD gestellt. Damit man zwei Wochen in das sogenannte sozialistische Bruderland Polen ausreisen konnte, musste man bei der Meldestelle der Volkspolizei eine Ausreisegenehmigung beantragen. Die bekam Koschinski nicht. Damals war der Direktor zur Meldestelle der Volkspolizei gefahren und hatte sich für ihn verbürgt. Er hatte es erreicht, dass der Kollege in den Urlaub nach Polen fahren durfte.

Zu Andreas sagte er dazu: „Mit welchem Recht verweigern wir den Leuten ihren Urlaub? Sicherlich habt ihr in der Ferienkommission unüberlegt gehandelt. Man kann einem, der einen Ausreiseantrag gestellt hat, nicht einen Urlaubsplatz in Polen geben. Der kann das doch ausnutzen und über Polen abhauen. Dass würde aber Koschinski nicht machen. Der ist einer unserer besten Kraftfahrer. Er hält sich an die Gesetze. Illegal die DDR verlassen würde der nie. Und wenn so einer das ganze Jahr ordentlich seine Arbeit macht, sogar mit vielen Überstunden, dann muss er auch seinen Urlaub bekommen, so wie er es möchte."

Koschinski fuhr in den Urlaub und trat nach Urlaubsende seine Arbeit wieder an.

So gab es viele Beispiele für die Rechtschaffenheit des Direktors und seiner Loyalität seinen Mitarbeitern gegenüber. Er war ein gerechter Mann.

Eines Tages standen auf dem Betriebshof einige Kraftfahrer, der Tischler, der Heizer und einige Autoschlosser, insgesamt etwa fünfzig Männer und riefen im Chor, dass der Direktor zurücktreten solle. Er sei ein unverbesserlicher Besserwisser. Allen voran gab der Tischler den Ton an. Er schimpfte auf den Direktor und die Fachdirektoren: „Die da oben blicken doch nicht durch! Verlangen immer von uns ordentliche Arbeit und selber bauen die nur Mist. Vor allen Schorlemmer."

Schorlemmer war der Direktor. Andreas ging zu den Leuten und fragte: „He, was macht ihr denn hier für einen Radau?"

Der Tischler rief: „Wir machen keinen Radau, wir fordern Gerechtigkeit!"

Andreas erwiderte: „Gerechtigkeit fordern ist immer gut. Aber wir müssen doch auch gerecht sein!"

Ein Kraftfahrer sagte: „Du bist doch einer von uns. Du kannst uns doch verstehen. Sage uns, ist es wahr, dass Schorlemmer jedes Jahr nach Polen gefahren ist und der Betrieb die Kosten dafür übernommen hat?"

„Was genau willst du denn wissen? Wenn ich kann, werde ich eure Fragen ehrlich beantworten", sagte Andreas. Hier braute sich etwas zusammen, was nicht gut war. Hier sollte kein Recht gefordert, sondern der Betriebsfrieden gestört werden. Seit die Grenze zur BRD geöffnet war, riss plötzlich der größte Duckmäuser sein Maul auf. Plötzlich wusste jeder etwas, womit er einen rechtschaffenen Menschen angreifen konnte. Es war egal, ob es richtig oder falsch war, was behauptet wurde. Der Tischler hatte schon früher über die Betriebsleitung geschimpft, aber jetzt provozierte er bewusst und hatte damit Erfolg. Die Situation war brenzlig und Andreas wollte sie entschärfen.

„Na, dass er auf unsere Kosten in den Urlaub nach Polen fährt. Der Hühnermörder hat ihn doch gefahren, ist doch sein Kraftfahrer. Der hat doch genug erzählt", sagte nun der Tischler.

Andreas sprach den Kraftfahrer an: „Meintest du das so, wie Karlheinz das eben sagte?" Karlheinz war der Tischler.

Der Kraftfahrer druckste herum: „Na, ja, ich weiß nicht. Aber man hört eine ganze Menge."

„Richtig, man hört eine ganze Menge", bestätigte Andreas, „Von mir habt ihr doch auch schon viel gehört, nicht wahr?", fragte er.

Der Tischler lachte: „Ja, nur Gutes!"

Ein Schlosser sagte jetzt: „Lasst ihn mal schön in Ruhe, unser BGLer ist ein ehrlicher Kerl. Wie der sich für unseren Heizer und den Elektriker eingesetzt hat, das war schon allererste Sahne. Wahrscheinlich hat er den beiden den Arsch gerettet." Anerkennung schwang in der Stimme des Schlossers mit. Dessen Kollegen stimmten ihm zu.

Nun fiel dem Kraftfahrer die Geschichte mit Koschinski ein: „Und Koschinski konnte auch in den Urlaub nach Polen fahren, weil Andreas sich für ihn einsetzte."

„Warum haben wir noch keinen Betriebsrat?", fragte ein anderer.

Er bekam Zustimmung vom Heizer, der sagte: „Genau! Und du könntest doch den Vorsitz machen!"

Andreas fing an, zu lachen, es war ein gutmütiges Lachen. Er sagte: „Nun mal langsam. Ich will euch mal etwas sagen. Es schmeichelt mir natürlich, dass ihr meint, ich sollte euer Betriebsratsvorsitzender werden. Aber so einfach ist es nicht. Noch bin ich BGL-Vorsitzender. Das werde ich vielleicht noch ein paar Wochen oder Monate bleiben. Um einen Betriebsrat bilden zu können, müssen die entsprechenden Gesetze geschaffen werden. Ich bin mir sicher, dass es diese Gesetze bald geben wird. Aber solange müssen wir mit der BGL zufrieden sein. Wir sind immer noch eure Interessenvertreter und sind gerne für euch aktiv. Ein Betriebsrat wäre im Moment illegal. Und ich werde keine illegalen Sachen machen. Außerdem muss ein Betriebsrat gewählt werden. Das könnt nicht ihr alleine tun."

„Und was ist nun mit Schorlemmer, dem Misthund?", fragte der Tischler. Er merkte, dass Andreas die Aufmerksamkeit der Leute auf sich zog. Er griff Andreas an: „Du steckst doch mit dem unter eine Decke, du bist doch auch bei der Stasi!"

Ruhe kehrte ein. Alle waren auf Andreas Antwort gespannt. Der sagte: „Richtig, ich war bei der Stasi, aber ich bin es nicht mehr. Als ich bei der Stasi war, war ich dort im Knast. Und ich sage dir auch, warum ich im Stasiknast war. Weil ich den OB kritisiert habe! Weil ich mich geweigert habe, euch auszuspionieren. Weil ich meinen Arsch für euch riskiert habe. Weil ich meine Aufgaben als euer Interessenvertreter ernst nehme. Deshalb habe ich mich einbuchten lassen."

Und nun griff Andreas den Tischler an: „Du bist doch hier derjenige, der schon immer die Leute provoziert und versucht hat, sie aus der Reserve zu locken. Ich will nicht wissen, für wen du arbeitest. Und nur einmal zu deiner Information, es war Schorlemmer, der mich aus dem Stasiknast rausgehauen hat. Und Koschinski durfte in den Urlaub nach Polen fahren, weil Schorlemmer bei der Polizei war und sich für ihn verbürgt hatte. Und Hühnermörder hat dir bestimmt nicht erzählt, dass er Schorlemmer in den Urlaub fahren musste. Und schon gar nicht nach Polen.

Schorlemmer hat sich nur von Hühnermörder fahren lassen, wenn es um den Betrieb ging. Und da war ich auch ein paar Mal dabei, da habe ich nämlich mit Schorlemmer zusammen die Urlaubsplätze für euch klar gemacht. Du, Karlheinz, hast davon auch profitiert. Bist doch selber in Polen im Urlaub gewesen. Und hat Schorlemmer dir nicht auch schon den Arsch gerettet? Und dem Heizer und dem Elektriker hatte er auch den Arsch gerettet, als sie wegen des Diebstahls verdächtigt wurden, sicherlich hatte ich ihn darauf hingewiesen, dass die beiden damit nichts zu tun hatten."

Der Tischler wurde nun verlegen. Die Schlosser und Kraftfahrer fingen untereinander zu diskutieren an. Andreas konnte nicht alles verstehen, aber der Heizer fragte: „Schorlemmer hat uns aus der Scheiße gerissen? Ich dachte, du warst das."

„Ich war es vielleicht ein bisschen. Aber Schorlemmer hat den längeren Arm. Ich habe mit ihm gesprochen und ihn gebeten, sich für euch zu verwenden. Deshalb hat er diese Untersuchungskommission, wenn man so will, gegründet und ist dem Diebstahl auf den Grund gegangen oder, besser gesagt, hat herausgefunden, dass ihr nicht die Täter sein konntet. Er hat euch bei der Polizei entlastet, das war nicht ich. Das habe ich auch nie behauptet. Und Schorlemmer ist viel zu bescheiden, um jedes Mal durchblicken zu lassen, wenn er jemanden hilft", sprach Andreas. Dann fragte er: „Was wollt ihr noch wissen?"

Keiner sagte etwas. Jetzt hielt sich der Tischler ebenso im Hintergrund wie die anderen. Andreas Wissen hatte er nichts entgegenzusetzen. Außerdem konnte er den BGL-er nicht direkt angreifen, nicht zu einem Zeitpunkt, in dem die Leute auf dessen Seite standen. Er bemerkte, dass die Kraftfahrer und Schlosser Andreas glaubten und erkannte, dass er verloren hatte. Jetzt ging es ihm nur noch darum, sein Gesicht zu wahren und fragte: „Und das ist die Wahrheit?"

Andreas antwortete: „Warum sollte ich euch belügen?"

Ein Kraftfahrer sagte an den Tischler gerichtet: „Du solltest dich nächstes Mal besser informieren, bevor du das Maul aufreißt", und an die anderen gewandt sagte er: „Kommt, Leute, es gibt keinen Grund, hier noch rumzustehen."

Die Schlosser gingen in ihre Werkstatt, die Kraftfahrer zu ihren Lastkraftwagen, um den Betriebshof zu verlassen. Der Tischler verzog das Gesicht zu einer wütenden Maske, aber auch er schlich in seine Werkstatt.

Ein paar Tage später wurde Andreas zum Direktor gebeten und der eröffnete ihm, dass er beabsichtige, einen Betriebsrat zu gründen, dessen Vorsitzender Andreas werden sollte. ‚Sieh an', dachte Andreas, auch der gute alte Schorlemmer denkt daran, mich zum Betriebsratsvorsitzenden zu machen.' Das lehnte Andreas jedoch ab. Er informierte den Direktor darüber, dass er sein Amt als BGL-Vorsitzender ebenso niederlegen wollte.

„Warum denn das?", fragte der Direktor.

„Weil ich mich nicht vor einen Karren voller Ungerechtigkeit spannen lasse. Sollen doch die weitermachen, die alles besser wissen", antwortete Andreas. Schorlemmer wollte wissen, was denn passiert sei. Andreas erzählte ihm von seinem Erlebnis auf dem Betriebshof, aber Namen nannte er nicht.

Andreas überlegte sich seinen Schritt sehr genau und entschloss sich nach einer Woche endgültig zum Rücktritt. Es verging kaum noch ein Tag, an dem über Leitungsmitglieder der Firma oder ehrenamtliche Gewerkschaftsfunktionäre Lügen verbreitet oder Forderungen gestellt wurden, die jeder Grundlage entbehrten. Für Ungerechtigkeit wollte Andreas sich nicht einsetzen. Er berief eine BGL-Sitzung ein und informierte seine Kollegen über seinen Rücktritt. Sie wollten ihn davon abhalten, aber Andreas blieb standhaft.

Einige Jahre später brachte Andreas während eines Notfalleinsatzes mit seinem Kollegen einen Patienten in die Notaufnahme in die

Klinik für innere Medizin. Auf dem Flur lag ein Mann auf einer Trage, der ihm bekannt vorkam. Der Mann war vom Tode gezeichnet. Andreas erkannte ihn, es war der Tischler vom Handelstransport. Andreas blieb bei ihm stehen und sprach ihn an. Auch der Tischler erkannte ihn.

„So ist das, jetzt habe ich meine gerechte Strafe bekommen. Ich habe Krebs im Endstadium und werde bald sterben", sagte der Tischler.

Andreas fragte: „Und warum glaubst du, eine gerechte Strafe zu bekommen?"

Der Tischler sagte: „Ich war IM bei der Stasi."

Andreas wünschte dem Mann trotz allem alles Gute und verabschiedete sich von ihm. Er hatte sich um seinen Patienten zu kümmern, musste ihn dem verantwortlichen Arzt in der Notaufnahme übergeben. Er dachte, dass der Tischler auch ohne seine Staasivergangenheit an Krebs erkrankt wäre.

Andreas verfolgte die Ereignisse in der Wendezeit am Fernsehen und in der Zeitung. Jeden Tag gab es etwas Neues. Am Anfang der Wende hatte er immer noch gehofft, dass die DDR noch eine Zukunft haben könne, aber im Lauf der Zeit wurde es ihm bewusst, dass das nicht möglich war.

Die Wendezeit war für Andreas eine Zeit des Lernens und Verstehens. Durch das Bekanntwerden der vielen Missstände in der damaligen DDR in den Medien und seine eigenen Erinnerungen an viele Dinge, die er selber als BGL-Vorsitzender und Mitarbeiter Rationalisierung erlebt hatte, begriff er, dass die DDR nicht mehr zu retten war. Eine bessere DDR mit den Vorzügen der BRD konnte es nicht geben, wie viele Menschen das damals glaubten.

Am 2. Oktober 1990 trainierte Andreas um achtzehn Uhr das letzte Mal seine Männermannschaft in der DDR. Nur wenige Stunden später sollte es die DDR nicht mehr geben. So wurde auch seine Mannschaft ein Bestandteil der neuen BRD. Nach dem Training setzte sich Andreas bei langsam einbrechender Dämmerung und schönen, warmen Herbstwetter mit seinen Spielern auf ein Bier vor der Vereinsgaststätte zusammen. Am nächsten Tag hatten die meisten von ihnen frei, auch Andreas, der zu diesem Zeitpunkt noch beim Handelstransport in Normalschicht beschäftigt war. Der 3. Oktober

1990 sollte als Feiertag begangen werden, er wurde der Tag der Wiedervereinigung.

Die jungen Männer, die Andreas trainierte, freuten sich über diese Entwicklung. Die einhellige Meinung fast aller war: Endlich wieder ein Deutschland!

Andreas fragte sie, was sie sich von einem wiedervereinigten Deutschland versprachen. Es kamen nur positive Antworten. Das war normal, denn kein Mensch erhoffte für sich negative Dinge. Deshalb fragte Andreas: „Denkt ihr, dass ihr alle, so wie ihr hier sitzt, in einem Jahr noch Arbeit haben werdet?"

Alle glaubten sie daran und Andreas sprach: „Ihr werdet euch umgucken. Ich garantiere euch, in einem Jahr wird die Hälfte von euch arbeitslos sein."

„Woher willst du das wissen?", fragte der eine. Der andere sagte: „Ich denke, du bist nicht mehr in der Partei. Da musst du uns doch nicht agitieren." Ein Dritter sagte: „Du musst nicht immer schwarz sehen."

Andreas wurde ruhiger und nachdenklicher. Er konnte die jungen Leute verstehen. Sie waren euphorisch, der Himmel hing noch voller Geigen, in ihrem Alter war Andreas ähnlich gewesen. Das gönnte er ihnen selbstverständlich. Aber er machte sich trotzdem Sorgen um sie. Er wollte, dass es ihnen gut ging. Heute waren sie jung und unerfahren, aber er konnte nicht auf jeden Einzelnen von ihnen aufpassen und schon gar nicht beschützen. Sie mussten ihre eigenen Erfahrungen sammeln, die nicht immer nur positiv sein konnten.

Später saß Andreas alleine auf dem Balkon seiner Wohnung. Er war traurig. Die DDR wurde heute beerdigt. Ab morgen gab es nur noch ein Deutschland. Der Traum vieler Menschen war ausgeträumt. Sie hatten eine Chance gehabt und diese verspielt. Auf absehbare Zeit würde es keinen Sozialismus mehr geben. Sie hatten ihn ohnehin nie gehabt. Was die Gesellschaft in der DDR beherrschte, war Stalinismus gewesen. Wer war schuld an dem ganzen Dilemma? Honecker und die Regierung? Oder solche Leute wie der Parteisekretär seines Betriebes? Oder der OB oder der Direktor, der dem Oberbürgermeister 1988 so viel Beifall spendete, als dieser zur Wohnungspolitik sprach? Dieser Mann war für Andreas nur ein Arschkriecher und Speichellecker. Die Antwort lag auf der Hand.

Andreas überlegte es sich genau, was er von der Zukunft erwarten konnte. Er hatte längst nicht so rosige Vorstellungen wie seine Fußballspieler. Für ihn stand fest, dass der Handelstransport keine Chance hatte. Der Betrieb würde früher oder später bankrott sein. Schon gab es erste Veränderungen, die sicherlich fürs Erste noch sehr halbherzig waren. Der Direktor war nun Personalchef, der Personalchef war Leiter der Allgemeinen Verwaltung. Direktor war jetzt der Direktor Verkehr. So wurden die Posten hin- und hergeschoben. In vielen Betrieben war es genauso. Und das konnte nicht gut gehen.

Andreas ging zu seinem Direktor, der jetzt Personalchef war. Er bat darum, gekündigt zu werden.

„Warum willst du gekündigt werden? Du musst doch froh sein über jeden Tag, den du arbeiten kannst", sagte Schorlemmer.

„Von der Sache her schon. Aber ich will wieder in Arbeit kommen. Und das geht nur jetzt, nicht erst dann, wenn die große Entlassungswelle einsetzt. Jetzt ist kaum jemand arbeitslos und es werden überwiegend nur noch Stellen neu besetzt, bei denen man damit rechnet, dass sie auch bleiben. Wenn nachher hier Hunderttausende arbeitslos sind, dann wird es schwer werden, einen neuen Job zu finden", antwortete Andreas.

„Meinst du, dass so viele Menschen arbeitslos werden?", fragte der Personalchef.

Andreas erwiderte: „Jetzt kommen die Gewinner und machen alles platt, was für den Westen Konkurrenz werden kann. Das wird losgehen in der Landwirtschaft und endet bei den Werften. Alles, was gut bei uns ist, wird kaputt gemacht. Die westliche Wirtschaft hat doch kein Interesse an einem gut funktionierenden Osten. Die will sich an uns gesundstoßen. Und das funktioniert nur, indem alle Konkurrenten verschwinden. Also muss alles erst einmal platt gemacht werden."

Nicht in allen Punkten sollte Andreas recht behalten, aber im Wesentlichen traten die Ereignisse, die er vorausgesagt hatte, ein.

Andreas bekam seine erwünschte Kündigung. Es dauerte anschließend nur noch wenige Jahre, bis es den Handelstransport nicht mehr gab.

Von seiner Mannschaft wurden nicht nur fünfzig Prozent arbeitslos, wie er es vorausgesagt hatte. Es waren neunzig Prozent. Die Spieler mussten ihrem Trainer recht geben.

Aber Andreas hatte alles richtig gemacht. Nachdem er seine Kündigung erhalten hatte, meldete er sich beim Arbeitsamt an. Wenige Tage später hatte er ein Vorstellungsgespräch beim DRK, wurde angenommen und arbeitete zehn Jahre im Rettungsdienst. Im Jahre 1994 legte er sein Examen zum Rettungsassistenten ab. Seine Jahre im Rettungsdienst waren seine schönsten Arbeitsjahre, obwohl er teilweise schlimme Dinge erlebte. Unfälle mit Toten zum Beispiel. Einmal musste er hilflos zusehen, wie ein Mensch vor seinen Augen in einem Auto verbrannte. Die Schreie des sterbenden Mannes sollte er nie vergessen. Ein zweijähriger Junge war bei einem Verkehrsunfall tödlich verletzt worden. Er starb in Andreas' Armen, als der ihn medizinisch versorgte. Er sah zwei Menschen, die sich erhängt hatten und die Reste eines Mannes, der sich vor einen Zug geworfen hatte. Und andere unschöne Dinge.

Aber er erlebte auch Positives. Die Rettung von Menschen. Wie viele es wirklich waren, konnte er nie erfahren. Aber es waren schon einige. Er half Kindern, auf die Welt zu kommen. Und manchmal machte er verletzten und kranken Personen einfach nur Mut, gab ihnen Zuversicht. Auch das war viel wert.

Einmal konnte er einen achtzehnjährigen Mann davon abbringen, sich von einem Dach zu stürzen. Andreas ging zu ihm. Er war mit seinem Kollegen als erster am Einsatzort. Später kam die Polizei dazu.

Andreas stand in sicherer Entfernung hinter dem Jungen. Der drohte, sofort zu springen, wenn er dichter zu ihm herankäme. Er wolle nicht mehr leben, niemand werde ihn hindern.

Andreas sagte: „In Ordnung, wenn du unbedingt springen willst, werde ich dich nicht daran hindern können. Aber bevor du das tust, sage mir bitte, warum du so entschlossen bist, das zu tun. Du hast einen Grund dafür. Du tust das nicht nur einfach so, weil du Spaß daran hast." Und dann sagte Andreas etwas leiser, aber so, dass der junge Mann ihn hören konnte: „Also bitte, sage es mir. Vielleicht kann ich dir helfen."

„Niemand kann mir helfen", sagte der Junge verzweifelt und mit tränenerstickter Stimme.

Andreas sagte wieder leise, so, dass der andere ihn gerade hören konnte: „Ich weiß, wie du dich fühlst. Du denkst, du bist alleine. Kein Mensch kann dir helfen, denkst du, Du bist einsam und verzweifelt. Aber du übersiehst, dass es jemand gibt, der dir helfen kann. Du bist nicht alleine. Komm, sage mir, wie du heißt."

„Gunnar", bekam er zur Antwort.

In diesem Moment, als Andreas das Vertrauen des Jungen gewonnen hatte, wollte ein Polizist das Dach betreten. Er gab dem Polizisten ein Zeichen, zurückzubleiben. Ohne Vertrauen hätte der Jugendliche ihm nicht seinen Namen genannt. Andreas sagte: „Okay, Gunnar, sieh mich bitte an und erzähle mir, was passiert ist."

Gunnar drehte sich um und sah zu Andreas hinüber. Der setzte sich auf das Dach und forderte Gunnar auf, sich ebenfalls zu setzen. Auch das tat Gunnar, wenn auch zögerlich. Andreas war erleichtert, er atmete tief durch und stieß einen erlösenden Seufzer aus. Er hatte Gunnar genau beobachtet und glaubte zu wissen, was mit ihm los war. „Nun, mein Süßer, willst du es mir sagen?"

Gunnar ließ den Kopf hängen und sagte leise und traurig: „Ich bin verliebt, aber …" Er machte eine Pause, Andreas ahnte, warum er sich nicht traute, weiterzusprechen. Andreas half ihm, indem er den Satz vollendete: „Aber er liebt dich nicht und du glaubst, dass du ohne ihn nicht leben kannst."

Erstaunt blickte Gunnar Andreas ins Gesicht und fragte: „Woher wissen Sie das?"

„Weil sich mein Freund meinetwegen getötet hatte. Ich konnte nicht zu ihm stehen. Mit dieser Schuld muss ich leben. Und das ist nicht leicht. Wenn er damals gewusst hätte, was er mir damit angetan hat, hätte er es vielleicht nicht getan. Weißt du, was du deinem Freund damit antust? Er wird sich sein ganzes Leben mies und schuldig fühlen, er wird immer an dich denken müssen."

„Soll er doch!", sagte Gunnar trotzig.

Andreas erwiderte: „Nein, das denkst du nicht wirklich. Und außerdem bist du noch so jung. Du kannst noch viele junge Männer kennenlernen, es wird sich einer finden, der dich lieben wird. Du kannst doch nicht dein Leben jetzt schon wegwerfen." Gunnar sagte nichts. Andreas gab ihm Zeit. Etwas später fragte er ihn: „Darf ich zu dir kommen und mich neben dich setzen?" Gunnar sagte wieder nichts, aber dann nickte er kaum merklich mit dem Kopf.

Andreas dachte: ‚Gott sei Dank! Jetzt hast du verspielt, ich werde schneller sein als du, wenn du auf dumme Ideen kommst.' Langsam stand er auf und ging zu dem Jungen hinüber. Er setzte sich neben ihn. Keiner sagte etwas. Andreas ließ ihm Zeit und beobachtete ihn. Gunnar kämpfte mit sich. Eine Träne stahl sich aus seinem Auge.

Andreas legte ihm einen Arm um seine Schulter. „Ich werde dir helfen. Das verspreche ich dir. Du besuchst mich bei mir zu Hause und dann reden wir in Ruhe über alles. Ich werde dir zeigen, wo du hingehen kannst, wenn du Leute kennenlernen willst. Ich zeige dir, wo du dich amüsieren und Hilfe bekommen kannst, wenn du sie brauchst. Es gibt keinen Grund, sein Leben zu beenden, auch wenn es oft nicht einfach ist. Wollen wir es so machen?"

Gunnar sah ihn an. Er sagte: „Danke, Aber warum wollen Sie das für mich tun?"

„Weil du mich jetzt brauchst. Und weil du noch so jung bist. Du bist jung und schön. Irgendwo wartet er auf dich. Du musst ihn nur finden. Oder er dich. Gib dir Zeit, mein Junge!" Andreas schrieb Gunnar seine Adresse auf einen Zettel auf und gab sie ihm.

Danach trafen sie sich zweimal. Beim ersten Mal unterhielten sie sich lange und ausgiebig über alles, was einen jungen schwulen Mann interessierte. Das zweite Mal zeigte Andreas ihm die Rostocker Szene. Gunnar bedankte sich und fragte, ob er wieder kommen sollte. Andreas sagte: „Wenn du mich brauchst, bin ich für dich da."

Sie sahen sich immer mal wieder in der Szene, Gunnar ging es gut.

Erhebende Momente

Am Karfreitag, dem 22. April war Andreas' Urlaub beendet, den er überwiegend dafür genutzt hatte, um sein Buch fertigzustellen. Immer wieder gingen ihm dabei die verschiedensten Gedanken zu Silvio durch den Kopf. Andreas' Gefühle waren längst nicht mehr geordnet. Was sollte er von Silvio halten. Andreas' Liebe zu ihm war ungebrochen, ja, stärker denn je. Darunter litt er psychisch und wollte nochmals versuchen, Silvio für sich zu gewinnen. Bevor er sich auf seinen Spätdienst vorbereitete, schrieb er ihm eine Nachricht: „Mein lieber Silvio, ich möchte, dass du noch eines erfahren sollst. Ich habe immer gesagt, dass ich meine Wohnung behalten möchte. Dass mein Partner zu jeder Zeit zu mir kommen und bei mir übernachten kann. Umgekehrt sollte es auch so sein.

Du weißt, ich liebe dich bis zur Selbstaufgabe. Für dich werde ich alles tun und alles geben. Sogar noch einmal umziehen. Ich will ein 14. Mal umziehen, wenn ich weiß, dass ich mit dir zusammenleben kann.

Ich werde auf dich warten, wenn du von der Arbeit kommst, mit dir alles teilen, mit dir gemeinsam in den Urlaub fahren. Dir vielleicht Hinweise geben, wenn du ein Problem auf der Arbeit hast und du das mit mir besprichst.

Und ich werde freudig nach Hause kommen, wenn ich weiß, dass du schon dort bist und auf mich wartest.

Warum ist meine Liebe zu dir so in mir eingebrannt, warum muss ich immer wieder an dich denken und warum komme ich überhaupt nicht von dir los, obwohl es nun an Versuchen dafür wirklich nicht mangelt?

Ich bin vor Liebe zu dir fast wahnsinnig. Ich glaube, ich weiß jetzt, warum ich dich so sehr liebe, dass es für mich zu körperlichen und seelischen Qualen kommt.

Ich habe die anderen, in die ich mich verliebt hatte, gekannt, habe sie gesehen und ich wusste, dass es ihnen gut ging. Ich habe mit ihnen sprechen können und sie berühren dürfen, wenn ich ihnen einen Guten Tag wünschte.

An dich kann ich nur denken und dir schreiben. Es kommen deine Nachrichten zurück, in denen du mir sagst, dass auch du mich liebst.

Und doch verwehrst du mir immer wieder alles andere, sodass ich manchmal daran zweifeln muss, ob du mir die Wahrheit schreibst.

Ja, mein Engel, so ist es. Es tut mir deshalb so weh, weil mir alles versagt bleibt, was ich im realen Leben von dir bekommen würde. Deine Hand zur Begrüßung, dein Mienenspiel, dein Lächeln und Lachen, deine Stimme, deine Gestik, die Unterhaltungen mit dir, alles das, was ich bei den anderen hatte und genießen durfte.

Ich erwarte sehnsüchtig deine Antwort. Nun weißt du, dass du mich damit bestrafen kannst, wenn du nichts von dir hören lässt. Bitte bestrafe mich dieses Mal nicht so hart, glaube es mir, ich leide so schon genug.

Ich liebe dich!!! Ich brauche dich!!! Ich achte dich!!! Ich möchte, dass auch du mich liebst!!!

Ich möchte, dass du mir wenigsten das gibst, was sich alle anderen auch gegenseitig geben, ohne dass sie von Liebe reden!!! Ich möchte, dass wir Freunde werden und sein können!!!

Ich möchte nicht mehr weinen müssen!!! Ich möchte, dass mein Schmerz vergeht!!! Ich möchte, dass du zu mir findest!!! Und ich möchte dich lieben dürfen!!!

Viele liebe Grüße! Dein Andreas."

Es kostete Andreas viel Kraft, diese Message zu schreiben. Immer wieder verschwammen vor seinen Augen die Buchstaben auf der Tastatur und auf dem Bildschirm. Längst war Andreas an dem Punkt angekommen, an dem es besser gewesen wäre, den Kontakt zu Silvio für alle Zeiten zu beenden. Er hatte sich psychisch nicht mehr unter Kontrolle und musste weinen, wenn er an Silvio dachte, die Tränen kamen unwillkürlich. Andreas litt unter dieser Liebe zu Silvio mehr als unter den 14 Jahren, die er Sven geliebt hatte, ohne ihm seine Liebe gestehen zu können.

Andreas beschloss, nun über das Buch die Entscheidung zu suchen. Egal, wie sie aussehen sollte, dieses Mal wollte er seine Entscheidung bis zum bitteren Ende durchziehen.

Andreas war auf der Arbeit, als er sich bei Gayboerse einloggte. Silvio war ebenso im Chat und hatte begonnen, seine Messages zu lesen. Schnell schrieb Andreas eine Mail: „Hallo, Silvio, bin auf der Arbeit und in etwa einer Stunde zu Hause und on."

Silvio antwortete: „Okay, bis dahin werde ich deine Messages gelesen haben. Muss mich erst durcharbeiten. Silvio."

Um Ärger oder Streit vorzubeugen, schrieb Andreas nun: „Bitte nicht böse sein, es ist von mir aus alles in Ordnung. War mal wieder eine Momentaufnahme meiner Gefühle. Muss an mir in Zukunft daran arbeiten.

Bis nachher, mein Süßer, ich freue mich auf dich.

In Liebe dein Andreas!" Und er freute sich auf den Abend.

Nach seinem Feierabend beeilte sich Andreas, schnell nach Hause zu kommen. Er wollte Silvio nicht zu lange warten lassen. Kaum war er daheim, fuhr er den Computer hoch und loggte sich in den Chat ein. Silvio war noch da und Andreas schrieb ihm eine Nachricht: „Hallo, mein Süßer, jetzt bin ich da und habe Zeit nur für dich.

Ist alles in Ordnung oder bist du mir jetzt böse? Vergiss bitte nie bei alledem, ich liebe dich. Wenn es so nicht wäre, würde ich solche Dinge nicht schreiben. Weil es mir dann egal wäre, was du tust. Es ist mir aber nicht egal. Und ich möchte, dass es dir gut geht."

Silvios Antwort kam sofort: „Andreas, ich bin dir nicht böse. Habe auch alle deine Messages gelesen."

Andreas entgegnete: „Kannst du mich denn verstehen? Warum es mit dir so wehtut? Ich habe versucht, es dir zu erklären.

Ich liebe eben dich und das ganz und gar. Ich würde nicht nur für dich sterben, wenn es dir guttäte, ich würde sogar meine Wohnung für dich aufgeben", hier wollte Andreas angreifen, Silvio aus der Reserve locken. Weiter schrieb er: „Was sagst du zu dem Buch? Wie bekommst du es? Wie wollen wir damit umgehen? Wie kannst du damit umgehen? Wirst du mich treffen können, wenn wir nur über das Buch reden und nicht über uns? Kannst du zu mir kommen? Oder wie denkst du dir das?

Bitte enttäusche mich jetzt nicht!

Wie geht es dir überhaupt, das Allerwichtigste ist das!!!!"

Silvio ging auf das Buch ein: „Ich denke, du schickst es mir erst einmal an meine E-Mail-Adresse, die Ralf nicht kennt. Könntest DU bei einem Treffen dann nur über das Buch reden? Schaffst DU es?"

Andreas antwortete: „Frage 1. Bitte schicke mir deine Mailadresse und du hast schon gleich das Buch bei dir.

Frage 2. ja, das kann ich, weil ich dann mit dir über dich rede. Hörst du mich jetzt lachen???" Er musste tatsächlich lachen. Und dann griff er noch einmal an. Würde Silvio diesmal wieder alles ignorieren? Andreas passte jetzt besser auf, er wollte eine Entscheidung haben, so wie in der Vergangenheit konnte es nicht weitergehen. Entweder sie kamen endlich überein oder nicht. Aber die Entscheidung musste nicht unbedingt heute fallen. Er schrieb: „Aber Spaß beiseite, ich werde die Situation nicht ausnutzen, denn ich bekomme so viel und werde damit zufrieden sein. Ich werde dich nicht einmal umarmen.

Was wirst du tun, wenn du mich siehst?

Du liebst mich. Du weißt, dass ich dich auch liebe. Wenn du weitergehst, gehe ich mit. Ich werde nur nicht mit dir ins Bett gehen, obwohl ich es möchte. Aber ich will nicht, dass du es bereuen musst, wenn du bereit bist, dich mit mir zu treffen. Ich habe es dir geschrieben, warum ich mit den anderen gut umgehen konnte.

Silvio, ich liebe dich, aber ich will dich nicht unglücklich machen. Wenn du mit mir umgehen kannst wie mit einem Freund, dann kann ich es auch mit dir."

Silvio ging zwar auf Andreas' Frage ein. Aber eine Antwort gab er nicht. Dafür bereitete er seinen Abgang vor. Zunächst nannte er eine E-Mail-Adresse. Weiter schrieb er:

„Was werde ich tun, wenn ich dich sehe? Vielleicht doch auf eine Umarmung von dir warten?

Warten wir es ab.

Andreas, wenn ich jetzt demnächst nicht mehr on bin, dann ist Ralf gekommen. Er wollte heute zwischen 22.30 und 23 Uhr kommen. Noch ist er nicht da, aber wenn er kommt, gehe ich unmittelbar raus. Nur, dass du schon mal Bescheid weißt und dir keine Gedanken machst, warum ich plötzlich raus bin."

Wieder musste Silvios Fantasiefigur herhalten, damit Silvio den Chat beenden konnte, wenn es ihm passte oder der Chat für ihn wieder unangenehm würde. Jedoch versuchte Andreas, Silvio doch noch etwas aus der Reserve zu locken. Er sollte ihm sagen, dass sie sich treffen wollten. Und er wollte, dass Silvio sich zu ihm bekannte. Er schrieb: „Ich habe es verstanden.

Wie geht es jetzt mit Ralf? Bitte sei ehrlich zu mir, bist du nur zufrieden oder glücklich? Ich kann es nicht glauben, dass du glücklich mit ihm bist.

Was ich tue, wenn ich dich sehe, habe ich dir geschrieben. Es kommt darauf an, was du tust und willst. Und jetzt schicke ich dir das Buch rüber. Wann kannst du dich melden?

Und was machst du Ostern, bist du mit Ralf zusammen? Wird er lieb zu dir sein?"

Silvio erwiderte: „Mit Ralf ..., tja, wie geht es? Im Briefverkehr würde man ‚Smalltalk‘ oder ‚oberflächlich‘ sagen. Keine Streitgespräche, keine Diskussionen, keine Erwartungen. In einer Ehe würde man sagen, man lebt nebeneinander her.

Glücklich? Nein, das bin ich nicht. Zufrieden trifft eher den Punkt, so, wie du es in den letzten Jahren warst?! Er lässt mich in Ruhe. Ist halt nur da.

Es ist nicht geplant, dass ich Ostern mit Ralf zusammen verbringe. Ich werde morgen von meiner Mutter im Verlauf des Vormittags abgeholt und definitiv bis Dienstag bei ihr bleiben. Es sind ja noch Ferien und ich habe noch mehrere Stunden abzubummeln. So nehme ich mir den Dienstag gleich frei. Wäre erst Dienstagabend wieder in Rostock."

Andreas fiel es nicht auf, dass in Silvios Message ein Fehler steckte. In den Ferien gingen die Kinder nicht zur Schule. Sie blieben den ganzen Tag im Heim. Da hatte ein Heimerzieher doch mehr zu tun als in der Schulzeit! Wie konnte Silvio sein Abbummeln der Überstunden mit den Ferien begründen? Andreas war wachsam geworden, denn er traute trotz seiner Liebe Silvio nicht mehr über den Weg. Aber er konzentrierte sich auf andere Dinge, er wollte, dass Silvio sich zu ihm bekannte, und so bemerkte er diesen Fehler nicht. Er entgegnete: „Ach, mein lieber, goldener Engel, warum tust du dir das an? Du weißt, dass du es besser haben kannst.

Gut, du hast jetzt das Buch, ich stehe zu meinem Wort.

Und nun wünsche ich dir ein schönes Osterfest und viel Spaß beim Lesen, und wenn du etwas geändert haben willst, schreibe gleich Seite und Thema auf.

Dann bekommen wir unseren Bestseller hin))== lach."

Silvio gab zu: „Mein Andreas, habe das Buch erhalten und bin schon richtig gespannt.

Ich wünsche auch dir ein schönes Wochenende, trotz Arbeit.

Wir hören uns dann nächste Woche. Bis dahin ganz liebe Grüße. Dein Silvio."

Andreas gingen wieder viele Gedanken durch den Kopf. Er hatte zwar das Buch an Silvio schicken können, aber sein Ziel hatte er nicht erreicht. Silvio war wieder einmal aalglatt.

*****

Am 28. April trafen sie sich erneut im Chat. Zunächst betrieben sie Smalltalk und tauschten sich über ihre Erlebnisse von Ostern aus. Danach gingen sie auf das von Andreas geschriebene Buch ein. Unter anderem schrieb Andreas: „Es wird dir nicht alles gefallen, was du liest, kann es auch nicht. Aber denke bitte daran, es ist nur ein Buch, manchmal muss man da etwas schreiben, um das Interesse des Lesers aufrecht zu erhalten."

Silvio antwortete: „Hast du mich so oft in die Erde gestampft? Jetzt machst du mich aber neugierig.

Dabei bin ich doch so ein lieber, netter Junge. Ich bin doch jetzt nicht der ‚Böse' geworden?

Und ich hoffe, auch nicht in deinen Augen!!!!????"

Andreas konnte Silvio beruhigen: „Nein, das bist du nicht, aber wir haben nun einmal eine total verschiedene Auffassung und das habe ich auch zum Ausdruck gebracht. Du kannst deine Gedanken mit hineinbringen, dann gleicht es sich vielleicht etwas aus.

In meinen Augen bist du nach wie vor immer noch derjenige, mit dem ich mein Leben teilen möchte. Denn du warst Ostern schon wieder ohne Ralf. Du hast keinen Partner.

Aber da du es nicht begreifst, wird es wohl auch nicht einmal eine Freundschaft zwischen uns geben, du wirst dich zurückziehen, wenn das Buch fertig ist.

Aber auch das werde ich dann schlucken müssen.

Die Dinge sind eben so, wie sie sind. Ich kann nicht mehr um dich kämpfen, im Chat ist es sinnlos. Du hast es ja auch immer noch offengelassen, ob wir uns treffen, wenn du das Buch gelesen hast.

Und meine Frage zu deinem fliegenden Herzen hast du mir auch nicht beantwortet. So ist das mit den nicht beantworteten Fragen.

Wenn ich so mit deinen Fragen umgegangen wäre wie du mit meinen, hätten wir nur drei- oder viermal gechattet. Das ist jetzt nicht böse gemeint, es ist nur meine Meinung."

Silvio verteidigte sich mit einem Gegenangriff: „Warum denkst du, dass ich mich zurückziehe, wenn das Buch fertig ist? Habe ich das jemals dir gegenüber erwähnt oder angekündigt? Wie kommst du darauf?

Denkst du im Ernst, dass nur du unsere Chats aufrechterhalten hast? Dass nur du verantwortlich bist, dass wir uns noch im Chat treffen? Dass nur du deinen Beitrag geleistet hast? Dass nur du .....?"

Andreas beantwortete Silvios Fragen: „Nein, Silvio, ich denke nicht, dass nur ich unsere Chats aufrechterhalten habe. Aber du hast dich in letzter Zeit verändert. Du bist nicht mehr wie früher. Es ist nur ein Gefühl von mir.

Und meine Fragen hast du wieder nicht beantwortet, hast sie nur ignoriert." Andreas überkam wieder ein Gefühl der Traurigkeit.

Silvio schrieb: „Wie habe ich mich verändert? Vielleicht, weil ich nicht mehr so oft von ‚Liebe' spreche? Ich bin ganz ehrlich, ich bin da so in einer Zwickmühle.

Du wirst es jetzt sicherlich wieder ganz anders abtun, aber bei mir ist es nun mal so."

Danach unterhielten sie sich über die verschiedenen Phasen ihrer Chatliebe und über Ronny und betrieben daneben auch wieder Smalltalk.

Andreas versuchte erneut, Silvio zu einem Zugeständnis betreffs eines persönlichen Treffens und Kennenlernens zu bringen. Er wollte Klarheit haben. Die sollte er auch bald bekommen, aber nicht am heutigen Abend. Danach ging er noch einmal auf das Buch ein und beantwortete Silvios Fragen dazu. Sie redeten auch über Ralf und beide vertraten wieder ihren bekannten Standpunkt.

Später gestand Silvio: „Ralf ist meine große Liebe. Die Jahre haben diese weiter gefestigt. Wir haben viel erlebt und gemeinsam durchgemacht, wir hatten glückliche Jahre. Wir kennen uns in- und auswendig. Wir kennen unsere Macken usw.

Angst macht er mir, wenn er wütend ist. Und es ist so, wie du es auch schon erkannt hast, er würde mein weiteres Leben zerstören. Wie auch immer."

Andreas war wieder enttäuscht und wütend. So konnte das nicht mehr weiter gehen, dann würde er den Schlussstrich ziehen. Er schrieb: „Du findest nie zu mir, weil du kein Vertrauen zu mir hast.

Er kann dein Leben nicht zerstören. Wie soll er es können, wenn wir zusammenhalten? Da du mir nicht vertraust, zerstört er schon jetzt dein Leben, nur merkst du es nicht. Oder willst es nicht wahrhaben.

Umbringen wird er dich nicht. Was glaubst du, was er macht, wenn er dich alleine lässt? Vielleicht steckt er dich einmal mit einer Krankheit an.

Dein Leben hat er schon Silvester zerstört, weil du es zulässt. Und wahrscheinlich hast du damit auch mein restliches Leben zerstört."

Jetzt war Silvio getroffen. Und er wollte gleich wieder vom Thema ablenken: „Danke für deine Worte und deinen letzten Satz. Das hat wieder mal gesessen."

Andreas erwiderte: „Ich sagte dir doch schon, dass wir zu unterschiedliche Meinungen und Haltungen zueinander haben.

Ich würde alles für dich tun und du willst es nicht. Ralf steht eben dazwischen. Und du lebst lieber in Angst als in Liebe. So ist es. Wie sollen wir da zusammenkommen?" Wenn Andreas geahnt hätte, dass es Ralf gar nicht gab. Aber in wenigen Tagen sollte er es wissen. Da Silvio wieder eine Frage offengelassen hatte, fragte Andreas nach: „Treffen wir uns wegen des Buches?"

Andreas erwartete wieder Ausreden, aber Silvio antwortete sachlich und ruhig: „Ich denke schon, dass wir uns treffen. Aber erst einmal muss ich das Buch gelesen haben. Und das ist ja schon eine ganze Menge. Mache mir auch gleich nebenbei Notizen, darum dauert das Lesen dann etwas länger.

So, mein Süßer, ich werde jetzt unseren Chat beenden, denn ich muss morgen wieder früh hoch."

Andreas' Stimmung steigerte sich nach Silvios Antwort. Jetzt freute er sich darauf, Silvio bald kennenzulernen. So viel Zeit konnte bis dahin nicht mehr vergehen. Er wartete nun schon ein halbes Jahr darauf. Was waren dagegen ein oder zwei Monate! Er glaubte sich beinahe am Ziel. Was sollte nun noch passieren? Er schrieb: „Das ist vollkommen in Ordnung so.

Und was ist mit deinem Herzen? Hast du keine Befürchtungen, dass es mir zufliegt?"

Erst machte Silvio Andreas Hoffnungen, jetzt schränkte er sie gleich wieder ein: „Andreas, warten wir es ab. Vielleicht gehen wir nach unserem ersten Treff ganz anders miteinander um. Nur warten wir es ab. Was passiert, das passiert.

Ich wünsche dir auch eine gute Nacht. Und grüble nicht mehr so viel! Auch du kannst viel Schlaf gebrauchen. Ich umarme dich. Dein Silvio."

Silvio wusste ganz genau, warum er die letzte Message schrieb. Nur Andreas konnte es nicht verstehen, wie hätte er das auch können! Dafür hätte er Silvios Lebensumstände kennen müssen. Er konnte es nicht ahnen, dass er sie tatsächlich kannte. Er kannte Silvio sogar persönlich. Aber nicht einmal das konnte er ahnen. Wenn er es geahnt hätte, dann hätte er Silvio verstanden. Andreas hätte keine Fragen mehr gehabt. Alle seine unbeantworteten Fragen wären beantwortet gewesen.

Doch warum hatte Silvio jetzt schon wieder alles offengelassen? Andreas bezweifelte, dass Silvio zu seinem Wort stehen und sich am Ende doch nicht mit ihm treffen werde.

Deswegen beschwerte er sich auch sogleich über Silvios letzte Nachricht: „Ich finde es nur unfair, du machst mir Hoffnungen und nimmst sie mir wieder, um dann mir wieder Hoffnungen zu machen.

Ich soll es abwarten, obwohl du vorhin etwas ganz anderes gesagt hast? Was soll das denn jetzt? Entscheide dich und dann handeln wir danach. Ich kann dieses Hin und Her nicht mehr.

Kannst du es wirklich nicht ahnen, was du mir damit antust und wie ich mich fühle?

Gute Nacht! Dein Andreas."

Silvio erwiderte: „Andreas, ich weiß doch auch nicht, wie es sich entwickelt. Ich weiß es nicht.

Gute Nacht. Dein Silvio", und er loggte sich aus.

Schon des Öfteren hatte Andreas Silvio auf seinen angegriffenen Gemütszustand hingewiesen. Er hatte das Gefühl, dass der mit ihm spielte. Es kam schon oft vor, dass er, nachdem Silvio den Chat verlassen hatte, ihm noch eine Message schrieb. Die konnte Silvio am nächsten Morgen lesen. So schrieb Andreas heute aus Enttäuschung erneut für Silvio eine Nachricht, in der er seinen Frust abließ: „Du kannst es auch nicht wissen, wie sich was entwickelt. Du solltest aber einfach einmal darüber nachdenken, was alles passiert ist. Dann kommst du auch darauf, wer es wirklich gut mit dir meint.

Ralf ist das nicht. Ich habe dir einmal gesagt: Rede mit deiner Mutti über uns. Du tust es aber nicht. Was soll deine Mutti dir denn sagen, wenn du ihr nicht alles erzählst?

Erzähle ihr auch einmal, dass Ralf dich bedroht. Wenn du ihr alles erzählt hättest, hätte sie dir eine andere Antwort gegeben.

Nach dem heutigen Chat mit dir kann es nur eines für mich geben. Ich werde deinem Wunsch entsprechen und deine Gefühle respektieren. Ich werde nicht mehr versuchen, dein Herz zu erweichen, weil du dich dann ja bedrängt fühlst. Und ich werde nicht auf dich warten.

Also so wie du heute Abend angefangen hast: Wir reden nur noch über unwichtige Dinge. Es ist dein Wille. Was glaubst du, wie lange es so gehen kann? Du kennst die Antwort. Mein Gefühl hat mich leider doch nicht getäuscht. Ich habe mir nur wieder sinnlose Hoffnungen von dir machen lassen.

Bis zum nächsten Mal viele Grüße! Andreas."

Silvio las am 30. April diese letzte Message von Andreas und er antwortete zunächst nicht. Er bestrafte Andreas wieder einmal mit seinem Schweigen. Doch war es Andreas dieses Mal egal. Er hatte sich entschieden.

In der Nacht zum 1. Mai schrieb Silvio dann doch noch eine kurze Antwort, die darauf schließen ließ, dass er beleidigt war: „Danke für deine ‚netten' Zeilen. Gruß Silvio."

Andreas hatte am 1. Mai Frühdienst. Er loggte sich, bevor er zum Dienst fuhr, im Chat ein. Er las Silvios Worte und antwortete: „Danke für dein ‚Verständnis'! Hast wohl schon vergessen, wie du dich vor ein paar Wochen gefühlt hast? So fühle ich mich schon seit Monaten, seit Silvester.

Ebenso Gruß! Andreas", er würde nicht mehr nachgeben. Silvio musste sich jetzt bewegen, sonst war diese Freundschaft, oder was es zum jetzigen Zeitpunkt war, beendet. Andreas wollte endlich zur Ruhe kommen.

Erst am 3. Mai chatteten sie wieder miteinander. Silvio loggte sich morgens ein und bemerkte Andreas. Er begrüßte ihn: „Guten Morgen, Andreas, du bist aber früh wach. Muss heute erst um acht Uhr los zum Dienst."

Andreas grüßte zurück: „Guten Morgen, Silvio, ich kann mal wieder nicht schlafen."

Silvio fragte: „Habe mit dem Buch schon begonnen. Liest sich gut. Da ich aber gleich Veränderungen aufschreibe, dauert das Lesen natürlich etwas."

Andreas antwortete: „Ja, schreibe dir mal immer schön fleißig auf, was du ins Buch bringen möchtest. Wie weit bist du?"

Silvio erwiderte: „Na, so weit bin ich noch nicht. Im ersten Teil habe ich gleich versucht, deine langen Kastensätze zu verändern. Bin jetzt mit deiner Vorgeschichte fertig. Beginne jetzt mit dem Kapitel ‚Veränderungen'."

Andreas bemerkte: „Du schreibst jetzt das Buch aber nicht noch einmal ab?"

Silvio schrieb: „Nein, dazu habe ich gar keine Zeit. Auf alle Fälle lesen sich kurze Sätze besser. Letztendlich liegt die Entscheidung bei dir."

Andreas beschied: „Es ist doch in Ordnung. Ich habe nur gefragt."

Silvio kündigte an: „So, Andreas, ich muss jetzt gleich los zum Dienst. Habe jetzt wirklich nur noch 10 Minuten. Sei l... gegrüßt – Silvio."

Andreas erwiderte: „Liebe Grüße! Andreas."

Sie gingen höflich miteinander um, keiner der beiden versuchte, auf die letzten Ereignisse einzugehen. Beide aus gutem Grund, aber jeder hatte einen anderen. Andreas wollte nicht nachgeben und Silvio wollte vorerst Andreas bei Laune halten. Das sollte so aber nur noch fünf Tage funktionieren. Dann sollte Andreas zu Erkenntnissen kommen, die in ihm einen Entschluss reifen ließen, wie er mit Silvio in Zukunft umgehen wollte.

*****

Am 4. Mai begann schon am frühen Morgen ein Chat zwischen den beiden. Silvio begrüßte Andreas und fragte: „War noch mal schnell auf deinem Profil. Habe aber keine Angaben zu deinem Geburtstag gefunden. Ist das geheim? Wann hast du Geburtstag?, wenn du es mir verraten möchtest!!"

Andreas meinte: „Ich habe in einigen Tagen Geburtstag.

Im Profil ist der Geburtstag nicht zu sehen, aber das Profil zeigt dir an dem Tag an, dass du ein Jahr älter bist."

Silvio fragte: „Ist da einer zickig???"

Andreas fragte zurück: „Warum sollte ich zickig sein?"

Silvio bemerkte: „Das weiß ich nicht, warum du zickig bist. Aber an deiner Antwort merke ich, dass du angesäuert bist, stimmt's?

Kannst mir doch dein Geburtsdatum sagen."

Andreas wollte nicht nachgeben: „Ich weiß nicht, wie du darauf kommst, dass ich zickig sein soll.

Ich versuche nur, mit dir vernünftig umzugehen. Ich will nicht mit dir streiten. Aber ich will auch nicht zu viele Informationen preisgeben. Ich habe dir sowieso schon viel zu viel erzählt.

Wir wissen beide nicht, was sich in der Zukunft entwickeln wird. Wir sollten uns nicht gegenseitig Hoffnungen machen auf das, was am Ende nicht erfüllt werden kann."

Silvio entgegnete: „Also willst du mir deinen Geburtstag nicht verraten, da er in unmittelbarer Zeit stattfinden wird.

Hat ein Geburtsdatum mit ‚Hoffnung machen' zu tun?

Wenn du Angst hast, mir Informationen von dir ‚preiszugeben', und du das Gefühl hast, dass ich schon zu viele erhalten habe, dann sollten wir vielleicht unsere Kommunikation einschränken. ??? !!! Ich würde es aber sehr bedauern."

Andreas fragte: „Was verstehst du unter einschränken?"

Silvio antwortete: „Zum Beispiel: Ich chatte dich nur noch einmal pro Woche an oder noch weniger, melde mich nur noch des Buches wegen. Oder wir teilen uns gar nichts mehr mit, was uns betrifft.

Wir hören noch weniger voneinander."

Andreas antwortete: „Was ich möchte, weißt du genau. Ich habe alles getan, was man im Chat tun kann, um das zu erreichen. Du hast es immer wieder vereitelt.

Ich kann nicht mehr, bin psychisch angefressen. Wenn du wüsstest, wie viele Tränen in dem Buch stecken. Ich bin nur noch traurig und nervös. Und ich fühle mich krank.

Ich möchte, dass du das Buch liest und wir uns treffen, um es zu einem guten Ende zu bringen.

Ich habe dir gesagt, wie ich mich dir gegenüber verhalten werde. Wenn du einen Schritt weitergehen willst oder auch zwei, gehe ich mit.

Ich bleibe alleine, wenn ich dich nicht für mich gewinnen kann. Meine Liebe zu dir nehme ich irgendwann mit in mein Grab.

Eingeschränkt miteinander kommunizieren? Ich weiß nicht, wie es werden soll. Ich weiß nur, dass ich im Moment keine Kraft habe.

Weißt du, es gab Zeiten, da haben wir uns gefreut, miteinander chatten zu können. Wir haben morgens und abends gechattet, auch an Wochenenden.

Nun ist es schon so, dass ich auf dich warte, wann du endlich kommst. Am Wochenende bist du ganz weg. Manchmal kommst du sogar dann nicht, wenn wir uns verabredet hatten."

Darauf antwortete Silvio: „Ja, Andreas, diese Zeiten gab es. Wobei ich mich heute auch noch auf einen Chat mit dir freue. Aber es ist alles anders geworden. Heute hoffe ich nur, dass wir nicht wieder in Streitgespräche kommen. Und jetzt denke ich, du möchtest mir nichts mehr von dir erzählen, weil ich schon zu viel von dir weiß.

Denkst du, ich kann dir mit meinem Wissen von dir schaden? Andreas, das würde ich nicht übers Herz bringen. Das sind unsere persönlichen Gespräche und Informationen. Und ich denke, genauso hast du bisher auch gehandelt, oder?

Wenn ich nicht in den Chat konnte, habe ich dir auch versucht zu erklären, warum.

Aber vielleicht möchtest du auch nicht, dass ich an diesem Tag an dich denke. Na, ja, dann ist es eben so!! Ich wünsche dir noch einen schönen Restnachmittag und Abend. Dein Silvio."

Andreas benötigte etwas Zeit, um auf Silvios Worte zu antworten: „Mein lieber Silvio, deine Zeilen zeigen mir, dass du mich wieder einmal nicht verstehst.

Ich will versuchen, dir deine Fragen zu beantworten. Warum ist es heute anders als noch im letzten Jahr? Weißt du es nicht? Warum haben wir uns aufeinander gefreut und konnten es nicht abwarten, uns wieder im Chat zu treffen? Ich denke, du weißt es.

Wir haben uns ineinander verliebt, und als wir unsere Zukunft zu planen begannen, ist Ralf dazwischengekommen. Er musste mir sogar seine Macht demonstrieren, weil er wusste, dass ich keine Chance mehr hatte, weil wir uns bis dahin noch nicht gesehen haben. Er hat über uns oder zumindest über mich gelacht. Und als er an dir vorbeigegangen ist und dich angelächelt hat, war es sein Siegeslächeln. Er wusste, dass er dich eingeschüchtert und sein Ziel erreicht hatte. Deshalb konnte er mir gegenüber seine Überlegenheit ausspielen und mir zeigen, dass ich auf verlorenem Posten stehe. Und du hast ihm in die Hände gespielt.

Du hast dich von ihm unter Kontrolle bringen lassen und das weißt du. Deshalb hast du am 2. Januar so ein schlechtes Gewissen gehabt, dass dein Kopf leer war und du dich elend gefühlt hast.

Und alles, was ich getan habe, war so, dass es dir nicht gefallen konnte. Was ich dir geschrieben habe, war für dich eine Rechtfertigung, mich fallen zu lassen. Du wolltest mit Ralf keinen Ärger. Da du mich nie gesehen hattest, war es dir aus verständlichen Gründen relativ egal, was aus mir werden würde. Du hast alles dafür getan, um zwischen Ralf und mir zu lavieren.

Ich nehme es dir nicht übel. Das ist das Ergebnis des Druckes, den Ralf auf dich ausgeübt hatte und er tut es auch noch heute. Ich habe es dir oft genug geschrieben. Doch du wolltest es nie wahrhaben. Deshalb haben wir uns in diesem Jahr fast nur gestritten.

Du verstehst es nicht, dass Ralf es ist, der dich manipuliert. Er hat die Dinge in Gang gebracht und ist dafür verantwortlich, dass es uns beiden heute schlecht geht.

Aber du bist nicht bereit, es zu erkennen und danach zu handeln.

Ich wollte dir nur deswegen nichts mehr von mir erzählen, weil ich nicht möchte, dass wir uns noch mehr aneinanderbinden. Da du es erst einmal akzeptieren musst, dass Ralf dich unter Kontrolle hat und dich manipuliert. Das macht er übrigens ganz geschickt. Sonst hättest du es bemerkt.

Ralf hat dich sogar schon so weit unter Kontrolle, dass du anfängst, wie er zu denken und zu handeln.

Wie kommst du nur darauf, dass ich dir nichts erzählen möchte, weil du mir schaden könntest? Das enttäuscht mich nun doch sehr.

Ich traue dir nicht zu, mir absichtlich Schaden zufügen zu wollen. Da du das denkst, ist es für mich nur folgerichtig, dir nichts mehr von mir zu erzählen. Wenn du mir so etwas Schlechtes zutraust, kannst du mich nicht lieben.

Und wenn du an meinem Geburtstag an mich denken möchtest, ist es okay. Denke einfach jeden Tag an mich und so denkst du auch an meinem Geburtstag an mich. Mir wäre es lieber, wenn ich meinen Geburtstag mit dir gemeinsam begehen könnte.

Mein lieber Freund, ich liebe dich und würde für dich sterben. Aber du willst nicht mit mir leben.

Ich kann nicht mehr um dich kämpfen. Ich habe alles gegeben und bin dabei selber fast zugrunde gegangen. Es mag sich ein wenig theatralisch anhören. Aber so ist es.

Ich muss mich jetzt selber schützen. Nur deswegen will ich mich nicht noch mehr mit neuen Informationen an dich binden.

Wenn du mich nur halb so viel lieben würdest wie ich dich, hätten wir keine Probleme.

In Liebe dein Andreas."

Jetzt musste Andreas etwas warten, bis er Silvios Antwort lesen konnte. Der schrieb: „Ja, mit Ralf hast du in vielen Punkten Recht. Das gebe ich zu. Aber ich kann nicht anders.

Ich denke nicht, dass er über dich gelacht hat. Er sieht etwas Anderes in dir. Ich glaube, er hat Angst vor dir. Angst, einmal alleine zu sein. Darum auch sein Handeln mir gegenüber.

Andreas, ich habe nicht ernsthaft geglaubt, dass du von mir denkst, ich könnte dir schaden. In diesem Punkt hast du mich jetzt total falsch verstanden.

Du sagst, du möchtest es von mir glauben, Andreas, das kannst du. Ich bin kein Schwein!!"

Andreas verstand Silvio nicht und ebenso wenig akzeptierte er dessen Argumente. Er war von ihm wieder einmal enttäuscht. Das brachte seine Antwortmessage zum Ausdruck: „Ist das alles, was du mir schreiben möchtest?

Ich habe so viel geschrieben, aber deine Antwort war: Ich kann nicht anders. Glaubst du nicht, dass das für mich keine Antwort ist, zumindest keine befriedigende? Da Ralf nicht alleine sein will, behandelt er dich wie Dreck. Und du akzeptierst es, du kannst nicht anders.

Aber du erwartest von mir, dass ich anders kann, obwohl ich dir so viele Gründe genannt habe, warum ich am Ende meiner Nerven und Kräfte bin.

Silvio antwortete: „Andreas, ich kann momentan wirklich nicht anders. Du willst oder kannst es nur nicht akzeptieren."

Andreas war maßlos von Silvio enttäuscht. Jetzt versuchte er es einmal so, wie sonst Silvio es tat: „Ich verlasse jetzt den Chat, liebe Grüße! Andreas."

Am Abend konnte Andreas nicht schlafen. Er hatte Frühdienst, um fünf Uhr war für ihn die Nacht vorbei. Aber seine Gedanken jagten sich in seinem Kopf, sodass er nicht zur Ruhe kam. Deshalb stand er wieder auf und fuhr den Computer hoch, um sich in den Chat einzuloggen, und schrieb folgende Nachricht an Silvio. Es war sein Entschluss, Silvio freizugeben. „Hallo, Silvio, ich kann wieder einmal nicht schlafen.

Du meinst also, ich will unsere Situation nicht akzeptieren. Du willst mich nicht verstehen. Du versuchst es nicht einmal.

Nein, ich akzeptiere es nicht, dass du dich wie Dreck behandeln lässt, und ich kann es auch nicht verstehen. Ich glaube, es ist besser, wenn wir uns nach dem Buch nicht mehr sehen und auch nicht mehr miteinander chatten werden. Ich will und ich muss von dir loskommen, egal, wie.

Bitte melde dich, wenn du mit dem Buch so weit durch bist, dass wir es ändern können.

Und danach kannst du tun und lassen, was du willst, ich werde mich dann zurückziehen und ..., aber das geht dich nichts mehr an. Es grüßt dich Andreas."

Am 5. Mai kam Andreas trotz seines Frühdienstes mit seinen Gedanken nicht von Silvio los und konnte sich nicht auf die Arbeit konzentrieren. Wenn er alleine war, war es besonders schlimm. Dann konnte er sich nicht mehr beherrschen. Unwillkürlich kamen ihm die Tränen. Mehrmals weinte er und sagte sich: Nun reiß dich mal zusammen. Er versuchte immer wieder, sich abzulenken. Er suchte und fand Arbeiten, die er sonst aus Zeitmangel nicht erledigte. Am liebsten wäre er nach Hause gefahren. Am späten Vormittag hielt er es nicht mehr aus und loggte sich am Computer in den Chat ein. Er war neugierig, ob Silvio ihm geschrieben hatte. Natürlich wollte er Silvio nicht verlieren, aber sollte der dieses Mal wieder nicht nachgeben, würde er sich von ihm trennen und es durchstehen.

Er sah, dass Silvio im Chat war. Silvio schickte ihm sofort eine Message: „Ich schreibe dir gerade eine Mail als Antwort!"

Andreas erwiderte: „Ich bin auf der Arbeit und kann nicht chatten, war aber auch neugierig.

Wenn du willst, ich bin heute Abend im Chat, muss jetzt wieder raus." Er konnte am Tage nicht im Chat bleiben, die Gefahr, entdeckt zu werden, war zu groß. Nachts durfte er chatten, aber am Tage konnte es die Kündigung bedeuten. Und doch hatte er es riskiert, weil er völlig aufgewühlt und aufgelöst war. Er hatte sich nicht mehr unter Kontrolle. Silvio hatte sein Ziel beinahe erreicht! Ob der das ahnte?

Jetzt antwortete dieser: „Hallo, mein Freund, habe deine letzte Mail gelesen.

Die klingt wie eine Abschlussrede, oder ein Schlusswort. Sollte wohl auch von dir so rüberkommen. Ich habe es begriffen.

Auch wenn du in einer deiner letzten Mails geschrieben hast, du lässt dich jetzt finden, ich weiß, was du willst. Ich habe es immer gewusst.

Wir haben uns im Chat getroffen. Ich gebe zu, auch ich habe mich in dich verliebt. Ich habe von dir geträumt, habe dich immer wieder mit Ralf verglichen, habe mich auf einen Chat mit dir gefreut. Doch dann wurde alles anders. Erst kam die Angst. Und dann hast du begonnen, mit ‚Gewalt' ein Treffen herbeizuführen. Und das ist der Knack-, Streit- und entscheidende Punkt.

Du machst alles von einem Treffen abhängig, und nur, weil ich dem bisher noch nicht zugestimmt habe, entstehen unsere Diskrepanzen. Und diese haben wir in den letzten Tagen / Wochen bei fast jedem Chat gehabt. Du wolltest mehr. Wurdest unzufrieden und bist auf Distanz zu mir gegangen. Du wolltest mich bestrafen, wolltest mich ködern, hast sogar die Dummheit begangen, dich mit Ronny einzulassen.

Du wolltest mich aus der Reserve locken, wolltest mich pieken, hast auch voll ins Schwarze getroffen. Durch deine Beziehung zu Ronny habe ich in meinem Herzen gespürt, dass du mir nicht gleichgültig bist. Und ich bin ehrlich, auch wenn ich es anders geschrieben habe: Es hat mir nicht gefallen, ganz und gar nicht gefallen. Aber ich habe es akzeptiert und habe dadurch auch wieder mehr Kontakt zu Ralf gesucht.

Bei allem, was du erlebt oder empfunden hast, bei jedem Misserfolg, hast du mich als Begründung gesehen. Du hast dich voll drauf eingeschossen: Silvio ist schuld!!!! Das war und ist nicht richtig von dir! Sicher, ich bin nicht ganz unschuldig, aber nicht schuld an allem!!!!!!

Und dieses Gefühl hast du mir in letzter Zeit vermittelt.

Andreas, so warst du im letzten Jahr nicht!!!! Es fielen keine groben Ausdrücke. Du hast dich verändert.

Du hast eine eigene Wohnung, hast deinen Sohn und deine Enkelkinder, hast die Trennung von Rosi hinter dir und hast sie als Freundin noch halten können, hast Arbeit, hast dir einen neuen Freundeskreis aufgebaut und – und – und …

Du musst doch auch einmal positiv denken und mich nicht nur deinen Frust spüren lassen. Und den habe ich in letzter Zeit sehr oft spüren müssen. Und nicht nur ich bin daran schuld, obwohl du mir oft genug das Gefühl gegeben hast. Andreas, bitte denke doch einmal darüber nach!!!!! Bitte!!!!!!

Wir haben uns gegenseitig Kraft und Mut gegeben. Und sage jetzt nicht, ich habe dir nicht auch geholfen. Dann wäre ich jetzt doch enttäuscht. Denn auch ich habe mir Gedanken über dich gemacht, habe gegrübelt und konnte schlecht schlafen. Es ging nicht nur dir so. Habe dir auch im Chat Ratschläge gegeben oder Hinweise, oder etwa nicht?

Das Buch werde ich lesen. Bin ja schon dabei.

Auch deine letzte Äußerung scheint mir übereilt geschrieben zu sein, ohne dass du darüber im Vorfeld nachgedacht hast. Oder meinst du sie wirklich so krass? ‚Und dann kannst du tun und lassen, was du willst, ich werde mich dann zurückziehen und …, aber das geht dich nichts mehr an.'

Ich denke bei deinen Zeilen wieder: Peng, der nasse Lappen hat wieder gesessen. Da sind wieder seine verletzenden Worte. Aber wenn du es so möchtest, werde ich mich daran halten.

Andreas, es tut mir leid, wie alles gekommen ist. Aber denkst du wirklich, dass nur ich alleine daran schuld bin?

In meinem Herzen wirst du weiterhin deinen Platz behalten. Ich werde an dich denken wie du an deine Freunde aus der Jugendzeit. Das kannst du mir nicht verbieten." Und nun ging Silvio abschließend auf einige Fragen ein, die Andreas ihm in den letzten Mails gestellt hatte. Nicht alle beantwortete er so, wie Andreas es sich erhofft hatte. Aber als Andreas sie las, hatte er das Gefühl, wenigstens einige Antworten von Silvio bekommen zu haben. Um seinen guten Willen zu zeigen, verabschiedete sich Silvio wie folgt:

„Ich umarme dich! Ich küsse dich! Einen ganz lieben Gruß, Silvio."

Andreas kam von der Arbeit nach Hause. Er war aufgeregt und wollte wissen, was Silvio geschrieben hatte. Er las die Message und dachte darüber nach.

Bevor sie sich abends im Chat trafen, schrieb Andreas eine lange Message an Silvio, die das Ergebnis seiner mehrstündigen Überlegungen war: „Mein lieber Silvio, du hast dieses Mal viel geschrieben und mir gezeigt, dass es dir immer noch ernst ist.

Auch mir ist unsere Freundschaft immer noch ernst und viel wert, aber ich bin an dem Punkt angekommen, dass ich es so nicht mehr kann und auch nicht mehr möchte. Ich möchte real wenigstens dein Freund sein dürfen. Eine Freundschaft kann es nicht nur im Chat geben. Das funktioniert nicht. Das erst einmal vorweg.

Und nun zu deinen Mails. Ich freue mich, dass du mir dieses Mal Antworten gegeben hast, Antworten, die ich verstehen kann. Warum war das früher nicht möglich? Dann wäre es doch anders mit uns verlaufen. Wären Missverständnisse und auch falsches Verhalten auf beiden Seiten ausgeräumt worden, bevor es zu extremen Situationen gekommen wäre.

Ja, mein Freund, wir haben beide Fehler gemacht.

Ich habe nie einen Zweifel daran gelassen, was ich möchte, was ich für dich fühle, habe sicherlich nicht immer glücklich agiert dabei.

Konnte ich auch nicht, weil ich meistens reagieren musste, auf dein Schweigen im Februar und meine nichtbeantwortete Fragen bezogen.

Ja, es sollte das Schlusswort werden. Ja, ich wollte nur noch mit dir das Buch fertigstellen und dich dann alleine lassen. Ich möchte aber lieber das Gegenteil. Aber wenn du mir keine Zugeständnisse machen kannst, ohne dass du darunter leidest, will ich das nicht. Wir sollten prüfen, wie weit wir nachgeben können, um eine Situation zu schaffen, mit der wir beide leben können.

Ich wollte nach der Trennung von Rosi eine Beziehung aufbauen, aber nicht mit aller Macht, das verkennst du ein wenig.

Du sagst, ich war letztes Jahr anders, mache dir Angst, mache alles von einem Treffen abhängig, will dieses mit Gewalt herbeiführen. Deshalb habest du wieder mehr Kontakt zu Ralf gesucht.

Silvio, du hast es immer noch nicht begriffen. Natürlich war ich letztes Jahr anders. Aber du doch wohl auch. Hast du nicht von einer gemeinsamen Zukunft mit mir gesprochen? Ich habe auch davon geträumt. Du wolltest alles das, was ich auch wollte. Und Silvester war alles ganz anders. Du bist auf der sicheren Seite gewesen. Du hattest in jedem Fall deinen Partner, entweder Ralf oder mich. Aber du hast mir seit Silvester nicht eine einzige Chance gelassen, dich überhaupt kennenzulernen. Du wolltest mich nicht kennenlernen und ich habe um uns alleine gekämpft.

Aber versetze dich bitte einmal in meine Situation. Drei oder vier Tage vor unserem ersten Treffen wolltest du dich nicht mehr mit mir treffen und hast mir fortan mit fast allen Informationen nur noch weh getan. Ich wollte dir helfen, aber du sagtest immer wieder, du kannst nicht anders handeln. Warum, hast du mir nie gesagt, bis ich selbst darauf gekommen bin.

Du sagtest einmal, wir sitzen im selben Boot. Nein, sitzen wir nicht. Du ruderst in deinem eigenen Boot in eine andere Richtung als ich. Ich musste zusehen, wie sich alles verändert, und konnte nichts dagegen tun. Du warst der Handelnde und ich der Reagierende.

Habe ich dir unangenehme Fragen gestellt, warst du weg. Du hast mich alleine gelassen und alle unsere Träume verraten, weil du dich Ralf zugewendet und mich immer wieder enttäuscht hast.

Du siehst es sicherlich nicht so. Aber es ist so, du hast mir keine Chance gegeben, dich sehen und kennenlernen zu dürfen.

Stattdessen wolltest du auch noch von mir Zärtlichkeiten im Chat haben, die ich dir verständlicher Weise manchmal verwehrte.

Du gehst mit Ralf ins Bett und willst meine Zärtlichkeiten. Du hast es dir nicht überlegt, was du mir damit angetan hast, sonst hättest du es nicht gewollt.

Vielleicht hast du recht: Ich bin mit mir selber unzufrieden. Wie sollte ich zufrieden sein, wenn ich alles erreicht habe, was ich wollte, und sich trotzdem alles ins Gegenteil verkehrt? Ich sehe es aber auch so wie du, dass unsere Diskrepanzen daraus entstanden sind, weil wir uns noch nicht gesehen haben. Weil wir nicht über unsere Probleme reden können. Im Chat bekommen wir sie nicht geklärt. Und ich bin immer noch der Meinung, nur wer richtig liebt, will seinen Geliebten sehen. Du willst das aber nicht.

Ich gebe dir keine Schuld an meinen Misserfolgen. Ich gebe dir nur eine Mitschuld an den Zustand unserer Freundschaft.

Du bist mit schuld an meinem jetzigen psychischen Zustand, weil eben du auch so einige Fehler gemacht hast, genauso wie auch ich.

Letztes Jahr hast du mir viel gegeben, dazu stehe ich. Aber in diesem Jahr hast du dich von mir abgewendet und mich alleine gelassen. Hast immer nur Fragen gestellt, die ich dir beantwortet habe. Du bist mit meinen Fragen anders umgegangen, deshalb habe ich das Gefühl gehabt, du nimmst nur noch. Du hast mich auch vor die Wahl gestellt, nur chatten oder nichts. Ich hatte dich freilich auch vor die Wahl gestellt: No Date, no Chat.

Was sollte ich tun, um dich zu erreichen? Wir haben beide miteinander gespielt, über viele Wochen, auch wenn es unbewusst war. Das hat uns an das Ende unserer Beziehung? Freundschaft? gebracht.

Mich hat es auch an die Grenze meiner psychischen Belastbarkeit gebracht. Deshalb kann es so nicht mehr weitergehen. Wir haben uns selbst gegenseitig etwas kaputt gemacht, was einzigartig hätte sein können. Und wir wissen beide, dass der Auslöser Silvester war, weil du mir keine Chance gegeben hast. Du hast dich Ralf wieder zugewendet und hast gehofft, mich als Chatfreund halten zu können. Aber wir hatten schon unsere gemeinsame Zukunft geplant. Eine Chatfreundschaft war nicht mehr möglich.

Und glaube mir bitte eines: Ich habe nichts geschrieben, was ich nicht schon tausendmal überlegt habe. Ich habe schon mehrmals die Entscheidung gesucht. Hast du es vergessen? Ich habe es bisher nur nicht geschafft, meine Entscheidung aufrechtzuerhalten.

Es ehrt dich aber in meinen Augen, dass du jetzt versuchst, das zu retten, was uns noch miteinander verbindet.

Ich liebe dich immer noch so sehr, dass es mir wehtut und ich für dich sterben könnte. Mit Freuden möchte ich, dass wir ..., aber was verbindet dich noch mit mir? Was bist du bereit zu geben? Nur davon kann ich meine Entscheidung abhängig machen.

Und jetzt meine Entscheidung: Wir werden das Buch zu einem guten Ende bringen. Wie wir dabei miteinander umgehen und was du bereit bist zu geben und zu nehmen, danach wird es sich richten, ob und wie wir in Zukunft miteinander umgehen werden und können.

Ich liebe dich und ich umarme dich. Dein Andreas."

Nach Beginn des Abendfilmes im Fernsehen meldete sich Silvio im Chat: „Andreas, jetzt sind wir doch wenigstens schon bei einem Punkt, wo wir uns gegenseitig Fehler eingestehen. Eine Last ist von mir, nämlich die, dass ich durch dich das Gefühl hatte, ich sei an allem schuld.

Ja, wir werden das Buch zu einem guten Ende bringen.

Lass uns versuchen, vernünftig dabei zu sein.

Treffen wir uns zwischendurch im Chat oder möchtest du es lieber nicht?"

Andreas erwiderte: „Silvio, ich habe dir nie die Schuld an allem gegeben, das hast du dir selber eingeredet.

Ja, ich möchte schon noch mit dir chatten. Ich möchte auch dein Freund sein, aber auch im realen Leben. Nicht nur im Chat.

Sage einmal ehrlich, wenn du gewusst hättest, wie sich alles mit Ralf entwickelt, hättest du dich dann an Silvester auch für ihn entschieden? Silvio, es tut mir leid, aber ich glaube nicht daran, dass du mit ihm glücklich sein kannst oder auch nur zufrieden. Du bist mit ihm gegangen, weil er dich bedroht hat, stimmt es?"

Silvio antwortete: „Ja, ich habe mich um Ralf bemüht. Er hat es auch wohlwollend angenommen, aber seine Einstellung zu mir hat sich nicht geändert. Er hat mich auch psychisch gequält. Ich habe mich dann zurückgezogen und habe mich in meine Arbeit verkrochen. Dir wollte ich davon nicht erzählen, damit du dir keine Sorgen oder Gedanken machst.

Ja, Ralf hat mir angekündigt, die sexuelle Beziehung zwischen ihm und mir bei bestimmten Stellen (Behörden) bekanntzumachen. So hat er mich in der Hand, Andreas, und da ist sie wieder, meine Angst. Ich mag es mir gar nicht ausmalen. Aber können wir bitte dieses Thema heute lassen? Bitte!!!!"

Silvio wusste genau, wie er Andreas an sich band, welche Worte er wählen musste, um ihm wehzutun oder ihn zu besänftigen, wie er ihm Hoffnungen machen konnte und wie er sie ihm wieder zerstörte. Jetzt war es an der Zeit, Andreas wieder Hoffnungen zu machen, ihn zu besänftigen, sein Mitleid zu erregen. Das hat er geschafft, denn Silvio tat Andreas leid: „Mein süßer, goldener Engel, ich danke dir für deine Offenheit. Hast du jetzt endlich erkannt, dass es nur so geht, dass wir unsere Probleme nur lösen können, wenn wir ehrlich zueinander sind?

Wir können heute das Problem lassen, wenn du nicht darüber reden möchtest.

Aber wir müssen darüber reden, persönlich. Jetzt kann ich dich verstehen und mache dir einen Vorschlag.

Du liest das Buch zu Ende und wir treffen uns, um es zu überarbeiten. Das ist für uns eine Chance, die du nicht vereiteln solltest. Es ist nämlich die Chance, uns ein wenig persönlich kennenzulernen. Und danach sollten wir, wenn du mir vertrauen kannst, doch einmal darüber reden, und zwar offen und ehrlich wie jetzt. Und wir sollten vielleicht etwas tun, aber nichts, was du nicht selber möchtest. Ich bin davon überzeugt, mein Engel, dass wir eine Lösung finden können.

Ich wünsche mir jetzt nur noch, dass wir ehrlich miteinander umgehen und Vertrauen zu einander haben.

Ja, mein Silvio, ich möchte mit dir chatten. Und du überlegst dir meinen Vorschlag. Habe Vertrauen, dann wird alles gut."

Silvio erwiderte: „Irgendwie fühle ich mich jetzt erleichtert. Aber es ist ein angenehmes Gefühl!!"

Andreas war auch erleichtert, er hatte nun wieder Hoffnungen, Silvio doch noch für sich zu gewinnen. Er hatte das Gefühl, nach Silvester noch nie mit Silvio so weit gekommen zu sein, wie heute.

So schrieb er: „Es ist schön, wenn es dir jetzt etwas besser geht.

Als ich vorhin gelesen habe, womit Ralf dich bedroht, merkte ich, wie sich mein Inneres verkrampft hatte. Was musst du nur durchgemacht haben, mein Engel! Es tut mir alles so leid. Nun verstehe ich deine Ängste. Ist das alles, oder ist da noch mehr, mein Süßer? Ich will jetzt gar nicht alles wissen, wir können dieses Thema vertagen, aber was ist Ralf nur für ein Mensch? Er hat dich einmal geliebt, da kann er doch so etwas nicht tun."

Silvio erzählte: „Er sagt, er liebt mich immer noch.

Also geschlagen hat er mich noch nicht, aber die Hand erhoben hatte er schon. Dann hatte er sich plötzlich wieder unter Kontrolle. Das war ein Schreck für mich und ich bin jetzt immer auf Lauerstellung. Aber ich möchte mich jetzt nicht daran erinnern. Das ist nicht schön. Das andere irgendwann mal später.

Aber jetzt machst du dir bitte keine Gedanken. Ich bin heute alleine und es kann nichts passieren."

Andreas meinte: „Du solltest nicht alleine sein und es sollte auch niemand die Hand gegen dich erheben.

Das würdest du mit mir nie erleben. Lieber würde ich mich für dich verprügeln lassen, damit es dir gut geht. Aber noch hat es derjenige schwer, der mich verprügeln wollte. Gut, lassen wir das jetzt. Lass es uns bitte so machen, wie ich es vorgeschlagen habe. Kannst du da mitgehen?"

Die erste Schwärmerei

Dass Ralf gegen Silvio die Hand erhoben hatte, verstand Andreas nicht. Bei körperlicher Gewaltanwendung war für ihn das Ende einer jeden Beziehung erreicht. Andreas dachte unwillkürlich an seine Kindheit zurück, an einen Jungen seiner Schule, der etwa zwei Jahre jünger war als er selbst. Sein Name war Falko. Die Situation damals war eine ganz andere als die, in die Ralf Silvio gebracht hatte, sie waren nicht mit einander vergleichbar. Aber Andreas Gedanken machten manchmal, was sie wollten.

Als er in die Pubertät kam, fiel ihm ein Junge in seiner Schule auf, der ihm gefiel. Er konnte sich nicht erklären, warum er sich ausgerechnet zu ihm hingezogen fühlte. Andreas war in der achten und dieser Junge in der sechsten Klasse. Er hatte lange, lockige Haare, beinahe wie eine Löwenmähne. Sein Gesicht war das eines Engels. Meist trug er eine enge Jeans der Marke Boxer. Diese Jeans betonte seinen Unterkörper gut, besonders sein Po saß prall und fest in der Hose und war schön anzusehen. Sein Oberkörper war stets mit einem einfarbigen T-Shirt bekleidet, das aber einen Aufdruck in Form eines Bildes und Schriftzuges trug. Er war schlank, hatte schmale Hüften und breite Schultern. Fast immer, wenn Andreas ihn sah, war er alleine und wenn Andreas ihn beobachtete, wie er mit anderen Jungen Fußball spielte, begeisterte sich Andreas für ihn, weil er den Ball sehr gut beherrschte und Andreas es schön fand, wie er sich bewegte. Manchmal stand er in der großen Pause mit einem Klassenkameraden zusammen auf dem Schulhof, aber er war stets sehr schweigsam. Dieser introvertierte Junge strahlte eine faszinierende Ruhe auf Andreas aus.

Der nutzte jede Gelegenheit, diesen Jungen zu beobachten, weil er ihn so unbeschreiblich schön fand und in ihn erwachte der Wunsch, diesen Jungen kennenzulernen. Aber wie sollte er mit ihm in Kontakt kommen? Er konnte ihn doch nicht einfach ansprechen! Andreas wusste doch gar nicht, was er ihm sagen sollte. Aber einen Weg musste es geben, diesen schönen Jungen kennenzulernen. Die Tage vergingen und der Zufall kam ihm zur Hilfe. Sein Mitschüler Paul begann sich mit dem Jungen, den er unbedingt kennenlernen wollte, zu streiten. Das sah Andreas sich eine Weile mit an. Als Paul handgreiflich wurde, mischte sich Andreas ein, weil Paul größer und kräftiger als sein Kontrahent war und ihm Unrecht zufügen wollte. Er stieß ihn von dem Jungen weg und sagte: „Lass ihn in Ruhe, er hat dir doch gar nichts getan."

Paul sagte: „Misch dich nicht ein. Der hat eine Abreibung verdient und die bekommt er auch."

„Dann musst du dich erst mit mir schlagen", meinte Andreas.

Paul sah ihn abschätzend an und erregt rief er: „Andy, verschwinde! Ich will mich nicht mit dir schlagen, sondern mit dem", und er zeigte mit dem Finger auf den Jungen der sechsten Klasse. „Der ist mir dämlich gekommen!"

„Das ist er nicht. Ich habe dich beobachtet und habe genau gesehen, dass du ihn angemacht hast. Also lass ihn jetzt in Ruhe", erwiderte Andreas.

Paul wollte sich vor den anderen Mitschülern, die sich schnell aus Neugierde und Sensationslust wie eine Traube um sie herum versammelt hatten, nicht blamieren. Viele Schüler aus Pauls und Andreas' Klasse, aber auch Mitschüler des anderen Jungen, umringten sie. Hier konnte man eine Schlägerei erwarten. Andreas hatte sich auf dem Schulhof noch nie geprügelt und Paul war ein großer, kräftiger Junge. Andreas war etwas kleiner und schmächtiger als Paul.

Früher, als Andreas in Schlägereien verwickelt war, suchte er stets Schutz bei einem Freund, der jetzt aber nicht mehr an der Schule war. Und nun stellte sich Andreas, der als Schwächling galt, dem kräftigen Paul in den Weg. Freilich waren alle Mitschüler auf den Ausgang dieses Streites gespannt, aber keiner hätte auf Andreas gewettet. Für die Mitschüler von Paul und Andreas gab es nur eine Frage: Wie schnell würde Paul Andreas bezwungen haben?

Der für Andreas zu verteidigende Junge stand hinter ihm. Er tippte Andreas an die Schulter und sagte resigniert und etwas ängstlich: „Komm, lass sein, du musst dich nicht für mich schlagen. Ich werde es schon überstehen." Auch er ahnte, dass Andreas gegen Paul nicht viel ausrichten konnte.

„Du hast ihm aber nichts getan. Wie heißt du eigentlich? Ich möchte wenigstens wissen, für wen ich mich schlage", erwiderte Andreas.

„Ich bin Falko", hörte Andreas den Jungen sagen. „Aber ich will nicht, dass er dich meinetwegen verhaut. Danach bin ich doch sowieso dran."

Andreas ließ Paul nicht aus den Augen und sprach zu Falko: „Hab keine Angst, er wird dir nichts tun."

Paul war wütend, er schrie Andreas an: „Los, mach, dass du aus den Weg kommst!", und er versuchte, sich an Andreas vorbei auf Falko zu stürzen. Doch Andreas verstellte ihm den Weg. Paul wurde nun noch wütender und schlug mit der Faust nach Andreas. Doch der hat darauf schon längst gewartet. Er drehte sich leicht zur Seite, sodass Paul seinen Schlag nicht anbringen konnte. Andreas stürmte vor und umklammerte Pauls Körper. Dabei stellte er ihm geschickt ein Bein und sie fielen in den Sand. Andreas wollte Paul nicht wehtun und so hielt er ihn nur fest und keuchte vor lauter Aufregung und Anstrengung hervor: „Gib auf!"

Paul entgegnete: „Niemals!"

Die Menge um sie herum johlte laut und Paul versuchte, sich zu befreien. Er lag auf dem Rücken und Andreas auf ihm, der ihn eng umklammert hielt. Trotzdem gelang es Paul, die rechte Hand freizubekommen, und schlug damit nach Andreas. Der wich dem Schlag aus, musste aber er den Griff um Paul lockern. Paul nutzte das aus und befreite sich. Die Kampfhähne sprangen auf und belauerten sich gegenseitig. Paul griff erneut an. Er versuchte einen linken Schwinger mit der Faust in Andreas' rechter Gesichtshälfte unterzubringen. Doch der sah den Schlag kommen und schlug Pauls Faust mit seiner linken Hand nach oben weg. Nun brachte er seine eigene Rechte in Pauls Magengrube unter. Der schnappte nach Luft und fiel nach vorne über. Andreas wartete, doch Paul gab nicht auf. Schnell hatte er sich wieder unter Kontrolle und startete den nächsten Angriff. Er war so wütend, dass er nicht mehr klar denken konnte. Er versuchte, Andreas zu umklammern und zu Fall zu bringen. Die Mitschüler um sie herum ergriffen vor Begeisterung Partei für Andreas, sie riefen seinen Namen wieder und immer wieder laut im Chor. Sie sahen, dass Paul einen Schlag unter die' Gürtellinie anzubringen versuchte. Aber Andreas war schneller als er. Dessen linke Faust schlug in Pauls Gesicht ein, gleich darauf brachte Andreas seine andere Faust in Pauls Seite unter. Paul fiel mit seinem Oberkörper erneut vorn über.

Dieses Mal wartete Andreas nicht und riss sein rechtes Knie hoch, das mitten in Pauls Gesicht prallte. Der jaulte laut auf und hielt sich seine Hände vor das Gesicht. Blut sickerte zwischen seinen Fingern hindurch. Er ging in die Knie und schluchzte auf und begann, zu weinen. Er weinte vor Wut und Schmerz, aber auch aus Scham und wegen der Erniedrigung, die er wegen Andreas einstecken musste.

Falko stand hinter Andreas, der sich nun zu ihm umdrehte. Er wusste, dass Paul nicht noch einmal angreifen würde. Damals gab es noch einen Ehrenkodex, der von jedem Schüler eingehalten wurde. Wenn Blut floss, war der Kampf vorbei. Auch Paul hielt sich daran. Er war der Unterlegene und würde sich nicht mehr an Falko vergreifen. Der stand ab sofort unter Andreas' Schutz. Und wozu Andreas fähig war, hatte er am eigenen Körper spüren müssen. Es war besser, ihn zum Freund zu haben, nicht aber als Feind. Schon nach Schulschluss vertrug er sich mit Andreas. Sie gingen gemeinsam nach Hause.

Der Kampf hatte nur eine Minute gedauert. Die zusammengelaufenen Schüler um sie herum unterhielten sich aufgeregt darüber, aber schnell war der Platz wieder leer. Andreas stand nun Falko gegenüber. Der bedankte sich bei seinem Beschützer.

Andreas nahm allen Mut zusammen. Er hatte plötzlich einen Kloß im Hals. Er konnte kaum sprechen, doch er hörte sich fragen: „Wollen wir uns nicht einmal treffen?"

Falko sagte: „Ich habe keine Zeit, ich spiele Fußball und muss zum Training." Mit diesen Worten drehte er sich von Andreas weg und lief auf das Schulgebäude zu. Andreas stand alleine da und war traurig.

Doch Falko ging ihm nicht mehr aus dem Kopf. Immer wieder musste er an ihn denken und fühlte sich dabei nicht wohl. ‚Warum nur denke ich so viel an ihn?', fragte er sich. ‚Was ist bloß los mit mir?'

Doch noch konnte er diese Gedanken abschütteln. Er wollte ja nichts Schlimmes. An Sex dachte er zu dieser Zeit schon gar nicht. Er wollte nur Falkos Freund sein. Und er tat alles dafür, um in seine Nähe zu kommen. Er verabredete sich mit einem von Falkos Freunden, den er kannte und von dem er wusste, dass er mit Falko gemeinsam in einer Mannschaft Fußball spielte. Mit ihm ging er zum Sportplatz. Martin, so hieß Falkos Mannschaftskamerad, erzählte

Andreas, dass Herr Bäumler, der Trainer, einen Assistenten suchte. Andreas wollte sich um diese Stelle bemühen.

Schnell waren sich Andreas und Herr Bäumler einig. Andreas sollte ihm helfen, die Übungen der Spieler zu beaufsichtigen und ihm beim Aufbau des Spielfeldes vor dem Training zu unterstützen.

So konnte Andreas in Falkos Nähe sein. Doch er schaffte es nicht, Falkos Freundschaft zu gewinnen, denn er war ein Einzelgänger. Meist kam er erst fünf Minuten vor dem Training auf dem Sportplatz an und war damit der letzte, der zum Training erschien. Wortlos zog er sich in der Umkleidekabine um und ging danach auf den Trainingsplatz. Er war der beste Spieler der Mannschaft, spielte mannschaftsdienlich und sehr effektiv. Nach dem Training duschte er nicht, sondern zog sich wieder wortlos um und ging nach Hause. Mit einem kurzen „Tschüss" an der Tür verschwand er.

Es ärgerte Andreas, Falko zu sehen, aber nicht mit ihm reden zu können. Stets kam dieser zu spät zum Training, auch zum Spiel. Er wusste, dass er spielen werde, es gab in seiner Mannschaft keinen besseren Techniker als ihn. Er konnte mit einem Fußball sanft und liebevoll umgehen, so schien es. Wenn Falko Fußball spielte, sah alles, was er machte, elegant und schön aus. Er beherrschte seinen Körper, den Ball und das Spielfeld. Und mit jedem Tag wurde er schöner. Sein schlanker Körper war gut durchtrainiert und muskulös. Kein Gramm Fett war an ihm zu finden. Falko konnte seinen Körper beim Fußballspiel grandios einsetzen. Wie er auf Andreas wirkte, bemerkte er nie.

Das reale Leben

Andreas Gedanken kehrten zu Silvio zurück: „Ich liebe dich, mein Engel, und jetzt freue ich mich auch wieder auf dich. Und ich freue mich, weil du bereit bist, dich mit mir zu treffen, wenn es auch wegen des Buches ist. Vielleicht koche ich doch etwas für uns. Was meinst du?"

Silvio gab zu: „ Ja, Andreas, ich werde jetzt erst einmal das Buch lesen und dann werden wir weitersehen."

Andreas sagte: „Mein lieber Engel, ich nehme dich in meine Arme und schaue dir in die Augen. Was ich dort sehe, gefällt mir und gefällt mir auch wieder nicht.

Was mir gefällt, sind deine Zuversicht, deine Hoffnungen, dein Vertrauen. Was mir nicht gefällt, sind deine Zweifel und Ängste.

Ich streichele dir über die Wange und lächele dich an. Du spürst meine Wärme und ich merke, wie du dich langsam entspannst. Ich nehme dich jetzt in meine Arme und drücke dich zärtlich an mich. Ich spüre deinen Körper und ich fühle es. Du baust wieder Vertrauen zu mir auf. Ich sage dir ganz leise: Mein goldener Engel, habe Vertrauen zu mir. Wir finden gemeinsam einen Weg. Ich helfe dir und wir befreien unsere Liebe. Daraufhin küsst du mich zärtlich. Ich erwidere deinen Kuss und ich spüre, wie du leidenschaftlicher wirst. Aber doch löst du dich von mir und sagst: Ja, es wird alles gut, ich vertraue dir. Ich küsse dich noch einmal zärtlich auf deinen weichen Mund, dabei halte ich deinen schönen Kopf in meinen Händen. Ich liebe dich und danke dir für dein Vertrauen. Es wird bestimmt alles gut.

Liebe Grüße und Küsse, dein Andreas."

Silvio gestand: „Ein warmer Schauer lief mir gerade über den Rücken. Ein seliges Gefühl. Ich danke dir, Andreas. Schlafe schön. Träume was Schönes. Ich küsse dich, dein Silvio."

*****

Am 6. Mai teilte Silvio nach dem Mittagessen Andreas mit: „Hallo, mein Süßer, wir hatten gerade Teamsitzung. Bin für Wochenenddienst vergattert worden. Daher weiß ich noch nicht, wie ich am Wochenende ins Netz komme.

Falls wir uns nicht online treffen, wünsche ich dir schon einmal ein superschönes sonnenreiches und erholsames Wochenende.

Also dann bis demnächst. Dein Silvio."

Während der Kaffeezeit antwortete Andreas: „Ach, mein süßer Engel, hat es dich also auch einmal erwischt!

Wenn Du willst, dass wir eine gemeinsame Zukunft haben, lässt du dir von mir helfen. Aber lass uns bitte einen Schritt nach dem anderen tun.

Letztendlich weiß ich schon, wie wir es bewerkstelligen können, dass Ralf dich in Ruhe lässt. Aber du musst damit einverstanden sein und wir brauchen etwas Zeit dafür.

Wenn ich weiß, dass am Ende meine Wünsche, die hoffentlich auch deine sind, erfüllt werden, kann ich auf dich warten.

Auch ich wünsche dir, trotzdem du arbeiten musst, ein schönes Wochenende.

Dann bis zum nächsten Mal. Dein dich liebender Andreas."

*****

Andreas war guter Dinge und voller Hoffnungen, freute sich darüber, dass Silvio endlich zur Einsicht gekommen war, und sie sich ein Stückchen annähern konnten. Er glaubte, fast am Ziel seiner Wünsche zu sein. Silvio würde sich mit ihm treffen.

Am 8. Mai fuhr Andreas mit dem Fahrrad in den Garten seines Sohnes. Sie waren miteinander verabredet, es schien die Sonne und war sehr warm.

Als Andreas in den Garten kam, stellte er zunächst das Fahrrad in den Schuppen und begrüßte die Enkelkinder. Sie liefen aufgeregt zu ihm und freuten sich, ihren Opa zu sehen. Auch Andreas freute sich jedes Mal, wenn er die Kleinen etwas verwöhnen konnte. Auch heute hatte er ihnen einige Süßigkeiten mitgebracht.

Christian war gerade dabei, einen großen Berg Muttererde im Garten zu verteilen, als Andreas eintraf. Er begrüßte seinen Vater mit einer herzlichen Umarmung. Anschließend sah sich Andreas um und sagte: „Da hast du dir ja noch etwas vorgenommen", und lächelte Christian an.

Der erwiderte: „Ach, Vaddern, das geht doch schnell." Und voller Stolz erzählte er, was er an diesem Wochenende alles schon geschafft

574

hatte. Seine Frau half ihm fleißig, sobald sie nicht auf die Kinder aufpassen musste. Die waren sehr lebhaft und aktiv. Ständig musste man bei ihnen mit Überraschungen rechnen.

Andreas sagte: „Mein Junge, ich werde dir helfen, damit du schneller fertig bist."

„Das musst du nicht, ich schaffe das auch so", meinte Christian.

„Doch, mein Junge, keine Widerrede, ich helfe dir und dann trinken wir zusammen ein Bier", sprach Andreas.

Während sie die Muttererde verteilten, erzählte Christian, wie er den Garten in Zukunft gestalten wollte. Andreas ließ ihn erzählen. Christian war stolz auf das, was er mit Natalie auf diesem Fleckchen Erde geschaffen hatte. Mit recht glaubte das Andreas. Als sie die Parzelle vor einem Jahr übernommen hatten, war der Garten total verwildert. Er musste erst wieder urbar gemacht werden. Tonnenweise Bauschutt und Müll waren von den Vorbesitzern hinter der Laube abgeladen und nicht entsorgt worden. Es sah dort aus wie auf einer Müllhalde. Jetzt war es ein richtig schöner Garten mit Rasenfläche und Spielplatz für die Kinder und Beeten für Gemüse und Obst. Die Obstbäume waren gestutzt und in Form gebracht. Der Garten sah gut aus. Er war eine kleine Wohlfühloase geworden.

Als Christian eine Pause machte, wollte Andreas ihm von Silvio erzählen, er freute sich so sehr über die Entwicklung der Dinge, dass er es loswerden musste. Auch in der Vergangenheit hatte Andreas mit Christian über Silvio gesprochen. Er sagte: „Christian, mein Junge, was soll ich dir Neues von der Silvio-Front erzählen? Ich habe ihm das Buch geschickt. Er hat mir versprochen, sich mit mir zu treffen. Ich war eisern und habe nicht mehr locker gelassen und ihm klargemacht, dass ich unsere Chats beende. Wenn er nicht bereit ist, sich mit mir zu treffen, ist Schluss. Das habe ich ihm geschrieben". Andreas strahlte über das ganze Gesicht. Er freute sich, Christian eine gute Nachricht erzählen zu können und sprach weiter: „Er war offen und ehrlich zu mir und hat mir endlich meine Fragen beantwortet. Der Arme wird von seinem Ex erpresst, deshalb bleibt er bei ihm. Aber er will mit mir nun nach Lösungen suchen, damit wir doch noch zusammen kommen können." Andreas lächelte Christian an. Er war jetzt beinahe glücklich.

Doch Christian wurde ernst und sagte: „Vaddern, ich muss dir etwas sagen, aber ich weiß nicht, wie ich es dir sagen soll."

„Einfach so, wie es ist, mein Junge", ermunterte Andreas seinen Sohn.

Christian meinte. „Wenn ich dir das jetzt erzähle, ist jemand total sauer auf mich. Ich musste versprechen, dass ich es dir nicht erzähle."

„Was ist denn los, du kannst es mir erzählen, ich behalte es für mich. Muss doch keiner erfahren, was ich weiß", sagte Andreas.

Christian sagte: „Vaddern, ich muss es dir sagen, denn so geht es nicht mehr weiter."

Andreas fragte sich, was Christian wohl meinte, er konnte ihn noch nicht verstehen.

Christian erzählte weiter: „Ich weiß nicht, wie du darauf reagieren wirst, wahrscheinlich bist du mit mir sauer, stinkend sauer, ich hätte es dir schon viel früher erzählen sollen, aber jetzt muss Schluss damit sein."

Christian machte eine Pause. Andreas wurde nervös. „Junge, nun sage schon, was ist los?"

Christian erwiderte: „Du wirst mich vielleicht dafür hassen."

Andreas beschlich ein ungutes Gefühl. Er sagte: „Du bist mein Sohn, ich werde dich nicht hassen, ich liebe dich!", und da Christian noch nichts erzählte, drängte er jetzt: „Na, los, Junge, nun erzähle es mir endlich und spanne mich nicht so lange auf die Folter!"

„Vaddern, aber dann liebst du mich vielleicht nicht mehr. Aber ich kann es nicht mehr mit ansehen, wie du abwechselnd hoffst und leidest. Damit muss endlich Schluss sein. Du wirst Silvio nie sehen. Du wirst ihn nie treffen, auch nicht, um nur mit ihm über das Buch zu reden. Silvio ist nicht der, für den du ihn hältst, er ist jemand anderes", nun war es raus.

Andreas verstand seinen Sohn nicht und fragte: „Woher willst du das denn wissen? Du kennst ihn doch gar nicht." Er merkte, dass er unruhig wurde. Nur aus einer Laune heraus behauptete Christian so etwas nicht. Andreas' Körper setzte Adrenalin frei, er ahnte, dass Christian ihm nichts Gutes zu erzählen hatte.

„Vaddern", Christian fühlte sich nicht wohl in seiner Haut, sein Vater tat ihm leid, aber er musste es sagen, „doch, ich kenne ihn. Rosi hatte mich darum gebeten, ihr einen Account bei Gayboerse einzurichten. Da hast du noch bei ihr gewohnt. Sie steckt hinter Silvio."

Andreas empfand jedes einzelne Wort Christians wie einen Schlag mitten ins Gesicht. Er konnte nicht glauben, was Christian ihm eben erzählte, und doch rutschte ihm das Herz in die Hose. Er merkte, wie sich sein Inneres zusammenkrampfte. Nur mit größter Anstrengung konnte er die aufsteigenden Tränen zurückhalten. Mit fester, aber leiser Stimme sagte er: „Das glaube ich dir nicht!"

Christian sagte: „Doch, Vaddern, das kannst du mir glauben. Frage Natalie, sie wird es dir bestätigen. Du weißt doch, dass ich Ahnung von Computern und solchen Dingen habe und Rosi nicht. Ich habe ihr den Account auf Gayboerse eingerichtet. Ich wusste doch auch nicht, was sie damit vorhatte. Ich habe ihr schon mehrmals gesagt, dass sie das beenden soll. Rosi hat es mir versprochen, aber dann doch nie getan. Wenn ich gewusst hätte, was sie damit anrichtet, hätte ich ihr den Account nie eingerichtet."

„Nein, das kann nicht sein", versuchte Andreas krampfhaft, sich seine Hoffnungen nicht zerstören zu lassen. „Beweise es mir."

Christian sagte: „Rosi hat mir im Februar erzählt, dass du dich umbringen wolltest. Sie sagte mir, dass du im März, als du Urlaub hattest, in die Alpen fahren und dich in irgendeine Schlucht stürzen wolltest. Sie sagte mir auch, dass sie es dir ausreden konnte. Deshalb habe ich dir nie etwas davon gesagt. Aber kannst du dir vorstellen, wie ich mich gefühlt habe, als sie mir erzählte, dass sich mein Vater mit Selbstmordgedanken trägt?"

„Ich wollte mich nie umbringen", sagte Andreas lautlos. „Ich wollte Silvio damit nur zwingen, endlich wieder mit mir zu reden. Er hat zwei Wochen nichts von sich hören lassen, war immer nur auf meinem Profil. Er hat nicht einmal meine Messages gelesen. Oft erst ein paar Tage später. Was er da mit mir angestellt hatte, war schon Psychoterror. Ich wollte, dass er wieder mit mir spricht. Deshalb habe ich ihm fast dreißig Nachrichten geschickt. Weil ich nicht wusste, ob er darauf reagieren würde, habe ich ihn zwingen wollen, mit mir wieder in Kontakt zu treten. Deshalb habe ich ihm meinen Selbstmord angekündigt. Aber ich wollte mich nie umbringen. Junge, das musst du mir glauben." Er sah seinen Sohn mit Tränen in den Augen an, direkt ins Gesicht. Er hielt kurz inne und erklärte dann: „Aber wenn du das weißt, dann sagst du die Wahrheit. Das mit meinem Selbstmord habe ich nie jemanden erzählt. Das wissen nur Silvio und ich."

Andreas konnte die Tränen nicht mehr zurückhalten. Er fühlte sich am Boden zerstört. Er wollte nicht, dass Christian ihn weinen sah, und drehte sich von ihm weg und befahl sich, sich zusammenzureißen. Es gelang ihm, die Tränen zurückzuhalten.

Christian sagte: „Komm, Vaddern, wir setzen uns hin und trinken erst einmal ein Bier." Christian legte seinem Vater den Arm um die Schulter. Sie gingen zur Laube herüber und Andreas setzte sich auf die Terrasse in einen Campingsessel. Christian holte zwei Flaschen Bier, öffnete sie mit einem Messer, gab eine davon seinem Vater und setzte sich Andreas gegenüber auf einen Campingstuhl.

„Wie konntest du so etwas nur tun? Weißt du überhaupt, was ihr mir damit angetan habt?", Andreas war verzweifelt. Seine große Liebe war am Ende doch nur ein Fake. Mehrmals hatte er daran denken müssen, aber diese Gedanken immer wieder schnell von sich weggeschoben. Rosi hatte ihn über ein halbes Jahr an der Nase herum geführt. Jetzt war ihm klar, warum Silvio nie mit ihm telefonieren wollte und warum er immer wieder ein Treffen verhindert hatte. Andreas hätte Rosi beim Telefonieren sofort an der Stimme erkannt!

Und ein Treffen verbot sich aus Rosis Sicht erst recht. Selbstverständlich war Ralf eine Erfindung. Der Chat, den er mit ihm hatte, war eine Lüge! Silvio war eine Lüge! Silvio wurde geschaffen, um Andreas wehzutun, um ihn zu quälen! Rosi hatte ihm einen Geliebten gegeben, um ihn den wieder zu nehmen! Über ihren Einfallsreichtum dabei konnte Andreas einerseits nur staunen, andererseits war er davon entsetzt. War das ihre Rache dafür, dass er sie verlassen hatte? Aber auch daran trug Rosi eine Mitschuld. So viel seelische Grausamkeit hätte Andreas ihr nie zugetraut. Sie gab ihm Hoffnungen, Silvio zu treffen, und sie wusste zugleich, dass sie ihm immer wieder diese Hoffnungen zerstören wollte. Jetzt verstand Andreas auch, warum Silvio so oft mit dem Finger in seinen Wunden gerührt hatte. Warum der ihn mit seinen Fragen immer wieder alleine gelassen hatte und sie unbeantwortet blieben. Rosi wollte sich an ihn rächen. Hatte sie denn gar kein Herz? Sie hatte ihn mit ihrem Verhalten an den Rand eines Nervenzusammenbruchs gebracht. So viel kriminelle Energie und so viel psychische Grausamkeit hätte Andreas ihr nie zugetraut. Sie hatte Silvio nur für das eine Ziel geschaffen, Andreas zu quälen, ihn zum psychischen Zusammenbruch zu bringen. Beinahe wäre ihr das gelungen.

Rosi war keine liebevolle Frau und Freundin, sondern ein Monster, eine Kriminelle, die bereit war, einem Menschen, ohne Skrupel sein Leben zu zerstören. Das war ihr Ziel, ihm sein Leben zu zerstören, erkannte Andreas zutiefst enttäuscht.

Oft genug hatte er ihr geschrieben, weil er dachte, er chatte mit Silvio, wie schlecht es ihm ging, wie elend er sich gefühlt hatte. Dass er sich krank fühlte. Trotzdem hatte sie das Spiel mit ihm weitergetrieben und immer noch einen drauf gesetzt. Sie wollte Andreas psychisch vernichten.

Andreas kannte Rosi als liebevolle und ehrliche Frau. Freilich hatte sie ihre Fehler. Nicht umsonst hatte er sich von ihr getrennt. Aber bis zum 31. Oktober, an dem das Gespräch zur Trennung stattfand, war Rosi, wenn man es ihr jetzt noch glauben konnte, arglos und voller Liebe für Andreas. Später noch, als er schon längst seine eigene Wohnung hatte und sie mit ihm als Silvio chattete, erzählte sie ihm, dass sie ihn immer noch liebe. Warum hatte sie ihm das alles angetan? Dieser Psychoterror, den sie ihn ausgesetzt hatte, hatte ihn an die Grenze seiner psychischen Belastbarkeit gebracht.

Er saß in ihrem Haus an seinem PC und war davon überzeugt, mit Silvio zu chatten. Dabei war es Rosi, mit der er sich im Chat traf, nur saß sie eine Etage unter Andreas im selben Reihenhaus.

Andreas wollte mit Rosi nichts mehr zu tun haben. Jetzt wollte er auch seine persönlichen Einrichtungsgegenstände, die sie eigentlich hätte behalten sollen, von ihr zurückfordern. Er konnte sie nicht gebrauchen. Aber er gönnte sie ihr jetzt nicht mehr, nachdem er erfahren hatte, dass sie über ein halbes Jahr seine Gesundheit bewusst und absichtlich in Gefahr gebrachte hatte.

Er musste daran denken, dass er Rosi am Nachmittag besucht und abends mit Silvio gechattet hatte. Silvio alias Rosi hatte ihn ausgehorcht. Er gab Silvio Antworten auf seine Fragen über Rosi, die er ihr niemals beantwortet hätte. Überhaupt hatte er Silvio viele Dinge erzählt, die sie nicht erfahren sollte, weil er nicht mehr mit ihr zusammenlebte. Er konnte nicht wissen, dass er damit Rosi Informationen über sich lieferte, die sie dafür nutzte, um ihm zu schaden.

Andreas fühlte sich auf der ganzen Linie betrogen und seelisch missbraucht. Er wollte jetzt alleine sein und verabschiedete sich von den Kindern. Christian ermahnte seinen Vater, keine Dummheiten zu begehen. Andreas beruhigte ihn, holte sein Fahrrad aus dem Schuppen heraus und fuhr nach Hause.

Unterwegs schwirrten ihm viele Gedanken durch den Kopf. Er dachte erneut an den Psychoterror im Februar, dem er durch Silvio ausgesetzt war. Es wollte ihm nicht in den Kopf, dass es Silvio nicht gab. Es war Rosi, die ihm das angetan hatte. Rosi hatte mit ihm schwulen Chatsex. Welch eine schwule Männin sie doch war! Nun fühlte er sich vergewaltigt. Er hasste Rosi. Vor wenigen Minuten noch war er glücklich darüber, Silvio bald zu treffen. Und jetzt war alles nur eine Lüge. Alles war nur Verarschung, mit dem Ziel, ihn vielleicht psychisch zu vernichten.

Was musste nur in ihrem kranken Hirn vorgehen, dass sie ihn so bestrafte, ihn seelisch so grausam behandelte, dass er an die Grenzen seiner psychischen Belastbarkeit stieß und nervlich ein Wrack war!

Ganz bewusst terrorisierte Rosi ihn, sie war nur darauf aus, ihm wehzutun und zu schaden. Mit voller Absicht hatte sie ihn an seine psychischen Grenzen geführt. Sie kannte Andreas so gut, dass sie genau wusste, wie sie ihn immer wieder dazu brachte, mit ihr weiter zu chatten, um ihr grausames Werk an ihm zu vollenden. Doch Christian verhinderte ihre kriminelle Tat, den Vater psychisch zu schädigen, beinahe in der letzten Sekunde.

Jetzt war es vorbei und Andreas konnte sich erholen. Aber er sollte noch lange mit diesen Erlebnissen zu kämpfen haben. Er fühlte sich nicht nur gekränkt, er war in seiner Ehre verletzt. Das würde er Rosi nie verzeihen. Er konnte unter diesen Umständen mit ihr keine Freundschaft mehr halten. Der Hass war einfach zu groß. So sehr er Silvio liebte, ihn immer noch liebte, so sehr hasste er in diesem Augenblick Rosi.

Er hatte das Gefühl, dass sie ihm den Geliebten genommen hatte. Er wusste aber auch, dass es nur ein Gefühl war. Schließlich hatte er ja nie diesen Geliebten gesehen und getroffen. Er liebte nur eine künstlich geschaffene Figur, sie war nie real. Erst jetzt begriff Andreas, warum Silvio so viel von ihm über Rosi wissen wollte, erst jetzt verstand er Silvios Fragen und Parteinahme für Rosi.

Andreas konnte nicht begreifen, dass er sie nicht durchschaut hatte. Er hatte nicht einmal ihre Ausdrucksweise erkannt, als er mit ihr gechattet hatte. Er hatte es einfach nicht vermutet, dass sie in ihrer verletzten Eitelkeit soweit gehen konnte. Nie im Leben hatte er mit so einer Dreistigkeit gerechnet. Rosi war für ihn der allerletzte Mensch auf diesen Planeten geworden. Sie war für ihn gestorben.

Nach Hause zurückgekehrt rief er Rosi an und stellte sie zur Rede. Zunächst sagte sie nichts, als er sie auf ihren Missbrauch ansprach. Als er fragte, ob es ihr die Sprache verschlagen hatte, sagte sie, sie würde sich am Telefon nicht mit ihm darüber unterhalten. Er solle zu ihr nach Hause kommen, dort könnten sie miteinander reden.

Er verlangte von ihr, dass sie ihren Account bei Gayboerse sofort löschen sollte. Zunächst weigerte sie sich, tat es dann aber doch, als er ihr mit einer Anzeige wegen Körperverletzung drohte. Andreas hätte ihren Account auf jeden Fall von Gayboerse löschen lassen. Aber das hatte sich jetzt erledigt.

Bevor Rosi ihren Account löschte, sendete Andreas ihr eine letzte Message, die sie las. Es waren zwei kurze Sätze: „Du bist ein Drecksstück! Ich hasse dich!"

Rosi löschte ihren Account, nach dem sie Andreas letzte Message gelesen hatte.

Zwei Tage später fuhr Andreas zu ihr, um seine letzten Sachen von ihr abzuholen. Sie sagte: „Silvio war die einzige Verbindung zu dir, die mir noch geblieben war, nachdem wir uns getrennt haben."

Zornig antwortete Andreas: „Es gab genug andere Verbindungen: Unsere persönlichen Treffen, das Telefon, auch den Internetmessenger, über den wir uns im Internet sehen und sprechen können!"

„Andreas, glaube mir bitte, ich liebe dich immer noch! Ich habe während unserer Chats genauso am Computer geweint wie du!", sagte sie mit Tränen in den Augen.

„Das glaube ich dir nicht! Mit dir will ich in Zukunft nichts mehr zu tun haben, dich kenne ich nicht mehr. Du bist tot, nicht mehr existent. Dich Miststück kann ich nur noch hassen und verachten!"

Als er nach Hause fuhr, war er traurig, aber er weinte nicht. Er hatte keine Tränen mehr. Mehrmals musste er an Silvio denken und jedes Mal sagte er sich: ‚Dich gibt es nicht! Dich gibt es gar nicht!'

In den nächsten Wochen vervollständigte Andreas sein Buch. Als er es fertiggestellt hatte, rückte die ganze Geschichte in den Hintergrund. Vergessen konnte er sie nicht. Aber sie war nicht mehr wichtig.

Und Andreas wusste: Wenn er Geduld hatte, würde irgendwann einmal der Richtige kommen. Und wenn dieser Richtige nicht kam, würde er eben alleine bleiben. Aber er wollte nicht mehr traurig sein. In Zukunft wollte er auch im Chat besser aufpassen. So etwas wie mit Rosi sollte ihm nicht wieder passieren.

EPILOG

Andreas hatte seine Chatliebe so gut wie verarbeitet. Sie war nicht real, Silvio war eine erfundene Gestalt und somit nur eine Illusion. Deshalb war es Andreas gelungen, recht schnell diese Geschichte loszulassen. Er wollte mit Rosi nichts mehr zu tun haben, er brach konsequent jeden Kontakt zu ihr ab. Alle ihre Versuche, mit ihm in Verbindung zu treten, unterband er. Er musste das eine oder andere Mal an sie denken, aber es wurde weniger, er gewann den Abstand, den er brauchte, um sein Leben wieder in ruhige Bahnen zu lenken.

Seine ungestillte Sehnsucht nach Liebe ließ ihn aber nicht zur Ruhe kommen. Er wünschte sich endlich einen Mann, mit dem er Zärtlichkeiten austauschen konnte. Drei Männer mit dem gleichen Namen lernte er kennen: Sie hießen Frank. Dass der Name so häufig vorkam, hätte er nicht gedacht.

Der erste Frank wurde ihm ein Freund, sie sahen sich fast jeden Monat einmal. Der zweite war unzuverlässig, und nachdem Andreas von ihm dreimal versetzt worden war, gab er es auf, mit diesem Mann Kontakt zu halten.

Und Frank der Dritte war ein Spinner. Er tat sich wohl selber leid, er hatte tatsächlich einige Erlebnisse, auf die jeder Mensch gut verzichten konnte. Und er war nicht mehr ganz gesund. Andreas dachte: ,Der arme Kerl hat wahrscheinlich aufgrund seiner negativen Erlebnisse im Kopf gelitten, denn einerseits ist er selbstgerecht bis zum Gehtnichtmehr und zum anderen muss er sich wohl etwas einbilden.' Andreas wusste nur nicht, worauf.

Andreas dachte viel an seine Zukunft. Was hatte er noch vom Leben mit über fünfzig Jahren zu erwarten?

Mit jedem Tag wurde ihm mehr bewusst, dass er fast zwanzig Jahre seines Lebens durch falsche Entscheidungen vergeudet hatte. Sicherlich konnte er in der DDR seine Jugendzeit nicht offen schwul ausleben. Es gab keine Schwulenszene, keine Beratungsstellen. Die Kirche nahm sich in der DDR etwas dieser Problematik an, doch Andreas war kein Kirchenmitglied. Er war mit seiner Homosexualität allein gelassen. Der einzige Mensch, der ihn damals hätte „retten" können, war Thomas. Doch der hatte sich selbst getötet. Andreas war drei Stunden zu spät zu ihm gekommen.

André hatte versucht, ihn zu „retten". Aber Andreas' Liebe zu ihm hatte das verhindert. So war er in eine falsche Richtung gegangen, hatte, wenn nicht sein komplettes Leben, aber zwanzig Jahre seines Lebens vergeudet. Aber diese zwanzig Jahre waren vergangen und nicht zurückzuholen. Wichtige zwanzig Jahre, in denen er bestimmt einen Partner gefunden hätte, denn er war als junger Mann sehr attraktiv.

Nach und nach gewöhnte sich Andreas an das Alleinsein. Sollte er vielleicht sogar einsam werden? Manchmal fühlte er sich so. Wenn er einen Mann kennenlernte, den er mochte, musste er immer wieder feststellen, dass er zu spät kam, dass dieser Mann schon einen festen Partner hatte. Manchmal war Andreas darüber wütend, manchmal auch nur traurig. Aufgrund seiner Arbeit im Krankenhaus konnte er nicht sehr viel am öffentlichen Leben teilnehmen. Am Wochenende, wenn Party angesagt war und er Gelegenheit gehabt hätte, andere Männer kennenzulernen, musste er oft arbeiten. Oft bis zu drei Wochenenden hintereinander, danach hatte er eines frei. Wie sollte er da jemanden kennenlernen? Arbeiten in Schichten, an Feiertagen und Wochenenden und in der Nacht ließen ihm nur wenige Möglichkeiten. Und er wurde mit jedem Tag älter.

Er versuchte es über das Internet, über Gayboerse und andere Seiten. Internetfreundschaften fand er immer wieder einmal, aber eben nur in einer virtuellen Welt.

Sollte es ihm ergehen wie vielen anderen schwulen Männern seines Alters? Er kannte einen Mann, der sah nicht einmal schlecht aus. Andreas mochte ihn. Der Mann war genauso alt wie er. Doch je öfter sie sich trafen, desto mehr erzählte der andere von seinem toten Freund. In seiner Wohnung hingen überall Bilder von ihm, selbst auf den Schränken und den Sideboards standen Fotos und sogar ein verunglücktes Aquarell seines toten Freundes. Gegenstände, die der Freund damals benutzt hatte, waren ihm heilig und geradezu unantastbar.

Andreas hatte es sich einmal erlaubt, eine Tasse benutzen zu wollen, die dem Freund gehört hatte. Freilich konnte er nicht wissen, dass es die Tasse des Freundes war. Sofort wurde er ernsthaft ermahnt, diese Tasse doch bitte nicht anzurühren, daraus habe immer der Freund getrunken. Der Mann lebte nur in der Vergangenheit, war den Toten näher als den Lebenden. Die Wohnung erinnerte überall an den Toten. Sie war ein bedrückendes Mausoleum, aber keine Wohnung. Hier konnte man nur depressiv werden.

Er lernte einen weiteren Mann kennen. Auch der war für Andreas eine Enttäuschung. Der liebte immer noch seinen ehemaligen Partner. Mit dem Ex traf er sich immer dann, wenn dieser es wollte. Es endete meist im Bett. Er ließ sich von seinem Ex einfach nur für Sex missbrauchen. So einen Mann konnte und wollte Andreas nicht zum Partner haben. Der würde bei der ersten Gelegenheit, die sich ihm bot, wieder zu seinem Ex ins Bett gehen und Andreas in dieser Zeit vergessen.

Einen weiteren Mann lernte Andreas kennen. Der lebte in einer Dreiecksbeziehung. Mit seinem Freund hatte er keinen Sex mehr, schon jahrelang nicht. Es war auch nie die große Liebe, die ihn mit diesem Mann verband. Sie lebten in einer Wohnung, aber sie lebten nebeneinander her, nur aus Gewohnheit. Längst hatten sie sich nichts mehr zu sagen, aber dafür hatte er einen anderen, jüngeren Mann, mit dem er immer wieder Sex hatte. Andreas glaubte, dass er ihn dafür bezahlte.

*****

Etwa sechs Wochen nach der Chatliebe lernte Andreas auf einer Internetseite Harro kennen. Harro kam aus Berlin. Sie hatten gemeinsame Interessen.

Harro besuchte ihn Ende Juni. Andreas holte ihn vom Bahnhof ab und sie kamen sofort in ein Gespräch. Harro gefiel ihm, er sah gut aus und hatte eine sehr angenehme, warme, männliche Stimme. Er hatte mittellange, fast schwarze und wellige Haare. Die Nase war etwas gebogen wie bei einer Hakennase, nur dass es keine war. Er hatte dunkle braune Augen und einen schönen Mund. Bekleidet war er mit einem T-Shirt und einer engen Bluejeans, in der er einen schönen Knackarsch hatte. Harro war ein schlanker junger Mann. Vom Typ her Andreas' Traummann.

Harro bat darum, nach Warnemünde zu fahren, er wollte das Meer sehen. Gerne erfüllte Andreas ihm diesen Wunsch.

Als sie zum Passagierkai kamen, sahen sie einen großen Luxusliner, von dem Harro begeistert war. Er sagte: „Sieh mal, das ist ja interessant. Hier vorne liegt so ein großes Schiff und dahinter ist ein Hochhaus". Er war begeistert und strahlte über das ganze Gesicht. Beinahe hätte Andreas laut losgelacht. Harro gefiel ihm, er war so unkompliziert und herzerfrischend einfach. Andreas merkte, dass sich in ihm Gefühle für Harro entwickelten. Er versuchte, das zu unterdrücken, denn eine Beziehung mit Harro war unmöglich, alleine schon aufgrund der großen Entfernung und Andreas' Schichtsystem.

„Das ist kein Hochhaus, Harro", erwiderte Andreas, „Es ist ein Schiff."

Harro drehte sich zu dem vermeintlichen Hochhaus um und musste erkennen, dass Andreas recht hatte. Sie gingen weiter und sahen ein drittes Kreuzfahrtschiff. Harro fotografierte alles, er war glücklich und freute sich, an diesem Wochenende nach Rostock gefahren zu sein. Andreas zeigte ihm ganz Warnemünde.

Sie bestiegen den Leuchtturm. Dort konnten sie die drei Kreuzfahrtschiffe auf einen Blick sehen und die Aussicht über Warnemünde und auf das Meer genießen. Sie gingen in das Hotel Neptun und fuhren mit dem Aufzug in den neunzehnten Stock. Da oben befand sich ein Café. Von dort hatten sie einen noch schöneren Ausblick auf Warnemünde mit den drei Luxuslinern und die angrenzende Ostsee. Sie waren begeistert, denn auch Andreas war bisher noch nie in seinem Leben im Hotel Neptun gewesen.

Andreas zeigte Harro die kleinen verwinkelten Gassen und die alten schönen Fischerhäuser. Alles, was ihm einfiel, musste sich Harro ansehen. Der war froh, so einen guten Stadtführer bei sich zu haben, denn Andreas erzählte ihm die historischen Zusammenhänge, wie er sie in Erinnerung hatte.

Mit schweren Beinen fuhren sie nach Hause zurück. Am Abend besuchten sie eine Rostocker Szenebar.

In dieser Bar erlebten sie einen schönen Karaoke-Abend und anschließend sahen sie sich Rostock bei Nacht an. Sie gingen in eine weitere Szenekneipe, um sich dort noch etwas zu unterhalten und ein Glas Wein zu trinken. Der nächtliche Stadtbummel war damit aber noch nicht beendet. Andreas zeigte Harro das Warnowufer, an dem die Hanse Sail jedes Jahr stattfand. Und er schwärmte ihm von der

Sail vor und sagte, dass sich Harro das unbedingt einmal ansehen müsse, es werde ihm mit Sicherheit gut gefallen. Irgendwann in der Nacht waren sie zu Hause, duschten und gingen schlafen, jedenfalls hatten sie das vor. Andreas lag auf der Seite und sah Harro an. Es gefiel ihm, dass so ein schöner und intelligenter junger Mann neben ihm lag. Plötzlich verspürte er den Wunsch, Harro in seine Arme zu nehmen. Er fragte: „Magst du ein bisschen zu mir kommen?"

Kaum hatte er seinen Wunsch ausgesprochen, lag Harro schon unter seiner Decke und schmiegte sich an Andreas' Körper an. Hatte er es auch gewollt und sich nur nicht getraut zu fragen oder es einfach zu tun? Andreas drückte ihn zärtlich an sich. Er war glücklich, Harros Körper an seinem spüren zu dürfen. Harro begann nun, Andreas zu streicheln. Sie tauschten vorsichtig erste Streicheleinheiten aus und Andreas gab ihm einen ersten zärtlichen Kuss. Ihre Hände erkundeten langsam streichelnd gegenseitig ihre Körper. Dabei zog der eine den anderen aus. Andreas spürte, dass Harro Sex wollte. Er selber wollte es ebenso. So kam es, wie es kommen musste.

Erschöpft und glücklich schliefen sie später ein, sich gegenseitig in den Armen haltend.

Nach vier Stunden konnte Andreas nicht mehr schlafen. Vorsichtig, um Harro nicht zu wecken, stand er auf und sah auf ihn herab. Andreas sah den nackten Körper des jungen Mannes, der auf dem Bauch lag. Er war wunderschön. Wie hätte sich Andreas nicht in Harro verlieben sollen? Er wollte es nicht, aber nun war es doch geschehen. Vorsichtig deckte er Harro zu, damit er nicht frieren und aufwachen sollte. Andreas dachte: ‚Schlafe du dich mal aus. Ich werde schon langsam das Frühstück vorbereiten. Und wenn du ausgeschlafen hast, werden wir sehen, was wir machen können bei dem schlechten Wetter heute.' Es regnete heftig.

Sie blieben zu Hause und tauschten Gedanken aus. Am Nachmittag fuhr Andreas Harro zum Bahnhof. Es folgte eine Zeit, in der sie sich E-Mails schrieben. Andreas gestand Harro darin, dass er sich in ihn verliebt hatte. Harro blockte das aber sofort ab. Später musste Andreas feststellen, dass Harro schon zu diesem Zeitpunkt nicht ehrlich zu ihm war und nur eigene Interessen verfolgt hatte. Aber Andreas war in ihn verliebt und Liebe kann bekanntlich blind machen. Andreas war wieder einmal blind.

Er lud Harro zur Hanse Sail nach Rostock ein und der nahm die Einladung dankend an. Andreas freute sich, ihn wiedersehen zu können. Doch bis es soweit war, sollte Harro ihm das Leben schwer machen. Er antwortete wochenlang nicht auf Andreas' Mails und der war total verunsichert, er wusste nicht mehr, woran er mit Harro war. Doch dann ging er endlich auf einen Vorschlag von Andreas ein, wie sie sich treffen wollten.

Am 10. August teilte ihm Andreas mit, dass er zwei Tage später abends um sechs Uhr Harro vom S-Bahnhof Berlin-Tegel abholen wollte. Am nächsten Tag bestätigte Harro Andreas' Mail.

Am Samstag fuhren sie während der Hanse Sail mit der Fregatte „Shtandart". Es war ein tolles Erlebnis für beide, das Andreas bezahlt hatte. Andreas genoss es, mit Harro zusammen zu sein.

Harro war von dem Schiff begeistert. Er enterte zum Ausguck hoch, glücklich wie ein kleiner Junge. Seine Augen leuchteten, als er sich auf den Aufstieg vorbereitete.

Später hatten sie in Andreas' Wohnung erfüllenden Sex miteinander. Harro war total lieb zu Andreas. Sie gingen zum Konzert von Alphaville und waren von der Musik begeistert. Harro ließ es sich gefallen, dass Andreas, der hinter ihm auf dem Konzert stand, ihm seine Arme um die Hüften legte. Nach dem Konzert machten sie noch einen Abstecher in eine Szenebar. Und als sie zu Hause waren, gingen sie schnurstracks ins Bett, aber sie schliefen nicht. Im Gegenteil, sie erkundeten erneut im Liebesspiel gegenseitig ihre Körper.

Am Sonntag gingen sie wieder zur Hanse Sail, und als die Zeit heran war, Harro nach Berlin zurückzubringen, wurde Andreas, der bis dahin an diesem Wochenende so glücklich gewesen war, unsagbar traurig. Er wollte es nicht, aber er konnte nichts dagegen tun. Ihm kamen die Tränen, wenn er daran denken musste, dass er bald wieder alleine sein sollte. Er wollte zu seinem Bruder in den Urlaub fahren, sollte also Ablenkung haben, aber Harro wäre unweigerlich nicht mehr bei ihm. Wieder einmal war also etwas passiert, was Andreas nicht wollte: Er war unsterblich verliebt. Er gab das aber nicht zu, weil er Angst hatte, Harro zu verlieren. Diese Angst saß ihm im Nacken und so machte er doch einige Fehler, die Harro später veranlassten, das zu tun, was Andreas auf keinen Fall wollte.

Als sie endlich unterwegs nach Berlin waren, hatte Andreas eine Phase, in der er traurig war und die Tränen nicht zurückhalten konnte. Er erzählte Harro, wie er sich manchmal fühlte, nämlich einsam und unglücklich. Harro nahm Andreas' rechte Hand in seine und streichelte sie. So saßen sie lange Zeit im Auto nebeneinander. Mehrmals streichelte Andreas über Harros linken Oberschenkel. Immer wieder nahm Harro Andreas' Hand in seine.

Als sie sich voneinander verabschiedeten, verabredeten sie, sich in fünf Tagen in Berlin zu treffen. Andreas wollte Harro von der Arbeit abholen. Sie wollten nur eine Stunde gemeinsam verbringen, aber Andreas freute sich schon jetzt auf diese eine Stunde. Er würde noch einmal mit seinem heimlichen Geliebten zusammen sein können.

Freilich hätte Andreas Harro gegenüber nie zugegeben, dass er ihn liebte, aber Harro war nicht dumm, er musste es bemerkt haben. Indirekt sagte er es später Andreas am Telefon.

Andreas' Urlaub bei seinem Bruder war ruhig und erholsam. Er war froh, dass er nicht alleine war. Sein Bruder und auch seine Schwägerin, wenn sie nicht gerade auf der Arbeit war, kümmerten sich liebevoll um ihn und lenkten ihn von Harro ab. Trotzdem sehnte sich Andreas nach Harro, seine Sehnsucht fraß ihn auf. Sein ganzes Denken und Fühlen drehte sich um Harro. Er durchlebte das ganze schöne Wochenende noch einmal in seinen Gedanken, immer wieder mit demselben Ergebnis, mit Tränen in den Augen.

Sie trafen sich am späten Freitagnachmittag in Berlin, bevor Andreas wieder nach Hause fahren wollte. Sie gingen essen und unterhielten sich über ihre Interessen. Trotzdem hatte Andreas an dem Tag phasenweise das Gefühl, irgendetwas zwischen ihnen stimme nicht. Er konnte es sich nicht erklären und verdrängte derlei Gedanken, so gut es ging. Er wollte an nichts Negatives denken. Er wollte die Stunde mit Harro genießen. Der fragte, ob er ihn im September besuchen dürfe, und meinte, sie könnten sich doch auch im Winter treffen. Andreas freute sich sehr darüber. Er hatte nicht damit gerechnet, dass er Harro schon so bald wiedersehen sollte.

Als sie sich verabschiedeten, war Andreas glücklich und zuversichtlich, Harro bald wieder zu sehen. Vorher begleitete er ihn ein Stück des Weges zur S-Bahn. In der Nähe des Alexanderplatzes blieben sie stehen. Andreas wollte sich noch nicht von Harro trennen, aber es musste sein. Er musste selber noch gut zwei Stunden mit dem Auto fahren, bis er zu Hause war.

Harro sah ihn an und lächelte. Er war zum Abschied bereit. Er umarmte Andreas und der erwiderte die Umarmung. Sie sagten sich tschüss und Andreas sah seinem heimlichen Geliebten hinterher. Doch der drehte sich nicht einmal um. Er ging direkt zur S-Bahn-haltestelle. Andreas sah ihn in der Menschenmenge verschwinden.

Es folgte wieder eine Zeit, in der Andreas Harro mehrere Mails schickte. Sie telefonierten und einigten sich darauf, dass Harro am 17. September Andreas besuchen sollte. Danach meldete sich Harro nicht mehr. Er schrieb nicht und er rief Andreas nicht an. Alle Mails von Andreas blieben unbeantwortet.

Andreas versuchte, als das Treffen mit Harro immer näher rückte, mit ihm in Kontakt zu kommen. Er schrieb ihm, er rief ihn an und bat auf dem Anrufbeantworter um einen Rückruf.

Er wollte nun wissen, auf was er sich vorbereiten sollte. Deshalb schrieb er am 8. September Harro eine freundliche, aber bestimmte Nachricht, in der er ihn bat, sich mit ihm betreffs des nächsten Wochenendes zwecks Abstimmung in Verbindung zu setzen.

So langsam wurde Andreas aus verständlichen Gründen unsicher und nervös, denn Harro meldete sich immer noch nicht. Es war wie im August, doch hatte Andreas das schon vergessen. Sonst wäre er wohl wachsamer gewesen und hätte von sich aus vielleicht etwas anders reagiert. Am 11. September abends schickte er Harro eine weitere Mail, nun schon etwas konsequenter im Ausdruck: „Hallo, Harro, habe ich dir etwas getan? Wenn ja, solltest du es mir irgendwie mitteilen.

Ich habe nun mehrmals versucht, mit dir in Kontakt zu kommen, Dein Handy ist ausgeschaltet. Zwei Mal habe ich dir auf den Anrufbeantworter gesprochen, du möchtest dich bitte melden zwecks Abstimmung zum nächsten Wochenende. In fünf Tagen wolltest du zu mir kommen. Wir sollten uns wohl doch einmal abstimmen, ob es dabei bleibt. Ich möchte meine Freizeit auch planen können und nicht nur auf deine Gnade angewiesen sein. So funktioniert es nicht.

Hältst du mich seit unserem letzten Treffen in Berlin absichtlich im Ungewissen? Ich weiß nicht, was ich davon halten soll. Ich bin ratlos und auch etwas sauer auf dich.

Wenn du ein Problem mit mir hast, dann sage es. Wie soll ich sonst wissen, was ich eventuell falsch gemacht habe?

Ich hoffe, dass es dir gut geht und du gesund bist. Ich wünsche dir alles Liebe und alles Gute. Liebe Grüße! Andreas."

Etwa zwei Stunden später bekam Andreas von Harro die Antwort: „Lieber Andreas, ich muss dir eine traurige und für dich enttäuschende Mitteilung machen. Ich werde am Wochenende nicht nach Rostock kommen. Ich habe lange mit mir gerungen und dann doch nicht den Mut gehabt, es dir persönlich am Telefon zu sagen. Zumal: Die Entscheidung ist mir nicht leicht gefallen.

Es ist so, wie es ist und wie ich es eigentlich schon vorher hätte wissen können: Meine Nichte, die jüngste, wird am 13. 09. vier Jahre alt und es gibt am Samstag eine Feier bei meiner Schwester. Ich will mich dem nicht entziehen, zumal ich mich in den vergangenen zwei Monaten sehr rar gemacht habe. Es wird mir wohl nicht erspart bleiben, mir von deiner Seite Vorwürfe anhören zu müssen, und die sind, nicht nur subjektiv, wohl auch gerechtfertigt. Es tut mir leid."

Andreas war nun nicht nur enttäuscht, sondern auch wütend. Was bildete sich Harro ein? War er so ein Feigling? Und warum musste er ihn belügen? Es wurde Andreas zur Gewissheit, dass er sich wieder einmal in den Falschen verliebt hatte. Obwohl er Harro liebte, wollte er aber doch nur seine Freundschaft. Aber nicht einmal die konnte er bekommen. Das war ihm nun klar. Er fragte sich, was von dem, was Harro sagte und tat, überhaupt noch aufrichtig und ehrlich gemeint war. Andreas konnte viele Dinge verzeihen und vergessen. Aber er hasste es, wenn jemand zu ihm unehrlich war.

Deshalb schrieb er Harro eine Mail, in der ihm mitteilte, dass er von ihm enttäuscht war: „Du sagst einen Termin erst fünf Tage vorher ab und das nach meinem Empfinden mit einer Lüge, nachdem ich dir aber schon mehrmals Nachrichten per Mail und Telefon geschickt habe. Gut, dass mir eingefallen ist, dass du mir sagtest, am 24. habe deine Nichte Geburtstag, deshalb hattest du dir dieses kommende Wochenende ausgesucht.

Natürlich kann man ein Treffen absagen, es kann immer mal etwas dazwischenkommen. Aber so, wie du das gemacht hast, ist es für mich unterste Schublade.

Du solltest dir jetzt überlegen, was du willst. Denn schließlich war es dein Wille, im September zu mir zu kommen. Ich habe mich zwar über deinen Vorschlag gefreut, aber du hast mich dafür bitter enttäuscht.

Mit mir nicht zu telefonieren, ist kein fehlender Mut, sondern Feigheit. Gruß Andreas."

Andreas ging ins Bett, es war nun schon gegen ein Uhr morgens. Doch er konnte nicht schlafen. Die Gedanken gingen ihm kreuz und quer durch den Kopf. Er war frustriert, enttäuscht, wütend und traurig. Er war bereit, Harro aufzugeben und zu vergessen. Wer feige war und ihn belog, hatte verspielt.

In ihrem letzten Telefongespräch gestand ihm Harro, dass er zu keiner Zeit an einer Freundschaft mit Andreas interessiert war. Andreas fühlte sich ausgenutzt. Alles hatte Harro angenommen, die Ausflüge, das gute Essen, das Konzert, letztendlich auch den Sex. Und nun besaß er auch noch die Frechheit, Andreas am Telefon zu sagen, dass er nie beabsichtigt habe, ihm dafür etwas zurückzugeben.

Andreas war verletzt und traurig. Unaufhörlich bahnten sich seine Tränen ihren Weg. Immer wieder befahl er sich, sich zusammenzureißen. Tatsächlich beruhigte er sich ein bisschen, aber nur für ein paar Momente.

So, wie er war, legte er sich ins Bett. Er dachte an das nächste Wochenende, an dem Harro bei ihm hätte sein sollen. Er wollte ihn nicht mehr sehen und nicht mehr hören.

In den nächsten Tagen und Wochen litt Andreas unter der Trennung von Harro. Doch auch das ging vorbei. Er schrieb an seinem Manuskript und überarbeitete es.

Andreas gab die Hoffnung auf, einen Partner zu finden, aber er wusste es genau: Auch wenn er sich vielleicht einmal einsam fühlen sollte, einsam sein, werde er nie, zumindest nicht wirklich. Nur eben alleine.

Ein Jahr später, zum Jahreswechsel wurde Andreas arbeitslos und zog nach Hamburg, dort arbeitete er wieder im Rettungsdienst und bekam eine schöne Zwei-Zimmer-Wohnung. Er verliebte sich noch einmal in einen jungen Mann. Zwei Jahre lebten sie zusammen, doch dann trennten sie sich. Andreas war wieder alleine und chattete immer wieder mal auf Gayboerse.

Als er schon vier Jahre in Hamburg wohnte und arbeitete, bekam er eine Message von einem Mann, der dreizehn Jahre jünger war als er selbst. Er kam aus einem Dorf, das sich in Ostsee-Nähe befand. Sie trafen sich und fanden aneinander Gefallen. Beide wussten, auf was sie bisher verzichten mussten, beide wussten, was sie vom Leben erwarteten. Somit dauerte es nicht lange, dass sie sich ineinander verliebten. Andreas gab seine Wohnung und Arbeit in Hamburg auf und zog zum 15. Mal in seinem Leben um. Zu dem Mann, den er im Alter von neunundfünfzig Jahren heiratete. Es war ein langer Weg, den Andreas nehmen musste. Aber es hatte sich gelohnt. Der Kreis der Liebe schloss sich. Andreas bekam Liebe und fühlte sich geborgen und hatte einen Mann, der für ihn sorgte und ihm ein Zuhause gab, in dem sich Andreas mehr als wohlfühlte.

ENDE

Danksagung

Das erste Mal veröffentlichte ich diesen Text mit dem Selfmade-Verlag Lulu.

Nachdem mein erster Fantasy-Roman im AAVAA Verlag erschienen war, überarbeitete ich den vorliegenden Text nochmals und im Juli 2014 erschien er ebenfalls im AAVAA Verlag, mit dem ich im Sommer 2019 die Zusammenarbeit beendete. Außerdem musste ich feststellen, dass mein damaliger Lektor aus meiner heutigen Sicht dieses Buch schlecht lektoriert hatte. Zugegeben, geschrieben hatte ich diesen Text, aber ein guter Lektor sollte nicht nur korrigieren und Änderungsvorschläge unterbreiten, sondern auch auf Schwachstellen eines Textes hinweisen. Die hatte mein Text unbedingt, aber bekanntlich findet man seine eigenen Fehler eher selten.

Deshalb habe ich dieses Werk nochmals überarbeitet und mich dazu entschlossen, diesen Roman mit BoD unter einem anderen Titel neu zu veröffentlichen.

Zunächst danke ich Tom Mikow, der den im AAVAA Verlag erschienen Text gelesen und mir die Augen geöffnet hatte. Damit animierte er mich, den Text neu zu überarbeiten. Auch hat er mir als Testleser für diese Fassung wertvolle Hinweise gegeben, und mich somit in die Lage versetzt, Schwachstellen des Textes literarisch zu verbessern.

Ich danke für ihre Hilfe meiner Schwester Christel, die mich immer wieder mit ihrer wohlgemeinten Kritik anschubste, die Urfassung solange zu überarbeiten, dass sie veröffentlicht werden konnte.

Ich danke allen meinen Freunden, die mir immer wieder Mut gemacht haben, dieses Buch zu schreiben.

Jedoch an erster Stelle nenne ich meinen Sohn Normen, der immer an mich geglaubt und zu mir gehalten hat.

Lutterbek, im Juli 2020   Michael Rusch

Michael Rusch, 1959 in Rostock geboren, ist von Beruf Rettungsassistent und lebte von 2013 bis 2017 in Hamburg, wo die ersten Bände der Fantasy-Reihe „Die Legende von Wasgo" entstanden sind. Heute lebt er in Lutterbek, in der Nähe von Kiel. Nach einer kreativen Schreibpause veröffentlichte er 2012 seinen autobiografischen Roman „Ein falsches Leben" beim Selfmade-Verlag Lulu.

Danach wandte sich Rusch dem Genre Fantasy zu. „Die ewige Nacht" aus der Reihe „Die Legende von Wasgo" erschien im Januar 2014. Im September desselben Jahres folgte die Fortsetzung „Luzifers Krieg". Es folgten „Angriff aus dem Himmel" (2015) und „Bossus' Rache" (2017). Mit dem fünften Band „Wasgos Großvater" endete 2018 „Die Legende von Wasgo".

2014 veröffentlichte Rusch beim AAVAA Verlag eine überarbeitete Version seines Romans „Ein falsches Leben" in zwei Bänden.

Im Jahre 2015 gründete er seinen eigenen Verlag „Die Blindschleiche" und veröffentlichte 2015 seinen Roman „Die drei Freunde". Im Sommer 2019 entschloss er sich, aus gesundheitlichen Gründen den Verlag aufzulösen und diesen Roman zu überarbeiten und ihn als Selfmade-Autor neu zu veröffentlichen.

Im gleichen Jahr beendete Rusch die Zusammenarbeit mit dem AAVAA Verlag und überarbeitete „Die Legende von Wasgo", die er bereits im Januar 2020 mit BoD in zwei Bänden erneut veröffentlichte. Band 1 enthält die ersten drei und Band 2 den vierten und fünften der ehemaligen 5 Bände.

Zurzeit arbeitet Rusch an seinem ersten Horror-Roman.

Inhaltsverzeichnis